KB058779

검혼여초 3

# 오직 별이 되기를

**劍魂如初 3: 惟願星辰**

검혼여초 3
劍魂如初

유원성진
惟願星辰

화이관 지음
임주영 옮김

오직 별이 되기를

RHK
알에이치코리아

# 끝없는 인간 세상

주주는 묘실 한가운데 서서 고개를 들어 누런 모래가 쏟아져 내리는 것을 올려다보았다. 한 줄기 옅은 후회가 스쳤다.

안타깝게도 저 맑은 하늘과 푸른 바다를 더는 볼 수 없을 것이다.

그저 그런 생각이 스쳤다. 어쨌든 그에게는 이 무한한 생명이 이미 오래전에 특권이 아닌 짐이 되어버렸다.

너무도 많은 사람을 구했고, 은혜를 원수로 보답받은 것도 부지기수였다. 지금 저들 마을 사람들이 고분을 탈출해 도망치면서 구조의 끈을 끊어버리는 것을 보면서도 그는 피로감을 조금 느꼈을 뿐, 뜻밖이라는 생각은 조금도 들지 않았다.

지극한 선도 지극한 악도 모두 인간의 본성이고, 한없이 밝고 한없이 어두운 것이 인간의 마음이다.

안타깝게도 즈즈는 모른다.

가슴에 오롯한 통증이 올라왔다. 하지만 주주는 이내 아무래도 좋다고 생각했다. 자신의 구속을 받지 않게 되면 즈즈는 신병 대하룡작이라는 명호를 감당하지 않고 더 자유롭게 살 수 있을 것이다.

흘러내린 모래가 빠르게 허리까지 차오르며 삽시간에 주위가 어두워졌다. 곧이어 허공에 하늘을 찌를 듯한 거대한 나무 한 그루가 멀지 않은 곳에 어렴풋이 모습을 드러냈다. 푸른색과 황금색의 뒤섞인 빛이 번쩍이면서 나뭇가지가 그를 부르는 손짓을 하듯 살랑살랑 흔들렸다.

나무는 보는 이로 하여금 절로 섬기는 마음이 들게 하는 기이한 흡인력을 뿜어내고 있었다. 주주는 그 순간 자신을 내어주기만 하면 해탈을 얻을 수 있을 것만 같은, 일찍이 느껴보지 못한 편안함을 느꼈다.

나무 쪽으로 두어 걸음 걸어가던 그가 갑자기 흠칫 놀랐다. 이상하다, 이건 긴 잠에 빠지는 게 아니다. 이건 괴멸이다!

하지만 이미 늦었다. 주주가 발을 헛디디며 순간 몸이 붕 뜨자 나뭇가지로부터 손가락 굵기의 금빛 기근(氣根)이 뻗어 나오더니 그를 친친 감아 거대한 나무줄기 쪽으로 끌고 갔다. 몸에서 조금씩 조금씩 힘이 빠져나가 기근을 타고 밖으로 흘러 사라졌다. 더 무서운 것은, 본체 검이 통제받지 않고 스스로 부상하더니 기근에 의해 빠른 속도로 나무를 향해 끌려 날아가 자신에게서 점점 멀어지고 있다는 사실이었다. 처음 있는 일이었다.

손에 검이 없으니 몸을 움직일 수가 없었고, 급기야 의식도 점점 흐릿해졌다. 주주는 마지막 남은 힘을 짜내 자신의 혀를 세게 깨물어 간신히 정신을 차렸다.

얼마나 지났을까. 머리 위쪽에서 "오!" 하는 소리가 들려와서 그는 있는 힘껏 눈을 부릅떴다. 갑자기 거대한 나무 아래쪽에 나뭇가지를 엮어 만든 엉성한 사립문이 나타나는가 싶더니, 황금빛으로 반짝이는 잎사귀 하나가 나뭇가지 가장귀에서 흩날리듯 떨어졌다. 뒤이어 치파오를 입은 한 여자가 문을 열고 나타나 허공에 떠 있던 본체 검을 받았다.

여자가 손가락으로 검신을 쓰다듬으며 느릿느릿 말했다.

"유철[劉徹, 한무제-역주]이 주조해 태산에 제사를 지냈다던 팔복검이군. 애석하게도 두 동강이 나버렸······, 어? 검이 부러졌는데 그대가 아직 깨어 있는 건가요?"

여자의 시선이 무심히 그를 쓱 훑어보자 주주를 옭아맸던 기근이 서서히 아래로 움직여 그를 땅에 내려놓고는 스르르 힘을 풀어 거대한 나무에게로 물러났다.

주주는 힘겹게 몸을 일으켜 선 뒤 쓴웃음을 지으며 대답했다.

"명이 질긴가 봅니다."

"나는 운명 그런 거 안 믿어요."

여자는 손을 펼쳐 부러진 검을 공중에 떠 있게 두고는 돌아서 문 쪽으로 걸어갔다.

주주가 가까스로 숨을 끌어올려 여자의 등을 향해 외쳤다.

"산장?"

여자가 멈칫했다. 그러고는 몹시 부자연스러운 자세로 얼마간 꼼짝도 하지 않더니 뻣뻣하게 고개를 돌리며 물었다.

"나를 아나요?"

"그냥 넘겨짚었을 뿐입니다."

주주가 허리를 굽혀 예를 표하며 정중하게 대답했다.

여자가 "오!" 하고는 앞으로 한 발짝 성큼 다가와 높은 곳에서 그를 내려다보았다. 둘의 시선이 서로 마주쳤다. 순간 주주는 원래 짙은 갈색이었던 그녀의 눈동자가 지금은 옅은 금빛 안개로 덮여 있음을 알아차렸다. 눈빛도 변해 있었다. 냉혹하면서도 뭔가를 가늠하는 듯한 눈빛이었다. 아마도 여자가 돌아서는 순간, 동강 나버린 검 신세였던 그가 가치 있는 하나의 상품으로 변모한 것 같았다.

어떻게 된 거지? 주주는 겉으로 드러내지는 않았지만, 속으로는 더욱 경계심을 높였다. 여자가 상위자의 우월감을 과시하는 태도로 다시 물었다.

"사람을 구하다가 두 동강이 나버렸군요. 후회하나요?"

이 말을 하는 그녀는 목소리까지 달라져 있었다. 주주의 눈빛이 어두워졌다. 그가 허리를 꼿꼿이 세우고는 대답했다.

"나는 세상과 어우러져 살아갑니다. 다만 양심에 부끄럽지 않기를 바랄 뿐, 후회는 하지 않습니다."

여자가 만족스러운 듯 고개를 끄덕이더니 다시 물었다.

"만약 그대에게 다시 돌아가 운명을 바꿀 기회가 주어진다면 어떻게 하겠어요?"

다시 돌아가 운명을 바꾼다는 것이 그렇게 쉬운가? 그녀는 대체 그가 돌아가서 뭘 하길 바라는 거지?

여자의 눈동자에 덮인 금빛 안개가 점점 짙어지더니 두 눈동자가 옅은 광채를 발했다. 주주는 생각을 이어가며 느릿느릿 대답했다.

"본성이 변하지 않는 한 아무리 여러 번 되돌아간다 해도 소용없다고 생각합니다. 성격이야말로 운명을 결정짓는 핵심이지요."

"그래서요?"

"되돌아갈 수만 있다면, 어떤 대가를 치르게 되더라도 본성을 벗어던지고 마음을 좇아 진정한 자신의 모습을 찾아 살아갈 것입니다."

"자신의 마음? 일개 기물에 자신의 마음이랄 것이 어디 있을까."

여자가 소리 내 웃으며 경멸하는 투로 말했다.

"팔복검은 제물로 태어났으니 희생과 봉헌이 곧 본성이지요. 그 본성이 없다면 그대는 세상에 나올 자격조차 없어요. 알아들어요?"

과연 그랬다. 본성이라는 것이 애초에 인위적으로 몸에 덮어 씌워진 속박이 아닐까 하고 그도 일찌감치 의심했었다.

마음에 차오르는 분노와 슬픔을 주체할 수 없었다. 주주는 여자의 눈길을 마주 보며 담담하게 말했다.

"어차피 그런 것이라면 나는 되돌아갈 뜻이 없습니다. 당신도 부러진 검 하나를 어쩌지 못해 여기 서서 이럴 필요 없습니다."

쉴 새 없이 쉭쉭 불어대던 바람이 삽시간에 멈추어 고요해졌다. 여자의 등 뒤로 거대한 나무의 기근들이 일제히 천천히 부상하더니 서로 뒤엉켜 위용을 과시하듯 거대한 금빛 그물을 직조하며 주주에게로 서서히 다가왔다.

승부수를 던졌다면 패배도 인정해야 하는 법. 주주는 눈을 감았다. 그리고 사신이 그를 데리고 가기를 조용히 기다렸다.

그러나 금빛 그물이 그를 건드리기 바로 직전, 노랫소리가 나무 아래 사립문 안쪽에서 희미하게 흘러나왔다.

어린 소녀의 목소리였다. 가장 오래된 기억으로부터 나와 샘물을 따라 졸졸 흐르는 소리 같기도 하고, 땅, 땅, 땅, 쇠를 두들기는 낭랑한 소리나 숯불이 화로 안에서 타닥타닥 터지는 소리 같기도 했다.

그녀가 손뼉을 치며 노래했다.

"기억하나요, 돌아갈 곳을 찾나요, 수천수만의 별들이 앞길을 비춰주네요……."

# 차례

# 1
## 왜 몰랐을까

"그래도 회사는 그만두려고요."

샤오렌의 청혼을 받은 다음 날 아침, 루추는 '귀예이' 식당의 창가 쪽 조그마한 원형 테이블 옆에 앉아 굳은 표정으로 이렇게 말을 꺼냈다.

"물론이에요."

맞은편에 앉은 샤오렌이 얼른 대답했다. 조금도 놀라거나 반대하는 기색이 없었다.

루추가 생각하지 못한 의외의 반응이었다. 그녀는 찻잔을 들어 차를 한 모금 마시고는 그를 바라보며 말했다.

"원래 계획했던 대로 해외연수 준비를 할 거예요."

"어디로 갈지는 정했어요?"

샤오렌이 물었다.

"아뇨, 아직. 자료를 계속 검토하는 중이에요……."

루추는 잠시 말을 멈추고 차를 한 모금 더 마신 뒤 눈을 들어 샤오렌의 눈동자를 들여다보며 물었다.

"그래서 당신은 언제쯤 금제를 제거할 생각이에요?"

찻잔을 들던 샤오렌의 손이 허공에서 멈추었다. 고통스러워하는 기색이 보였지만, 그녀의 시선을 피하지는 않았다. 잠시 후 그가 시선을 아래로 떨구며 조용히 말했다.

"당신이 원한다면 난 언제라도 좋아요."

분명 할 말이 있는 것 같았지만, 그는 결국 말하지 않는 쪽을 택했다. 하지만 루추는 그런 것에 신경 쓸 겨를이 없었다. 그녀가 손을 내밀어 샤오렌을 잡고 기뻐하며 물었다.

"내일 바로 두 주임님한테 가요, 네?"

내리쬐는 햇빛 아래, 그녀의 약지에 끼워진 결혼반지가 반짝 빛났다. 그 커다란 비취 조각을 응시하던 샤오렌이 눈을 들어 루추에게 엷은 미소를 지어 보이며 말했다.

"같이 가요."

말한 것은 곧바로 행동에 옮기는 그였다. 이틀 후 그는 루추와 함께 두창펑의 사무실 문을 두드렸다. 두창펑은 그 자리에서 루추의 사표를 받았다. 그는 그녀에게 샤오렌의 금제 제거를 도울 준비를 하는 동안은 회사의 특별계약 복원사로 있어 달라고 제안했고, 직원 숙소에서도 퇴거해달라고 말했다.

"그럼 저는 어디에 살죠?"

여기까지 듣고 있던 루추가 참지 못하고 중간에 끼어들어 물었다.

"본가에요."

두창평이 샤오롄을 힐끔 보고는 루추에게 설명했다.

"본가에 복원실이 있어요. 그곳 설비는 여기 15층과 큰 차이가 없어요. 샤오롄과 딩딩의 수술은 그곳 복원실에서 합시다. 루추 씨는 일찌감치 가서 그곳에 적응하도록 하세요."

루추는 "네." 하고 짧게 대답하며 고개를 끄덕였지만, 뭔가 이상하다는 생각이 들어 다시 물었다.

"그냥 15층에서 해도 될 텐데 왜 그러지 않는 거죠?"

"익숙하니까요. 큰 수술은 마음의 안정을 위해서라도 자신의 본 거지에서 해야 해요. 더구나 이번엔 딩딩의 예견도 없는 상황이에요. 본가에는 린시가 있으니 방호도 한층 강화되는 셈이고요. 유비무환이죠."

두창평이 도저히 거절할 수 없는 어조로 말을 마치고는 잠시 쉬었다가 그녀의 손가락에 끼워진 반지를 가리키며 말했다.

"축하합니다."

그의 말투에 특별히 기뻐하는 기색은 없었다. 루추는 무의식적으로 오른손으로 왼손을 감싸 쥐어 지나치게 반짝거리는 반지를 가리며 더듬더듬 해명했다.

"이제 막 결정했어요. 아직 공개적으로 발표하진 않았고요."
"결혼 날짜는 아직 안 잡았습니까?"
두창평이 물었다.
루추가 고개를 세차게 저었다. 두창평이 다시 샤오롄을 힐끔 쳐다본 뒤 말했다.
"좋아요. 그럼 그렇게 합시다."
그렇게……가 어떻게 하자는 거지?

며칠 후, 루추는 요트의 갑판 위에 올라가 사방을 둘러보았다. 1년 전 평량 사건이 있은 후로 그녀는 언제든 삼림공원을 찾아올 수 있었음에도 본가를 다시 찾아오지 않았다. 그래서 이 일대에 대한 기억도 거의 흐릿해졌다. 오늘은 호수 위로 짙은 안개까지 자욱이 피어 있어서 배가 섬들 사이를 누비며 지나갈 때 이리저리 한참을 두리번거렸지만 본가가 어느 쪽인지 도무지 분간할 수 없었다. 낙담하여 선실로 돌아가려고 막 뒤돌아서려는 그때 등 뒤에서 누군가 담요 한 장을 펼쳐 그녀를 폭 감싸주었다.
"뭘 찾아요?"
샤오롄이 그녀를 감싸 안은 채로 귓가에 속삭였다.
루추가 잠시 생각한 후 대답했다.
"방향요."
그가 길고 가느다란 손을 뻗어 전방에서 약간 빗겨난 쪽을 가리키며 말했다.

"본가는 북북서쪽에 있어요."

루추는 그의 손이 가리키는 방향을 쳐다보고는 고개를 끄덕였지만 표정은 여전히 헷갈리는 기색이었다. 샤오렌이 손을 거둬들여 안개에 젖어 물기가 맺힌 그녀의 머리칼을 쓰다듬으며 물었다.

"연수가 끝나면 위링으로 돌아올 거예요?"

"아뇨."

무심결에 이렇게 내뱉은 그녀는 약간 미안해하며 얼른 덧붙였다.

"해외에서 몇 년 일하면서 색다른 경험을 쌓고 싶다고 줄곧 생각해왔었거든요."

"그것도 좋겠네요."

샤오렌의 입꼬리가 아름다운 호선을 그리며 올라갔다. 그는 아래턱을 그녀의 어깨에 걸치고는 흥미롭다는 듯 계속 물었다.

"그다음에는요?"

"아직 생각 안 해봤어요."

루추는 빠르게 대답한 후 잠시 멈췄다가 다시 말을 이었다.

"집 떠나서 일을 시작한 후로 너무 많은 일이 있었어요. 전승도 알게 됐고 당신도 만났으니까요. 인생이 계획을 수정할 겨를도 없이 이미 송두리째 엉망이 돼버려서 나조차도 알아볼 수 없게 된 것 같은 느낌이에요……."

그녀는 다시 잠깐 멈추었다가 나지막이 물었다.

"당신은요?"

작고 연한 푸른 불꽃이 샤오렌의 눈에 번뜩 스쳤다. 그가 말을 할 듯 말 듯 머뭇거리며 그녀의 옆얼굴을 응시하더니, 이윽고 선서하듯 속삭였다.

"당신과 함께할 거예요."

루추는 마음 한구석이 여전히 걸렸지만, 막상 이 한마디를 들으니 너무 기뻐서 소리 내어 웃었다. 갑자기 안개가 뭉글뭉글 양쪽으로 흩어지더니 자욱한 안개비 속에서 별안간 하얀 담장에 검은 기와를 얹은 2층짜리 별장이 눈앞에 모습을 드러냈다.

샤오롄이 그녀의 뺨에 입을 맞추고는 진지하게 물었다.

"본가예요. 알아보겠어요?"

어떻게 못 알아볼 수 있겠는가?

루추가 그를 흘겨보자 샤오롄이 웃으며 그녀를 안았다. 발밑에 검의 그림자가 나타났다. 장검이 두 사람을 태우고 느리게 기슭을 향해 날아갔다.

갑판에 접근할 때까지도 샤오롄이 속도를 늦추지 않자 루추가 "익!" 하고 소리를 질렀다. 샤오롄은 그녀에게 눈을 찡긋해 보이고는 계속해서 낮게 날았다. 장검은 스반로(石板路)를 지나 날다가 본가 대문 앞에서 갑자기 높이 솟구쳤다. 이어 놀란 루추가 미처 소리 지를 새도 없이 샤오롄이 그녀와 함께 대문을 가뿐히 넘어 뜰 안에 내렸다.

그런 다음 그는 그녀를 안고 곧장 본체를 놓아둔 대청과 대가들이 손수 제작한 귀한 작품이 걸린 널따란 응접실을 한달음에 지나갔다. 그리고 다시 방향을 틀어 계단을 따라 2층으로 날아 올라가 한쪽 면 전체가 길게 통유리창으로 된 복도를 지나 어느 방문 앞에 그녀를 내려놓았다.

"당신 방이에요."

그가 그녀에게 이렇게 말했다.

루추가 방문을 열었다. 매우 우아하고 운치 있는 스위트룸이었다. 아주 넓은 공간에 가구는 테이블 하나, 의자 하나, 침대 하나가 다였지만 하나하나가 모두 명품으로 각각의 멋을 살려 꾸며져 있어 상당히 예술적인 정취를 풍겼다.

하지만 루추는 왠지 모르게 조금 얼떨떨했다. 주변을 대충 훑어보던 그녀는 불현듯 뭔가 떠올라서 황급히 샤오렌에게 물었다.

"딩딩 언니가 미리 꾸며놓은 거예요?"

그가 고개를 끄덕였다. 루추는 거의 발등까지 파묻히는 카펫을 내려다보며 중얼거렸다.

"차오바가 이 카펫을 굉장히 좋아하겠어요."

"중요한 사실이 하나 빠졌어요."

샤오렌이 카펫을 가리키며 말했다.

"나 아래층에 살아요."

이렇게 해서 그들은 다시 위아래 층에 사는 이웃이 되었다. 하지만 몸무게가 이미 5킬로그램을 초과해버린 노랑 고양이 차오바는 루추가 예상했던 것만큼 카펫을 사랑하지 않았다. 차오바는 본가로 이사한 바로 다음 날 대문을 빠져나가 루추가 도저히 찾을 수 없는 비밀 통로를 찾아내 꼬박 한나절이나 자취를 감추었다. 놀란 루추가 온 가족을 동원해 고양이를 찾으러 다녔다. 결국 옥상에 기대 서 있던 청동 기린이 길게 울부짖자 그제야 다들 차오바가 옥상에 누워 느긋하게 햇볕을 쬐고 있다는 것을 알았다.

본가로 이사한 뒤로도 루추는 여전히 예전에 출근하던 리듬대로 매일 정해진 시간에 1층에 위치한 복원실을 드나들며 특별 프로젝트에 관한 연구를 계속했다.

이 새로운 복원실에서 그녀는 두 가지 특별 과제를 완수해야 했다. 하나는 친 사부와 함께 샤딩딩의 부식된 오른쪽 귀를 복원하는 것이고, 두 번째는 그녀 단독의 임무로 샤오렌의 금제를 해제하는 것이었다.

며칠 뒤 친관챠오도 배를 타고 본가로 왔다. 그는 뒷짐을 진 채 무뚝뚝한 얼굴로 새 복원실로 들어와서는 방 안을 몇 바퀴 돌면서 사용 가능한 모든 기구들마다 그 앞에 가서 한 번씩 점검해본 뒤 다시 뚱한 얼굴로 자리를 떴다. 그러는 내내 그는 루추를 거들떠보지도 않았고, 사부님과 몇 마디라도 더 나누고 싶어 하던 그녀를 철저히 외면했다.

하지만 밤이 되자 루추는 결국 참지 못하고 응접실로 들어가 건반을 두드리고 있던 인한광 앞에 가서 물었다.

"계획을 바꿔서 지금이라도 사부님을 합류시킬 수 있을까요?"

"작년에 당신은 그에게 비밀로 하고서 몰래 금제를 만들었죠. 이미 그를 배제한 것으로 아는데요."

한광은 눈으로는 여전히 컴퓨터 모니터를 쳐다보며 고개도 들지 않고 이렇게 대답했다.

요즘 그의 말투가 유난히 날카로웠지만 루추는 이해할 수 있었다. 정해진 금제 제거 날짜가 하루하루 다가오면서 그녀의 마음도 점점 긴장되었다. 바람 한 점에 풀이 살랑 흔들리는 것에도 그녀는 소스라칠 것만 같았다. 입장을 바꿔 생각해보면 한광도 편치는 않을 것 같았다.

그녀는 편치 않은 마음을 애써 누르면서 다시 한광에게 말했다.

"전에 제가 만들었던 금제는 성공과 실패를 떠나서 샤오롄에게 아무런 영향도 미치지 않았어요. 하지만 이번엔 달라요. 그러니 사부님도 합류하시게 해주세요, 네?"

한광이 고개를 들어 차갑게 그녀를 쏘아보며 물었다.

"복원 현장에서 당신에게 어떤 상황이 벌어져도 친관챠오가 다 받아들일 수 있을까요?"

당연히 안 된다. 루추가 고개를 가로젓자 한광이 다시 물었다.

"그렇다면 그를 현장에 합류시키는 목적이 뭐죠?"

"그야, 한 명 더 들어오면 도움이 될 테니……."

"일전에도 얘기했다시피, 우리 본체의 복원 작업에서는 관련자가 적으면 적을수록 좋아요."

한광이 날 선 눈빛으로 그녀를 응시하면서 그녀의 말을 끊고 끼어들어 말했다.

"도구를 건네주거나 작업대를 닦아줄 일손이 필요한 거라면 나나 청잉을 훈련시켜도 좋아요. 필요한가요?"

이미 지난해 말에 루추는 금제 제거 과정을 기록한 자료를 사료와 함께 두 주임에게 넘겨주었었다. 지난 보름 남짓한 기간 동안 그녀는 진행 과정을 여러 번 반복해 검토하고 개선했고, 이제는 눈 감고도 조작할 수 있는 정도에 이르렀다. 사실 이런 상황에서는 복원실에 인원이 한 명 더 늘어난다면 쓸데없이 방해만 될 것이 뻔하다.

그런데 그녀는 도대체 왜 친관챠오가 작업 현장에 합류해주기를 바라는 걸까?

그녀는 두려운 것이었다. 중요한 순간에 혼자서 감당해야 할까봐 두려웠다.

루추는 숨을 깊이 들이마시고는 한광의 눈을 정면으로 바라보며 대답했다.

"아닙니다."

"형님 말에 너무 신경 쓰지 말아요. 두려워하는 게 정상이죠."

거실 한쪽 구석에 앉아 있던 청잉이 일어서서 양손을 주머니에 찔러 넣고 걸어오더니 더없이 편안한 어조로 말했다.

"하지만 루추 당신도 너무 긴장하지 말아요. 셋째야 지난 백 년 동안 더없이 찌질하게 살았으니 성공하지 못한다고 해봐야 까짓것 현상 유지일 거고……."

이때 마침 샤오롄이 들어오면서 그 말을 듣고 눈썹을 치켜올렸다. 청잉은 미소를 지으면서 표정 변화 없이 아랫사람에게 강의하듯이 하던 얘기를 계속했다.

"내 말은, 지난 백 년 동안 셋째가 조용히 숨죽이고 때를 기다렸다는 거죠. 거북이처럼 납작 엎드려서요. 잘한 거죠."

루추는 청잉이 농담하고 있다는 것을 알았지만 웃을 수가 없었다. 그녀는 대충 고개를 끄덕이고는 샤오렌의 소매를 붙잡고 물었다.

"내가 금제를 제거할 때 당신이 의식을 잃게 되나요?"

"물론이에요."

그가 그녀에게 미소를 지어 보이며 말했다.

"그게 오히려 편해요. 당신이 아무 거리낌 없이 마음껏 할 수 있을 테니까."

그는 요즘 무언가를 깨달은 사람처럼 모든 행동에 거침이 없었고, 표정도 전처럼 침울한 기색이 없었다. 더할 나위 없이 섬세하고 우아한 얼굴에 이렇게 미소까지 더해지니 누구라도 순식간에 빠져들어 눈을 뗄 수 없을 정도였다.

루추는 자신도 그 속에 빠져들 수 있기를 간절히 바랐지만 뜻대로 되지 않아 아쉬울 따름이었다. 그녀는 그의 얼굴을 물끄러미 바라보다가 마음이 조금 진정되자 다시 물었다.

"그럼 검혼은요? 만약 그 과정에서 무슨 일이 생기면 당신이 의식을 잃더라도 검혼이 현신해서 본체를 지켜줄 수 있는 거겠죠, 그렇죠?"

샤오렌은 아무 말이 없었다. 한광이 안경을 벗고 눈을 문지르며 짜증 난다는 듯 대답했다.

"지난번 최 씨 일로만 봐도 전혀 그렇지가 않아요. 우린 전승에 대해 아는 것이 너무 없어요……."

여기까지 얘기한 한광이 갑자기 입을 다물었다. 청잉은 그가 어딘지 모르게 여느 때와 다르다는 것을 눈치챘다. 한광을 바라보는 그의 눈빛이 어두워졌다. 의혹에 찬 눈빛이었다. 루추가 "헉" 하고 놀라며 샤오렌을 더 세게 꽉 붙잡고 중얼거렸다.

"우린 이제껏 금제 제거의 실패에 대해서는 평가를 한 적이 없어요. 당신은, 당신은 어떤 모습으로 변하게 되는 거죠……?"

"평가는 필요 없어요. 실패하지 않을 거니까."

샤오렌이 낮게 가라앉은 목소리로 이렇게 대답했다.

그의 목소리는 자신감이 넘쳤다. 거의 설득될 뻔한 루추가 목소리를 낮춰 물었다.

"정말요?"

"세상에 백 퍼센트란 없어요."

한광이 끼어들었다.

샤오렌과 청잉이 동시에 한광을 노려보았지만, 한광은 전혀 아랑곳하지 않았다. 청잉이 루추의 어깨를 토닥이며 말했다.

"괜찮아요. 수술 과정에서 외부의 방해를 받지 않도록 수술하기 30분 전에 린시가 방호막을 쳐서 확실히 보호할 거예요. 어쨌든 그날은 당신이 현장에서 얼마나 잘 해내느냐가 가장 중요해요. 당신이 무슨 실수를 하더라도 우리는 밖에 서서 멀뚱멀뚱 지켜보는 수밖에 없으니까요."

손바닥에서 땀이 나기 시작했다. 루추는 고개를 끄덕이고는 웅얼웅얼 대답했다.

"최선을 다……."

"최선을 다하는 것으로는 부족합니다."

한광이 그녀의 말을 자르며 차갑게 말했다.

"완벽해야 해요. 그렇지 않으면……."

"방금 세상에 백 퍼센트는 없다고 말한 사람은 형이에요."

이번에는 샤오렌이 짜증 나서 참을 수 없다는 듯 한광의 말을 잘랐다.

그는 잠시 쉬었다가 고개를 돌려 루추에게 말했다.

"잘못하면 만회하면 돼요. 별일 아니에요. 함부로 지껄여서 사람 위협하는 형님 얘기는 듣지 말아요."

"고작 한두 마디 한 걸 가지고 위협이라는 거야?"

한광이 코웃음을 쳤다.

"루추 씨를 위협해서 성공률을 높일 수만 있다면, 진짜 위협이 뭔지 네게 제대로 보여줄 수도 있어. 그래 봤자 효과는커녕 역효과만 낳을까 봐 안 그럴 뿐이지. 그래서 루추 씨에게 줄곧 온화하고 친절하게 실패의 결과만 일깨워 주고 있는 거고."

특별 프로젝트를 시작한 후로 이런 식의 대치 장면은 이미 처음이 아니었다. 루추는 한광의 강경한 태도가 오로지 금제 제거에 실패할 것을 우려해서만이 아니라, 샤오렌과 자신의 약혼을 못마땅해 하는 그의 속마음이 반영된 것이 아닐까 하고 강하게 의심했다. 하지만 한광이 딱 부러지게 그렇다고 말하지 않으니, 그녀도 모르는 척할 수밖에 없었다. 이전에는 몇 번이나 상황을 수습해보려고도 해보았고, 아예 샤오렌을 데리고 나가려고도 해보았지만 오늘은 너무 피곤했다. 그래서 그녀는 그냥 바닥만 뚫어져라 쳐다보며 못 들은 척해버렸다.

그렇게 고개를 숙인 채 바닥만 응시하고 있던 그녀의 눈에 고양이 놀이터에 걸려 있어야 할 은제 훈향구(薰香球)가 또르르 굴러오는 것이 보였다. 그 훈향구 뒤를 따라 차오바가 꼬리를 쳐들고 사뿐히 뛰면서 응접실 안으로 쫓아 들어왔다.

별안간 자단목 마룻바닥이 흔들흔들하는 바람에 루추는 몸이 휘청하면서 약간 현기증을 느꼈다. 지난 며칠 동안 잠을 제대로 못 자서 컨디션이 안 좋은 건가 하고 생각한 순간, 발굽을 네 개 다 벗어던진 린시가 고양이 뒤를 쫓아 우당탕 요란하게 거실로 뛰어 들어왔다.

몸집은 망아지만 했지만 달리는 기세는 돌진하는 용 못지않았다. 샤오렌이 루추의 허리에 두르고 있던 손에 힘을 주고는 발밑의 검광이 번뜩이자 눈 깜짝할 사이에 그녀를 안고 휙 날아서 창문 앞에 내렸다. 말할 새도 없이 신속했다. 한광은 긴 손을 뻗어 살이 뒤룩뒤룩 찐 차오바를 휙 건져 올리더니 큰 걸음으로 소파 위를 가볍게 훌쩍 뛰어넘어 그대로 밖으로 나갔다.

유일하게 그 자리를 지키고 있던 인청잉은 린시가 뛰어오는 길목에 서 있다가 돌진해오는 린시의 허리를 꽉 껴안아 붙잡은 뒤, 함께 뒤쪽으로 비스듬히 날아서 그대로 소파에 벌렁 드러누웠다. 그 위로 청동 기린 한 마리가 그의 몸을 짓누른 채 혀를 쭉 내밀고 가쁜 숨을 몰아쉬고 있었다.

다음 순간, 소파 옆 작은 탁자 위에 놓여 있던 꽃병이 흔들흔들하더니 바닥으로 툭 떨어졌다.

"여요[汝窯, 북송 시대에 여주(汝州) 지방에서 생산되던 도자기 – 역주]!"

루추가 비명을 질렀다.

"복제품이에요. 지난번 경험에서 교훈을 얻었죠. 지금 집 안에 있는 도자기들 모두 복제품으로 바꾼 거예요."

샤오렌이 그녀의 머리카락을 매만지며 말했다.

루추는 안도의 한숨을 내쉬며 시선을 떨구었다가 바닥을 보고는 또다시 비명을 지르고 말았다.

"은제 훈향구!"

이미 더는 납작해질 수 없을 정도로 납작하게 밟힌 뒤였다.

청잉이 자세를 뒤집어 린시 위에 올라타 앉은 다음 손을 뻗어 훈향구를 집어 들고는 쓱 보더니 물었다.

"이건 어디서 나타난 거지?"

"궈예이의 재고품이에요."

샤오렌이 대답했다.

"내가 뻔중에게 반 다스만 다시 보내 달라고 얘기하죠."

한광이 핸드폰을 꺼내 동작 버튼을 누르며 루추에게 물었다.

"그 정도면 충분한가요?"

그 은제 훈향구는 연한으로만 보아도 골동품인데다, 그 정교한 솜씨로 보면 하나의 예술품이다. 쓸 만큼 충분한지를 어떻게 계산할 수 있겠는가? 루추가 얼른 대답했다.

"고맙습니다. 사실 하나만 더 주시면 됩니……."

"다음번에 또 밟혀서 납작해지더라도 비명은 지르지 마세요. 그 소리에 머리가 다 아프군요."

한광이 핸드폰을 켜 주소록을 뒤지면서 짜증 난다는 듯 그녀의 말을 잘랐다.

벨이 몇 번 울리자 상대 쪽에서 금방 전화를 받았다. 벤중은 선선히 알겠다고 대답한 후 주방에서 새로운 맛을 낸 타오쑤(桃酥)를 개발했다는 말을 덧붙였다. 흑당과 말차에 코코넛 맛이 나는 것도 있고 아몬드를 곁들인 것도 있는데, 프랑스산 수입 밀가루로 만들어서 보리 맛이 아주 구수하니 한번 맛보라고 추천했다.

서로 고집을 세우던 논쟁 사건은 결국 어떤 맛의 타오쑤를 살 것인지에 대해 다 같이 토론함으로써 화기애애하게 마무리되었다. 샤오렌마저도 설득당해 무설탕이지만 호두와 오트밀이 들어간 타오쑤를 골랐다. 입동 이래로 가장 인기 있는 제품으로, 단 음식을 즐겨 먹지만 살찌는 것을 두려워하는 부인네들과 아가씨들에게 맞춤으로 팔았다는데 이제껏 단 것이라고는 입에도 안 대고 뚱뚱해지는 걸 한 번도 겁낸 적이 없는 샤오렌의 입맛에 맞을 줄은 생각지도 못했다.

온화하고 느긋해 보이는 것은 물론 겉모습일 뿐이고 사실은 모두가 곧 닥칠 변화를 맞을 준비로 잔뜩 긴장해 있었다.

며칠 뒤 루추는 크기는 비슷비슷하지만 각공(刻工)도 다르고 무늬도 제각각 조금씩 다르게 조각된 순금과 순은의 훈향구 여섯 개를 받았다. 훈향구는 누각과 산수, 인물까지 수공으로 조각한 단향목 상자에 담겨 정교하고 아름다운 예물처럼 그녀의 작업실 책상 위에 놓여 있었다.

납작해져 버린 그 은제 훈향구에 관해서라면, 농담을 좀 보태서 100조각 넘는 파편으로 산산조각 난 청동 작(爵)까지도 복원해내는 복원사에게 그까짓 밟혀서 납작해진 은제 훈향구를 복원하는 것쯤은 아무것도 아니다. 더구나 이 기회에 둥근 테에 집어넣어 기물의 형태를 바로잡는 연습도 할 수 있다.

다만 정교하게 문양이 투각된 그 골동품 목함을 볼 때마다 루추는 이런 삶은 너무 화려해서 익숙해지지도 않고 익숙해지기도 싫다는 감정이 자기도 모르게 울컥 북받쳐 오르는 것을 느꼈다.

걱정했던 모든 일들이 마침내 일정대로 형주정을 복원하는 날 결실을 보게 되었다.

친관챠오가 오전 8시 30분에 유람선을 타고 본가에 도착했다. 루추는 아침 일찍부터 작업복 차림으로 복원실 문 앞에서 기다렸다. 스승과 제자 두 사람이 함께 복원실로 들어갔다. 친관챠오가 형주정의 쫑긋 선 귀 한쪽을 톱으로 잘라낸 뒤 귀와 연결된 정연(鼎緣) 부분이 내부 부식으로 인해 약간 변형된 것을 확인했다. 심하지는 않았다. 그들은 분담하여 작업하기로 했다. 루추가 녹을 제거한 뒤 장뭐가 제공한 보충재로 부식된 부분을 메우면, 친관챠오가 자신이 직접 만든 나무망치로 변형된 부분을 조금씩 두드려가며 모양을 바로잡는 것이다.

복원은 매우 신중해야 하는 작업이기 때문에 복원의 모든 과정 하나하나를 이미 토론과 컴퓨터 시뮬레이션을 거쳐 점검했지만, 현장에서 그들은 또다시 소규모 테스트를 해보고 오류가 없음을 확인한 후에야 실제 작업에 들어갔다.

루추는 형주정의 겉모습으로 복원 작업의 진도는 판단할 수 있었지만, 복원이 정말 성공적인지 여부는 예기의 전승자인 친관챠오만이 확실히 알 수 있었다.

그것은 마음으로 깨달을 수 있을 뿐 말로는 표현할 수 없는 일종의 감응이다. 이 경지에 이르면 스승은 제자가 배움을 마쳤음을 인정해주고 그때부터 수행은 개인의 몫이 된다고 친관챠오가 전에 그녀에게 말해주었다. 그래서 무려 일주일의 작업 기간 내내 루추는 과정 하나하나를 충분히 안정적으로 해내고 있는지 자문하면서도 마음이 늘 조마조마했다. 보통의 고대 기물에서는 정확할 수 있는 복원 동작이 자칫 잘못된 하나의 선택으로 샤딩딩을 다시는 깨어나지 못하게 만들어버릴지도 모른다는 생각에 두려웠다.

귀와 형주정의 몸체 사이에 난 마지막 틈새 한 줄까지 완전히 사라지자 루추는 분사기를 내려놓고 고글을 벗은 뒤 가까이 다가가서 자세히 살펴보았다. 육안으로 볼 수 있는 곳은 완전무결했다. 그런데 정말 그럴까?

그녀는 사부를 돌아보며 의견을 구했다. 말을 꺼내기도 전에 그녀는 친관챠오의 입꼬리가 살짝 들리며 안도와 기쁨이 섞인 미소가 번지는 것을 보았다.

그가 그녀에게 고개를 끄덕이며 말했다.

"됐어."

루추는 "와" 하고 탄성을 지르며 펄쩍 뛰었다. 두창펑이 복원실로 뛰어 들어와 두 팔을 벌려 스승과 제자 둘을 와락 끌어안았다.

한광과 청잉이 징쯔를 따라 차례로 들어왔고, 루추는 한 사람 한 사람 일일이 포옹하느라 정신이 없었다. 문득 고개를 돌리니 샤오렌이 눈가에 따뜻한 미소를 머금고 벽에 기대서서 모두를 바라보고 있었다.

사흘 후면 그의 차례다.

자신이 하게 될 일이 뭔지 전혀 모르는 상태에서 루추는 이미 샤오렌 앞으로 걸어가 그를 끌어안고는 그의 넓고 차가운 품에 고개를 파묻었다.

뜨거운 눈물이 얼굴을 타고 흘러내렸다. 루추는 울면서도 샤오렌에게 경고하는 것을 잊지 않았다.

"왜 우느냐고 묻지도 말고 위로하지도 말아요."

"알아요. 그냥 안고 있을게요."

그는 손을 뻗어 그녀의 허리를 감싸 안았다. 웃음기가 약간 섞인 말투였다.

그는 왜 조금도 긴장하지 않는 걸까?

루추가 웅얼거렸다.

"사실 난 나를 믿어요."

"나도 그래요."

그가 조용히 말했다.

"그래도 너무너무 두려워요."

"나도 그래요."

두 번 연속 똑같은 대답을 하면서도 그는 너무도 태연했다. 루추가 고개를 쳐들고 따지듯 말했다.

"전혀 안 그래 보입니다."

"나는 자신 있을 때 울지 않아요. 그리고 두려울 때는 더 안 울죠."

샤오렌이 천진난만한 표정으로 대답했다.

잔뜩 부풀어 올랐던 마음이 한순간에 꺼져버린 것 같았다. 루추가 샤오렌을 매섭게 쏘아보다가 그를 세차게 밀쳐내고는 굳은 표정으로 돌아서서 친관챠오 옆으로 돌아갔다.

그날 밤, 모두가 귀예이에 모여 축하 파티 겸 친관챠오의 환송회를 했다. 루추는 식사를 절반쯤 했을 때에야 친관챠오의 딸이 원래는 홍콩에서 일하고 있으며, 곧 타이베이로 옮길 예정이라는 사실을 알게 되었다. 그 때문에 친관챠오도 우선 홍콩에 가서 며칠둘러본 후 타이베이로 옮겨 한동안 머물 계획이라고 했다. 그녀는친관챠오의 오래된 소망이 퇴직하면 딸과 함께 얼마간 시간을 보낸 뒤 전 세계 각지를 돌아다니며 구경하는 것임을 알고 있었다. 이제 그 소망이 곧 이루어지게 된 것을 보니 루추도 자기 일인 것처럼 기뻤다.

그녀는 다들 술이 거나하게 취한 틈을 타 주스 잔을 들고 친관챠오에게 슬그머니 다가가 잔을 들어 보이며 말했다.

"사부님, 존경합니다. 안녕히 가세요. 즐거운 여행 하세요."

친관챠오가 마시고 있는 술은 도수가 높은 백주였다. 꽤 많이마셨는지 얼굴이 온통 빨갰다. 그는 루추와 잔을 부딪치고는 옆에 있던 커다란 종이 상자 두 개를 가리키며 말했다.

"내 사부님과 내가 기록한 자료야. 모두 자네에게 주지."

너무나도 귀한 자료였다. 루추가 거듭 감사를 표하자 친관챠오가 자신의 가슴을 손으로 가리키며 입을 크게 벌려 말했다.

"전승은 말이야. 머릿속에 새겨넣기보다는 마음에 새겨두는 것이 더 중요하네. 꼭 기억하게."

"네, 그러겠습니다!"

친관챠오가 가늘게 실눈을 뜨고 그녀를 바라보았다. 마치 제자를 평가하는 것 같았다. 잔주름이 진 미간에 내키지는 않지만 어쩔 수 없다는 심경이 그대로 드러났다. 루추가 어떻게 대응해야 좋을지 몰라 가장 난감해하는 상황이었다. 그녀는 생각을 쥐어짜내어 이 분위기가 어색해지지 않을 어떤 말을 하고 싶었지만, 도리어 친관챠오의 질문을 받았다.

"오늘 복원실에 있을 때 말이야. 자네, 음, 나무 한 그루 봤나?"

이번 복원을 위해 두창펑은 특별히 본가 복원실을 리모델링하고 추가로 주변 정원까지 새로 손보았다. 실내에는 청결을 유지하기 위해 화분조차 놓지 않았지만, 집 바깥은 꽃과 나무가 우거지고 작은 다리에 개울까지 흐르는 완벽한 조경을 해놓았다. 바닥까지 닿는 통유리 창으로 내다보면 초록의 풍경이 눈에 가득 담겼다. 나무 한 그루뿐 아니라 수십 그루를 세고도 남을 정도였다.

"바깥에 있는 저 나무들요?"

루추가 물었다.

친관챠오는 순간 멈칫하며 표정이 부자연스러워졌지만, 이내 손을 내저으며 아무것도 아니라고 말하고는 다시 화제를 상자에 담긴 기록물로 돌려 연구할 때 어떤 책을 함께 보면 좋은지 그녀에게 조언했다. 그러면서 이 얘기는 차츰 루추의 머릿속에서 사라졌다.

이날 저녁 만찬은 손님과 주인 모두에게 만족스러웠다. 식당을 나서기 전 루추는 다시 친관챠오에게 달려가 타이완에 도착하면 꼭 알려달라고, 자기가 대접하겠다고 말했다.

친관챠오는 거나하게 취한 상태로 승낙했다. 루추는 그를 따라 문을 나서며 참지 못하고 다시 한번 속삭이듯 물었다.

"사부님, 우리가 한 이번 복원 작업, 정말 성공한 거 맞죠?"

"그럼, 당연하지."

친관챠오는 그녀의 머리를 토닥이면서 혼잣말로 중얼거렸다.

"자네 같은 애송이가 감히 나를 의심해?"

그는 정말이지 많이 취해 있었다. 루추는 한 손으로 머리를 감싸 쥐고 바보처럼 웃으며 다시 물었다.

"그럼 딩딩 언니는 언제 깨어날까요?"

"한 달? 열 달? 일 년? 십 년? 누가 그걸 장담할 수 있겠나. 어쨌든 그들은 사람이 아니고 우리 역시 의사가 아니야."

친관챠오는 이 말을 너무 큰소리로 말해버렸다. 그런데도 그 어떤 놀라워하는 시선도 받지 않았다. 그는 말을 마친 뒤 제대로 걷지도 못하고 비틀거리며 계단을 내려왔다. 몸이 휘청하면서 흔들리자 두창펑이 손을 뻗어 그를 부축했다. 루추는 그 자리에 붙박인 듯 서서 믿을 수 없다는 눈초리로 옆에 있는 샤오렌을 바라보았다.

그는 잠시 멍해 있다가 곧 정신이 들었는지 손을 뻗어 그녀를 감싸 안으며 탄식을 내뱉었다.

"당신은 알고 있었어요?"

그녀가 귓속말하듯 물었다.

"당신이 알고 있는 줄 알았어요."

그가 나지막이 대답했다.

모든 기쁨이 썰물 빠져나가듯 남김없이 사라지고, 가슴속이 온 천지를 뒤덮을 듯한 공포로 가득찼다. 그 공포에 짓눌려 루추는 숨조차 쉴 수 없었다.

그렇다. 그녀는 진즉에 알았어야 했다. 아니, 적어도 이 문제를, 금제 제거 수술이 성공한다면 그가 언제쯤 깨어날 수 있는지를, 물어라도 봤어야 했다.

하지만 그녀는 그러지 않았다.

# 2
# 두렵고도 간절한 바람

축하 파티가 있던 날 밤늦게 샤오롄이 칭잉의 방문을 두드렸다.

그들은 잠을 잘 필요가 없었다. 시내에 있는 집이야 사람들의 주목을 피하려고 가구들을 가득 채워 넣음으로써 최대한 보통 사람들과 다를 바 없이 꾸몄지만, 본가에서는 멋대로 할 수 있었으므로 꾸미고 싶은 대로 꾸몄다. 그래서 칭잉의 방에는 침대 대신 창문 가에 엄청나게 큰 천장형 등나무 의자가 매달려 있었다. 인칭잉은 그 의자 속에 몸을 파묻은 채 손에 든 브랜디 잔을 흔들고 있었다. 은백색 달빛이 그의 옆얼굴에 쏟아져 사람이 한층 더 나른해 보였다.

샤오롄의 발밑으로 검 그림자가 보일 듯 말 듯 어른거리며 마룻바닥 위에 절반쯤 맞춰 놓은 레고를 스치듯 지나쳐 칭잉 앞까지

왔다. 그가 레고 블록을 가리키며 물었다.

"이거 이대로 뒀다가 나 깨어나면 같이 맞출까요?"

"그럴 필요 없어. 레고 블록은 100년 넘게 판매되어 오면서 팬이 갈수록 늘고 있어. 이런 추세라면 앞으로도 200년은 거뜬할걸. 나 역시 매년 몇 상자씩 사서 쌓아두고 연초부터 연말까지 내내 맞추거든. 네가 언제 깨어나든 넌 그것들 중 어느 하나를 절반쯤 맞추고 있는 나를 보게 될 거야. 굳이 지금 것에 집착하지 않아도 돼."

청잉이 샤오롄에게 눈길도 주지 않고 가차 없이 대답했다.

샤오롄이 코를 만지작거리며 나지막이 물었다.

"형도 내가 잘못했다고 생각해요?"

"당연히 잘못했지. 처음부터 나는 줄곧 솔직하게 다 말해야 한다고 주장했어!"

청잉이 술잔을 세게 탁 내려놓고 샤오롄을 돌아보며 물었다.

"오늘 밤에도 봤잖아. 루추가 그 사실을 알고 어떤 반응을 보였는지 말이야. 그녀가 그런 마음 상태인데, 내가 어떻게 안심하고 네 금제 제거를 맡기겠어?"

"그냥 신경이 너무 곤두서 있으니까 좀 풀어주면 돼요. 그녀는 그렇게 나약하지 않아요."

샤오롄이 차분히 대답했다.

"그건 이유가 안 돼. 왜 솔직하게 말하지 않는 건지, 넌 분명 속셈이 있어."

청잉이 언짢은 듯 퉁명스럽게 말했다.

"알았어요, 알았어요."

샤오롄이 잠시 쉬었다가 목소리를 낮춰 말했다.

"어떻게 놔줘야 할지 모르겠어요."

"모르겠다는 거야, 아니면 그러기 싫은 거야?"

청잉이 물었다.

"……그러기 싫어요."

"드디어 처음으로 솔직해졌군."

청잉이 "후" 하고 한숨을 내쉰 뒤 잠시 생각하더니 다시 말했다.

"좋아, 마침내 솔직한 말을 꺼낸 성의를 봐서 들어줄게. 무슨 일인데?"

샤오롄은 품에서 아주 두툼한 서양식 미백색 편지 봉투를 꺼내 청잉에게 건네주며 말했다.

"부탁 하나만 할게요. 루추가 금제를 제거하고 나면 그녀에게 전해줘요."

봉투는 아직 봉하지 않은 상태였다. 봉투를 건네받은 청잉은 그것을 열어 가장 바깥쪽에 있던 편지지를 한 장 꺼냈다. 몇 줄 읽어 내려가던 그가 "아!" 하고 탄식을 내뱉고는 고개를 들어 샤오롄에게 물었다.

"이게 뭐야, 보상이라니?"

"내가 있든 없든 그녀가 평생 아무 걱정 없이 살 수 있게 해줄 거예요."

"가진 것 전부를 예물로 주겠다는 얘기군."

청잉이 편지 봉투를 흔들어대며 못되게 웃더니 물었다.

"만일 네가 몇 년 후에 깨어나 보니 사람도 재산도 다 사라졌다면 그땐 어쩔 거야?"

"찾아서 데려와야죠."

샤오렌이 주저 없이 대답했다.

청잉이 큰소리로 껄껄 웃더니 편지 봉투를 바닥에 던져버리고
는 말했다.

"좋아. 내가 도와줄게."

샤오렌이 고맙다고 말한 뒤 다시 물었다.

"형님들이 그녀를 돌봐줄 거죠?"

"물론이지."

청잉이 책상다리를 하고 다시 등나무 의자 깊숙이 파고들려는
데 샤오렌이 여전히 그 자리에 꼼짝도 하지 않고 서 있자 다시 물
었다.

"아직도 용건이 남았어?"

"그냥 잡담요."

샤오렌이 창 유리에 비스듬히 기대면서 말했다.

"주주가 결계(結契)에 애를 아주 많이 썼다는 걸 최근에야 알았
어요."

청잉이 순간 멈칫하더니 말했다.

"내가 알기로는 결계의 방법을 열심히 찾고 있는 자는 펑랑이
야. 주주는 거기에는 관심도 없어. 그의 본성은…… 뭐랄까, 세상
과 타인의 고통을 아파하는 쪽이랄까?"

충환의 가시 돋친 농담이 떠올라 샤오렌은 슬며시 미소를 지으
며 대답했다.

"징쯔는 주주가 너무 가식적이고 생긴 것도 밉상이라고 생각하던데요."

"그녀는 누구한테서든 그 사람의 가장 진실한 모습을 볼 수 있어. 그래서 누구든 거슬려 보일 수 있지."

청잉이 어깨를 으쓱하고는 별일 아니라는 듯 대답했다.

샤오렌이 생각에 잠긴 듯 고개를 끄덕이더니 청잉에게 알려주었다.

"주주는 결계가 사랑과는 무관하다고 생각해요."

"내가 보기에도 그와 펑랑이 연인 사이 같진 않아. 군신 관계는 더더욱 아닌 것 같고."

청잉이 내키는 대로 대답했다.

시종일관 대화를 제대로 받아주려 하지 않는 청잉 때문에 샤오렌은 머리가 아팠다. 그는 청잉이 주제를 비껴가는 것도 아랑곳하지 않고 계속 말을 이어갔다.

"결계를 맺으면 둘은 서로 화복을 함께 나누고 생사를 같이하게 돼요. 이 두 가지로만 봐도 사실 전우에 훨씬 가깝죠."

"어찌 옷이 없다 하랴, 그대와 함께 입으리라?[豈曰無衣, 與子同袍: 시경의 〈진풍(秦風)〉 중 〈무의(無衣)〉를 인용한 것으로 출정 전 전우애와 사기를 북돋는 말―역주]"

청잉이 이렇게 말하며 눈빛이 미세하게 흔들리더니 모호하게 덧붙였다.

"그런 점이 비슷하네…… 결계에 관해서 주주가 당시에 어떤 실마리라도 찾아냈나?"

"아뇨."

샤오롄이 치밀하고 신중하게 청잉을 바라보며 천천히 말했다.

"하지만 주주가 아주 좋은 질문을 하나 던졌어요."

"무슨 질문인데?"

청잉이 여전히 대수롭지 않다는 듯 물었다.

"우리가 인간으로 화형한 그 순간부터 결계라는 이 일이 우리 머릿속에 존재해왔다는 거죠. 영원불변의 진리로 더없이 자연스럽세요. 그런데 이렇게 오랜 세월 동안 주주는 누군가와 결계에 성공한 이를 한 번도 본 적이 없다는 거예요. 그건 나도 마찬가지고요. 형님은요?"

"나도 없어."

청잉이 단호하게 대답했다.

"그러니까 너도 시간 낭비하지 말라고 충고하는 거잖아."

"나는 시간이 많아요."

"하지만 루추는 아니잖아."

청잉이 눈썹을 치켜뜨며 샤오롄에게 물었다.

"넌 루추와 결계를 맺고 싶겠지. 그래서 주주와 펑랑이 이루지 못한 일에 흥미를 느끼는 거고. 내 말이 틀려?"

"맞아요."

"너무 비현실적인 생각이야. 일찌감치 단념해. 지금 눈앞에 있는 사람을 소중히 여기는 것이야말로 가장 중요하지."

샤오롄은 그저 "음" 하고는 가타부타 말하지 않았다. 청잉이 그를 이미 설득했다고 생각한 순간 샤오롄이 담담하게 말했다.

"난 세세한 부분을 관찰하는 데는 서툴러요. 하지만 형제로 오랜 세월 함께 지내다 보니 어떤 일은 자기도 모르게 알게 되더라고요. 특히나 우린 청력이 너무 좋잖아요."

"어?"

청잉은 갑자기 안 좋은 예감이 들었다.

"예를 들어 형님은 거짓말을 할 때 말하는 속도가 자기도 모르게 빨라져요."

순간 두 사람의 시선이 부딪쳤다. 청잉이 진정성이라고는 없는 웃음을 지으며 물었다.

"그래서?"

샤오렌이 청잉을 바라보며 물었다.

"그래서 결계에 성공한 사람이 대체 누구예요?"

"말도 안 되는 헛소문이야. 듣도 보도 못한 어디 아프리카 출토품이라고!"

이 말을 할 때 속도도 빨랐을 뿐만 아니라 말투도 차마 들어줄 수 없을 정도로 구차했다. 하지만 샤오렌은 뭔가 생각할 게 있다는 듯 고개를 끄덕이고는 물었다.

"금제를 제거하고 나면 나를 그쪽에 좀 소개해줄 수 있어요?"

"다음에 다시 얘기해."

이는 손님을 내쫓는 말이나 마찬가지였다. 샤오렌은 실례가 많았다고 예의를 갖추어 인사한 뒤 검에 올라타고 방을 나갔다. 방문이 닫히자 청잉은 마룻바닥에서 술잔을 집어 등나무 의자에 다시 몸을 파묻고는 갈고리 모양의 초승달을 올려다보았다.

린시가 숨소리도 없이 아주 조용히 지붕에서 땅으로 뛰어내리더니 창문 너머로 그를 바라보며 발굽을 들어 땅을 두어 번 팠다. 청잉도 린시를 향해 술잔을 들어 올리며 중얼거렸다.

"셋째가 그렇게 하는 걸 반대하는 게 아니야. 결계를 맺는다는 일 자체가 애초에 문제가 있다는 거지. 생명을 공유하고, 화복을 함께한다는 말이 얼핏 들으면 연대감이 들어 근사하지. 하지만 생각해 봐. 너나 나나 이미 늙지도 죽지도 않는데 여기서 더 애를 써서 생사를 함께한다는 건 부질없는 짓 아닌가?"

린시가 고개를 쳐들고 길게 울음을 뽑았다. 두텁고 굵은 목소리였다. 청잉이 항복의 의미로 두 손을 쳐들고 말했다.

"좋아, 알았어. 보험이라고 치자. 모든 게 완벽해도 만에 하나를 대비해야 하는 거니까. 하지만 그렇다고 해도 여전히 이상해. 결계를 맺는 일만 이상한 게 아니라 마치 온 세상이 다 무언가 이상해 …… 너도 그런 생각 들지 않아?"

청동 기린이 코에서 흰 김을 두 번 내뿜고는 입속으로 몇 마디 웅얼거렸다. 청잉이 이해하기로는 동의는 하겠지만 그 문제에 관심 없다는 의미인 것 같았다.

그가 창문을 열고 손을 뻗어 린시의 머리를 쓰다듬으며 물었다.

"원칙을 지키며 현재를 살라고?"

린시가 아래턱을 들고 아주 오만한 표정을 지어 보이며 머리부터 발끝까지 온몸으로 "나는 내 잘난 맛에 내 멋대로 산다"는 표현을 했다. 청잉이 깔깔 웃으며 고개를 젖혀 술을 한꺼번에 입안에 털어 넣고는 술잔을 '쾅' 소리가 나게 바닥에 내려놓았다. 그런 다음 원반을 집어 들고 창밖으로 펄쩍 뛰어넘어 갔다. 사람 하나와 동물 하나가 쏟아지는 달빛을 흠뻑 받으며 장난치기 시작했다.

그런데 술잔을 내려놓은 그의 동작 때문에 등나무 의자 아래로 바닥에서 20~30센티미터쯤 떨어진 위치에 있던 주먹만 한 아란석(鵝卵石)에 희미하게 균열이 생겼다.

같은 본가에서 루추는 두 눈을 꼭 감고 침대에 누워 이리저리 뒤척이고 있었다.

오늘 밤 내내 그녀는 깊이 잠들지 못했다. 띄엄띄엄 꿈에 빠져 들었다가 깨기를 반복했다. 새벽 두세 시경까지 뒤척이던 루추는 창문이 살그머니 열렸다가 뒤이어 다시 닫히는 소리를 들었다.

매트리스가 푹 꺼졌다. 누군가 그녀의 옆에 앉은 것이다. 루추는 눈을 뜨지도 않고 무턱대고 손을 뻗어 그를 껴안았다.

"잠이 안 와요?"

샤오롄이 몸을 숙여 그녀의 뺨 가까이에 대고 물었다.

"네."

"내가 같이 있어 줄게요."

평범한 평서문의 말이었다. 그런데 이전의 샤오롄은 이렇게 말한 뒤 곧장 본체로 돌아가 소련검이 되어 그녀 옆에 몸을 누였었는데, 오늘은 미적거리기만 하고 움직이지 않았다. 루추는 이상한 생각이 들어 눈을 떴다. 그 순간 자신을 바라보는 그의 눈길과 마주쳤다. 샤오렌은 재빨리 몸을 돌려 그녀 옆에 모로 눕더니 그녀를 자신의 품 안에 폭 끌어안았다.

두 사람 중 누구도 입을 열지 않은 채 한참이 흘렀다. 루추의 머리 위에서 가벼운 웃음소리가 들리더니 이어 그가 나지막이 말했다.

"침대가 너무 작아요."

"네."

"이러면 당신이 잠을 더 못 잘까요?"

"……아마도요."

"나 그냥 갈까요?"

"가지 말아요!"

그녀는 아주 단호하게 대답하고는 손을 뻗어 그의 목을 꼭 끌어안고 그의 넓고 두꺼운 가슴팍에 고개를 파묻었다.

그가 낮게 한숨을 뱉어내고는 손을 뻗어 그녀의 등을 쓰다듬으며 속삭였다.

"우린 앞으로 아주아주 오랫동안 함께할 거예요. 당신이 날 지겨워할 때까지."

"샤오렌, 나한테 한 가지 약속해줄 수 있어요?"

"약속할게요."

"나한테 '나중에'란 말은 하지 말아줘요. '미래'라는 말도요. 그런 말 듣기 싫어요."

"알았어요. 그럼, 잘 자라는 말은 해도 돼요?"

루추가 "흥" 하고 콧방귀를 뀌고는 대답하지 않았다. 샤오렌이 고개를 숙였다. 그의 입술이 그녀의 이마에서부터 귓가에까지 구석구석 가늘고 차가운 입맞춤들을 떨구었다.

그렇게 두 사람은 서로 끌어안고 사흘 밤을 잤다. 나중도, 미래도 없었고, 잘 자라는 밤 인사만 있었다. 나흘째 되는 날 루추는 두려운 마음에 잠에서 깼다. 동틀 무렵 눈이 번쩍 뜨이더니 더는 잠을 잘 수가 없었다.

오늘이 금제를 제거하는 날이다.

그녀는 무엇보다도 이날을 기대했었다. 하지만 막상 닥치고 보니 말할 수 없이 두려웠다.

샤오롄은 아직 눈을 감은 채였다. 하지만 그 역시 당연히 잠을 이루지 못했다. 루추가 손을 뻗어 그의 가늘고 기다란 눈썹을 조심스레 만지며 중얼거렸다.

"답답해요. 나가서 바람 좀 쐬고 싶어요."

그는 대답이 없었지만 루추는 이해할 수 있었다. 겨울 새벽이고, 바깥은 나뭇가지에 얼음까지 얼 정도로 추우니 바람을 쐬러 나가기에는 결코 좋은 때가 아니었다. 잠이 오든 안 오든 그녀는 도로 베개 위에 누워야 했다. 양을 세든 토끼를 세든 호랑이를 세든 다 좋지만, 눈을 감고 정신을 수양할 땐 아무렇게나 해선 안 된다.

"단단히 입어요."

샤오롄이 갑자기 눈을 번쩍 뜨며 말했다.

루추가 침대에서 뛰어내려 재빨리 스웨터 두 벌을 껴입고 그 위에 다시 복사뼈까지 내려오는 기다란 패딩 코트를 입었다. 그런 다음 패딩 코트의 후드를 뒤집어쓰고 지퍼를 끝까지 올려서 머리끝에서 발끝까지 단단히 싸맸다. 샤오롄이 목도리를 꺼내 그녀의 손에 쥐여주었다. 그런 다음 그녀를 옆으로 안아 들더니 장검을 몰아 창턱을 미끄러지듯 빠져나가서 바깥을 향해 낮게 날았다.

루추는 애초에 본가 주변을 한 바퀴 도는 정도면 충분하다고 생각했지만, 샤오롄은 그렇게 생각하지 않았다. 장검은 정원을 가로질러 높이 솟아오르더니 바람을 타고 수평으로 곧장 날아가 금세 호수 위쪽에 도달했다.

하늘이 희붐하게 환해지더니 붉은 해가 동쪽에서 서서히 떠올랐다. 자욱한 새벽안개가 삼림공원과 호수를 겹겹이 에워싸고 있었다. 작은 섬이 안개 속에서 언뜻언뜻 모습을 드러내고, 섬을 육지까지 잇는 긴 다리가 마치 구름바다 위에 가로놓인 것 같은 풍경이 유난히 몽환적이었다.

샤오롄은 7~8층 높이쯤에서 검을 멈춰 세운 뒤 그녀에게 물었다.

"좀 더 짜릿하게 놀아볼까요?"

루추는 늘 높은 곳을 무서워했고 스피드를 즐긴 적도 없었다. 그래서 그는 그녀가 "아뇨."라고 대답하거나 한술 더 떠서 주먹으로 자신을 한 대 칠 거라고 예상했다.

그런데 뜻밖에도 그녀가 그의 품에서 고개를 쏙 내밀고는 기를 쓰고 두 발을 검 위에 올려놓더니 고개를 숙여 한참 동안 아래를 내려다본 후 깊게 심호흡하고는 의연하게 외쳤다.

"좋아요."

그녀가 고개를 쳐들고 그를 빤히 쳐다보더니 또 물었다.

"당신은 평소에 어떻게 노는데요?"

그녀의 눈빛이 강렬한 공포와 갈망을 동시에 드러내고 있었다. 그녀에게 안심하라는 말을 몇 마디 건네려던 샤오롄은 말을 꺼내기 전에 불현듯 깨달았다. 루추가 두려워하는 것도, 갈망하는 것도 모두 지금 이 순간과는 무관하다. 이 순간 그녀는 그것에 집중하지 않으려고 애쓰고 있는 것뿐이다.

그도 그래야 했다.

루추의 두 손이 아직 그의 허리에 감겨 있는 것이 느껴졌다. 샤오롄이 고개를 숙이고 짧게 "꽉 잡아요."라고 말한 순간 몸이 한쪽으로 기울더니 발밑의 장검이 비스듬히 아래 호수 면을 향해 곧장 급강하했다.

그다지 빠른 속도로 나는 것이 아니었는데도 세찬 바람이 귓가로 쉭쉭 소리를 내며 지나갔다. 루추는 자기도 모르게 숨을 멈췄다.

그렇게 급강하하던 장검은 수면에 부딪히기 바로 직전에 갑자기 멈추더니 날 끝을 사선으로 틀어 수평으로 방향을 바꿔 앞으로 날아갔다. 그와 동시에 샤오롄도 발끝으로 검을 탁 밟아 그 힘으로 공중으로 도약한 뒤 루추를 안아 내려오면서 자세를 바꾸어 책상 다리로 검 위에 사뿐 내려앉았다.

이 일련의 동작들은 루추가 미처 겁을 내기도 전에 이미 끝나 있을 정도로 빠르고 민첩했다. 샤오롄이 아래쪽을 가리키며 말했다.

"봐요."

루추가 눈을 커다랗게 뜨고 내려다보니 수면 위의 살얼음 아래로 물고기들이 놀라 사방으로 흩어지는 것이 보였다. 일부는 심지어 장검과 같은 방향으로 물속 깊이 파고들었는데 검보다도 빨랐다. 사방이 푸른 산으로 둘러싸여 있고, 주변에는 뭉글뭉글 물안개가 여기저기 떠 있었다. 손을 뻗어 만질 수 있었지만 막상 닿으면 연기처럼 흩어져 사라졌다.

똑같은 하나의 세상이 그의 존재로 인해 꿈과 환상의 세계가 되었다.

"당신 이렇게도 놀아요?"

루추가 샤오렌에게 바짝 다가가 물었다.

"이게 다가 아니에요. 더 짜릿한 놀이 방법도 있지만 애석하게도 당신을 데려갈 방법이 없네요."

샤오렌은 자신의 이마로 그녀의 이마를 누르고는 웃으며 대답했다.

"금제를 제거하면 당신이 노는 모습을 나한테 보여줄 거죠?"

그녀가 그에게 새끼손가락을 내밀었다.

"약속할게요."

그도 새끼손가락을 내밀어 진지하게 그녀와 손가락을 걸었다.

왔다 갔다 하는 데 한 시간이 채 안 걸린 이 여정은 마치 초대형 롤러코스터를 탄 것 같았다. 루추는 땅에 발을 딛고 나서야 다리에 힘이 쭉 빠지고 허리도 제대로 펴지지 않는다는 것을 알았다. 하지만 마음은 더 이상 잿빛이 아니었다.

그녀는 본가 거실에 서서 허리를 굽혀 두 손으로 무릎을 짚은 채로 한참 숨을 헐떡이고는 샤오롄에게 손을 흔들며 말했다.

"이따 봐요."

그런 다음 걸음을 옮겨 뒤도 돌아보지 않고 곧장 복원실로 갔다.

샤오롄은 날아서 집 안으로 들어온 뒤에도 줄곧 검 위에 서 있었다. 지면에서 35센티미터쯤 위에 떠 있는 검은 장검에서 검광이 번쩍이며 어두워졌다 밝아졌다 했다. 그는 두 손을 바지 주머니에 찔러 넣은 채 루추의 뒷모습을 계속 눈으로 좇다가 그녀가 문 뒤로 사라지자 그제야 땅에 내려섰다. 장검이 그의 발 주위를 두 바퀴 돌고는 무형의 세계로 사라졌다.

"본체를 통제하는 능력이 또 향상된 거야?"

한광이 커다란 통유리 문을 밀치고 들어와서 샤오롄에게 물었다.

지난 한 달여 동안 샤오롄과 한광은 대화 몇 마디를 제대로 이어 갈 수가 없었다. 얘기를 시작하면 이내 싸움이 되기 일쑤였다. 지금 이 순간 샤오롄은 한광과 길게 얘기할 기분이 아니었다. 그는 덤덤하게 "네." 하고 대답했다. 한광은 아랑곳하지 않고 계속 말했다.

"오늘 아침에 딩딩의 본체를 보러 갔었어. 찬란하게 빛나더군. 몇백 년 동안 누적된 고질병이 말끔히 고쳐진 거지."

"친 사부가 대단하죠."

샤오롄이 입에서 나오는 대로 아무렇게나 대답했다.

"루추는 성장하기 시작하면 아마 스승을 능가해 청출어람이 될 수 있을 거야."

한광이 여기까지 말하고는 잠시 멈추더니 불쑥 물었다.

"이전까지 만났던 복원사 중 이 정도로 대단한 사람은 최 씨였어. 아직도 기억나. 네 초능력도 그때 최고조에 달했었잖아?"

샤오렌은 순간 놀라 움찔했다가 천천히 고개를 끄덕였다. 한광이 또 물었다.

"우리가 강해질 때, 동시에 복원사도 더 강한 사람이 나타난다는 생각 안 들어? 미지의 어둠 속에서 어떤 힘이 우리가 인간 세상의 주도권을 가져가지 못하도록 억누르는 것 같지 않아?"

샤오렌이 안색이 어두워지며 대답할 말을 찾지 못하고 있을 때, 청잉이 원반 하나를 들고 성큼성큼 집 안으로 들어오더니 한광에게 짜증을 냈다.

"제발요. 셋째가 이제껏 권력에는 눈곱만큼도 관심을 안 가졌다는 건 말할 필요도 없잖아요. 설사 관심이 있다고 하더라도 큰 수술을 앞둔 결정적인 순간에 셋째를 붙잡고 이 얘기를 하는 건 좀 너무한 거 아니에요?"

순간 지붕이 미세하게 흔들리더니 곧이어 얇은 망사 같은 금빛이 위에서 쏟아져 내려 본가와 주변 정원을 감싸듯이 에워쌌다.

한광이 청잉을 차갑게 쏘아보고는 위를 올려다보며 말했다.

"이제야 발동하다니, 아침에는 뭘 한 거야?"

"린시가 참 기특해. 타이밍 한번 기가 막히는군."

청잉도 올려다보며 소리 내 웃었다.

한광이 탐탁지 않다는 듯 청잉을 힐긋 노려보며 한마디 하려는데, 두창펑이 문 안으로 들어서더니 대뜸 샤오렌에게 물었다.

"루추 씨가 검을 가지러 거실로 가려는 모양인데, 어쩌려고 그래? 여기 남아서 우리랑 노닥거리면서 의식을 잃을 때까지 수다를 떨 셈인 거야?"

"본체로 돌아갈게요."

샤오롄이 말했다.

그는 주위를 둘러보면서 다른 세 사람에게도 일일이 고개를 끄덕이며 인사했다.

"두 형, 큰형, 청잉 형, 나중에 봐요."

한광과 두창펑은 고개를 끄덕여 인사했고, 청잉은 손을 흔들며 반농담조로 말했다.

"안심하고 가봐. 갔다 오면 백 년은 지나 있을 거야."

샤오롄의 몸이 순식간에 사라지면서 입었던 옷이 후드득 떨어졌다. 검은색 셔츠의 긴 소매가 펄럭이며 청잉의 신발 끝에 떨어졌다.

청잉이 셔츠를 발로 툭 차며 한광에게 말했다.

"버립시다. 보관해주기 귀찮아."

한광이 안경을 벗고 초조한 듯 미간을 문지르며 말했다.

"이상하네. 난 전혀 긴장이 안 돼. 마음속으로 셋째가 분명 잘 견뎌낼 거라고 확신하고 있나 봐. 심지어 몇십 년 더 늦게 깨어나서 루추랑 다시 엮이지 않았으면 좋겠어……. 두 형, 어떻게 생각해요?"

"내가 보기에는……."

두창펑이 팔짱을 끼고 복도에 서서 눈꽃 하나하나가 금색의 얇은 막을 통과하는 것을 응시하며 느릿느릿 말했다.

"린시가 점점 똑똑해지고 있어."

청잉이 득의양양하게 고개를 끄덕이며 맞장구쳤다.

"그러게나 말이에요. 이해력과 표현력 둘 다 무섭게 성장했어요. 복잡한 지령을 알아듣고 간단한 소리로 저와 소통할 줄도 알아요. 게다가 놀러 나가겠다고 흥정할 줄도 안다니까요."

여기까지 말한 그의 안색이 갑자기 굳어졌다. 두창평이 청잉을 힐긋 쳐다보며 물었다.

"성장이 얼마나 빠르기에? 너조차도 대단하다고 생각할 정도로 빠른 거야?"

청잉은 고개를 끄덕이고서 안색이 한층 더 굳어졌다. 한광이 한 발 앞으로 나아가 두창평에게 물었다.

"린시가 처음 급속도로 성장했던 건 셋째한테 금제가 씌워지기 몇 년 전이었어요. 그때는 나의 기상 예지력도 엄청나게 강해졌었고요. 지금이 두 번째예요…… 두 형은 어때요?"

"난 별로 변한 게 없어. 하지만 다른 측면에서 볼 때 내 경우는 특수하니까 나를 보고 판단하는 건 정확하지 않을 거야."

두창평이 줄곧 창밖의 먼 곳을 응시하며 말했다.

"만약 자네들이 막 화형했을 당시까지 계산하면 이번이 세 번째인 거지."

"첫 번째는 어떤 상황이었죠?"

한광이 물었다.

두창평이 고개를 가로저으며 대답했다.

"그때는 내가 촉나라를 막 떠났을 때라 마음이 좋지 않았어. 바깥에서 무슨 일이 벌어지는지 생각할 겨를이 없었지. 오히려 쉬안위안[軒轅, 황제(黃帝) 헌원 – 역주]은 화형자의 수가 갑자기 많아진 것에 주목했었어……. 하, 그 당시에 화형한 자들 가운데 지금까지 남아 있는 사람도 몇 명 안 돼."

한광은 두창평이 마지막에 탄식하며 한 말에는 별다른 반응을 보이지 않고 다시 물었다.

"쉬안위안 형님이 또 뭔가 얘기하지 않으셨나요?"

두창평이 시선을 거두고 잠시 생각하더니 말했다.

"전승. 쉬안위안은 전승의 땅이 외부에 열리면서 사람들이 들어와 배우게 된 게 그때부터라고 보았어. 일종의 '수제자에게 문을 열어준다'는 개념과 비슷하지."

"또 전승인가?"

한광이 골치 아프다는 듯 의자 다리를 발로 걸어차며 투덜거렸다.

"어딜 가도 목덜미를 조이고 있는 이놈의 전승을 벗어날 수가 없군."

두창평이 한광의 모습을 보며 눈살을 찌푸렸다. 한광이 발을 거둬들이고는 다시 두창평에게 말했다.

"첫 번째 진화에서는 우리의 수가 늘어났고, 두 번째 진화에서는 우리의 초능력이 강해졌어요. 이제 세 번째로 진화할 차례예요. 어느 방향일까요? 쉬안위안 형님이 떠나기 전에 언급하신 적이 있나요?"

두창평이 고개를 가로젓자 한광이 다그쳐 물었다.

"쉬안위안 형님이 그때 말없이 떠나신 게 이 두 번의 진화와 관

런이 있을까요?"

"물어보지 않았어."

두창펑이 담담하게 대답했다.

"형님은 지금 어디 계시죠?"

한광은 단념하지 않았다.

"말해주지 않았어."

두 사람의 시선이 부딪쳤다. 두창펑의 눈빛에 담긴 경고의 뜻이 한광의 입을 다물게 하는 데 성공했다. 하지만 한광의 눈빛 깊숙이 치밀어오르는 분노는 더욱더 짙어졌다.

옆 소파에 걸터앉아 있던 청잉이 갑자기 입을 열었다.

"두 형, 제가 한 가지 물어봐도 될까요?"

두창펑이 고개를 돌리며 말했다.

"묻고 싶은 게 뭐지?"

"쉬안위안 형님이 아내와의 결계에 성공했나요?"

"그런 일이 있었어?"

한광이 끼어들며 물었다.

두창펑이 머뭇거리면서 고개를 끄덕이자 청잉이 이어서 또 물었다.

"쉬안위안 형님의 아내가 인간이었어요?"

# 3
# 바람은 불지 않았다

일하는 습관은 사람마다 크게 다르다. 끊임없이 환경을 바꾸는 걸 좋아하는 사람은 보고서 하나를 쓰는 데도 카페를 세 군데나 돌아보고서야 영감이 술술 떠오르는 곳을 찾는다. 또 안정을 중요하게 여기는 사람은 테이블 하나만 바뀌어도 반나절 동안 불편해하기도 한다.

루추는 자신이 중용파에 속한다고 줄곧 생각해왔다. 환경 변화에 그다지 민감하지 않아서 너무 시끄럽거나 너무 더운 곳만 아니면 되고, 어느 정도 그녀가 상황에 몰입할 시간만 주어진다면 일을 할 수 있었다. 오늘에서야 그녀는 자신이 틀렸을 뿐만 아니라, 하필이면 꼭 중요한 순간에 평상시와 다른 모습이 된다는 것을 깨달았다.

그녀는 본가 거실 벽에 걸려 있던 소련검을 내려서 잘 받쳐들고 복원실로 들어가 자리에 앉았다. 그런 다음 습관적으로 손을 뻗어 왼쪽 서랍을 뒤졌다. 일상적인 작은 일감부터 찾아 연습 삼아 손을 풀면서 마음을 천천히 가라앉히고, 상황에 몰입되면 그때 정식으로 복원을 시작해야겠다는 생각이었다.

서랍을 열어보니 그 안에는 복원해야겠다고 생각하고 있던 작은 기물들 대신 천연 숫돌 한 상자만 다소곳이 놓여 있었다. 루추는 어떻게 된 영문인지 몰라 당황했다가 이내 생각이 났다. 이곳의 인테리어나 방위는 모두 회사의 복원실과 완전히 똑같았지만, 이곳은 본가 복원실이지 그녀에게 이미 익숙해진 광샤 빌딩 15층 복원실이 아니었던 것이다.

별안간 마음속에서 부담감이 밀려왔다. 그녀는 사방을 둘러보았다. 모든 도구가 벽에 일자로 정렬되어 언제라도 꺼내 쓰기 편리하게 되어 있었고, 바닥도 먼지 하나 없이 깨끗했으며 작업대도 반짝반짝 닦여 있었다. 이 공간 전체가 그녀에게 빨리 시작하라고 무언의 재촉을 하는 것만 같았다. 빨리, 빨리, 빨리……

루추는 칼자루 위의 금제를 30분 가까이 노려보다가 벌떡 일어나서 성큼성큼 복원실을 나왔다.

응접실에서는 두창평, 한광, 청잉이 제각기 한구석을 차지하고서 각자 자기 일을 하고 있었다. 그녀가 성큼 들어서자 여섯 개의 눈동자가 삽시간에 그녀에게로 쏠렸다.

루추는 곧장 두창평에게로 가서 물었다.

"주임님, 집 안에 손상된 기물이 좀 있을까요? 연습 삼아 손을 풀어서 감을 좀 찾고 싶은데요."

"전에 밟아서 납작해진 그 훈향구는 어때요?"

한광이 대신 끼어들어 물었다.

"그건 이미 수리를 한걸요. 요즘 긴장될 때마다 뭐라도 복원하는 데 몰두하곤 했거든요."

루추는 행동이 너무 빨랐던 자신이 모처럼 원망스러웠다.

두창평이 망설이며 말했다.

"수장고 안에 깨진 도자기가 두 점 있어요. 방품이긴 하지만 그래도 명나라 때 물건이에요."

"그건 적당하지 않아요. 잠깐만 기다려요."

청잉이 두창평의 말을 끊더니 서둘러 응접실을 나갔다. 곧이어 바로 옆 거실에서 트렁크를 여는 소리가 들리더니 1분도 채 안 되어 그가 다시 들어왔다. 손에는 뱀 가죽 칼집에 꽂힌 옥구검이 들려 있었다.

"받아요."

그가 소파 너머에서 루추에게 검을 던졌다.

루추는 두 손을 벌려 검을 받았다. 왠지 눈에 익은 검인 것 같았다. 그녀가 잠시 자세히 들여다보더니 입을 열었다.

"주주?"

한무제가 태산에 제를 올리기 위해 주조한 팔복검, 그때 펑랑이 그녀 심장의 피로 주주를 깨우려 했던 그 검이다!

청잉이 고개를 끄덕이자 한광이 입을 열었다.

"자신을 의과대학원 학생이라고 생각하고, 지금은 수술 전에 고인의 유해로 연습하는 거라고 생각해봐요. 잘못해서 좀 망가뜨려도 상관없어요. 심리적으로 부담되면 미리 말해요."

이 말을 하는 그의 말투가 너무 거칠어서 평소의 인한광과는 사뭇 달랐다. 하지만 루추는 개의치 않았다. 그녀는 모두에게 정중한 태도로 인사한 후 아무 말도 하지 않고 검을 안고 황급히 복원실로 돌아왔다. 문을 닫고, 자물쇠를 채운 다음 암담한 상태의 옥구검을 꺼내 작업대 위에 놓고 자리에 앉았다.

검 끝에 손톱만 한 크기의 말라붙은 핏자국이 남아 있었다. 자신의 피였다. 평랑이 이 검으로 그녀의 가슴을 찔렀을 때, 샤오롄이 그녀를 구하기 위해 억지로 그녀에게 어검을 하게 했었다.

그는 대체 어떤 심정으로 그렇듯 확고하고 결연하게 자신을 희생했을까?

그날 밤 그가 먼저 그녀를 구해줬고, 그녀가 다시 그를 구해주었다. 모든 일이 그토록 자연스럽게 일어났고, 또한 그토록 떨리고 무서웠다. 하지만 그 후로 두 사람은 이 공통의 기억을 다시는 거론하지 않았다.

정말 이상한 것은 그녀가 샤오롄을 전혀 모르면서도 주저 없이 그를 사랑하게 되었다는 점이다.

루추는 그 작은 핏자국을 가만히 응시했다. 자기도 모르게 눈시울이 붉어졌다. 하지만 지금은 감상에 빠질 때가 아니다. 그녀는 깊게 숨을 들이마신 뒤 다시 서랍을 열고 직감에 따라 엄지손가락 크기의 숫돌을 하나 골라 검을 연마하기 시작했다.

복원실에는 시계가 없었고, 그녀도 핸드폰을 갖고 들어오지 않았다. 지금 이 순간, 이곳에서 시간은 아무런 의미가 없었다. 루추는 고개를 숙이고 왼손으로 검신을 더듬어가며 오른손으로 조금씩 조금씩 연마해나갔다.

처음에는 움직임이 그리 매끄럽지 않았지만, 자세를 몇 차례 고친 뒤 리듬을 찾았다. 숫돌이 검신 위를 마찰하며 내는 소리가 차츰 운율을 이루었다. 반복적이면서도 단조롭지 않은 운율이었다. 그러면서 루추는 서서히 무아지경으로 몰입해 들어갔다.

마음(心)은 가벼이 움직이지 않고, 정(情)은 인과로 말미암지 않으며, 인연(因緣)은 생과 사를 결정짓는다.

언제부터인지 복원실 안에서 사락사락 소리가 났다. 바다에서부터 육지로 불어온 천만년 전의 바람이 숲속에 머물며 노니는 것 같기도 하고, 멀리서 이름 모를 가객이 아득한 옛날로부터 전해지는 송가를 나직이 읊조리는 것 같기도 했다.

그녀는 숫돌을 새로 바꾸고 장검의 위치를 조정했다. 그렇게 움직이다가 그리 날카롭다고도 할 수 없는 검 끝에 실수로 손바닥 한가운데를 얕게 베었다. 선명한 붉은색 핏방울이 배어 나와 검신에 번지는가 싶더니 천천히 사라졌다. 심지어 흔적조차 없었다.

아픔이 느껴지지 않았다. 귓가에 들리던 소리도 점점 약해졌다. 그러다 어느 순간 루추는 손을 멈추고 완전한 고요의 상태에 놓여 있는 자신을 발견했다. 눈앞의 모든 것이 너무도 낯설었다. 공간은 현실감이 사라졌고 시간은 흐름을 멈추었다.

언젠가 이런 느낌을 받은 적이 있었던 것 같았다. 언제 어디서였지?

옛 거리의 영상이 돌연 머릿속에 떠올랐다. 그녀가 청석판을 밟으며 한 걸음 한 걸음 앞으로 걸어가고 있고, 길 끝에는 검은 상의와 검은 바지 차림의 샤오롄이 고개를 숙인 채 옛 전우를 그리워하며 클라리넷을 불고 있다.

첫 만남의 순간, 두 사람은 길 양쪽에 서 있다.

바람이 불어와 마음의 현을 가볍게 흔드는 것 같았다. 루추는 천천히 일어서서 소련검을 가져와 금제의 매듭을 하나씩 차례로 풀기 시작했다.

그녀의 움직임과 동작 하나하나가 마치 조금 전 읊조리던 소리에 화답하는 듯 기이한 리듬을 띠고 있었다. 그러나 루추 자신은 이 점을 전혀 의식하지 못한 채 일체의 잡념 없이 오로지 눈앞에 있는 이 일의 완성을 위해 온 정신을 집중했다.

오후 2시 반. 제대로 앉아 있지를 못하고 좀이 쑤셔서 맨 먼저 들썩인 것은 청잉이었다. 그는 벽에 걸려 있는 괘종시계를 쏘아보다가 고개를 돌려 두창평에게 물었다.

"루추 씨는 식사 안 해도 될까요?"

"복원실에 생수와 간식이 좀 있어. 알아서 나오기 전에는 우리도 괜히 들어가서 방해하지 않기로 약속했어."

두창평의 말투는 차분했지만 손으로는 되작되작 담뱃갑을 만지며 무심결에 초조함을 드러냈다.

"순조롭게 진행되면 그리 오래 걸리진 않겠죠."

한광이 컴퓨터 모니터 앞에 앉아 마우스를 붙잡고 한동안 망설이다가 목소리를 낮춰 말했다.

"두 형, 복원실에 은밀히 매립형 감시카메라를 설치해뒀는데 열어볼까요?"

"그러다 자칫 그녀를 방해하게 되면 어쩌려고?"

두창평이 담뱃갑 안에서 초콜릿을 하나 꺼내 입에 넣으며 말했다.

청잉이 한광에게 어깨를 으쓱해 보이며 말했다.

"어떤 상황에서는 전우를 믿는 것 말고는 다른 방법이 없죠."

한광이 차갑게 "흥" 하고 콧방귀를 뀌고는 입을 다물었다. 응접실은 다시 정적에 휩싸였고 시계 초침 소리만 똑딱똑딱 울렸다.

오후 5시 반이 되자 복원실 문이 "기잉" 하는 소리와 함께 천천히 열렸다. 두창평의 동작이 가장 빨랐다. 그가 재빨리 문 앞으로 뛰어갔고, 한광과 청잉은 서로를 한번 마주 보고는 곧 성큼성큼 뒤따라갔다. 루추가 소련검을 받쳐 들고 비틀거리며 걸어 나와 복도 벽에 몸을 기댔다.

그녀의 두 눈은 초점을 제대로 맞추지 못하는 것 같았고, 두창평을 한참 들여다본 후에야 누군지 알아보았다. 그녀가 가냘픈 목소리로 "주임님!" 하고 부르며 검을 건네주고는 말했다.

"성공했습니다. 확실해요."

그녀에게 어떻게 확신하느냐고 물어보려던 두창평은 눈길이 소련검에 닿자마자 얼어붙어 버렸다. 칼자루에 심겨 있던 금실 띠가 흔적도 없이 사라졌다. 지금의 칼자루는 완전히 새것 같았고, 검신은 사람도 비출 만큼 이전보다 더 빛나게 연마되어 있었다. 왕성한 생명력이 깃든 장검에서 어떠한 풍파에도 끄떡없을 강인함이 느껴졌다. 순수한 검은색 검신 위로 희미하게 푸른 빛이 감돌며 한기가 배어 나오고 있었다. 그는 샤오롄의 전성기 때조차 이토록 위협적인 느낌을 주는 소롄검을 본 적이 없었다.

자기도 모르게 한걸음 뒤로 물러났던 두창펑은 정신을 가다듬고 나서야 다시 앞으로 나아가 검을 받아들고 루추의 어깨를 두드리며 말했다.

"수고했어요."

"수고는요, 뭘."

루추는 흡족한 듯 숨을 고르고는 중얼중얼 말을 이었다.

"오늘 바람이 아주 거세던걸요. 복원실 안에서도 바깥에서 쏴쏴하며 나뭇잎 흔들리는 소리가 다 들리더라고요."

말이 채 끝나기도 전에 그녀는 발을 삐끗해 하마터면 바닥에 엎어질 뻔했다. 청잉이 금방 알아채고 재빨리 손을 뻗어 그녀를 붙잡으며 물었다.

"방에 데려다줄까요?"

"감사합니다."

루추는 청잉의 어깨에 기대 앞으로 몇 걸음 옮겼다가 다시 멈추더니 뒤돌아서 아쉬운 듯한 눈빛으로 소롄검을 바라보며 물었다.

"여러분이 잘 돌봐주실 거죠, 그죠?"

"물론입니다. 하지만 이 상황에서 보살핌이 필요한 건 오히려당신인 것 같군요."

두창평이 웃으며 대답했다.

루추는 "네."라고 말했다가 고개를 갸웃거리며 못 미덥다는 듯 그를 보고 다시 물었다.

"정말이죠? 그런데 왜 전혀 기뻐하시는 것 같지가 않죠?"

두창평은 어리둥절했다. 그제야 루추가 질문한 대상이 자기가 아니라는 것을 알았다. 고개를 돌려보니 한광이 반걸음쯤 떨어져서 시선을 떨구어 소련검을 주시하고 있었다. 그녀가 묻는 소리를 듣고 한광이 고개를 들어 조용히 말했다.

"오늘은 바람이 불지 않았습니다."

모두 약속이나 한 듯 동시에 창밖으로 고개를 돌렸다. 린시가 마침 천천히 방호막을 걷어 올리고 있었다. 옅은 금색 망사가 땅바닥으로부터 한 뼘 한 뼘 위쪽으로 흩어지며 여기저기 얼음과 눈으로 덮인 대지를 드러냈다. 이미 눈도 못 뜰 정도로 지쳐 있던 루추는 시선이 닿는 대로 힐끔 내다보고는 오늘 바람이 거세지 않았음을 확인했다. 그녀가 고개를 돌리고 따져 물었다.

"그래서요?"

한광의 입술이 달싹였다. 뭔가 말하고 싶었지만 입을 열기 직전에 마음이 바뀐 듯했다. 그가 고개를 가로저으며 말했다.

"아무것도 아닙니다. 그저 좀 심란해서."

한광의 초능력은 기상 예측이다. 그는 대자연의 변화에 담긴 길흉의 징후에 대해 다른 누구보다도 민감한 감수성을 가지고 있었다. 미래에 대한 이러한 판단 능력은 딩딩의 예지력보다 훨씬 더 멀리 훨씬 더 넓은 범위를 내다볼 수 있는 것이었다. 어떤 특정한 사건의 발생 상황을 알 수는 없더라도 전체적인 국면의 변화 과정에 대해서는 훨씬 깊게 이해하고 있었다.

루추는 한광이 심란한 데는 반드시 이유가 있다고 믿었지만, 이미 깊이 따지고 들 힘이 없었다. 그녀는 간신히 방으로 돌아왔고 침대에 눕자마자 꿈속으로 빠져들었다.

천지가 온통 암흑인 것처럼 잠들었다가 깨어났을 때는 이미 이틀이 지난 저녁 무렵이었다. 루추는 깨자마자 벌떡 일어나 앉아서 사방을 둘러보았다. 하지만 샤오렌은 방 안에 없었다. 베개 위에 웅크린 채 자고 있던 차오바만 그 소리를 듣고는 눈을 감은 채로 배를 뒤집었다. 제 딴에는 인사였다.

복원이 성공적으로 끝나더라도 그가 곧바로 깨어날 가능성은 희박하다는 것을 일찌감치 스스로에게 다짐해두었지만, 막상 닥치고 보니 루추는 낙담하지 않을 수 없었다. 그녀는 침대에 잠시 멍하니 앉아 있었다. 그리고 욕실로 들어가 느릿느릿 머리를 빗고 씻은 다음 방을 빠져나와서 오른쪽 벽면 절반이 통창인 복도를 따라 한 걸음씩 앞으로 걸어갔다.

본가에는 환하게 불이 켜져 있었지만 사람의 그림자는 보이지 않았다. 금색 방호막은 이미 벗겨졌고, 평소에 가볍게 걷기만 해도 천지를 뒤흔드는 것 같던 린시도 어디로 가버렸는지 알 수 없었다. 바깥은 어두운 하늘에 먹구름이 무겁게 드리워져 있었다. 그 때문에 별장 전체에 쓸쓸한 기운이 감돌면서 폭풍 전야의 기운이 물씬 풍겼다.

루추는 긴 복도 끝까지 걸어가 명화들이 가득 걸린 텅 빈 응접실을 통과해 지나갔다. 어느 틈엔지 발걸음이 점점 빨라지더니 마지막 잠깐은 아예 뛰다시피 해서 거실로 들어갔다.

소련검이 유리로 된 벽장 안에 높이 걸려 있었다. 루추는 심장이 덜컥 내려앉았다. 그녀는 고개를 들어 검을 향해 손을 흔들며 나지막하게 "하이!" 하고 인사했다. 곧이어 거실 반대쪽 끝에서 가벼운 기침 소리가 들려왔다. 루추가 돌아보았다. 두창핑 혼자 딩딩의 본체 옆에 앉아 있었다. 갑자기 눈앞에 식탁이 차려졌다. 식탁 위에는 한가운데 연통이 있는 숯불구이용 노구솥이 놓여 있고, 그 주위로 훠궈 재료와 소스가 가득 차려져 있었다.

"배고프지 않아요?"

두창핑이 젓가락을 들며 물었다.

온종일 밥을 못 먹었으니 물론 배가 고팠다. 하지만 모두의 본체가 놓여 있는 거실에서 훠궈를 먹다니, 정말 이래도 괜찮은 걸까? 게다가 그녀는 두창핑이 제대로 된 정찬을 먹는 모습을 본 적이 없었다. 오늘은 웬일이지?

루추가 마음속에 의문부호를 가득 담은 채 고개를 끄덕이며 배고프다고 대답했다. 두창핑이 옆에 있는 의자를 가리키며 부드러운 어조로 말했다.

"앉아요. 먹고 싶은 것으로 직접 가져다 먹어요. 하늘은 스스로 돕는 자를 돕죠. 이 탕은 딩딩이 자기 몸이 안 좋다는 걸 알고 만든 거예요. 한 포 한 포 소분해서 냉동고에 얼려두었죠. 며칠 지났지만 맛은 변함없이 아주 좋아요."

그가 말을 마치자마자 거실 한가운데 놓인 편종이 때마침 가볍게 몇 차례 울렸다. 루추에게 어서 자리에 앉으라고 재촉이라도 하는 것 같았다. 루추가 식탁 옆으로 다가갔다. 솥 안의 국물이 막 끓어오르면서 구수한 냄새가 사방에 퍼졌다. 전통적인 쏸차이수육전골[酸菜白肉鍋, 둥베이 지역 전통음식 – 역주]이었다. 가늘게 채를 썬 쏸차이와 반쯤 익힌 삼겹살을 한데 넣고 약한 불에서 뭉근히 끓이다가 게와 마른 조개를 넣고 한 번 더 끓여주어 감칠맛을 내준 후 뽀얗게 우러난 국물에 얼린 두부 당면과 완자까지 함께 넣어 우르르 끓여낸다. 겨울에 아주 잘 어울리는 음식이다.

냄새가 코를 자극해 그녀의 배에서 꼬르륵 소리가 나기 시작했다. 루추는 그릇과 젓가락을 집어 들고 자리를 잡고 앉아 우선 국물부터 한 모금 마셨다. 뜨거운 국물이 배 속을 덥히자 손과 발도 금세 따뜻해졌다. 국물 맛이 아주 진했다. 식탁 위의 재료들 모두 신선한 데다 최상급이었다. 그녀는 아예 소스를 찍지 않고 국물에 담가 익혀서 바로 먹었다. 반면 두창핑은 그러지 않았다. 그는 느긋하게 참깨 소스를 한 국자 떠 담고, 훙짜오푸루[紅糟腐乳, 푸젠 지역 특유의 삭힌 두부 – 역주]를 조금 곁들인 다음 거기에 부추꽃 맛이 진하게 나는 소스 한 숟가락을 둘렀다. 동작 하나하나가 아주 자연스러웠다.

두창핑은 아주 조금 먹었다. 몇 술 뜰 때마다 계속 다른 양념으로 바꾸며, 훠궈를 먹는다기보다는 오히려 추억하며 음미하는 것 같았다. 그 모습을 흥미롭게 지켜보던 루추가 문득 생각나는 일이 있어 두창핑이 한 차례 먹고 젓가락을 놓은 틈에 얼른 물었다.

"주임님, 훠궈를 드시면 무슨 맛이 나세요?"

인간으로 화형한 고대 기물은 오감에 있어서 특별한 결핍이 있기 마련이다. 샤오롄은 신맛과 단맛을 느끼지 못하고, 벤중은 눈의 식별력이 매우 떨어진다. 하지만 이런 결핍을 제외한 그들의 다른 감각기관은 보통 사람들보다 훨씬 민감하다. 두창핑이 그토록 맛있게 먹는 것을 보면 미각은 그의 약점이 아닌 것 같았다.

호기심에 가득 차 대답을 기다리는 루추에게 옆에 앉은 두창핑이 입을 닦으며 말했다.

"당신과 같아요."

아무래도 그녀와 같을 수는 없지 않을까? 루추가 곤혹스러운 듯 눈을 깜빡이자 두창핑이 작은 잔에 백주를 따르더니 그녀를 향해 잔을 들어 보이며 말했다.

"오래전에는 나도 사람이었어요."

"네?"

이 말이 무슨 뜻이지? 루추는 전혀 알아들을 수 없었다.

두창핑은 술을 한 잔 비운 뒤 다시 한 잔을 더 따라 비우고는 천천히 읊조렸다.

"창해에 뜬 달은 어느 눈물의 진주요, 망제는 춘심을 두견새에 실었네[滄海月明珠有淚(주유루), 望帝春心託杜鵑, 당나라 시인 이상은(李商隱)이 만년에 자신의 삶을 돌아보며 쓸쓸한 소회를 담아 쓴 시 – 역주]."

그는 그녀에게 다시 잔을 들어 보이며 물었다.

"들어봤어요?"

"들어봤어요."

어렴풋한 예감이 마음속에 떠올라 루추는 밥그릇과 젓가락을 내려놓았다.

두창평의 정체는 루추가 줄곧 마음속에 품어온 가장 큰 의문이었고, 샤오렌이 절대로 털어놓으려 하지 않았던 비밀이기도 했다. 그녀는 머지않아 자신이 떠나면 이 비밀은 영원히 비밀로 남을 거라고 줄곧 생각해왔다. 하지만 두창평은 모든 일이 끝난 오늘 밤 그것을 밝히려 하고 있다. 왜지?

"이 시 좋아해요?"

두창평이 다시 물었다.

루추는 사실대로 말하기로 결심하고는 대답했다.

"시는 아름다워요. 하지만 별로 와닿지는 않네요."

두창평이 큰소리로 웃으며 말했다.

"그렇겠네요. 당신이 문학청년 감은 아니죠. 어, 그렇게 눈 흘기지 말아요. 이건 칭찬이니까요. 한 가지 확실한 기술을 가졌다는 것은 봄을 애달파하고 가을을 슬퍼하는 감수성보다 훨씬 대단한 거예요. 난세를 겪어보면 당신도 알 거예요."

루추의 얼굴에 나타난 기괴한 표정은 사실 두창평이 한 말 때문이 아니었다. 그가 언급한 이 시 때문이었다. 하지만 그녀는 반박하지 않고 두창평이 웃는 동안 조용히 기다렸다가 웃음이 잦아들자 그제야 조심스럽게 물었다.

"제가 본가에 올 때마다 탔던 그 유람선 이름이 '주유루(珠有淚)'

였어요."

"내가 붙인 이름이에요."

두창평이 느긋하게 먼 곳을 바라보며 말했다.

"망제(望帝)는 내 아버지예요. 촉나라 왕 두우(杜宇)요. 그 당시에 옛 촉나라와 칠국(七國)의 왕이었죠. 내 아버지는 칠왕의 왕으로서 황제라 불렸고 아주 훌륭한 황제였어요. 승하하셨을 때 백성들의 장송 행렬이 길게 이어졌어요. 자규(子規)는 행렬을 따라가는 내내 계속 울었죠. 『촉왕본기』 기록에 '촉나라 사람들은 자규가 슬피 울면 황제를 떠올렸다.'고 적혀 있어요."

그는 이 말을 엷은 구름에 맑은 바람 스치듯 담담하게 했지만, 루추는 가슴이 철렁 내려앉았다. 옛 촉왕국의 역사는 아주 먼 고대의 역사다. 은나라와 상나라, 심지어 하나라와도 나란히 같은 시대라고 할 수 있고, 문화나 문자도 모두 중원과는 거리가 아주 멀다. 『촉왕본기』는 고대 촉왕국이 사라진 지 1100년이 지나서야 한나라 사람들이 흩어진 얘기들을 긁어모아 문자로 남긴 기록이다. 현대인들의 관점에서는 '초대 왕이 하늘에서 내려왔고, 눈이 눈두덩 안에 있지 않고 게처럼 앞으로 돌출되어 있으며, 바람을 부르는 커다란 귀에 머리카락은 뒤로 빗어 일본의 스모 선수처럼 틀어 올렸고, 수백 년을 산 뒤 신이 되어 떠났다.'는 얘기는 완전히 신화나 다름없다.

이 고대 문명은 역사적으로 오랫동안 잠잠했었다. 근대에 삼성퇴(三星堆)에서 청동기와 옥 장신구들이 대량으로 출토되지 않았다면 고증할 방법이 전혀 없었다. 그러나 오늘날까지도 이 문명은 여전히 수수께끼로 남아 있다. 고고학자들이 제사갱(祭祀坑)에서 4미터에 달하는 청동 나무를 발굴했는데, 거기에는 우관(羽冠)을 쓴 봉황 아홉 마리가 머물고 있었다. 또한 갱 안에는 외계인 같은 모습의 청동탈과 각종 크고 작은 청동 인형이 함께 묻혀 있었다. 인형들 중에는 『산해경山海經』에서 묘사하는 신과 비슷한 것도 있었고, 전혀 다른 문명의 것처럼 보이는 것들도 있었다.

이 역사에 대해 루추가 아는 바는 극히 제한적이었다. 그녀가 잠시 생각한 뒤 물었다.

"그러니까 주임님은 고대 촉 문명에서 오셨고, 그 먼 옛날부터 지금까지 살아오신 거란 말씀이세요?"

두창평은 고개를 가로젓더니 검지를 구부려 탁자를 톡톡 두드리며 말했다.

"그렇게 오래 살 수 있는 건 사람이 아니죠."

루추는 모골이 송연해졌다. 두창평이 다시 말했다.

"겁내지 말아요. 그렇다고 내가 귀신은 아니니까요. 한 번 죽었던 건 분명하지만요."

루추는 침을 꿀꺽 삼켰다. 두창평이 설명을 이어 나갔다.

"나는 촉 황제의 맏아들로 황위를 계승했어야 했어요. 당시는 정교합일(政敎合一)의 시대였고, 나는 열다섯 살에 신전에 들어가서 열여덟 살에 손수 청동 무욱(巫旭) 신상을 주조해 영산(靈山)의 십무(十巫) 중 하나가 되었어요. 스무 살 되던 해에 신전의 대무(大巫)인 무함(巫咸)이 내 셋째 동생과 결탁해서 부왕이 군대를 이끌고 출정하신 틈을 타 나를 내가 주조한 무욱 신상에 묶어 산 채로 태워 죽였어요."

그는 여기까지 얘기하고는 말을 멈추었다. 루추는 쿵쾅거리는 심장을 애써 누르며 잠시 생각한 뒤 기어들어 가는 목소리로 물었다.

"그런 다음 주임님은 부활하신 건가요?"

"음, 부활이라고 할 수 있는지는 인간인 당신이 판단해보세요."

그가 손을 들어 손뼉을 세 번 쳤다. 소리와 함께 거실 다른 한쪽 끝 천장의 등불이 켜졌다. 루추가 황급히 뒤를 돌아보았다. 그곳에 높이가 2미터쯤 되는 청동 무사(巫師) 상이 불빛 아래 조용히 서 있었다.

이 청동 인물상은 높다란 관을 쓰고 있었고, 늘어진 귀와 볼록 튀어나온 눈이 삼성퇴에서 출토된 청동 입인상과 이목구비나 윤곽이 매우 비슷했다. 다만, 두 눈을 꼭 감고 있고 두 손으로 사람 키보다 큰 금지팡이를 쥐고 있다는 점이 달랐고, 금지팡이에는 부호와 문양이 가득 새겨져 있었다.

두창평의 중후한 목소리가 들려왔다.

"내 몸이 다 타버린 후에도 의식은 사라지지 않고 흐릿한 상태로 청동 인물상과 함께 신전 안에 머물렀어요. 나중에 영산이 무너지자 나는 청동 인물상과 함께 제사갱으로 보내졌죠. 거기서 몇 년이 흘렀을까, 갑자기 내게 손과 발이 있고, 심지어 움직일 수도 있다는 것을 알게 됐어요. 그때 제사갱에서 기어 나와 물가를 찾아가 비춰보았더니 내가 지금의 모습이 되어 있더군요. 초능력을 가졌다는 것도 느꼈고요."

여기까지 이야기한 그가 손을 뻗어 청동 인물상을 가리키며 말했다.

"나의 본체가 앞으로도 당신의 건강과 섭생을 책임질 겁니다."

이 청동 인물상은 금방이라도 두 눈을 번쩍 떠 멸시의 눈초리로 인간을 바라볼 것처럼 어딘지 거만하고 교활한 느낌을 주었다. 두 창평 본인의 기질과는 사뭇 달랐다.

루추는 머릿속이 온통 뒤죽박죽이 되었다. 그녀는 청동 인물상을 바라보나가 다시 두창평을 보며 더듬거리며 물었다.

"그러니까, 주임님 당신이, 당신이 원래 사람이었고, 나중에 청동 무사가 되었고, 또다시 사람으로 변했단 말씀이세요?"

"이해력이 좋군요."

두창평이 미소를 지었다.

순간 그의 몸이 갑자기 사라졌다. 루추는 반사적으로 인물상 쪽으로 고개를 돌렸다. 청동 인물상이 두 눈을 뜨고 입꼬리를 살짝 올려 그녀를 향해 미소에 가까운 표정을 지어 보였다.

루추가 소스라치게 놀라며 한동안 청동 인물상을 마주 바라보더니 황급히 허리를 굽히고 말했다.

"주임님, 안녕하세요. 저, 저 열심히 하겠습니다."

청동 인물상이 "허" 하고 가볍게 웃고는 눈을 감았다. 루추가 뻣뻣해진 목으로 천천히 돌아보니 두창평은 원래 자리에 앉아 있었다. 와이셔츠의 단추가 모두 풀려 있었고 스웨터는 무릎에 놓여 있었다. 그가 단추를 하나하나 채우면서 말했다.

"힘내요. 열심히 안 하면 월급 깎을 거예요."

"저는 이미 사표를 낸걸요."

루추는 엉겁결에 말을 뱉어놓고는 뭔가 잘못한 것 같아서 수습하려고 얼른 덧붙였다.

"그래도 최선을 다할 겁니다. 월급과는 상관없어요. 복원실 수칙이거든요."

두창평이 손을 멈칫하더니 눈을 들어 그녀를 보면서 말했다.

"선뜻 복원실 수칙을 언급하니 말인데, 당신 스스로 세어보세요. 입사한 후로 수칙을 몇 번이나 어겼죠?"

이런 두창평이야말로 루추가 익히 알던 두 주임이었다. 루추는 자기도 모르게 한숨을 내쉬고는 손을 들어 뒤쪽의 소련검을 가리키며 입을 열었다.

"딱 한 번 어겼습니다. 게다가 공범도 있고요. 야단을 치시려거든 그 사람도 함께 야단치셔야 공평하죠."

두창평이 큰소리로 웃어젖히고는 손으로 그녀를 가리켜 까딱까딱하면서 고개를 가로저었다.

"당신도 참……."

그가 잠시 멈췄다가 다시 입을 열었다.

"알아요. 당신은 지금 마음속에 아주 많은 의혹을 품고 있겠죠. 내가 왜 죽지 않았는지, 또 왜 이런 모습으로 변했는지, 나와 같은 경험을 한 사람이 또 있는지도요. 그런 의문들 중 일부는 내가 부분적으로 답을 알고 있는 것도 있고, 내가 전혀 모르는 것도 있어요. 그런데 먼저 당신에게 몇 가지 물어봅시다……."

여기까지 이야기하고 두창평이 웃음을 거두며 천천히 물었다.

"당신한테는 내가 사람인가요, 사람의 모습을 한 고대 기물인가요?"

"왜 그걸 구분해야 하죠?"

루추는 생각할 것도 없이 되물었다.

"언젠가 이 두 종족이 대립하는 날이 온다면, 당신도 나도 반드시 취사선택을 해야 하기 때문입니다."

두창펑이 그녀의 눈을 들여다보며 물었다.

"당신은 어느 편에 서겠습니까?"

그는 사근사근한 말투로 물었지만 표정은 매우 엄숙했다. 루추는 좀 전에야 겨우 내려놓았던 마음이 다시 들썩이기 시작했다. 그녀가 잠시 생각해보고는 조심스럽게 물었다.

"왜 그런 날이 오는 거죠?"

"그냥 가정해본 문제일 뿐입니다."

이런 식으로 얼버무리는 대답으로는 아이 어르는 것밖에 못 한다. 루추는 그냥 넘어가지 않았다. 그녀가 고개를 가로저으며 단호하게 말했다.

"가정할 수 있는 문제는 너무 많죠. 외계인이 쳐들어오면 인류와 화형인이 반드시 단결하여 협력해야만 지구를 보호할 수 있다는 가정도 해볼 수 있잖아요. 저는 가정일 뿐인 질문에는 대답하지 않겠습니다."

두창펑이 가볍게 웃으며 "그 말도 맞네요."라고 말하고는 술잔을 들어 입가로 가져갔다가 술잔에 술이 하나도 없는 것을 보고는 다시 내려놓았다. 잠시 그녀의 대답을 헤아려본 그가 다시 물었다.

"그러니까 일이 닥치지 않는 한 당신은 문제를 마주하지 않겠다는 건가요?"

그런 게 아니었다. 그녀는 회피하자는 게 아니라 그저 이 세상에 양자택일만 남아 있다는 생각을 해본 적이 없을 뿐이었다.

루추는 고개를 들어 두창평의 시선을 받으며 대답했다.

"그런 날이 정말로 온다면 저는 한쪽을 택하지는 못할 겁니다. 다만 최선을 다해 가족과 친구들을 안전하게 보호할 거예요."

두창평은 순간 멍해졌다. 그녀가 이런 대답을 내놓을 줄은 생각지도 못했다. 그는 술을 가볍게 한 모금 더 마시고 나서야 혼잣말처럼 얘기했다.

"좋은 답이군요."

루추가 눈을 반짝 빛내며 따져 물었다.

"정말요? 너무 이기적인 건 아니고요?"

"그저 소박하게 살고 싶다고 생각하는 게 왜 이기적인 게 되죠?"

두창평은 이렇게 되묻고는 잔을 가득 채운 다음 잔을 들어 루추에게 미소를 지으며 말했다.

"자, 세계 평화를 위해 건배!"

그는 루추의 대답을 기다리지도 않고 단숨에 술잔을 비웠다. 루추도 그를 따라 오렌지주스 반 잔을 들이켰다.

두창평이 화제를 돌리자 그녀도 함께 얘기를 나누었다. 한광이 최근에 몇 번의 선물 투자에서 번번이 크게 잃었지만 다행히 외환 거래에서 큰돈을 벌어 그나마 손실은 면했고, 청잉은 최근에 옥 거래에서 재미를 좀 보고는 미얀마의 비취 광산에 뛰어들었는데 상당한 수익을 올렸다며 초능력을 돈 버는 재주로까지 확장한 셈이라는 등의 얘기였다.

이런 화제에 대해 루추는 아는 게 전혀 없었다. 그저 조용히 듣다가 가끔 "그렇군요."라든가 "어쩜 그럴 수 있어요?" 등으로 반응을 보이는 것밖에 할 수 없었다.

무거운 화제로 시작한 식사였지만 마무리는 가볍게 했다. 식사를 마친 후 그녀는 두창펑이 정리하는 것을 거들어 주었다. 본가의 주방은 중국식과 서양식이 혼합된 형식이었다. 중식의 대형 웍과 레인지후드가 있었고, 칠면조를 통째로 구울 수 있는 커다란 서양식 오븐도 있었다. 루추는 이제까지 딩딩이 주방을 커다랗게 만든 건 굳이 음식을 안 먹어도 살 수 있지만 요리를 좋아해서라고 알고 있었다. 그런데 오늘 다시 주방에 들어갔을 때 불현듯 깨달았다. 어쩌면 딩딩은 두 주임을 위해 처음 요리를 배우기 시작했고, 결국 그녀의 수천 수백 년 동안의 취미가 된 게 아닐까?

얽힌다는 것은 일종의 마력이어서 보이지 않는 동안 사람을 자기 자신조차 알아보지 못할 정도로 완전히 변모시킬 수 있다.

이런저런 복잡한 감정을 느끼며 루추는 접시를 식기세척기에 넣은 뒤 고개를 돌려 두창펑에게 물었다.

"주임님, 저 이곳 본가에 며칠 더 머물러도 될까요?"

지금까지 아무도 그녀에게 이 문제를 제기하지 않았지만, 앞선 계약에 따라 그녀의 특약 업무는 딩딩의 수리와 금제 제거를 끝냄으로써 이미 종결되었기 때문에 계약대로라면 짐을 싸서 바로 떠나도 되었다.

두창평은 놀란 듯 눈썹을 치켜올리며 대답했다.

"물론 가능합니다. 그 방은 당신을 위해 남겨두죠. 비록 셋째가 깨어나지는 못했지만 당신은 늘 환영입니다. 언제든 돌아와 머물러도 좋아요."

루추는 '비록'이라는 말을 못 들은 척하고는 손을 비비며 다시 물었다.

"그럼 제가 이곳 본가에 있을 때는 소련검을 저에게 맡겨주실 수 있을까요?"

이 질문에 대해 재차 "가능하다"는 동의를 얻은 루추는 소련검을 안고 방으로 돌아갔다. 방으로 돌아온 그녀는 방 안을 한 바퀴 돌며 생각한 끝에 검을 침대와 가까운 창문 옆에 두고, 침대 옆 탁자에는 샤오렌의 깨끗한 옷가지도 한 벌 두기로 했다. 그제야 그녀는 침대로 뛰어들어 얼굴을 베개에 파묻었다. 잠은 오지 않았지만 아주 오랫동안 움직이고 싶지 않았다.

두 주임이 겪은 일을 갑작스레 듣게 되어 충격이었지만, 그래도 어쨌든 샤오렌에 대한 염려만큼은 아니었다. 루추는 돌아누워 베개를 끌어안은 채 장검을 바라보며 속삭이듯 말을 걸었다.

"나 오늘 갑자기 그런 느낌이 들었어요. 우리가 함께 살고는 있지만 당신의 세계는 나의 세계와 완전히 다르다는 걸요."

장검은 아무 말 없이 조용했다. 루추는 똑바로 누워 천장을 보며 혼잣말하듯 계속 얘기했다.

"난 후회하지 않아요. 당신은요?"

장검은 계속 아무런 응답이 없었다. 하지만 루추는 샤오렌이 들었다면 분명 미소를 지었을 거라고 생각하며 말했다.

"후회하지 말아요."

그녀는 믿음이 있었다. 그에 대해서도, 자신에 대해서도.

루추가 눈을 감았다가 몇 초 후 갑자기 또 눈을 번쩍 뜨더니 돌아누워 물었다.

"샤오롄, 만약에요, 그냥 만약에 결혼하고 나서 당신이 나와 함께 집으로 돌아간다면 말이에요. 외계인이 지구를 쳐들어오든 말든, 우리 부왕자이를 다시 열어요. 당신은 감정을 하고, 나는 복원을 하는 거예요. 어때요?"

갑자기 생각난 아이디어였는데, 그래도 상당히 그럴듯했다. 루추는 속으로 하나, 둘, 셋을 세고 난 후 말했다.

"아무 말도 하지 않으면 동의한 것으로 알게요."

차오바가 "야옹" 하고 울면서 침대 위로 펄쩍 뛰어오르더니 루추의 발치 가까이에 바짝 누웠다. 금세 가르릉가르릉 코 고는 소리가 들렸다. 먹구름이 짙게 드리운 밤이었다. 그녀가 나지막한 목소리로 "잘 자요."라고 말한 뒤 눈을 감고 똑바로 누웠다. 몇 분 뒤 사람의 것인 듯한 가벼운 코 고는 소리도 함께 들려왔다.

창밖에는 별도 없고 달도 없었다. 호수도 바람 한 점 없이 잔잔했다.

# 4
# 연애편지

이틀째 되는 날 아침이었다. 검은 여전히 검이었고, 옷가지도 누군가 건드린 흔적이 전혀 없이 제자리에 가지런히 놓여 있었다.

아직 하루도 안 지났다. 루추도 자신이 너무 조급해한다는 것을 알고 있었다. 그녀는 소련검에게 아침 인사를 건네고는 방문을 나서 휭하니 빈 주방으로 갔다.

그녀는 친 사부와 함께 복원작업을 할 때 편하게 이용하려고 냉동식품을 잔뜩 사다가 미국식 대형 냉장고에 몽땅 쌓아 두었었다. 지금은 남아 있는 게 많지 않지만 배고픔을 해결하는 데는 문제 없었다. 루추는 돌덩이처럼 딱딱한 토스트를 찾아냈고 냉장고에서 유통기한이 다 된 얼린 우유와 날계란도 꺼냈다. 그리고 오븐과 전자레인지와 가스레인지를 한꺼번에 모두 가동해 김이 모락모락 나는 따끈한 아침상을 차려 혼자서 먹었다.

어제 두창평과 나눴던 이야기는 갑작스러워서인지 루추에게는 상당한 충격이었다. 하지만 곰곰이 생각해보니 그 일은 자신과는 전혀 상관없는 일이었다.

지난 반년여 시간 동안 그녀는 무한한 생명을 가진 화형자들이 시간의 흐름을 대하는 태도가 생명이 유한한 인간과는 완전히 다르다는 것을 분명히 깨달았다. 그들은 늘 느긋하고 여유가 있었다. 어느 순간 내년에는 어디서 휴가를 보낼까 고민하다가도 바로 다음 순간에 100년 후의 거처에 대한 고민으로 생각이 건너뛰곤 했다. 더구나 두 생각의 전환 속도에도 현저한 차이가 없었다.

두창평의 걱정은 합리적인 걸까?

몇백 년 후쯤은 어쩌면 그럴지도 모르겠다. 하지만 적어도 지금까지 루추는 인간과 화형한 고대 기물 간의 관계가 언제라도 일촉즉발이 될 수 있다는 그 어떤 흔적이나 조짐을 발견하지 못했다. 화형한 고대 기물의 존재를 아는 이가 거의 없는데 대립하는 것이 어떻게 가능하겠는가?

식사를 마친 그녀는 방으로 돌아와 작업복으로 갈아입은 뒤 정확하게 8시 반에 복원실로 들어갔다.

체력이 아직 다 회복되지 않았고, 정신적으로도 아직은 긴장을 피하고 싶었다. 더구나 계약한 일을 이미 마쳐서 더는 그녀가 책임질 일도 없었다. 하지만 루추는 휴가를 가지 않기로 결정했다. 그녀는 일에 완전히 몰입해 생각을 한 곳에 온전히 집중하는 것이 몸과 마음의 건강을 지키는 최선의 길이라는 것을 경험상 잘 알고 있었다.

그리움은 마치 좀비 바이러스처럼 한 번 감염되면 치료할 방법이 없었다. 그녀는 이미 한 차례 중독되었었고, 장장 반년의 시간 동안 걸어 다니는 고깃덩이나 좀비처럼 살았었다. 두 번째 감염은 단호히 막아야 했다.

다만 안타깝게도 본가의 복원실에는 그녀가 할 만한 일거리가 전혀 없었다. 루추는 방 안을 두어 바퀴 돈 끝에 결국 다시 옥구검을 가져와 새 숫돌로 바꿔 조금씩 연마하기 시작했다. 정오 무렵까지 일한 그녀가 습관적으로 일어나 점심을 먹으러 나가려는데 갑자기 문 두드리는 소리가 났다.

루추는 제자리에 서서 꼼짝도 하지 않고 의혹에 찬 목소리로 문을 향해 말했다.

"들어오세요."

청잉이 들어오더니 아주 두터운 편지 봉투를 건네주며 말했다.

"셋째가 이걸 당신한테 전해주라고 했어요."

'유서'라는 두 글자가 갑자기 루추의 머릿속으로 훅 들어왔다. 그녀는 입술을 깨물며 편지를 통째로 꺼내 천천히 첫 장부터 펼쳐 읽었다.

익숙한 수금체[瘦金體, 송 휘종이 창시한 가늘고 날렵한 서체 – 역주]는 평상시보다 훨씬 흐트러진 모습이었다. 편지는 첫머리부터 솔직한 말로 시작했다. 그녀를 만나기 전까지 그는 신불(神佛)을 믿지 않았고, 이 세상의 존재가 그저 한바탕 악의적인 조롱일 뿐이라고 여겼다고 했다. 지금도 자신은 여전히 무신론자이지만 그녀만큼은 운명이 자신에게 준 최고의 선물이었기에 마음속 깊이 감사한다고 했다.

루추는 첫 번째 단락을 읽으면서 이미 눈앞이 흐려졌다. 그녀는 안간힘을 쓰며 계속 읽어 내려갔다. 샤오렌은 자기가 깨어났을 때 가장 먼저 보이는 것이 그녀이기를 바란다고, 하지만 그녀가 떠나기로 했다면 그것 역시 완전히 이해할 수 있다고 했다. 그녀의 시간은 너무도 소중하고 1분 1초가 모두 진지하게 대할 가치가 있다고…….

여기까지 읽은 루추가 황급히 편지를 덮고는 숨을 크게 들이쉬었다. 청잉이 긴 의자를 끌어당겨 그녀의 옆에 거꾸로 걸터앉더니 나른한 목소리로 물었다.

"왜 그래요?"

"아뇨, 아니에요."

머릿속이 웅웅거리며 뒤죽박죽이었다. 거대한 환희와 고통이 공존했다. 루추는 고개를 가로저으며 두서없이 대답했다.

"그가 처음 쓴 편지를 제게 줬어요. 저, 저 너무 기뻐요……."

청잉이 휘파람을 삑 불더니 짓궂게 물었다.

"연애편지예요?"

그렇게 말하는 것이 썩 좋아서 루추는 입술을 깨물며 고개를 끄덕이고는 편지지를 창밖의 하늘을 향해 쳐들고 건너편 산을 향해 나직이 물었다.

"잘 있죠?"

하늘도 산도 그녀에게 대답해주지 않았다. 루추는 잠시 기다렸다가 다시 조금 더 큰 목소리로 산에게 말했다.

"나는 잘 있어요."

방 안에 희미하게 메아리가 울렸다. 끝없는 그리움이 짧고 간결한 몇 개의 글자로 화하여 끊임없이 되풀이되었다.

청잉은 다리를 꼬고 앉아서 한가롭게 건들거리며 그녀의 계속되는 바보스러운 행동을 지켜보다가 뒤늦게 그녀의 손에 들린 종이 뭉치를 가리키며 말했다.

"아래에 있는 서류가 좀 더 중요하니까 그것 먼저 처리하시기를 권합니다."

서류도 있다고?

루추는 얼른 알겠다고 대답했다. 그리고 미처 다 읽지 못한 편지를 내려놓고 그 아래에 있는 종이를 펼쳤다. 종이는 누렇게 바래 있었다. 위쪽은 온통 영문으로 되어 있었는데, 글씨가 현대의 활자 같지도 않고 그렇다고 손으로 쓴 것도 아니었다. 그보다는 들어보긴 했어도 한 번도 본 적은 없었던 타자기로 쓴 글씨 같았다. 편지 하단에는 커다란 붉은색 인장이 여러 개 찍혀 있었다. 게다가 웅장하고 힘찬 필치의 서명까지 있었다. 아무리 보아도 관청에서 발행한 공식 문서가 분명했다.

그녀는 두 번이나 되풀이해서 읽은 뒤 편지를 청잉에게 건네주면서 넋 나간 사람처럼 멍하니 물었다.

"이게 뭐예요?"

청잉이 받아들고 한번 쓱 훑어본 뒤 다시 그녀에게 건네며 대답했다.

"홍콩의 부동산 계약서예요. 셋째가 몇십 년 전에 홍콩에서 한동안 살았었죠. 십중팔구 그때 매수한 것일 겁니다. 그 당시 홍콩 사람들은 아파트를 살 때 아예 건물을 통째로 샀지, 한 집 한 집 사는 사람은 없었어요."

루추는 홍콩의 부동산에는 전혀 관심이 없었다. 그녀가 다시 물었다.

"샤오렌이 이걸 왜 저한테 보여주는 거죠?"

"당신한테 보여주는 게 아니라 당신한테 이 빌딩을 선물하는 거예요."

청잉이 그녀의 말을 바로잡아 주었다.

"왜요?"

루추는 여전히 무슨 말인지 알아듣지 못했다.

청잉이 못 말린다는 듯 두 손을 펼치며 말했다.

"무슨 말인지 모르겠어요? 샤오렌은 자기가 깨어났을 때 이미 백 년 정도 흘러 있을까 봐, 우선 자기 명의로 된 자산을 당신한테 넘긴 거예요. 당신이 앞으로 어디로 가든, 무엇을 하든, 누구와 함께 있든, 돈이 있으면 힘이 날 테니까."

루추는 완전히 넋이 나가버렸다. 머릿속이 온통 하얗게 비어버린 듯 제자리에 한참을 서 있던 그녀가 돌연 계약서를 청잉에게 도로 찔러주며 말했다.

"전 필요 없어요."

청잉이 땅에서 발을 살짝 떼고 가볍게 떠오르자 긴 의자가 50센티미터 밖으로 미끄러져 물러났다. 그가 두 손을 들고 웃으며 말했다.

"나는 전달만 담당할 뿐 회수는 책임지지 않아요."

그가 잠시 멈췄다가 루추를 보며 다시 물었다.

"왜 안 받죠? 두 사람은 약혼했잖아요. 만약 셋째가 보통의 인간이라면 대수술을 하기 전에 재산을 약혼녀에게 건네주는 것도 매우 합리적이라고 할 수 있어요."

"모르겠어요. 전 그냥 받고 싶지 않아요. 샤오렌이 홍콩에 살았었다는 사실조차 몰랐는데 이런 걸 보니까 그 사람이 너무 낯설게만 느껴지네요……."

루추가 얼버무리듯 대답했다.

"그런가요?"

청잉은 느긋하게 턱을 의자 등받이에 걸치고는 제안했다.

"봉투 안에 금고 열쇠도 두 개 들어 있던데 데려다줄 테니 오늘 나와 함께 시내 은행에 갈래요? 이 기회에 셋째에 대해 좀 더 자세히 알아보는 거죠. 어쨌든 그 애가 당신한테 준 건 당신이 보았으면 해서일 테니…… 어, 필요 없으면 됐어요. 그렇다고 뭘 그렇게 노려봐요?"

그가 얘기하는 중간에 루추가 의혹의 눈초리로 그를 훑어보았다.

"요즘 들어 아주 쾌활해지신 것 같아요. 아이디어도 정말 많으시고요."

루추는 잠시 생각하더니 덧붙여 말했다.

"노화를 거슬러서 젊어지신다는 느낌이랄까."

여느 때의 청잉은 겉으로는 시니컬하고 진지한 데가 없어 보였지만 속이 깊고 진중한 데가 있었다. 그것은 수천 수백 년을 살아오며 침전된 경험의 각인들이며, 당연히 쉽게 지워질 수 없는 것이었다. 하지만 언제부터인지 그러한 각인이 상당히 옅어졌다.

"난 그렇게 많이 늙은 것도 아닌데……"

청잉이 이렇게 웅얼거리다 되물었다.

"나 말고 또 누구한테 변화가 있나요?"

"인 팀장님의 변화가 많이 의심스러워요. 그게 가장 뚜렷하죠. 다른 건 저도 생각을 좀 해봐야겠어요."

루추가 손가락을 꼽아 따져보더니 말을 이었다.

"두 주임님은 상당히 팽팽하게 긴장돼 있어요. 징쯔는 스스로 닫아버렸고, 추저우는 제가 잘 몰라서 판단할 수가 없네요. 벤중은 괜찮은 것 같은…… 아니에요. 축하 파티가 있던 날 밤, 벤중의 음악이 완전히 민속풍으로 바뀌어 있었어요."

"그날 밤 벤중이 연주한 곡이 모두 5음계였네요."

청잉이 눈살을 찌푸리며 다시 물었다.

"셋째는 변하지 않았나요?"

"샤오렌은 괜찮은 것 같아요. 비교적 낙관적이고, 좀 직설적인데……"

루추는 지난 한 달 동안 샤오렌과 함께했던 사소한 일들을 하나하나 떠올려보았다. 불현듯 이상한 느낌이 든 루추가 세차게 고개를 저으며 말했다.

"아뇨. 전에는 무슨 일이 닥치면, 그 일이 크든 작든 샤오렌은 항상 최악의 상황을 먼저 가정해보곤 했어요. 하지만 이번에는 이렇게 중요한 일을 그렇게 하지 않았어요. 저는 그게 제가 괴로워할까 봐 그가 일부러 참는 거라고 생각했는데……."

얘기하던 도중에 루추는 자신이 잘못 짚었었다는 것을 깨달았다. 그녀가 숨을 가쁘게 몰아쉬며 물었다.

"그게 아닌 거죠?"

"나도 본 적은 없지만, 그게 아마 셋째가 처음 인간으로 화형했을 때의 모습일 겁니다."

청잉이 짐작이 간다는 듯 대답했다.

"정말요? 저는 줄곧 그가 철저한 비관주의자라고만 생각했어요."

루추가 눈을 커다랗게 뜨며 말했다.

"짐작일 뿐이에요."

청잉이 손을 펼쳐 보이며 말했다.

"셋째가 처음 인간으로 화형했을 때 어떤 덕성을 가졌었는지는 아무도 몰라요. 하지만 생각해봐요. 그는 전장에서 태어났고, 수십 년을 전장에서 살았어요. 새하얀 종이 한 장을 피가 가득 고인 웅덩이에 떨어뜨린 것과 다를 바가 없었던 거죠. 그 후로 천년 넘게 금제에 묶여 살아오면서도 비관적인 성격 말고는 비틀리고 암울한 변태적인 성격이 전혀 없으니, 셋째의 근성이 얼마나 강인한 거겠어요?"

청잉이 여기까지 얘기하고는 잠시 생각에 잠겼다. 루추는 몇 번이나 입을 열까 하다가도 뭐라고 물어야 할지 몰라서 결국 입술을 깨물며 잠자코 있었다. 그러다가 다시 서류 뭉치를 가져와 한 장 한 장 넘기며 꼼꼼히 읽어보았다. 그녀는 이런 유형의 비즈니스 문서를 한 번도 본 적이 없어서 적힌 글자 그대로 간신히 추측만 해 볼 뿐이었다. 아마도 전부 부동산 증명서인 듯했는데 홍콩의 건물 을 제외하고도 두 곳이 더 있었고, 모두 해외에 있었다.

샤오롄은 모든 문서의 첫 페이지마다 간단한 쪽지를 붙여 두었 다. 사람이 살기에 가장 좋은 때를 기록해둔 것이었다. 그중 한 장 에는 이렇게 쓰여 있었다.

'일 년에 4개월 반 정도는 눈이 와요. 봄에는 튤립과 은방울꽃이 온 거리에 흐드러지게 피죠. 부활절 전후로는 교회당에서 음악 소 리가 끊이지 않아요. 난 이 도시에서 4년 동안 대학을 다녔어요. 당신도 틀림없이 좋아할 거예요.'

그가 자신이 살던 장소를 그녀에게 선물한 걸까?

루추는 손가락 끝으로 종이 위 샤오롄의 서명을 살그머니 만져 보았다. 마음이 한없이 말랑해지며 온통 뒤죽박죽이 돼버렸다. 그 때 청잉의 중얼거리는 소리가 들렸다.

"우리 모두 처음 상태로 돌아가고 있어요."

"무슨 뜻이에요?"

그녀가 무슨 영문인지 모르겠다는 듯 고개를 들고 물었다.

"역생장이에요. 살면 살수록 되돌아가는 거죠."

청잉이 일어서서 짜증스럽게 발길질을 하고는 고개를 가로저으 며 말했다.

"아니, 초능력은 나아졌다가 퇴보했다가 일관성이 없어……."

그가 갑자기 돌아서며 루추에게 물었다.

"나가지 않을래요? 내가 가는 길에 데려다줄게요."

금고는 시내의 은행에 있었다. 루추는 알았다고 대답하고는 열쇠를 꺼내고, 샤오롄이 자신에게 남긴 쪽지를 전부 조심스럽게 떼어 한 장 한 장 노트에 붙여 서랍에 넣어둔 뒤 그제야 청잉과 함께 본가를 나와 요트에 올랐다.

∽

그날 오후 잉루추는 태어나서 처음으로 은행의 금고 보관 구역에 들어갔다.

첫 번째 금고 안에는 여기저기 이가 빠져 날이 울퉁불퉁한 한나라 때의 검 한 자루만 들어 있었다. 금고 벽에 쪽지 한 장이 붙어 있었다.

'이것은 내 첫 번째 검은 아니지만 유일하게 지금까지 보존된 거예요. 원한다면 가져요. 하지만 앞으로는 한나라 검이야말로 진정한 살인 무기라는 말만은 절대 하지 말아줘요.'

그들의 진짜 첫 만남은 사실 회사의 화상 인터뷰 때였다. 그때 그녀는 한나라 검을 찬양했었고, 그는 할 수 없이 동의했었다. 지금 생각해보니 그때의 대화는 남자 친구 면전에서 다른 남자가 얼마나 멋있는지 칭찬한 것과 다를 바 없었다. 어쩐지 그 후에도 샤오롄은 루추가 한나라 검 얘기하는 것을 늘 듣기 싫어했었다.

루추가 웃으면서 쪽지를 떼어 소중하게 가방에 넣은 뒤 검을 다시 제자리에 갖다 놓고 두 번째 금고를 열었다.

이 금고 안의 물건은 다소 잡다했다. 그가 과거에 수금체를 배울 때 사용한 서첩과 두 조각으로 쪼개진 옥패, 처음 사용했던 상투용 동곳[틀어올린 상투가 풀어지지 않도록 꽂는 물건-역주] 등을 포함해 자질구레한 물건이 일고여덟 개쯤 들어 있었다. 하나하나가 오래된 골동품이었고, 그의 성장 과정을 보여주는 것들이었다. 샤오렌은 물건마다 모두 옆에 쪽지를 붙여 두었다. 어떤 것에는 기분만 간단히 쓰고, 어떤 것에는 물건의 사연과 내력을 적었다.

루추는 한 장 한 장 읽어보고, 또 한 장 한 장 떼어 잘 보관했다. 마지막 쪽지는 청동으로 주조한 잎사귀 위에 붙어 있었는데, 샤오렌은 이렇게 적어두었다.

'나는 전생에 당신을 만났던 게 분명해요.'

그들이 옛 거리에서 처음 만났을 때, 서로 오래전부터 알고 지냈던 사이처럼 느껴졌으니 아마도 이런 게 인연인가 보다. 루추의 입가에 미소가 떠올랐다. 그녀는 잎사귀 꼭지를 쥐고는 손으로 잎사귀를 뱅글뱅글 돌렸다.

이 잎사귀는 그녀의 손바닥 크기만 했고, 앞쪽이 약간 뾰족한 거위알 모양에 가운데는 투각으로 조각되어 있었다. 얼핏 보면 그다지 정교하지 않은 것처럼 보이지만, 자세히 들여다보면 그 위에 새겨진 무늬가 굉장히 복잡하게 얽혀 있어서 진짜 나뭇잎과 거의 똑같은 것을 알 수 있었다. 윤기 나는 초록빛이 감도는 것이 녹이 슨 것 같지는 않았다. 다른 어떤 금속과 합금했기에 청동을 이렇게 생동감 있는 초록으로 보이게 할 수 있는 건지 알 수 없었다. 이 조형물은 고색창연하면서도 동시에 생명력이 넘쳤다.

그녀는 오기 전에 이미 결심했었다. 만약 샤오렌이 제때 깨어날 수 있다면 그녀는 그를 제대로 알게 될 평생의 기회를 갖게 되는 것이다. 그리고 만약 그가 깨어나지 못한다면 그녀는 자신이 아는 샤오롄만을 기억하고 싶었다. 자신이 모르는 그는 하나도 중요하지 않았다.

그래서 금고에 무엇이 들어 있든 그녀는 그저 관람자로서 감상할 뿐, 자신의 것으로 소유하고 싶지는 않았다.

하지만 이 잎사귀는 정말이지 너무나 귀여웠고, 쪽지에 적힌 글도 그녀와 관련이 있었다. 루추는 청동 잎사귀도 가방 안에 잘 넣은 다음 금고를 닫고 은행을 나왔다.

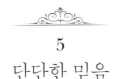

# 5
# 단단한 믿음

미 동부 웨스트 버지니아, 하퍼스 페리 외곽.

'백두음[白頭吟, 사랑을 잃은 여인의 슬픔과 사랑에 대한 갈망을 노래한 한나라 민가-역주] 조각 작업실'은 큰길 옆으로 난 작은 골목 끝에 위치해 있었다. 돌로 조각된 우편함 뒤쪽으로 우뚝 서 있는 3층 높이의 이 목조 건물은 수십 년 전 집주인이 직접 지은 건물로, 지금도 집 안으로 들어서면 나무의 맑은 향기가 풍겼다.

집 뒤쪽에는 넓은 야외 조각공원 잔디밭이 골짜기 아래로 쭉 펼쳐져 시냇가까지 이어져 있었다. 양쪽으로는 산들이 겹겹이 에워싸고 있고, 그 산줄기 전체를 하얗게 쌓인 눈이 감싸고 있었다. 나뭇가지는 가장귀마다 은빛 옷에 휘감겨 있음에도 밖으로 뻗쳐 나와 자연의 아름다움을 뽐내고 있었다.

장쉰은 웃통을 벗고서 축소된 호익도를 손에 들고 눈밭 한가운데 자기 키와 비슷한 높이의 화강암 앞에 서 있었다.

그는 일주일이 넘는 시간을 쏟아 대충의 윤곽을 만들어냈다. 오늘 날이 밝자마자 이 바위 앞으로 다시 와보니 어쩐지 볼수록 마음에 들지 않았다.

당초 이 석재를 구입한 것은 단단한 돌 속 깊숙이 숨겨진 부드러운 '그녀'를 첫눈에 알아보았기 때문이었다. 일종의 직감이었다. 그의 조각은 지금껏 창작이 아니라 깊은 응시였다. 돌 속에 갇힌 영혼을 찾아내어 손에 든 칼의 힘으로 그 자유를 되찾아주는 것이었다.

하지만 시간이 지나고 그의 칼질 횟수가 많아질수록 '그녀'의 모습은 점점 흐릿해져갔다. 장쉰은 짜증 나고 초조해졌다. 그러다 자기도 모르게 힘이 들어갔는지 칼끝이 마치 크림이라도 썬 듯 바위 속으로 쑥 박혀버렸다.

"코가 없어졌네요. 볼드모트 조각하시려고요?"

옌윈이 베이글을 하나 집어 멀지 않은 나무 난간에 걸터앉아 먹으면서 물었다.

장쉰이 무표정한 얼굴로 칼을 뽑아 아무렇게나 휙 휘두르니 석상의 머리가 날아갔다. 날아간 머리는 허공에 아름다운 포물선을 그린 후 땅에 떨어져 데굴데굴 몇 바퀴 굴러 살얼음이 언 개울 옆에서 멈췄다.

옌윈은 굴러가는 그 머리통을 눈으로 좇아가면서 입도 쉬지 않고 지껄여댔다.

"석재 낭비예요. 사장님, 영감이 안 떠오르시면 이번 달에는 그냥 사내 수련회나 가시죠……. 하, 류원, 사랑해!"

마지막 세 글자는 분명 류원의 손에 들린, 간식거리가 가득한 바구니를 겨냥한 것이었다. 옌원은 반쯤 먹다 만 베이글을 땅바닥에 던져버리고는 깡충거리며 류원 앞까지 와서 바구니를 빼앗아 뒤지기 시작했다. 그러면서 입으로는 끝도 없이 중얼거렸다.

"오이 맛이군, 이건 게 맛, 와, 마리화나 맛까지 있어? 맙소사, 난 그저 조용히 감자칩이나 먹으려고 했는데, 왜 하느님은 이렇게 수많은 신기한 맛들로 나를 시험하시는 걸까?"

"너 언제 조용히 할래?"

류원이 물었다.

"그게 중요한 게 아니라고! 중요한 건……."

옌원이 무너지듯 와사비 맛 감자칩을 한 봉지 집어 들어 류원의 코밑에 갖다 대며 물었다.

"넌 좀 제대로 된 물건을 살 수는 없는 거니?…… 악, 이게 뭐야?"

중국식 편지 봉투 하나가 바구니 안에서 툭 떨어졌다. 옌원이 봉투를 발로 툭 차며 발신인의 이름을 읽었다.

"왕웨(王鉞)? 싱밍이 키우는 개?"

"남자 친구야."

류원이 바로잡으며 덧붙였다.

"말을 아주 잘 듣는 타입이지."

"'남자 친구'라는 말이 발명되기 전에는 우리 같은 이런 관계를 주인과 개라고 불렀어."

옌윈이 반박했다.

"개를 기르려면 먹이를 줘야 하잖아. 그런데 왕웨는 그럴 필요가 없어."

류윈의 말은 간결했지만 모든 뜻을 담고 있었다.

옌윈은 말로는 그를 당할 수 없어서 떼를 쓰기로 했다.

"너도 먹이 안 줘도 되잖아."

"물론이야."

류윈이 꿈쩍도 하지 않고 말했다.

"내가 직접 온라인으로 주문하거든. 네 손에 든 그 가방을 포함해서 말이야."

"……이 똥개야!"

이 대목에서 장쉰은 웃지 않을 수 없었다. 그의 얼마 안 되는 혼란스러운 기억 속에도 옌윈과 류윈이 함께하는 방식은 늘 한결같았다. 한 사람은 말이 많은데 성질이 급해서 얘기가 두서없이 갈팡질팡하기 일쑤였고, 다른 한 명은 말은 적지만 한 마디가 늘 촌철살인이었다. 대단한 것은 창과 방패가 한 방 안에 있다는 것이었다. 겉보기에는 늘 티격태격하는 것 같지만 속으로는 서로에게 의지하며 천년 가까이 살아왔다.

그 자신은? 이 수천 년의 세월 동안 그는 어떻게 지냈을까?

장쉰은 또다시 초조와 짜증이 밀려 올라와 손을 휙 뿌리쳤다. 그러자 칼이 바람을 받아 길어지더니 순식간에 육중한 호익도의 원래 모습으로 돌아왔다. 그는 칼을 들고 바위들이 운집해 서 있는 조각장 속으로 뛰어들어 쓸어내고, 쪼개고, 뽑아내고, 깎아버렸다.

칼이 한 번씩 번뜩이며 휘둘러질 때마다 어지러이 늘어선 돌들이 무너지고 부서져 사방으로 날리며 흩어졌다.

한참을 종횡무진 휘두르며 뛰어다닌 조각장에는 쓸 만한 석재가 거의 남김없이 부서져 버렸다. 하지만 장쉰의 넘치는 기력은 아직 1할도 채 발휘되지 않았다. 최후의 화강암 하나가 굉음을 울리며 무수한 자갈로 쪼개진 순간, 등 뒤에서 장튀의 목소리가 들려왔다.

그가 물었다.

"이게 다 뭐야, 현대예술 작품인가?"

장쉰은 아무 말 없이 돌아서서 칼을 쓱 휘둘러 장튀를 내리쳤다. 그의 길게 뻗어 크게 거둬들이는 검술은 그 초식이 묵직하면서도 민첩하고 힘이 넘쳤다. 장튀가 살짝 몸을 틀어 피했지만 어깨를 덮는 길이의 머리칼이 칼바람에 한 움큼 잘려 나갔다.

그가 눈썹을 치켜올리며 손을 뻗어 허공을 움켜쥐었다. 순간 칼등이 활처럼 굽어 날이 오목하게 휜 칼이 손에 잡혔다. 칼끝이 위로 솟구쳐 올라간 가늘고 긴 곡도(曲刀)였는데, 칼자루에는 양쪽에 날개가 돋은 응룡(應龍)이 동그랗게 몸을 말아 똬리를 틀고 있는 모양이 장식되어 있었다. 칼끝에서 빛이 번뜩였다.

상고의 3대 흉도 중 으뜸인 용아도(龍牙刀)였다.

날카로움으로 치면 용아도와 호익도는 우열을 가리기 힘들지만, 호익도는 검신이 두텁고 육중해서 용아도와 정면으로 대적하면 손해다. 다행히 장튀의 검술은 힘으로 부딪치는 것을 강조하지 않고 불시에 허를 찌르는 것을 중시하는 검법이었다. 장쉰이 다시 한번 성큼 육박해오자 장뤄가 칼을 휘두르며 호익도를 절묘하게 피했다. 그러고는 재킷과 코트를 벗어 눈밭에 휙 던짐과 동시에 재빠르게 장쉰의 등 뒤로 돌아가서 칼을 비스듬히 치켜들고는 흩날리는 눈발 속에서 장쉰을 향해 빗겨 내리쳤다.

이번 수는 기묘하고도 교활했다. 분명 속도가 그리 빠르지 않았는데도 칼이 나가는 방향과 시간이 상대를 괴롭히기에 너무도 절묘해서 장쉰으로서는 반격할 수도, 숨을 데도 없었다.

용아도가 곧장 자신을 베기 위해 날아드는 것을 본 장쉰은 순간적으로 칼을 거두고는 초능력도 쓰지 않고 순수하게 체력에 의존해 몸을 날려 딱딱한 바닥에서 2~3미터나 솟구쳐 올라갔다. 장뤄가 휘두른 칼이 보기 좋게 허공을 베었다. 장쉰이 허공에서 허리를 비틀어 매가 토끼를 사냥하듯 장뤄를 향해 칼을 내리쳤다.

형제끼리 주거니 받거니 뒤얽혀서 20~30분을 싸웠지만, 전세는 여전히 어느 한쪽으로도 기울지 않았다. 그러는 사이 옆에서 옌윈은 벌써 감자칩 네 봉지를 해치웠고, 류윈을 데려와 난간에 앉힌 뒤 음식을 먹으며 손가락으로 지적을 해가며 이런저런 평론을 하는 등 현장 라이브 쇼를 관람하는 것처럼 즐거워했다.

조각장에서 치고받고 싸우던 형제 두 사람은 어느새 개울가까지 오게 되었다. 어느 순간 두 칼이 부딪쳤다 다시 떨어졌다. 장뤄가 막 초식을 바꾸려는데 장쉰이 다리를 번쩍 들어 올리더니 골문 안에 축구공을 차 넣듯 방금 베어 날려버린 석상 머리를 장뤄를 향해 뻥 찼다. 호익도도 순간 손을 벗어났다. 공격이 위아래 두 갈래로 갈라져서 동시에 장뤄에게 돌진했다.

이 기습적인 공격은 매우 교활하고 간사했다. 하지만 장뤄는 전투에서 한 치의 흐트러짐이 없었다. 그는 하나의 아름다운 철교처럼 하늘을 향해 몸을 뒤로 젖혀 등이 거의 바닥에 닿을 정도로 누우면서도 두 발을 땅에 단단히 고정시켜 호익도와 바위 공을 동시에 피했다.

그가 몸을 일으켜 반격하려는데 장쉰이 펄쩍 뛰어 그의 옆으로 오더니 손을 내밀어 장뤄를 붙잡아 주었다.

앞서 겨룬 모든 합보다도 이 순간 소년처럼 잡아당긴 행동이 장뤄에게는 가장 갑작스럽고 당황스러웠다. 당황한 그는 발을 삐끗해 미끄러지며 수북이 쌓인 보드라운 눈밭에 넘어졌다. 그 바람에 옆에 있던 세쿼이아 나뭇가지의 눈 한 무더기가 머리 위를 덮치며 완전히 눈 속에 파묻혀버렸다.

장쉰이 나무 밑에 쪼그리고 앉아 깔깔 웃자 곧이어 눈 속에서 갑자기 손 하나가 쑥 나오더니 장쉰을 잡아당겨 땅바닥에 엎어트렸다. 그가 장뤄 옆에 드러누웠다. 나뭇가지가 다시 흔들리더니 장쉰까지 가차 없이 파묻어버렸다. 멀리서 보면 우뚝 솟은 세쿼이아 나무 밑에 두 개의 작은 눈 무더기만 덩그러니 있었다.

하늘에 구름 한 점 없는 맑고 쌀쌀한 날이었다. 형제는 이렇게 나란히 누워 한동안 말없이 하늘을 바라보았다. 장쉰이 입을 열어 약간 쉰 목소리로 장뤄에게 물었다.

"형, 지금의 내 검술이 전에 비해 어떤 것 같아요?"

"비슷해."

장쉰이 "아." 하고는 하늘에 대고 말했다.

"그렇죠. 내가 검술을 향상시킨다고 스스로 기억을 봉인했을 리가 없죠."

장뒤는 아무 말도 하지 않았다. 장쉰이 잠시 기다렸다가 눈더미에서 벌떡 일어나 장뒤 옆에 쭈그리고 앉더니 물었다.

"그럴 리가 없겠죠? 내가 그렇게까지 어리석지는 않다고 빨리 말해요!"

"난 네가 왜 이 길을 선택했는지 몰라."

장뒤의 답답한 목소리가 덮고 있는 눈 속에서 들려왔다.

"그 일이 있기 전에 너는 수년 동안 혼자서 바깥세상을 떠돌아다녔어. 몇 번은 차마 눈 뜨고 봐줄 수 없을 정도로 초라했지. 내가 돈을 주고 싶어 해도 네가 받지 않았어. 샤오바이가 너를 찾으러 갔다가 너한테 어찌나 두들겨 맞았는지 하마터면 화형도 못 할 뻔 했지. 그러다가 하루는 네가 한밤중에 갑자기 내 사무실로 들이닥치더니 내게 기억을 봉인하도록 도와달라고 하더구나."

장쉰은 장뒤의 얼굴에 덮인 눈을 치우고는 그의 얼굴을 노려보며 물었다.

"그래서 곧바로 도와준 거예요, 왜냐고 묻지도 않고?"

장뒤는 동생을 못마땅한 듯 쳐다보았다.

"그때 내가 너와 크게 싸워서 그 층을 박살 냈었어."

장쉰은 순간 놀라 어리둥절했다. 그러고는 이내 깔깔 웃더니 손으로 얼굴을 세게 문지르면서 말했다.

"그런 일이 있었는지 난 전혀 기억나지 않지만 듣기만 해도 아주 통쾌하네요."

"그때 싸움을 끝낸 후 너도 딱 한 마디 하더라. '통쾌하다'고."

장뤄는 눈밭에서 일어나 책상다리를 하고 앉았더니 장쉰을 똑바로 쳐다보며 말했다.

"하지만 나는 확신해. 내가 아는 장쉰은 통쾌하려고 자신의 기억을 봉인하지는 않아."

장쉰이 잠자코 듣고 있다가 고개를 들어 물었다.

"이전의 내 덕성은 어떤 것이었어요?"

"사소한 일은 엉성했지만 큰일은 한 번도 그르친 적이 없었지."

장뤄가 잠시 멈추었다가 희미한 그리움이 담긴 말투로 다시 말을 이었다.

"아주 제멋대로였지만 한번 입 밖에 꺼낸 일은 반드시 해냈지. 넌 내가 이 세상에서 무조건 신뢰할 수 있는 유일한 녀석이었어."

"그러고 나서 내가 스스로 모든 기억을 지운 거군요."

장쉰이 긴 한숨을 내쉬며 물었다.

"내가 형의 믿음을 저버렸다고 생각하지 않아요?"

"걱정은 했지. 하지만 결코 그렇지 않다는 걸 사실이 증명하잖아."

장뤄는 차갑지만 우아하고 기다란 손으로 장쉰의 어깨를 누르며 천천히 말했다.

"나도 혼란스러웠어. 너와 나는 하나의 운성에서 태어났고 화형 후 백 년 동안은 거의 그림자처럼 붙어 다녔는데 대체 무엇이 너를 돌아올 수 없는 이 길로 내몬 것인지, 어떻게 나는 아무것도 모르는 걸까?"

"……."

"기억을 봉인하고 나서 너는 많은 일을 망각했어. 그 때문에 오히려 지금의 네가 처음 인간으로 화형했을 때의 너와 더 가까운 거고. 우리가 함께 태어나고 죽게 된 모든 경험을 너는 기억하지 못하겠지만, 너와 내가 형제로 함께한 것은 더더욱 본심에서 우러나온 거였어. 솔직히 말하면 나는 기쁘기도 하고 서글프기도 해."

장쉰이 자신의 어깨에 얹힌 장퉈의 손을 내려다보며 천천히 물었다.

"내가 기억을 되찾고 싶어 한다면요?"

"내가 도울게."

"이유는 안 물어요?"

장쉰이 고개를 번쩍 들었다. 눈빛이 날카로웠다.

장퉈가 되물었다.

"내가 물으면 말해줄 수 있어?"

장쉰이 갑자기 바람 빠진 고무공처럼 털썩 주저앉았다. 그가 고개를 가로젓더니 장퉈를 바라보며 말했다.

"난 요즘 들어 갈수록 더 짜증이 나요. 그러다 결국은 보이는 건 뭐든지 닥치는 대로 칼로 다 베어버리고 싶어져요. 이 인간 세상을 완전히 갈기갈기 베어 가루로 만들어버리는 거예요. 모든 걸 끝장내버리고 다 같이 죽는 거죠."

"복원한 기억이 어쩌면 너를 더 힘들게만 할 수도 있어."

장퉈가 정곡을 찌르는 말을 했다.

"이게 진짜 나라고요?"

장쉰이 씁쓸하게 웃으며 물었다.

"기억을 봉인한 것으로도 억누르지 못해서 이빨을 드러낸 거다?"

"그럼 뭐 어때?"

장뒈가 일어섰다. 들고 있던 칼을 허공에 놓으니 칼이 그대로 사라졌다. 그가 결연하게 말했다.

"우리는 병기로 태어나서 생사를 넘나들며 존망의 도를 짊어져 왔어. 네가 계속 이 망할 구석에 처박혀 돌이나 깎고 있다면 그것이야말로 본성을 거스르는 거야."

장쉰이 코를 문지르며 중얼거렸다.

"그건 문제가 안 돼요. 나는 천지를 끝장내는 동시에 사랑과 예술의 교류를 진행할 수 있거든요."

"사장님이 무슨 중2예요? 토할 것 같아."

옌원의 쨍쨍거리는 목소리가 갑자기 끼어들었고, 뒤이어 류원이 "맞아요." 하고 동의하는 말도 들려왔다.

장쉰이 손가락을 딱 튕기자 호익도 칼끝이 방향을 바꾸어 하라는 일은 제대로 안 하면서 늘 투덜거리기만 하는 두 명의 직원에게로 날아갔다. 류원과 옌원이 창과 방패를 꺼내자 순식간에 병기세 개가 한데 뒤엉켰다.

장뒈가 눈밭에 서서 좌우를 둘러보며 느긋하게 말했다.

"이번 싸움 장소 선택은 나쁘지 않았어. 파괴 규모는 컸지만 잃은 게 많지 않으니까."

그가 장쉰에게 손을 내밀었다.

"자, 네 기억을 되찾는 걸 도와주마. 그 기억이 좋든 나쁘든 함께 맞서보자."

장쉰은 그 손을 잠시 쳐다보더니 손을 잡고 갑자기 벌떡 일어나 엉덩이를 두드리며 말했다.

"하, 형님, 내가 꼭 물어보고 싶은 게 있어요."

"물어봐."

"내 그 조각품들 말인데요. 설마 전부 다 형님이 사람들한테 돈을 써서 사 가도록 한 것은 아니겠죠?"

"너한테 돈을 줄 생각이었으면 직접 줬겠지. 나 그렇게 한가한 사람 아니야."

"그러니까 내가 예술적 재능이 있단 말이네요?"

"세상이 날로 저급해지고 품격이 떨어지고 있어. 기억을 회복한 후 너는 잘못을 고치고 새사람이 되는 것만 기억하면 돼."

"잘나셨어요."

장쉰은 눈밭에서 눈을 한 움큼 쥐어 뭉치더니 장퉈에게 던졌다. 장퉈가 옆으로 살짝 피하며 정색하고 장쉰에게 말했다.

"장난치지 마. 전에 네 기억을 봉인해주셨던 사부님이 이미 돌아가셨으니 이 일을 어떻게 해야 할지, 결국 장기적인 계획이 돼야 하는 걸까……. 또 무슨 짓이야?"

그가 말하는 도중에 호익도가 쉬익 소리를 내며 그의 앞에 날아와 빙빙 돌면서 머리를 좌우로 흔들어댔다.

장쉰이 장퉈에게 활짝 웃어 보이며 말했다.

"한 사람 생각났어요. 기분 좋은데요."

장퉈가 바보 같은 표정을 한 동생을(그리고 얼굴은 없지만 몸 전체가 온통 바보 같은 호익도를) 무표정하게 쳐다보며 말했다.

"맞다, 편지가 있었지. 네가 그때 기억을 봉인하기 전에 나한테 준 것……."

∞

그때 옌윈이 개라고 했던 왕웨가 싱밍을 안고 한 걸음 한 걸음 쥬펀의 황금신사(黃金神社)로 통하는 등산로를 걷고 있었다.

그는 넓은 어깨와 두툼한 등짝의 우람한 체격이었다. 겉보기에는 대략 마흔 살쯤 되어 보였고 다부지고 강인한 인상이었다. 싱밍을 안고 있는 두 어깨는 전혀 힘들어 보이지 않았다. 키가 훤칠한 싱밍인데도 그의 품에 안겨 있으니 사람을 따르는 작은 새 같았다.

이 작은 새는 몸 상태가 썩 좋지 않은 것 같았다. 싱밍은 고개를 축 늘어뜨리고 두 눈을 감고 있었다. 굳게 다문 입술과 이마 끝에 땀방울이 맺힌 모습이 극도의 고통을 겪고 있는 것 같았다.

이 길의 처음 절반가량은 경사가 완만하고 노면이 정비되어 있어 왕웨가 싱밍을 안고 걷는 데 평지와 다름없이 전혀 흔들림이 없다. 그런데 후반부에 접어들면 갑자기 경사가 가팔라지고 심하게 낡은 계단이 울퉁불퉁 고르지 않았다. 왕웨가 원래의 속도로 날아갈 듯 성큼성큼 걷다가 발을 헛디디는 바람에 발밑으로 작은 돌덩어리들이 미끄러져 떨어지면서 몸이 휘청 흔들렸고, 순간 그의 품 안에 있던 싱밍이 비명을 질렀다.

"좀 쉴까요?"

왕웨는 걸음을 멈추고 가슴에 품은 그녀에게 작은 소리로 물었다.

싱밍은 고개를 저으며 지친 목소리로 대답했다.

"쉬어도 소용없어요. 세상에 이변이 일어나고 있어요. 그놈들 힘도 점점 강해지고 있고요……."

그녀가 말하던 도중에 갑자기 오관이 일그러지며 변형되었다. 마치 또 다른 얼굴이 피부 아래에서 뚫고 나오려는 것 같았다. 그녀의 입이 한쪽으로 비뚤어지며 불분명하지만 소년 같은 낭랑하고 우렁찬 목소리가 순진무구하게 물었다.

"딩딩은요? 지난번에 딩딩이 나를 본가에 데려가겠다고 하지 않았나요?"

싱밍의 눈이 여전히 감겨 있는 것을 보면 그녀가 여전히 몸에 대해 대부분의 통제권을 갖고 있는 것 같았다. 왕웨가 상황을 감안해 화를 꾹 참으며 대답했다.

"샤딩딩은 옛날 상처가 재발해서 당분간은 변신할 수 없어. 그러니 우선 '암처(暗處)'로 돌아가. 나는 싱밍과 함께 그녀를 도울 방법을 생각해볼……."

"사기꾼!"

싱밍이 갑자기 버럭 화를 내며 소녀처럼 째지는 목소리로 악의에 차서 소리쳤다.

"지저우(冀州), 너 저 사람 말 듣지 마. 저들이야말로 딩딩을 도울 리 없어."

싱밍의 얼굴 오관이 또다시 일그러지기 시작했다. 그녀가 숨을 헐떡이며 자기 목소리로 낮게 소리쳤다.

"꺼져."

"당신이 뭔데?"

소녀가 건방지게 대꾸했다.

"당신은 너무 오래 살았어. 이젠 좀 양보……."

그녀의 말이 채 끝나기도 전에 싱밍이 갑자기 눈을 번쩍 떴다. 가로등 불빛 아래 그녀의 두 눈동자가 놀랍게도 잔물결 같은 동심원의 황금색 빛무리를 발산했다. 그녀가 허공의 한 점을 매섭게 노려보며 잇새로 한마디 내뱉었다.

"꺼져!"

그녀의 이목구비는 순식간에 제자리를 찾았지만 얼굴은 온통 땀으로 범벅이 돼 있었고, 이마 가장자리의 잔머리는 이미 흠뻑 젖어 있었다. 싱밍은 괴로움에 발버둥 치며 땅에 내려섰고, 허리를 굽히자마자 금세 폐부가 찢어지는 듯한 기침이 튀어나왔다. 왕웨는 안쓰러운 마음에 손을 뻗어 그녀를 끌어안고는 다른 한 손으로 그녀의 등을 천천히 쓰다듬었다.

싱밍이 가까스로 기침을 가라앉히고 허리를 폈다. 짝짝짝 박수 소리가 돌계단 위쪽에서 들려왔다. 그들에게서 100보쯤 떨어진 곳에 서 있던 젊은 남자가 깡충깡충 뛰어 내려와서는 몇 계단 높은 돌계단에 쭈그리고 앉았다. 그러고는 눈꼬리가 살짝 올라간 여우 눈을 가느다랗게 뜨고 히죽히죽 웃으며 싱밍에게 물었다.

"상황이 이렇게 심각해졌네. 내가 도와줄까요?"

여우 눈을 한 남자는 기사풍의 가죽 재킷을 입고 있었고, 목에 상형문자 같은 타투를 하고 있었다. 왼쪽 귀에 구멍을 뚫어 각종 금속 귀걸이를 주렁주렁 걸고 있는 것이 언뜻 보면 동네 양아치 같았다. 입으로는 "도와주겠다."라고 말했지만, 실제로는 재미난 구경이나 하겠다는 태도였고 동정의 마음은 눈곱만큼도 없었다.

그러나 왕웨와 싱밍은 상대방의 무례함에도 화를 내지 않았다. 그들은 잠시 서로 마주 보았다. 왕웨가 입술을 약간 움직이자 싱밍이 그에게 고개를 살짝 저었다. 그러고는 여우 눈을 한 남자에게로 고개를 돌려 정중하게 말했다.

"내가 도저히 버틸 수 없게 되면 그때 족장님에게 손을 빌리겠습니다. 감사합니다."

여우 눈, 그러니까 아추족(亞醜族) 족장 쓰지상(司計霜)은 실망한 듯 입을 비죽거리고는 일어나 엉덩이를 탁탁 털며 말했다.

"서둘러요. 늦으면 황금을 볼 수 없을 테니까."

"당신들은 그때 왜 황금을 여기에 숨긴 겁니까?"

왕웨가 물었다.

지상은 하품을 해대며 불량스럽게 말했다.

"백 년도 넘은 일이에요. 그냥 감춘 거고, 나중에는 옮기기 귀찮아졌어요. 그냥 그런 거예요."

"펑랑이 순간이동으로 빼앗아 갈까 봐 두려웠던 거겠죠."

싱밍이 고개를 들어 왕웨에게 달콤하게 웃어 보이며 설명했다.

"이 산에는 크고 작은 금광과 동광들이 도처에 널려 있어요. 그 안에 작은 황금 단지를 숨겨 놓았다는 것은 나뭇잎 하나를 숲속에 숨겨놓은 것과 같죠."

비밀이 드러났고, 지상도 그다지 개의치 않았다. 그는 머리를 긁적이며 싱밍을 가리켜 말했다.

"사람으로 변신한 후에 말입니다. 내가 한 가지 깊이 깨달은 게 있어요. 새를 총으로 쏘면 영리한 놈들은 모두 일찍 죽는다는 겁니다. 주주가 아주 좋은 예죠. 당신은 몸조심하세요."

그는 말을 마치자마자 다른 사람의 의견이 어떤지는 조금도 기다리지 않고 바람처럼 산으로 올라가 버렸다. 왕웨가 손을 뻗어 싱밍의 허리를 붙잡자 싱밍이 고개를 가로저으며 말했다.

"나 혼자 걸을 수 있어요."

"오기 부리지 말아요."

왕웨는 손을 놓지 않고 계속 고집스럽게 그녀를 안고 걸었다. 싱밍은 왕웨의 몸에 기댄 채 걸음마를 배우는 갓난아기처럼 몸을 제대로 통제하지 못해 어기적거리는 자세로 비틀비틀 올라갔다.

몇 걸음 안 걸었는데 쓰지샹은 이미 흔적도 보이지 않았다. 싱밍이 또다시 발을 삐어 어쩔 수 없이 쉬고 있을 때 왕웨가 그녀의 허리를 감싸며 가까이 다가가 나지막이 말했다.

"내가 도와줄게요."

"아뇨. 당신의 초능력은 에이스 카드예요. 정말 중요한 순간이 오기 전에는 절대로 그 능력을 쓰면 안 돼요."

싱밍은 왕웨의 어깨에 기대어 잠시 가쁜 숨을 몰아쉬더니 뭔가에 매혹된 눈빛으로 산기슭 아래쪽에 호박색으로 반짝이는 건축물을 바라보며 낮게 속삭였다.

"아름다워요. 보세요."

음양해(陰陽海) 옆에 자리 잡은 13층 유적이었다. 수년간 버려진 채 황폐해진 이 선광공장은 온화하고 부드러운 불빛을 받아 마치 신들에게 버려진 꿈속의 궁전처럼 은은하게 빛나며 인근 마을의 불빛들에 화답했고, 바다 위에 점점이 떠 있는 집어등에까지 이어지는 너무도 아름답고 쓸쓸한 그림을 완성하고 있었다.

왕웨는 그녀의 시선을 좇아 아래를 내려다보고는 고개를 끄덕이며 말했다.

"정말 멋지네요. 당신이 좋다면 여기서 며칠 머무르죠."

"내가 말했죠. 보세요. 이 장면, 전설 속에 나오는 최후의 날 광경 같지 않아요?"

싱밍이 그의 팔을 잡고 흔들면서 소녀처럼 애교 부리듯 물었다.

왕웨는 유적지를 다시 힐끗 보았다. 그는 이 경치에 대해 아무런 감흥을 느끼지 못했지만 차분하게 싱밍에게 말했다.

"당신이 그렇다면 그런 거죠."

"이 경치를 보니까 생각나는 게 있어요. 장쉰이 기억을 되찾기를 바라지만, 일이 잘 안 됐을 때 전승으로 더 빨리 들어갈 수 있는 방법이 하나 더 있어요."

싱밍이 방글방글 웃으며 이렇게 말했다.

전승 얘기를 하자 그녀의 얼굴빛이 생기를 띠며 눈빛까지 맑아졌다. 싱밍은 왕웨의 대답을 기다리지 않고 자기 생각만 하며 계속 혼자 얘기했다.

"기억 안 나요? 매번 강력한 전승자가 죽을 때마다 전승이 열리고 사람을 받아들이잖아요?"

왕웨가 주저하며 대답했다.

"우리는 전승이 받아들이는 것이 인간의 어떤 부분인지 몰라요. 혼백일까요? 아니면 기억? 우린 사실 전승에 대해 제대로 알았던 적이 없……."

"그건 중요하지 않아요!"

싱밍이 그의 말을 끊으며 말했다.

"전승이 문을 열기만 하면 돼요. 우리는 그 기회를 잡아서 무슨 방법을 써서라도 섞여 들어가야 해요."

왕웨는 더욱 주저했다.

"그렇다면 우리가 사람을 보내서 전승자일 가능성이 있는 복원사를 감시하고 있다가 그들이 죽는 바로 그 순간 현장에 도착해야 한다는 것 아닌가요?"

"바보, 우리가 죽여도 되죠."

싱밍이 흥분하며 계속 말했다.

"당신을 욕하는 게 아니에요. 내가 멍청해서 나를 욕하는 거예요. 왜 진작 이렇게 좋은 방법을 생각하지 못했을까요. 예원첸이 전승자를 가지고 멋대로 실험을 하도록 내버려둔 바람에 좋은 재료만 낭비했어요. 하지만 괜찮아요, 바로잡을 수 있어요. 누가 죽어야 전승이 열리는지 모르는데……, 아니면 우리가 한 번에 여러 명을 죽여서 고르게 할까요?"

그녀는 살인을 얘기하면서 마치 '우리 파티하자'고 말하는 것처럼 즐거워하는 말투였다. 하지만 왕웨는 사뭇 엄숙한 표정으로 말했다.

"복원사를 함부로 죽였다가는 다른 화형자들이 모두 연합해서 우리에게 맞서게 될 거예요."

"그러니까 일을 크게 벌여야죠. 우리가 성공하기 전에 먼저 초점을 딴 데로 돌리는 거예요."

싱밍이 왕웨의 팔을 껴안고 멀리 산기슭에 반짝이는 등불에 시선을 고정한 채 머릿속으로 계산을 하면서 말했다.

"예원첸을 이용할 수는 있어요. 그런데 그는 이기심이 커서 통제할 필요가 있어요. 하지만 그건 간단하죠. 많은 사람을 훈련시켜야 한다는 게 좀 골치 아프지만요. 명단에 있는 그 복원 기사들을 잘 지켜봐야……."

왕웨는 한참을 조용히 듣더니 손을 뻗어 싱밍을 끌어안으며 나지막이 물었다.

"만일 우리가 전승에 들어간 후 초능력을 전혀 쓸 수 없다는 걸 알게 되면, 그냥 우릴 유린하도록 내맡기는 수밖에 없나요?"

"그땐 운명을 하늘에 맡기는 수밖에요. 어차피 결과가 어떻든 내 머릿속은 조용해지겠죠."

싱밍은 주저 없이 이렇게 대답하고는 왕웨의 얼굴을 쓰다듬으며 까끌한 목소리로 말했다.

"한 가지…… 당신이 다칠 거예요."

그녀의 손끝이 아직 떨리고 있었다. 몸이 완전히 회복되지 않은 게 분명했다. 왕웨는 눈을 감고 자신의 손을 그녀의 손등에 얹으며 무겁지만 단호한 목소리로 대답했다.

"당신을 위해서라면 난 기꺼이."

# 6
# 과거로부터 도망치다

하루, 이틀, 사흘……. 본가 복원실에서 루추는 시간을 보냈다.

기다리는 시간은 하루가 1년 같았다. 금제를 해제한 후 7일째 되던 날, 그녀가 기다리던 샤오렌의 소생 소식은 없었지만 대신 장쉰의 전화를 받았다.

영상통화였다. 스크린 속 장쉰은 티셔츠를 입고 눈밭에 서 있었다. 머리 위로 파란 하늘이 끝없이 펼쳐져 있었다. 그가 두 팔을 들어 보이며 그녀에게 말했다.

"내 작업장이에요."

루추는 조각가들의 야외 작업장을 처음 보았다. 쓰팡시는 벌써 며칠째 음침한 날씨가 이어져서 사람 기분까지 덩달아 우울하게 만들고 있었다. 그러다 갑자기 새파란 하늘과 눈부신 햇살이 내리쬐는 쨍한 장면이 눈에 들어오자 루추는 자기도 모르게 두 손을 모아쥐고 눈동자를 반짝 빛내며 감탄사를 연신 내뱉었다.

"너무 아름다워요, 너무 아름다워."

"정말요?"

장쉰이 머리를 긁적이며 말했다.

"난 그저 나쁘지 않은 정도라고만 생각했는데."

"당신은 눈이 너무 높아요!"

루추가 소리쳤다.

그녀는 말도 행동도 평소보다 들떠 있어 가히 격정적이라고 할 만했다. 샤오롄의 금제가 해제된 후로 두창펑은 아침에 일찌감치 출근했다가 밤늦게 본가로 돌아와 거실에서 딩딩과 함께 지내는 게 습관이 되었다. 루추는 벌써 일주일째 그와 대화를 하지 못하고 있었다. 한광과 청잉 역시 그림자도 볼 수 없었다. 뭘 하느라 그리 바쁜지 알 수 없었다. 차오바는 린시와 어울려 놀면서 갈수록 그녀를 거들떠보지도 않았다. 그녀는 홀로 외딴섬에 사는 것 같았고, 말할 상대도 없었다. 그러던 중에 갑자기 장쉰을 보자 그녀는 가족을 만난 것보다 더 흥분했다.

장쉰은 루추의 말에 십분 공감한다며 고개를 끄덕이고는 몸을 틀어 뒤쪽에 있는 대형 조각작품 두 개를 가리키며 말했다.

"요즘 영감이 안 떠올라서 호안 미로의 복제품을 샀어요. 그런 다음 연습 삼아 똑같은 콘셉트로 하나를 조각했죠. 그런데 사겠다고 가격을 제시하는 사람이 나타났어요⋯⋯. 어떻게 생각해요, 파는 게 나을까요?"

"가격요?"

루추는 순간 어리둥절했다.

그녀가 방금 감탄하며 찬미한 것은 사실 장쉰의 작품이 아니라 자연이었다. 하지만 지금 고쳐 말하면 그가 상심할 것 같았다. 루추는 장쉰이 가리키는 쪽을 한참 바라보고는 미안해하며 물었다.

"어느 쪽이 미로의 작품이에요?"

장쉰이 왼쪽을 가리켰다. 그것은 장쉰의 키보다도 큰 대형 조각 작품이었다. 황토색의 장방형 대좌 위에 흑철색의 뾰족한 물질 네 개가 하늘을 향해 똑바로 치솟아 있었다. 그것은 나무 손잡이를 100배로 확대해놓은 포크의 모습과 완전히 똑같았다. 오른쪽 조각작품의 대좌는 왼쪽 것과 비슷했지만 그 윗부분은 안쪽이 오목한 검은색 타원형이었다. 두 개가 함께 있으니 포크와 스푼으로 짝을 이루는 것이 마치 외식할 때 식기는 스스로 준비하라는 일종의 좋은 콘셉트 같았다…….

루추는 이런저런 생각을 하며 천천히 물었다.

"이 작품의 주제가 환경보호와 관계 있나요?"

장쉰은 고개를 가로저었다.

"별생각 없이 기분 내키는 대로 조각한 거예요. 그건 왜 물어요?"

"그러니까, 음…… 잠깐만요."

루추는 핸드폰으로 색깔과 모양이 비슷한 친환경 식기 사진을 빠르게 검색해서 장쉰에게 보여주었다. 장쉰이 "흥" 하고 콧방귀를 뀌고는 호익도를 꺼내더니 칼끝으로 그녀의 코끝을 겨누며 말했다.

"감히 나의 예술을 비판한 사람은 모두 오래 못 살아요."

"어떤 인간도 당신보다 오래 살지 못해요. 됐어요? 뭘 그렇게 거들먹거려요? 난 목숨은 짧아도 자랑스럽기만 하네요!"

루추가 아래턱을 쳐들고 이렇게 반박하고는 금세 맥이 풀려 테이블 위에 엎드리며 중얼거렸다.

"이러다 곰팡이 슬겠어요. 아, 햇볕 쬐고 싶다."

"그건 쉽지 않겠는걸요. 미국으로 날아와 나랑 놀아요. 실컷 먹고 자고, 스키를 타든 스케이트를 타든 내가 완벽하게 에스코트할게요."

장쉰이 그녀에게 눈을 찡긋하며 이렇게 말했다.

루추는 마음이 약간 흔들렸다. 몸을 일으켜 승낙하려다가 문득 생각나는 일이 있어 다시 엎드리며 기어들어 가는 목소리로 말했다.

"소련검은 고대 기물이에요. 출국하려면 화형을 한 후에 직접 여권을 만들어서 비행기를 타야 해요. 내가 그를 데려갈 수가 없어요."

"데리고 갈 수 없다면 수납장에 넣고 잠가두면 되지 않아요? 검셋이 사는 소굴에 좀도둑 들까 봐 걱정하는 거예요?"

장쉰이 말도 안 된다는 듯 물었다.

루추는 팔에 얼굴을 파묻고 답답해하며 말했다.

"차마 두고 떠날 수 없어요."

"샤오롄이 평생 깨어나지 못한다면 평생토록 그를 지킬 셈이에요?"

장쉰이 이렇게 묻는 소리가 귓가에 들려왔다. 말은 날이 서 있었지만 말투는 야박하지 않았다.

그도 누군가를 기다려봤을까?

루추가 고개를 들고 말했다.

"이번 생은 아직 많이 남았고, 지금은 그를 떠나고 싶지 않아요. 지금은 안 떠나요."

두 사람의 시선이 부딪쳤다. 그녀가 참지 못하고 물었다.

"아, 왜 난 당신이 이해하는 것 같죠?"

"아뇨, 난 이해하지 않을 거예요."

장쉰이 먼저 단호하게 대답한 뒤 그녀를 향해 두 팔을 벌리며 말했다.

"검 하나 지키자고 쓸쓸하고 외롭게 살 거예요? 그럴 거 없잖아요. 빨리 그를 버리고 내 품으로 달려와요."

이 고백은 설득력이 전혀 없었다. 오히려 너무 우스웠다. 루추는 깔깔 웃으면서 고개를 세차게 끄덕였다. 그리고 아주 딱 어울리는 대답을 했다.

"알았어요, 알았어. 냉장고에 채워놓은 음식을 모조리 먹어 치우고 나면 꼭 가서 빌붙을게요!"

"그런 다음 나까지 먹어 치우려고요? 쌀벌레가 되기로 작정한 거예요, 당신?"

장쉰은 구애에 실패하자 곧바로 날카롭게 비아냥거렸다.

두 사람은 다시 히죽거리며 몇 마디 더 나누었다. 루추는 마음이 좀 편해지자 장쉰이 어딘지 모르게 좀 이상하다는 것을 서서히 눈치챘다. 오늘따라 말도 안 되는 소리를 지껄여대며 웃겨준 것이다. 물론 한편으로는 그녀를 즐겁게 해주려고 그랬을 수도 있으리라. 하지만 다른 한편으로는 스스로 그것에 몰입해서 고민을 잊어버리기 위해서인 것 같았다.

장쉰의 고민이라면…….

한참 더 수다를 떨고는 루추가 잠깐의 틈을 포착해 물었다.

"당신의 기억은 어떻게 됐어요? 어떻게 된 건지 알아냈어요?"

장쉰의 안색이 굳어졌다. 그는 조각작품에 기댄 채 그녀를 바라보며 느릿느릿 말했다.

"당신은 정말이지 감추고 싶은 것만 콕 집어 들춰내는군요."

루추는 그의 평소 행동을 따라 어깨를 으쓱하고는 거들먹거리며 말했다.

"어쩔 수 없어요. 목숨이 짧거든요. 직설적으로 말해야 시간을 아끼죠."

"당신 말이 맞아요. 잘 들어요."

장쉰이 머리를 긁적이며 말했다.

"기억이란 녀석 말이에요. 나 스스로 필요 없다고 난리 친 거였어요."

"왜요?"

루추가 눈을 커다랗게 뜨며 물었다.

"왜 그랬는지는 기억이 안 나요. 나도 믿고 싶지 않았어요. 하지만 형이 근거를 들어 설명하더군요. 내가 자기한테 쓴 친필 편지를 보여줬어요……. 음, 당신이 직접 봐요."

장쉰이 이렇게 말하며 바지 주머니에서 구깃구깃 뭉친 선지(宣
紙) 한 장을 꺼내 평평하게 펴서 핸드폰에 가까이 갖다 대 루추에
게 보여주었다. 편지지 위에는 호탕한 필치의 커다란 글자 몇 개가
광초[狂草, 매우 흘려 쓴 초서체. 한나라 장지(張芝)가 창시함 – 역주] 서체
로 쓰여 있었다. 읽기가 너무 어려워서 루추는 한참을 들여다보고
서야 한 글자 한 글자 읽을 수 있었다.

"難(난)… 得(득)… 糊(호)… 塗(도)…[자신의 실력이나 총명함을 감
추고 어수룩하게 행동하기 어렵다는 의미 – 역주]. 이서 정말 당신이 쓴
거예요?"

"필적은 분명 나예요. 서명은 없고 낙관만 있어요."

장쉰이 낙관이 찍힌 곳을 카메라에 가까이 갖다 댔고, 루추는
붓으로 그린 호랑이 한 마리가 몇 획 안 되는 필치로도 진짜 살아
있는 듯 어기적거리는 모습을 볼 수 있었다.

루추는 잠시 말이 없다가 이윽고 결론을 내렸다.

"당신은 기억을 잃기 전에 이미 예술가가 될 충분한 잠재력이
있었군요."

장쉰이 "후" 하고 한숨을 내쉬며 말했다.

"만약 이 편지가 정직한 글씨체로 쓰인 것이었다면 나는 형이
또 나를 속이고 있다고 의심했을 거예요. 그런데 이 스타일은…….
어휴, 내 자랑은 아니지만 형이 위조하고 싶어도 그쪽으로는 문외
한이거든요."

루추가 전적으로 공감을 표하며 고개를 끄덕이자 장쉰이 한숨
을 내쉬며 하얀 눈밭에 책상다리를 하고 앉더니 머리를 부여잡고

그녀에게 물었다.

"내가 그 당시에 도대체 무슨 생각을 하고 있었는지 좀 얘기해 줘요. 뭣 때문에 내가 스스로 기억을 꽁꽁 감춰버렸을까요?"

장쉰이 영원히 완성하지 못한 그 여자의 두상을 떠올리며 루추는 잠시 침묵했다. 그러고는 조심스럽게 그의 얼굴을 쳐다보며 물었다.

"혹시 이런 영화 본 적 있어요? 남자 주인공이 실연당했는데, 그 감정을 잊기 위해 한 병원을 찾아가서 여자 주인공과 관련된 기억을 전부 지워버린 이야기 말이에요."

"Eternal Sunshine of the Spotless Mind[「이터널 선샤인」−역주]."

장쉰이 영어 제목을 담담하게 말했다. 그가 멍한 표정의 루추를 바라보고는 씩 웃으며 설명했다.

"당신이 말한 그 영화의 영문 제목은 포프의 시에서 따온 말이에요. 기억을 지운 사람이 한없이 순결해져서 티 없이 맑은 영혼으로 영원한 햇살처럼 찬란하게 빛남을 묘사하는 시죠."

그는 쏟아지는 햇살에 흠뻑 젖어 나른한 말투로 이렇게 얘기했다. 그의 표정은 변함없이 그대로였고, 말투에 풍자가 약간 섞여 있을 뿐이었다. 그 모습에 루추는 불현듯 자신이 장쉰을 알았던 적이 없다는 생각이 들었다.

그녀는 갑작스레 떠오른 놀라움과 두려움을 애써 억누르며 잠시 숨을 고른 후 시험 삼아 다시 입을 열었다.

"전에 당신이 손에 잡히는 대로 돌을 주워서 그걸로 조각하는 것을 자주 봤어요……."

"나도 알아요."

장쉰이 쓴웃음을 지었다.

"난 내가 조각하는 것이 누군지 몰라요. 하지만 내 습관적인 동작들을 주시하면서 동시에 이렇게 행동하는 원인을 찾으려고 노력했어요. 그래서 문제가 생겼고요."

그가 눈을 들어 그녀의 눈동자를 똑바로 들여다보더니 물었다.

"잉루추, 낭신이 아는 장쉰은 어쩌면 과거로부터 도망치기 위해 스스로 기억을 잘라내고 싶어한 걸까요?"

만약 그가 다른 방식으로 물었다면 루추는 여전히 망설였을지도 모른다. 하지만 그가 물은 것은 '잉루추가 아는 장쉰'이었다. 그래서 그녀는 조금도 주저하지 않고 대답했다.

"아뇨."

장쉰의 입꼬리가 살짝 올라갔다. 그가 다시 물었다.

"그럼, 당신이 아는 장쉰은 어떤 상황에서 이런 일을 할 수 있죠?"

"내가 아는 장쉰요?"

루추는 한참을 곰곰이 생각한 후 약간 주저하며 말했다.

"나는 당신이 어떠한 상황에서 이런 일을 할 수 있는지 모르겠어요. 분명……."

그녀가 멈칫하자 장쉰이 다그치며 물었다.

"분명 뭐요?"

"분명 당신은 누군가를 보호하고 싶었을……."

루추가 잠시 멈추었다가 덧붙였다.

"꼭 인간이 아닐 수도 있죠. 당신 형이거나 아니면 쟝샤오바이?"

"형은 내 보호가 필요 없어요. 샤오바이야말로 골칫덩이죠. 언젠가는 사달을 낼 녀석……."

장쉰이 반론을 펼치다 도중에 눈살을 찌푸리며 중얼거렸다.

"보호하려면 잊는 수밖에 없나요?"

그의 눈빛이 차츰 짙고 깊어지더니 잠시 후 그가 벌떡 일어나 루추를 뚫어지게 쳐다보며 물었다.

"부탁 하나만 할게요. 친 사부에게 연락 좀 해줄 수 있어요?"

"네, 그럼요."

거실에 앉아서 노트북으로 장쉰과 대화하고 있던 루추는 이 말을 듣고 무심코 핸드폰을 집어 들어 연락처를 뒤지면서 장쉰에게 알려주었다.

"사부님이 인터넷은 하시겠지만 통신 소프트웨어를 아무것도 안 쓰시니 전화번호 말고는 없네요. 일이 있으면 전화로 얘기해요. 사부님 번호 알려 드릴……."

"친 사부님 전화번호는 나도 있어요. 며칠 동안 전화를 여러 번 했지만 내 목소리를 듣자마자 곧바로 끊어버리시더군요."

장쉰이 그녀의 말을 끊으며 조용히 이렇게 말했다.

루추가 손을 멈추고 눈을 들어 장쉰을 바라보며 말했다.

"사부님은 복원사로서 옛 기물을 사랑하시지만 인간으로 화형한 기물인 당신들은 아주 싫어하시니까요……."

그녀가 말을 멈추자 장쉰이 진지하게 고개를 끄덕였다. 루추가 다시 물었다.

"그런데 왜요?"

"잘못한 게 있어서요."

장쉰이 긴 한숨을 내쉬며 말했다.

"그때 친 사부의 사부가 그와 함께 내 기억을 봉인하는 일을 했어요. 공교롭게도 그날 친 사부의 부인이 조산으로 수술실에 들어갔죠. 형은 이 소식을 친 사부에게 알리지 않고 끝까지 내 기억을 봉인하는 일을 마치게 했어요. 하루가 다 갔죠. 그때 그의 아내는 난산이었……."

"그다음에는요?"

루추가 장쉰의 말을 끊으며 소리쳤다.

"사모님이 바로 그때 돌아가신 건가요? 당신 형이 가족의 마지막 모습조차 못 보게 막은 거예요?"

그녀는 사모님이 몇 년 전에 돌아가셨다고만 알고 있었을 뿐 자초지종은 몰랐다. 장뭐는 정말 너무 악랄하다. 도저히 용서할 수 없다!

장쉰은 루추의 이토록 무서운 표정으로 꾸짖는 모습을 처음 보았다. 그는 못 말린다는 듯 고개를 저으며 말했다.

"당신 대체 어디까지 생각하는 거예요? 결국 산모와 딸 모두 안정되었어요. 하지만 친 사부의 아내는 출산 과정에서 너무 많은 고비를 겪었기 때문에 나중에 몸이 많이 약해졌어요. 결국 몇 년 후 죽었죠. 하지만 당시에 그가 현장에 왔더라도 결과에는 아무런 영향이 없었을 거예요. 기껏해야 옆에 있어 주는 것 말고는 아무런 도움이 되지 못했을 테니까요."

"그랬군요……."

루추는 자기도 모르게 안도의 한숨을 내쉬었다. 하지만 금세 다시 정색하며 말했다.

"당신 형이 그렇게 한 것은 분명 잘못이에요."

"나도 알아요."

장쉰이 허공에 손을 뻗어 호익도를 잡더니 칼등으로 손바닥을 한 번씩 탁탁 두드리며 말했다.

"하지만 근본적으로는 형이 나를 위해 그랬던 거니까 잘못을 따져야 한다면 결국 내가 책임질 수밖에 없어요. 지난 몇 년 동안 사과하려고 몇 번이나 직접 찾아갔지만, 그때마다 친 사부에게 문전박대를 당했어요. 하지만 이번에는 상황이 달라서 당신한테 부탁할 수밖에 없네요."

상대방이 아무리 장쉰이라도 이 '부탁'은 루추로서는 난처했다. 그녀가 입술을 깨물며 물었다.

"사부님께 기억을 되돌릴 수 있게 도와달라고 부탁하고 싶은 건가요?"

"그러고 싶어요. 하지만 아직 결심이 선 건 아니에요. 친 사부를 만나서 얘기해야 해요. 어쨌든 내가 마음의 빚을 진 사람이니까, 내가 갚을 거예요. 당신은 절대 끼어들지 말아요."

장쉰이 그녀의 눈을 들여다보며 말을 이었다.

"당신은 그냥 나 대신 미안하다는 말만 전해줘요. 그리고 친 사부에게 얘기해줘요. 무슨 일이 됐든, 친 사부가 말만 해준다면 장쉰은 끓는 물이든 타는 불이든 마다하지 않고 뛰어들 거라고요."

그의 표정이 너무 진지해서 루추는 멍하니 그를 쳐다보았다. 문득 마음이 찡하니 아파왔다. 다음 순간 장쉰이 갑자기 웃음을 터뜨리더니 순식간에 세상 무서울 게 없다는 듯한 평상시의 모습으로 돌아왔다. 그가 손가락을 구부려 그녀의 이마를 "딱!" 하고 때리는 시늉을 한 후 물었다.

"무슨 생각 해요?"

"……그냥 멍했어요."

"계속 멍하니 있어요. 당신이 필요하다고 하면 그때도 난 물불 안 가릴 테니까. 똑같이."

# 7
# 어디 있나요

본성이란 뭘까?

한 사람의 특별한 기질이라서 설사 살아온 이력을 바꾸고 기억을 바꾸더라도 다시 동일한 문제에 직면하게 되면 여전히 똑같은 결정을 하게 되는 것일까?

그녀는 장쉰을 도와야 할까?

"끓는 물도 타는 불도 마다하지 않겠다."는 말이 루추를 오랫동안 괴롭혔다. 그날 밤 그녀는 침대 위에 웅크리고 앉아 두 손으로 소련검을 꼭 붙잡고 뺨을 차디찬 검신에 문지르며 중얼거렸다.

"당신은 분명 나한테 상관하지 말라고 할 거예요. 그렇죠?"

"나도 별로 상관하고 싶지 않아요. 너무 복잡한 것 같거든요. 장쉰은 그냥 지금 이대로도 괜찮지 않아요? 나 죽고 나서 그때 다시 기억을 되살려도 될 텐데 뭘 그리 서두르는지……."

그녀는 요즘 왜 이렇게 자꾸만 자신의 죽음을 이야기하게 되는 걸까? 루추는 멈칫하더니 고개를 절레절레 저으며 말했다.

"사실 내가 어쩌지 못하고 있는 건 단지 두렵기 때문이에요. 사고 후에 자무가 여러 번 나를 찾아왔었지만 난 그 친구에게 연락도 안 했어요. 거짓말하고 싶지도 않았고, 어떻게 말해야 할지도 모르겠더라고요. 내가 장쉰의 기억을 찾도록 도와주면 이 친구마저 잃는 건 아닐까요? 나 이렇게 생각하는 거 너무 이기적인 걸까요?"

장검이 갑자기 "웅웅" 소리를 냈다. 루추가 눈을 반짝이며 얼른 검을 들어 이리저리 살펴보았다. 그러다 문득 생각 난 일이 있어서 검에게 말을 걸었다.

"내 생각에는요, 장쉰이 가끔 내 눈을 들여다볼 때 나를 통해 다른 사람을 보는 것 같아요……. 그가 누군가를 정말 좋아했는데, 그 사람이 나랑 많이 닮은 걸까요?"

장쉰이 그런 눈으로 그녀를 바라본 것은 아주 가끔이었다. 오늘도 영상통화를 하지 않았다면 그녀는 확신할 수 없었을 것이다. 루추는 질문을 마친 후 기대에 차서 장검의 반응을 기다렸다. 하지만 검은 다시 침묵을 지켰고, 더 이상 미세한 떨림조차 없었다.

그녀는 실망스러운 듯 칼끝을 만지작거리다가 칼을 도로 베개 옆에 놓고 침대에 쓰러져 오리털 이불을 턱까지 끌어당겨 덮었다. 루추는 눈을 감았다. 시끄럽고 뒤숭숭한 마음이 차츰 평온해졌다. 하지만 좀처럼 잠들 수 없었다.

이틀 뒤 점심시간에 그녀는 복원실을 나와 창문 쪽으로 걸어갔다. 그런 다음 핸드폰을 꺼내 친관챠오에게 전화를 걸었다.

전화벨이 몇 번 울리더니 누군가 전화를 받았다. 상대방이 짜증스럽게 물었다.

"누구세요?"

그 사람은 목소리가 약간 잠겨 있었는데, 목소리로는 서른 살쯤된 여성 같았다. 루추는 잠시 멍하니 있다가 친관챠오 씨를 찾는다고 공손하게 말했다. 상대방도 잠시 멍하니 있더니 핸드폰을 잘못 받았다며 미안하다고 대답하고는 밖으로 나가서 "아빠!" 하고 소리쳤다. 몇 초 후, 친관챠오의 약간 피곤한 듯한 목소리가 전화기 너머에서 들려왔다.

그가 먼저 물었다.

"장쉰이 나에게 연락해달라고 자네한테 부탁하던가?"

루추는 장쉰이 자기한테 대신 사과를 전해달라고 부탁했을 뿐 다른 뜻은 없다고 얼른 해명했다. 친관챠오는 그 말을 듣더니 "흥" 하고 코웃음을 치며 쏘아붙였다.

"그 심보를 누가 알겠나."

이런 반응도 너무 끔찍하다. 루추는 순간 어안이 벙벙했다. 그런데 전화기 너머로 핸드폰을 잘못 받아서 미안하다던 여자의 목소리가 들렸다. 그녀가 불만 섞인 목소리로 말했다.

"말을 좀 곱게 하실 수 없으세요? 꼭 그렇게 들이받아야겠어요?"

그 소리를 들은 루추는 머릿속이 온통 안개가 낀 것처럼 답답했다. 이 여자분이 친 사부의 딸인가? 그녀 자신도 이런 말투로 아빠와 얘기한 다음 아빠의 말투가 곱지 않다는 말을 꼭 덧붙이곤 했었다.

하지만 친관챠오는 딸에게 괜찮다는 말을 되풀이하면서도 한층 누그러진 말투로 루추에게 얘기했다.

"자네는 그런 놈들이 시키는 대로 다 들어주지 말고 자기 생각대로 판단해야지."

"제가 어떤 생각을 해야 하죠?"

루추는 더욱 혼란스러웠다.

"그 사람이 왜 연락하라고 했는지 자네는 아무것도 모른단 말인가?"

친관챠오는 이렇게 되물은 뒤 루추의 대답을 기다리지도 않고 덧붙였다.

"당시 내 사부님은 병기와 예기를 모두 복원하셨어. 혼자서도 그 일을 해낼 수 있으셨지. 나를 데리고 가셨던 것은 잡일을 할 제자가 있으면 편하기 때문이었어. 하지만 꼭 필요한 것도 아니었지. 지금은 상황이 달라. 장쉰의 이 주문을 내가 받는다고 하더라도 병기를 전문으로 복원하는 복원사가 함께해야만 성공할 수 있어. 함께할 사람으로 누가 가장 적합할까? 자네가 직접 고민해 봐."

아마도 옆에 누가 있어서인지 친관챠오는 이 말을 매우 모호하게 했다. 하지만 루추는 전부 알아들었다. 그녀는 잠시 어리둥절해하다가 참지 못하고 항의했다.

"하지만 제가 호익도를 살펴본 바로는 금속 막이 한 층 씌워진 것을 빼면 상태가 아주 좋아요. 어떻게 복원해야 그의 기억을 회복시킬 수 있는지 전 아는 게 하나도 없는걸요!"

"모르면 배우면 돼. 자네한테 책을 한 상자나 주었는데 가져가서 죄다 장식용으로 진열해놓은 건가?"

친관챠오가 이 말을 하자마자 그의 딸의 목소리가 또 들려왔다. 그에게 혈압약을 먹으라고 재촉하고 있었다. 이번에는 친관챠오도 더 이상 예의를 차리지 않고 씩씩거리며 한마디 쏘아붙였다.

"잔소리 좀 작작 해라. 내 몸인데 내가 모르겠니?"

통화는 대충 이렇게 끝났다. 루추는 핸드폰을 쥐고 방으로 뛰어 갔다. 베개에 웅크리고서 낮잠을 자던 차오바를 쓰다듬어줄 겨를도 없이 곧바로 바닥에 엎드리더니 침대 밑에서 작은 종이 상자 하나를 꺼내서는 그것을 끌어안고 복원실로 달려갔다.

상자에 들어 있던 것은 바로 옛 사부들의 노트였다. 루추가 상자를 봉한 테이프를 뜯자 열 개의 방수포 종이봉투가 가지런히 한 더미로 포개져 있었다. 각각의 윗부분에는 햇수가 적혀 있었는데 적게는 일 년, 많게는 삼 년이 적힌 것도 있었다. 그녀는 연대가 가장 오래된 종이봉투를 찾아 열었다. 두꺼운 공책 세 권이 들어 있었다. 각 권의 표지에는 날짜뿐 아니라 복원된 고대 기물의 명칭과 연대가 조목조목 적혀 있었다.

첫 번째 노트에 적힌 첫 번째 기물은 상나라 때 조수대우과(鳥首大于戈)로 명대의 무덤에서 출토된 것이었다. 사조(師祖)님의 기록에는 복원 과정에서 창의 몸체와 손잡이가 모두 상나라 때 것이고 청동 재질도 유사했지만 녹슬어 생긴 얼룩은 분명한 차이가 있다고 적혀 있었다. 새 머리 모양의 창 손잡이에 생긴 녹은 붉은 갈색 띠 모양의 분말 형태인 반면, 창 몸체의 표면은 이미 산화되어 딱

딱한 껍질 같은 녹피층의 녹이 덮여 있다는 것이었다.

온도와 습도, 토양이 전혀 다른 지층에 묻혀 있어야만 비슷한 재질에서 이렇게 전혀 다른 두 가지 형태의 녹이 생길 수 있다. 사조님은 이를 통해 이 조수대우과가 실은 두 개의 청동기를 이어 붙인 위조 병기로, 송나라 궁중주조방이 제작을 감독했으며 마지막에 명나라 황실 수중에 떨어졌을 거라고 추측했다. 그는 짧은 낫 모양의 창인 과(戈)를 깨끗이 정리해 복원한 뒤 창의 자루와 몸체 사이에서 미세한 용접 자국을 찾아내어 자신의 추측이 틀리지 않았음을 증명했다.

고객은 그가 쓸데없는 일을 한다고 싫어했지만, 사조님은 여전히 초심을 지키며 이 모든 것을 기록했다. 기록은 반 언문의 방식으로 되어 있었다. 빠르게 훑어본 루추는 사조님이 간명하면서도 요점이 분명히 드러나도록 기록했음을 알 수 있었다. 뭔가를 숨기거나 으스대지 않으면서 복원에 필요한 기예에 대해서는 특히 자세하게 기록하고 있었다. 더욱 중요한 것은 글 안의 행간 구석구석마다 끝까지 파헤치는 그의 열정적인 성격과 진심이 그대로 드러나고 있다는 점이었다. 이런 사람이야말로 고대 문물계의 명탐정이지 않은가. 어떤 기물도 그의 손에서라면 그 사연과 내막을 밝히지 못하는 것이 없었다!

이런 분이라면, 장쉰의 기억을 봉인하기 전에 해제할 방법도 고민하지 않았을까?

희망을 안고 루추는 일곱 번째 기름종이 봉투를 뜯었다. 그러다가 중간에 있는 노트 표지에 '호익도'라는 단 세 글자만 커다랗게 쓰여 있는 것을 발견했다.

아래에는 또 다른 필체의 작은 글씨로 "아름다운 이가 내게 금 착도(金錯刀)를 주었으니, 무엇으로 그에게 보답할까."라고 한 줄이 더 적혀 있었다. 루추는 이 시는 신경 쓰지 않고 서둘러 연구내용을 들춰보았다. 내용은 크게 3장으로 나누어 각각 제조[制槽, 홈 파기－역주], 양감[鑲嵌, 심기－역주], 마착[磨錯, 연마－역주]을 기술하고 있었다.

이것은 착금공예에서 기본이 되는 세 단계로서 금은사를 구부린 다음 기물의 표면에 무늬나 글자의 홈을 파서 박아 넣는 기술이다. 이미 기원전 1500년경에 출현해 모든 청동 문화에 널리 응용된 것으로 세계에서 가장 오래된 공예기술이라고 할 수 있다.

착금공예는 말하자면 간단한 것 같지만 막상 해보면 더할 수 없이 복잡하다. 따라서 복원을 한다 해도 기껏해야 육안으로 대충 비슷하게 보일 정도로밖에 할 수 없고, 원상태 그대로 완전하게 복원한다는 것은 거의 불가능하다. 호익도 표면의 금속막으로 뒤덮인 매미 무늬를 생각하니 루추는 가슴이 철렁 내려앉아 황급히 기록을 읽어 내려갔다.

그녀는 오후까지 계속 읽었고, 또 필기한 기록까지 다 들춰보고 나서야 핸드폰을 꺼내 장쉔에게 전화를 걸었다. 벨 소리가 한참 울리고 나서야 겨우 통화가 연결되었다. 전화기 너머 장쉔 쪽은 매우 시끄러웠다. 새 울음소리에 쿠르릉쿠르릉 모터 소리까지 뒤섞여 있었다. 장쉔은 시끄러운 배경 속에서 그녀에게 큰소리로 "헬로!"를 외쳤다. 기분이 아주 좋은 것 같았다.

루추는 문득 느긋한 황제 때문에 혼자 숨넘어가는 내시가 된 것 같은 착각이 들었다. 그녀는 마음을 가라앉히고 입을 열었다.

"장쉰, 당신에게 물어볼 게 있어요. 아주 중요한 일이에요."

"마침 잘됐네요. 나도 당신에게 알려줄 게 있어요. 당신 먼저 얘기해요."

"혹시 당신 칼의 표면에 새겨져 있는 매미 무늬를 확대경으로 들여다본 적 있어요?"

이 질문이 어떻게 들어도 이상했던지 장쉰이 이마를 문지르며 되물었다.

"당신은 당신 지문을 확대경으로 관찰해요?"

"저는 당연히 안 하죠. 하지만 정말 그러는 사람도 있을 수 있잖아요……."

루추는 이렇게 반박한 후 자신이 덩달아 주제에서 벗어나고 있다는 것을 발견하고는 급히 목소리를 높이며 말했다.

"당신의 기억을 회복시키는 데 있어 관건은 착금된 매미 무늬 속에 숨겨져 있을 가능성이 높아요. 이제 문제는, 나중에 덧씌운 그 금속막이 원래의 착금 무늬를 훼손했느냐가 아닐까요?"

그녀의 긴장이 장쉰에게는 조금도 영향을 주지 않았는지 그는 그 와중에도 매우 여유 있고 침착하게 물었다.

"훼손 여부를 어떻게 조사해야 하는지 당신은 알아요?"

"제가 어떻게 알겠어요?"

루추가 고개를 세차게 가로저으며 덧붙였다.

"전 착금 복원을 배운 적이 없어요."

"그럼 오늘부터 배워요. 맞다, 당신 밥 먹었어요?"

루추가 계속 고개를 저었다.

"아뇨, 아직요."

"잘됐네, 빨리 문 열어요. 주문해서 보낸 게 지금 도착했어요."

루추는 잠시 어리둥절해하더니 벌떡 일어나 복원실을 뛰쳐나갔다. 본가 대문을 열자 수상 오토바이 세 대가 크게 방향을 틀어 부두에 접안하는 모습이 보였다.

작고 귀여운 옌원이 맨 먼저 뭍으로 뛰어 올라왔다. 그녀는 기쁘고 즐겁게 두 팔 벌려 루추를 포옹하고는 커다란 두 눈을 만화 여주인공처럼 반짝반짝 빛내며 본가 집을 향해 감탄을 쏟아냈다.

"겁 셋의 소굴이네요. 나 화장실 좀 써도 될까요?"

그녀는 주인이 아니어서 손님을 받을 자격이 없었다. 하지만 이런 문제에 대해 루추는 정말이지 거절할 말을 차마 꺼낼 수 없었다. 그녀는 난감해하며 할 수 없이 대답했다.

"아마 괜찮겠죠. 내 방에 있는 욕실을 써도 괜찮다면요."

옌원이 그녀의 어깨를 탁 치고는 은구슬처럼 맑은 웃음소리를 내며 말했다.

"당신 놀려준 거예요. 우리랑 이렇게 오랫동안 함께했으면서 아직도 우리가 화장실을 사용하지 않는다는 걸 모르는 거예요?"

루추는 순간 무력감을 느꼈다. 옌원은 본가에 눈독을 들이며 말을 이어갔다.

"그래도 아쉽네요. 들어가서 불이라도 놓고 싶은데 말이에요."

그녀가 이렇게 노골적으로 감정을 드러내는 것을 보자 루추는 자기도 그대로 갚아주리라 마음먹고는 두 손을 펼쳐 막는 제스처를 취하며 정색하고 말했다.

"안 돼요. 난 우주 평화를 지켜야겠어요."

"왜요? 어벤져스라도 가입한 거예요?"

옌윈이 따져 물었다.

"신청해봤는데 안 받아주던데요."

정색하고 헛소리를 지껄여대는 게 너무 즐거워서 루추는 얼굴 근육을 잔뜩 긴장시키며 웃지 않으려고 애썼다.

"음, 확실히 당신은 너무 약해요."

옌윈은 본가 건물을 바라보던 아쉬움에 찬 시선을 루추에게로 옮겨 쓱 한번 훑어보고는 말했다.

"그나저나 당신 혈색이 지난번보다 훨씬 더 좋네요! 샤오렌이 죽은 게 잘된 일인 모양이에요. 그가 없어져서 인간이 훨씬 건강해질 수 있으니 말이에요."

옌윈이 말하는 그녀와의 지난번 만남은 그녀가 며칠 동안 납치돼 있다가 예 교수에게 살해당할 뻔했던 날이었다. 오늘과는 비교 자체가 안 되는 것이다. 루추가 반박했다.

"샤오렌은 안 죽었어요. 죽지도 않을 거……."

"이해해요."

옌윈이 말을 자르며 공감한다는 듯 고개를 끄덕였다.

"우리도 똑같은 마음이랍니다. 좋은 사람은 오래 못 살고, 화근은 천년을 가는 법이죠."

"누가 당신과 같은 마음이라는 거예요!"

루추가 무너지듯 소리를 지르며 항의했다.

"걸려들었군요. 옌윈의 논리에 말려들면 누구도 말로는 그녀를 못 이겨요."

류원이 다가와 루추에게 목례했다.

"안녕하세요."

이 사람은 겉보기에는 옌윈의 수행원처럼 보였지만 실제로는 옌윈에게 까다로운 상대라고 할 수 있었다. 루추는 류원을 향해 유쾌하게 손을 흔들며 입으로는 "네, 안녕하세요."라고 말했지만, 시선은 그의 등 뒤로 수 미터 떨어져 있는 커다란 그림자 쪽으로 향해 있었다.

0도 안팎의 기온인데도 장쉰은 누가 뭐라든 내 방식대로 한다는 듯 여느 때처럼 반팔 티셔츠 하나만 걸치고 있었다. 한두 달 못 본 사이에 그는 다시 겉치레 따위는 전혀 신경 쓰지 않는 예술가의 모습으로 돌아와 있었다. 헝클어져 덥수룩한 머리에 온통 까칠한 수염으로 뒤덮인 얼굴을 한 채 왼손에는 피자 몇 박스, 오른손에는 맥주 반 다스를 들고 있었다. 그는 가벼운 발걸음으로 루추 앞으로 걸어와 멈춰서더니 그녀를 전체적으로 꼼꼼하게 살펴본 뒤 고개를 절레절레 흔들었다.

"살이 또 빠졌네요. 그가 당신한테 잘해주지 않나 보군요."

이렇게 말하면 샤오롄한테는 불공평한 처사지만 그 말 속에 드러난 관심과 배려가 퍽 따뜻했다. 루추는 고개를 가로저으며 장쉰에게 말했다.

"난 나 자신을 잘 돌볼 능력이 있답니다."

장쉰이 눈이 얇게 쌓인 땅바닥에 맥주를 내려놓은 뒤 손바닥을 루추의 이마에 갖다 대고 그녀의 눈을 들여다보며 말했다.

"능력 있다는 건 좋은 일이죠. 필요해지면 그때 꺼내 써요. 계속 버티기만 하면 에너지 소모가 너무 크니까요."

사실 장쉰 앞이라면 그녀는 강해 보이려고 애쓸 필요가 없었다.

다른 사람에게 말할 수 없었던 모든 억울함이 갑자기 치밀어 올랐다. 루추는 눈시울이 붉어지지 않도록 애서 감정을 억누르며 고개를 들고 물었다.

"어떻게 여기까지 올 생각을 다 한 거죠?"

"사내 수련회예요."

장쉰이 그녀에게 눈을 찡긋하며 말했다.

"게다가 요즘에는 영감이 부족해서 돌멩이 하나하나가 모두 친환경 식기처럼 보인다니까요."

지난번 통화가 생각나서 루추도 눈을 깜빡이며 물었다.

"내가 방해한 거예요?"

장쉰이 정색하며 대답했다.

"그걸 물어야 알아요?"

루추는 허리가 끊어질 듯 깔깔 웃다가 나중에는 허리를 굽히고 슬쩍슬쩍 눈가의 눈물까지 훔쳤다. 한참 웃다가 일어나 보니 류원과 옌원은 손을 잡고 벌써 멀리 달려가 버린 후였고, 장쉰만 그 자리에 남아 확신에 찬 얼굴로 말없이 그녀를 바라보고 있었다.

때로는 침묵이 최선의 이해인 때도 있다.

그녀는 장쉰이 입고 있는 반팔 티셔츠를 가리키며 물었다.

"겨울에 이렇게 입고 세관을 통과하는데도 아무도 이상하다고 생각하지 않던가요?"

"제한된 내 기억으로는 다른 사람들이 날 어떻게 보는지 신경 써본 적이 없네요."

장쉰이 그녀 등 뒤에 있는 대문을 가리키며 말했다.

"들어가서 얘기해요. 당신이 남의 집에 묵고 있다는 거 알아요. 여기 오기 전에 두창펑에게 우리가 찾아갈 거라고 알렸고, 그가 허락해줬어요. 옌윈은 제 분수를 알아요. 다만 입을 잘 다물지 못할 뿐이죠."

이런 세심한 배려에 루추는 또다시 마음이 찡했다. 두 사람은 함께 본가 쪽으로 걸어갔다. 걸으면서 그녀는 자신이 자발적으로 남은 것이고, 상황이 그렇게 나쁜 것만은 아니라는 걸 해명하려고 애썼다. 하지만 얘기를 다 듣고 난 장쉰은 그저 가만히 그녀의 어깨를 감싸 안으며 담담하게 말했다.

"난 형제가 있어서 가족이 어떤 느낌인지 알아요. 그런데 여기엔 당신을 가족으로 생각하는 사람이 없네요."

그 한마디가 샤오롄과 약혼한 후로 루추가 줄곧 마주하기를 꺼려왔던 사실, 그의 가족은 이 결혼에 찬성하지 않았다는 사실을 상기시켰다. 한광은 이미 강한 반대 의사를 밝혔고, 청잉과 두 주임도 그냥 일이 흘러가는 대로 두고 보겠다는 태도를 취했을 뿐 축복해주지는 않았다. 오히려 기회가 닿을 때마다 그녀에게 이 결혼의 어려운 점을 일깨워주었다. 딩딩한테만큼은 루추가 기대를 갖고 있었다. 그녀가 동성과는 대체로 잘 지내는 편인 데다가 딩딩이 매우 온화해서 기꺼이 자신을 받아줄 거라고 생각했다. 문제는 그녀가 살아 있는 동안 딩딩이 깨어날 수 있겠느냐는 것이다.

루추는 장쉰과 어깨를 나란히 하며 말없이 모두의 본체가 놓인 응접실을 지나 환한 거실로 향했다.

루추는 장쉰을 도와 피자 박스를 열고 주방에서 식기를 꺼내왔다. 피자를 한 입 삼킨 후에야 그녀가 작은 소리로 말했다.

"하지만 이 집에서는 샤오렌도 너무 외로워요."

"인간이든 화형한 고대 기물이든 본질적으로는 모두 생명을 가진 개체예요. 주위에 동족이 전혀 없으면 외로움 속에서 사라져버리겠죠. 하지만 동족이 너무 많아 붐벼도 그 속에서 자아를 잃을 수 있어요."

루추는 중고교 시절 자신이 친구가 없었던 것을 기억하고 있었다. 어느 환경에 있어도 도무지 어울리지 못하고 끊임없이 밀려나 반 내의 어느 소그룹에도 끼지 못했었다. 부모님이 자신을 사랑한다는 것을 그녀도 알고 있었지만 그분들은 너무 바빴다. 청소년기 내내 부왕자이에서만 지냈다. 방 안에 가득 쌓여 있던 부서진 옛 기물들과 친구를 하면서 그녀는 비로소 외로움으로 죽게 되는 것을 두려워하지 않게 되었다.

그런 점에서 보면 그녀가 아는 모든 생명체 가운데 샤오렌만이 그녀와 같았다.

그녀는 대학에 들어간 후 차츰 사회적 관계 맺기를 배웠다. 몇 가지 사소한 기교뿐이었지만, 그녀는 군중 속에서 충분히 안전함을 느낄 수 있었다. 샤오렌은 이런 기교조차 결여되어 있었다. 그는 어떤 시기에도, 그 어떤 작은 무리에도 녹아들지 못했다.

루추는 무슨 뜻인지 제대로 전달되지 않게 이 모든 것을 장쉰에게 말했고, 마지막에 결론을 내렸다.

"이것이 제가 그를 인정하는 이유예요."

"외로운 거요?"

장쉰이 물었다.

루추가 고개를 가로저었다.

"나를 이해하는 거요."

장쉰이 잠시 고민하더니 맥주 캔 하나를 따서 고개를 젖히고 단숨에 벌컥벌컥 마셔버리고는 입을 닦으며 말했다.

"그렇다면 나는 져도 억울하지 않겠네요."

이 말은 문제가 아주 많았다. 루추가 피자를 한 입 크게 베어 물고 아무 표정 없이 우물우물 씹으며 말했다.

"첫째, 내 사랑은 경기가 아니에요. 둘째, 설령 그렇다고 하더라도 당신은 이기려고 한 적이 없잖아요."

"어?"

장쉰이 눈썹을 치켜올리더니 물었다.

"그건 또 왜죠?"

"직감이에요."

루추가 주저 없이 대답했다.

"당신 마음속에는 계속 한 사람이 살고 있다고 줄곧 생각했어요. 당신 스스로 기억하지 못할 뿐이죠."

"후, 여자의 직감이라…."

장쉰은 이렇게 투덜거리면서 책상다리를 하고 앉아 맥주를 한 캔 더 따더니 천천히 들이켰다. 뭔가를 생각하는 것 같았다.

루추는 음식을 거의 다 먹어갈 즈음 갑자기 사부의 노트가 생각나서 얼른 물었다.

"당신 칼에 새겨진 매미 무늬를 좀 봐도 될까요?"

그녀의 말이 채 끝나기도 전에 호익도가 갑자기 그녀의 눈앞에 나타나더니 자못 얌전하게 누웠다. 고양이가 배를 뒤집고서 사람들이 만져주기를 기다리는 듯한 모양새였다. 칼등 위의 매미 무늬가 한 줄 한 줄 선명하게 드러났다.

루추는 칼자루를 잡고 곧장 복원실로 갔고, 장쉰이 느릿느릿 뒤따라갔다. 그가 문 안으로 막 들어서려고 할 때 루추가 마침 서랍을 열고 확대경을 찾다가 그의 발소리를 듣고는 고개도 돌리지 않고 말했다.

"음식물은 물론 음료수도 가지고 들어오시면 안 돼요."

"쳇, 엄청 무섭네요."

장쉰은 하는 수 없이 되돌아가 거실에 맥주 캔을 내려놓고 와야 했다. 다시 돌아왔을 때 루추는 이미 확대경을 꺼내 호익도 위의 무늬를 유심히 살피고 있었다.

반투명한 금속막을 통해 희미하게나마 원래의 매미 무늬를 볼 수 있었다. 무늬 속에는 머리카락보다 가는 금사가 양감되어 있었고, 금사 위로 1~2밀리미터 간격으로 꼰 흔적이 보였지만 규칙적으로 반복되지는 않았다.

한참 동안 들여다본 그녀가 고개를 들고 장쉰에게 물었다.

"이 막을 벗기면 당신의 기억이 복원될까요?"

"당신이 나한테 묻는 거예요?"

장쉰이 웃으며 말했다.

"당신이 복원사잖아요. 기억하죠?"

루추는 말을 뱉자마자 자신의 질문이 잘못되었다는 것을 깨달았다. 그녀는 눈을 내리깔고 호익도를 뚫어지게 쳐다보았다. 머릿속으로 재빨리 사부의 기록을 되짚어보더니 잠시 후 갑자기 고개를 쳐들고 다시 물었다.

"매미 무늬 속에 박아 넣은 금사가 당신 본체의 재질과 같나요?"

장쉰이 고개를 가로젓자 루추가 말을 이어갔다.

"그렇다면 대담하게 이런 가정을 해볼 수 있겠네요. 설사 금사가 훼손되더라도 훼손되는 것은 무형의 당신 기억까지이고, 당신의 초능력과 당신의 몸은 기억을 봉인한 후에도 아무런 변화가 없어요, 그렇죠?"

"맞아요."

장쉰이 눈을 반짝이자 호익도도 함께 칼날을 치켜들었다.

그는 칼을 향해 손을 흔들어 자기 옆으로 날아오라고 한 후 아무렇지도 않게 루추에게 말했다.

"당신이 팀을 구성해서 내 기억을 복원해줘요. 날짜는 당신이 고르고 가격도 원하는 대로 해요. 어때요?"

친관챠오와 했던 통화가 떠올랐다. 루추는 입술을 깨물며 되물었다.

"기억을 꼭 되찾아야겠어요?"

"당신을 만나고 나서야 결심했어요."

그가 그녀를 향해 웃으며 말했다.

"한때 멍청해지는 건 별일 아니에요. 하지만 평생을 아무것도 모르는 멍청이로 산다면 남은 날이 무슨 의미가 있겠어요?"

맞는 말이었다. 하지만 루추는 한동안 묵묵히 있다가 내키지 않는다는 듯 말했다.

"만일 복원 과정에서 잘못되기라도 해서 당신이 더 많은 것을 잊어버릴까 봐 걱정돼요."

"그게 억지로는 안 되는 정해진 운명이라면 달갑게 받아들여야죠."

장쉰이 잠시 멈췄다가 말을 이었다.

"나 자신을 되찾는 데 도박을 한번 해보고 싶어요."

그는 여전히 미소 짓고 있었지만 눈빛은 변해 있었다. 마치 해질 녘 오솔길 위에 서서 고개 돌려 뚫어지게 응시하는 한 마리 늑대 같았다. 그의 주위로 돌연 칼잡이들만의 기운이 피어올랐다. 결연하면서도 쓸쓸했다.

이런 모습의 장쉰은 루추에게 너무 생소했다. 그녀는 본능적으로 반발심이 들었지만 입가에 맴도는 거절의 말을 도저히 입 밖으로 꺼낼 수가 없었다.

그녀의 친구가 자신을 되찾기 위해 간절히 구원의 손길을 청하고 있다. 그녀가 어떻게 고개를 저을 수 있겠는가?

루추는 숨을 깊이 들이마신 후 말했다.

"사부님께 먼저 여쭤본 후에 답을 줄 수 있을 것 같아요. 그런데 그분의 태도가 이상해요. 말로는 안 된다면서 나한테 준 사조님의 기록을 찾아보라고 하시더라고요."

장쉰이 상관없다는 듯 손을 내저으며 말했다.

"당연해요. 마음의 응어리는 푸는 데 시간이 걸리죠. 돈이 필요하거나 힘쓸 일이 있으면 언제든지 날 불러요."

루추가 신중하게 고개를 끄덕이며 알았다고 대답한 후 잠시 머뭇거리다가 덧붙였다.

"당신 칼을 두고 갔으면 해요. 그 위에 새겨진 무늬를 살펴봐야겠어요. 당신이 필요할 때는 언제든 가져가도 되고요. 그렇게 해도 괜찮을까요?"

장쉰이 손가락을 딱 하고 튕기자 호익도가 서서히 줄어들어 스위스 군용칼 크기의 작은 칼이 되었다. 그는 엄지와 검지로 작아진 칼을 집더니 곧바로 작업 테이블 위의 반쯤 열린 밀폐 용기에서 그리 낡지 않아 거의 새것인 금사 끈을 꺼내어 칼자루에 감아 나비 모양으로 묶었다. 그러고는 그것을 루추에게 들고 와서 말했다.

"당신에게 선물하죠. 충분히 성의 있나요?"

그 리본은 바로 며칠 전 그녀가 소련검에서 떼어낸 것이었다. 이미 효력을 잃었는데도 어째서 사라지지 않는지 알 수 없는 금제였다. 루추는 복잡한 표정으로 리본을 봤다가 다시 장쉰을 바라보며 결국 참지 못하고 물었다.

"왜 리본을 묶었어요?"

"여자에게 주는 물건인데 당연히 예쁘게 포장해야 더 보기 좋죠."

장쉰은 리본을 맨 작은 칼을 들고 흔들며 되물었다.

"싫어요?"

"아뇨, 좋아요."

루추는 마음을 가다듬은 후 손을 내밀어 칼을 받아들고는 대답했다.

"정말 예뻐요. 마침 제게 열쇠고리가 없었어요."

그녀가 주머니에서 열쇠를 꺼내 걸었다. 장쉰은 감상하듯 그녀의 동작을 지켜보면서 나쁜 사람을 만나면 호익도를 키워 무기로 쓸 수도 있다는 것을 일깨워주며 늑대 방지용 스프레이보다도 유용할 거라고 했다.

"당신은 내가 이 세상에서 검법을 전수한 유일한 사람이에요. 스승의 얼굴에 먹칠하면 안 돼요."

마지막에 장쉰이 의미심장한 말투로 말했다. 이런 얘기야말로 장쉰다웠다.

루추는 완전히 안심할 수 있었다. 그는 정말로 그 끈이 뭔지 모르는 것 같았다. 그럴 법도 했다. 샤오렌이 어떻게 자신의 본체에 걸린 금제를 남에게 마음대로 보여줄 수 있었겠는가.

어차피 금제는 이미 효력을 잃었으니, 보통의 공예품처럼 사용하는 것도 괜찮을 것이다. 한가해지면 곧바로 가져와서 연구할 수도 있을 것이다. 어쨌든 그녀는 머리카락을 끈으로 묶어 넣으면 위력을 증강시킬 수 있는 것인지, 아니면 오히려 결함을 초래하게 되는지 줄곧 모르고 있었다.

그녀는 마지막 열쇠까지 다 걸고는 장쉰에게 작은 칼을 들어 보이며 말했다.

"칼을 보세요."

칼이 바람을 맞아 금세 원래 크기로 돌아갔다. 루추가 칼자루를 잡고 장쉰을 향해 휘두르려는 순간 두 손이 뚝 떨어졌다. 미처 생각하지 못했다. 그녀가 칼의 무게 때문에 휘청하자 커다란 칼이 손을 떠나 정확하게 장쉰을 향해 날아가 비스듬히 내리쳤다.

"봤어요."

장쉰이 두 손으로 칼끝을 붙잡으며 흐뭇한 표정으로 말했다.

"내가 나쁜 사람이었으면 진즉에 죽었겠어요. 아주 잘했어요."

이 장면은 매우 기시감이 있었다. 잠시 말이 없던 루추가 그를 가리키며 말했다.

"용기 있으면 거기 서서 움직이지 말고 있어요. 내가 다시 한번 내려칠게요!"

"앙코르, 앙코르."

언제 왔는지 옌윈이 문 입구에 서서 힘껏 박수를 치며 말했다.

"천하의 사장님이라도 칼을 맞아봐야 해요."

"천하의 직원들은 모두 단련을 좀 더 해야 하고요."

장쉰이 무표정하게 말했다.

"휴가 반납하고 회사로 돌아가 야근하세요."

"입이 화근이에요."

류윈이 언제부터인지 루추 옆에 서서 세상 물정을 꿰뚫는 듯한 말투로 말했다.

루추는 류윈을 바라보며 진심을 담아 말했다.

"보고 싶을 거예요."

류윈이 고개를 숙여 그녀를 보며 똑같은 만큼의 성의를 담아 물었다.

"우대가는 몇 퍼센트 할인이죠?"

루추는 잠시 어리둥절해하다가 이내 정신을 차리고 물었다.

"어, 내가 당신들의 복원 작업을 하게 될 때를 말하는 건가요?"

"아니면요?"

류윈의 말투에 3할 정도의 시큰둥함이 담겨 있었다.

루추는 문득 말을 신중히 해야겠다는 생각이 들었다. 그녀가 가볍게 헛기침을 하고는 대답했다.

"내 복원실을 개업하기 전에는 힘들어요. 가격은 내 맘대로 결정할 수 있는 게 아니거든요."

"알아요. 바이."

이렇게 옌윈과 류윈은 옷소매를 흔들며 한 점 구름처럼 떠났다. 장쉰은 그녀의 어깨를 툭툭 치면서 수천수만의 말들을 담은 눈빛으로 마지막 한마디를 했다.

"건강해요."

모두가 가버리고 난 후 루추는 오후 내내 자기 방에 혼자 남아 장검을 품은 채 창가에 기대앉아 있었다.

본가의 구성원들은 그녀가 자신들의 일원이 되는 것을 환영하지는 않았지만, 물질적인 면에서 그녀를 박대하지는 않았다. 구석에 위치한 이 방에는 창이 두 개였다. 하나는 큰 호수를 마주하고 있었고, 다른 하나는 정원을 향해 나 있었다. 겨울에는 창밖에 녹색은 없어도 광활한 설경이 펼쳐져 있어 유폐됐다는 느낌은 들지 않았다. 그저 그 정도까지는 아닐 뿐이었다.

그녀는 그도 그립고, 집도 그리웠다.

핸드폰은 침대맡에 놓여 있었다. 화면에 그녀가 좀 전에 부모님께 보낸 메시지가 떠 있었지만 답장은 없었다. 지난 반년 동안 부모님은 그녀가 집을 떠난 후의 빈 둥지에 점점 적응해갔고, 인생의 다음 단계로 나아갔다. 아빠는 박물관에 들어가 자원봉사자로 아마추어 가이드 생활을 시작했고, 엄마는 연락이 되는 동창들로 투자단을 구성해 여기저기서 펀드나 생명보험 등 금융상품을 어떻게 구매해야 하는지에 대한 강의를 들었다. 최근에 부모님은 루추보다도 바빴다. 매번 전화 통화 할 때마다 걸핏하면 다른 얘기가 끼어드는 바람에 루추는 샤오렌과 이미 재결합한 일조차 부모님께 천천히 털어놓을 만한 적당한 기회를 찾지 못했다. 그러니 약혼한 일은 더 말할 필요도 없었다.

루추는 자신도 이미 적응했다고 생각했다. 하지만 날이 어두워지고 두려움이 밀려들면서 그녀는 불현듯 깨달았다. 외로움은 결코 영원한 친구가 아니다. 그리고 생명은 가끔 밀치락달치락하며 부대끼는 것을 필요로 한다.

흥분한 나머지 그녀는 검을 내려놓고 일어서서 옷장 앞으로 가서는 옷들을 한 벌 한 벌 꺼내 잘 접은 다음 여행 가방에 넣었다.

그녀에겐 집 열쇠가 있고, 돌아갈 집이 있다!

∞

날이 어두워질 때까지 일하고, 인터넷에서 다음 주 비행기표를 예매한 다음 커다란 짐 가방을 꾸린 뒤, 루추는 거실로 달려가 저녁으로 차가운 피자를 먹었다. 한 조각 먹었을 때 갑자기 멀지 않은 곳에서 "쨍" 하는 경쾌한 소리가 들려왔다. 쇠 컵이 바닥에 떨어지는 듯한 소리였다.

소리는 복원실 쪽에서 들려왔다. 하지만 그녀가 방을 나오기 전에 분명히 문과 창문을 다 잠갔는데 어떻게 소리가 난 것일까?

또다시 "쨍그랑" 하는 소리가 들려왔고, 이어 사람이 걸을 때 옷자락이 사락사락 스치는 소리가 뒤따랐다. 고요한 밤이라 더욱 또렷하게 들려 섬뜩했다.

루추는 일어나서 가로등 불빛에 비친 부두를 바라보았다. 새로 들어온 배는 전혀 보이지 않았다. 청잉과 한광이 두 주임을 따라 돌아왔다고 해도 교통수단을 숨겨둔 다음 몰래 복원실로 잠입했을 리는 없었다. 루추는 순간 모골이 송연해졌다. 머릿속에 한 가지 생각밖에 떠오르지 않았다. 도둑이다!

그녀는 경찰에 신고할 태세로 핸드폰을 집어 들었다가 다시 생각해보더니 그건 아닌 것 같아 도로 내려놓았다. 이 도둑놈은 어떻게 들어올 방법을 찾았지? 펑랑처럼 순간이동을 할 수 있는 건가, 아니면 다른 초능력이 있나?

바닥에서 진동이 전해져 왔다. 린시가 경쾌하게 뛰어 들어와 그녀 곁에 멈춰 서서는 고개를 들어 그녀를 바라보았다. 청동으로 주조된 두 눈에 알아보고 싶다는 뜻이 생생하게 드러났다.

린시에게 보호덮개의 초능력이 있다는 데 생각이 미친 루추가 안도했다. 그녀는 린시에게 가까이 다가가 귓가에 대고 속삭이듯 물었다.

"같이 가볼까요?"

린시가 알아들었다는 듯 그녀에게 고개를 끄덕이고는 발굽을 들어 복원실로 걸어갔다. 사람과 기린이 함께 문 앞까지 걸어갔다. 루추는 섣불리 문을 열어도 될지 안 될지 여전히 망설여졌다. 린시가 발굽을 들어 툭 걷어차서 문을 반쯤 망가뜨렸다.

문 안쪽으로 캄캄한 어둠 속에 흰색 가운을 입은 사람이 맨발로 작업 테이블 위에 서 있는 모습이 어른거렸다. 그의 상반신은 어둠 속에 파묻혀 있었다. 허리까지 오는 긴 머리가 살랑살랑 흔들리고, 하얀 피부가 어둠 속에서 희미하게 빛을 반사하는 것이 언뜻언뜻 보였다.

루추는 온몸에 소름이 쫙 돋았다. 그녀는 뒤로 한 발짝 물러서며 린시의 목을 끌어안고 문 안쪽을 향해 소리쳤다.

"누구야? 이리 나와."

어둠 속에서 기침 소리가 들렸다. 루추가 다시 한 발짝 더 물러섰다. 순간 린시의 방호막이 작동하면서 반짝거리는 금빛이 반투명의 병풍처럼 그녀와 상대방 사이에 우뚝 막아섰다. 금빛 망사 같은 막을 통해 루추는 병든 얼굴을 한 잘생긴 남자가 천천히 걸어 나오는 것을 보았다.

그는 무척 마른 데다 골격이 가는 편이었고, 피부색이 뽀얗고

윤기가 흘러 최상급 백옥 같았다. 가장 이상한 것은 그의 눈동자 색이 지나치게 맑은 데다 영롱하고 투명한 호박색을 띠고 있으며 차분함 속에 다소 온화하고 예의 바른 표정을 하고 있다는 점이었다.

그는 루추 앞에서 약 1미터 떨어진 곳까지 다가와 두 손을 포개 그녀에게 읍한 뒤 급하지도 느리지도 않게 말했다.

"이보시오, 공자······."

"저는 여자예요."

루추는 죽어라고 그를 노려보면서 동시에 손을 주머니에 집어넣어 작아진 호익도를 쥐었다. 상황이 안 좋게 흘러가면 곧바로 선제공격을 할 수 있게 대비하는 것이었다. 전광석화의 순간, 그녀는 갑자기 이 남자가 걸친 흰색 가운이 자신의 작업복이며, 이 흰색 가운 말고는 그가 아무것도 걸치지 않고 있다는 것을 눈치챘다······.

"아가씨, 말씀 좀 묻겠습니다. 지금이 몇 년 몇 월이고, 여기는 또 어디인지요?"

상대방이 그녀를 향해 위로하듯 미소를 지으며 다시 질문했다.

루추의 머릿속에 불현듯 한 가지 생각이 떠올랐다. 그녀는 쥐고 있던 칼을 놓으며 대답했다.

"21세기예요······. 여기는 샤오롄의 본가고요."

남자는 갑자기 모든 것을 깨닫고는 좌우를 둘러본 후 말했다.

"어쩐지 방위가 좀 낯익다 했습니다. 개축한 건가요?"

"여기 온 적이 있으세요?"

루추가 물었다.

"한 번 왔었습니다."

상대가 고개를 갸웃하더니 린시에게도 고개를 끄덕이며 인사를 건넸다.

"린시, 잘 지냈지?"

린시가 고개를 끄덕이고는 나른하게 앉았다. 상대를 남으로 보지 않는 모습이었다. 루추는 약간 화가 나서 린시를 흘겨보고는 다시 고개를 들어 상대에게 물었다.

"당신이 주주인가요?"

기질이 그 옥구검과 너무 닮았다. 또 이렇게 불쑥 복원실에 나타날 사람은 그 사람 말고는 아무도 없다. 다만 그가 왜 갑자기 화형할 수 있게 된 건지는 알 수 없었다.

"네."

주주가 호기심에 찬 눈으로 그녀를 바라보며 물었다.

"아가씨는 복원사인가요?"

"네, 맞아요."

"제가 긴 잠에서 깨어날 수 있었던 게 혹시 아가씨 손에서 이뤄진 일입니까?"

"모르겠어요."

루추는 그를 노려보며 그리 달갑지 않은 듯 말했다.

"당신의 본체는 두 동강 났어요. 제 아버지가 그걸 받으셨고 저는……."

선홍색 피가 칼날 위를 미끄러지던 장면이 루추의 눈앞에 스쳤다. 그녀가 숨을 푹 내쉬며 중얼거렸다.

"제가 혹시…… 당신의 개봉을 도왔을까요?"

"그랬군요."

주주가 모든 걸 알겠다는 표정으로 두 손을 모으고 다시 그녀에게 읍했다.

"아가씨께 큰 은혜를 입었습니다……."

"순전히 뜻하지 않게 일어난 일이었으니까 저한테 감사할 필요 없어요. 저도 당신을 구해야겠다는 생각은 한 번도 해본 적이 없거든요."

그녀가 재빨리 그의 말을 끊어버린 후 말을 이어갔다.

"당신이 알아야 할 것이 하나 더 있어요. 펑랑이 당신을 구하기 위해 우리 부모님을 속이고 나를 죽여 검에 제를 올릴 뻔했어요. 내가 그를 때려 상처를 입혔고, 그는 이제 화형을 할 수 없어요."

그녀는 이렇게 말하면서 주머니 속의 칼을 꽉 쥐었다. 만약 주주가 그런 사정을 듣고 화가 폭발해 방호막을 뚫으려고 덤빈다면 최대한 빨리 대응하려는 것이었다.

하지만 주주는 그 자리에 서서 마지막 말까지 조용히 듣고 있었다. 루추가 말을 마쳤을 때 그는 두 눈을 감은 채 고통스러운 표정을 지으면서도 끝내 조금도 움직이지 않았다.

다시 한참이 지나서 그가 천천히 눈을 뜨고 그녀에게 말했다.

"즈즈가 잘못했군요. 제가 대신 아가씨께 사죄드리겠습니다."

그는 이렇게 말하면서 다시 루추에게 몸을 깊이 숙여 읍했다. 루추가 허둥지둥 뒤로 반걸음 물러서며 물었다.

"즈즈가 뭐죠?"

"펑랑의 자(字)입니다."

주주가 입가에 미소를 띠며 무슨 재미있는 일이라도 생각났다는 듯 온화하게 설명했다.

"표기(驃騎)장군[한나라 때 무관 - 역주]은 자가 없었습니다. 자를 짓는 데도 관심이 없었고요. 천보[天寶, 당 현종의 연호 - 역주] 연간에 하루는 그가 이웃에 갔다가 글 선생이 얘기해준 전설을 듣고 돌아와서 갑자기 내게 자를 지어달라고 부탁하는 겁니다. 성질이 급한 친구라 『회남자』에 나오는 '랑려불가지(狼戾不可止)'라는 말을 따서 지어주었지요. 교훈으로 삼아서 무슨 일이 생기면 항상 거듭 생각하고, 적절한 때 멈추라고요……."

그는 여기까지 말하고 잠시 멈추더니 좌우를 둘러보았다. 깊은 생각에 잠긴 표정이었다.

루추는 속으로 평랑은 정말이지 이런 깊은 뜻이 담긴 자가 무색하게도 멈춰야 할 때라고는 조금도 모른다고 생각했다. 그때 주주가 고개를 들고 물었다.

"지금은 더 이상 자를 쓰는 사람이 없습니까?"

루추가 고개를 가로저었다. 주주는 고개를 쳐들고 환한 거실을 쳐다보며 물었다.

"지금은 밤인데 왜 이렇게 집 안이 밝은 건가요?"

그의 관찰력은 정말 예리했다. 루추는 반걸음 물러서며 속으로 주주에 대한 경계심을 한층 높였다. 예전에 충환에게서 주주에 관한 얘기를 들은 후로 그녀는 늘 온화함을 귀하게 여기는 겸허하고 단정한 군자를 마음속으로 그려왔다. 하지만 이 짧은 몇 분의 만남으로 루추는 주주의 겸허한 겉모습 아래 남달리 복잡한 속내가 감취져 있다는 생각이 들었다. 그가 무공은 높지 않을지 몰라도 지혜를 겨룬다면 그 어떤 화형자보다도 강할 것 같았다.

그녀가 손을 뻗어 벽의 버튼을 눌렀다. 복도의 등이 순식간에 환하게 켜졌다. 루추가 머리 위를 가리키며 말했다.

"전등이에요."

"본 적은 있지만 사용해본 적은 없습니다."

주주가 눈을 들어 올려다보았다. 표정에는 호기심이 어렸으나 말투에는 크게 놀란 기색이 드러나지 않았다.

그가 시선을 거두어 루추를 바라보았다. 몸의 긴장은 풀린 것 같은데 안색은 여전히 경계심이 가득한 루추를 보자 그는 고개를 숙이고 잠시 생각한 후 허공에 손을 뻗었다. 그 순간 네 개의 옥 장식이 양감 된 팔복검이 허공에 나타나더니 주주의 손에 쥐어졌다.

루추가 "헉" 하고 놀라며 눈을 동그랗게 떴다. 주주가 검을 들고 검 끝에 장식된 옥필(玉珌)을 떼어 건네며 말했다.

"즈즈는 나 때문에 일을 저질렀습니다. 자초지종을 몰랐더라도 책임을 피할 수는 없죠. 오늘 이 옥을 걸고 약속드립니다. 앞으로 아가씨가 어떤 분부를 하시더라도 주주가 최선을 다해 도와드리겠습니다. 마음대로 출장을 보내셔도 절대 원망하지 않겠습니다."

검이 허공으로 사라졌다. 주주는 옥필을 마룻바닥에 놓고 두 걸음 뒤로 물러서서 바람을 맞고 선 회화나무처럼 멋진 모습으로 복원실 입구에 서 있었다. 금색 방호막이 서서히 옅어졌다. 린시가 차가운 코끝을 루추의 뺨에 비볐다. 그녀 앞에 있는 이놈이 그다지 위협적이지 않으니 안심하고 다가가도 좋다는 걸 알리고 싶어 하는 것 같았다.

루추는 앞으로 가서 옥필을 주워 자세히 살펴보았다. 옥필은 한가운데 구멍이 뚫려 있고 위는 좁고 아래가 넓으며 가운데가 두텁고 가장자리가 얇은 사다리꼴로 만들어져 있었다. 표면에 이룡[螭龍, 전설 속에 나오는 용 – 역주] 문양이 입체적으로 정교하게 새겨져 있는 전형적인 한나라 초기 고부조(高浮雕)양식이었다.

주주의 이런 행동과 린시의 반응으로 루추는 대부분의 경계심을 내려놓게 되었다. 그녀는 옥필을 손에 쥐고 조심스럽게 주주에게 말했다.

"잉루추라고 합니다."

주주가 다시 읍하며 되뇌었다.

"잉 아가씨로군요."

"그냥 루추라고 불러주세요."

주주가 약간 주저하며 물었다.

"저, 여성분의 이름인데 그래도 될까요?"

"되고말고요. 지금 세상에서는 모두가 서로 이름을 불러요. 어떤 회사는 영어 이름으로 부르는 게 유행이기도 하고요⋯⋯."

루추는 반쯤 얘기하다 말고 불현듯 주주가 영어를 모를 수도 있고, 어쩌면 회사가 뭔지조차 모를 수 있다는 것을 깨달았다.

앞쪽 반은 매끈한 민머리이고 뒤쪽 반은 검은 머리인 주주의 머리를 힐긋 보고는 텔레비전 드라마에 나오는 남자의 변발을 다시 생각했다. 루추는 문득 머리가 좀 크다고 느꼈다. 그녀가 한숨을 내쉬며 제안했다.

"우선 이발을 하신 후에 요즘 옷으로 갈아입으셔야겠어요. 제가 샤오렌의 옷을 가져다드릴까요?"

주주가 아주 흥미롭다는 듯 그녀를 바라보며 대답했다.

"아가씨를 번거롭게 해드렸군요."

이래도 아가씨, 저래도 아가씨라고 부르니 듣기에 매우 어색했다. 루추가 다시 말했다.

"말투도 좀 고치시고 현대 지식도 좀 배우실 필요가 있겠어요. 세상 밖으로 나가 좀 둘러보고 싶을 땐 신분증도 필요해요. 아, 신분증은요……."

옛날 사람에게 신분증을 어떻게 설명해야 하지? 루추는 말문이 막혔다. 주주가 잠시 생각하더니 물었다.

"신분을 증명하는 데 쓰는 문서, 호적 같은 건가요?"

"비슷해요……."

설명이 그렇게 어렵지도 않은 것 같았다. 아니면 지금 우리의 삶이 본질적으로 백여 년 전과 크게 다르지 않은 건가?

생각의 갈피가 잠시 딴 데로 날아갔던 루추가 갑자기 무슨 생각이 났는지 주주에게 물었다.

"그리고 당신이 깨어났다는 걸 두 주임님께 보고해야 해요. 아, 두창평요, 아세요?"

"압니다. 가능하다면 두창평을 만나보고 싶습니다."

주주는 점잖고 예의 바르게 대답했지만, 루추는 그가 두창평을 만나는 데 전혀 관심이 없다는 것을 알아챘다.

아니다. 그뿐만이 아니다. 그에게는 일종의 소원함 같은 것이 있었다. 자신의 죽음과 부활에 대해 아무런 감응이 없을 뿐만 아니라 이 모든 세상에 대해서도 전혀 개의치 않는 것이다.

이런 모습은 충환이 말했던 '자신을 버리고 남을 구하는 주주' 와는 차이가 너무 컸다. 루추는 마음속의 의혹을 억누르며 주주에게 말했다.

"그럼 잠깐만요. 제가 주임님과 화상으로 연결해 드릴게요. 할 얘기가 있으시면 직접 얘기하세요. 음…… 저한테 또 질문할 거 없으세요?"

주주가 진중한 눈빛으로 루추를 바라보다가 진지하게 물었다.

"감히 여쭙건대, 현대 여성들의 머리칼은 모두 남성들보다 짧습니까?"

왜 이렇게 머리칼에 관심이 많지?

루추는 주주를 쓱 훑어보았다. 문득 역사의 한 대목이 생각났다. 청나라 군대가 중국 관내로 들어가면서 한족의 반항을 억제하기 위해 모두 머리를 깎을 것을 강력하게 명령했고, 불복하는 자는 모두 죽였다. 소위 "머리를 살리고자 하면 머리칼을 버려라. 머리 칼을 살리면 머리를 잃는다."라는 말이 바로 이 일화를 두고 한 말이다.

만약 주주가 이 역사를 현재로 끌고 와서 지금의 위정자가 여전히 사람들의 머리 모양을 좌지우지할 능력이 있다고 생각하는 거라면 그건 너무도 큰 오해다. 루추가 황급히 해명했다.

"지금은 아주 자유로워요. 머리칼은 기르고 싶은 대로 기르면 돼요. 아무도 상관하지 않거든요."

"하지만 당신이 좀 전에 가장 먼저 제게 제안한 것이 이발이었습니다."

주주가 잠시 멈췄다가 그녀를 바라보며 물었다.

"지금의 제 머리 모양이 매우 보기 드물어서 사람들의 이목을 끌까 봐 걱정하시는 겁니까?"

루추는 다시 한번 주주의 예민함을 느꼈다. 그녀는 입을 다물고 고개를 끄덕였다. 주주가 생각에 잠기며 말했다.

"그러니까 오늘날까지도 세상은 여전히 외모를 중시하는 데다가 남들을 따라 하는 것을 좋아한다는 말이군요."

그의 말투는 쓸쓸함이 묻어나서 질문보다는 오히려 탄식에 가까웠다. 루추가 잠시 머뭇거리다가 참지 못하고 물었다.

"어느 시대나 늘 그렇지 않나요?"

"그렇죠."

주주가 그녀를 빤히 바라보며 낮은 목소리로 물었다.

"그런데, 아가씨께 한 가지 더 여쭙겠습니다. 즈즈의 본체는 지금 어디에 있습니까?"

# 8
# 당신이군요

밤이었다. 주주는 루추에게서 샤오렌의 옷을 한 벌 빌려 갈아입고는 욕실에 들어가 머리를 깨끗이 밀어버린 다음 복원실로 다시 들어갔다.

루추가 특별 제작한 수제 금갑을 열고 평랑의 본체인 대하룡작도를 꺼내 탁자 위에 올려놓았다. 그녀의 예상과 달리 주주는 흥분하지 않았다. 그저 조용히 탁자 앞에 서서 물끄러미 장도(長刀)를 내려다보았다.

인간으로 화형한 고대 기물들은 저마다 각자의 아름다움이 있었다. 주주도 예외는 아니었다. 그는 매우 고전적으로 아름다웠다. 수려한 이목구비에 재덕을 겸비했다고 말할 수 있었다. 겉보기에는 대략 서른일곱에서 마흔 살 정도로 그다지 젊어 보이지 않았고,

웃을 때는 눈가에 물고기의 꼬리지느러미 같은 잔주름도 잡혔다. 하지만 그에게는 인간세계로 쫓겨온 신선 같은 기질이 배어 있어서 나이를 가늠하기가 어려웠다. 이렇게 아무 말 없이 꼼짝 않고 서 있는 모습만으로도 '세상 어디에 여래도 사랑도 모두 얻는 완전한 법 있으랴(世間安得雙全法, 不負如來不負卿)'라는 유명한 시구를 떠올리게 했다.

물론 그 민머리로 인해 단순히 연상된 것일 수도 있다.

루추가 이런 터무니없는 생각을 하고 있는데 갑자기 주주가 혼잣말처럼 중얼거리는 소리가 들렸다.

"많이 다치지는 않았군요."

"그의 복원을 도울 생각 없어요."

루추는 생각도 하지 않고 바로 말했다.

"물론입니다."

주주가 고개를 들어 대답했다.

"주주는 누군가에게 힘든 일을 강요한 적이 없습니다. 아가씨는 안심하십시오."

그는 지나치게 침착해보였다. 펑랑은 그를 구하려다 이렇게 다친 것이다. 깨어나서 펑랑을 보고도 그는 어떻게 조금도 동요하는 기색이 없을까? 설마 그와 펑랑 사이의 감정이 그다지 깊지 않은 것일까?

그들 둘 사이에 어떤 일이 있었든 주주가 이렇게 반응하자 루추는 안도의 한숨을 내쉬었다. 그녀는 수납장을 열고 금갑을 도로 넣으면서 주주에게 이 수납장은 보관된 고대 기물에 녹이 슬지 않도록 온도와 습도를 조절할 수 있게 특별 제작한 것이라고 설명했다.

"그가 나를 죽이려고는 했지만, 지금은 이미 이런 모습이 되었으니 저도 일부러 그를 해치지는 않을게요."

마지막까지 해명한 루추가 주주에게 말했다.

주주는 조금 당혹스러운 듯 그녀를 바라보며 낮은 목소리로 말했다.

"즈즈가 저와 약속했습니다. 절대로 무고한 사람을 함부로 죽이지 않겠다고요……. 감히 아가씨께 묻습니다. 당신 심장의 피로 검에 제를 올리면 나를 긴 잠에서 깨어나게 할 수 있다는 걸 즈즈에게 알려준 사람이 누굽니까?"

루추는 이 문제를 한 번도 생각해본 적이 없었고, 누구도 그녀와 이 얘기를 나눈 적이 없었다. 그녀가 어리둥절해하며 더듬더듬 말했다.

"저는 그게 당신들에게 상식……인 줄 알았어요."

"절대로 그렇지 않습니다. 적어도 제 기억으로는 전승자를 마구잡이로 죽이는 일은 공분을 살 뿐입니다. 그렇게 해서 우리를 죽음으로부터 회생시킬 수 있다는 말은 들어보지 못했습니다. 다시 말해서, 완벽하게 확신이 서지 않으면 즈즈는 절대로 위험을 무릅쓰지 않습니다."

주주가 미간을 찌푸리고 고개를 가로저으며 말을 이었다.

"즈즈는 늘 아주 완고했습니다. 그런 즈즈를 스스로 자신의 결의와 맹세를 저버리도록 설득할 수 있는 사람이 누굴까요?"

이 말로 루추는 평랑이 주주와 약속한 바가 있다는 사실을 처음 알게 되었다. 그녀는 주주에게 그 당시 평랑이 견신(犬神)과 함께 가고 있었다고 알려주었다. 하지만 루추가 관찰한 바로는, 평랑은 견신을 다소 경멸하는 것 같았고 십중팔구 견신의 말을 듣지 않을 것 같았다. 그리고 도대체 평랑이 믿고 따를 만한 사람이 누군지 그녀로서는 전혀 알 수 없었다.

주주는 무언가 생각한 바가 있는 듯 그녀의 말을 다 듣고는 화제를 돌려 루추에게 물었다.

"제가 호기심이 좀 많습니다. 당신이 나를 복원하러 온 이유가 혹시 샤오렌과 관련이 있습니까?"

루추가 솔직하게 고개를 가로저었다.

"그건 우연이었어요. 하지만 관련이 전혀 없다고도 할 수 없겠네요……. 그런데 왜 그런 생각을 하신 거예요?"

주주는 자기가 걸치고 있는 셔츠를 가리키며 말했다.

"샤오렌의 옷을 입으라고 내어줄 수 있는 걸 보면, 당신은 분명 그와 친분이 깊으시겠지요……. 아, 당신은 장쉰과도 인연이 있군요. 그가 당신을 몹시 신뢰하나요?"

마지막 말까지 한 주주의 시선이 루추의 코트 주머니에 꽂혔다. 눈빛에 흥미로워하는 기색이 드러났다.

루추가 고개를 숙여 내려다보았지만 아무것도 보이지 않았다. 그녀는 주머니에 손을 넣어 축소된 호익도를 만진 후 잠시 멍해졌다. 그러고는 눈을 부릅뜨고 고개를 들어 주주에게 물었다.

"이번에는 또 어떻게 알았어요?"

"저의 초능력은 주변의 모든 사물을 투시하는 것입니다."

주주는 잠시 멈췄다가 다시 말을 이었다.

"게다가 모든 세부 사항이 유형별로 분류되어 머릿속에 자동으로 기록됩니다."

루추는 그의 얼굴에 지겨워하는 기색이 언뜻 스친 것을 전혀 눈치채지 못한 채 그저 감탄하기 바빴다.

"와, 엑스레이에다 셜록 홈스의 기억의 궁전까지, 정말 대단해요."

루추는 말을 마치고 나서야 자신이 무슨 말을 하고 있는지 상대방은 전혀 모를 거라는 생각이 들었다. 주주가 잠시 어리둥절해 하다가 되물었다.

"코난 도일 경의 소설 말입니까?"

"코난을 아세요?"

루추가 놀라 어리둥절해했다.

"그분이 유명해진 건 제가 긴 잠에 빠지기 전이었습니다."

주주가 담담하게 대답했다.

"그럼 셜록 홈스 좋아하세요?"

루추가 궁금해하며 물었다.

"아뇨."

주주가 얼른 대답했다.

그의 반응이 너무 빨라서 루추는 묻지 않을 수 없었다.

"왜요?"

"자기가 대단히 총명하다고 생각하겠지만, 사실은 운명의 바둑돌일 뿐입니다. 그런 인물은 정말 지겹습니다."

주주가 잠시 멈추고 기분을 가라앉힌 후 일상적인 잡담을 늘어놓듯 루추에게 물었다.

"당신은 어떻게 19세기 소설을 본 겁니까?"

"아, 전 소설을 본 적은 없어요. 드라마를 봐요."

"드라마는 뭐죠? 그것도 전기와 관계가 있습니까?"

주주가 자연스럽게 이어 물었다. 백 년 동안 깊이 잠들었다가 깨어나 새로운 세상을 마주해야 하는 이가 보여야 할 놀라고 당황한 기색이 전혀 보이지 않았다.

이런 모습의 주주는 오르지 못할 만큼 높아 보였지만, 도무지 반감은 느낄 수 없었다. 루추는 고개를 끄덕이며 대답했다.

"맞아요, 전기는 지난 백 년 동안 인류가 이룩한 가장 위대한 발명이에요. 에디슨은 들어본 적 있으세요?"

"자세한 내용을 듣고 싶습니다."

대화는 이렇게 계속되었다. 그 과정에서 루추는 줄곧 주주가 딴생각을 한다고 느꼈고, 때로는 그의 문제가 겉보기와는 달리 깊은 뜻을 감추고 있을지도 모른다고 생각했다. 하지만 그는 늘 온화하고 예의 바르게 행동했고, 대화할 때 종종 한 가지 사실만으로도 여러 가지를 유추해냈다. 그 관점 또한 때로는 매우 흥미로워서 듣는 사람이 자기도 모르게 경청하게 되곤 했다.

루추와 주주의 대화는 자정이 넘어서까지 이어졌다. 그녀는 텔레비전을 켜서 주주에게 보여주었고, 차오바도 그에게 소개해 주었다. 또 자신의 노트북을 흔쾌히 빌려주었다(어차피 그는 잠을 잘 필요가 없었다). 그렇게 함께 얘기를 나누다 자신이 쉴 새 없이 하품을 해대자 그제야 그는 자기 방으로 돌아갔다.

소련검은 여느 때처럼 벽에 기대 세워져 있었다. 검은 상의와 검은 바지 한 벌도 침대 머리맡의 작은 탁자 위에 그대로 놓여 있었다. 루추가 검 손잡이에 이마를 괴고 낮게 속삭였다.

"나도 당신이 너무 보고 싶어요."

아무도 대답하지 않았고, 그녀도 기대하지 않았다. 그녀는 검날에 가볍게 입맞춤을 해 굿나잇 인사를 한 뒤 침대에 누워 천천히 눈을 감았다.

그날 밤 루추는 좀처럼 깊이 잠들지 못하고 내내 이런저런 꿈속을 헤맸다. 하지만 꿈속에는 늘 샤오롄의 모습이 있었다. 그의 시선, 그의 손끝, 그의 미소 띤 얼굴이 있었다. 그래서 어쩌면 그냥 똑같은 하나의 꿈일 수도 있었다. 같은 하나의 꿈인데 너무 달콤하고 아름다워서 산산이 조각난 꿈일 수 있었다.

새벽녘에 루추는 몽롱한 상태로 한 번 깨어났다. 의식은 있는 것 같았지만 눈을 뜰 힘이 없었다. 돌아누운 그녀는 누군가의 품에 얼굴을 파묻고 있다는 느낌이 들었고, 코끝이 얼음처럼 차가웠다. 그리고 어렴풋하게 금속과 숲이 뒤엉킨 냄새를 맡을 수 있었다. 3할쯤은 낯설고, 7할쯤은 익숙한 냄새…….

그녀는 아직 꿈속에 있는 게 분명했다.

잠이 또다시 밀려왔고, 의식이 썰물처럼 편안히 물러갔다. 루추는 조그맣게 하품을 하고는 이마를 앞으로 기댄 채 몇 분 더 잤다.

곧이어 그녀의 속눈썹이 몇 번 떨리더니 갑자기 두 눈이 번쩍 뜨였고, 순간 밤의 장막이 드리워진 듯한 두 눈동자를 마주했다. 거의 새카맣다시피 한 그 쪽빛 눈동자가 그녀의 안색에만 온전히 집중하며 부드럽게 바라보고 있었다.

"잘 잤어요?"

상대방이 말했다.

분명 꿈이었다.

어차피 꿈속에 있으니 루추는 대담하게 손을 뻗어 상대방의 목을 껴안았다. 그리고 온전히 그의 몸에 밀착해 얼굴을 그의 가슴팍에 묻고 중얼거렸다.

"오늘은 토요일이라 출근 안 해도 돼요……."

"당신은 출근에 대한 집착이 너무 심해요. 건강에 안 좋아요."

웃음기를 띤 익숙한 목소리가 머리 위에서 천천히 울려 퍼졌다.

샤오렌은 장난치기를 그렇게 좋아하는 사람이 아니었다. 역시 그녀가 그를 너무 보고 싶어 한 모양이다. 루추는 눈을 감았다가 몇 초가 지난 후 다시 눈을 번쩍 떴다.

"잘 잤어요?"

샤오렌이 같은 말을 한 번 더 반복하고는 고개를 숙여 그녀의 입술에 가볍게 입맞춤을 했다.

"당신이군요!"

루추가 비명을 지르고는 갑자기 몸을 돌려 그를 덮치며 다시 비명을 질렀다.

"정말 당신이에요!"

완전히 통제력을 잃은 그녀는 몸으로 샤오렌을 짓누르며 울다가 웃다가 소리를 질렀다. 과거의 모든 걱정과 두려움이 이 순간에 모조리 날아가 버렸다.

샤오렌은 루추를 꽉 껴안고 턱을 그녀의 머리 위에 얹었다. 더 이상의 다른 동작은 하지 않았지만 호흡은 흐트러지고 거칠었다. 금제에서 벗어난 느낌은 매우 기이했다. 머리카락부터 손끝까지 힘이 넘치고 쌓여 주체할 수 없는 느낌이었다. 자칫 힘 조절을 잘못해서 그녀를 다치게 할까 봐 함부로 움직일 수 없었다.

루추는 감정을 있는 대로 원없이 발산한 후 기진맥진해져서 침대 위에 벌렁 눕더니 아주 흡족한 표정으로 고개를 돌리고 물었다.

"언제 깼어요?"

"새벽에요."

"왜 나 안 깨웠어요? 언제 깨어나든 제일 먼저 나한테 오기로 약속했잖아요."

그녀는 이렇게 말하면서 입을 삐죽 내밀었다. 눈이 약간 부은 것이 아직 잠이 완전히 깨지 않은 것 같았다.

"깨어나자마자 당신 옆에 계속 있었어요. 자리 뜬 적 없어요."

샤오렌이 손을 들어 루추의 눈물 자국이 있는 듯한 뺨을 조심스럽게 어루만지며 말했다.

"몇 번이나 당신을 깨우고 싶었지만, 또 당신을 좀 더 쉬게 해줘야 할 것도 같았어요."

그녀의 생명은 너무 짧고 너무 여렸다. 그는 마음 같아서는 그녀가 잠들지 않고 깬 상태로 자신과 더 오래 함께해 줄 수 있기를 바랐지만, 이성적으로는 그런 생각이 매우 위험하다는 것을 너무도 잘 알고 있었다. 그는 그녀를 잘 돌봐주고 그녀의 생명을 연장하는 법을 배워야 했다.

혹은 자신의 생명을 그녀에게 나누어 줄 방법을 찾아야 했다.

이 순간 샤오롄은 결정을 내렸고, 루추는 그런 것을 전혀 몰랐다. 그녀가 샤오롄의 손을 문지르면서 창밖을 스치듯이 힐끔 쳐다보더니 갑자기 더욱 흥분했다.

"해가 나왔어요. 당신이 없었던 요 며칠은 매일 날이 흐렸거든요. 가끔은 먹구름이 쏟아질 듯이 육중하게 하늘을 뒤덮어서 압박감이 엄청났다고요……."

그녀는 말하면서 눈시울이 뜨거워져 황급히 그의 품속으로 파고들었다. 샤오롄이 루추를 꼭 끌어안고 창밖을 내다보더니 급히 제안했다.

"지금 바람 쐬러 나갈까요?"

그녀가 조금 놀란 듯 고개를 들어 그를 올려다보았다. 샤오롄이 루추의 입술을 살짝 깨물고는 말했다.

"아무 말 안 하면 당신이 동의하는 셈 칠게요."

이 말이 어딘가 익숙하게 들려서 루추가 눈을 깜빡였다. 서늘한 빛이 감도는 소렌검이 허공에 나타나더니 창문턱 옆에 멈췄다. 샤오롄은 오리털 이불로 그녀를 번데기처럼 둘둘 감싸서 가로로 안고 장검 위로 펄쩍 뛰어오른 다음 창턱을 밀치며 하늘을 향해 똑바로 솟구쳐 올라갔다.

이런 과정은 이미 그들에게 익숙하고 쉬운 일이었지만 오늘은 많이 달랐다. 샤오렌은 더 이상 앞으로 똑바로 날지 않고 바람의 저항을 이용해 계속해서 방향을 바꿔가며 둥둥 떠다니듯 곡선으로 활주하며 날았다. 그러다 보니 검이 날 때 안정성은 여전하면서도 움직임이 유려해져 마치 우아한 피겨스케이팅 선수처럼 여유로웠다.

몇 분 후, 소련검이 가로로 방향을 틀어 검려(劍廬) 위쪽으로 약 5~6층 건물 높이에 멈춰 섰다. 샤오렌은 루추를 내려준 뒤 검 위에 나란히 앉아서 아래로 보이는 아름다운 풍경을 내려다보았다.

잘게 부서진 눈이 흩날리듯 천천히 내려 투명하게 맑고 푸른 호수 위에 순백의 섬들을 점점이 장식해놓았다. 햇살이 안개를 뚫고 하늘과 땅을 온통 꿈결 같은 빛의 그림자 속에 가두어 세상은 티끌 하나 없이 깨끗하고 고요했다.

그렇게 한참을 앉아 있던 루추가 목에 걸었던 반지를 들어 올려 아침 햇살이 반지를 통과해 흩뿌려지는 것을 바라보았다. 그녀가 가볍게 숨을 뱉어내며 피곤하지만 기쁜 표정으로 말했다.

"결국 살아 돌아왔군요."

샤오렌이 순간 멈칫하더니 고개를 돌려 물었다.

"무슨 말이에요?"

마음속에 할 말이 너무너무 많았던 루추는 그에게 기대며 중얼거렸다.

"내가 힘을 내야 한다는 걸 알고 있었고, 또 당신에게도 그러겠다고 약속했었어요. 하지만 지난 며칠 동안 난 아무것도 할 수 없었어요. 앞으로의 삶이 어떨지, 또 어떻게 살아가야 할지 상상이 안 됐거든요. 미래의 계획을 세우려고 하면 나도 모르게 소련검 앞에 와 있더라고요. 그리고 울기 시작하는 거죠……."

이런 얘기는 하지 말았어야 했다. 하지만 그녀는 너무 바짝 긴장하고 있었고, 너무 오래 긴장해 있었다. 처음의 흥분이 지나가고 긴장이 풀어지자 사람이 도통 통제가 안 되었다. 루추가 입술을 깨물자 샤오렌이 그녀를 꼭 껴안고 나지막이 속삭였다.

"알아요, 다 알아요."

"당신은 몰라요!"

그녀가 화가 난 듯 그의 품속에서 고개를 쳐들었다.

서로의 눈길이 마주쳤다. 샤오렌이 잠시 후 시선을 떨구며 설명했다.

"이번 상황은 특별했어요. 특히 당신 손으로 금제를 제거하기 시작한 순간부터 내 의식은 줄곧 떠올랐다 가라앉기를 거듭했어요. 완전히 깨어 있는 것도 아니고 깊이 잠든 것도 아니었죠. 바깥세상의 상황을 어느 정도는 감지할 수 있었어요. 다만 화형할 수 없었을 뿐이었죠."

그는 그녀의 머리를 쓰다듬으며 되풀이해 말했다.

"그래서 난 정말로 다 알고 있어요."

"내가 금제를 해제할 때 당신이 계속 깨어 있었단 말인가요?"

루추가 깜짝 놀라 샤오렌의 손을 움켜쥐며 다급하게 물었다.

"어떻게 그럴 수 있죠? 당신, 아프지 않았어요?"

샤오렌이 잠시 머뭇거리다가 낮은 목소리로 말했다.

"추추, 우리는 통증을 느끼지 않아요."

루추는 순간 어리둥절했다. 그녀가 멍한 표정으로 눈을 깜박이며 말했다.

"하지만 전에 당신과 청잉이 싸우는 걸 봤다고요. 당신이 그에게 얻어맞고는 와와 소리까지 지르며 아파하던걸요……."

"우리가 보여주는 수많은 반응은, 심지어 겉으로 드러나는 어떤 생리적 특징까지도 전부 인간을 모방하는 것일 뿐이에요."

샤오렌이 그녀를 응시하며 말했다.

"추추, 내가 겉으로는 사람처럼 생겼지만 결코 인간은 아니에요. 당신 정말 알아요?"

여기까지 왔는데도 여전히 이런 일에 얽매여 있다. 루추는 샤오렌의 눈을 깊이 들여다보며 진지하면서도 무기력하게 말했다.

"내가 아는 건 그저 당신이 세상에 하나뿐인 당신이라는 사실이에요."

샤오렌의 눈에서 밝은 빛이 반짝 빛났다. 그가 오히려 그녀의 손을 잡으며 부드럽게 말했다.

"확신해요? 나를 떠나려면 지금이 마지막 기회예요."

이제 와서 내게 그런 얘기를 하는 건가?

루추는 그를 노려보며 말했다.

"잘 들어요. 인간 사회에서 잡아야 할 마지막 기회란 한시적 물량 대방출 때뿐이에요. 헤어질 때는 필요도 없어요. 난 언제든 당신을 떠날 수 있으니까요."

"……그래서요?"

태연한 그의 모습에 조금은 맥이 빠져버린 루추가 중얼거렸다.

"나는 당신을 떠나지 않을 거예요……. 알겠어요?"

샤오렌이 웃음을 터뜨리고는 그녀에게 입을 맞춘 후 말했다.

"잘 모르겠는데요. 하지만 난 배울 시간이 아주 많……."

"당신 시간 없어요."

루추가 그의 말을 끊고는 입술을 깨물며 덧붙여 말했다.

"엄밀히 말하면 내가 시간이 많지 않아요."

샤오렌의 입술이 미세하게 떨렸다. 뭔가 할 말이 있는 것 같았지만 루추가 얼른 끼어들었다.

"그러니까 당신이 빨리 배워야 해요. 안 그러면, 안 그러면, 난 백 년 후에 당신한테 사랑받게 될 그 여자를 축복해주는 수밖에 없어요. 그 여자는 운도 좋지 뭐예요. 내가 자기 대신 금제를 해제해주고, 거기다 전 여자 친구까지 소멸시켜줬……."

"잠깐만."

샤오렌이 루추의 말을 끊었다.

"무슨 전 여자 친구요?"

"당나라 때 최 씨 말이에요. 아니라고 하지 마세요. 저는 당신들 둘이서 함께한 입체영상의 모든 기록을 봤다고요!"

루추는 문득 무언가 떠올리더니 곧바로 눈을 부릅뜨고 노려보며 노기등등한 표정으로 말했다.

"당신, 다른 전 여자 친구가 또 누구누구 있어요? 전승에 기록이 됐든 안 됐든 오늘 나한테 확실하게 다 털어놓으세요."

샤오렌은 잠시 말문이 막혔지만 참지 못하고 입을 열었다.

"현대의 정의에 따르자면, 최 씨는 '전 여자 친구'로 불릴 수 없다고 생각해요."

"최 씨를 누가 상관한다고 그래요?"

루추가 소리를 꽥 지르고는 그에게 사납게 대꾸했다.

"이건 YES냐 NO냐의 문제예요. 다른 전 여자 친구가 있어요, 없어요?"

샤오렌이 신중하게 손을 들어 대답했다.

"하늘과 땅, 해와 달에 맹세코 절대로 없어요."

"오……."

그렇게 오랜 세월 살아왔건만 연애사는 가련할 정도로 적었다. 루추는 묻지 않을 수 없었다.

"왜요?"

"당신이 나타나기를 계속 기다렸으니까요."

샤오렌은 생각해볼 것도 없이 즉각 대답했다.

정말 달콤한 말이었다. 루추는 마구 솟구치려는 입꼬리를 간신히 누르며 샤오렌을 바라보았다. 때마침 햇빛이 그의 뺨 위로 쏟아지고 있어서 피부가 옥같이 맑아 보였고 까맣다시피 한 짙은 눈동자도 또렷하게 빛났다.

"당신 눈동자, 색깔이 변했네요."

"이게 정상적인 색깔이에요. 초능력을 백 퍼센트 발휘해도 통제력을 잃지 않아요."

샤오렌이 그녀의 손을 잡으며 부드러운 목소리로 말했다.

"나와 함께 있으면 당신의 인생은 많은 걸 잃게 될 거예요."

아이가 없을 것이고, 한 곳에서 20년 넘게 살 수 없을 것이며,

몇 년 후에는 그녀가 그보다 늙어 보일 것이다. 세월이 더 지나면, 나란히 섰을 때 연상연하 커플처럼 보이던 것에서 모자 커플로, 심지어는 조손 커플로 보이게 될 것이다.

그만, 더는 생각하면 안 돼!

루추는 주먹을 불끈 쥐며 말했다.

"여러 번 생각해봤고, 받아들일 준비도 돼 있어요."

샤오렌이 눈을 감고 갑자기 빨라지는 그녀의 심장 박동에 귀를 기울였다. 그러고는 눈을 뜨고 말했다.

"하지만 여전히 두려울 거예요."

"두렵지 않을 수는 없죠."

루추가 나직이 말했다.

"하지만 나는 당신 말고 다른 누군가와 평생 함께 지낸다는 걸 상상할 수 없어요. 그래서 당신이에요."

그녀는 여전히 웃는 얼굴이었지만 눈시울이 붉어졌고, 말투는 알아채지 못할 정도로 미세하게 떨리고 있었다.

샤오렌이 잠시 그녀를 응시하다가 돌연 그녀를 와락 껴안으며 중얼거렸다.

"오늘 이후로는 당신이 어디로 가든 내가 항상 함께 있을게요."

거대한 행복감이 바다 위에 돌연 솟구친 거대한 파도처럼 루추를 완전히 덮쳐버렸다. 그녀는 마지막 한 가닥의 각성을 유지하려고 애쓰며 가쁜 숨을 몰아쉬고는 그를 힘껏 껴안으며 물었다.

"어디든요?"

"언제든, 어디든요."

그가 그녀의 눈을 들여다보며 덧붙였다.

"영원히."

"영원까지 필요 없어요. 몇십 년이면 충분해요."

루추의 두 눈이 반짝 빛났다. 그녀는 샤오렌의 손을 흔들며 물었다.

"오늘부터요?"

"지금 이 순간부터요."

그녀의 흥분에 전염된 샤오렌이 다시 한번 루추를 꼭 껴안으며 물었다.

"당신 휴가 가고 싶지 않아요? 아니다, 당신은 장기 휴가가 필요해요. 동의하죠?"

루추가 고개를 세차게 끄덕이자 샤오렌이 말을 이었다.

"그럼 됐어요. 설 쇠고 나서 출발해요. 특별히 가고 싶은 곳 있어요?"

"너무너무 많아요!"

루추는 공중에 뜬 채로 오리털 이불에 둘둘 감싸여 있지 않았다면 벌떡 일어나 환호성을 질렀을 텐데 그러지 못해 아쉬울 따름이었다. 그녀는 그의 목을 끌어안고 꿈꾸는 듯한 표정을 지으며 말했다.

"우리 함께 여행가요. 물가에 있는 도시를 한두 개 찾는 거예요. 대형 박물관이나 유적지가 있는 곳에서 며칠 묵는 게 제일 좋겠죠. 박물관을 구경하고, 배도 타고, 여기저기 놀러 다녀요. 아, 아직 장쉰에게 미국에 가서 만나자는 약속을 하지 않아서 다행이에……."

루추는 말을 채 마치지 못했다. 샤오렌이 갑자기 고개를 숙여 그녀에게 키스했기 때문이었다.

깊고도 아주 진한, 침략성을 띤 키스였다. 끝났을 때 루추는 제대로 서 있을 수도 없었다. 그녀는 가쁘게 숨을 몰아쉬며 멍한 표정으로 그의 가슴에 기대 있었다. 샤오렌이 천천히 그녀를 놓아주며 말했다.

"그 이름은 듣고 싶지 않아요."

장쉰에게 도와주겠다고 약속한 일이 떠오른 루추가 주저하며 말했다.

"하지만, 하지만……."

"하지만은 없어요."

샤오렌이 다시 입술로 그녀의 입을 막았다.

그의 성격에 정말로 변화가 생겼다. 솔직해졌을 뿐만 아니라 낯도 두꺼워졌다.

이런 생각이 루추의 마음속에 잠깐 스쳤다. 그들은 평범한 연인들처럼 어깨동무하고 손을 잡고 함께 앉아서 즐겁게 여행코스를 계획했다. 해가 완전히 떠오르자 두 사람은 장검에 앉은 채로 느릿느릿 집으로 돌아왔다. 옷을 갈아입고 시내로 나가 브런치를 먹기로 했다.

보통의 인간 여성인 루추는 머리를 빗고 화장을 해야 했으므로 샤오롄은 그녀를 방으로 돌려보냈다. 문이 닫히자 그의 발밑의 검이 번쩍 빛나더니 그를 싣고 천천히 날아 거실의 나무문 앞에 당도했다.

이때 주주는 마침 일인용 소파 의자에 앉아 루추의 노트북 모니터에 10여 개의 창을 띄워놓고 각종 자료를 열람하고 있었다. 두 사람 사이에는 분명 두껍고 육중한 나무문이 놓여 있었다. 하지만 주주는 문을 쓱 한 번 훑어보더니 노트북을 치우고 문을 향해 말했다.

"Long time no see."

"오랜만입니다."

샤오롄이 문을 밀어젖히며 주주에게 말했다.

"보아하니 당신은 현대 사회에 적응하는 데 어려움이 전혀 없는 것 같군요."

"백 년쯤 전이면 그렇게 옛날도 아니죠."

주주가 샤오롄을 훑어보고는 덧붙였다.

"축하합니다. 귀인도 얻고, 금제에서도 벗어나셨군요. 세상 참 넓죠."

"루추를 만났나요?"

샤오롄이 단도직입적으로 물었다.

주주가 고개를 끄덕이며 답했다.

"좋은 아가씨예요. 한눈에 봐도 알죠. 그 사람을 다 아는 건 아니지만 수수한 게 매력인 건 확실해요."

이 말은 반은 칭찬이고 반은 폄훼였다. 샤오롄은 이 말이 듣기

거북해서 눈썹을 치켜뜨며 대답했다.

"그녀는 제 약혼녀예요. 몰랐나요?"

"그녀가 알려주지 않았어요. 아마 저한테는 청첩장을 보내지 않겠군요."

주주가 아무런 표정 변화 없이 말을 이었다.

"실례했습니다. 능력 있는 신부와 잘생긴 신랑이라, 천생연분이신 두 분 축하합니다."

샤오렌이 되물었다.

"아, 백년해로하라고 축복해주지는 않으십니까?"

"불가능하다는 것을 뻔히 알면서 그렇게 말한다면 오히려 비꼬는 거겠죠."

주주가 담담하게 대답했다.

"불가능?"

샤오렌은 이 세 글자를 곱씹더니 갑자기 주주를 향해 웃으며 말했다.

"제가 평랑과 마지막으로 마주 앉아서 얘기를 나눴을 때 그가 그러더군요. 결계는 인간 세상에서는 일어날 수 없는 일이라고 분명히 말할 수 있다고요."

"아주 오래전에 제가 그에게 그렇게 말해줬거든요."

주주가 얼굴빛 하나 안 변하고 대답했다.

"역시 당신이었군요."

샤오렌은 치밀하고 신중한 눈길로 주주를 바라보며 말했다.

"하지만 평랑이 이런 말도 하더군요. 인간 세상에서 일어날 리 없다는 말이 곧, 일어날 수 없다는 의미는 아니라고요. 이 말도 당신이 해준 말입니까?"

"그러고 나서 그가 금세 돌아서서 당신에게 정보를 주던가요?"

주주가 고개를 가로저으며 이마에 손을 얹고 참담해서 못 봐주겠다는 표정을 지으며 말했다.

"그 친구도 참 순진하군요."

샤오롄이 아랑곳하지 않고 덧붙여 말했다.

"펑랑이 무슨 말을 하는 건지 줄곧 이해하지 못했었습니다. 그러다가 지난 며칠 내 의식이 가라앉았다 떠올랐다 하는 동안, 한 번은 어둠 속에서 멀리 문 하나를 보았지요. 증거는 없지만 나는 그문이 전승의 입구라고 생각합니다. 그렇다면 문제가 생긴 거죠. 전승은 복원사의 영역인데 갑자기 내 앞에서 열린 겁니다. 왜일까요?"

두 사람의 시선이 마주쳤다. 주주가 손을 내려놓고 태연하게 대답했다.

"그때 당신은 생사의 문턱에 놓인 상황이었기 때문에 하마터면 전승에 의해 '회수'될 뻔한 겁니다."

그는 '회수'라는 이 두 글자에 특별히 무게를 실었다. 샤오롄이 무언가에 마음이 움직인 듯 물었다.

"당신도 그 문을 본 적이 있습니까?"

"봤다면 또 어쩌겠습니까?"

주주는 아무런 정보도 드러내지 않고 되물었다.

샤오롄의 마음속에서 슬그머니 열패감이 올라왔다. 주주는 전과 다름없이 빈틈이 전혀 없었다. 이런 재주가 동료에게 있다면 사람을 충분히 안심시킬 수 있을 것이다. 하지만 적에게 있다면, 그런 적을 마주하는 것은 철옹성의 보루를 공격하는 것과 같을 것이다. 어려운 것이 아니라 아예 공략이 불가능하다.

하지만 그는 반드시 정해진 시간 내에 주주를 설득해야만 했다.

남을 설득하는 것은 샤오롄이 잘하는 일이 아니었다. 그는 답답한 마음에 그냥 솔직하게 털어놓았다.

"우리가 그 문 안으로 들어서면 무슨 일이 일어날까요?"

"당신의 처음 모습으로 돌아갑니다."

주주가 눈썹을 치켜뜨며 샤오롄을 쓱 한번 보더니 담담하게 대답했다.

"그저 검 한 자루지요. 아는 바도 깨닫는 바도 없고, 기쁨도 슬픔도 없는, 사람을 죽이는 예리한 무기. 그뿐입니다."

놀랍고도 두려운 대답이었다. 샤오롄은 눈살을 찌푸리며 고개를 들어 물었다.

"그런데도 당신은 여전히 전승에 들어가야만 인간과 결계를 맺을 수 있다고 생각합니까?"

"인간과요?"

주주가 이 두 글자를 반복하더니 눈을 들어 샤오롄을 응시했다.

"인간과 결계를 맺고 싶은가요?"

"안 됩니까?"

샤오롄이 되물었다.

"되는지 안 되는지 장담할 수 없습니다."

주주가 두 손을 배 위에 포갠 채 냉랭하게 말했다.

"그런데 결계를 맺은 후에도 당신이 원래 모습의 당신일 수 있다고 누가 그러던가요? 자의식을 유지할 수 있다고요? 심지어 사고능력까지도 갖추고요?"

샤오렌은 곧바로 대답하지 못했다. 주주가 그를 쳐다보더니 다시 말했다.

"본성이 당신에게 결계를 맺는 것이 좋다고 알려주었겠지요. 하지만 우리의 본성이 어디에서 왔습니까? 인류와 마찬가지로 끊임없이 진화하는 과정에서 유전자 속에 남겨진 흔적일까요? 아니면 기물을 주조한 이가 자신의 이익을 위해 일부러 우리 몸에 새겨넣은 걸까요?"

그의 말투는 농후한 비아냥거림과 함께 지친 기색이 역력했다. 샤오렌이 그를 노려보며 물었다.

"당신 대체 뭘 알고 있는 겁니까?"

서로의 눈빛이 부딪쳤다. 주주가 샤오렌의 눈 속을 깊이 들여다보며 물었다.

"만약 내가 우리의 생명이 애초에 완전히 사기극이라거나, 더 나쁘게는 하나의 웃음거리라는 걸 당신에게 알려준다면, 당신은 어쩌시겠습니까?"

샤오렌은 잠시 생각에 잠겼다가 이내 눈썹을 치켜올리며 되물었다.

"내가 지금껏 살아온 세월은 진실입니까?"

주주는 상대방의 반응이 이럴 거라는 생각을 미처 하지 못했다. 순간 어리둥절해 하던 그가 이윽고 대답했다.

"그럴 겁니다."

"그럼 됐습니다."

샤오렌이 그에게 웃어 보이며 말했다.

"저는 제 생명의 의미에 대해 전혀 관심이 없습니다. 그저 평안하게 살고 싶을 뿐, 그게 다입니다."

주주가 콧방귀를 뀌며 말했다.

"이렇게 허무맹랑한 결계 방법을 찾는 것도 평안한 삶을 위해서인가요?"

"생사이별 그대와 언약했네, 그대 손 잡고 해로하리라고[死生契闊, 與子成說, 執子之手, 與子偕老, 시경 31 〈격고(擊鼓)〉 중 – 역주]."

샤오렌이 아무 거리낌 없이 태연하게 대답했다.

그의 이런 태도가 주주를 자극했다. 주주가 싸늘하게 말했다.

"말은 참 듣기 좋죠. 사실 문제는 당신이 늙지도 죽지도 않아서 '그대와 해로'할 수 없으니 상대방까지 괴물로 만들 수밖에 없다는 것인데…… 그녀가 동의하던가요?"

마지막 말은 너무 갑작스러웠다. 당황한 샤오렌이 잠시 멍하니 있다가 대답했다.

"그 일이 닥치면 당연히 제가 루추와 의논할 겁니다."

주주가 "오!" 하고는 다시 물었다.

"정말 그때가 되면 결계의 끔찍한 위험성을 그녀에게 어떻게 설명하시겠습니까?"

샤오렌이 다시 멈칫했다. 주주가 조금 전에 한 말이 귓가에 맴돌았다.

"당신은 최초의 모습……, 지각도 없고, 기쁨도 슬픔도 모르는 처음 모습으로 돌아갑니다."

절대로 이 사실을 루추가 알게 해서는 안 된다.

그는 주주가 이런저런 말을 떠들어댈까 봐 걱정하지는 않았지만, 주주의 협조를 얻기 위해 잠시 숙고한 후 천천히 말했다.

"설명할 필요 없습니다. 루추는 나를 안 이후로 이미 충분히 많이 놀랐습니다. 결계가 그녀에게 해가 되지만 않는다면 그걸로 됐습……"

"그녀에게 알리지 않을 생각이군요."

주주가 그의 말을 자르더니 안색이 몹시 어두워졌다.

샤오렌이 한숨을 내쉬며 말했다.

"당신은 이해할 수 있을 거라고 생각했습니다."

주주가 노기 띤 웃음을 지었다.

"나야 물론 이해합니다. 결계 때문에 나와 즈즈가 얼마나 많이 싸웠는지 모릅니다. 너무도 잘 알기 때문이었죠. 그래서 나는 당신의 행동에 절대로 동의할 수 없습니다. 앞으로 이 일로 나를 화나게 하지 마십시오."

주주가 말을 마친 후 손을 뻗어 노트북을 자기 쪽으로 돌려 시선을 다시 모니터로 옮기더니 더는 샤오렌을 신경 쓰지 않았다.

샤오렌이 코를 만지작거리고는 반들반들한 주주의 뒤통수에 대고 말했다.

"참, 펑랑이 당신에게 남긴 게 있습니다."

"뭐죠?"

주주의 시선은 여전히 모니터에 고정되어 있었다.

"당신이 지금 가장 필요로 하는 물건입니다."

샤오렌이 그에게 웃어 보이며 덧붙였다.

"여기서 잠깐 기다리십시오. 금방 가져오겠습니다."

15분 뒤, 루추가 화장을 마진 후 기다란 오리털 옷을 꺼안고 기실로 들어섰다. 들어서자마자 눈에 들어온 것은 샤오렌이 긴 소파 한쪽에 앉아 루추의 노트북으로 게임을 하고 있고, 다른 한쪽에는 주주가 손바닥만 한 노트를 손에 든 채 초점을 잃은 멍한 표정을 하고 앉아 있는 모습이었다. 그의 앞에 놓인 티테이블에는 비슷한 크기의 작은 노트 한 묶음이 놓여 있었는데 일부는 아주 낡아 보였다. 또 반쯤 열린 오래된 나무 상자도 있었는데 그 안에 서류가 가득 들어 있었다.

루추는 샤오렌 옆으로 가서 앉더니 고개를 들이밀어 주주의 손에 들린 작은 공책을 들여다보고는 물었다.

"와, 벌써 여권을 다 만드셨어요?"

주주는 얼굴이 굳어지며 말이 없었다. 샤오렌이 루추의 어깨를 감싸며 말했다.

"주주는 여권이 열 개 정도 있을 거예요. 지난 백 년 동안 펑랑이 7~8년 간격으로 온갖 방법을 동원해 새것을 만들어 두었어요. 이름을 바꾸고, 사진을 바꾸고, 신분을 바꾸면서요. 이건 작년에 만든 거예요."

루추가 "와!" 하고 탄성을 지르며 호기심에 찬 목소리로 주주에게 물었다.

"당신은 그와 이렇게 하기로 약속이 돼 있었던 거예요?"

주주가 곤란한 듯 고개를 가로저었다. 루추는 티테이블 위에 놓인 여권 한 묶음에 시선을 두고 눈을 깜빡이며 물었다.

"그렇다면 그는 뭣 때문에 이렇게 많은 여권을 만든 걸까요…… 아, 알겠네요."

"뭘 알겠다는 거죠?"

주주가 뻣뻣하게 고개를 돌려 루추에게 물었다.

루추는 샤오롄을 재빠르게 한 번 보고는 고개를 떨구고 깍지 낀 자신의 두 손을 응시하며 느릿느릿 말했다.

"저도 사람을 기다려봐서 잘 알아요. 누군가를 기다리는 데 며칠을, 몇 해를 기다려야 하는지도 모르고, 심지어 속으로는 어쩌면 기다려도 그날이 영원히 안 올 거라는 걸 안다면 할 수 있는 것은 오직 스스로에게 말하는 것뿐이에요. '내일, 내일이면 그가 나타날 거야'라고."

샤오롄이 루추의 어깨에 올린 손을 힘주어 조이자 루추는 눈시울이 뜨거워졌다. 그녀는 자신이 울음을 터뜨릴까 봐 감히 샤오롄을 쳐다보지 못하고 계속 고개를 숙인 채 그에게 말했다.

"난 당신을 기다렸어요."

샤오롄이 신기해하는 눈빛으로 그녀를 바라보았지만 말은 하지 않았다. 주주는 이를 악물었고, 얼굴빛이 조금씩 창백해졌다. 순식간에 분위기가 몹시 무거워졌다.

침묵을 깨뜨린 사람은 루추였다. 그녀가 고개를 들어 샤오롄을 보고는 이어 주주를 바라보았다. 눈빛으로 그 여권 묶음을 쓱 훑고는 잠시 생각한 끝에 주주에게 작은 목소리로 말했다.

"전 펑랑이 분명 기다리면서 끊임없이 스스로에게 '당신은 내일 깨어날 수 있다'고 말했을 거라고 생각해요. 그렇게 백 년이 지났고요. 여권을 만든 것은…… 그저 마음을 맡기는 거죠."

"맡긴다?"

주주가 중얼거렸다. 멍한 목소리였다.

루추는 자신이 방금 중요한 점을 언급하지 않았다는 것을 깨닫고 서둘러 덧붙였다.

"실제로 무언가를 하지 않으면 희망이 조금씩 위축되고 사람이 온통 공허에 휩싸이거든요. 그래서……."

그녀가 말하는 도중에 갑자기 핸드폰이 울렸다. 루추는 핸드폰을 꺼내어 보더니 샤오롄에게 "엄마예요."라고 속삭인 다음 일어나서 전화를 받으러 나갔다.

주주가 여권을 곁눈질로 힐끔 보고는 고개를 돌려 샤오롄에게 느릿느릿 물었다.

"아직도 그녀와 결계를 맺고 싶으신가요?"

"물론입니다."

샤오롄이 주저 없이 대답했다.

"그럼 협력합시다."

"왜 마음을 바꾸신 겁니까?"

샤오렌이 물었다.

"당신과 무관합니다."

"당신의 목표가 뭔지 모르면 협력할 수 없습니다."

두 사람의 눈빛이 공중에서 부딪쳤고, 어느 쪽도 피하려고 하지 않았다. 잠시 후 주주가 갑자기 웃으며 말했다.

"방금 알게 된 사실인데, 바랄 수 없음을 알면서도 바라는 것에 좋은 점이 하나 있군요."

"어떤 좋은 점 말입니까?"

"시간을 보내기 쉽습니다."

주주의 입가에 종잡을 수 없는 미소가 한 가닥 스쳤다. 그가 눈을 감고 중얼거렸다.

"한 가지 당신의 약혼녀가 정말 맞는 말을 했어요. 기다리지 않을 수 없다면, 반드시 할 일을 찾아서 해야 합니다. 그렇지 않으면 언젠가는 미쳐버릴 테니까요. 즈즈가 남긴 이 여권들로 보아 내게 선택의 여지가 전혀 없다는 것을 알겠네요."

그의 얼굴에는 여전히 웃음기가 가득했지만, 말투에는 은근한 아픔이 담겨 있었다. 그래도 샤오렌은 전혀 동요하지 않았다. 그는 신중하고 치밀한 눈빛으로 주주를 바라보며 물었다.

"어떻게 협력하면 됩니까?"

"간단합니다. 전승으로 들어가는 방법을 함께 찾는 거지요."

주주가 눈을 뜨며 샤오렌에게 말했다.

"내가 왜 들어가야 하는지에 대해서는 물어보실 필요 없습니다. 나도 대답하지 않을 거고요. 어쨌든 당신의 결계에 영향을 주지 않으면 되는 거니까요."

샤오렌이 그의 눈을 들여다보며 말했다.

"그렇게 하죠."

주주가 고개를 끄덕였다. 갑자기 문밖에서 루추가 언성을 높여 말하는 소리가 들려왔다.

"엄마, 왜 그러세요? 울지 마세요!"

# 9
# 살인자

홍콩의 솔즈베리 로드에서 주말 저녁 8시 반은 사람들로 가장 붐비는 시간대이다. 평범한 택시 한 대가 텐싱(天星) 선착장 앞에서 아주 능숙하게 코너를 돌아 붉은 벽돌과 화강암으로 된 오래된 시계탑 앞에 멈춰 섰다.

택시 기사는 몇 초를 기다렸으나 승객 쪽에서 아무 소리도 나지 않자 뒤를 돌아보더니 손을 들어 앞쪽을 가리키며 서투른 중국어로 말했다.

"걸어서 10분이면 충분합니다. 그렇게 오래 걸리지 않아요."

"오, 감사합니다."

양쥐안쥐안이 항구를 바라보던 시선을 거두고 나지막이 이렇게 한마디 했다.

그녀의 광둥어는 악센트가 있어서 언뜻 들으면 촌스럽게 들렸는데 그 사람이 보여주는 우아한 몸가짐과 몸에 걸친 차분한 색조의 명품 패션과는 사뭇 대조적이라 심한 위화감을 주었다.

운전기사는 차비를 받고 나서 호기심 어린 눈으로 양쥐안쥐안을 몇 번 더 살펴보았다. 이 여자 승객은 관리를 잘한 듯 보였고 얼굴도 갸름해 그리 늙어 보이지 않았다. 그래도 마흔은 넘었을 것 같았다. 현지인도 아닌 것 같고, 그렇다고 외지 관광객도 아닌 것 같았다. 화장을 정성껏 했지만 요란하지 않고 혼자서 명소를 찾아가 공연을 보는 것도 아니라면, 옛 애인을 만나러 일부러 찾아온 것은 아닐까?

이런 사소하고 아름다운 상상을 하며 운전기사는 차를 몰고 떠났다. 양쥐안쥐안은 그 자리에 남아 오색빛깔로 반짝이며 파도치듯 넘실거리는 네온사인을 조용히 응시했다. 한참이 지나서야 그녀는 뒤돌아 발걸음을 옮겨 차량과 인파가 물밀듯 밀려드는 솔즈베리 로드를 걸었다.

하이힐이 땅바닥을 밟을 때마다 또각또각 리드미컬한 소리를 냈다. 양쥐안쥐안의 눈빛은 처음에는 다소 산만해 보였다. 시선이 때때로 잠자리가 수면을 살짝 건드리듯 주위의 볼거리에 아주 잠깐씩 머물렀는데, 그 눈빛에 그리움과 아픔이 담겨 있었다. 하지만 페닌슐라 호텔에 점점 가까워지면서 그녀는 마치 눈에 보이지 않는 갑옷을 한 겹 덧입어 부드럽고 연약한 곳을 빈틈없이 가려 단단히 무장한 것 같았다. 흰 유니폼을 입은 도어맨이 문을 열어주었을 때, 양쥐안쥐안의 등은 꼿꼿했고 차가운 눈빛은 조롱의 기색을 약간 띠고 있었다.

엘리베이터는 곧장 올라가 구관 6층에 도착했다. 그녀의 짐작대로 엘리베이터 문이 열리자마자 수트 차림의 보디가드가 외부를 지키고 있었다. 보디가드를 따라 조금 걸은 후 양쥐안쥐안은 어김없이 페닌슐라 호텔의 그 유명한 마르코 폴로 스위트룸 문 앞에 섰다.

문이 꼭 닫혀 있지 않고 약간의 틈이 남아 있는 것을 보아 안에 있는 사람이 기다리고 있는 것이 분명했다. 이렇듯 정체를 제대로 드러내지 않는 애매한 태도는 언제든 그녀의 기분을 갑자기 나쁘게 만들 수 있었다. 문까지 반보 정도 남았을 때, 양쥐안쥐안이 갑자기 걸음을 멈추더니 두 손으로 가슴을 끌어안고 선 채로 꼼짝도 하지 않았다. 당신이 나를 어찌 할 수 있겠냐고 도발하는 듯한 모습이었다.

그녀 뒤를 따라가던 보디가드는 머리는 크지만 몸놀림이 민첩하고 능숙했다. 그가 상황을 보더니 그녀 앞으로 지나쳐 간 후 알아서 문을 세 번 두드렸다. 문 안에서 들리지 않을 정도로 낮은 목소리가 "들어오세요."라고 말했다. 주저하는 듯한 성인 남성의 음색이었다.

보디가드가 직접 문을 열지 않고 그녀에게 고개만 끄덕이고는 훈련된 익숙한 동작으로 뒤로 물러섰다. 양쥐안쥐안은 눈을 감고 마음을 가라앉혔다. 다시 눈을 떴을 때는 이미 눈가에 조롱은 사라지고 그 대신 약간의 근심이 자리하고 있었다. 그리고 은근한 교태가 뒤따랐다.

연기는 그녀에게 직업이라기보다 생존의 기술이었다. 지난 10여 년 동안 자주 써먹지는 않았지만 일단 필요하면 순식간에 연기에 몰입할 수 있었고, 억지로 애쓰지 않아도 되었다. 양쥐안쥐안은 손을 들어 머리를 꾹 누르고는 문을 열고 그리 길지 않은 복도에 들어섰다.

방 안은 중국식과 서양식을 적절히 조화시킨 인테리어로 꾸며져 있었다. 새하얀 천장에 두 개의 크리스털 샹들리에가 드리워져 있고, 청대의 보물인 번련문(番蓮紋) 다보격(多寶格)을 그대로 확대해 제작한 대형 장식장 위에는 옥 조각품과 정교하고 아름다운 골동품들이 진열되어 있었다. 벽면 반쪽을 차지하는 아치형 창을 통해 도시 전체의 야경이 한눈에 들어와 척 보아도 럭셔리한 분위기가 물씬 풍겼다.

복도는 조명이 밝았지만, 거실은 이렇게 큰데도 구석에 긴 스탠드만 하나 켜놓았을 뿐 다른 곳은 매우 어두웠다. 그 때문에 양쥐안쥐안의 눈이 금방 적응되지 않았다. 그녀는 복도 끝에 멈춰 서서 실눈을 뜨고 앞을 바라보았다. 스탠드에서 멀리 떨어진 곳에 한 남자가 그녀를 등진 채 창 쪽을 향해 서 있는 것이 보였다. 실루엣이 낯익었지만 기억 속의 그 사람보다 훨씬 더 깡마르고 꼿꼿했다.

"원첸?"

그녀가 떠보듯 불러보았다.

남자가 천천히 돌아섰다. 그는 고대 기물을 본떠 만든 가면무도회용 은제 가면으로 얼굴의 절반을 가리고 있었다. 양쥐안쥐안이 멈칫하자 상대방이 목청을 가다듬은 후 낮은 목소리로 말했다.

"쥐안쥐안, 고마워요……. 편지를 읽어 주고, 또 이렇게 기꺼이 와줘서요."

몸매로 보나 목소리로 보나 이 사람은 그녀가 수년간 알고 지냈던 예원쳰이었다. 다만 그 가면이 몹시 거슬렸다. 양쥐안쥐안은 잠시 생각한 끝에 힘든 얘기를 피해 가벼운 질문을 골라 물었다.

"뉴스에서 당신 학교의 실험실에 불이 나서 학생 몇 명이 불에 타 숨졌다는 보도를 봤어요. 당신도 다친 거예요? 이거…… 얼굴이 망가진 거예요?"

"……아니에요."

남자는 가면을 만지작거리며 씁쓸하게 말했다.

"내 얼굴, 사고가 좀 있었어요."

"무슨 사고요?"

양쥐안쥐안이 계속 물었다.

남자는 주저하며 말하고 싶지 않아 했다. 양쥐안쥐안은 임기응변으로 급하게 산 게 분명해 보이는 그 거친 가면을 힐긋 보고는 마음속에 전기가 흐른 듯 "아!" 하고 탄식을 뱉어내며 물었다.

"당신이 편지에 이상한 얘기를 그렇게 많이 썼는데도 나는 전혀 두렵지 않았어요. 얼굴 하나로 어떻게 날 놀라게 하겠어요? 당신, 나를 너무 얕잡아 봤어요."

그녀의 말투에는 부드러움 속에 배려가 깃들어 있었다. 남자는 말을 더듬으며 재차 그런 게 아니라고 말하고는 자포자기하듯 가면을 벗었다. 두 사람의 시선이 부딪쳤다. 양쥐안쥐안은 그 자리에 얼어붙어 더 이상 말을 할 수 없었다.

예윈첸이 성형을 하다니……. 아니, 이건 거의 얼굴을 바꾼 거다!

수술은 아주 성공적이었다. 쌍꺼풀을 만들고 콧대를 높였으며, 원래 담백한 인상이었던 얼굴을 굳이 진한 눈썹과 커다란 눈매로 바꾸어 놓았다. 자세히 보면 이목구비에 희미하게 예윈첸의 그림자가 남아 있었지만, 얼핏 보면 전혀 다른 사람이라고 할 수 있었다.

문제는 얼굴이 바뀐 것보다도 너무 젊은 얼굴이라는 것이었다.

팽팽하고 탄력 있는 피부에 생기 넘치는 얼굴이었다. 얼굴만으로 본다면 눈앞에 있는 이 남자는 최대한 많게 보아도 서른다섯 살 정도로밖에 안 보였고, 스물여덟아홉이라고 해도 전혀 이상하지 않을 정도였다. 양쥐안쥐안은 가면을 움켜쥐고 있던 그의 왼손을 재빨리 힐끗 쳐다보더니 헉하고 놀라며 돌아서 밖으로 나가버렸다.

그녀가 예윈첸을 처음 알게 된 날부터 작년 말 그가 실종되기 전까지, 예윈첸의 손등에는 오래된 흉터가 남아 있었다. 그런데 지금은 손등의 피부가 매끈매끈한 데다 흉터 하나 없이 깨끗했다.

남자는 그녀가 이렇게 단호하게 나올 줄 몰랐다. 그가 얼른 달려가 그녀의 손목을 붙잡았다. 양쥐안쥐안은 문을 힘껏 밀치고 나가 등으로 문을 막고는 한 손으로 문손잡이를 잡은 채 옆으로 몸을 틀어 상대방에게 차갑게 물었다.

"당신은 누구죠?"

"쥐안쥐안, 나 윈첸이……."

"난 성형수술로 사람이 이렇게까지 바뀔 수 있는 걸 본 적이 없어요."

양쥐안쥐안이 그의 말을 끊었다.

"지금부터 조금이라도 허튼소리 하면 난 당장 가겠어요. 당신 누구예요?"

상대방이 복잡한 눈빛으로 그녀를 잠시 쳐다보더니 천천히 입을 열었다.

"포용할수록 커지고 겸허할수록 이로우니라[有容乃大, 受益惟謙, '낮은 데서 모든 강물을 받아들이는 바다'와 같은 포용력과 겸허의 덕을 이르는 말 – 역주]. 내 원래 이름은 선룽(沈容)이고, 자는 원쳰이오."

그녀가 며칠 전 받은 편지의 서명은 분명 선룽이었지만 필체는 예원쳰과 똑같았다. 양쥐안쥐안은 의심스러운 듯 그를 쳐다보았다. 남자는 얼굴을 세게 문지르고는 그녀에게 다시 말했다.

"당신 아파트에 세면도구를 두고 왔어요. 빗, 칫솔, 면도기 같은 것들이 욕실 거울장 안에 있을 거예요. 당신이 아직 버리지 않았다면 거기 붙은 머리카락을 가져다가 DNA 검사를 해서 내가 바로 당신이 알던 그 예원쳰이라는 걸 증명할 수 있어요."

그의 말투는 확고했다. 양쥐안쥐안은 자신의 욕실에 짙은 회색의 세면도구가 있었던 것을 기억하고 있었다. 그녀가 "아!" 하고 탄식했다. 머릿속이 온통 뒤죽박죽 혼란스러웠다. 눈앞에 있는 사람의 얼굴을 다시 한번 훑어본 그녀는 확신이 없는 듯 중얼거렸다.

"원쳰?"

"나예요, 나."

그가 황급히 대답하고는 잠시 생각하더니 덧붙였다.

"나를 자로 불러도 좋아요. 옛날에는 친구들과 부부 사이에서는 대체로 서로를 자로 불렀거든요. 윈첸, 이 두 글자는 외조부께서 지어주신 거예요. 과거에 급제하신 분이죠. 옛 문인이고, 학식이 높은 분이셨어요……."

그는 젊은이의 얼굴을 하고서 말투는 여전히 예전처럼 쉴 새 없이 지껄이는 노인네 같았다. 얘기를 하고 또 하면서 그녀의 손을 붙잡고 놔주지 않았다. 양쥐안쥐안의 마음속에 슬그머니 위화감이 스쳤다. 그녀는 이게 어찌 된 일인지 확신이 없었다. 우선은 눈을 내리깔고 예윈첸이 이끄는 대로 그에게 손을 잡혀 기실로 돌아갔다. 두 사람은 어깨를 나란히 하고 빅토리아 항구 쪽을 향해 소파에 앉았다.

창 앞에는 마천루 하나하나의 불빛들이 바닷물 위에 거꾸로 비쳐 현란하고 사치스러운 야경을 연출하고 있었다. 그녀가 막 도착했을 때의 심경과는 대조적으로 부잣집에 술과 고기가 썩어나갈 때 길바닥에 얼어 죽은 시체가 나뒹구는 세기말적 황량함이 느껴졌다.

양쥐안쥐안은 억지로 마음을 다잡고 예윈첸을 다시 한번 자세히 살펴보았다. 그녀는 낯선 얼굴이 주는 이질감을 무시하고 담담하게 말했다.

"내가 보기엔 안색이 좋은데요. 편지에 올해를 다 못 살 것 같다고 쓴 당신 말을 어떻게 믿죠?"

그녀가 보여준 침착함이 예윈첸의 불안을 매우 효과적으로 진정시켰다. 그가 한숨을 내쉬며 쓴웃음을 지었다.

"지금의 내 안색이 좋을수록 앞으로 더 비참하게 죽게 되죠."

"싱밍 때문인가요?"

양쥐안쥐안은 편지 속의 내용이 생각나서 더는 마음속의 분노를 억누를 수가 없었다. 그녀가 예윈첸을 노려보며 물었다.

"당신, 그때 내게 그녀를 소개해주면서 뭐라고 말했던가요? 그녀가 당신의 동업자라면서요. 그러더니, 어떻게, 얼굴을 바꾸고 나더니 이제는 마녀라는 거예요?"

"그때 내가 어떻게 당신한테 내 동업자가 사람이 아니라고 말할 수 있었겠어요?"

예윈첸이 이렇게 반문하더니 참지 못하고 덧붙였다.

"저우인도 알고 있었어요. 그런데 그도 아무 얘기 안 했잖아요. 그는, 그는 당신 곁에 있으면서도요."

그녀의 전남편 이름이 나오자 두 사람 모두 말이 없어졌다. 잠시 후 양쥐안쥐안이 손을 뻗어 예윈첸의 손을 잡더니 쓴웃음을 지으며 말했다.

"과거는 과거일 뿐이에요. 당신이 지금 대체 어떤 상황인지 제대로 얘기해주지 않으면 내가 돕고 싶어도 도울 수가 없어요."

"당신, 사랑해요?"

예윈첸은 농담조로 되물었지만 그녀의 손을 잡은 손에 힘을 꽉 주었다. 그녀의 대답에 신경 쓰는 게 분명했다.

그가 그렇게 불쑥 물으니 양쥐안쥐안은 곧바로 반응해야 한다는 걸 알면서도 눈빛에 순간 망연자실한 기색이 스쳤다. 그걸 들키지 않으려고 그녀는 얼른 고개를 숙이고 중얼거렸다.

"사랑하지 않았으면 오지도 않았을 거예요."

"진심이에요?"

예윈첸은 외모와 나이에 걸맞지 않은 옛날 말투로 담담하게 말했다.

"나는 당신이 올 줄 알았어요. 저우인의 사인을 밝히기 위해서가 주된 이유겠지만요."

"당신은 저우인이 어떻게 죽었는지 아나요?"

양쥐안쥐안이 고개를 번쩍 들었다. 눈빛이 날카로웠다.

조금 전의 그 부드러움은 금세 흩어져버리는 연기처럼 나타나자마자 흔적도 없이 사라졌다. 예윈첸이 한숨을 내쉬고는 이를 악물더니 손을 들어 뒷덜미를 탁탁 쳤다. 다음 순간 지렁이같이 가느다란 금뱀 한 마리가 살갗을 뚫고 머리를 밖으로 내밀어 한 바퀴 휙 둘러보고는 다시 파고들어 갔고, 상처는 금세 아물어 뚫고 나온 자리 주변에만 검붉은 핏자국을 남겼다.

그는 고개를 들어 놀라움과 공포에 질린 양쥐안쥐안의 눈빛을 보며 간단히 설명했다.

"이 웃기는 물건은 싱밍의 초능력이에요. 사람 몸에 심으면 잠재력을 자극해서 상처 치료를 도울 수 있죠. 그런데 나는 지금 상처가 다 아물었는데도 싱밍이 떨어져 나가려고 하질 않고 오히려 날 위협하고 있어요……. 쥐안쥐안, 쥐안쥐안?"

금뱀이 피부를 뚫고 나온 그 순간부터 양쥐안쥐안은 잠시도 눈을 떼지 않고 계속 예윈첸의 뒷덜미를 뚫어지게 노려보았다. 예윈첸이 몇 번이나 그녀를 부르자 그제야 그녀는 부들부들 떨며 시선을 거두고는 숨을 크게 헐떡거리며 물었다.

"그게 뭐예요?"

"기룡[夔龍, 순(舜) 임금의 두 신하 이름 – 역주]."

예원첸이 잠시 멈추었다가 털어놓듯 말했다.

"싱밍의 본체는 존정(尊鼎)이에요. 그 위에 이놈들이 가득 조각되어 있어요. 뱀들이 빽빽하게 득실거리는 뱀굴처럼 말이에요. 옛사람들이 이렇게 역겨운 물건을 대체 왜 만들었는지 이해할 수가 없……."

"움직이지 말아요. 내가 휴지를 가져다가 깨끗이 닦아줄게요."

양쥐안쥐안이 일어서며 예원첸에게 부드럽게 말했다.

그녀는 벽 쪽에 놓인 협탁으로 걸어가 티슈 박스를 집어 들고는 다시 예원첸 옆으로 돌아왔다. 그러고는 휴지를 두어 장 뽑아 네모 모양으로 접은 뒤 조심스럽게 목덜미를 꼬옥 눌렀다.

거실은 불을 켜지 않아 내내 어두웠는데 휴지에 묻은 붉은 피에서 점점이 금빛이 반짝였다. 양쥐안쥐안이 휘청하면서 비틀거리자 예원첸이 그녀가 동요하는 것을 알아채고는 고개를 돌려 의아하다는 듯 물었다.

"왜 그래요?"

양쥐안쥐안은 손을 떨며 피 묻은 휴지를 그의 눈앞에 내밀었다. 예원첸이 쓱 보고는 태연하게 말했다.

"이 웃기는 놈이 체내에 오래 머물면 사람은 정기를 다 빼앗기고, 핏속의 금색이 점점 더 짙어져요. 무서워하지 말아요……."

"난 무섭지 않아요. 저우인이 죽었을 때 흘린 피가 금세 순금색으로 변했거든요. 나도 두려워한 적은 없어요."

양쥐안쥐안이 그의 말을 끊고 예윈쳰의 눈을 들여다보며 직설적으로 물었다.

"당신은 그렇게 되기까지 얼마나 남았죠?"

그녀의 직설법이 예윈쳰에게 거부감을 주지는 않았다. 그는 눈을 감고 천천히 대답했다.

"짧으면 반년, 길면 일 년 반 정도. 전에 내가…… 특수한 에너지를 흡수한 적이 있어서 아마 보통 사람보다는 더 오래 버틸 수 있을 거예요. 하지만 한계가 있겠죠."

뒷부분을 얘기할 때 예윈쳰의 가슴에 돌연 통증이 엄습했다. 그는 통증의 원인 따위는 제쳐두고 꿋꿋이 하던 얘기를 마친 뒤에야 일어서서 옆 테이블로 걸어가 크리스털 유리병의 뚜껑을 열고 호박색 브랜디를 두 잔 따랐다.

양쥐안쥐안이 고개를 들어 눈앞에 펼쳐진 금빛 점들로 반짝이는 바다를 바라보았다. 입꼬리가 자꾸만 올라가는 것을 멈출 수가 없었다. 예윈쳰은 그녀가 두려워하는 줄 알았지만 사실 그녀는 흥분되고 있었다…….

마침내 살인자를 찾았다.

그녀는 예윈쳰이 건네준 술잔을 받아 고개를 뒤로 젖혀 한입에 털어 넣고는 다시 눈을 들어 물었다.

"본체를 망가뜨리면 싱밍도 죽는 거죠. 그렇죠?"

"싱밍을 죽이려고요?"

예윈쳰이 술잔을 든 손을 잠시 멈추고는 이해할 수 없다는 눈빛으로 그녀를 바라보았다.

"할 수 없을까요?"

양쥐안쥐안이 되물었다.

예윈첸이 나지막이 중얼거렸다.

"그들 본체는 녹는점이 매우 높아요. 파괴하는 게 거의 불가능하죠. 하지만 그건 중요한 문제가 아니에요……. 쥐안쥐안, 싱밍이 죽으면 나 역시 끝장이란 생각, 해본 적 없어요?"

"어떻게 그럴 수 있죠?"

양쥐안쥐안이 깜짝 놀라 황급히 예윈첸에게 다가가 물었다.

"싱밍한테 통제된 적이 있는 사람은 설사 그녀가 나중에 놓아주고 싶어 한대도 반은 폐인이 되고 오래 살지 못해요."

예윈첸은 그녀를 향해 씁쓸하게 웃어 보이며 이렇게 말했다.

양쥐안쥐안이 손을 떨며 술잔을 내려놓고 떨리는 목소리로 물었다.

"그럼 당신이 내게 보낸 편지에서 나와 큰 계획을 논의하고 싶다고 쓴 것은…… 뭘 상의하려던 거였어요?"

예윈첸의 얼굴에 좀처럼 보이지 않던 부끄러워하는 표정이 떠올랐다. 그가 눈을 내리깔고 조용히 말했다.

"난 가명이 몇 개 있어요. 그 명의마다 모두 재산이 있어요. 이걸 당신한테 넘겨줄 방법을 찾아야……."

"난 돈 필요 없어요."

양쥐안쥐안이 그의 말을 잘랐다.

"알아요. 다른 일도 있……."

예윈첸이 가볍게 기침을 하고는 말을 이었다.

"만약, 만약에 내게 살날이 반년 더 남았다면, 당신, 당신은⋯⋯."

그가 갑자기 말을 멈추더니 손으로 창턱을 가리켰다. 양쥐안쥐안은 그의 손가락이 가리키는 방향을 바라보았다. 창문턱 구석에 손바닥만 한 크기의 다육식물 화분이 놓여 있었다. 물을 제대로 안 줬는지 바싹 마른 것이 곧 시들어 죽을 것 같았다. 그녀는 여태껏 예윈첸이 식물을 기르는 것을 본 적이 없었다. 무슨 뜻인지 이해하지 못하자 예윈첸이 약간 감상에 젖으며 말했다.

"당신 아파트의 발코니에도 이런 종류의 식물이 여러 개 있었죠. 전부 비슷해 보였어요. 언젠가 당신이 해준 얘기를 듣고서야 각각의 식물이 모두 다르다는 것을 알았어요. 아직도 그 이름들을 기억해요. 상당히 듣기 좋더군요. 무슨 레이스아가씨, 천개토끼귀, 녹색산호⋯⋯, 발코니에 있는 이 화분은 이름이 뭔지, 당신 알아요?"

"⋯⋯옥이슬요."

"역시 듣기 좋네요."

예윈첸이 창문턱을 바라보며 중얼거렸다.

"기억 나요. 지난 반년 동안 자주 당신 집에서 밤을 보냈었죠. 아침에 일어나기 전에 돌아누워 당신을 안고서 눈을 뜨면 그때마다 쏟아지는 햇살에 싱싱하고 푸르게 빛나던 이 식물들이 눈에 들어왔어요. 그때는 그걸 대수롭게 생각하지 않았었죠. 사고가 난 뒤, 홍콩으로 도피해서 새 여권을 구한 건 원래는 중앙아메리카로 잠시 몸을 피해 있자는 생각에서였어요. 그런데 비행기 타기 전에 창문턱에 놓인 이 식물을 보고는 문득 얼마 남지 않은 날들을 또다시 여기저기 숨어다니며 보낸다는 건 너무 무의미하다는 생각이 들더군요. 쥐안쥐안, 나와 끝까지…… 함께 해줄 수 있어요?"

그가 말을 멈추었다. 두 사람의 시선이 허공에서 마주쳤다. 한쪽은 뜨거움 속에 애원이 담겨 있었고, 다른 한쪽은 돌연한 깨달음에 이은 결연함을 담고 있었다.

한참이 지난 후 양쥐안쥐안이 입을 열었다.

"네."

지난 한 달여 동안 예원쳰은 줄곧 이곳저곳 숨어다니며 조마조마한 날들을 보냈다. 양쥐안쥐안의 대답에 그는 긴 안도의 한숨을 내쉬었다. 기쁘면서도 서글픈 마음이 들어 어느 틈에 눈가에서 눈물이 흘러내렸다. 그는 양쥐안쥐안에게 들키기 싫어서 아무렇게나 얼굴을 닦고는 일어나 술병 옆으로 가서 물었다.

"한 잔 더 따라줄까요?"

양쥐안쥐안은 예원쳰이 따라주는 술을 받아 한 모금 마시고는 말했다.

"우선 확실히 해둘 게 있어요. 저는 싱밍을 용서하지 않을 거예요. 사람을 죽였으면 목숨으로 갚는 게 당연한 이치예요."

그녀가 집요한 성격이라는 것은 예원쳰도 잘 알고 있었다. 그는 어쩔 수 없다는 듯 웃으며 말했다.

"그냥 피해요. 당신한테 싱밍과 맞설 능력이 생길 때까지 기다려요. 가장 좋은 방법은 그녀를 망치는 것이 아니라 그녀를 통제해서 우리가 필요한 곳에 사용하는 거예요."

양쥐안쥐안은 언짢은 듯 그를 힐끗 쳐다보고는 말했다.

"불가능한 일은 나도 생각 안 해요."

그녀가 무심코 보여준 뾰로통한 모습에 예원첸이 미소 띤 얼굴로 그녀를 바라보며 느긋한 말투로 얘기했다.

"불가능이라뇨? 전승 안에는 분명 답이 있어요. 다만 안타깝게도 지금은 내가 들어갈 수 있다고 해도 아무 소용이 없어요……. 됐어요, 그만하고 우리 불꽃이나 봐요."

이때 전방의 빅토리아 항구에서 갑자기 불꽃놀이가 시작되었다. 낮게 드리워진 밤의 장막 위에 불의 꽃이 만개해 오색찬란한 빛으로 눈부시게 반짝거렸다.

예원첸은 이미 취기가 조금 올라왔다. 그가 창을 향해 잔을 들어 보이며 외쳤다.

"자, 건배. 전에는 전승도 불로장생도 영원한 젊음을 누리는 고대 기물들도 모두 이전 세대가 우리에게 남겨준 선물이라고 생각했는데, 지금 보니까 모두 화근덩어리였어요. 내가 조사해봤는데, 그들을 도와준 복원사 중에 결말이 좋은 사람이 몇 명 안 되더라고요. 두고 봐요. 그들의 죽음은 아마 나보다도 비참할걸요."

양쥐안쥐안은 정말 그렇다는 듯 고개를 끄덕이고는 눈동자를 굴리며 떠보듯이 물었다.

"그러니까, 전승을 장악할 수만 있다면 이 고대 기물들을 통제할 방법이 있는 거예요?"

"그뿐만이 아니죠. 전승을 하나의 거대한 도서관이라고 상상할 수 있어요. 모든 의문에 대한 답을 거기서 얻을 수 있거든요."

예원첸은 소파에 반쯤 누워 밤하늘을 올려다보며 천천히 말했다.

"연구를 깊이 하면 할수록 전승을 창조해낸 사람들에 대해 탄복하게 돼요. 위대한 정신이고, 위대한 의지예요…….."

이렇게 말하며 그는 눈을 감았다. 양쥐안쥐안은 잠시 망설이다 가 돌아서서 가방을 집어 들었다. 가방 가장 깊숙한 곳에서 여러 조각으로 찢어진 것을 다시 잘 붙인 종이 한 장을 꺼내 티테이블 위에 올려놓고는 예원첸을 흔들며 물었다.

"알아보겠어요? 이건 뭐죠?"

예원첸이 별로 관심 없다는 듯 대충 훑어보았다. 다음 순간 그 가 갑자기 소파에서 벌떡 일어나 앉더니 몸을 앞으로 바짝 기울여 종이를 뚫어지게 들여다보았다. 종이에는 연필로 너저분하게 끄적 인 이중나선도 몇 개가 그려져 있었다. 두 줄의 나선형 곡선이 서 로 휘감겨 있었는데, 언뜻 보면 일반적인 DNA 구조와 상당히 유 사했다.

한참 후에 그가 고개를 번쩍 쳐들며 물었다.

"쥐안쥐안, 이걸 어디서 찾았어요?"

"저우인의 서재 휴지통에서요."

양쥐안쥐안이 부드러운 눈빛으로 나지막이 말했다.

"전문가를 찾아가 연구해 봤어요. 다들 DNA와 매우 비슷하다면 서도 이미 해독해낸 어떤 DNA 구조에도 속하지 않는다고 말하더 군요……. 이 말이 무슨 뜻인지 하늘은 알고 있겠죠."

"중요하지 않……."

예원첸이 눈길을 다시 종이로 옮겼다. 눈에서 열광의 빛이 번뜩 였다.

한참을 들여다보던 그가 이중나선을 연결하는 선들 중 하나를 가리키며 물었다.

"이것 좀 봐요. 칼처럼 생기지 않았어요?"

"그런 것 같기도 하네요……."

양쥐안쥐안은 사실 아무것도 알아보지 못했다. 하지만 예원첸은 그녀의 어깨를 두 손으로 꽉 잡고서 두서없이 횡설수설 얘기했다.

"쥐안쥐안, 이건 금제예요! 저우인은 당시 스스로를 구하려고 했어요. 그는 금제를 개발해서 거꾸로 그 고대 유물들을 통제하려고 한 거예요…… 이제 살았어요, 살았어!"

말을 마친 예원첸이 큰소리로 하하 웃으면서 미친 사람처럼 그녀를 계속 흔들어댔다. 양쥐안쥐안은 눈을 감고 그가 흔드는 대로 몸을 맡겼다. 그런데 머릿속으로는 서재에 쓰러져 있는 저우인을 발견했을 때의 장면이 자꾸만 떠올랐다.

살았다니?

그게 아닐 것 같아 두려웠다. 꼭 그렇지만도 않을 것 같아 두려웠다.

하지만 예원첸이 살날이 반년밖에 남지 않았다면, 앞으로의 반년을 그와 함께 산과 바다를 유람하기보다는 그가 그 고대 기물들에 대응할 방법을 연구하겠다고 결심할 수 있게 격려해야 할 것 같았다.

마음 한구석에서 또 다른 낯설고 가냘픈 목소리가 그녀에게 포기하라고 말했지만, 양쥐안쥐안은 들으려고 하지 않았다. 그녀는 여전히 눈을 감은 채 천천히 말했다.

"나는 그들 모두를 완전히 다 사라지게 할 거예요."

어깨를 잡고 있던 힘이 약해지더니 예윈첸이 주저하며 물었다.

"전부요?"

"네, 전부 다요."

그녀가 눈을 떠 그의 시선을 받으며 말했다.

"당신이 전에 말했었죠. 가장 좋은 계획은 바로 그들 고대 기물들이 사람으로 화형은 하되 의식을 갖지 못해 주인의 지배를 받도록 하는 거라고요."

그는 모든 일이 순조로웠을 때 정말 이런 말을 했었다. 예윈첸은 실행 가능성을 생각하며 천천히 고개를 끄덕이지 않을 수 없었다.

양쥐안쥐안이 그에게 다가가며 부드러운 목소리로 말을 이어갔다.

"그럼 그렇게 해요. 그들 모두를 원형인 물(物)로 돌려놓아요. 그저 물건이기만 하면 되죠."

# 10
# 같은 마음

루추가 아는 엄마는 잘 울기도 했고 좀처럼 울지 않기도 했다.

잘 운다는 것은 엄마가 드라마를 꼭 시간 맞춰 챙겨 볼 만큼 좋아하고, 보면서 걸핏하면 눈이 통통 붓도록 울어서다. 엄마는 드라마를 볼 때 한 순간도 놓치기 싫어서 우는 동안 텔레비전에서 눈을 떼지 않은 채 딸과 남편에게 손수건 좀 갖다달라고 소리치곤 했다. 하지만 그 외에 엄마가 운 횟수는 손에 꼽을 정도였고, 더구나 매번 엄마와 아빠 때문이었다. 다른 일 때문에 운 적은 한 번도 없었다.

그런데 이번에는 오랜 지병이 재발한 외할머니가 새벽에 중환자실에 들어가시는 바람에 엄마가 울었다. 루추는 당황했다.

"얼른 비행기표 끊어서 엄마한테 갈게요!"

루추는 핸드폰에 대고 큰소리로 말했다.

"그럴 필요 없어."

엄마가 코를 풀더니 기운이 쭉 빠진 목소리로 말했다.

"네 아빠가 같이 있으니까 됐어. 네가 너무 일찍 와버리면 내가 너까지 돌봐야 하잖아. 의미 없어."

"내 일은 내가 알아서 할 수 있어요."

루추가 계속 소리를 지르다가 잠시 멈추더니 왜 그랬는지 영문 모를 말을 덧붙였다.

"샤오렌도 있고요."

루추는 말을 하자마자 금방 후회했다. 핸드폰 너머에서 엄마가 잠시 묵묵히 있더니 갑자기 "그럴 줄 알았다."는 투로 물었다.

"너희들 재결합했구나?"

"네…… 맞아요."

"그럼 올해는 샤오렌과 함께 집에 와서 설을 쇠는 거야?"

"모르겠어요. 아직 안 물어봤거든요."

루추는 잠시 멈췄다가 쭈뼛쭈뼛 물었다.

"환영해주실 거예요?"

"환영하지, 그럼. 그런데 집이 너무 지저분해서 말이야. 대접을 제대로 못 해도 너무 서운해하지 말라고 해줘."

엄마는 아무 거리낌 없이 이렇게 말했다. 그녀와 샤오렌이 헤어졌다가 다시 만난 일이 지극히 사소한 일이라는 듯했다.

그도 그럴 것이 외할머니 병이 심각한 데 비하면 그녀와 샤오렌 사이의 일은 엄마한테 정말 중요하지 않을 것이다.

이 기회에 엄마한테 샤오렌의 청혼을 수락했다고 말해야 할까?

루추는 목에 걸린 목걸이를 만지작거리며 다소 긴장한 목소리로 대답했다.

"샤오렌은 전혀 신경 안 쓸 거예요."

"나도 그럴 거라고 생각해…… 아, 네 아빠가 부르는구나. 전화 먼저 끊을게. 바이."

엄마는 루추가 "바이!"라고 인사할 시간조차 남겨주지 않고 전화를 먼저 끊었다. 루추는 멍하니 핸드폰을 쥔 채 거실로 돌아왔다. 샤오렌은 그 자리에 그대로 앉아 문 안으로 들어서는 그녀를 편안한 표정으로 바라보았고, 주주는 나무상자에서 더 많은 서류를 꺼내 하나하나 티테이블 위에 펼쳐 놓고 자세히 뜯어보고 있었다.

그녀가 샤오렌 앞으로 걸어가 핸드폰을 흔들며 물었다.

"다 들었어요?"

"당신 집에 갈 거예요."

그의 반짝이는 눈빛에 웃음기가 가득했다.

"전혀 신경 안 써요."

루추는 그렇게 낙관할 수만은 없어서 조용히 말했다.

"우리 약혼 얘기를 엄마 아빠한테 어떻게 얘기해야 좋을지 모르겠어요."

"내가 할게요."

샤오렌이 그녀의 말을 끊고는 루추의 손을 꼭 잡으며 말했다.

"당신 부모님께 가서 '따님을 제게 주십시오'라고 말할 거예요."

아주 전통적인 말이었지만 그만큼 책임감이 담긴 말이었다. 루추는 은근히 감동했다. 뒤이어 주주가 말하는 소리가 들렸다.

"저도 다 들었습니다."

루추와 샤오렌이 동시에 주주에게로 시선을 돌렸다. 주주는 스트레스라고는 전혀 느끼지 않는 듯 감탄이 묻어나는 말투로 계속 얘기했다.

"시대가 과연 많이 달라졌네요. 제가 긴 잠에 들기 전에는 약혼부터 하고 가족들에게 나중에 통보하는 것을 사랑의 도피라고 했거든요."

"그래서요?"

루추가 쌀쌀맞게 물었다.

"좋아서요. 이 세상이 제가 좋아하는 방향으로 나아가고 있어서 제 기분이 아주 상쾌합니다."

주주는 기쁜 듯 루추를 향해 손에 쥔 통장을 들어 보이며 숫자 하나를 읽고는 말을 이었다.

"그러니 한가하실 때 제게 현대의 상식에 대해 조금 더 얘기해 줄 수 있을까요? 가령, 이 정도 돈이면 지금은 무엇을 살 수 있을까요?"

루추는 샤오렌을 가리키며 주주에게 되물었다.

"왜 이 사람에게 묻지 않으시죠?"

"과거의 경험으로 판단하건대, 당신의 약혼자는 돈에 대한 개념이 전혀 없습니다."

주주가 침착하게 대답했다.

샤오렌은 아무 말도 하지 않았다. 묵인하는 게 분명했다. 게다가 주주의 표정도 결코 빈정거릴 뜻은 없어 보였다. 루추는 내키지 않는 듯 대답했다.

"그 정도면 제 20년 치 월급은 되겠네요."

주주가 놀라서 통장을 내려놓더니 혼잣말로 중얼거렸다.

"즈즈가…… 돈을 불리는 법을 배운 건가?"

그 말은 펑랑도 예전에는 샤오렌처럼 돈에 대한 개념이 전혀 없었다는 뜻일까? 루추는 궁금한 듯 주주를 바라보았다. 하지만 주주는 가볍게 고개를 서을 뿐이었다. 그는 통장을 내려놓고 또 다른 종이 뭉치를 집어 들더니 루추에게 말했다.

"즈즈가 몇 년 전에 내 이름으로 부동산을 몇 채 장만했더군요. 샤오렌에게 들으니 당신 집에서 멀지 않다고 하던데요?"

"어디 있어요?"

"진과스(金瓜石)요."

루추가 자기 집은 남쪽에 있고 진과스는 북쪽에 있어서 그다지 가까운 편이 아니라고 몇 번이나 설명해주었지만, 이 집 때문에 주주는 그녀와 같은 비행기를 타고 쓰팡시를 떠나기로 했다.

루추가 보기에 주주는 별일도 아닌 것으로 시대가 달라졌다고 감탄하고 있지만, 사실 현대사회에 녹아드는 데 아무런 지장이 없는 것 같았다. 그는 무엇이든 빨리 배우는 데다 관심 분야도 매우 광범위했다. 각종 지식에 대해 거부하지 않고 받아들였고, 하나를 알면 열을 꿰었다.

주주가 긴 잠에서 깨어났다는 소식에 두창평과 한광, 청잉이 각각 본가로 돌아와 따로따로 주주를 만났다. 중요하게 상의할 일이 있는 게 분명했다. 루추가 차오바를 돌봐달라고 정중하게 청잉에게 맡겼을 때, 청잉은 두말없이 허락해놓고 고양이를 받아들자마자 돌아서서 린시 등에 놓았다. 린시가 혀를 내밀어 차오바를 핥은 뒤 루추에게 고개를 끄덕였다. 무슨 일이 일어난 건지 완전히 이해할 수 있다는 듯 표정이 몹시 엄숙했다.

루추는 잠시 말이 없었다. 이 세상이 그녀가 전혀 예측할 수 없는 방향으로 미친 듯이 달려가고 있다는 생각이 들었다……. 한 가지 더, 그녀는 부탁을 엉뚱한 사람에게 한 것일까? 아무리 봐도 린시가 청잉보다 믿음직했다.

쓰팡시를 떠나기 전날, 루추는 먼저 회사에 나가 동료들과 작별인사를 한 뒤 저녁 무렵 귀예이로 가서 벤중이 열어주는 송별회에 참석했다.

레스토랑에 들어선 루추는 자리가 꽉 차서 친관챠오의 환송회 때보다 더 규모가 큰 것을 알게 되었다. 두창평, 한광, 청잉, 징쯔, 주주……, 모두가 왔다. 물론 샤오렌도 있었다. 주방장인 추저우가 쉴 새 없이 드나들며 음식을 챙겼고, 디저트를 먹을 때쯤에야 조리복을 벗고 나왔다. 그는 술잔 대신 찻잔을 들어 그녀에게 경의를 표하며 작은 선물을 건넸다.

추저우의 이 행동으로 만찬은 절정에 달했고, 모두가 각자 준비한 작은 선물을 루추에게 건넸다. 그들끼리 사전에 서로 입을 맞춘

게 틀림없었다. 선물은 전부 휴대하기 편리한 여성용 액세서리들이었는데 겹치는 것이 하나도 없었다. 한광이 선물한 것은 청대의 허톈(和田)산 황옥 반지였고, 청잉은 황금에 백옥을 박아 넣은 팔찌를 선물했다. 루추는 하나하나 포장을 뜯으며 감탄과 함께 연신 고맙다는 말을 했다. 그때 가장 가까이 앉아 있던 주주가 일어나서 식당을 나가더니 천천히 걸어 정원으로 들어갔다.

그는 잠시 하늘의 별을 올려다보더니 고개도 돌리지 않고 물었다.

"무슨 일이죠?"

"당신이 우리를 따라온 건 루추에게 평랑을 복원해달라고 하고 싶어서죠?"

그늘 속에 서 있던 샤오롄이 걸어 나오면서 불쾌한 표정으로 물었다.

"즈즈야 몇백 년 더 누워 있게 두면 상처가 자연히 나을 텐데, 제가 왜 쓸데없는 짓을 하겠습니까?"

주주가 되물었다.

"당신의 동기가 뭐든 관심 없습니다. 평랑 때문이 아니라면, 당신은 군이 서둘러서 우리와 함께 쓰팡시를 떠나지 않았을 것입니다."

샤오롄이 잠시 멈췄다가 말을 이었다.

"당신은 아직 분명하게 설명하지 않았습니다. 왜죠? 전승에 들어가 결계의 방법을 찾으려는 저를 돕겠다고 마음을 바꾼 이유가 뭡니까?"

주주가 참지 못하고 웃음을 터뜨렸다. 이 모습이야말로 그가 기억하는 최초의 샤오롄이었다. 대상의 내력과 연원을 금방 다 꿰뚫어 볼 수 있는 것은 아니지만, 마음 먹으면 집요하게 매달려 절대 놓아주지 않는 그였다.

그는 잠시 망설이다가 천천히 물었다.

"제가 막 깨어났을 때 가장 강렬하게 느꼈던 감정이 무엇이었는지 맞혀보시겠습니까?"

샤오롄이 고개를 가로저으며 말했다.

"추측하지 않고 그냥 듣겠습니다."

"천지의 변화. 지난 며칠 동안 제가 얼마나 멀리까지 꿰뚫어 볼 수 있는지 끊임없이 시험해 보았습니다. 그리고 한 가지 결론을 얻었습니다. 이번에 내 초능력 진화의 폭이 이전에 비해 훨씬 컸다는 것……. 상당히 귀에 익은 얘기 아닙니까?"

주주가 물었다.

그는 지금, 수당(隋唐) 초기에 자신의 초능력이 강해진 것을 알게 된 그들이 너도나도 잇따라 긴 잠에 들어갔고, 그 이후로 인간으로 화형할 수 있는 경험을 한 새로운 고대 기물은 없었으며 이제 다시 시작될 것 같다는 말을 하는 것이었다.

샤오롄이 잠시 침묵을 지키다가 대답했다.

"당시 저는 뒤따를 진화를 미처 보지 못한 채 금제를 당했습니다."

"큰 흐름으로 보면 그 당시 금제를 행할 수 있었던 것은 아마도 최 씨였을 테고, 이 또한 결코 우연의 일치가 아닐 텐데……. 옛일은 논하지 맙시다. 끝없이 순환하는 세월이고, 산다는 것과 긴 잠에 드는 것이 저에게는 전혀 차이가 없습니다."

주주가 담담하게 말했다.

샤오렌이 알고 있는 주주는 진심으로 생사에 개의치 않는다. 그런데 왜 지금 이 얘기를 꺼내는 걸까?

샤오렌이 잠시 생각하더니 바로 물었다.

"당신은 이 순환의 비밀이 바로 전승 속에 숨어 있다고 생각하시는군요……. 이 순환을 깨뜨리고 싶은 겁니까?"

"깨뜨릴 수 있을지 없을지 저는 감히 말할 수 없습니다. 다만 저는 진실을 알아야겠습니다. 우리가 어디에서 왔는지, 어디로 가는지, 본성이 대체 무엇인지 말입니다."

주주가 열 손가락을 깍지 끼고는 침착하게 말했다.

"즈즈의 초능력은 진실을 좇는 데 쓰입니다. 당신보다 만 배는 강하지요. 나는 그가 필요합니다."

샤오렌은 펑랑과 비교되는 것에는 관심이 없었다. 그가 솔직하게 물었다.

"당신도 그를 놓아줄 수 없기 때문이 아닙니까?"

"그건 내 일입니다. 당신과는 상관없습니다."

주주가 말을 마쳤을 때 방 안에서 갑자기 작은 비명이 터져 나왔고, 뒤이어 낮게 흐느끼는 소리가 들려왔다. 샤오렌이 안색이 변하더니 뒤돌아서 성큼성큼 집 안으로 돌아갔다. 주주가 몇 초 동안 귀를 기울이더니 피식 웃으며 고개를 젓고는 그 자리에 서서 별을 올려다보았다.

잠시 후 그가 갑자기 눈살을 찌푸리더니 귀예이 쪽으로 돌아서서 초능력으로 건물 전체를 한 바퀴 투시해보았다.

매우 자세히 살펴보았다. 살피는 동시에 깊이 생각했다. 마침내 주주의 시선이 홀의 대형 석부조 벽화에서 멈추었다. 그것을 오랫동안 관찰한 후 그가 중얼거렸다.

"장쉰?"

∞

샤오렌이 식당에 발을 들여놓았을 때 모든 소리는 이미 잦아들어 있었다. 루추가 눈이 벌게져서는 손에 목걸이 하나를 꽉 쥐고서원래 자리에 그대로 앉아 있었다. 징쯔가 루추 앞에 쭈그리고 앉아루추의 무릎을 토닥이고 있었다. 그녀를 위로하고 있는 것 같았다.

샤오렌이 안으로 들어서자 징쯔가 일어서더니 자신은 무고하다는 표정으로 루추를 가리키며 샤오렌에게 설명했다.

"선물을 받고 너무 감동해서 감정을 억제할 수 없었나 봐요."

그런 건가? 샤오렌은 의문이 가시지 않은 눈빛으로 루추를 바라보았다. 루추가 징쯔의 말에 호응이라도 하듯 목걸이를 들어 올리며 울먹이는 목소리로 그에게 말했다.

"보세요."

그녀의 손에 들린 목걸이는 분명 고대 장식물이었다. 섬세한 은세공은 이미 거뭇거뭇해져 있고, 아래쪽에 팬던트가 매달려 있었는데 보아하니 중세시대 유럽에서 유행했던 골동품 자물쇠 함 같았다. 뚜껑 표면에 새겨진 복잡하게 얽힌 넝쿨가지 문양은 어느 작은 귀족 가문의 휘장이 분명했다.

루추가 오늘 받은 선물이 적지 않았다. 이 선물들은 전부 탁자 위에 쌓여 있었고, 대부분 이 목걸이보다 귀한 것들이었다. 샤오롄은 그녀가 이보다 더 평범할 수 없을 정도로 평범한 이 목걸이에 대해 왜 이토록 강하게 반응하는지 이해할 수 없어 조심스럽게 말했다.

"꽤 괜찮은데요."

"징쯔가 선물한 거예요. 안에 사진을 넣을 수 있어요."

루추는 자물쇠 팬던트 옆으로 툭 튀어나온 단추를 눌러 뚜껑을 열어 앞으로 쑥 내밀며 쉰 목소리로 샤오롄에게 말했다.

"보세요……."

징쯔가 다정하게도 팬던트 안에 그녀와 샤오롄이 회사 창문 앞에 나란히 서서 찍은 사진을 넣어 둔 것이었다. 좀 전에 루추가 이 사진을 언제 찍은 것인지 물으려고 목걸이를 꺼냈을 때 추저우의 얘기를 듣게 되었는데, 아주 오래전에는 사진을 찍는 것이 대단한 일이어서 당시 사람들한테 일 년에 한 번 온 가족이 모여 사진을 찍는 풍습이 있었다는 말이었다. 그 말에 징쯔가 농담조로 루추에게 따라 해보라고, 매년 사진을 찍어 자물쇠 함에 바꿔 끼워보라고 했다는 것이다.

매년?

루추는 자기도 모르게 자신과 샤오롄이 어깨를 맞대고 함께 서 있는 모습이 머릿속에 떠올랐던 것이다. 20년 후…….

사람을 미치게 만드는 장면이다.

목걸이를 건네받은 샤오롄은 여전히 혼란스러워하는 표정이었다. 그녀의 근심과 두려움을 이해하지 못하는 게 분명했다. 루추가 입을 열었다. 그런데 정작 물어보려던 말 대신 다른 말을 했다.

"좋아요?"

그가 미소를 지으며 한 걸음 앞으로 나와 그녀의 목에 목걸이를 걸어주고는 잠시 살펴본 후 기분 좋게 말했다.

"예뻐요."

"정말요?"

"당연하죠. 당신은 어떻게 해도 예뻐요."

그가 이렇게 말했다. 그녀를 응시하는 눈빛은 진심이었다.

이 순간 시간이 얼어붙어 영원이 되기를 얼마나 바랐는지 모른다.

비행기를 타고 쓰팡시를 떠나기로 되어 있던 날 이른 아침, 루추는 샤오롄과 단둘이 보낼 소중한 시간을 특별히 남겨두었다. 그는 그녀를 데리고 호수 한가운데 있는 작은 섬으로 날아갔다. 루추는 알 수 없는 이유로 샤오롄에게 설득되어 혼자서 검 본체 위에 선 채 그녀를 태운 검이 서서히 오르도록 자신의 몸을 맡겼다.

"별로 안정적이지 않은 것 같아요."

균형을 잡으려고 그녀는 두 팔을 벌렸지만 몸은 여전히 이리저리 흔들렸다.

"……추추, 당신은 지금 땅에서 10센티미터밖에 안 떠 있어요. 떨어져도 아무렇지도 않을 거예요."

키 차이가 워낙 컸기 때문에 샤오렌이 땅바닥에 서 있는데도 여전히 그녀를 내려다보았다.

하지만 그 말은 전혀 위로가 되지 않았다. 루추가 더욱 긴장하며 물었다.

"떨어질 것 같아요?"

"아뇨, 검을 걸고 맹세해요. 당신을 절대로 떨어뜨리지 않을 거예요."

샤오렌이 얼른 이렇게 장담한 후 잠시 멈췄다가 다시 물었다.

"이젠 손 내릴 수 있겠죠?"

"네, 해볼게요……."

루추가 조금씩 조금씩 두 손을 내리자 갑자기 발밑의 장검이 움직이더니 그녀를 태우고 재빨리 한 바퀴 돌고 제자리로 돌아왔다. 너무 갑작스러워서 루추는 머릿속이 텅 비어버렸다. 검이 멎었는데도 움직일 엄두를 못 내고 처음 자세 그대로 제자리에 서 있었다. 샤오렌이 그녀를 안아 내려주고는 웃으며 물었다.

"어땠어요?"

그녀가 비명을 지르며 샤오렌을 잔디밭에 쓰러뜨리고는 주먹으로 마구 때렸다.

"당신 일부러 그랬죠, 일부러!"

샤오렌이 하하 웃으면서 그녀가 마음껏 때릴 수 있도록 똑바로 누웠다. 때리다가 금방 지쳐버린 루추는 그의 몸 위에 걸터앉아 숨을 헐떡이며 조각상처럼 선이 또렷한 그의 얼굴 윤곽을 빤히 쳐다보았다. 결국 한 가지 사실, 샤오렌이 변했다는 것을 인정하지 않을 수 없었다.

아마도 금제의 속박에서 벗어나 그의 예봉이 고치를 뚫고 나온 것이리라. 예리하면서도 영롱하게 빛나는 질감을 드러내는, 녹지 않는 만년 빙하가 뜨거운 태양 아래 빛나듯 뼛속까지 시리고 투명한 아름다움이었다.

이런 모습의 샤오렌이 루추에게는 낯설다고 할 만했다. 그 때문에 그의 감정표현이 솔직해지고 몸짓도 점점 열성적이 되었지만, 공항으로 향하는 길에서 루추는 '결혼'이라는 두 글자만 떠올려도 마음이 불편하고 자기도 모르게 두려움이 불쑥 솟구쳤다.

그녀는 그와 평생 함께하기를 갈망했고, 그와 평생 함께하는 것이 두려웠다…….

아니, 그들은, 평생을 함께할 수는 없다.

마지막에 이 깨달음이 불안감을 없애주면서도 동시에 모든 달콤함을 지워버렸다. 루추는 이제 자신이 해야 할 일은 샤오렌과 어떻게 잘 지내고, 또 어떻게 잘 헤어질지 고민하는 것임을 분명하게 깨달았다.

공항까지 가는 길은 매우 순탄했다. 그런데 루추가 검색대를 통과할 때 갑자기 경보음이 윙윙 울렸다. 그녀는 어쩔 줄 몰라 쩔쩔매며 그 자리에 서서 초조하게 보안요원을 바라보았다. 보안검사 요원이 감지기로 그녀의 온몸을 훑더니 물었다.

"주머니에 든 게 뭐죠?"

"열쇠요!"

루추는 열쇠들과 축소된 호익도가 함께 매달린 꾸러미를 꺼내 테이블 위에 놓았다. 보안 요원은 작은 칼을 들어 여러 번 살펴보더니 루추가 해명을 하려고 입을 떼기도 전에 도로 제자리에 내려놓고는 그녀를 향해 손을 흔들었다. 루추가 다시 한번 검색대를 통과했고, 이번에는 경보음이 울리지 않았다. 그녀는 그제야 가슴을 쓸어내리고 고개를 돌렸다. 뒤에 서 있던 샤오롄이 먼저 호익도를 쓱 훑어보고는 눈을 들어 그녀를 바라보았다. 눈빛에 많은 정보가 담겨 있었다. 그중 가장 분명한 것은 기분이 나쁘다는 것⋯⋯.

"나한테 잠시 맡겨둔 거예요. 장쉰이 필요하면 마음을 움직여서 바로 가져갈 수 있어요."

검색대를 나오자마자 루추는 지체 없이 샤오롄에게 해명했다.

"그는 정말 당신을 믿나 보군요. 복원사가 우리 본체에 손을 대는 건 더없이 쉬운 일인데 말이죠. 그는 당신이 금제를 씌워버릴지도 모른다는 걱정을 전혀 하지 않나 봐요."

샤오롄이 담담하게 대답했다.

그의 얼굴에 화난 흔적은 전혀 없었다. 하지만 루추는 듣자마자 그가 기분이 나쁘다는 걸 금세 알 수 있었다. 질투하는 건가?

샤오롄이 질투한다는 사실은 루추에게 신선한 경험이었다. 그녀는 샤오롄의 손을 잡고 계속 해명을 시도했다.

"그가 칼에 착금된 부분을 복원해달라고 부탁했어요. 그래서 우선 칼을 내게 맡긴 거고요."

"장쉰의 부탁을 수락한 거예요?"

샤오렌이 걸음을 멈추고는 믿을 수 없다는 표정으로 루추에게 물었다.

"그와 함께하게 되더라도 절대로 그의 기억을 되찾아주지 말라고 내가 편지로 특별히 부탁하지 않았던가요?"

"난 절대로 장쉰과 함께하지 않을 거예요!"

루추는 무턱대고 반박부터 했다. 말하던 도중에 뭔가 잘못되었다는 생각이 들어 황급히 물었다.

"당신이 언제 나한테 편지를 썼다는 거죠? 난 전혀 기억이 없어요."

"청잉 형에게 전해달라고 부탁했어요. 금고 열쇠까지 함께요."

샤오렌의 말투가 무거워졌다. 기분이 더 나빠진 게 틀림없었다.

머릿속에 아무 기억이 없었다. 루추는 기억해내려고 열심히 생각한 끝에 한 가지 가능성을 생각해냈다.

"오, 그 편지……."

루추가 입술을 깨물며 말했다.

"절반쯤 보다가 너무 힘들어서 덮어버렸어요."

"다 못 봤다는 거예요?"

샤오렌은 믿을 수 없다는 표정이었다.

"내가 당신에게 준 마지막 편지를 당신은 다 읽지도 않았다고요?"

"어떻게 마지막 편지일 수 있어요? 당신은 깨어날 수 있었잖아요!"

루추는 좀 전에 들었던 미안한 마음이 샤오렌의 말을 듣는 순간 연기처럼 사라져버렸다. 그녀가 큰소리로 항의했다.

"난 편지는 안 볼 거예요. 당신 입으로 직접 말하는 것만 들을 거라고요. 당신이 내게 직접 알려줄 수 없는 그 어떤 일도 전부 신경 쓰지 않을 거라고요!"

샤오렌의 눈빛이 순간 부드러워졌다. 그가 손을 내밀어 그녀의 뺨을 만지며 무슨 말을 하려는데 옆에서 갑자기 웃음소리가 들렸다.

루추와 샤오렌이 동시에 고개를 돌렸다. 근처에 야구모자를 쓴 주주가 커피 한 잔을 들고 건들거리며 앉아 있었다. 시선이 마주치자 그는 지극히 신사 같은 자세로 그들에게 잔을 들어 보이며 온화하게 말했다.

"실례했습니다. 당신들의 만남을 지켜보는 일이 저로서는 몹시 유쾌하군요."

그가 단어를 고르고 문장을 구사하는 방식은 좀 어색했지만 말투만큼은 비웃는 것 같지 않았다. 루추가 궁금해하며 물었다.

"왜요?"

주주가 순간 어리둥절해하며 나직하게 되풀이했다.

"왜냐고요?"

"우리처럼 서슴없이 애정표현 하는 것을 현대인들은 '염장 지르기'라고 해요. 싱글인 사람을 대놓고 괴롭히는 무서운 행동이죠. 모르세요?"

루추가 웃음을 참으며 아주 성심성의껏 주주에게 설명했다.

그녀는 주주가 어떻게 대답하는지 흥미진진한 표정으로 기다렸다. 하지만 주주는 잠시 생각하더니 그녀에게 미소를 지으며 말했다.

"괴롭힘 당했다고 생각하지 않습니다. 당신들이 함께하는 방식이 평등하고 자유로워서 아주 좋습니다."

"네?"

루추는 순간 멍해졌다.

이때 스피커에서 승객들은 탑승 준비를 위해 줄을 서달라는 안내방송이 나왔다. 샤오롄이 고개를 절레절레 흔들더니 할 말을 잃고 제자리에 멍하니 서 있는 루추를 붙잡고 게이트로 향했다. 주주는 여전히 그 자리에 앉은 채로 허공의 한 점을 응시했다. 정신이 나간 것 같기도 하고 추억을 더듬는 것 같기도 했다.

비행기는 이륙하는 과정에서 약간 흔들리긴 했지만, 일정 고도까지 올라간 후로는 대체로 안정적이었다. 안전벨트 경고등이 꺼지면서 문득 한 가지 생각이 루추의 머릿속을 스쳤다. 그녀가 샤오롄의 옷소매를 잡아끌며 조용히 말했다.

"장쉰의 일 말인데요, 어떻게 해야 할지 알겠어요."

샤오롄이 눈썹을 치켜뜨며 물었다.

"그의 복원을 돕지 않는 쪽으로 생각해보려고요?"

"도와주는 건 도와줄 수 있어요. 하지만 장쉰이 기억을 잃은 지 오랜 세월이 흘렀으니까 당장 급하게 되찾아야 할 정도는 아닐 거예요."

심장 박동이 갑자기 조금 빨라져서 루추는 나지막하게 말했다.

"그와 상의해볼게요. 내가 40대 중반이나 50대 중반쯤 됐을 때 복원을 해줘도 되겠는지 말이에요."

샤오렌의 표정이 '동의할 수 없다'에서 '이해할 수 없다'로 바뀌었다. 그는 팔로 그녀를 감싸 안으며 물었다.

"지금 복원하는 것과 나중에 복원하는 게 무슨 차이가 있죠?"

당연히 차이가 있다. 그는 왜 이해하지 못하는 걸까?

루추는 당황스러워서 고개를 들고 샤오렌에게 말했다.

"문제가 하나 있어요. 이제까지 제대로 논의해본 적이 없는 문제예요."

그녀의 얼굴이 매우 창백했다. 순간 뭔가를 감지한 샤오렌이 무거운 목소리로 물었다.

"무슨 일인데요?"

"나이요."

루추가 억지로 웃으면서 말했다.

"앞으로 3년 후면 나는 당신과 같은 스물일곱 살이 돼요."

이거였구나. 샤오렌이 이렇게 아무 구실도 없는 상황에서 대뜸 루추에게 결계 얘기를 꺼내야 할지 말지 고민하고 있을 때, 루추가 내키지 않는 듯 착 가라앉은 목소리로 얘기를 꺼냈다.

"장쉰이 기억을 회복하고 나면 분명 지금과는 전혀 다를 거예요. 난요, 내가 중년쯤 되면 갑자기 낯설어진 친구를 마주할 힘이 좀 생길 것도 같아요. 게다가…… 그때가 되면 상황이 어떻게 변해 있더라도 당신과는 무관하고요."

"왜 나와는 무관하죠?"

샤오렌이 손에 더 힘을 주며 그녀의 귓가에 대고 물었다.

루추가 고개를 숙여 자신의 어깨에 얹힌 손을 바라보았다. 샤오렌의 손은 그 주인과 마찬가지로 예뻤다. 가늘고 긴 손가락에 관절이 또렷하고……, 온도가 없었다.

심장 박동이 마침내 제멋대로가 돼버렸다. 즐겁기 때문이었고, 슬프기 때문이었다.

그녀가 그 아름다운 손을 한참 동안 뚫어져라 쳐다보다가 나지막이 말했다.

"무관하죠. 왜냐하면, 분명, 우리 결혼을, 20년 넘게 유지할, 방법이 없으니까요."

그 손이 갑자기 그녀의 어깨를 꽉 쥐더니 샤오렌이 쉰 목소리로 물었다.

"왜요?"

왜 묻는 거죠? 당신은 답을 모르겠어요?

그녀가 두 눈을 감고 잠꼬대를 하듯 말했다.

"그게 그러니까, 나는 늙는데, 당신은…… 안 늙잖아요."

그 짧은 말을 하는 데 루추는 가진 힘을 모두 써버렸다. 말을 마친 후 그녀는 뒤로 벌렁 드러눕더니 중얼중얼 덧붙였다.

"다 얘기했어요. 이 얘기는 다시 하지 말아요, 우리. 그냥 앞으로 20년 동안 열심히 살아요. 아마 당신은 모르겠지만 20년은 나한테는 아주 아주 긴 시간이에요."

"당신은 20년이면 충분해요?"

고통스러운 듯 낮게 가라앉은 샤오렌의 목소리가 귓가에 울려 퍼졌다. 그의 숨결이 느껴지지는 않았지만 그가 아주 가까이 있다는 것을 루추는 알고 있었다.

그녀는 고개를 젓고 싶었고, 울고 싶었고, 그렇지 않다고 크게 소리를 지르고 싶었다. 하지만 결국 그녀는 아랫입술을 깨물며 무감각하게 대답할 뿐이었다.

"난 20년이면 돼요."

옆에 있던 그는 한동안 아무 말도 하지 않았다. 루추가 막 눈을 뜨려고 했을 때 차가운 입술이 그녀의 입술 위에 포개지는 것을 느꼈다.

그냥 포개져 있었을 뿐 아무런 다른 움직임이 없었다. 하지만 루추는 자신이 온몸을 떨고 있다는 것을 느낄 수 있었다. 찰나의 순간 무수한 생각들이 마음속에 스쳐 갔다. 그중 하나가 지금 죽어도 괜찮겠다는 생각이었다.

왜 안 그렇겠는가? 앞으로 20년 동안 매분, 매초를 헤어짐의 그늘에서 사는 것보다 가장 행복한 순간 그를 떠나는 게 좋을 것이다.

그런 생각이 그저 번뜩 스쳐 지나갔을 뿐인데 루추는 까무러칠 듯 놀라버렸다. 그녀가 별안간 샤오렌을 세게 밀쳐내고는 허리를 굽히고 크게 심호흡했다. 그가 재빨리 달려들어 그녀의 두 손을 잡았다. 잔뜩 긴장한 얼굴이었다.

"별일 아니에요."

루추가 그의 손을 마주 잡으며 말했다.

"난 괜찮아요. 정말이에요."

"나는 안 괜찮아요."

그가 그녀의 눈을 똑바로 쳐다보며 말했다.

"난 당신이 나와 20년만 함께하고 싶어 한다는 걸 여태껏 몰랐어요."

"그럼 이제 알았겠네요."

루추는 이번에는 피하지 않고 아래턱을 들고 마주 보았다.

시선이 서로 마주치자 샤오롄이 세차게 고개를 가로저으며 말했다.

"난 받아들일 수 없어요."

"그럼 일단 받아들이지 말고 생각하지도 말아요."

루추가 잠시 멈췄다가 애써 미소를 지어 보이며 말했다.

"나도 그렇거든요. 알겠죠?"

그녀는 이 말을 할 때 억지로 짜낸 그 미소가 더더욱 소리 없는 애원처럼 보였다는 것을 전혀 몰랐다. 샤오롄은 그녀의 손을 꼭 잡으며 속으로 어떤 대가를 치르더라도 반드시 결계를 해야겠다는 결심을 했다. 그러고는 구름처럼 가볍고 바람처럼 투명한 한마디, 거짓말을 내놓았다.

"좋아요."

이 말에 루추는 마음이 적잖이 편해져서 샤오롄의 팔을 끌어안은 채 의자 등받이에 기대고 누웠다. 그러고는 지금은 우선 자신이 통제할 수 있는 비교적 가까운 미래에 대해, 가령 결혼식은 어디서 할지, 해외 연수는 어느 도시로 가야 할지, GRE와 토플 중 어느 시험을 먼저 봐야 할지 등을 생각 중이라고 말해주었다.

한참 이런저런 생각을 하다가 그녀가 갑자기 벌떡 일어나 앉더니 고개를 내밀고는 샤오롄 옆 통로 너머 옆줄 중간 좌석에 앉아 있던 여행객에게 물었다.

"괜찮으세요?"

배가 상당히 부른 임산부였다. 루추는 자기들이 탑승할 때 그녀가 이미 앉아 있었고, 배를 쓰다듬으며 고개를 숙여 아기에게 온화한 표정으로 낮게 속삭이던 것을 기억하고 있었다.

그런데 지금 이 예비 엄마가 호흡이 거칠어지고 얼굴이 땀투성이였다. 기내 에어컨이 그토록 세게 가동되고 있는데도 그러는 것을 보면 뭔가 정상이 아닌 게 분명했다. 루추는 몇 번 더 살펴보고는 조심스럽게 예비 엄마에게 다시 물었다.

"승무원을 불러 드릴까요?"

상대방이 최소한의 폭으로 고개를 끄덕이며 신음하듯 말했다.

"어지러워요. 누워야 할 것 같아요."

샤오롄이 주저 없이 벨을 눌렀고, 스튜어디스가 재빨리 베개와 담요를 찾아와 예비 엄마가 눕는 것을 도왔다. 하지만 일반석 자리는 너무 좁아서 의자 등받이를 최대한 눕혀도 편하게 잘 수 있는 자세가 나오지 않았다. 이리저리 몸을 뒤치며 애써 보았지만, 예비 엄마의 얼굴은 오히려 더 창백해지고 땀도 더 많이 났다.

또 다른 스튜어디스가 휠체어를 밀고 들어와 도와주고 있던 스튜어디스와 나지막이 몇 마디 상의한 뒤 예비 엄마에게 설명했다. 조금 전에 알아본 바 일등석 승객 한 명이 자리를 양보해주겠다고

했다는 것이었다. 일등석 좌석은 똑바로 누울 수 있으니 예비 엄마가 동의한다면 서로 자리를 바꿔주겠다고 했다.

예비 엄마는 힘없는 목소리로 고맙다고 말하고는 스튜어디스의 부축을 받아 휠체어를 타고 떠났다. 몇 분 지나지 않아 주주가 스튜어디스의 인솔하에 그들 앞으로 성큼성큼 다가왔다. 임산부에게 자발적으로 자리를 양보한 일등석 승객이 바로 그였던 모양이었다.

좀 전의 소란으로 주위에 있던 많은 승객이 놀랐기 때문에 주주가 나타나자 모두 칭찬의 눈길을 보냈다. 하지만 주주는 이런 눈길에 전혀 반응하지 않고 무심하게 임신부가 앉았던 자리에 앉더니 영문 잡지를 꺼내 읽었다. 표정에서 평온함 속의 희미한 짜증이 묻어났다.

뭘 기분 나빠 하는 거지? 루추는 샤오렌의 어깨에 기댄 채 이해할 수 없다는 듯 주주를 쳐다보았다. 주주는 두 페이지를 넘기더니 고개를 들어 다소 비아냥거리는 투로 말을 건넸다.

"후손은 종족 존속의 희망입니다."

"어린이를 좋아하세요?"

주주 뒷좌석의 여학생이 이제나저제나 말을 걸 수 있을까 안달하며 기다리다가 그가 입을 열자마자 잽싸게 몸을 앞으로 기울이며 말을 걸었다.

"태아일 때가 좋지요. 태어난 후에는 너무 시끄러워요."

주주가 이 한마디를 대답으로 던지고는 다시 고개를 숙이고 계속해서 잡지를 읽었다.

주변에서 몇몇이 참지 못하고 웃음을 터뜨렸다. 다들 농담으로 받아들인 게 분명했지만, 루추는 더욱 곤혹스러웠다. 그녀는 승무원이 간식을 나누어 주는 틈을 타 샤오렌에게 나지막이 물었다.

"주주가 왜 임산부에게 자리를 양보하죠?"

샤오렌은 꼼짝도 하지 않는 주주를 힐끗 쳐다보더니 조용히 대답했다.

"그의 본성이에요. 죄 없는 사람이 고통받는 것을 볼 수 없는 거죠."

"하지만 기분이 아주 나빠 보이는걸요."

"세상에 나오기 전부터 자신의 몸에 강제로 부여된 본성은 누구라도 좋아할 수 없지요."

주주가 돌연 입을 열었다. 하지만 시선은 잡지에 고정된 채였다.

"양보하지 않으셔도 됐을 텐데요."

루추가 중얼거렸다.

"그랬다면 나는 더욱 불쾌했을 겁니다."

주주가 담담하게 대답했다.

그러니까, 본성을 따르고 나면 자신이 마치 꼭두각시처럼 조롱당하는 느낌이 들고, 본성을 따르지 않으면 또 마음이 불편해진다는 말일까?

그런 모순이라면 정말 풀기 어렵다. 한나절이나 생각해봤지만 결론이 나지 않았다. 그러다 루추는 자기도 모르게 의자 등받이에 누워 눈을 감았고, 졸음이 밀려왔다. 몇 분 후 루추는 샤오렌의 몸에 기대어 호흡도 고르게 쌕쌕거리며 평온하게 꿈나라로 빠져들었다.

그녀가 깊이 잠들자 조금 후 주주가 고개를 들더니 기내 통로를 사이에 두고 샤오롄에게 말했다.

"앞서 한 말은 거두겠습니다. 그녀는 작은 일은 수수하게 대하고, 큰일은 통찰할 줄 아는군요. 욕심내지 않고 20년에 만족할 줄 알고요."

"바로 그렇기 때문에 저는 그녀에게 20년만 줄 수는 없습니다."

샤오롄이 차갑게 대답했다.

"당신은 통찰하지 못하고 있군요."

샤오롄이 주주를 힐긋 쳐다보자, 바로 다음 순간 검은색 소련검이 갑자기 허공에 나타나 주주의 목을 겨눈 채 꼼짝도 하지 않았다. 주주가 곧바로 두 손을 들어 항복을 표시하자 장검이 으름장을 놓듯 "웅" 소리를 내고는 사라졌다. 주주가 코를 쓰다듬으며 물었다.

"아까 당신들이 하는 얘기 들었습니다. 장쉰이 자신의 기억을 봉인했다고요? 그게 언제 있었던 일입니까?"

샤오롄이 담요를 꺼내 루추의 몸에 덮어주며 대답했다.

"수십 년 전일 겁니다. 저는 잘 모릅니다."

"그가 왜 그랬는지 혹시……."

주주가 멈칫하더니 고개를 저으며 말했다.

"아니, 장쉰이 무엇을 두려워한 거죠? 기억까지 봉인할 정도로 두려웠다는 건가요?"

"두려워요?"

샤오롄이 고개를 저었다.

"저는 장쉰이 두려워하는 것을 본 적이 없습니다."

"당신이 본 적이 없다고 해서 그런 적이 없는 것은 아닐 테죠. 장쉰의 기억 속에는 분명 자신한테까지 독수(毒手)를 써서 후환을 끊을 수밖에 없었던 아주 엄중한 일이 있었을 겁니다."

주주는 단호하게 말하고는 잡지를 도로 의자 등받이에 꽂은 뒤 루추에게로 시선을 돌리더니 미간을 지푸리며 두 글자를 내뱉었다.

"전승?"

샤오롄의 안색이 어두워졌다. 그는 루추를 품에 안아 주주의 시선을 완전히 차단했다.

루추는 뭐가 불편했던 건지 몸을 뒤척이고는 샤오롄의 가슴에 기대어 계속 잠을 잤다. 주주가 시선을 거두어 샤오롄에게로 옮기며 말했다.

"그녀가 장쉰의 봉인을 풀 수 있도록 당신이 도와줄 것을 제안합니다. 빠를수록 좋습니다."

샤오롄이 눈을 내리깔고 잠시 깊이 생각하더니 다시 눈을 들어 물었다.

"전승에 들어가는 것만이 결계의 유일한 조건입니까?"

"아닙니다."

"그렇다면 전승 안에서 다른 어떤 조건을 더 충족시켜야만 결계에 성공할 수 있는 겁니까?"

이 말을 하는 샤오롄의 목소리는 매우 낮았고, 말투에서 느껴지는 결의는 더없이 무거웠다. 다만 문제를 입 밖에 꺼내놓긴 했어도 대답을 들을 수 있을 거라고는 기대하지 않았다.

아닌 게 아니라 주주는 고개를 돌리더니 말 없이 앞만 보았다.

품 안에 있던 루추가 갑자기 눈썹을 찡그렸다. 꿈속에서 보내는 시간이 그리 유쾌하지 않은 것 같았다. 샤오렌은 할 수 있는 게 없어서 그저 그녀를 꼭 껴안고 조용히 다음 일을 생각하는 수밖에 없었다.

시간이 꽤 흘렀을 때, 통로 너머에서 주주가 말을 걸어왔다. 느긋한 목소리였다.

"나는 전승의 문밖에서 산장을 두 번 보았습니다. 첫 번째는 그리 유쾌하지 않게 헤어졌고, 두 번째는 그녀가 먼저 내게 결계를 제안했었습니다. 생사 불문하고 함께하자는 맹세를요……."

이 대목에 이르러 주주는 말을 멈췄다. 샤오렌은 자기도 모르게 처음 인간으로 화형했던 그날이 눈앞에 떠올랐다. 그가 두 눈을 번쩍 떴을 때, 눈길 닿는 곳 어디나 사지가 잘리고 부서진 몸뚱이들이 피범벅이 되어 어지럽게 뒹굴었다. 칼이 번뜩이고 검의 그림자가 닿는 곳에서 생사이별은 그저 찰나의 일이었다.

그녀가 없었다면 그의 생 역시 그 전장만 남았을 것이다.

샤오렌은 고개를 숙이고 루추의 잠든 얼굴이 차츰 평온해지는 것을 보며 천천히 입을 열었다.

"평랑을 복원하는 일은 내 능력 밖입니다. 진실을 쫓는 일이라면, 하겠습니다."

"전승에 들어간 후에도 할 수 있습니까?"

주주는 전혀 안심되지 않았다.

"할 수 있습니다."

"감사합니다."

"됐습니다. 결계의 조건은요?"

주주가 시선을 기내로 돌렸다가 다시 샤오렌과 루추를 바라보며 천천히 말했다.

"지금 이 순간, 같은 마음."

# 11
# 영원히 사는 세상

비행기가 착륙할 때쯤 루추는 꿈에서 막 깨어났다.

꿈속은 가을인 듯했다. 황금빛 나뭇잎이 우수수 떨어지고 있었고, 언젠가 만난 적이 있는 듯한 소녀가 똑같은 말 몇 마디를 계속 되풀이하고 있었다. 루추는 그 소녀가 무슨 말을 하는지 잘 알아들을 수 없었지만, 그 목소리가 슬프면서도 힘이 있다는 것을 알 수 있었다. 목소리와 함께 쇠를 때리는 소리, 물 흐르는 소리가 따라 들렸는데, 루추가 맨 처음 전승의 꿈속 세계에 닿았던 느낌과 비슷하면서도 완전히 똑같지는 않았다.

산장은 이런 방식을 통해 그녀와 무언가 소통하고 싶어 하는 것일까?

그녀가 이제는 전승을 자유롭게 드나들 수 있는데, 할 말이 있다면 왜 얼굴 맞대고 직접 하지 않는 걸까?

여전히 어찌 된 일인지 영문을 모른 채로 비행기 문은 이미 열렸고, 이제 막 전원을 켠 핸드폰에 두 통의 부재중 전화와 한 통의 메시지 알림이 떴다. 전화 두 통은 모두 엄마의 전화번호였고, 메시지는 아빠로부터 온 것이었다. 외할머니가 오후에 막 깨어나셨고, 아직 병실에 입원 중이지만 고비는 넘겼다는 내용이었다.

루추는 곧바로 엄마에게 전화를 걸었다. 벨이 몇 번 울린 후 통화가 연결되었다. 전화기를 통해 들려온 것은 피곤한 기색이 역력한 아빠 목소리였다.

"왔니?"

"네, 짐 기다리고 있어요. 엄마는요?"

"이제 막 잠들었어."

잉정이 잠시 멈췄다가 말을 이었다.

"오늘 저녁엔 병원 근처 호텔에 묵을 거야. 잠깐만, 주소를 주마."

"왜 호텔에 묵으시는 거예요? 전에는 늘 큰외삼촌댁에 묵으셨잖아요?"

루추가 어리둥절해져서 물었다.

"어휴, 말하자면 길다. 우선 차를 타라. 그런 다음 천천히 다 얘기해줄게."

잉정은 딸에게 간략하게 얘기한 뒤 전화를 끊었다. 호텔로 가는 차 안에서 루추는 아빠가 시킨 대로 전화를 걸었다. 부녀가 10여 분 동안 얘기를 나누었다. 루추는 이번에 외할머니가 갑작스러운 심장병 발병으로 병원에 입원했고, 엄마네 다섯 형제자매가 수년 동안 마음에 걸려 하던 일이 마침내 터져버렸다는 사실을 알게 되었다.

"네 큰삼촌과 작은삼촌이 한편이고, 네 엄마랑 큰이모, 셋째 이모가 한편이잖니. 병실에서 싸움이 났어. 예전에 네 엄마랑 이모들 과외도 못 하게 했던 일, 이모들한테 가게 일 돕게 했던 일, 집안의 돈이란 돈은 다 네 외삼촌들한테 들어간 것까지 죄다 끄집어내 따지면서 싸웠단다. 사이가 완전히 틀어져 버렸지."

잉정은 고개를 절레절레 흔들며 쓴웃음을 지었다.

외할머니는 줄곧 딸들은 거들떠보지도 않고 아들만 귀하게 여겨왔다. 루추는 딸의 딸이었기 때문에 어릴 때부터 당연히 주목받지 못했다. 설날 홍빠오[紅包, 명절에 받는 용돈—역주]도 사촌 형제들에 비해 훨씬 적게 받았었다. 이토록 많은 세월이 지나는 동안 루추는 이미 그러려니 했고, 엄마도 그런 줄 알았다. 그런데 아니었다는 말인가?

"할머니야 늘 그러시지 않았어요? 굳이 왜 이제 와서 싸워요?"

루추는 이렇게 묻지 않을 수 없었다.

"네 외할머니께서 모든 재산을 네 두 외삼촌에게 물려주셨거든."

잉정이 한숨을 내쉬며 말을 이었다.

"뭐 남기신 재산이 많은 건 아니지만, 네 큰이모는 마음이 완전히 상했지. 지난 몇 년 동안 네 외할머니를 다 돌봐드린 게 큰이모인데, 정말 뜻밖이지 뭐냐……."

루추는 모든 걸 알게 됐고 진지하게 말했다.

"엄마가 큰이모를 도와주셔야겠네요."

"네 엄마는 자기는 1전도 필요 없지만 큰언니는 없으면 안 된다는 거야. 네 외삼촌들은 외할머니가 돌아가시면 위패를 모실 사람도 자기네들이라며 딸하고는 아무 상관도 없다고 하더구나."

여기까지 말한 잉정이 쓸쓸하게 웃으며 고개를 저었다.

"하마터면 네 큰이모부가 네 큰외삼촌을 때릴 뻔했지 뭐냐. 네 엄마는 옆에서 지켜보면서 어찌나 화가 치미는지 배가 다 아팠다더라. 사실 이 일은 언젠가는 해결해야 하는 문제였는데 지금까지 너무 답답하게 끌어온 거지……. 아, 맞다. 샤오렌도 왔니?"

"네."

루추는 숨을 들이마시고 조심스럽게 말을 이었다.

"그 사람 친구가 한 명 더 있어요. 좀 이따 함께 갈게요."

주주가 두 동강 났던 자신의 본체를 하나로 이어 붙여준 사람이 잉정이었다는 것을 알고는 인사를 꼭 해야겠다며 함께 가게 해달라고 부탁한 것이다. 루추는 도저히 거절할 수 없었고, 주주가 샤오렌보다 연기를 더 잘해주길 비는 수밖에 없었다. 그런데 아빠도 너무 예리하시면 곤란한데…….

다행히 잉정은 여러 가지 묻지 않고 간단하게 몇 마디 더 나눈 뒤 전화를 끊었다. 택시가 호텔에 도착한 후 루추는 모든 짐을 두 남자에게 맡긴 뒤 직접 차 문을 열고 나가 엘리베이터 앞으로 뛰어갔다. 그리고는 혼자서 짧지 않은 복도를 지나 6층 깊숙이 안쪽에 위치한 2인실에서 문을 열어준 아빠와 침대에 앉아 있는 엄마를 만났다.

4개월 만에 만난 엄마는 부쩍 늙어 보였고, 언제나 곱게 염색해서 반짝이던 머리칼에 이제는 은발이 많이 섞여 있었다.

루추는 엄마에게 달려갔지만 무슨 말을 해야 할지 몰라 더듬거렸다.

"나 왔어요."

엄마는 그녀의 손을 토닥이며 그간 있었던 집안의 일상 얘기를 간략하게 해주었다. 그러면서도 친정 식구들 간의 다툼에 대해서는 한마디도 하지 않았다. 그녀는 잉정에게 루추와 샤오렌을 데리고 나가 밥을 좀 먹이라고, 젊은 사람들은 배를 곯으면 안 된다고 재촉했다. 자신은 이미 먹었고, 정신도 없어서 함께 가지는 못하겠다고 덧붙였다.

루추는 사실 배가 고프지 않았지만 아빠한테서 자꾸 암시의 눈초리가 날아오는 걸 보고 순순히 동의하고 아빠를 따라 방을 나왔다.

"네 엄마는 조용히 혼자 있을 시간이 필요해. 앞으로 네 외할머니와 관련된 일은 엄마가 얘기하지 않으면 너도 꺼내지 마라. 그냥 모른 척해."

아래층으로 내려가며 잉정이 당부했다.

엘리베이터 문이 열리자 샤오렌과 주주가 로비 구석에 서 있었고, 그 옆에 짐이 잔뜩 부려져 있었다. 루추는 순간 골치가 아파왔다. 그녀는 아빠가 먼저 샤오렌에게 인사를 건넨 후, 이어 옆에 있던 주주에게 정중하게 미소 짓는 것을 보고 속으로 안도의 한숨을 내쉬었다. 그러고는 그들이 택시를 타고 오면서 이야기를 꾸미고 입을 맞춘 대로 아빠에게 주주를 소개했다.

주 선생은 어릴 때 호주(그가 가진 것 중 가장 최근에 발급된 여권이 호주 국적이었다)로 이민을 갔고, 부모님이 교통사고로 돌아가신 후 귀국을 결심했다고…….

잉정은 딸이 왜 자기한테 낯선 사람의 사연을 말하는지 이해되지 않았다. 하지만 말라빠진 주주를 보면서 그는 문득 친숙함이 느껴져 진심을 담아 말했다.

"너무 상심하지 말아요."

"부모님이 돌아가신 지 이미 여러 해가 되었는걸요."

이렇게 대답하는 주주의 말투는 차분했지만 눈빛에 재미있어 하는 기색이 엿보였다.

이는 약속과 다르다! 주주는 절대로 자진해서 먼저 입을 열지는 않겠다고 분명히 약속했었다. 루추는 순간 긴장했다. 뜻밖에도 잉정이 샤오롄을 쳐다본 후 다시 주주를 쳐다보더니 갑자기 그들에게 물었다.

"두 분 다 훌륭합니다. 고생 많으셨어요."

루추는 그제야 생각났다. 샤오롄도 부모님이 한꺼번에 돌아가신 고아 스토리를 가지고 있었던 것이다. 루추가 얼른 끼어들어 아빠에게 함께 식사하러 가시겠냐고 물었다. 그리고 이어 앞으로 며칠 동안의 계획도 얘기했다. 그러느라 주주와 샤오롄이 서로 이심전심의 눈빛을 교환하고 잉정을 대하는 태도가 더욱 공손해진 것을 보지 못했다.

잉정은 딸과 몇 마디 나눈 뒤 여느 가장이 가족한테 하듯 세 사람을 인솔해 호텔 식당으로 갔다. 음식이 나오기를 기다리는 동안,

루추는 아빠에게 샤오렌과 재결합한 후 그가 청혼한 일을 재빨리 설명했다.

"제 잘못입니다."

그녀가 대강의 얘기를 마치자 샤오렌이 입을 열어 잉정에게 간곡하게 말했다.

"전 그때 걱정이 너무 많았습니다. 떠난 후에야 비로소 알았습니다. 저는 추추와 영원히 함께하고 싶습니다."

이 말을 하는 그의 표정이 숙연했다. 루추는 그 말에는 사실과 다른 점이 꽤 많다는 것을 잘 알고 있었지만, 마지막 말을 들었을 때는 눈시울이 뜨거워지며 눈물이 날 뻔했다.

잉정은 딸의 목에 언뜻 봐도 값비싸 보이는 반지가 걸린 것을 힐끗 보고는 담담하게 대답했다.

"감정 문제야 젊은 사람들이 알아서 잘하면 되지요. ……추추, 호텔 측에 침대를 하나 더 놓아달라고 부탁하마. 오늘 저녁은 엄마 아빠와 함께 자자. ……샤오렌, 오늘 밤 어디 묵나요, 주주네 집?"

그는 정중하게 말했지만 은연중에 반박할 수 없는 권위가 실려 있었다. 샤오렌의 눈빛이 살짝 흔들렸다. 같은 호텔에 방을 예약해 루추와 함께 있고 싶다는 제안을 입속으로 삼키며 고개를 끄덕였다. 주주가 눈빛에 웃음기를 머금고 가끔씩 한 테이블에 동석한 사람들을 휘 둘러보았다. 그러다가 마지막에 눈길이 잉정에서 멈췄다. 무언가 생각하는 듯한 표정이었다.

다소 어색한 분위기의 식사 자리였다. 식사하는 내내 거의 아무도 말을 하지 않았다. 그러나 조용함은 표면적일 뿐이었다. 다들 눈빛을 주고받으며 다양한 방식으로 메시지를 보냈고, 그 때문에 소리 없이 매우 떠들썩했다.

샤오롄이 택시에 오르자 곧이어 주주가 감격에 찬 말들을 쏟아냈다.

"과연, 그래서 내가 깨어날 수 있었던 거였습니다. 부녀 전승자라니, 두 세대를 잇는 인연이 정말 절묘하지 뭡니까."

샤오롄이 고개를 저으며 말했다.

"잉 선생님은 전승자가 아닙니다."

"당신은 계속 그를 잉 선생님이라고 불렀습니다. 그러한 존중은 복원사에게 하는 것이지요. 그분 딸을 얻고 싶은 마음에서 나온 말이 절대 아닙니다."

주주가 샤오롄을 돌아보며 비웃는 듯한 말투로 물었다.

"만약 잉 선생님이 딸을 당신에게 시집보내려고 하지 않는다면 어떻게 하겠습니까?"

샤오롄이 웃으며 이미 생각한 바가 있다는 듯 대답했다.

"함께 도망가자고 루추를 설득할 겁니다."

주주가 큰소리로 하하 웃으며 말했다.

"몇천 년 동안 쌓은 공력을 여자 꾀는 데나 쓰다니 창피하지도 않습니까?"

"쌓은 공력이 없습니다. 전에 누군가를 꾀어본 적도 없고요. 이제 배우기 시작했을 뿐입니다."

두 사람이 잡담을 나누는 동안 택시는 이미 시내를 벗어나 산으로 향했다. 주주는 창밖으로 점점 희미해지는 등불을 바라보며 눈을 가늘게 뜨더니 기사에게 고개를 들이밀며 물었다.

"제대로 가고 있는 건가요?"

"산등성이 길요. 맞는데요. 이쪽은 제가 자주 다니는 길이에요. 민박집 몇 군데가 꽤 괜찮습니다."

기사는 내비게이션도 켜지 않고 자신 있게 대답했다.

샤오렌과 주주가 마주 보며 서로에게서 모르겠다는 눈빛을 읽었다. 차는 오솔길을 따라 굽이굽이 돌아 올라간 끝에 마침내 산들이 에워싸고 있는 하얀 독채 양옥집 앞에 멈춰 섰다.

양옥집 밖으로는 넓은 풀밭으로 과일나무 몇 그루가 띄엄띄엄 자라고 있었다. 주변에 다른 가옥이 없어서 완전히 세상으로부터 독립된 모습이었다. 하지만 전망만큼은 매우 아름다웠다. 이 무렵 어둠이 내려앉아 그들 뒤편으로는 벌써 산 아랫마을 집집이 모두 불이 켜져 있었다. 그들 앞에 있는 이 양옥집도 방마다 따뜻한 빛이 흘러나오고 있어 마치 온화한 어머니가 음식과 뜨거운 물을 준비해놓고 지친 나그네가 돌아오기를 기다리고 있는 것 같았다.

이 집은 분위기가 너무 좋아서 임시로 머무르려고 대충 사들인 집 같지 않았다. 샤오렌이 눈대중으로 몇 번 가늠해보고는 물었다.

"당신과 펑랑, 집을 사자고 전에 약속했던 겁니까?"

주주가 넋을 놓고 이 양옥집을 바라보다 쓸쓸하게 웃으며 대답했다.

"한 번 얘기한 적이 있습니다. 언젠가 세상이 태평해지고 풍랑이 잦아들면 나도 이런 곳을 마련해서 은거하며 시시비비도 인간사도 뒤로 하고 조용히 살고 싶다고요."

샤오렌이 입구에 있는 나무 팻말에 시선을 던지며 냉정하게 다시 물었다.

"그래서 그가 이 민박집을 '칭옌[淸晏, 맑고 편안하다는 의미 – 역주]'이라고 이름 붙인 건가요?"

좀 전의 몽환적이던 분위기가 순식간에 온데간데없이 사라졌다. 주주가 한 발짝 앞으로 다가가 집 전체를 한번 휙 둘러보고는 차갑게 말했다.

"게다가 객실이 거의 다 찼군⋯⋯. 즈즈 이놈은 방을 한 칸만 남겨주면 어쩌겠다는 거지?"

"들어가서 물어보면 알게 되지 않을까요?"

그들이 문을 밀고 들어간 것은 이미 밤 9시가 다 된 때였다. 손님 서너 명이 거실에 앉아 보드게임을 하고 있었고, 한 중년 여성이 행주를 들고 텅 빈 식당을 열심히 치우고 있었다. 카운터에는 열너댓 살쯤 되어 보이는 여자아이가 앉아 고개를 숙인 채 핸드폰을 만지작거리고 있었다.

주주가 다가가 찾아온 이유를 설명한 뒤 부동산 등기 서류를 꺼내자 여자아이가 흥분하여 식당 쪽으로 고개를 돌리고 소리쳤다.

"엄마, 집주인이 나타났어요!"

샤오롄은 말이 없었다.

"……."

주주도 말이 없었다.

"……."

중년 여인이 행주를 던져 놓고 다급하게 뛰어와 의심의 눈초리로 번갈아 가며 두 사람을 위아래로 훑어보더니 물었다.

"주 선생님?"

주주가 고개를 끄덕여 인사한 뒤 미소 지으며 대답했다.

"네, 접니다. 당신은 누구시죠?"

"저는 천 씨라고 합니다."

"천 여사님……."

"미스 천이에요. 천무잉(陳慕櫻)입니다."

중년 부인이 잠시 멈추었다가 덧붙였다.

"무잉 집사라고 불러주시면 됩니다."

주주는 놀라 입을 다물지 못했다. 문득 여성의 이름을 직접 부르는 것이 자신에게는 아직 넘을 수 없는 벽처럼 느껴진다는 것을 깨달은 것이다. 반면 샤오롄은 이에 대해 전혀 거리낌이 없었다. 그가 곧장 간단한 질문을 했다.

"무잉 집사님, 평소에 이 민박집을 혼자서 관리하시나요?"

"당연히 저 혼자가 아니죠!"

무잉이 눈을 동그랗게 뜨며 말했다.

"저는 딸아이와 함께 여기 살고 있습니다. 낮에는 요리사와 부집사가 오고, 린 여사도 와서 객실 일을 봐주십니다. 린씨 아저씨는 건강이 허락할 때면 같이 와서 바깥의 꽃밭을 가꾸십니다. 여름과 겨울 휴가 때는 아르바이트생을 구하고……. 지금까지 민박집을 운영해본 경험이 없으신 건가요?"

"네, 없습니다."

주주와 샤오렌이 동시에 이렇게 얘기한 후 서로를 마주 보았다. 샤오렌은 새미있어 죽겠다는 표정이었고, 주주는 아주 무기력해 보였다. 즈즈가 대체 왜 크다고 할 수도 없고 작다고 하기도 뭣한 이런 골칫거리를 자신에게 남겨 주었는지 이해할 수 없다는 표정이었다. 반면에 그들 앞에 서 있는 무잉 집사의 얼굴 표정은 기대와 놀라움, 공포가 뒤섞여 아주 다채로워졌다. 그들이 옴으로써 이 작은 민박집이 가지고 있던 평온한 아름다움이 이제 곧 송두리째 깨질지도 모른다고 생각하는 듯했다.

주주는 이대로는 안 되겠다 싶어 서둘러 무잉 집사에게 간단히 설명했다. 이 집은 자신이 건강 상태가 좋지 않아 휴양을 위해 친구에게 부탁해 마련한 것이며, 처음에는 민박집을 열 생각이 아니었다고 했다.

"그럼 이제 오셨으니 영업을 그만둬야 하나요?"

무잉이 끼어들어 물었다. 강적을 마주한 듯 긴장한 표정이었다.

"아닙니다. 지금 이대로 저는 만족합니다."

어쨌든 그는 이곳에 오래 머물 생각이 없었고, 민박집으로 돈을 벌 생각은 더더구나 없었다. 주주가 그녀를 안심시키려고 웃으며 물었다.

"저는 다만 이 민박집을 처음 구매한 휘(霍) 선생께서 제게 뭐라도 남기셨는지 알고 싶을 뿐입니다. 아니면 전할 말이라도 남기셨나요?"

무잉 집사는 안도한 듯 한숨을 내쉬고는 고개를 저으며 대답했다.

"휘 선생을 뵌 적이 없어요."

"그럼, 누가 당신을 채용한 거죠?"

샤오롄이 물었다.

무잉이 어느 회사의 이름을 댔다. 주주는 망연자실했다. 샤오롄은 "오!" 하고 외마디를 내뱉고는 잠시 생각한 끝에 물었다.

"파견 회사요?"

무잉이 얼른 고개를 끄덕였다.

"6개월 일한 뒤에 정규직으로 전환됐습니다. 월급은 모두 계좌로 바로 입금되고요. 매주 미스 왕(王)이 한 번씩 와서 둘러보고 장부도 점검합니다."

"인터넷에 접속해서 확인해 봤는데, 미스 왕은 디츄(帝丘)그룹의 부사장이에요. 사실 우리는 칭옌이 디츄그룹 사장의 개인 자산이 아닌가 하고 계속 추측했었거든요."

무잉의 딸이 갑자기 끼어들어 한 말이었다. 소녀는 이렇게 말하고는 똘망똘망한 눈을 커다랗게 뜨고 주주를 위아래로 훑어보았다. 무잉 역시 그에게 기대를 거는 듯한 눈빛을 던졌다.

주주의 기준으로 볼 때 이 모녀는 아직 '급히 도움을 필요로 하는 고통 받는 사람'의 조건에 들지는 않았다. 그래서 그는 그녀들의 말에 대답하지 않고 그저 예의 바르게 고개를 끄덕이고는 주위를 둘러보며 내부 환경을 살폈다.

실내장식은 일본식 젠 스타일과 유럽식 우아함이 혼합된 느낌으로 예술적 감각은 다소 떨어지지만 창이 밝고 깨끗했다. 거주자의 편안함을 매우 중시한 듯했다. 보아하니 이들 모녀는 이 민박집을 이미 자기 집처럼 생각하고 정성껏 관리하고 있었다. 그러니 이들이 자신들에게 그늘이 되어줄 돈 있는 재단의 지원을 기대하는 것도 무리는 아니다. 하지만 안타깝게도 그는 그녀들을 실망시켜야 했다.

한 바퀴 둘러본 주주가 말했다.

"저는 디츄그룹을 모릅니……."

"우리는 디츄가 아닌 다른 그룹 소속입니다. 하지만 디츄그룹의 회장은 잘 알지요."

샤오롄이 그의 말을 끊으며 이렇게 말했다.

"잘 안다고요?"

주주가 샤오롄을 보며 눈썹을 치켜떴다.

"장퉈요."

샤오롄이 담담하게 툭 내뱉었다.

"그가 그룹 회장이 되었습니까?"

주주가 신기하다는 듯 다시 물었다.

"뜻밖인가요?"

샤오롄이 물었다.

주주에게는 현대 사회가 아직 너무 낯설었다. 그는 잠시 어리둥절해하더니 조금 우습다는 듯 고개를 가로저으며 나지막하게 말했다.

"여러모로 합리적이군요."

말을 마친 그가 이내 훈훈한 미소를 띠며 무잉 집사를 돌아보고 말했다.

"우리가 장뭐와 알고 지낸 지는 오래됐습니다. 나중에 그에게 인사를 해야겠네요. 모두 여전한지 말이에요."

무잉이 눈을 반짝 빛내더니 갑자기 뭔가 생각났는지 계단 옆방을 가리키며 말했다.

"맞다, 1층 안방 침실!"

그녀는 이렇게 밑도 끝도 없는 말을 내뱉고는 아무런 설명도 없이 종종걸음으로 카운터 뒤쪽으로 돌아가더니 서랍을 열어 물건을 찾기 시작했다. 주주는 그 방을 휙 훑어보고는 눈살을 찌푸렸다. 샤오렌은 그가 초능력으로 뭘 봤는지 알 수 없었고, 물어볼 수도 없어서 계속 잠자코 있을 수밖에 없었다.

무잉의 딸이 몸을 앞으로 기울이며 열정적으로 설명했다.

"1층에는 침실이 한 개뿐이고 굉장히 커요. 특별히 집주인을 위해 남겨둔 거라 예약을 받지 않아요. 우리가 처음 왔을 때 미스 왕이 특별 지시를 했어요. 집주인이 언제 돌아올지 모르기 때문에 매일 청소를 해야 하고 꽃도 꽂아야 한다고요. 전에 손님 하나가 거동이 불편하다며 그 방을 예약하고 싶어 해서 우리 엄마가 미스 왕한테 물어봤는데, 욕만 먹었어요……."

"아녜요, 아녜요. 미스 왕은 단지 규칙이 매우 중요하다면서 돈

버는 것만 생각하지 말라고 했을 뿐입니다. 그분 말씀도 일리가 있죠."

무잉이 황급히 딸아이의 말을 자르면서 서랍 깊숙이에서 빨간 벨벳 끈으로 묶은 놋쇠 열쇠를 꺼내 카운터 위에 올려놓았다. 무잉의 딸은 입을 삐죽거리며 주주를 향해 시큰둥하게 말했다.

"오늘 청소했어요. 침대보는 그저께 바꿨고요. 사실 아무도 이 방을 안 썼으니 바꿀 필요도 없는데 물만 낭비하는 거죠⋯⋯."

무잉이 딸을 사납게 노려보았다. 주주는 열쇠를 받아들고는 얼렁뚱땅 넘기듯 말했다.

"물을 아껴 쓰는 것도 아주 중요합니다. 앞으로는 제가 얘기하지 않으면 침대 시트를 바꾸지 않으셔도 됩니다⋯⋯. 아, 참. 너는 이름이 뭐니?"

"천쯔칭(陳子晴)이에요. 맑게 갤 청(晴) 자요."

무잉의 딸이 아래턱을 쳐들고 으스대듯 대답했다.

그녀의 그런 태도는 지나치게 의도적이었다. 혹시나 엄마와 같은 성(姓) 때문에 차별을 당해오면서 자신을 공격적으로 보호하려는 방어기제가 습관으로 자리잡은 게 아닌가 하는 생각을 하지 않을 수 없었다. 주주는 그 점에 주목하면서도 아무런 내색 없이 열쇠를 쯔칭에게 건네주며 다시 물었다.

"그럼, 쯔칭. 내가 좀 다쳐서 거동이 불편한데 네가 문을 좀 열어줄 수 있을까?"

그는 잠시 멈췄다가 샤오렌이 의아한 눈초리로 쳐다보는 가운데 다시 덧붙였다.

"고마워."

그가 미리 방 안을 살펴 아무런 이상이 없다는 것을 확인했기 때문에, 쯔칭이 들어가도 절대적으로 안전했다. 이런 행동은 당연히 그녀의 호감을 살 수 있다. 낯선 사람, 낯선 환경에서 그는 도움이 필요했다.

역시 그의 예상이 맞았다. 쯔칭이 아주 기뻐하며 열쇠를 받아 깡충깡충 뛰듯 앞으로 가서 문을 열었다. 그리고 곧바로 등을 켠 후 자기 집에 손님을 초대해 접대하는 듯한 말투로 소개했다.

"3면이 창이에요. 저 문은 발코니로 통해요. 밖에는 침대 의자가 있어요. 좀 이따 꼭 가서서 산성에 불이 켜지는 것을 보세요. 환상적이에요. 욕실에는 장미 향 목욕 소금이 있어요. 제가 고른 향이에요. 그리고 산 쪽으로 난 창으로는 아침에 해돋이를 볼 수 있고요, 그 옆 침대에서 잘 수도 있어요. 하지만 그 위에 조용히 앉아서 멍하니 있는 게 더 좋죠. 우린 모두 멍때리기 침대라고 불러요. 특별히 주문 제작한……."

쯔칭이 재잘재잘 쉴 새 없이 지껄이는 가운데 주주가 방 안으로 한 발짝 성큼 들어섰다. 그러고는 제자리에 얼어붙은 듯 더 이상 움직일 수가 없었다.

이 방은 복층구조로 설계되어 있었다. 1층은 심플한 미니 응접실로, 원목 마룻바닥에 원목 서가가 있고 통유리창 옆에 미백색 침대가 있었다. 쯔칭이 말한 바로 그 멍때리기 침대였다. 방 중앙에는 흰색 나선형 계단이 굽이쳐 올라가고 있었다. 방 전체의 색조는 단순하고 안정감이 있어서 주변의 자연경관과 한데 조화를 이루었다. 유일한 장식품으로 활짝 핀 꽃생강 한 다발이 꽂힌 반투명의 커다란 프랑스 라리크 크리스털 화병이 마치 화룡점정처럼 방 전체를 환히 밝혀주고 있었고, 꽃향기가 바람에 날려 방 안을 가득 채웠다.

과거에 그가 흥에 겨워 즈즈에게 묘사해주었던 자신의 이상적인 은퇴 생활이 놀랍게도 뜻밖의 순간에 그의 눈앞에 펼쳐졌다.

"이 화병 본 적 있습니다."

샤오렌이 앞으로 가서 병을 들고 한 바퀴 돌려 보고는 눈썹을 치켜뜨며 그에게 말했다.

"몇 년 전 크리스티 경매에 똑같은 것이 나왔었죠. 펑랑이 그걸 샀군요."

주주가 앞으로 걸어가서 화병을 받아 제자리에 갖다 놓고 담담하게 말했다.

"오래전에 나도 똑같은 것을 하나 샀었습니다."

그들이 대화를 나누는 사이 무잉 집사는 이미 쯔칭을 방에서 내쫓고는 급하게 주주에게 한 바퀴 소개한 다음 얼른 방을 나와 문을 닫았다.

바깥의 발걸음 소리가 멀어지자 샤오렌이 주주 쪽으로 돌아서서 물었다.

"이상한 게 있나요?"

주주는 그 미백색의 '멍때리기 침대' 앞으로 걸어가서 잠시 눈을 떨구더니 말했다.

"아래에 터널이 하나 있어요. 그런데 어디로 통하는지 보이지가 않아요."

그의 발걸음이 좀 느려 보이자 샤오롄이 눈을 가늘게 뜨고 물었다.

"당신, 정말로 거동이 불편한 겁니까?"

"두 시간 전부터 초능력이 갑자기 약해졌습니다. 투시할 수 있는 범위가 점점 좁아지고 있어요."

주주가 잠시 멈췄다가 돌아보며 물었다.

"도와주시겠습니까?"

샤오롄이 침대 옆으로 다가가 한 발로 침대를 가볍게 뒤로 밀었다. 드러난 원목 마룻바닥 위에 장부이음[목골조에서 자재를 짜맞추는 방법 중 하나−역주] 구조로 된 루빅큐브 크기의 노반[魯班, 목수의 조사(祖師)로 추앙받는 중국 고대의 걸출한 목수−역주] 자물쇠가 불쑥 나타났다. 샤오롄은 손목을 휙 돌려 불쑥 옆에 나타난 장검을 붙잡았다. 그가 검으로 나무 자물쇠를 막 쪼개려고 할 때 주주가 급히 소리를 지르며 물었다.

"뭘 하려고요?"

"자물쇠를 열려고요."

"머리를 쓸 수 있을 때는 가급적 무력을 쓰지 마십시오."

"같은 병기류잖습니까. 당신의 그 말이 난 어쩐지 이상하게 들리는군요."

샤오롄은 이렇게 말하면서도 몸을 돌려 주주에게 양보하는 손짓을 했다. 주주는 노반 자물쇠 앞으로 다가갔다. 그는 책상다리하고 조용히 앉아 있다가 잠시 후 그중 작은 나무 막대기 하나를 잡고 천천히 뽑았다.

그의 동작은 침착하고 여유로워 보였지만 사실 매우 신속했다. 커다란 자물쇠 하나가 작은 막대기 더미로 분해되었다. 주주가 마지막 나무 막대기를 들어내며 "얏!" 하고 외치자 그의 앞쪽 마루가 양쪽으로 미끄러지며 한 사람만 겨우 들어갈 수 있는 정사각형 입구가 드러났다.

샤오롄이 한 걸음 앞으로 내디디며 고개를 들이밀었다. 곧장 아래로 이어진 좁디좁은 계단만 보일 뿐, 그 아래는 칠흑같이 캄캄해서 그의 시력으로도 아무런 실마리를 찾을 수 없었다. 그가 주주를 돌아보며 물었다.

"펑랑이 이리저리 빙빙 돌아가는 방법으로 결계의 실마리를 남겼을까요?"

"아뇨."

주주가 벌떡 일어서며 말했다.

"이건 실마리가 아닙니다. 그가 하던 도중에 미처 완성하지 못한 일입니다."

"그는 순간이동을 할 수 있으면서 왜 지하 터널을 파야 했을까요?"

샤오롄이 다시 물었다.

"순간이동은 목적지를 미리 설정해야 하기 때문이죠."

주주가 안타까운 표정으로 샤오롄을 바라보며 대답했다.

"그렇지 않으면 아무 데로나 무작위로 이동되어 자칫 외딴 산속에 꼼짝없이 갇혀버릴 수도 있습니다. 그건 너무 어리석죠."

샤오롄이 눈을 가늘게 뜨며 물었다.

"당신은 마치 그가 그런 바보짓을 하는 걸 직접 본 것처럼 말하는군요."

"물론입니다. 그가 나를 처음 만났을 때 나 때문에 쿤룬산(崑崙山)에 처박혀 그 안에서 출구를 못 찾는 바람에 이레 밤낮을 헤맸지요."

주주가 손가락으로 머리를 두드리며 반복해서 말했다.

"머리를 쓸 수 있을 때는 가급적 무력을 쓰지 마세요. 자칫 자신을 묻어버릴 구덩이를 파기 쉬우니까요."

샤오롄은 주주를 차갑게 쳐다보고는 한마디 말도 없이 아래로 발걸음을 옮겼다. 주주가 가볍게 헛기침을 하고는 말했다.

"부동산 등기에 따르면 이 집 주인은 바로 납니다."

샤오롄이 돌아보았다. 두 사람의 시선이 마주쳤다. 주주는 입가에 여전히 웃음기를 머금고 있었지만 기세가 갑자기 강해졌다.

이런 모습이야말로 샤오롄이 기억하는 진정한 주주였다. 인자하다면 인자하고, 잔인하다면 잔인했다. 천하를 품으려면 다수의 사람을 구하기 위해서 소수를 희생할 수 있어야 한다. 물론 제대로 싸운다면 주주는 여전히 그의 적수가 되지 않지만, 그 역시 이런 주주와 검을 겨루는 것은 한 번도 원한 적이 없었다. 주주가 이런 풍모를 보여줄 때는 늘 다른 사람들을 위해서였기 때문이다. 주주는 한 번도 이기적인 적이 없었던 것 같았다. 이것이 그의 본성이라지만 샤오롄은 좀처럼 이해할 수가 없었다.

그는 주주를 향해 고개를 끄덕이며 침대 옆으로 물러나 다시 양보의 손짓을 했다. 주주가 입꼬리를 살짝 올리며 걸음을 옮겨 계단을 내려갔다.

샤오롄이 핸드폰을 꺼내 루추에게 메시지를 보내기 시작했다. 한 줄을 다 채우기도 전에 전화벨이 울리더니 루추의 전화번호가 화면에 떴다. 텔레파시가 통한 것일까?

샤오롄이 반갑게 전화를 받자마자 조금도 지체할 수 없다는 듯 다급한 루추의 목소리가 들렸다.

"여보세요, 샤오롄?"

그녀의 목소리는 아주 낮게 가라앉아 있었다. 주위 사람들이 엿듣는 것을 두려워하는 것 같았다. 샤오롄이 책상다리를 하고 침대 위에 앉아서 물었다.

"나예요. 왜 그래요?"

"아빠 엄마 모두 주무시는 걸 보고 아래층 카페로 뛰어 내려와서 전화하는 거예요."

루추는 여기까지 이야기한 뒤 갑자기 자신이 큰소리로 말해서 가족들을 깨울까 봐 걱정할 필요가 전혀 없다는 것을 알고서는 정상적인 목소리 톤으로 돌아가 다시 물었다.

"두 사람 도착했어요?"

"도착했어요. 그래서 지금은 민박집이에요."

샤오롄은 잠시 멈췄다가 보통 사람의 방식으로 관심을 표현해 보았다.

"당신 부모님께서는 괜찮으세요?"

"아빠는 괜찮으시고 엄마는 별로 안 좋아요."

루추는 숨을 고른 후 조심스럽게 물었다.

"샤오렌, 혹시 우리 가족이 이상하다고 생각하지 않아요?"

"뭐가 이상해요?"

샤오렌이 이해할 수 없다는 듯 되물었다.

스스로 진실을 폭로하려면 정말 용기가 필요하다. 루추는 입술을 깨물었다가 풀어놓으며 어렵게 말을 꺼냈다.

"그러니까 외할머니가 아직 중환자실에 계신데, 우리 엄마와 형제자매가 싸움만 하고 있거든요……."

호텔 방으로 돌아온 후 그녀는 목이 다 잠길 정도로 울기만 하는 엄마를 달래줄 생각이었다. 하지만 루추는 엄마의 눈물이 매우 복잡하다는 것을 금방 알게 되었다. 물론 슬픔도 있었다. 하지만 분노가 훨씬 더 많았고, 훨씬 더 깊었다.

좀 전의 두 시간 동안 엄마는 중학생 시절 내내 도시락에 닭 다리는 없고 닭 목뼈만 들어 있었던 일을 끄집어내 했던 얘기를 하고 또 했다. 루추는 이미 위로할 말을 찾을 수가 없었고, 그저 옆에 앉아서 엄마가 감정을 토로하는 것을 묵묵히 들을 수밖에 없었다. 그런 다음 마침내 엄마 아빠가 잠든 틈을 타 약혼자에게 도움을 청하려고 전화를 건 것이다.

샤오렌이 집안일을 의논하기에 적당한 사람은 절대로 아니었지만, 그녀에게는 마땅히 의논할 다른 사람도 없었고, 다른 사람과 이야기하고 싶지도 않았다.

전화기 너머에서 그는 한동안 입을 열지 않았다. 루추가 낙담하려는 순간 샤오렌의 목소리가 들렸다. 그가 말했다.

"맞아요. 이상한 것투성이예요."

루추는 기분이 더욱 가라앉았다. 그녀는 힘없이 "오." 하고 탄식을 내뱉은 뒤 무슨 말을 해야 할지 생각나지 않아 잠자코 샤오롄이 이어 말하는 것을 들었다.

"전에 같은 유형의 가족 분쟁을 본 적이 있어요. 결국엔 여동생이 언니와 오빠를 죽이고 아버지와 공모해 엄마를 자살하도록 압박했죠."

이건 또 너무 피비린내 나는 이야기다. 루추는 부르르 떨면서도 묻지 않을 수 없었다.

"누군데요?"

"당신도 아는 사람요. 최 씨."

샤오롄이 잠시 멈췄다가 덧붙여 말했다.

"물론 그녀는 열 살 때부터 시작해 거의 20년이나 걸려서 성공했어요. 목표를 달성했을 때는 이미 서른 살이 다 되었죠. 말하자면 내가 흉악범을 도운 셈이에요. 그래서 당신 어머니처럼 형제자매가 몇십 년 동안 싸우면서도 말로만 다툴 뿐, 누구도 상대방의 상황을 제대로 다루고 상대하려 들지 않는 것이 내 눈에는 정말이지 익숙하지가 않아요."

이런 얘기를 샤오롄은 마치 일상적인 한담처럼 했고, 심지어는 유쾌함이 느껴지기까지 했다. 루추는 그의 얘기를 들으며 멍해졌다. 전승 안에 기록되어 있는 최 씨의 역사는 모두 금제하고만 관련이 있을 뿐, 이 대목은 포함되어 있지 않았다. 그녀는 최 씨의 살인을 본 적은 있지만, 그녀가 미움 때문에 자신의 가족까지 손볼 수 있으리라고는 전혀 상상할 수 없었다. 열 살 때 이미 그렇게 하

기로 결심했다니, 지금으로 치면 겨우 초등학교 고학년의 나이가
아닌가…….

"왜 그랬을까요?"

루추는 이렇게 묻지 않을 수 없었다.

"최 씨의 명목상 어머니, 그러니까 아버지의 본처가 최 씨 여덟 살
때 그녀의 친어머니를 살해했거든요. 언니 오빠에 대해서는……."

샤오롄은 잠시 멈췄다가 말을 이어갔다.

"내가 이해하기로는 뿌리를 뽑아 화근을 없앤 거예요."

"그런 거라면……."

루추가 더듬거리며 말했다.

"당신은 그녀를 도와주는 쪽을 선택한 거예요?"

"당신이 최 씨의 처지에 놓인다면 내가 먼저 손을 써서 뒤탈이
없도록 확실히 할 거예요."

샤오롄이 단호하게 말했다.

루추가 질겁하며 물었다.

"정말요?"

"당연하죠. 당신한테 말했잖아요. 살육이 내 본성이에요."

전화기 저편에서 한동안 아무 소리도 나지 않았다. 샤오롄은 서
로의 차이에 대해 생각하며 마음이 조금씩 무겁게 가라앉았다. 그
때 갑자기 루추가 불만스러운 듯한 말투로 얘기하는 것이 들렸다.

"우리는 앞으로, 결혼한 이후라도, 대화가 늘 오늘처럼 이런 식
이 되는 걸까요?"

"오늘이 어떤데요?"

샤오롄은 이해하지 못했다.

"내가 뭘 물으면, 당신은 몇천 년에 걸쳐 쌓아온 삶의 경험으로 대답하면서 계속 나를 꼬마 취급하는 거요."

소통은 확실히 하나의 예술이다. 하지만 샤오롄은 이제껏 자신을 예술가라고 생각해 본 적이 없었다.

그는 아래턱을 만지며 약혼녀에게 물었다.

"당신 몇 살이죠?"

"해 바뀌면 스물다섯이에요."

"난 몇 살이죠?"

"설 지나도 스물일곱 살이죠."

루추는 멈칫하더니 마치 신대륙이라도 발견한 것처럼 말했다.

"외모 나이는 정신연령을 반영한다던데요. 당신은 지금까지 어른이 돼본 적이 없는 것 아녜요?"

샤오롄의 입꼬리가 살짝 올라갔다. 그가 대답했다.

"그렇게 생각하는 게 당신을 조금이라도 기쁘게 할 수 있다면 스스로 기꺼이 유치한 놈이란 걸 인정할게요……."

그가 여기까지 말했을 때 지하 터널에서 천천히 걸어 나오는 주주를 보았다. 그는 비틀거리며 걷고 있었고 몸이 조금씩 투명해지고 있었다. 하지만 가까스로 버티며 이렇게 한 걸음 한 걸음 샤오롄 앞까지 와서 숨을 몰아쉬며 두 글자를 내뱉었다.

"아추(亞醜)."

곧이어 검신이 하얗게 빛나는 옥구검 한 자루가 침대 위에 풀썩 쓰러지더니 그 순간 주주가 흔적도 없이 사라졌다.

# 12
# 소생

새벽이 오기 전 밤이었다. 쓰팡시의 하늘은 온통 캄캄했다. 본가 거실 구석에 우뚝 선 형주정 옆에 반투명한 사람 형체가 흐릿하게 떠올랐다.

그녀는 벌거벗은 채 무릎을 끌어안고 바닥에 모로 누워 있었다. 마치 자궁 속의 태아처럼 동그랗게 몸을 말아 웅크리고 있는 그녀의 모습은 편안하고 안정돼 보였다. 하늘 끝에서 새벽빛이 뚫고 나오자 그녀의 몸도 점점 단단해지더니 태양이 수평선 위로 솟아오른 순간 갑자기 눈을 번쩍 떴다. 눈을 뜬 샤딩딩은 무릎을 끌어안았던 손을 풀고 그 자리에 똑바로 앉았다.

익숙한 주변 정물들 덕에 퍽 안심이 된 샤딩딩이 일어서서 주위를 한 바퀴 둘러보았다. 옆에 있던 형주정의 쭝긋 선 왼쪽 귀에 걸쳐진 실크 목욕가운이 어렴풋이 눈에 익어 다가가 만져보았다. 전에 이 옷감을 좋아해서 한꺼번에 여섯 벌이나 주문했던 것이 생각났다. 하지만 받아보지도 못하고 중상을 입어 의식을 잃었었다.

목욕가운 위를 핸드폰으로 눌러 놓았는데, 그 아래에 종이가 있었다. "깨어나면 나한테 전화해줘."라고 쓰여 있었다. 척 보기에도 두창평의 필체임을 알 수 있었다. 핸드폰은 새것처럼 보였지만, 디자인은 그녀가 전에 쓰던 것과 크게 다르지 않은 듯했다. 그렇다면 추정해볼 때 그녀가 의식을 잃은 시간이 그리 길지는 않은 것 같았으나 지금이 몇 년도인지는 알 수 없었다. 어쩌면 크게 애쓰지 않고 새로운 환경에 쉽게 적응할 수 있을 것 같았다.

이 점이 샤딩딩을 더욱 즐겁게 만들었다. 그녀는 목욕가운을 집어 들어 걸쳐 입은 뒤 허리끈을 묶으면서 핸드폰 전원을 켰다. 통화기록에는 전화번호가 딱 하나 있었다. 그녀가 발신 버튼을 눌렀다. 벨이 겨우 한 번 울렸을 때 곧바로 두창평의 중후한 목소리가 전화기에서 흘러나왔다. 그가 격하게 흥분했음이 그대로 느껴졌다. 그가 떨리는 목소리로 물었다.

"딩딩?"

"나예요, 창평."

샤딩딩이 기뻐하며 소리 내 웃었다.

"당신 기분이 어때? 우선 몸 상태는 점검해 본 거야? 무슨 일이 있었는지 다 기억나? 친관챠오를 데려와서 당신 상태를 전체적으로 확인해 보라고 할까?"

두창평이 속사포를 쏘듯 질문을 쏟아냈다.

샤딩딩은 핸드폰을 왼손으로 바꿔 들더니 오른손 주먹을 쥐고 어깨를 천천히 돌렸다. 별 이상이 없다는 것을 확인한 그녀는 오른팔을 쭉 뻗어서 다섯 손가락을 쫙 벌렸다. 유리창을 통과해 들어온 아침 햇살 한 다발이 그녀의 손 위로 쏟아져 손가락 끝이 투명하게 빛났고, 힘이 온몸을 돌아 흘렀다. 천년 가까이 뼈에 들러붙은 구더기처럼 그녀를 괴롭혔던 옛 상처가 마침내 깨끗이 나은 것이다.

"나는 아주 좋아요."

두창평의 긴 질문이 끝나자 샤딩딩이 입을 열었다. 그녀는 눈을 감고서 아주 오랜만에 느끼는, 몸을 온전히 통제할 수 있다는 느낌을 만끽하며 두창평에게 나직이 속삭였다.

"더할 나위 없이 좋아요. 친 사부를 급하게 부를 필요는 없어요. 오히려 내가 큰절을 올려야죠. 시간을 내 내가 직접 가서 감사 인사를 할게요."

"나도 당신과 함께 갈게. 루추에게도 감사해야 해. 그녀도 많이 도와줬거든……. 나 지금 회사에 있어. 금방 갈게. 먹고 싶은 거나 마시고 싶은 거, 하고 싶은 거 있어? 가는 길에 갖다줄게."

샤딩딩의 대답은 너무도 긍정적이었다. 두창평은 안심했고, 말투도 더는 다급하지 않았다.

샤딩딩이 여전히 눈을 감은 채 부드럽게 대답했다.

"특별한 건 없어요. 당신이 오면 우리 같이 나가요. 서두를 필요 없어요."

"그래도 서두르긴 해야지. 기다려."

두창평이 재빨리 전화를 끊었다. 그녀를 만나고 싶은 마음이 말과 표정에 역력했다. 샤딩딩도 웃으며 통화 종료 버튼을 눌렀다. 하지만 그녀가 막 눈을 뜨려고 할 때 한 장면이 뇌리를 스쳤다.

예견인가?

핸드폰이 "탁" 하고 땅에 떨어졌다. 샤딩딩은 허리를 곧게 펴고 눈을 감은 채 숨죽이고 기다렸다. 하지만 이번 예견은 배경 화면이 전혀 없어서 이전의 것과는 판이했다. 그녀는 완전히 검은 시야 속에 있었고, 맨 먼저 한 다발의 빛을 보았다. 빛은 탐조등처럼 멀지 않은 곳의 허공에서 빛나고 있었다. 잠시 후 조리개가 덮인 곳에서 루추의 모습이 천천히 떠올랐다. 중고 컴퓨터 의자에 앉아 만족스러운 미소를 띠며 특정한 방향을 응시하고 있는 모습이었다.

샤딩딩이 루추의 시선을 따라가 보니 또 다른 한 다발의 빛이 쏟아지고 있었다. 암흑 속에서 빛을 발하는 또 다른 원에서 샤오렌의 모습이 떠올랐다. 이어 샤딩딩은 놀랍게도 루추가 갑자기 움직이기 시작한 것을 보았다. 그녀가 똑같이 미소를 지으며 고개를 돌리고는 다른 쪽을 바라본다…….

이게 어떻게 가능하지?

그녀의 예견에서는 이제껏 정지된 장면밖에 보이지 않았었다. 그런데 이게 어떻게 된 일일까?

샤딩딩은 길게 생각할 겨를도 없이 루추의 시선을 바짝 쫓아 자신의 시선을 움직여야만 했다. 또 다른 한 줄기의 빛이 다른 곳을 때리자, 곧바로 빛무리 속에서 한광의 모습이 떠올랐다. 그는 본체 검을 잡고 있었고, 검 끝이 루추를 향하고 있었다…….

한광이 루추를 죽이려는 걸까?

그러나 예견 속의 잉루추는 조금도 긴장하지 않았다. 그녀는 의자에 편안하게 앉아 또다시 고개를 돌려 다른 쪽을 바라보았다. 샤딩딩은 한광도 샤오롄도 모습을 드러낸 후 자세를 바꾸지 않고 정지 상태로 있다는 데 주목했다. 한광의 이마에는 땀이 맺혔고, 샤오롄은 날고 있는 검 위에서 곧 떨어질 것처럼 흔들리고 있었다. 강적에 맞서 당해낼 힘이 없는 모습이었다.

루추가 바라본 세 번째 장소에 빛무리가 떠오르자 두창펑이 나타났다. 그는 몹시 고통스러운 표정이었고, 그와 함께 나타난 것은 그의 본체인 청동 무사 상이었다.

창펑! 샤딩딩은 외마디 비명을 내질렀고 안색이 변했다.

두창펑은 상황이 특수해서 매번 초능력을 사용할 때마다 과거에 산 채로 불에 타 죽었던 경험을 되풀이해 겪었다. 그의 표정으로 짐작해보건대, 두창펑은 잉루추에 맞서 초능력을 동원한 것이 분명하다……. 그런데 왜?

이유야 어찌 됐든 두창펑의 초능력이 잉루추에 맞서는 데 아무런 영향을 못 미친 것이 확실했다. 그녀가 두 손을 배 위에 겹쳐 올려놓고 여유로운 자세로 다시 한번 돌아섰다. 징충환이 뒤따라 빛무리 속에 떠올랐다. 넋 나간 듯 멍한 표정으로 손에 본체를 잡고 있었다.

이렇듯 예견 속의 잉루추가 고개를 돌릴 때마다 그녀의 시선이 닿는 곳에 화형자가 한 명씩 나타났다. 한 바퀴를 돌아본 뒤 잉루추는 조금 피곤한 듯 목을 이리저리 비틀어보더니 갑자기 샤딩딩 쪽을 바라보았다.

두 사람의 눈이 마주쳤고, 샤딩딩은 잉루추가 입을 벌리고 미소를 지으며 말하는 것을 똑똑히 보았다.

"딩딩 언니, 언니예요?"

샤딩딩이 갑자기 눈을 번쩍 뜨며 땅바닥에 주저앉아 쉴 새 없이 숨을 몰아쉬었다. 두렵고 놀란 표정이었다.

수천 년을 살면서 그녀는 생사를 오가는 상황을 수도 없이 만나 왔다. 하지만 어떤 전투에서도 이렇게 거대한 압박감을 느낀 적은 없었다.

이 장면들은 대체 어떻게 된 일인가. 그녀가 의식을 잃은 동안 도대체 무슨 일이 일어났던 것인가?

"딩딩, 깼어요?"

한광과 청잉이 차례로 거실로 들어섰다가 바닥에 주저앉은 샤딩딩을 보고는 황급히 그녀에게로 달려갔다.

한광이 그녀를 부축해 세웠고, 청잉은 "술 한 병 따서 제대로 축하해볼까?" 하고 유쾌하게 물었다. 하지만 샤딩딩은 그들의 기쁨에 맞장구쳐줄 마음이 없었다.

그녀가 일어서서 손으로 가슴을 지그시 누르며 잠시 숨을 몰아쉬고는 고개를 들어 넋이 나간 듯한 말투로 한광과 청잉에게 말했다.

"이젤을 준비해줘요."

"방금 깨어났는데 벌써 예견이 있었던 거예요?"

청잉이 물었다.

샤딩딩의 마음은 여전히 절반쯤 방금 예견에서 본 장면들에 가 있었다. 그녀의 눈빛이 약간 흔들렸다. 그녀가 웅얼거리듯 말했다.

"그게 뭔지 모르겠지만 빨리 그려야 해요. 이번에는 예전과 완전히 달라요. 이젤이 여러 개 필요해요……."

이렇게 말하며 샤딩딩이 한광을 밀치고 계단 입구로 쿵쿵 뛰어가더니 금세 두 형제의 시야에서 사라져버렸다.

청잉이 눈살을 찌푸리고는 한광을 바라보며 물었다.

"무슨 일이지?"

"모르겠어."

한광이 고개를 가로저으며 대답했다.

"전에 딩딩이 이렇게 초조해했던 건 셋째가 사고 나기 전이었어. 그때는 조금 전처럼 그렇게까지 다급해하지는 않았는데…… 집 안 어딘가에 이젤이 좀 더 있나?"

"거실에 원래 하나 있었고, 화원에 두 개가 있었어요. 내 기억으로는 저장실 안에도 예비로 보관한 게 있을 거……."

"잘됐네."

한광이 청잉의 말을 끊고 얘기했다.

"내가 두 형한테 연락할 테니 너는 가서 이젤을 모아 와. 어쨌든 우선 딩딩이 예견을 그리도록 해주고 나서 다시 얘기하자."

두창평은 회사에서 곧장 차를 몰아 시내를 벗어나 삼림공원으로 들어간 다음 다시 요트로 갈아타고 세 시간여 만에 마침내 본가에 도착했다. 그는 자신과 샤딩딩의 2인실 방문 앞에 서서 손을 들어 방문을 가볍게 두 번 두드렸다. 그러자 안에서 샤딩딩의 목소리가 들려왔다.

"들어오세요."

그가 방 안으로 성큼 들어섰다. 한광과 청잉 모두 발코니에 있었고, 샤딩딩은 가벼운 외출복을 입고 침대에서 멀지 않은 곳에 서 있었다. 그녀를 중심으로 이젤 여덟 개가 원을 그리며 빙 둘러 세워져 있었다. 이젤마다 도화지가 한 장씩 놓여 있었고, 각각의 도화지 위에 화형자가 한 명씩 그려져 있었다. 샤딩딩 옆에는 아홉 번째 이젤이 서 있었고, 그 위에 놓인 도화지에는 컴퓨터 의자에 앉아 웃고 있는 루추의 모습이 연필로 대강의 윤곽만 그려져 있었다.

두창평은 본가에 도착하기 전에 이미 샤딩딩과 전화 통화를 해서 예견의 전말을 알고 있었다. 하지만 지금 직접 두 눈으로 보고는 그 충격으로 그 자리에서 얼어붙은 듯 한동안 말을 잇지 못했다.

샤딩딩도 그를 재촉하지 않고 그저 슬픈 눈빛으로 그를 지그시 바라보았다. 잠시 후 두창평이 숨을 깊이 들이쉬고 물었다.

"당신은 이, 이게 무슨 상황인 것 같아?"

"금제의 비밀을 간파한 복원사와 떼지어 불에 뛰어든 나방들처럼 아무것도 할 수 없는 바보들요."

샤딩딩은 눈물을 흘리며 그 원을 성큼 나와 두창평 앞에 서서 애처롭게 말했다.

"창평, 나 한광한테서 얘기 다 들었어요. 생각해봐요. 잉루추는 이제 곧 제2의 최 씨가 될 거예요…… 아니, 그녀는 그 전에 이미 전승 안에서 최 씨를 이길 수 있었어요. 지금은 이미 최 씨보다 더 강할 거예요. 샤오롄이 또 어리석었죠. 어떤 상황이 될 것 같아요? 같은 실수를 반복하겠죠."

"루추는 그림 속에서 보면 지금의 모습과 별로 차이가 없어 보여요. 이 예견의 발생 시점이 그리 멀지 않다는 것이죠."

청잉이 문 안으로 들어와서 샤딩딩에게 말했다.

"조만간 루추가 우리 모두와 사이가 틀어질 일이 뭐죠? 난 모르겠어요. 다른 해석을 찾아야 할 것 같은데요."

두창펑이 고개를 끄덕이며 덧붙였다.

"맞아. 너무 성급하게 결론을 내리지 말고 우선 자세히 살펴보고 다시 얘기해."

샤딩딩의 예견은 모두 반드시 일어났다. 하지만 화면 속에서 분명해 보이는 살기가 진짜 핵심이 아닌 경우도 종종 있었다. 그 점에서 그들은 아주 많은 경험을 했다.

샤딩딩이 힘없이 고개를 가로저으며 한광에게 물었다.

"당신도 같은 생각인 거예요?"

"나는 불안정한 요인을 통제해야 한다고 봅니다. 섣불리 행동해서 전략이 노출되면 곤란하죠."

한광도 방 안으로 들어서며 차갑게 말했다.

샤딩딩은 주위를 한 바퀴 둘러보며 결심한 듯 말했다.

"이렇게들 하시죠."

그녀는 다시 이젤들로 만들어진 원 안으로 들어가 그림을 한 장한 장 집어 각자에게 관련 있는 그림을 나눠주었다. 그런 다음 나머지 그림들을 끌어안고 침대 옆에 서서 물었다.

"각자 실마리를 찾아 모아 볼까요?"

두창평과 청잉 모두 어리둥절해했지만 한광은 이미 예상했다는 듯 고개를 끄덕이며 말했다.

"그러죠."

그가 잠시 멈췄다가 물었다.

"셋째 것도 저한테 주세요. 괜찮죠?"

샤딩딩이 샤오렌의 그림을 뽑아 한광에게 건네주자 두창평이 한숨을 내쉬며 낮게 속삭였다.

"딩딩, 꼭 이렇게까지 해야 할까?"

"더 좋은 생각이 있으면 얘기하세요. 들을게요. 하지만 나더러 여기 가만히 앉아 있으라고는 하지 말아요. 난 못 해요. 날 위해서가 아니에요. 난 예견 속에 아예 없었어요. 당신들이 당하는 건 난 못 봐요."

샤딩딩은 허리를 꼿꼿이 펴고 두창평에게 힘주어 말했다.

그녀는 확실히 그림 속에 등장하지 않았다. 하지만 루추는 놀랍게도 그림 속에서 그녀와 마주 보고 있었고, 심지어 그녀의 이름을 부르기까지 했다. 샤딩딩은 아무 말도 하지 못했다. 그게 너무 무서웠다. 그녀는 다시 떠올리기 싫었다.

두창평이 한숨을 내쉬며 말했다.

"장뭐 그림은 나한테 줘. 내가 그를 찾아볼게."

샤딩딩은 아무 말 없이 그림을 뽑아 건넸다.

청잉이 자기 손에 들린 그림을 잠시 쳐다보고는 이해할 수 없다는 듯 고개를 가로저으며 말했다.

"내가 왜 린시와 손을 잡고 루추를 공격하는 거죠?"

"린시가 초능력으로 널 보호할 수 있잖아."

한광이 그에게 상기시켜 주었다.

"그런 거라면 린시를 셋째와 손잡게 하는 게 훨씬 승산이 높지 않겠어요?"

청잉이 물었다.

"최후의 순간에 샤오롄이 마음 약해질까 봐 두려워서겠죠. 그렇지 않겠어요?"

샤딩딩이 되물었다.

그녀의 목소리는 이미 평정을 되찾았고, 지금은 약간의 독기까지 보이고 있었다. 청잉은 다투고 싶지 않아서 손에 들린 그림을 한 번 더 쳐다본 후 샤딩딩이 가진 그림을 가리키며 물었다.

"내가 그걸 가져가도 될까요?"

그 종이에 사람을 그리지는 않았지만, 장검 한 자루가 공중에서 날고 있었다. 검신에는 산천초목의 도안이 주조되어 있었고, 사방에 푸르스름한 빛이 형형하게 감돌고 있었다.

전설에 따르면 황제(黃帝)가 수산(首山)의 구리를 캐어 검을 주조하고, 천문고자(天文古字)로 칼자루에 글을 새겼다고 한다. 검신의 한쪽 면은 해와 달과 별이며, 다른 한쪽 면은 산천초목이라고 알려져 있다. 샤딩딩이 그린 이 칼이 바로 인간으로 화형하는 데 맨 먼저 성공한 병기인 헌원검(軒轅劍)이다.

샤딩딩은 헌원검이 그려진 그림을 청잉에게 건네주고는 들고 있던 남은 그림을 말아 화통 안에 집어넣었다. 그러고는 두어 걸음 뒤로 물러서서 두창평에게 억지로 미소를 지어 보이며 말했다.

"창평, 나 먼저 갈게요."

두창평은 그제야 작은 짐가방이 침대 옆에 놓여 있는 것을 알아차렸다. 그는 놀라서 한 걸음 앞으로 나아가며 말했다.

"딩딩, 당신 이제 막 깨어났어. 며칠 더 있으면 안 되는 거야?"

"안 돼요."

샤딩딩은 부드럽지만 단호하게 그의 말을 자르며 말했다.

"창평, 우리는 이 예견이 언제 일어날 일인지 몰라요. 준비를 조금이라도 더 할수록 그만큼 승산이 있는 거예요."

그녀는 앞으로 몸을 내밀어 두창평을 껴안고 뺨에 입을 맞춘 후 돌아보지도 않고 문밖으로 나갔다.

한광이 들고 있던 그림을 흔들며 말했다.

"난 셋째를 찾으러 갈게."

"셋째한테 그림을 보여줄 거예요?"

청잉이 물었다.

"나중에 얘기해. 두 형, 먼저 가볼게요."

한광이 여전히 제자리에 멍한 채 서 있는 두창평에게 고개를 숙여 인사하고는 뒤따라 방문을 나갔다.

한광이 멀어지자 두창평이 갑자기 물었다.

"딩딩이 누구를 찾을 건지 말했나?"

"아뇨. 그런데 싱밍을 언급했어요. 말하는 걸로 봐선 싱밍을 이

소생 275

미 자매로 여기는 것 같았어요."

청잉이 대답했다. 하지만 말투는 전혀 그렇게 생각하지 않는다는 투였다.

두창펑이 "오." 하고 탄식하더니 다시 물었다.

"이 일, 어떻게 생각해?"

"내가 정말로 생사의 기로에 서 있다면 온 힘을 다해 공격에 나서겠죠. 그리고 린시는 반드시 내 앞을 지킬 거고요."

청잉이 그림을 펼쳐놓고 그림 속 청동 기린을 가리키며 말했다.

"린시가 내 뒤에서 꼬리를 흔들고 있어요. 이건 뭐랄까, 개 산책시키는 모습?"

두창펑이 고개를 끄덕이면서도 망설이듯 말이 없자 청잉이 말했다.

"두 형, 다른 일 없으면 나도 먼저 방으로 가볼게요. 연락하기로 했던 사람들이 있거든요."

두창펑과 몇 마디 더 나눈 뒤 청잉은 자기 방으로 돌아와 그림 두 장을 한참 훑어보았다. 그러고는 핸드폰을 꺼내 전화를 걸기 시작했다.

통화가 연결되자 그가 말했다.

"항공권을 예약하려고 합니다. 목적지는 캐나다예요. 몬트리올…… 아뇨, 아뇨. 호텔은 예약할 필요 없습니다. 캠핑카 한 대 준비해주세요. 큰 거요…… 저도 정확한 주소는 모릅니다. 다니면서 찾으려고요."

# 13
# 유일무이

　본가에 불어닥친 풍파에 대해 샤오렌은 전혀 모르고 있었다. 민박집에서 있었던 일도 그는 루추에게 한 마디도 얘기해주지 않았다. 그 때문에 루추는 이튿날 칭옌 민박집에 와서 침대 위에 그대로 누워 있는 옥구검을 보고는 정말로 깜짝 놀랐다.

　그녀는 재빨리 검을 받쳐 들고 꼼꼼히 살펴보았다. 그러더니 난색을 보이며 검을 내려놓고 샤오렌에게 말했다.

　"표면으로만 봐서는 그의 본체에 어떠한 손상도 찾을 수가 없어요……."

　샤오렌은 그녀가 약간 주저하는 이유가 측량기구가 부족하기 때문이라고 생각해서 얼른 대답했다.

　"당신이 검신 내부 구조에 문제가 있다고 의심하는 거라면 전용 복원실에다 금속성 현미경까지 필요하겠군요. 내가 구해올 방법을 찾아볼 수 있어요."

루추는 고개를 절레절레 흔들며 다시 물었다.

"정말 무슨 싸우는 소리 못 들은 거 확실해요?"

"못 들었어요. 객관적인 판단은 불가능해요. 그가 지하 터널 안에 있었거든요. 펑랑 말고는 누구도 산을 뚫고 들어갈 수 없어요."

샤오렌이 딱 잘라 말했다.

펑랑은 분명 인간으로 화형하지는 못했겠지만, 설사 할 수 있었다고 하더라도 주주를 다치게 했을 리가 없다고 루추는 생각했다. 그녀는 긴 한숨을 내쉬며 중얼거렸다.

"생각 좀 해봐야겠어요."

"조급해하지 말아요. 아침은 먹었어요?"

루추가 다시 고개를 가로젓자 샤오렌은 그녀의 손을 잡고 민박집에 딸린 식당으로 갔다. 다소 소원했던 어젯밤을 보상이라도 하듯 무잉 집사는 오늘 아침 유난히 친절했다. 황급히 고구마죽부터 내왔고, 이어 반찬과 계란찜, 수육 등을 한 접시 한 접시 내왔다. 루추는 차마 말리지 못하고 꾸역꾸역 입속으로 집어넣을 수밖에 없었다. 그녀는 먹으면서 샤오렌으로부터 주주가 인간 모습이 사라지기 전에 마지막으로 남겼다는 말을 들었다.

"아추요?"

그녀가 어리둥절해서 눈을 깜박이며 말을 이어갔다.

"내가 아는 건 그들이 아마 상나라 때의 부족일 거라는 정도뿐이에요. 당시 부족들은 청동기 위에 종족의 문양을 새기기도 했거든요. 특히 네모난 그릇을 주조하는 것을 좋아하는데, 작품들은 모두 일종의 과시적인 아름다움을 가지고 있어요. 특히 종족 휘장이 매우 두드러지죠. 한데 모아놓으면 일종의 대조 효과가 뚜렷해요 …… 그런데 그들은 인간이겠죠?"

"당시에는 당연히 그랬겠죠."

샤오렌의 표정이 좀 미묘했다. 그는 투박한 찻잔을 들어 보리차를 한 모금 마시며 말했다.

"큰형수가 아추족이에요."

루추가 순간 눈을 커다랗게 떴다. 마침 민박집 식당의 창가 쪽 테이블에 앉아 있어서 주변에 아무도 없었지만, 그녀는 몸을 앞으로 기울이며 목소리를 낮추어 물었다.

"당신 큰형수도 원래 인간이었어요?"

"큰형수도?"

샤오렌이 잠시 멍했다가 정신을 차리고 물었다.

"두 형이 당신한테 자기 내력을 알려줬어요?"

루추는 힘껏 고개를 끄덕이고는 숨을 죽이고 기다렸다. 그 모습이 너무나 사랑스러웠다. 샤오렌은 미소 짓지 않을 수 없었다. 그도 몸을 앞으로 기울여 두 사람의 코끝이 거의 닿을 만큼 가까워지자 느긋하게 물었다.

"그렇다면 형님이 우리 중에 자기 내력이 유일무이하다는 얘기는 안 해주던가요?"

"당신들 모두가 유일무이해요."

루추가 조금도 주저하지 않고 반박했다.

아뿔싸. 이 말은 반박하기가 더 힘들었다. 샤오렌은 마구 가지를 뻗는 루추의 생각들을 그냥 무시하고 본론으로 돌아가기로 했다.

"우리 화형자들 중에 본체가 동일한 운성(殞星)에서 나왔을 뿐 아니라 똑같은 아추족 휘장의 각인을 가진 무리가 있어요. 그들은 화형한 후에도 스스로 아추족이라고 칭해요……. 물론 인류 역사에서 아추족이 완전히 사라진 지 오랜 시간이 지난 후였어요."

말을 마친 후, 샤오렌이 코끝을 그녀의 코끝에 문지르고는 몸을 뒤로 젖혔다. 루추는 얼굴이 조금 달아올랐다. 그녀는 코를 만지작거리며 어수선한 마음으로 아무 말이나 할 말을 찾아 물었다.

"스스로 일족을 만들 수 있다는 건 그들이 사람 수가 아주 많아서인가요?"

그녀가 이 '사람'이라는 글자를 너무 자연스럽게 사용해서 샤오렌은 잠시 멈칫했지만, 이내 대답했다.

"전성기에는 거의 삼십 명에 달했어요. 하지만 지금은 열 명, 여덟 명 정도 남아 있을까? 확실하지 않아요. 아추족의 행적이 특히 기이하죠. 그들과는 거의 마주친 적이 없어요."

그 숫자는 루추에게 정말 뜻밖일 정도로 적은 숫자였다. 그녀는 묻지 않을 수 없었다.

"장션이 얘기해줬어요. 오래전부터 지금까지 당신들 중 계속 살아갈 수 있는 사람은 점점 줄어들고 있지만, 개별적인 초능력은 점점 더 강해지고 있다면서요. 정말 그런 건가요?"

"……맞아요."

샤오렌의 눈빛이 미세하게 흔들렸다.

"장쉰과 장뭐는 이전에는 늘 종족의 존속에 신경을 썼어요. 그런데 기억을 잃은 후로는 그런 집착을 보이지 않더군요."

두 사람이 여기까지 이야기를 나눴을 때, 무잉 집사가 마침 뜨거운 물 한 주전자를 들고 와 차를 넣어주었다. 그녀는 먼저 샤오렌과 루추에게 인사를 건넨 후, 다시 샤오렌에게 오늘 정말 침대 시트를 갈지 않아도 되는지, 청소하지 않아도 되는지, 점심과 저녁 식사 모두 준비해주지 않아도 되는지, 티백과 화장지도 보충해주지 않아도 되는지 등을 확인했다.

질문이 모두 끝나고 모든 질문에 "괜찮다."는 대답을 듣자 무잉 집사는 거절당해서 다소 당황한 듯했다. 그녀는 무의식적으로 냅킨이 담긴 나무상자를 똑바로 놓으며 다시 샤오렌에게 물었다.

"주 선생님은요?"

"모르겠습니다."

샤오렌이 무심코 불필요한 말을 했다.

대답이 잘못됐다는 것을 깨달은 루추가 황급히 대답했다.

"그분은 아침 일찍 나가신 것 같아요."

"산행을 가신 건가요?"

무잉 집사가 따져 묻고는 황급히 덧붙였다.

"우리 쪽에서 쭉 올라가면 황금신사에 갈 수 있거든요."

샤오렌이 어깨를 으쓱해 보였다. 열정적인 눈길을 보내는 집사에게 루추가 눈 딱 감고 뻔뻔하게 대답했다.

"정말요? 너무 좋네요."

이 한마디로 충분했다. 무잉 집사는 주방으로 돌아가 주전자를 내려놓고 지도 한 장을 가져와 루추에게 건넸다. 그런 다음 그들을 문 입구까지 데려가서 집 뒤편을 가리키며 가는 길을 상세하게 설명해주었다. 그제야 만족스러워하며 샤오렌과 루추를 놓아주고는 안으로 들어가 식당을 정리했다.

산길의 방향은 안방 안에 있던 지하 터널의 방향과 완전히 겹쳤다. 샤오렌은 황금신사의 방위를 유심히 보고 나서야 루추를 따라 방으로 돌아왔다.

방문을 닫자마자 루추는 고개를 들고 미안한 마음으로 샤오렌을 바라보며 물었다.

"작은 실험을 해보고 싶은데 괜찮죠?"

어렴풋한 예감이 샤오렌의 뇌리를 스쳤다. 그가 물었다.

"무슨 실험요?"

루추는 이해할 수 없어 하는 샤오렌의 눈빛을 마주하고는 다시 고개를 숙여 검을 바라보았다. 마음을 다잡고 옥구검을 들어 손가락에 얇게 상처를 냈다. 순식간에 선홍색 피가 배어 나왔고, 곧이어 검신에 의해 깨끗하게 흡수되었다. 다음 순간 옥구검이 공중으로 사라지더니 주주의 모습이 그 자리에 나타나면서 빠르게 실체로 응결되었다. 옷을 입지 않은 채로.

루추는 반사적으로 눈을 감았다. 주주가 서두르지 않고 침대에서 일어나 이불을 끌어당겨 중요 부위를 가리고는 그제야 손을 들어 루추와 샤오렌에게 인사를 건넸다.

"두 분, 안녕하세요."

"이게 어떻게 된 일이에요?"

샤오렌이 루추에게 물었다.

"당신, 개봉이 처음인 거예요?"

루추가 눈을 동그랗게 뜨고 주주에게 물었다.

"개봉이 원래 이런 느낌이었나요? 예전에는 세상을 보는 것이 마치 안개 속에서 꽃을 보는 것과 같았습니다. 지금은 현미경 밑에 놓고 보는 것처럼 모든 사소한 것들까지 선명하게 보이는 것 같군요."

주주가 주위를 둘러보고는 느낀 것이 있는 듯 이렇게 말했다.

"나쁘지 않네요."

"저기, 섣불리 낙관하지 마세요……."

루추는 다시 주주에게 이 말을 한 뒤 곧바로 고개를 돌려 샤오렌의 시선을 마주하며 줄곧 미안한 마음을 담아 해명했다. 자신이 샤오렌의 금제를 해제할 때 실수 없이 잘하려고 먼저 연습 삼아 옥구검으로 손을 풀었는데 너무 몰입하는 바람에 그만 실수로 검에 피를 묻혀 개봉하게 됐다고…….

"미안해요."

그녀가 다시 주주 쪽으로 고개를 돌려 진심으로 사과했다.

"그때는 빨리 내 페이스를 찾아 몰입해야겠다는 생각뿐이었어요. 그 때문에 당신에게 변화가 생길 거라고는 미처 생각하지 못했어요……."

"사과할 필요 없습니다."

"사과할 필요 없어요."

샤오렌과 주주가 동시에 말한 뒤 서로를 바라보았다. 주주가 먼저 입을 열었다. 그는 농담 섞인 눈빛과 진지한 말투로 루추를 바라보며 말했다.

"지금은 상태가 아주 좋습니다. 날 수 있는지 없는지는 모르겠습니다. 개봉을 한 검은 모두 비행 능력을 갖춘다고 들었습니다만, 안 된다고 하더라도 불만은 없습니다."

"주주가 만족하는지 안 하는지는 당신이 상관할 필요 없어요."

샤오롄이 주주의 말을 자르며 루추에게 말했다.

"주주가 목숨을 되찾은 건 전적으로 당신 덕분이니까, 당신이 결과에 만족한다면 그걸로 되는 거예요."

"하지만, 하지만……."

루추는 여전히 괴로워하고 있었다.

샤오롄이 두 손으로 루추의 어깨를 누르며 말을 이었다.

"당신은 나를 금제에서 벗어나게 해주었어요. 난 당신이 그것 때문에 자책하는 것을 절대로 용납할 수 없어요."

강압적이면서도 달콤한 이 말에 루추는 참지 못하고 그를 꼭 껴안으며 중얼거리듯 말했다.

"저도 정말 기뻐요……."

두 사람은 묵묵히 둘만의 세계에 빠졌다. 옆 사람이 헛기침으로 환기한 후 말을 건넸다.

"두 분께 제가 여쭤볼 게 있습니다."

루추는 그제야 주주가 아직 옆에 있다는 생각이 들었다. 그녀가 고개를 들고 주주를 향해 멋쩍게 웃었다. 주주가 다시 한번 헛기침하고는 샤오롄의 차가운 시선을 무시하고 루추에게 말했다.

"가르침을 청합니다. 제가 지금 이렇게 걸핏하면 초능력이 고갈

되어 화형하지 못하게 되는 것이 혹시 이제 막 개봉을 한 후유증일까요?"

"당신이 너무 약해서예요."

샤오렌이 대답을 가로챘다. 그러면서 눈빛으로 루추에게 상관할 필요 없다는 눈치를 주었다.

하지만 애석하게도 그의 성실하고 정직한 약혼녀는 이렇게 복잡한 눈빛을 해석할 수 없었다. 그녀가 주주에게 설명했다.

"당신이 강하지 않을 수는 있어요. 하지만 저도 일부 책임이 있다고 생각해요. 정확한 절차에 따르면 개봉의 마지막 단계는 기물에 피를 발라 신께 제를 올리는 것……."

"절대 안 돼요."

이번엔 샤오렌이 루추의 말을 잘랐다. 매서운 말투였다.

루추가 쓸쓸하게 웃었다.

"당신이 반대하지 않더라도 전 할 수 없어요."

검려(劍廬)에서 그녀는 소련검의 개봉을 위해 검을 있는 힘껏 자신의 어깨에 꽂았었다. 심장에 사무치는 그 처절한 통증을, 지금도 그때를 생각하면 온몸이 부르르 떨려왔다.

루추가 진저리를 치자 샤오렌이 그녀를 품에 끌어안고 속삭였다.

"생각하지 말아요. 당신이 그렇게 하도록 내가 그냥 두지 않아요."

주주가 두 사람의 말과 안색을 살펴보고는 말했다.

"그러니까 지금 내 상황이 절차를 제대로 끝내지 못한 결과인 셈인가요?"

루추가 그를 향해 고개를 끄덕이고는 문득 무슨 생각이 났는지

급히 덧붙였다.

"초능력을 동원하지 않는다면 당신은 인간의 모습을 유지하며 정상적인 생활을 할 수 있을 거예요."

"정말 버틸 수 없을 때는 당신의 피를 마시는 것도 하나의 방법인가요?"

주주가 집요하게 캐물었다.

루추는 순간 멍해졌다. 그녀가 주저하며 고개를 끄덕였고, 샤오렌이 거칠게 주주에게 말했다.

"루추를 건드릴 생각일랑 말고 스스로 살길 찾아보세요."

"알겠습니다."

주주가 열 손가락을 깍지 끼며 유쾌하게 말했다.

"우리 본론으로 들어가서 계속 토론해볼까요. 수중에 돈도 있고 허리에 칼도 차고 있는 즈즈가 편하게 살아도 될 텐데 굳이 왜 지하 터널을 팠을까요?"

"무슨 지하 터널요?"

루추가 눈을 부릅뜨고 주주에게 물었다.

"루추에게 말하지 않았나요?"

주주가 그녀의 표정을 배워 똑같이 눈을 부릅뜨고는 샤오렌에게 물었다.

샤오렌은 잠시 말이 없다가 이내 손을 뻗어 공중에 나타난 검을 잡더니 주주의 코끝을 겨누며 루추에게 말했다.

"이놈을 남겨두면 당신 건강에 이로울 게 없겠어요. 깔끔하게 한칼에 끝낼게요. 당신도 OK?"

# 14
# 본성

　사람을 멋대로 베는 것은 물론 OK일 수 없다. 루추의 강한 반대로 주주는 위험하고도 아슬아슬하게 소련검의 천둥 같은 일격을 피했다. 받은 선물에 보답하기 위해 그는 침대를 걷어차 지하 터널을 드러냈고, 루추로 하여금 내려가 참관하도록 했다.

　지하 터널의 끝에는 단단한 암벽이 있었고, 그 옆에는 각종 굴착 도구와 폭약까지 몇 다발 쌓여 있었다. 곳곳에 당시 펑랑의 결심이 보였다. 하지만 이 공구들과 폭약 가방에 먼지가 쌓여 있는 것으로 보아 방치된 지 수년이 지난 것이 분명했다. 다시 말해 펑랑이 반쯤 준비하다가 중도에 마음이 바뀐 것이다.

　벽 한구석 시선이 닿지 않는 곳에 아추족의 휘장이 새겨져 있었다. 루추가 박물관 청동 솥에서 보았던 것과 크게 다르지 않았다.

루추는 이 휘장이 몹시 궁금했다. 하지만 이 먼지투성이의 흔적이 주주에게 수많은 아픈 기억을 가져다주었는지, 한 바퀴 돌아본 그가 지하 터널을 나가자고 제안했다. 그는 시내를 돌아보고 싶다면서 루추에게 오늘 다른 계획이 있는지, 함께 갈 수 있는지 물었다.

"오늘 저녁엔 부모님과 함께 이모네 집에 식사하러 가겠다고 엄마와 약속했어요."

루추는 샤오렌을 쳐다보며 작은 소리로 한마디 덧붙였다.

"큰이모가 당신을 아주 반갑게 맞아주실 거예요. 이 말은 분명 당신도 함께 가야 한다는 뜻이겠······."

"당신 친척 중에 복원을 하는 분이 또 있습니까?"

주주가 끼어들어 물었다.

루추가 고개를 가로저었다. 샤오렌이 그에게 경고의 눈길을 보내고는 고개를 돌려 루추에게 물었다.

"당신 친척분들께 우리가 전에 '헤어졌던 것'을 해명할 필요가 있을까요?"

루추는 생각만 해도 머리가 쭈뼛 섰다. 그녀가 세차게 고개를 흔들며 말했다.

"아무도 묻지 않으면 그럴 필요 없어요. 누군가 묻는다면······, 그냥 아무렇게나 대답하죠, 뭐."

"아무렇게나요?"

샤오렌이 좀처럼 지어 보이지 않는 멍한 표정을 지었다.

주주가 소리 내어 웃으며 말했다.

"그건 샤오렌이 잘하는 일이 아닌 모양이군요."

이때 세 사람은 민박집 밖 풀밭을 걷고 있었다. 산에는 운무가 자욱하게 끼어 있었고, 새소리와 풀벌레 소리가 들려왔다. 시선이 닿는 곳이 온통 초록이라 좀 전의 지하 터널이 준 음울한 느낌이 싹 가셨다.

루추는 발걸음을 멈추고 샤오롄의 손을 끌어당기며 그에게 진지하게 말했다.

"걱정하지 말아요. 이모들 모두 당신에 대해 좋은 인상을 가지고 있어요."

샤오롄이 눈썹을 치켜뜨자 주주가 다가와 한껏 순진한 얼굴로 물었다.

"왜 당신 친척들이 검 한 자루에 대해 그렇게 좋은 인상을 가지고 있는지 좀 가르쳐주실 수 있을까요?"

"아마 잘생긴 데다 예의 바르기 때문이겠죠……."

사실 루추도 왜인지 몰랐다. 그녀가 눈을 깜빡이며 황급히 덧붙였다.

"또 있어요, 연륜이요!"

"그게 무슨 뜻이에요?"

샤오롄이 물었다.

"당신이 작년에 클라리넷을 가지고 가서 우리 외할머니께 덩리쥔의 「하일군재래何日君再來」를 불어줬잖아요. 기억 안 나요?"

그날은 얼마나 즐거웠고, 지금 상황은 또 얼마나 엉망인가. 루추가 한숨을 내쉬고는 나직이 말했다.

"할머니가 그날 정말 기뻐하셨어요."

"감히 여쭙습니다만 덩리쥔은 또 누구십니까?"

주주가 그녀를 모르는 체하며 계속 캐물었다.

"가수입니다."

샤오롄이 이번에는 주주의 난입을 반대하지 않고 말을 받아주며 루추에게 미소를 지어 보이고 말했다.

"사실 이 노래의 원곡자는 목소리가 감미로운 저우쉬안(周璇)이에요. 저는 현장에서 봤어요. 상하이의 밤에."

어떻게 얘기가 여기까지 오게 된 걸까? 루추는 멍하니 "오." 하고 탄식하는 것 외에 어떻게 대답해야 할지 몰랐다. 주주가 샤오롄을 가리키며 그녀에게 설명했다.

"그는 지금 당신 외할머니든 친할머니든 연륜으로 치면 당신 약혼자인 자신에게 한참 못 미친다는 얘기를 하고 싶은 겁니다."

소련검이 다시 공중에 나타나 험악하게 주주의 목을 겨누었다. 루추가 "헉" 하고 놀라서 샤오롄에게 얼른 소리쳤다.

"알았어요. 그럼 우리 이모들은 당신이 그저 잘생겨서 좋아하는 거예요."

"감사합니다."

샤오롄이 정색하고 대답했다.

소련검이 순식간에 사라지자 주주가 목을 쓰다듬으며 불쑥 물었다.

"두 분이 잘생긴 남자 한 명을 더 데리고 친척을 만나러 가주시겠습니까?"

"싫습니다."

"싫어요."

루추와 샤오렌이 입을 모아 대답했다.

루추가 잠시 머뭇거리다 덧붙였다.

"나는 정말 더 이상 어느 누구에게도 당신 부모님이 모두 돌아가신 상황을 설명하고 싶지 않아요."

이는 이미 주주의 예상 속에 있었던 답이었기에 그는 고개를 끄덕이며 태연자약하게 말했다.

"그렇다면 죄송하지만 저를 바래다주십시오. 그건 문제없겠죠?"

며칠이 더 지난 후, 루추는 이것이 주주가 자주 사용하는 담판의 전략임을 알게 되었다. 먼저 받아들일 수 없는 제안을 던진 다음, 거절당하면 한발 양보한 듯한 제안을 다시 하는 것이다. 상대방은 그 격차 때문에 대체로 제안을 수용한다. 하지만 사실 주주가 원하는 것은 애초부터 후자이다. 그는 그저 목표를 반드시 달성할 수 있도록 확실히 하는 것뿐이다.

매우 영리한 전략이다.

하지만 당시의 루추는 이런 것을 전혀 몰랐고, 샤오렌과 주주와 함께 아주 즐거워하며 산을 내려왔다. 내려오는 길에 그녀는 몹시 여윈 한 여자가 생기가 전혀 없는 멍한 눈빛으로 재활용품이 가득 담긴 카트를 끌고 산을 올라가는 것을 보았다.

주주가 그 여자를 몇 번 더 쳐다보고는 뭔가 생각하는 듯한 표정으로 시선을 거두었다. 루추가 의아해하는 표정을 짓자 천천히 설명했다.

"저 여자, 온몸에 상처투성이입니다."

"그것을 어떻게 알……."

루추는 말하다 말고 갑자기 깨달은 듯 다시 주주에게 물었다.

"초능력을 사용해 옷 속을 투시할 수 있는 거예요?"

"일반적으로는 사람들이 겹겹이 입고 있는 옷 아래 감춰진 진짜 모습에 나는 아무런 관심이 없습니다. 내가 투시할까 봐 걱정이 되신다면 그럴 필요 없습니다."

주주는 여전히 겸손하고 부드러운 말투로 느리게 대답했다.

루추는 고개를 가로저었다.

"그런 걸 걱정하지는 않아요. 전 단지 이해할 수 없네요. 그렇게 많은 사람들이 당신 옆을 왔다 갔다 했는데 왜 당신은 다른 사람이 아닌 유독 그 여자를 본 거죠? 그러니까…… 가령 무잉 집사는 왜 보지 않았어요?"

그녀의 거침없고 직접적인 질문에 주주는 경박한 태도를 거두었다. 그는 잠시 중얼거리더니 먼 산을 바라보며 천천히 입을 열었다.

"당시 한무제가 옥구검 여덟 자루를 주조한 것이 모두 하늘에 제사를 올리기 위함이었다는 것을 아십니까?"

루추는 사실 잘 몰랐다. 그래서 쑥스러워하며 말했다.

"옥구검이 실용성이 없다는 정도만 알고 있었어요. 사실 당신이 왜 예기가 아닌 병기로 분류되었는지도 계속 의아했어요."

"분류는 산장의 소관입니다. 그녀가 좋아하는 대로 나누어지지요. 저도 날이 있으니 개봉할 수는 있었고, 병기류로 분류하는 것도 크게 문제 될 것은 없었습니다."

주주가 잠시 멈췄다가 다시 말했다.

"제가 병기류에 속하긴 했지만 주조한 사람의 초심은 희생과 봉헌이었으니 그것이 저의 본성을 형성한 것입니다. 또한 저는 죄 없이 고통당하는 사람에게 특히 민감합니다. 사람들 무리 속에 있어도 금방 알 수 있습니다."

"그렇군요……."

루추가 고개를 돌려 샤오롄을 바라보았다.

샤오롄은 영문을 몰라 고개를 갸웃하며 그녀를 바라보았다. 눈빛은 부드러움과 함께 의혹이 서려 있었다. 주주가 가볍게 헛기침을 한 후 루추에게 말했다.

"그의 본성은 살육입니다. 이 점은 당신도 이미 알고 있을 거라고 생각합니다. 하지만 이 자는 십중팔구 당신에게 말을 한 적이 없을 겁니다. 그는 기분이 좋지 않으면 곧장 전장으로 달려가기를 좋아합니다. 어디든 싸울 수 있는 곳이라면 그곳으로 뛰어들지요."

이는 샤오롄에게 불공평한 말이었다. 루추가 항의했다.

"이 사람도 집을 떠나 대학을 다녔어요."

주주가 "오" 하고는 샤오롄을 돌아보았다. 의혹 속에 한 가닥 기대가 담긴 눈빛이었다. 샤오롄은 주주를 전혀 개의치 않고 망설임 없이 루추에게 설명했다.

"당시 캐나다에 특수병 부대가 있었어요. 집을 떠나온 후 훈련

받을 만한 곳을 알아보던 차에 들어가려면 대학 학력이 필요하더군요."

"역시 강산은 쉬이 바뀌지만 본성은 바뀌기 어렵군요."

주주가 눈을 내리깔며 말을 잘랐다.

루추는 놀라움이 진정된 후 중얼거렸다.

"당신, 군대에 가고 싶어서 대학에 간 거였어요? 난 줄곧 당신이 음악을 좋아하는 줄 알았는데……."

"음악도 좋아해요. 상충하지 않아요."

샤오렌이 차분하게 말했다.

루추가 고개를 세차게 저었다. 이건 상충하고 안 하고의 문제가 아니다. 그녀가 그를 전혀 모르고 있음을 끊임없이 발견하고 있다는 점이 문제다!

그녀가 막 입을 열려는 순간, 주주가 낮게 탄식하며 그녀에게 말했다.

"본성이라는 것이 본디 마음속에 가지고 있는 욕망의 수렁이라서 억누르기도 메우기도 어렵다는 것을 그가 당신에게 얘기한 적이 없습니까?"

"현대인은 문어체로 말하지 않아요."

루추는 주주의 말에 퉁명스럽게 대답했지만, 머릿속은 자기도 모르게 샤오렌이 처음 자신에게 본체를 드러내 보이기 전에 했던 말이 떠올랐다. 자신은 살육을 위해 산다고…….

그는 분명 그녀에게 모든 걸 솔직하게 털어놓았고, 당시 그녀도 자신이 다 이해하는 줄 알았다. 자기가 세상에서 그를 이해하는 유일한 사람이라고 생각하며 남몰래 기뻐하기까지 했다. 지금 돌이켜보면 정말 한참 잘못 알았고 바보스럽기 짝이 없었다.

그녀는 그를 사랑하게 된 바보였다.

차갑고 힘센 손이 그녀의 어깨를 감싸더니 샤오렌의 침착한 목소리가 그녀 곁에서 울렸다.

"살육에 중독되고, 더운 피로써 서슬 퍼런 본체를 드러내는 것, 그 모든 게 나예요."

루추는 놀라서 어쩔 줄 몰라 하며 고개를 들어 샤오렌을 바라보았다. 그는 그녀의 눈빛을 거리낌 없이 당당하게 마주하고 담담한 미소를 지으며 말했다.

"그 모든 게 나지만 그게 내 전부는 아니에요. 지금까지의 삶에서는 본성조차도 나의 대부분은 아니었어요."

말할 수 없이 컸던 낙담이 이 말에 적잖이 해소되었다. 루추는 나직이 "네."라고 대답하고는 머리를 샤오렌에게 기댔다.

주주는 두 사람의 대화를 계속 지켜보다가 입을 열었다. 그가 뭔가 생각이 있는 듯 샤오렌에게 말했다.

"당신은 솔직해졌군요. 인간과 감정을 나누는 것이 도움이 되던가요?"

"샤오렌은 원래부터 그랬어요."

루추가 생각조차 해보지 않고 곧바로 고개를 쳐들고 반박했다.

"전승 안에서 금제가 씌워지기 전의 그를 본 적이 있지만, 당신보다 백만 배는 솔직하고 귀여웠어요!"

샤오렌이 가볍게 헛기침을 하고는 루추의 머리카락을 만지작거리며 말했다.

"그를 이기는 것이 나한테 결코 성취감을 주지는 못해요."

루추가 소리 내 웃었다. 주주가 흥미롭다는 듯 눈을 반짝이며 루추에게 물었다.

"전승 안에서 이전의 샤오렌을 본 적이 있으십니까?"

루추가 고개를 끄덕이자 주주가 따져 물었다.

"무슨 상황이었는지 좀 더 말씀해 주시겠습니까?"

그런 다음 차에서 보낸 시간 동안 내내 루추는 자신이 주주를 처음 본 상황으로 또다시 되돌아간 것 같다는 생각이 들었다. 마음이 내키지 않는데도 자기도 모르게 모든 것을 상세하게 얘기하고 있었다.

전승 안에서 보고 들은 것을 모두 말한 루추는 정말 마음이 찝찝했다. 그래서 좀 전에 스쳤던 상처 입은 여자에 대해, 어떤 사람이 무고한지 그렇지 않은지, 그래서 구해야 하는 사람인지 아닌지를 어떻게 판단할 수 있는지 주주에게 반문했다.

주주의 답은 통쾌했다. 하지만 이야기를 나누는 과정에서 루추도 주주의 마음속에서 일어나는 갈등—그는 모든 인간에게 그토록 소원(疏遠)하면서도 그토록 배려심이 깊었다—을 끊임없이 느꼈다.

샤오렌이 살육의 본성을 의연하고 단호하게 버릴 수 있다면 그것은 숙명에서 벗어나는 것과 같다. 하지만 주주는……, 그는 자신의 본성을 진심으로 싫어하는 것일까? 그렇다 해도 여전히 모순이다. 한편으로는 통제되는 것을 싫어하면서, 다른 한편으로는 이기

적이 되는 것도 바라지 않는 것일까?

∞

그들은 목적지인 큰이모의 아파트 단지 입구에 도착할 때까지 계속 대화를 나눴다. 루추가 편의점에 들러 음료수를 사는 잠깐의 짬을 이용해서 샤오렌이 루추가 있을 때만 겉으로 드러내 보이는 온화함을 거두고 주주에게 차갑게 물었다.

"루추가 최 씨를 마주한 경험이 우리 둘의 결계를 도울 수 있을까요?"

"그럴 리가 있겠습니까?"

"그렇다면 당신이 그렇게 자세하게 물어본 것은 무슨 의미죠?"

"못 느끼셨습니까?"

주주가 되물었다.

"루추가 전승 안에서 달이 뜨고 지는 것을 보고 하룻밤이 지난 줄 알았는데, 나와보니 바깥에서는 한두 시간밖에 안 지났다는 얘기를 계속했잖습니까."

"그래서요?"

샤오렌의 태도는 여전히 냉랭했지만 말투에는 분명히 동요한 기색이 보였다. 주주는 열 손가락을 살짝 깍지 껴서 가슴에 대고는 깊이 생각한 듯 말했다.

"당신들에게 나는 이미 백 년의 긴 잠에 빠져 있었던 사람이겠지만, 나로서는 화형 능력을 완전히 잃었다가 인간으로 되돌아온 것이 그리 길게 느껴지지 않습니다. 기껏해야 몇십 일 정도 된 느낌이랄까요? 다시 말해, 전승 안에서의 시간의 흐름은 바깥세상과 확연히 다를 뿐만 아니라 규칙이라고 할 만한 것도 없습니다……."

"그걸 안다고 무슨 소용이 있죠?"

샤오롄이 물었다.

"우리 중에 누구의 초능력이 시간과 관련이 있을까요?"

주주가 되물었다.

샤오롄은 어리둥절해져서 머뭇머뭇 고개를 저으며 말했다.

"기억이 잘 안 나는데 누가……."

"누군가 고의로 감추려는 게 아니라면, 없습니다."

주주가 분석을 이어갔다.

"산장의 비기가 시간을 통제하는 거라면, 우리 중 누가 전승에 들어가든 그녀에게 대척하기엔 역부족입니다……. 루추가 전승 안에서 겪은 일에 대해 당신 말고 또 누가 알고 있습니까?"

"두 형과 한광, 청잉이……."

"당신들 모두 알고 있다고요?"

주주가 믿을 수 없다는 듯 물었다.

샤오롄이 해명했다.

"루추는 이전의 전승자와는 완전히 다릅니다. 당신도 보셨듯이 그녀는 우리를 같은 부류로 생각해요. 우리에게 뭔가를 속인 적이 없습니다."

"방어진을 치지 않는 것을 다른 말로는 경솔하다고 하지요. 그리고 그녀는 인간입니다. 그 점은 당신과 결계를 맺는다고 해도 달라지지 않습니다."

주주의 얼굴빛이 어두워졌다.

샤오렌이 반박하려는 순간 갑자기 핸드폰 벨이 울렸다. 그가 전화를 받았다. 그는 통화하는 내내 청잉을 한 번 부른 것 말고는 아무 말도 하지 않았지만, 얼굴빛은 점점 굳어져 갔다. 바로 이때 관짜는 널을 멘 사람들 무리가 단지 안에서 나왔다. 주주는 별생각 없이 관 자재를 힐끗 보았다. 순간 그의 낯빛이 확 변했다. 그는 관 자재를 뚫어지게 쳐다보며 낮은 목소리로 물었다.

"저건 무슨 물건입니까?"

"뭘 본 거죠?"

샤오렌이 전화기 너머 상대방의 얘기를 들으며 그에게 되물었다.

"죽은 사람의 목덜미에 아주 가는 금색 선이 있습니다. 게다가 움직여요. 지금 막 뚫고 나오려고 하는데…… 싱밍의 살무사일까요? 이게 바로 두창펑이 전에 말했던, 그녀의 초능력이 크게 진화했다는 것일까요?"

이어 거의 들을 수 없을 정도로 미세한 소리와 함께 작은 금색 뱀이 관 자재를 뚫고 나와 바닥에 툭 떨어지더니 서두르지 않고 유유히 길가를 따라 앞으로 나아갔다.

샤오렌은 주주에게 고개를 끄덕이고는 공중에 나타난 검을 움켜쥐었다. 그가 막 내려치려는 순간 주주가 나지막하게 말했다.

"잠깐, 풀을 쳐서 뱀을 놀라게 하세요."

샤오렌이 망설이는 틈에 금색 뱀은 이미 풀숲으로 들어가 사라져버렸다. 그런데 전화기 너머에서도 청잉이 매우 중요한 얘기를 했다. 딩딩의 예견 그림 속에서 그가 비검(飛劍) 위에 올라서서 루추에게 돌진하더라는 말이었다.

"내 손에 검이 있던가요?"

샤오렌이 물었다.

청잉은 순간 당황해서 잠시 머뭇거리다가 대답했다.

"없었던 것 같아."

"그러니까, 아마 당신들 일곱 명이 그녀를 공격하고 있고, 내가 그녀를 구하는 상황이란 거예요?"

샤오렌이 다시 물었다.

"그 가능성을 배제하지는 않겠지만, 하지만…… 나는 좀 더 합리적인 해석을 찾는 중이야."

청잉이 다소 난감해하며 대답했다.

"그래요. 나 대신 큰 형과 두 형에게 전해줘요. 무슨 일이 있더라도 난 끝까지 루추를 지킬 거라고요."

샤오렌이 조용히 대답했다.

청잉이 잠시 침묵하더니 짧게 "알았어."와 "건강해." 이 두 마디만 하고는 전화를 끊었다. 샤오렌은 핸드폰을 집어넣고도 여전히 장검을 움켜쥔 채로 물끄러미 앞쪽을 바라보았다. 고통의 몸부림과 분노가 가득한 표정이었다.

주주는 자신의 청력으로 그 통화에서 청잉과 샤오렌이 나눈 대화를 똑똑히 들을 수 있었다. 그가 잠시 생각에 잠겼다가 샤오렌에게 말했다.

"어차피 샤딩딩이 싱밍을 찾아갔으니 싱밍도 이제 루추에 대해 손바닥 들여다보듯 훤히 알게 됐을 겁니다."

"그럴 리가 없습니다. 딩딩은 절대로 우리를 배신하지 않아요
……."

샤오롄이 말하다 말고 입을 다물었다.

주주가 몇 걸음 떨어진 경비실을 힐끗 보더니 아랑곳하지 않고
말했다.

"샤딩딩에게는 인간을 비호하는 당신들이야말로 반역자입니다.
잠깐만요, 수정하겠습니다. '들'은 빼겠습니다. 당신 말고는 누가 잉
루추를 도와줄 수 있을지 모르겠습니다. 나조차도 할 수 없어요."

"내 검에 한번 당해보시겠습니까?"

샤오롄의 몸에서 예리한 검기가 갑자기 뿜어져 나왔다. 하지만
주주는 꼿꼿이 서서 조금도 물러서지 않았다. 때마침 루추가 음료
수 한 봉지를 들고 편의점에서 나오다 이 장면을 보고는 황급히
두 사람 사이에 끼어들었다.

"왜 그러세요, 두 분?"

샤오롄이 들고 있던 장검이 갑자기 사라지자 주주가 웃으며 말
했다.

"별일 아닙니다. 샤오롄이 방금 샤딩딩이 깨어났다는 전화를 받
았습니다."

"너무 잘됐네요."

루추는 정말 기뻤다.

주주가 어깨를 으쓱 해보이고는 말없이 웃었다. 샤오롄은 내키
지 않는 말문을 억지로 여는 터라 답답한 목소리로 말했다.

"딩딩이 두 형과 약간의 충돌이 있었나 봐요. 쓰팡시를 떠났다네요."

"그렇다면 두 주임님께 빨리 가서 딩딩을 다시 데려오라고 하세요."

루추는 당연하다는 듯 말했다. 이 부부싸움에서 그녀는 무조건 자신에게 늘 맏언니처럼 부드럽게 대해 주었던 딩딩 편이었다.

주주의 얼굴에 미소가 가득 번졌다. 루추가 한쪽 편으로 기울자 그는 최대한 정중하면서도 그만큼 빈정거리는 어조로 말했다.

"일이 있어서, 저는 먼저 가보겠습니다. 다음에 뵐 때도 여전하시길 바랍니다."

그는 말을 마치고 돌아서서 사뿐사뿐 경쾌한 발걸음으로 떠났다.

# 15
# 적과 친구

단지 안에 들어선 황성은 마치 뱀의 표적이 된 개구리 마냥 공포감을 느꼈다.

이건 불합리하다. 그는 이름과 신분, 심지어 얼굴까지 바꾸고 이런 누추한 곳에 와서 경비원으로 일하고 있다. 그를 여기로 보낸그 여자는 그에게 목숨은 살려주겠다고 했다. 그녀가 그렇게 약속했던 것이다!

잠깐, 그는 아무런 나쁜 짓도 하지 않았고, 사람도 그가 죽인 것이 아니다. 그런데 뭘 두려워하는 거지?

황성은 기운을 내서 경비실에 들어갔다. 교대 후 그는 CCTV 모니터 앞에 앉아 도시락을 열고 밥을 한 술 입에 떠 넣었다. 모니터상에 남자 한 명과 여자 한 명이 단지 안으로 들어서는 것이 보였다. 여자가 남자의 손을 잡아끌고 있었다. 두 사람이 비밀스럽게 속삭이는 모습으로 보아 커플임을 한눈에도 짐작할 수 있었다.

황성은 무료하게 모니터를 바라보며 둘이 언제쯤 헤어질지 악의적인 예측을 해보았다. 어느 순간 모니터 속의 남자가 갑자기 고개를 돌려 아무렇지도 않게 CCTV를 힐끗 쳐다보았다. 순간 놀란 황성의 목구멍에 방금 삼킨 밥이 콱 막혀 삼킬 수도 뱉어낼 수도 없었다. 그는 얼굴이 시뻘게지고 목에 핏대가 선 채 눈을 부릅뜨고는 허리를 굽히고 격렬하게 기침을 해댔다. 뿜어져 나온 반쯤 씹힌 밥알들이 도처에 뿌려졌다.

가까스로 숨을 돌리며 미처 고개도 못 들고 있는 그의 시야에 긴 다리가 경비실에 들어서는 모습이 들어왔다. 그러고는 거리낄 게 없다는 듯한 목소리로 느릿느릿 말했다.

"안녕하십니까?"

황성은 고개를 들어 눈물이 그렁그렁한 눈으로 마흔 살쯤 되어 보이는 그 남자를 보았다. 그가 허리를 굽혀 그를 바라보며 흥미진진하다는 듯 말했다.

"새로 들어온 경비원의 말하는 소리가 징을 깨부수는 소리 같다던데…… 어디, 몇 마디 들어볼까요?"

맞다, 바로 이런 눈빛이었다. 이 눈빛, 칭룽현에서 한 번 본 이후로 지금까지 평생의 악몽이 되었다. 그런데 지금 이 사람에게서 다시 보게 되다니!

황성은 온몸을 부르르 떨고 입을 벌린 채 숨을 헐떡이며 목구멍에서 문장도 안 되는 글자 몇 개를 쥐어 짜냈다. 그러나 이런 때조차 그는 여전히 위장하는 것을 잊지 않았다. 그는 이리저리 몸을 뒤치며 "살려주시오."와 "당신은 누구요."라고 말했을 뿐, 끝까지 자신의 진짜 신분을 드러내지 않았다.

주주가 실눈을 뜨고 초능력으로 황성의 목구멍 깊숙한 곳을 들여다보았다. 작은 황금색 뱀 한 마리가 편도선 옆에 도사리고 앉아 있었다. 황금색 뱀은 마치 그의 시선을 감지한 듯 목을 높이 치켜들더니 한 줄기 연기처럼 곧장 아래로 뚫고 내려가 순식간에 사라졌다. 바닥에 무릎을 꿇은 황성의 두 눈이 별안간 번쩍 뜨이고 얼굴이 벌겋게 변하더니 마치 뒤에서 누군가에게 잡아채인 듯 머리를 뒤로 젖혀 더없이 기괴하고 부자연스러운 자세를 취했다.

주주가 깜짝 놀라 초능력을 거두었다. 황성이 천천히 입을 벌려 마치 뾰족한 발톱으로 유리를 긁는 것처럼 귀를 찢는 날카로운 소리로 물었다.

"주주?"

"……싱밍."

"당신의 본체는 두 동강 나지 않았던가?"

이 말을 할 때 황성은 똑같은 자세를 유지하면서 똑같은 어조로 말했지만, 주주는 전혀 다르게 느꼈다. 그가 미간을 찌푸리며 물었다.

"왕웨?"

황성이 목구멍에서 가벼운 웃음소리를 짜냈다. 주주가 그의 얼굴을 주시하면서 다시 물었다.

"당신들은 이미 사람의 정신을 상하게 하지 않으면서도 사람을 통제할 수 있는 방법을 찾아낸 겁니까?"

"아직 실험 중이에요. 당신은 전승에 들어간 적이 있어요?"

이 말을 앞뒤 두 부분으로 나누면 분명히 앞쪽은 왕웨의 말투였고, 뒤쪽은 싱밍이 묻는 말이었다.

과연 모두의 목표는 전승에 들어가는 것이었다. 주주는 탐구하는 듯한 눈빛으로 황성을 바라보며 아무렇게나 대답했다.

"들어가지는 못했고, 문 주위를 한 바퀴 슬쩍 돌아본 적은 있습니다. 어째, 정보 교환에 관심이 있습니까?"

황성의 입에서 귀청을 긁는 듯한 웃음소리가 새어 나왔다. 그가 몸을 일으키더니 밖으로 나가면서 말했다.

"좋죠. 오랜만에 당신과 뭉치는군요. 퍽 그리웠어요."

주주는 꼼짝 않고 선 채로 두 손으로 가슴을 끌어안고 나른하게 말했다.

"주소를 주시오. 내가 직접 찾아가겠습니다. 굳이 수고롭게 사람을 보내지 마십시오. 더구나 싱밍 아가씨께 수고를 끼치고 싶진 않습니다."

황성은 "쯧" 하고 혀를 차며 가식적인 원망을 늘어놓았다.

"호락호락하지 않은 건 예전과 똑같네요."

이렇게 말하면서 일련의 주소를 알려주었다.

주주가 핸드폰을 꺼내 메모한 뒤 무심결에 다시 물었다.

"오늘 나간 관 주인은 왜 죽은 겁니까?"

이 말은 마치 먼 곳에서 원격으로 조종하는 싱밍을 깨운 듯했다. 황성의 몸이 약간 나른하게 풀리고, 뒤로 젖혀진 머리도 천천히 제자리로 돌아왔다. 그는 주주 쪽으로 고개를 돌려 넋이 나간 눈빛으로 앞쪽을 주시하며 대답했다.

"인간은 죽음을 피할 수 없어요."

"통제를 받으면서 과도하게 정력이 소모되기 때문인가요?"

주주는 황성을 안쓰럽게 바라보며 물었다.

"이놈도 곧인가요?"

"그만 좀 하세요!"

황성이 갑자기 버럭 화를 냈다.

"올 테면 와요. 내가 두 번은 못 부러뜨릴 것 같아요?"

이런 방식의 화법은 백 퍼센트 왕웨였다. 그의 말이 떨어지자마자 황성은 진흙처럼 무너져내리더니 땅바닥에 엎드려 숨만 헐떡였다. 주주는 입꼬리를 미묘하게 올리며 그를 힐끗 한번 보고는 경비실을 나왔다.

경비실 천장의 형광등이 눈이 부실 정도로 밝았다. 주주가 떠나고 한참이 지난 후에도 황성은 여전히 바닥에 엎어진 자세로 이마를 손목에 얹고 온 얼굴을 자신이 만들어낸 그림자 안에 파묻은 채 꼼짝도 하지 않았다. 두 눈만 마치 고양이에 쫓겨 구석에 몰린 쥐처럼 경악과 공포와 분노에 휩싸여 원한 서린 눈빛을 어둠 속에 뿜어내고 있었다.

2월의 싱가포르는 이미 건기에 접어들었다. 밤이 되어도 기온

이 섭씨 30도를 오르내려 거의 모든 사람이 얇은 셔츠를 입고 있었다. 이에 비해 카디건을 입고도 땀 한 방울 흘리지 않는 두창평은 사람들 사이에서 유독 도드라져 보였다.

수천 년 동안 인간들 사이에 섞여 살아온 그는 공항에 도착하면 가장 먼저 옷부터 갈아입어 이런 상황이 발생하는 것을 피하는 것이 습관이 되었다. 하지만 오늘 두창평은 다른 사람의 시선을 의식할 겨를이 없었다. 그는 적당한 사이즈의 캔버스백을 들고, 차를 타고 곧장 시내 중심가의 가장 번화한 상업지구로 들어갔다. 인파로 북적거리는 싱가포르강 하구 근처에 내려 카베나 다리 옆에 우뚝 솟은 우아하고 웅장한 모습의 역사적 건물을 침울한 얼굴로 올려다보았다.

이 빌딩은 전체적으로 차분한 회백색에 붉은 벽돌색 지붕으로 되어 있었다. 로마식 돌기둥이 일렬로 늘어서 있고, 강 하구에서 가장 가까운 곳에는 18세기 유럽의 석조 보루 건축양식이 남아 있었다. 최상층에는 조망을 위한 높은 탑이 있고, 그 아래층은 네모 반듯한 포혈(砲穴)이 있는 두텁고 튼튼한 벽으로 되어 있었다. 시간을 200년 전으로 되돌린다면, 적군이 바다에서 습격해 들어올 때 화포 하나하나의 포구를 그 포혈에 내밀고 적에 맞서 통렬한 공격을 퍼부었을 것이다.

세월은 덧없이 흘러 인류의 전쟁 형태는 부단히 새로워졌고, 이 건축물의 용도 역시 세월에 따라 달라졌다. 한때는 우정총국의 청사였다가, 또 한때는 호화롭고 은밀한 클럽이기도 했다. 밀레니엄 때에 이르러 디츄그룹이 매입한 뒤 거액을 들여 내외부를 새롭게 단장했다. 본래의 외관은 살리면서도 현대적 디자인을 절묘하게 가미해 탈바꿈함으로써 현지의 5성급 랜드마크 호텔이 되었다.

이는 디츄그룹의 전형적인 방법이며, 장퉈가 가장 자주 사용하는 경영전략이기도 하다. 전 세계 각지의 옛 건물을 사들여 옛 맛을 살리고 새로움을 더해 다시 제왕의 기품을 가진 자태로 세상 앞에 새롭게 모습을 드러내는 것, 그렇게 해서 배후에 숨겨진 야심은 백일하에 드러낸다.

두창펑은 장퉈를 좋아한 적도 없고, 지금까지 디츄그룹이 소유한 그 어떤 호텔에도 발을 들여놓은 적이 없다.

그는 헌팅캡을 눌러 쓰고 걸음을 옮겨 도로를 건너서 정문 안으로 들어갔다.

거대한 현관 복도가 눈앞에 펼쳐졌고, 대리석 바닥은 얼굴이 비칠 정도로 반들반들했다. 어렴풋이나마 200여 년 전에 그가 처음으로 이 호텔에 발을 들여놓았을 때의 그 모습이 남아 있었다. 구석구석 세세한 복원에 얼마나 신경 썼는지, 두창펑은 장퉈가 얼마나 공을 들였는지 인정하지 않을 수 없었다. 하지만 그렇다고 뭘 어쩔 텐가? 과거의 영광에 너무 빠져 있으면 앞으로 갈 길은 죽음일 뿐이다.

그는 호텔 지배인을 따라 후미지고 대형 분재 뒤에 가려진 엘리베이터로 들어가 최상층까지 올라갔다. 지배인은 엘리베이터에서 내리지 않고 공손히 몸을 굽혀 엘리베이터에서 내린 두창펑에게 인사한 후 문을 닫았다. 두창펑은 거침없이 앞으로 걸어가 복도 맨 끝에 이르러 반쯤 닫힌 방문을 열고 널따란 서재로 들어갔다.

장뭐는 늘 현지에 맞는 차림을 했다. 이때는 얇고 통기성이 좋은 심플한 아이보리색 리넨 셔츠를 입고 있었다. 책상 뒤쪽에 앉아 있던 그는 두창평을 보자마자 손을 흔들며 담담하게 말했다.

"앉으세요."

"서 있어도 됩니다."

두창평은 책상 앞으로 걸어가 높은 곳에서 장뭐를 내려다보며 물었다.

"한 가지만 묻겠습니다. 아직 싱밍과 함께하고 계십니까?"

이런 식으로 상대가 내려다보는 것은 사람을 정말 불편하게 만들었다. 장뭐가 일어서서 차갑게 되물었다.

"당신이 먼저 설명해주시죠. 형주정이 어떻게 여전히 형명정과 친자매일 수 있는 겁니까? 내가 알기로는 두 사람 사이에 뿌리 깊은 원한이 있습니다만."

장뭐는 호리호리한 체격에 기세로는 두창평에게 조금도 뒤지지 않았다. 두창평은 한숨을 내쉬고는 눈을 내리깔아 책상을 보며 물었다.

"당시의 일을 당신은 얼마나 알고 계십니까?"

"피상적인 것만요."

장뭐가 짜증스럽다는 듯 말했다.

"당시 우(禹)왕께서 아홉 개의 정(鼎)을 주조하신 후 형주정을 가장 먼저 인간으로 화형하게 하셨는데, 다른 여덟 개가 미처 화형에 이르지 못했을 때 하늘에서 기이한 불이 떨어져 모두 불타 한 덩어리가 되었다고 알고 있습니다. 그 후 주천자(周天子)가 한 덩어리가 된 그 폐광물 중 일부로 형명정을 만들어 자신의 권위를 세우기 위한 살인 도구로 삼았고요. 이런 관계 때문에 샤딩딩과 싱밍이 서로에게 계속 적의를 갖고 있는 것 아닙니까. 그런데 그 관계가 앞으로 어떻게 바뀔 수 있을까요?"

형명정은 세상에 나온 후 바로 처형의 도구가 되어 다른 의견을 가진 사대부와 말을 듣지 않는 황족을 삶아 죽이는 팽형에 사용되었다. 이 일은 화형한 고대 기물 사이에서도 널리 알려져 있었다. 그런데 장뒤는 이런 것들밖에 몰랐고, 싱밍도 그를 자기 사람으로 여기는 것 같지는 않아서 서로에 대한 신뢰도에 한계가 있는 것 같았다.

두창평은 두 눈을 감았다가 다시 뜨며 천천히 말했다.

"그때의 일은 그리 간단하지 않습니다. 딩딩이 제게 말해준 바로는, 하늘에서 기이한 불이 떨어졌을 때 그녀의 형제자매 모두 화형인으로의 각성이 임박해 있었는데 불과 몇 초 차이로 인간으로 화형하지 못했다고 합니다. 딩딩은 그들의 참담한 비명을 듣고도 아무것도 할 수 없었고요. 더 끔찍한 것은, 하늘의 불이 떨어지기 전에 그녀가 어떤 장면을 보았고 그것이 그녀가 이번 생에서 처음 본 예견이었는데, 그 장면이 무엇을 의미하는지 해석하지 못한 채 두 눈으로 직접 참극을 목격했다는 겁니다."

"그만하십시오."

장뒤가 짜증스럽다는 듯 그의 말을 자르며 얘기했다.

"본체는 핏물이 강을 이루는 것을 겪지 않습니다. 우리는 화형할 기회조차 없었단 말입니다. 당신의 그 촉나라 황태자 식의 생각을 우리한테 갖다 대지 마십시오. 핵심을 얘기하죠. 싱밍은 샤딩딩과 어떻게 연결된 겁니까?"

"앞선 원인을 말하지 않고서는 그 결과를 이해할 수 없습니다."

두창평은 조용히 답하고는 잠시 멈췄다가 다시 말을 이었다.

"몇 년 전 싱밍이 어느 좁은 길에서 딩딩과 마주쳤습니다. 싱밍이 갑자기 목소리를 바꿔 딩딩을 큰언니라고 부르며 불러 세웠고, 아홉 개 정(鼎)이 화형하기 전의 희미한 옛일에 대해서도 얘기하기 시작했습니다. ……그때는 딩딩이 그녀를 별로 신경 쓰지 않았지만, 그 이후로 둘이 계속 연락을 한 것으로 짐작됩니다. 딩딩은 미처 화형하지 못한 그녀의 여덟 형제자매의 혼백이 모두 싱밍의 본체에 들어갔고, 싱밍이 인간으로 화형한 후 함께 깨어나 싱밍과 하나의 몸을 공유하는 것으로 알고 있습니다."

"아홉 개의 혼백이 하나의 몸을 공유한다는 말입니까?"

장퉈가 미간을 좁히며 물었다.

"어떻게 그럴 수가 있죠? 샤딩딩이 속고 있는 것은 아닙니까?"

"중요한 점은 그녀가 믿는다는 것입니다."

두창평은 이 마지막 말에 힘을 주었다.

"그래서 당신들을 떠나 싱밍을 찾아갔고, 혈연의 가족을 받아들인 건가요?"

장퉈가 비웃듯이 웃으며 덧붙여 말했다.

"베갯머리송사에 배신당한 기분이 어땠습니까?"

두창평은 화내지 않고 그저 담담하게 대답했다.

"딩딩은 내가 소홀했던 거라고 얘기했었습니다."

전생에 친형제에 의해 살해되었던 경험 때문에 그는 형제간의 정을 그다지 신뢰하지 않았다. 그래서 샤딩딩이 자신에게 가족이 살아 있을지도 모른다는 얘기를 할 때 눈에 서렸던 그 이상한 광채에도 마음 쓰지 않았었다.

하지만 이런 지난 일들을 시시콜콜 장퉈에게 말할 필요는 없었다. 두창평이 잠시 멈췄다가 아무 감정 없이 되물었다.

"왜요, 당신은 오랫동안 싱밍과 함께 일했잖습니까. 그녀가 당신에게 이런 얘기를 해주지 않던가요?"

"네, 안 했습니다."

장퉈는 시원하게 인정하더니 가늘게 실눈을 뜨며 말했다.

"저는 싱밍의 동업자에 불과합니다. 그녀가 친언니를 되찾아도 좋고, 의자매를 맺어도 좋습니다. 저한테 말을 해주든 않든 무슨 상관이겠습니까?"

"딩딩의 초능력을 잊으셨습니까?"

두창평이 그에게 상기시켜 주었다.

"샤딩딩의 예견에서는 오직 그녀가 관심 가지는 사람만을 볼 수 있습니다. 저는 이름을 아는 사람일 뿐, 절대로 그 안에 있을 리가 없지요. 제가 예견 속에 들어있다면, 가능성은 내가 당신들과 또다시 적이 된 경우 그 한 가지뿐입니다."

장퉈는 말은 그렇게 했지만, 눈빛이 미세하게 흔들리는 것으로 보아 내심 의혹도 생긴 듯했다.

서로의 눈이 마주쳤다. 두창평이 한숨을 내쉬며 말했다.

"이번에는 당신이 잘못 생각했습니다."

그는 캔버스백을 열어 그림이 담긴 두루마리 통 하나를 꺼냈다. 그 안에서 다시 스케치를 꺼내 첫 번째 장을 책상에 펼쳐 놓았다. 그림 속에 장뤄가 용아도를 짚고 있었다. 입술을 움찔거리며 꾹 참는 듯한 표정으로 보아 초능력을 사용해 누군가와 싸움을 벌이는 중인 것 같았다. 더구나 지는 쪽이었다.

장뤄가 딱 한 번 쳐다보고는 표정이 곧 어두워지며 물었다.

"그러니까 샤딩딩은 내가 진다고 예견한 거군요."

"당신만이 아닙니다."

두창펑이 두 번째 장을 펼쳤다. 장뤄는 두창펑도 자신과 마찬가지로 어떤 방향을 향해 초능력을 쓰고 있고, 자신보다도 훨씬 더 고통스러운 표정을 짓고 있는 것을 보았다. 그의 시선이 두 장의 그림 사이를 번갈아 왔다 갔다 했다. 그러다 마침내 그가 믿기지 않는 듯 고개를 들고 물었다.

"우리 둘이 손을 잡나요?"

두창펑이 말없이 고개를 끄덕였다. 장뤄가 다시 물었다.

"누구를 상대하는 겁니까?"

"······잉루추요."

"어떻게 그럴 수가······."

장뤄는 뭔가 말하려다 갑자기 멈췄다. 그가 미간을 찌푸리며 잠시 생각하더니 그림을 가리키며 물었다.

"잉루추를 공격하는 쪽에 또 누가 있습니까?"

두창펑이 이름들을 쭉 알려주고 나서 잠시 멈췄다가 덧붙여 말했다.

"샤오렌도 그녀를 구하러 날아갈 겁니다. 그림만 봐서는 판단이 어렵습니다."

장뤼가 알고자 한 점은 그것이 아니었다. 그는 이해할 수 없다는 듯 물었다.

"제 동생은 잉루추를 구하러 가지 않았나요?"

두창핑은 고개를 가로저으며 지친 듯 대답했다.

"저한테 왜냐고 묻지는 마세요. 장쉰이 오는 길인지 정확히 알 수 없습니다. 딩딩의 예견은 원래 대롱 구멍으로 표범 엿보기랄까요, 부분적인 것밖에 알 수 없습니다. 우리를 이렇게 오랫동안 상대해왔으니 당신도 분명 알 겁니다."

장뤼는 망설이며 말이 없었다. 두창핑이 다시 말을 이었다.

"할 말은 다 했습니다. 이제 당신이 성의를 보일 차례예요."

장뤼가 신중한 표정으로 고개를 숙이고 천천히 말했다.

"당신도 알다시피 그녀의 초능력이 진화했습니다. 전에는 단순히 사람의 정기를 흡수한 뒤 살무사를 심는 게 다였습니다. 지금 그녀는 살무사를 이용해 사람을 통제할 수 있습니다. 그런데 그 정도까지 하려면 그녀는 근처에 있어야 해요."

"얼마나 가까워야 하죠?"

두창핑이 물었다.

"확실하지 않습니다. 하지만 그때 싱밍은 약해지기 때문에 어떤 공격에도 저항할 힘이 없을 겁니다."

두창핑이 고개를 끄덕이고는 잠시 생각하더니 다시 물었다.

"당신의 초능력은 왕웨에게 얼마나 효과가 있습니까?"

"왕웨의 초능력이 늘 수수께끼였습니다."

장뤼는 핵심을 피해 적당히 대답한 후 책상 위에 놓인 두 장의 그림을 힐끗 보았다. 그가 갑자기 고개를 쳐들며 물었다.

"싱밍과 왕웨도 잉루추를 공격하는 대열에 있지 않군요?"

두창핑이 확신하는 듯 힘주어 고개를 끄덕였다. 장뤼가 눈을 가늘게 뜨고 말했다.

"그게 이상합니다."

"왜죠?"

"내가 마지막으로 받은 소식 때문입니다. 그들이 전승자에 대해 대대적으로 살육계를 펼치려 하고 있고, 잉루추가 명단의 맨 위에 올라가는 게 확실하다는 것이었습니다."

"그들은 왜 그렇게 하려는 걸까요?"

"전승의 문을 열도록 압박해서 그 틈에 전승 안으로 뛰어들려는 겁니다."

두창핑과 장뤼가 토론하고 있을 때, 루추는 샤오렌과 손을 잡고 단지 입구를 나서고 있었다. 텅 빈 경비실을 지날 때 샤오렌이 안쪽을 힐끗 보았지만 그 때문에 걸음을 멈추지는 않았다.

루추의 큰이모가 사는 곳은 비교적 외딴곳이었다. 루추는 보통 걸어서 가장 가까운 정거장으로 가 버스를 기다렸지만, 오늘은 왠지 기분이 좀 가라앉아서 걸으면서 풀고 싶었다. 그래서 샤오렌을 데리고 먼저 크지도 작지도 않은 골목길을 걸었고, 이어 중형 단지 두 곳을 돌아 상점들이 즐비한 큰길로 갔다.

걸으면서 샤오롄은 딩딩과 싱밍 사이의 관계에 대해서 무거운 얘기를 피해 대략적인 것을 말해주었다. 그러면서 싱밍이 여러 개의 혼백과 하나의 몸을 공유하고 있는 특수한 상황에 대해서도 언급했다. 그는 루추가 알아듣지 못할 거라고 생각했다. 그런데 뜻밖에도 그녀가 "네." 하고는 이렇게 대답했다.

"다중인격처럼 들리네요. 여러 명의 영혼이 한 몸 안에 같이 살고 있다는 거죠."

샤오롄은 예견을 누설하지 않고 어떻게 루추에게 상황을 설명해야 할지 여전히 고민이었다. 그는 정신이 딴 데 팔린 듯 건성으로 대답했다.

"형수도 그때 그렇게 말했어요. 심리학을 공부했거든요."

"인류의 심리학이요?"

루추는 이렇게 물은 뒤 샤오롄이 고개를 끄덕이자 다시 물었다.

"당신 큰형수의 본체는 뭐예요? 인간으로 화형한 후 심리학을 공부한 게 뜻밖이네요."

"비수(匕首), 견혈봉후[見血封喉, 맹독 성분이 있는 식물―역주]요."

"와우, 당신이 이길 수 있어요?"

이 질문은 그녀가 그들의 문화(상대에 대한 공격력)에 대해 아무것도 모른다는 것을 말해주었다. 이런 루추라서 모두가 그녀를 공격하는 상황에까지 내몰렸을 때, 소중한 것을 지니고 있어도 오히려 지킬 힘이 없을 것이다.

샤오렌은 마음이 조금 아파왔지만 드러내고 싶지 않았다. 그저 그녀를 부드럽게 바라보며 대답했다.

"검진(劍陣)을 쓰지 않더라도 형수가 나와 붙으면 세 합도 못 버틸 거예요."

"그렇군요……."

어찌 된 일인지 뜻밖에 루추는 약간 실망한 것 같았다. 그녀가 잠시 생각에 잠긴 듯하더니 다시 물었다.

"인 팀장님은 개봉을 한 적이 없으니 큰형수를 결코 이길 수 없겠죠?"

"제대로 싸우려고 든다면 우열을 가리기 힘들 거예요. 하지만 큰형님이 형수와 진지하게 싸울 리가 없죠……."

샤오렌은 잠시 멈췄다가 참지 못하고 입을 열었다.

"당신, 무슨 생각을 하는 거예요? 한 치 긴 만큼 강하고, 한 치 짧은 만큼 위험한 거예요. 비수의 용법은 기습 공격이에요. 정면으로 맞붙는다면 큰형수는 기껏해야 징쯔 정도의 수준밖에 안 돼요."

"알았어요."

루추는 더 이상 묻지 않았지만, 샤오렌은 뭔가 떠올랐는지 설명을 이어갔다.

"일대일로 싸우는 건 안 되지만 보조로서는 아주 유용해요. 큰형수의 초능력은 사람의 마음을 직접 치는 거예요. 그녀는 주위에 있는 모든 생물의 기분을 감지할 수 있어요. 아무리 미세한 감정이라도 그녀의 눈을 피할 수는 없죠."

루추가 앞으로 그들과 적이 될 수밖에 없다면, 하루라도 빨리 그녀가 그들의 강점과 약점을 파악할 수 있게 하는 것이 곧 하루 일찍 대비하는 것이다.

루추는 샤오렌이 다른 의도가 있다는 것을 알아채지 못했고, 큰형수의 그 초능력이 얼마나 대단한지도 몰랐다. 오히려 과거에 들었던 한마디가 불현듯 마음속을 스쳐서 궁금해진 그녀가 물었다.

"장쉰이 그러는데, 당신들 중에 스스로 골동품으로 위장해서 비싸게 팔린 다음 돈을 챙겨 다시 도망친 사람이 있다면서요. 그게 아추족인가요?"

샤오렌이 기분 나쁘다는 듯 그녀를 쳐다보며 말했다.

"장쉰은 뭣 하러 그런 걸 당신한테 얘기한 거죠? 됐어요. 그건 아추족의 장난이라 논할 가치가 없어요. 우리는 싱밍과 딩딩 얘기나 해요. ……그러니까, 다시 그녀를 만나면 반드시 조심해야 해요."

이것을 굳이 그가 일깨워줄 필요가 있을까? 루추는 "네." 하고는 대답했다.

"당연히 싱밍을 조심할 거예요."

샤오렌이 잠시 묵묵히 있다가 말했다.

"내 말은 딩딩을 조심하라는 뜻이에요."

"하지만, 하지만…… 딩딩 언니잖아요."

루추가 이렇게 외친 후 숨을 돌리고는 입술을 지그시 깨물며 나직이 물었다.

"샤오렌, 솔직하게 얘기해줘요. 딩딩 언니가 본가를 떠난 게 나, 그리고 우리 결혼과 관련이 있나요?"

사실 그런 게 아니다. 딩딩이 정말 루추를 싫어한다손 치더라도,

예견의 방해가 없었다면 말이다. 샤오롄은 딩딩의 태도를 충분히 상상할 수 있었다. 몇십 년의 시간은 참고 견디면 지나가기 마련이다. 한 인간 때문에 가족과 충돌할 필요가 없는 것이다.

그런데 그는 루추에게 어떻게 얘기해줘야 할까? 루추가 그의 가족들에게 포위공격을 받을 것이며, 루추가 죽기 전에는 절대 끝나지 않을 거라는 딩딩의 예견을 말이다.

샤오롄은 거짓말을 하기 싫어서 침묵했다. 루추는 그가 암묵적으로 인정한 줄 알고 가슴이 답답해졌다. 그녀가 고개를 들고 다시 샤오롄에게 말했다.

"인 팀장님도 반대하신다는 거 알아요. 두 주임님과 청잉, 두 사람은 아무래도 상관없다는 것 같고요. 하지만 당신이 누구와 함께 하든 두 사람은 상관없다고 할 거예요……. 누가, 누가 기꺼이 우리를 축복해줄까요?"

"우리 가족의 축복이 당신한테는 중요해요?"

샤오롄이 되물었다.

루추는 입을 벌렸지만 무슨 말을 해야 할지 몰랐다. 샤오롄이 너무도 당당하게 물어서 오히려 축복받기를 원하는 그녀가 문제인 것처럼 보였다.

두 사람, 정말 20년 동안 잘 지낼 수 있을까?

겨울 밤바람이 얼굴을 쉭쉭 스쳐 두 뺨이 에이듯 아팠다. 모처럼 큰이모 집에서 느꼈던 인간 세상의 따스함이 작디작은 촛불처럼 바람에 순식간에 꺼져버렸다.

루추는 문득 풀이 죽어 의기소침해졌다. 그녀는 고개를 절레절레 흔들며 나직하게 "됐어요."라고 말하고 목도리를 잡아당겨 얼굴을 반쯤 가리고는 불안정한 자세로 앞으로 걸어갔다.

그녀가 말없이 신호등 두 개를 지나치자 샤오렌이 갑자기 그녀를 불렀다.

"루추."

루추가 황급히 걸음을 멈추고 뒤돌아보았다. 답답함에 무거워진 머리로 걷다 보니 어느새 샤오렌과 한참 떨어져 있었다.

그녀는 어쩔 줄 몰라 하며 그 자리에 섰다. 어느새 눈시울이 붉어졌다. 샤오렌이 성큼성큼 루추 옆으로 다가와 고개를 숙이고 선서하듯 말했다.

"전 세계가 당신과 적이 된다고 해도 나는 당신 편에 설 거예요."

"난 전 세계의 적이 될 수 없어요."

루추가 생각해볼 필요도 없다는 듯 대답했다.

샤오렌이 손을 뻗어 그녀를 끌어안고 그녀의 눈을 들여다보며 말했다.

"정정할게요. 전 세계가 적이라고 하더라도 나는 당신과 함께할게요. 그러니 내가 당신을 잃지 않도록 해줘요, 네?"

그의 표정이 너무도 경건했다. 루추는 입을 벌려 똑같은 심정으로 응답하고 싶었지만, 자신이 목소리를 낼 수 없다는 것을 알았다.

금제가 풀린 후, 샤오렌은 마음의 매듭도 많이 풀린 것 같았다. 그는 여전히 냉정하고 자제력이 뛰어난 샤오렌이었지만, 더 직접적이고 솔직해졌고 육체적 거리도 전보다 훨씬 더 가까워졌다.

일 년 전이었다면 루추는 이런 변화가 좋아 죽겠다고 했겠지만 지금의 그녀는 그럴 수 없었다. 그가 금제에서 풀려 돌아온 후부터 그가 감정을 표현할 때마다 그녀는 이미 단순히 기뻐할 수만도 없고, 단순히 마음 아파할 수만도 없었다.

20년 뒤 그는 스물일곱 살이고 그녀는 마흔다섯 살이 되었을 때, 그는 여전히 오늘과 똑같은 흐트러지지 않는 눈빛으로 그녀를 쳐다보며 그녀를 잃고 싶지 않다고 말할까?

머릿속이 뒤죽박죽 혼란스러웠다. 루추는 샤오렌에게 억지 웃음을 지으며 고개를 끄덕이고는 화제를 바꿨다.

"맞아요. 큰이모 집에 있을 때 계속 옛날 일을 생각했어요. 우리 엄마가 젊었을 때 외할머니와 아주 심하게 다투셨거든요. 몇 년 동안은 새해에도 우리가 찾아가지 않았어요. 나중에는 서서히 좋아지셨죠. 작년 이맘때쯤 우리 엄마 형제자매 몇 명이 모여서 설날에 같이 해외여행 가자고 의논했을 때, 아빠가 계속 '화해' 여행이라고 농담을……."

그녀는 말을 하면 할수록 속도가 느려지더니 자기도 모르게 한숨을 내쉬었다. 샤오렌이 조용히 그녀의 말을 다 듣고 나서 물었다.

"당신 가족이든 우리 가족이든, 당신은 모이는 것이 좋고 흩어지는 게 싫은 거예요?"

"그런 게 아니에요."

루추는 힘껏 고개를 저으며 말했다.

"난 두려워요. 보세요, 작년에는 다들 그렇게 좋았었는데, 올해는 완전히 다르잖아요. 너무 빨리 변했어요. 너무 빨리……."

"나는 변하지 않을 거예요."

"그게 바로 문제예요!"

이 말을 내뱉자마자 루추는 후회했다. 주변의 기류가 갑자기 빨라지더니 작은 회오리바람에 그녀의 목도리가 말려 올라갔다가 떨어졌다. 샤오롄의 정서가 매우 불안정하다는 것을 알 수 있었다. 루추는 검혼의 아우성을 느낄 수 있었다. 검의(劍意)가 마치 파도가 댐을 때리듯 공기를 맹렬히 휘저었다. 하지만 이상하게도 그녀는 전혀 무서워하지 않았다. 마치, 마치…… 그녀가 검혼을 통제할 수 있는 절대권력이라는 듯이!

그건 정말 아니다. 그녀가 어떻게 그런 생각을 할 수 있겠는가, 그녀가 어떻게 그런 생각을?

루추는 부르르 진저리를 치고는 눈을 들어 샤오롄의 시선을 마주했다. 그제야 그가 이미 진정되었고, 지금은 걱정스럽게 그녀를 바라보고 있다는 것을 알았다. 그가 물었다.

"왜 그래요?"

"모르겠어요……."

그가 다짜고짜 그녀의 손을 잡더니 말했다. "당신 손이 나보다 더 차갑네요. 가요. 어디 카페라도 들어가서 좀 앉아요."

카페에 들어서자마자 루추는 후회했다. 샤오롄이 전에는 그저 예사롭지 않은 아름다움이었다고 한다면, 지금 그의 모습은 군계일학, 그야말로 언제 어느 곳에서도 단연 도드라지는 미모로 남녀

노소를 불문하고 주위의 모든 시선을 사로잡았다. 다들 찬양 어린 눈초리로 그를 바라본 후 다시 평가의 눈초리로 그녀를 바라보는데, 그게 몹시 싫었다.

더욱 짜증 나는 것은 샤오롄 본인은 전혀 자각하지 못한다는 점이었다. 카페에 들어온 후 그는 그녀를 데리고 성큼성큼 카운터 앞으로 가서 벽에 붙어 있는 메뉴판을 보고 루추에게 물었다.

"차요, 아니면 커피요?"

카운터 뒤쪽에 있던 점원 두 명이 서로의 옆구리를 팔꿈치로 찌르며 끅끅거렸다. 한 명은 심지어 영어로 속삭이듯 "coffee, tea, or me"라고 장난을 치기까지 했다.

루추는 힘없이 눈을 감고 말했다.

"따뜻한 홍차 라떼 라지 주세요. 감사합니다."

"저도 똑같은 거로 한 잔 주세요."

샤오롄이 가죽 지갑을 꺼냈다. 그는 점원의 뜨거운 눈길도 전혀 느끼지 못하고 그저 여전히 손으로 루추를 감싸며 물었다.

"피곤해요?"

그녀가 눈을 떴다. 주변은 여전했다. 현실은 눈을 감는다고 해서 바뀌는 것이 아니다. 루추는 돌연 마음속에 나쁜 충동이 솟구쳤다. 그녀는 그의 손을 잡아끌고 구석진 곳으로 가서는 자리에 앉자마자 도발적인 말투로 샤오롄에게 말했다.

"나, 방금 갑자기 진리를 깨달았어요."

샤오롄은 사방을 휘 둘러보고는 눈썹을 치켜올리며 물었다.

"카페에서 진리를 찾았다고요?"

성원하는 기색은 조금도 없었다. 그들은 전 세계에서 가장 손발이 안 맞는 커플이었다.

루추가 정색하고 말했다.

"잘생기고 멋진 육체는 백 명, 천 명 다 똑같아요. 하지만 재미있는 영혼은 만 명 중 하나예요. 동의해요?"

샤오렌은 눈을 깜빡이며 목소리를 낮춰 그녀의 귀에 대고 다시 물었다.

"당신은 내 검혼이 재미있다고 느껴요? 왜요?"

아니, 그들은 이심전심만 없는 게 아니다. 그들은 공통의 언어조차 없다!

루추는 화가 치밀어 미칠 지경이었다. 하지만 샤오렌이 좀처럼 보여주지 않는 솔직하고 호탕한 모습을 보고는 갑자기 화가 웃음으로 바뀌어버렸다.

그녀가 그의 얼굴을 두 손으로 받치더니 가운데로 힘껏 몰며 나지막이 선언했다.

"내가 기뻐서요."

손을 떼고, 아름다운 얼굴을 원상태로 돌려놓자 그가 그녀를 잠시 쳐다보더니 고개를 숙여 그녀의 이마에 입을 맞추고는 말했다.

"걱정하지 말아요. 해결할 수 있을 거예요."

루추는 그가 그녀의 집안일을 말하는 줄 알고 쓴웃음을 지으며 대답했다.

"나도 특별히 걱정하지는 않아요. 시간이 모든 걸 해결해줄 거라고 아빠가 그러셨어요."

이 말은 두 사람 사이에는 해당하지 않는 말이었다. 하지만 루추가 아빠를 언급한 것 때문에 샤오렌은 오히려 더 경각심을 가지게 되었다. 그에 대한 잉정의 태도는 원래 우호적이지만 소원한 상태였다. 딸의 현재 남자 친구를 억지로 받아들이긴 하면서도 미래의 사위로 보지 않는 것이다. 하지만 이번에 만났을 때 샤오렌은 잉정의 태도가 바뀐 것을, 전보다 더 거리감이 있고 적의를 갖게 됐음을 분명히 느낄 수 있었다.

그는 잉정을 탓하지는 않았다. 세상에 딸을 사랑하는 어느 아버지라도 그를 가족으로 받아들이고 싶어 하지는 않을 것이다.

하지만 그는 그녀를 원했고 너무도 확고했다.

사실상 이 정도의 좌절은 진즉에 샤오렌이 예상했던 바였고, 카페 안 사람들의 시선 역시 루추보다도 그가 더 먼저 알아챘다. 이런 일은 아주 쉽게 해결할 수 있다. 검의 기운을 조금만 뿜어줘도 사람들 눈에 비친 그는 즉시 사람에서 살인귀로 변할 것이고, 더 이상 그를 똑바로 바라볼 수 있는 사람이 없을 것이다. 인간은 본래 길한 것을 좇고 흉한 것은 피하는 본능을 갖고 있다. 그것이, 비록 약하지만 인간이 만 년 동안 번성할 수 있었던 이유다.

그가 이렇게 멋도 모르고 덤벼드는 시선을 기꺼이 견디는 이유는 오로지 그녀가 그의 곁에 있기 때문이었다.

뜨거운 홍차 두 잔이 카운터에 놓이자 점원이 소곤대듯 몰래 웃으면서 두 사람을 향해 "샤오 선생님, 차 나왔습니다."라고 외쳤다. 파리가 윙윙거리는 것 같은 이런 소리에 샤오렌은 괜히 짜증이 났다. 그는 카운터로 가서 잔을 들고는 눈을 들어 카운터 안을 쓱 한

번 훑어보고 바로 뒤돌아서 왔다.

다음 순간, 사기잔과 식기들이 바닥에 떨어지는 소리와 함께 점원이 넘어지며 놀라서 지르는 비명이 동시에 들려왔다. 카페 안의 모든 손님이 고개를 들어 바라봤지만 샤오렌은 이미 멀리 가버린 뒤였고, 사고가 난 지점에서 최소한 2미터는 떨어져 있어서 아무도 그를 이 뜻밖의 사고와 연관 짓지 않았다.

틀렸다. 곧바로 사태를 간파한 사람이 한 명 있었다. 루추는 피곤해서 소파에 웅크리고 있다가 소리를 듣고는 다른 손님들과 마찬가지로 고개를 돌려 카운터를 바라보았다. 다른 점은 그녀가 금방 그를 돌아보며 힐난하는 투로 "이런 건 나빠요."라고 말한 것이었다.

"난 좋아요."

그는 그녀가 방금 한 말을 따라 하면서 찻잔을 그녀 앞에 내려놓고 그녀 옆에 앉아 손으로 그녀를 감쌌다.

루추는 잠시 머뭇거리더니 아무도 다치지 않은 것을 보고 샤오렌의 행동이 확실히 분위기 전환에 효과적이었음을 인정할 수밖에 없었다. 하지만 이런 것은 옳지 않았기에 그녀는 머리를 그의 어깨에 기대고는 중얼거렸다.

"이제 그만 해요. 나와 함께 있을 때 보통 사람이 되는 연습을 하는 게 어때요?"

샤오렌이 찻잔을 든 손을 잠시 멈칫하더니 평온하게 말했다.

"당신을 처음 봤을 때, 난 당신이 보통 사람 같지 않았어요."

옛길에서 처음 만났던 장면이 뇌리를 스쳤다. 황혼의 빛이 핫팩처럼 따뜻하게 루추를 휘감았다. 그녀는 샤오렌에게 조금 더 가까이 다가가 입꼬리를 올리며 눈을 감고 말했다.

"난 아주아주 오래전에 당신을 꼭 만났던 것만 같아요. 다만 알 수 없는 이유로 잊어버렸을 뿐인 거죠."

"나도 그래요."

샤오렌이 건성으로 대답했다.

그도 같은 느낌을 받은 건 맞다. 하지만 마음속으로 더 절박했던 생각은 루추에게 곧 도래할 위협을, 그리고…… 그와 결계를 맺기만 하면 모든 것을 바꿀 수 있다는 것을 얘기해주는 것이었다.

지금 얘기하는 게 맞을까?

누런 불빛 아래 루추의 다소 지친 듯한 얼굴을 보며 샤오렌은 오늘은 적당하지 않다고 과감하게 결정했다. 그래서 그는 좀 더 가벼운 화제를 골라 루추에게 물었다.

"결혼하면 우리 신혼여행으로 반년 동안 세계 일주 다녀요. 어때요?"

"좋아요!"

루추가 눈을 반짝 빛내더니 금세 어두워지며 말했다.

"우리가 결혼한다는 걸 난 아직도 상상하기가 힘들어요. 정말 실감이 안 나서……."

"사실이에요."

샤오렌이 그녀를 꼭 끌어안으며 의심할 여지 없는 강한 어조로 이렇게 말했다. 그러고는 잠시 멈췄다가 물었다.

"당신 어디서 결혼하고 싶어요?"

"오, 그런 생각은 지금껏 한 번도 해본 적이 없어서……."

루추는 부인하다 말고 말을 멈췄다. 남몰래 자신의 면사포 쓴 순간을 그려보지 않은 여자가 어디 있겠는가? 그녀는 입술을 깨물었다. 눈빛에 자기도 모르게 웃음이 피어올랐다. 그녀가 몽환적인 목소리로 말했다.

"내가 다니던 고등학교 옆에 아주 오래된 교회가 있었어요. 가능하다면……, 잠깐만요, 당신은요? 당신 혹시 본가에서 결혼식 올리고 싶어요?"

본가는 혼례를 치르기에 결코 좋은 곳이 아니다. 샤오렌이 단호하게 대답했다.

"교회가 좋겠네요. 자, 우리 계속해서 계획을 세워봐요."

내 결혼식을 기획한다? 루추의 심장이 갑자기 쿵쾅쿵쾅 뛰었다. 반은 당황스럽고, 반은 기뻐서였다. 그녀는 두 손으로 그의 목을 감싸고 흠잡을 데 없는 그의 얼굴을 바라보며 말했다.

"난 항상 아주 조용하고 평화롭고 아담한 결혼식을 원했어요. 집 근처에서 하는 거죠. 엄마, 아빠, 친척들, 그리고 어린 시절부터 어른이 될 때까지 함께한 이웃과 친구들이 모두 황혼 무렵에 와주는 거예요. 축하를 받는다면 그걸로 난 좋아요. 홍빠오도 필요 없고, 술자리도 하지 말고, 단지 결혼식 마친 후에 가족끼리 모여 밥한 끼 먹어요……."

진실하게 들리지 않는 것 같아 루추는 말을 멈추고 다시 샤오렌에게 물었다.

"당신은요?"

샤오렌은 자신의 결혼식에 대해 아무것도 상상한 것이 없는 모양이었다. 그가 어깨를 으쓱하더니 말했다.

"내 가족은 당신이 거의 다 만나봤어요. 당신이 못 만난 사람들은 나 역시 수백 년 동안 못 봤어요. 그러니 신경 쓸 거 없어요."

"친구는요?"

루추가 물었다.

수천 년을 살았지만, 도도한 성정을 타고난 검이 사귈 수 있는 친구란 정말 드물다. 그중 태반이 동류인 병기(兵器)다. 샤오렌은 그들 몇 명이 한자리에 모이는 상황을 잠시 상상해보더니 단호하게 대답했다.

"내 친구들은 신경 쓰지 말아요."

"왜죠?"

루추는 약간 상처받았다.

"당신이 결혼한다는 걸 친구들이 아는 게 싫은 거예요?"

그녀가 오해했다. 하지만 왜 그런지 몰라도 샤오렌은 자신이 의외로 오해받는 느낌을 즐기고 있음을 알게 되었다. 그가 미소 지으며 천천히 설명했다.

"그들이 싸우기라도 하면 당신의 교회는 남아나지 않을 거예요."

"아……."

이해가 된 루추가 호기심을 참지 못하고 또 물었다.

"당신 친구들 모두 도검 종류인 거예요?"

약혼녀가 항상 도(刀)와 검(劍)을 혼동하는 것이 샤오렌으로서는 약간 불만이었다. 그는 인내심을 발휘해 본성을 누르며 말했다.

"도(刀)는 없어요. 주로 검이 많죠. 방패와 창, 월(鉞)과 성(鉞)도 있어요."

후자 두 가지는 매우 희귀하다. 월은 큰 도끼이고, 성은 작은 도끼로, 먼 옛날에는 지극히 중요한 병기였다. 어떤 왕은 월을 든 것으로 왕권을 상징하기도 했다. 루추는 박물관 유리장 안에 든 것을 참관한 적이 있을 뿐, 실제로 만져본 적은 한 번도 없었고 복원 경험은 더 말할 나위도 없었다.

그녀는 호기심에 샤오롄에게 가까이 다가가 기대에 찬 목소리로 물었다.

"당신 친구를 소개받을 수 있을까요?"

"친구들한테 당신을 소개해줄게요. 하나하나 차례로."

샤오롄이 그녀를 자신의 다리 위에 앉혀 끌어안고 그녀의 눈을 들여다보며 물었다.

"그 친구들이 아주 먼 곳에 흩어져 있으니 다 만나려면 시간이 좀 걸릴 거예요. 괜찮겠어요?"

그녀가 겁 없이 그의 눈을 마주 보며 대답했다.

"난 당신한테 시간을 더 쏟고 싶어요. 당신을 제대로 알고 싶어요."

그가 가장 듣고 싶었던 말이었다.

샤오롄이 쉰 목소리로 물었다.

"그래서, 지금부터는 우리 미래에 대해 토론할 수 있는 건가요?"

루추는 샤오롄의 시선을 마주했다. 카페 안의 흐릿하고 어두운 불빛 아래 그의 눈동자가 검푸른 빛을 머금었다 토해냈다. 마치 검

끝이 촛불 아래서 흔들리며 반짝이는 듯했다.

수많은 추억의 장면들이 이 순간 그녀의 눈앞을 스쳤다. 옛길에서 처음 만난 후 회사에서 다시 만났을 때 그는 정색하고 모른 척했었다. 옛 마을에서는 사랑을 약속하고는 곧바로 말도 없이 떠났었다.

그 하나하나가 사랑에서는 파멸적 상처를 주기에 충분한 일이었다.

하지만 그는 또한 물불 안 가리고 그녀를 구하고 또 구했다.

이제 그녀는 레드 카펫 위를 걸을 것이고, 그는 레드 카펫 저편에서 그녀를 기다릴 것이다.

그렇게 하자.

그녀와 그, 둘 다 앞으로의 멋진 20년을 누릴 만한 자격이 있다.

저녁 10시 정각, 카페 안에는 손님이 두세 테이블만 남았다. 그중 한 커플이 구석자리에 앉아 소곤소곤 밀담을 주고받고 있었다. 남자가 여자에게 몇 마디 물었고, 여자가 그를 잠시 물끄러미 바라보고는 신중하게 고개를 끄덕이자 남자의 눈빛이 금세 불타는 듯 밝아졌다.

그는 무슨 말인가 하고 싶은 것 같았지만, 한참을 망설이다가 마침내 자신의 입술을 그녀의 입술에 가볍게 맞대었다.

입술로 봉한 것이다.

# 16
## 집으로

그날 밤, 주주는 산성의 칭옌 민박집으로 돌아가지 않았다.

그는 단지를 나와서 우선 상가 거리를 찾아가 아무 목적 없이 무작정 돌아다녔다. 또 영화관을 하나 골라 입장한 그는 왼손에는 팝콘을, 오른손에는 커다란 콜라 잔을 들고서 히어로 영화 두 편을 연달아 보았다. 자정이 다 돼서야 택시를 불러 싱밍이 준 주소대로 주변이 산으로 둘러싸여 조용하고 공기 좋은 어느 별장 문 앞에 당도했다.

문 안에서 희미하게 클래식 음악 소리가 들려왔고, 간헐적으로 물소리가 들렸다가 잦아들곤 했다. 하지만 사람 소리는 전혀 들리지 않았다. 주주는 손을 뻗어 눈을 꾹꾹 누르며 집 안을 들여다볼까 말까 주저했다. 샤오롄은 군자라서 속일 수 있겠지만, 싱밍은 미치광이라 그녀를 상대하려면 생각의 틀을 바꿔야 했다. 게다가 그가 동원할 수 있는 초능력이 그다지 많지 않아서 가능하면 아껴야 했다.

즈즈가 없으니 역시 불편했다……. 그는 진심으로 이런 이유 때문에 절박하게 즈즈를 깨우고 싶은 것일까?

주주가 자조적으로 웃으며 벨을 눌렀다. 무선응답기 안에서 곧바로 왕웨의 중후한 목소리가 들려왔다. 그다지 귀찮아하지 않는 말투였다.

"문 안 닫혀 있습니다. 그냥 들어오십시오."

"일하시는 집사는 없습니까?"

주주가 물었다.

"더 얘기하시면 쫓겨나실 수 있습니다."

왕웨가 거침없이 말을 마치고는 무선 응답기를 꺼버렸다.

사람을 통제할 수 있는데도 거처에 아무도 없는 것을 보면, 싱밍의 상황이 그다지 좋지는 않은 것 같았다. 그래야 합리적이다. 그녀의 초능력 진화의 폭이 너무 커서 대가를 치르지 않을 수 없을 것이다.

주주가 눈을 가늘게 뜨더니 문을 밀고 안으로 들어갔다. 시야에 들어온 것은 크지도 작지도 않은 수영장이었다. 그 옆에 스파 풀이 하나 딸려 있고, 몸에 아추족 휘장을 새긴 여자 둘이서 와인잔을 들고 풀 가장자리에 비스듬히 기대어 이야기를 나누고 있었다. 원피스 수영복을 입은 여자 한 명은 풀장 안에서 수영을 하고 있었다.

세 명의 여자 중 누구도 그를 힐끔이라도 쳐다보지 않았다. 주주는 수영장 가장자리를 따라 걷다가 반쯤 와서 갑자기 걸음을 멈추고는 수영하고 있는 여자에게 미소를 지어 보이며 친절하게 말을 건넸다.

"딩딩, 오랜만입니다. 어깨 상처는 다 나았습니까?"

수영 중이던 샤딩딩은 등이 뻣뻣해졌다. 그녀는 이내 아무 말 없이 힘껏 물살을 저으며 헤엄쳐 나아갔다. 별장 현관문이 "쾅" 하는 소리와 함께 열리며 긴 가운을 걸친 싱밍이 태양혈을 누르며 걸어 나와 주주에게 말을 건넸다.

"할 말 있으면 그냥 얘기하세요. 언니를 귀찮게 하지 마시고요."

"어떻게, 당신도 그녀를 언니라고 부르십니까?"

주주가 비웃듯이 반문했다.

싱밍의 얼굴이 어두워지더니 엄지손가락 굵기의 길지도 짧지도 않은 황금색 뱀 십여 마리가 문 안에서 소리 없이 유유히 미끄러져 나왔다. 선두에 선 뱀이 주주 바로 앞까지 미끄러지듯 다가와 상반신을 벌떡 세우고는 그를 향해 갈라진 소리로 "츠츠츠" 뱀의 말을 내뱉었다. 두 눈동자는 캄캄한 밤에 루비처럼 선연한 핏빛을 띠고 있었다.

주주는 고개를 숙여 초능력을 사용해 뱀과 마주 보았다. 그의 눈동자의 파동이 물결치자 작은 황금뱀이 놀란 듯 몸을 뒤로 움츠렸다. 싱밍은 안색이 갑자기 하얗게 질리며 몸의 힘이 탁 풀어졌다. 그녀가 금방이라도 쓰러질 것 같은 순간, 왕웨가 큰 도끼 한 자루를 메고 싱밍 뒤에서 나타나 그녀를 덥석 받아주었다.

주주는 곧장 초능력을 거두었다. 그는 우선 두 손을 들어 올려

투항하는 모습을 보여주며 자신이 무고하다는 표정으로 싱밍을 가리키며 말했다.

"그녀가 먼저였습니다. 제가 아니고요."

이런 모습을 보여도 왕웨에게 전혀 먹히지 않자 그는 고개를 숙여 눈빛으로 싱밍의 의견을 구했다. 싱밍이 말없이 잠시 숨을 고르더니 주주에게 물었다.

"당신이 전에 말했죠. 정보가 있으면 교환하자고요. 어떤 정보예요?"

"아주 많습니다. 어떤 종류로 듣고 싶으신가요?"

주주는 말을 마치더니 상대의 대답을 기다리지도 않고 느긋하게 말을 이었다.

"당신들은 전승을 칠 생각을 하고 계시죠. 저도 전승으로 가서 찾아야 하는 물건이 있습니다. 당신들은 장쉰의 기억을 들여다봄으로써 산장의 약점을 알아내고 싶겠지만, 저는 관심도 없고 반대하지도 않습니다. 마지막으로 한 가지, 당신들은 초능력을 초과 사용하고 있습니다. 마침 잘됐네요. 저도……."

"닥쳐."

"들어와서 얘기하세요."

왕웨와 싱밍이 동시에 주주의 말을 자르며 소리쳤다. 같은 시각, 수영장 안에 물보라가 사방으로 튀었다. 샤딩딩이 다이빙해 바닥까지 들어가 잠영을 시작한 것이다.

주주는 두 팔을 천천히 내리고 왕웨와 싱밍의 뒤를 따라 집 안으로 들어갔다. 현관문이 등 뒤에서 닫혔다. 샤딩딩은 여전히 물

위로 올라오지 않고 있었다. 스파 풀에 있던 두 여자가 서로 마주 보았다. 그중 몸매가 호리호리한 쪽이 수영장 옆으로 걸어오더니 고개를 내밀고 풀 안을 들여다보았다. 샤딩딩이 얼굴을 위로 향한 채 물 속에서 떴다 가라앉았다 하고 있었다. 슬픈 표정이었다.

"집으로 돌아가세요. 당신은 애초에 오지 말았어야 해요."

그녀가 샤딩딩을 향해 소리쳤다. 집 안에 있는 다른 사람들이 듣든 말든 전혀 신경 쓰지 않았다.

샤딩딩이 고개를 가로저으며 소리 없이 입 모양으로 말했다.

'못 돌아가.'

올해 춘절은 루추가 기억하는 가장 불안한 설날이다. 게다가 뭐가 문제인지 전혀 알 수가 없었다.

겉으로 보기에는 모든 것이 좋은 쪽으로 가고 있는 것처럼 보였다. 외할머니의 병세가 안정되었고, 세 식구는 드디어 남부의 내 집으로 돌아올 수 있었던 것이다. 인한광이 샤오렌과 함께 설 전에 인사차 선물을 들고 루추네 집에 찾아왔다. 샤오렌에 비해 인한광의 예의범절이 훨씬 더 세심하고 꼼꼼해서 아무리 까다로운 어른들이라도 그가 교양 있고 처신이 바르다고 인정할 수밖에 없었다. 하지만 루추는 자꾸만 인한광이 수시로 자기를 의심과 긴장의 눈초리로 살핀다는 생각이 들었다.

이런 느낌은 인한광이 부왕자이에 들어섰을 때 특히 두드러졌다. 그가 방 안의 컴퓨터 의자에 웅크린 채 자고 있던 고양이 황상을 보자마자 몸 속의 검의가 거의 억제할 수 없을 정도로 예리해진 것이다. 놀란 황상은 온몸의 털을 쭈뼛 곤두세우고 인한광을 향해 입을 벌려 "츠츠" 소리를 내고는 쏜살같이 캐비닛 밑으로 들어간 후 나오려 하지 않았다.

"작업실을 한동안 쓰지 않아서요. 전에 주문을 받아 작업할 때는 절대로 고양이가 여기 들어와 자게 내버려 두지 않았어요……한광 씨, 고양이 싫어하세요?"

엄마가 황급히 인한광에게 이렇게 설명하면서 고양이를 들어오게 내버려두자고 주장하는 루추를 힐긋 노려보았다.

이 한마디 질문에 인한광은 이미 검의를 거두었다. 그가 자신은 고양이를 싫어하는 것이 아니라 작은 동물과 친해지기 어려운 것뿐이며 그래도 루추가 고양이를 키우겠다면 자기도 환영한다고 차분하게 설명했다.

인한광이 검의를 너무 재빨리 거두어서 루추는 그가 달라졌다고 느끼며 그런 그의 변화를 느낀 것이 자기뿐일 거라고 생각했다. 인한광과 샤오롄이 가고 난 후, 그날 저녁 그녀와 부모님이 함께 식사하는 자리에서 잉정이 채소를 한 젓가락 집더니 불쑥 얘기를 꺼냈다.

"한광은 아주 노련하더구나."

"네?"

루추는 아빠의 이 말이 좋은 뜻인지 나쁜 뜻인지 알 수 없어서 애매하게 대답할 수밖에 없었다.

"인 팀장님은 영국에서 공부했어요. 아마도 그곳의 교육이 그럴 거예요."

"박사까지 했나?"

잉정이 다시 물었다.

인한광은 박사학위가 세 개 있지만, 루추는 어느 박사학위가 어디서 취득한 건지 제대로 알았던 적이 없어서 그저 자신 없이 고개를 끄덕인 후 고개를 숙이고 밥을 푹푹 떠서 먹었다.

잉정이 나지막이 말했다.

"나이 서른에 이룰 만큼 이뤘더구나. 박사 공부만 한 게 아니라 업계의 일도 그렇게 많이 알고 있으니 말이다. 쉽지 않은 일인데 ……. 두 사람이 언제 너희 두 주임한테 입양됐다고 했지?"

"아마 아주 어렸……겠죠?"

루추는 심장이 쿵쿵 뛰었다. 다행히 잉정이 더는 묻지 않았다. 정월 초하루가 되자 잉정이 여느 때처럼 그녀에게 세뱃돈을 주었다. 그녀는 샤오렌에게도 혹시 줄 게 있냐고 애교를 떨며 물었지만, 아빠는 웃는지 마는지 알 수 없는 표정으로 그녀를 바라보며 말했다.

"샤오렌은 어린애가 아니잖니."

"저도 아니잖아요."

루추가 계속 애교를 떨었다.

"넌 영원한 아빠 딸이야. 그러니 영원히 어린애지."

잉정이 그녀의 어깨를 두드리고는 부엌에 들어가 엄마의 싱크대 청소를 도왔다.

루추도 돕기 위해 주방에 비집고 들어갔다. 엄마가 쟁반을 옆에 놓으라고 그녀에게 건네주며 물었다.

"그 사람들 가족은 비행기 탈 때 이코노미석은 한 번도 탄 적이 없는 거야?"

"누구요? 네? 뭐라고요?"

루추는 어리둥절했다.

엄마가 그녀에게 눈을 흘기며 말했다.

"누가 또 있어? 샤오롄 씨네 집 말이야. 그날 그 사람들하고 물가 같은 걸 얘기했거든. 그런데 두 형제가 아는 게 하나도 없더구나."

약혼자와 그의 가족들에 대해 아빠는 지나치게 연륜이 있다고 생각하고 엄마는 세상 물정을 너무 모른다고 싫어하니, 그녀는 대체 어떻게 해야 할까?

루추는 난감한 듯 "어어" 하더니 마침내 어떻게 말을 받아야 할지 생각나서 얼른 답했다.

"인 팀장은 선물 투자를 정말 잘해요."

"그건 리스크가 너무 큰 거 아니니?"

엄마는 수도꼭지를 잠그고 고개를 돌려 그녀를 노려보았다.

"내 프라이빗 뱅커는 선물 투자를 추천하지 않던데. 그 사람 혹시 투자를 크게 하니? 빚은 없겠지?"

"……."

루추는 말이 없었다.

다행히 엄마 마음은 온통 외할머니한테 가 있었다. 외할머니한테 화가 나 있긴 했지만 그래도 외할머니를 내버려 둘 수 없었고, 딸 일에는 아예 신경도 안 썼다. 엄마는 정월 초하루 오후에 바로 타이베이로 돌아가 루추의 큰이모 집으로 들어갔다.

이번에 루추는 엄마를 따라 타이베이로 가지 않았다. 정월 초이튿날, 루추는 날씨가 좋아서 늙은 고양이 황상을 안고 침대 위에 앉아 털을 빗겨주며 햇볕을 쬐었다. 그러면서 샤오렌에게 메시지를 보내 물었다.

"당신 혹시 나를 만나기 전에 비행기 이코노미석은 한 번도 타본 적이 없었어요?"

메시지를 보낸 지 몇 분 지나지 않아 금세 핸드폰 벨 소리가 울렸고, 전화기 너머에서 샤오렌이 느긋하고 여유로운 말투로 물었다.

"이런 걸 물어볼 생각은 어디서 오는 거예요?"

"대답부터 해줘요."

루추가 아빠에게 하던 애교 섞인 말투 그대로 말했다.

"따져보지 않았어요."

샤오렌이 솔직하게 대답했다.

"어느 좌석이든 상관없이 어떻게든 최대한 본체로 돌아갈 기회를 잡아서 화물칸으로 들어가죠. 거기가 훨씬 조용하거든요."

잠시 아무 말 없던 루추가 참지 못하고 물었다.

"비즈니스석 표를 사서 몰래 화물칸으로 들어가 쉬었다는 거예요?"

"안 그러면요? 화물칸 표는 팔지도 않아요."

샤오렌이 되물었다. 아주 당당하다는 투였다.

루추가 중얼거리듯 말했다.

"엄마 앞에서 이 말을 하지 않아줘서 고맙다고 해야겠네요."

"그 정도 상식은 나도 있어요."

샤오렌이 유쾌하게 말했다.

최근 그의 낙관적인 발언은 정말이지 그녀에게 최대의 위안이 되어주었다. 루추는 씁쓸하게 미소 짓다가 한 가지 생각나는 일이 있어 다시 물었다.

"왜 인 팀장님만 오신 거예요? 청잉은요? 두 주임님은 딩딩 언니한테 간 거예요?"

이 두 가지는 대답하기 어려운 질문이었다. 샤오렌이 간단하게 말했다.

"두 형도 쓰팡시를 떠났어요. 하지만 딩딩 누이와는 상관없어요. 청잉 형의 행방은 나도 잘 몰라요. 그래도 마지막에 통화했을 때는 캐나다에 있었어요."

"여행 중이에요?"

루추는 자기도 모르게 부러움을 느끼며 물었다. 청잉은 늘 자유롭게 사는 듯했다. 장쉰도 그만큼은 아니다.

"아마도요."

샤오렌이 잠시 멈췄다가 덧붙였다.

"맞다. 청잉이 린시와 차오바를 다 데리고 갔어요."

"어?"

루추가 눈을 동그랗게 뜨며 물었다.

"고양이야 데리고 출국할 수 있겠지만 청동 기린이 어떻게 함께 출국할 수가 있어요?"

"무슨 상관이에요. 아무튼 청잉 형은 비결이 있거든요."

샤오렌이 명쾌하게 대답했다.

너무 이상하다. 이건 보통의 여행이 아니지 않은가? 게다가 청잉은 왜 차오바를 데리고 가기 전에 미리 그녀에게 말해주지 않은 걸까?

본가 사람들 모두에게서 기이한 변화가 일어나고 있다…….

루추는 머릿속이 온통 뒤죽박죽되어 무슨 말을 해야 할지 전혀 알 수가 없었다. 샤오렌이 전화기 너머에서 잠시 기다리다가 나직하게 그녀를 불렀다.

"추추?"

"네."

루추는 금세 정신을 차렸다.

"당신을 언제쯤 다시 볼 수 있을까요?"

"며칠이면 되겠죠……."

그녀는 그를 보고 싶으면서도 그를 보는 게 두렵기도 했다. 루추가 눈을 감으며 말했다.

"어쨌든 설이 지나면 외할머니를 뵈러 갈 거예요. 그때 자연히 볼 수 있겠죠."

"내가 당신 보러 당신 집으로 찾아가도 될까요?"

"일단은 그러지 않는 게 좋겠어요."

늙은 고양이 황상이 루추 옆에 파고들어 배를 뒤집자 루추가 귀엽다는 듯 여기고 허약한 그 등뼈를 문질러주며 다시 물었다.

"매일 나랑 전화해요. 괜찮죠?"

"꼭 그래야겠어요?"

"네. 지금은 그래야 해요."

루추가 잠시 멈췄다가 나지막이 말했다.

"내일과 모레 이틀은 아빠를 도와 집을 정리해야 해요."

"부왕자이요?"

그의 반응이 무척 빨랐다.

"네."

"헤어지지도 말고 잊지도 말아요, 우리."

샤오롄이 중얼거렸다.

"뭐라고요?"

루추가 제대로 듣지 못해 다시 물었다.

"아니에요. 설 쇠고 나서 봐요."

사람마다 '설을 쇤다'는 말에 대한 정의가 제각각 다른 게 분명하다. 스물네 시간 후, 샤오롄이 예고도 없이 부왕자이 문 앞에 나타났다. 루추는 문을 열자마자 처음엔 놀라서 멍했다가 곧이어 그를 와락 껴안으며 기뻐서 소리 내어 웃었다.

잉정이 문밖으로 나와 담담하게 샤오롄에게 인사를 건네며 뭔가 의미심장한 눈빛으로 딸을 쳐다보았다.

"아빠, 이 사람 좋은 사람이에요. 좀 더 친해지면 아빠도 아실 거예요."

루추는 이 말을 하면서 좀처럼 알아채기 힘든 바람의 의미를 눈빛에 담아 전달했다. 잉정은 이런 딸을 어찌할 도리가 없었다. 그는 할 수 없이 샤오롄에게 들어와 앉으라고 말했다. 샤오롄도 사양하지 않고 안으로 들어와 소매를 걷어붙이고 함께 정리하는 것을 도왔다. 잉정은 금세 이 사람이 활력소임을 알게 되었다. 놀라울 정도로 힘이 좋았고, 더러운 것도 마다하지 않고 지치지도 않았다. 더구나 고대 병기에 대해서도 훤히 꿰뚫고 있었다.

잉정은 샤오롄에게 어디서 그런 지식을 배웠는지 묻지 않았다. 하지만 속으로는 이 젊은이를 다시 평가해야 하며, 더욱 경각심을 가져야 한다는 것을 느꼈다.

며칠 후, 부왕자이는 완전히 새롭게 변신했다. 세 사람은 작업 테이블을 둘러싸고 앉았다. 잉정이 모두의 앞에 궁푸차(功夫茶)를 따라준 뒤 루추에게 말했다.

"친 선생님, 그리고 또 다른 친구 한 명과 다음 주에 식사하기로 약속했다."

"어, 아빠는 친 사부님을 어떻게 아시게 된 거예요?"

루추의 눈이 휘둥그레졌다.

"전에 만난 적이 있어. 복원사 바닥이 그리 넓지 않거든."

샤오롄이 함께 있는 자리인 것이 걸려서 잉정은 딸에게 설교하는 것을 포기했다. 그는 잠시 멈췄다가 루추에게 설명했다.

"친 선생님이 먼저 내 친구를 찾아갔지. 칼 위에 착금된 문양을 복원하자는 거였어. 그리고 그 친구가 다시 나를 찾아와서 신기료

장수 셋이면 제갈량보다 낫다지 않냐며 같이 한번 해보자고 하더
구나."

"어떻게 세 분만 하세요? 저도 끼워주세요. 이 일은 제가 받은
건데 사부님은 어떻게 제게 말씀도 안 해주신 거죠?"

루추가 곧장 아빠에게 항의했다.

그녀는 말을 마친 후에야 샤오렌이 옆에 있다는 걸 깨닫고 얼른
고개를 돌려 그를 쳐다보았다. 이런 날들을 보내면서 샤오렌은 장
쉰의 기억 복원을 돕는 일에 더 이상 반감을 갖지 않게 되었다. 그
는 그녀에게 고개를 끄덕이며 낮게 속삭였다.

"나도 도울게요."

"약속한 거예요!"

루추는 흥분해서 펄쩍펄쩍 뛰었다.

집에 돌아온 후 처음으로 그녀는 더 이상 상실감을 느끼지 않았
다. 역시 사람은 일을 해야 했다. 루추는 잉정에게 "잠깐만 기다려
주세요."라고 말하고는 황급히 방으로 돌아와 핸드폰을 찾아 친관
챠오와 장쉰에게 메시지를 보냈다.

딸이 정신없는 틈을 타 잉정은 미소를 지으며 찻잔을 들고 등을
뒤로 기대고는 샤오렌에게 물었다.

"타이베이에는 언제 돌아가나요?"

샤오렌도 미소 지으며 겸손하고 예의 바른 태도로 대답했다.

"내일 돌아갑니다."

잉씨 부녀와 함께 보낸 이 며칠 동안 그는 시대가 다르다는 것
을 철저히 깨달았다. 루추의 마음이 굳건하기만 하다면 잉정은 절

대로 그들을 갈라놓을 수 없다. 그래서 샤오렌은 전혀 걱정하지 않았다. 오히려 자발적으로 맞춰주고 싶어 했고, 루추에게 너무 가까이 가지 않았다.

어쨌든 세상의 부모 마음이 다 같고, 더구나 헤어진다고 해도 잠깐일 뿐이었다.

# 17
## 지진(吉金)

샤오롄은 타이베이로 돌아갔다.

주말이 되어 루추도 아빠를 따라 타이베이 교외의 한 숲속 식당에 갔다.

대문에 걸려 있는 간판에 '식당'이라고 쓰여 있었다. 문을 밀고 안으로 들어갔더니 내부는 훨씬 더 세월의 흔적으로 가득한 작은 공원 같았다. 고목의 초록 그늘이 덮개처럼 덮고 있고, 계단에는 군데군데 이끼가 끼어 있었다. 박스형으로 각각 독립된 방은 옛날 밭 한쪽에 잡동사니와 곡식을 쌓아 두려고 만든 작은 집과 똑같은 모양으로, 숲 안 여기저기 불규칙하게 퍼져 있었다. 화장실조차도 별도의 독특한 스타일로 외진 곳에 있었고, 바닥은 클래식한 도안의 모자이크로 장식되어 있었다.

종업원이 부녀 두 사람을 박스형 방으로 안내했다. 문을 열자 안에는 친관챠오가 학자의 풍모를 한 어느 노부인과 얘기를 나누고 있었고, 그 옆에는 서른 살쯤 되어 보이는 단발머리에 말쑥한 차림의 여자가 무료한 듯 고개를 숙이고 찻잔 속 찻잎이 오르락내리락하는 것을 들여다보고 있었다.

그들이 안으로 들어서자 친관챠오가 먼저 옆에 앉은 노부인을 중앙연구원의 부연구원이신 천 선생님이며 고대 청동과 도자 유물 위에 새겨진 명문과 문양의 고증에 권위 있는 분이라고 소개했다. 루추는 얼른 천 선생님에게 인사했다. 돌아가며 인사를 마친 후 모두 자리에 앉았다. 친관챠오가 루추를 향해 대뜸 질문부터 했다.

"약혼했나요?"

루추는 그제야 자신의 약혼 소식이 아직 회사에 퍼지지 않았다는 생각이 들었다. 그녀는 몰래 아빠의 안색을 살폈다. 잉정의 표정이 좋지 않았다. 아빠가 말을 옮긴 것은 아닌 게 분명했다. 그렇다고 지금 누가 떠벌렸냐고 묻는 것도 몹시 이상했다. 루추는 별수 없이 눈 딱 감고 고개를 끄덕였고, 속으로 얘기가 여기서 마무리되기를 기도하며 무의식적으로 목에 걸린 반지를 만지작거렸다.

하지만 친관챠오는 옆에 앉은 단발머리 여자를 가리켜 자신의 딸 지진[吉金(길금)]이며, 싱글이라고 소개했다. 그러고는 계속 루추에게 따져 물었다.

"샤오렌과 약혼한 겁니까?"

루추가 다시 고개를 끄덕이자 잉정이 끼어들었다.

"약혼한 것뿐이에요. 결혼하려면 아직 멀었지요. 오늘 그 얘기는 하지 마시죠."

그의 말에서 반대 의사가 그대로 드러나서 루추는 쓸쓸하게 웃을 수밖에 없었다. 친지진이 고개를 들어 루추를 힐긋 보았다. 두 젊은 여자의 시선이 마주쳤다. 둘 다 상대의 눈빛에서 불만을 읽었다. 이 시대는 독신을 결심한 사람이든, 아버지가 싫어하는 사람과의 결혼을 결심한 사람이든 모두 유죄다!

지향하는 바가 같다는 동질감이 절로 우러나서 루추는 친지진 옆에 앉았다. 차가 나오길 기다리면서 두 사람은 금세 수다를 떨기 시작했다. 친지진은 어릴 때 호주로 이민을 갔고, 대학에서 화학공학을 전공했다. 졸업한 뒤에는 글로벌 무대를 헤집고 돌아다니며 일을 찾았고, 결국에는 다국적 갤러리에 들어가 일을 하고 있다. 원래 사무실은 홍콩에 있지만, 올해는 새로 설립된 타이베이 사무처에 파견되어 와 있다. 그녀의 이름이 참 재미있다…….

"지진[吉金(길금): 제사에 사용된 종이나 솥, 제기로 사용된 고대 청동기 -역주], 빛나는 청동기라……, 사부님께서 지어주신 이름인가요?"

루추가 물었다.

길금[吉金, '지진'은 중국어 발음-역주]은 한(漢)대 이전에는 청동기를 가리키는 말이었다. 보통의 청동기가 아니라 천지신명을 경배하는 예기로 쓰이도록 주조된 청동기다. 루추는 친관챠오가 이 아름답고 신성한 단어를 자신의 외동딸에게 붙여줌으로써 '지진'이라는 이름의 무게가—아무리 어린 여자아이였대도—그녀의 어린 시절에 드리웠을 그늘을 충분히 상상할 수 있었다.

과연 친지진은 한 마디로 설명하기 힘든 표정으로 고개를 끄덕이며 말했다.

"보통 일할 때는 다들 나를 Kim이라고 불러요."

"그것도 금(金)이네요."

루추는 너무도 잘 알겠다는 표정이었다.

"맞아요. 일부는 나만의 것으로 남겨두고 바깥세상의 것을 섞는 거죠. 멀지도 가깝지도 않게, 이 세계와 거리를 유지함으로써 안전을 꾀하는 거예요."

지진은 이렇게 말하면서 잔을 들어 루추의 잔과 부딪친 후 백주를 단숨에 들이켰다. 친관챠오가 고개를 돌려 딸에게 웃어 보이고는 음식이 어떤지, 충분히 먹었는지, 두어 개 더 시킬지 물었다. 말투에 자애로운 아버지의 마음이 그대로 드러났다. 뭔가 만회하고 싶은 마음이 담겨 있었다. 딸의 성장 과정에 함께하지 못한 부모들은 말할 때 종종 자기도 모르게 안타까움이 드러나게 마련이다.

디저트가 나올 즈음 갑자기 친지진의 핸드폰이 울렸다. 그녀는 통화를 마치고는 손님이 오기로 했다며 급히 나갔다. 지진이 나가자마자 친관챠오는 자애로운 아버지의 얼굴을 거두고 엄격한 스승의 말투로 루추에게 물었다.

"물건은 가져왔나?"

"가져왔습니다."

얼른 핸드폰을 꺼낸 루추는 별안간 읽지 않은 메시지가 두 개와 있는 것을 발견했다. 하나는 엄마가 보낸 것이었다.

그와 동시에 잉정의 핸드폰도 울렸다. 그는 전화를 받아 잠시 상대의 말을 듣더니 어쩔 수 없다는 듯 말했다.

"알았어요. 바로 갈게요."

외할머니가 퇴원하겠다고 병원에서 소란을 피우고 있다는 것이었다. 잉정은 딸에게 몇 마디 간단한 지시를 한 후 황급히 나갔다. 순식간에 두 명이 나가고, 다시 문이 닫히자 천 선생님이 고개를 쑥 내밀며 물었다.

"계속할까요?"

"물론입니다."

친관챠오는 루추의 핸드폰을 받아 호익도에 상감된 금색 매미 문양의 근거리 촬영 사진을 한 장 한 장 넘기며 천 선생님에게 보여주었다.

그는 아주 흥미진진하게 설명했다. 이 칼이 전에는 금속의 얇은 막으로 한 층 도금이 되어 있었는데, 지금의 칼 주인이 도금을 제거하고 원래 모습으로 복원하기를 원하고 있으며, 그 과정에서 불가피하게 매미 문양 안에 상감된 가는 금사를 훼손할 수밖에 없기 때문에 그 분야에 전문가이신 천 선생님의 도움을 받아 이 금색 문양의 원시구조를 해독함으로써 금속 막을 제거한 후에 다시 원래 모습 그대로 금사를 세공해 원래 자리에 상감해 넣을 수 있기를 원한다는 것이었다.

천 선생님은 사진을 처음 보기 시작했을 때는 예의 그 미소를 띠며 친관챠오와 토론하는 도중에도 수시로 루추와도 몇 마디씩 나누었다. 하지만 사진의 각도가 점점 근접 촬영으로 가면서 그녀의 안색이 차츰 엄숙해지더니 돋보기까지 쓰고 한 장 한 장 꼼꼼하게 들여다보았다. 사진 한 장을 보는 시간도 점점 길어졌다.

마침내 상감된 홈을 초근접 촬영한 사진에서 천 선생님이 눈을 반짝 빛내더니 무심결에 "만." 하고 중얼거렸다.

"네?"

루추가 의아해하며 되물었다.

천 선생님은 돋보기를 벗고 신대륙이라도 발견한 듯 흥분한 말투로 루추와 친관챠오에게 설명했다.

"일반적으로 금 상감 공예에 채워 넣는 금사는 먼저 한두 번 꼬아서 홈 안에 박아 넣습니다. 각도를 높임으로써 상감된 금사를 더 빛나게 하기 위해서죠. 홈 안에 삽입한 후에 문양도 더 빛이 나고요. 하지만 이 칼의 금 상감 문양은 완전히 다른 차원의 예술품이에요."

루추는 다급한 마음에 고개를 더 가까이 들이밀었다. 친관챠오가 가라앉은 목소리로 물었다.

"무슨 말씀이시죠?"

"이 사진을 좀 보세요."

천 선생님은 핸드폰을 탁자 가운데로 밀어놓고 사진에서 홈 안에 가느다란 고리로 꼬아놓은 작은 부분을 가리키며 말했다.

"이건 일반적인 꼬임의 무늬가 아닙니다. 상고시대의 매듭 기록물이에요. 역경에 일부 기록이 있습니다. 제 기억이 맞는다면, 이 고리는 '만(萬)'자를 뜻합니다. 저도 금사 자체의 무늬가 의미를 지닌 경우는 처음 봅니다. 매우 중대한 발견이에요. 돌아가서 동시대의 명문(銘文)을 다시 한번 꼼꼼히 살펴봐야겠어요……."

천 선생님은 설명을 이어갈수록 점점 더 흥분했다. 루추와 친관챠오는 서로를 바라보았다. 루추가 확인차 물었다.

"그러니까, 우리가 매미 문양 안에 상감된 금사를 하나하나 매듭 기록 문자로 분해할 수 있다면, 복원할 때 먼저 금사를 통째로 들어낸 다음 다시 사진의 순서대로 한 글자 한 글자 도로 심어 넣을 수 있다는 말씀이시죠……. 맞나요?"

"비슷합니다. 하지만 먼저 자리를 잡아야 해요. 이 얘기는 우리 나중에 다시 합시다."

천 선생님은 자신의 가방에서 핸드폰을 꺼내더니 일어서며 말했다.

"제 연구실에 분명 매듭 문자 기록에 관한 자료가 있을 겁니다. 우선 화장실에 갔다 오는 길에 조수에게 전화해서 좀 찾아봐 달라고 해야겠습니다. 아, 이 연구 결과를 국제 학술지에 발표할 수 있을까 모르겠네요……."

천 선생님은 말을 하면서 빠른 걸음으로 문을 열고 나갔다. 루추는 멀어지는 그녀의 뒷모습을 눈으로 쫓다가 참지 못하고 친관챠오를 돌아보며 물었다.

"국제 학술지요?"

"기억을 복원하기 위해서라면 이 정도 사소한 폭로는 감수할 수 있지. 어쨌든 국제 학술지에 게재되는 건 그의 본체 사진이지, 그의 나체 사진이 아니니까."

루추는 뒤의 두 마디를 듣고 또다시 참지 못하고 피식 웃음을 터뜨렸다. 친관챠오의 말투는 차가웠지만 말의 내용은 매우 위트가 넘쳐서 사람 자체가 아주 편안해진 듯 보였다. 전처럼 세상의 불합리한 모든 것에 분개하고 화를 내던 모습은 찾아볼 수 없었다. 마침내 가족들과 잘 지낼 좋은 기회가 생겼기 때문일까?

그녀가 웃음을 거두고 또 물었다.

"사부님, 왜 결국 장쉰을 돕기로 결정하신 거예요?"

"나도 어쩔 수 없었어."

친관챠오가 한숨을 내쉬며 말했다.

"스승님과 한 약속이 있어. 그걸 저버릴 수는 없지."

알고 보니 그해 스승님이 임종 직전에 유언으로 장쉰을 도와 기억을 봉인해주었던 것을 후회한다고 고백하며, 만일 장쉰이 선의를 가지고 기억을 되찾고 싶어 한다면 최선을 다해 도울 것을 친관챠오에게 약속 받았던 것이었다.

"스승님께서 하신 그 말씀을 나는 지금까지도 여전히 이해할 수가 없어. 스승님은 대세의 큰 흐름이라고 하셨지. 우(禹)왕의 치수(治水)처럼 막는 것보다 잘 흐르게 하는 것이 낫다고……. 장쉰의 기억이 전체적인 국면과 어떻게 관계가 있다는 것인지 모르겠어. 자네는 그 본가에 있을 때 혹시 그들이 비슷한 얘기를 하는 것을 들어보지 못했나?"

말을 마치며 친관챠오가 루추에게 물었다.

루추는 고개를 가로저으며 말했다.

"저와 무관한 얘기는 귀담아 듣지 않는 편이라서요."

친관챠오는 언짢은 듯 그녀를 바라보며 말했다.

"자네 정말, 복원하는 일과 연애하는 것 말고 다른 일에는 전혀 관심이 없군."

루추는 습관적으로 아니라고 변명하려다 말이 입 밖으로 튀어 나오기 직전에 갑자기 반항심이 올라와 되물었다.

"안 되나요?"

그녀는 일과 애인과 가족을 동시에 신경 쓸 수 있고, 이미 꽤 잘 하고 있었다. 세계 정세와 흐름이 그녀와 무슨 상관이란 말인가?

친관챠오는 잠시 말문이 막혔다가 이내 중얼거리듯 "되지."라고 말하고는 다시 그녀에게 물었다.

"자네는 장쉰의 본성이 어떻다고 생각하나?"

"예술가적인 기질이 있어요. 하지만 전적으로 사람들을 위해 고민하고 염려하죠."

루추가 잠시 멈췄다가 나지막이 말했다.

"제 생각에는 그가 아주 선량한 것 같아요."

"병기의 본성은 살인에 능한 거야. 그런데 자네는 그가 선량하다는 건가?"

문밖에서 샤오롄의 목소리가 들렸고, 문짝을 탕탕탕 세 번 두드리는 소리가 났다.

친관챠오가 고개를 돌려 루추를 노려보며 물었다.

"자네가 그를 불렀나?"

"그가 어디 있냐고 묻는 문자를 보내왔어요……."

이렇게 말하고 루추는 주눅이 들어 눈을 내리깔았다.

문밖에서 또 천 선생님의 목소리가 들려왔다. 그녀가 화장실에 갔다 오면서 문밖에서 기다리던 샤오롄을 만난 것 같았다. 몇 마디 나눈 후 천 선생님이 앞장서서 문을 열고는 생글생글 웃으며 루추에게 물었다.

"당신 약혼자예요?"

루추가 억지웃음을 지으며 고개를 끄덕이고는 천 선생님을 뒤따라 당당하게 들어오는 샤오렌을 울상을 지으며 바라보았다. 그는 먼저 친관챠오에게 인사를 건넨 후 야릇한 표정과 말투의 "안녕하세요."라는 답을 들었다. 그는 이어 눈썹을 추켜세우며 루추를 뚫어지게 바라보았다. 눈빛에 그리움과 항의의 뜻이 반반씩 담겨 있었다. 방금 그녀가 한 말에 섭섭해하는 것 같았다.

루추는 골치가 아파 찻잔을 들어 올려 모든 시선을 차단했다. 그런데 상황을 오해한 천 선생님이 샤오렌을 다시 한번 훑어보더니 루추에게 물었다.

"괜찮은 분 같은데, 당신 아버지는 왜 그를 싫어하시는 거죠?"

"집안과 조건요……."

루추가 어렵게 두 단어를 내뱉었다.

이미 그녀 옆에 앉아 있던 샤오렌이 천 선생님에게 미소를 지어 보이며 루추를 곤경에서 빠져나오도록 도왔다.

"제 가족이 좀 복잡하거든요."

"아버지 어머니는 안 계시고 형이 둘 있어요. 한 명은 결혼과 이혼을 아주 여러 번 했고, 한 명은 평생 강아지와 살기로 한 것 같습니다."

친관챠오가 계속해서 야릇한 말투로 보충 설명을 했고, 샤오렌은 어깨를 으쓱할 뿐 반박하지 않았다. 루추는 어디 구멍이라도 파서 숨고 싶은 심정이었다.

어떻든 샤오렌의 집안 배경에 관한 이 괴이한 소개로 천 선생님은 더 이상 캐묻는 것을 포기했다. 그녀는 자신이 방금 조수에게 전화를 걸어 파일이 정리된 장에서 상당히 많은 자료를 꺼내 달라고 부탁했다고 설명하고는, 루추와 친관챠오에게 지금 자기와 함께 연구실로 가서 호익도의 매미 문양에 숨겨진 비밀을 낱낱이 풀어보자고 제안했다.

"제가 차로 모셔다드릴까요?"

모두가 이동하기로 결정하자 샤오렌이 일어나 두 손을 청바지 주머니에 찔러 넣고 여유롭게 물었다.

그의 말투는 온화하고 예의 발랐다. 어쩌다 불쑥 튀어나오는 병기의 예리한 기운에 신경 쓰지만 않는다면 완전히 여자 쪽 부모님의 비위를 맞춰보려는 젊은이처럼 보였다. 자신의 조건에 약점이 있음을 너무도 잘 알지만 비굴하지 않고 호탕해서 다가가기 쉬운 친근한 사람이라는 착각을 주었다.

이런 샤오렌이 루추는 무척 안심되었다. 그들은 결혼한 후에도 계속 다른 인간들과 함께 지내야 한다. 샤오렌이 이런 것을 싫어하지 않는다면, 어쩌면, 어쩌면 그들은 정말 더 오래 함께할 수 있을지도 모른다. 어쩌면 아주 먼 미래, 가령 25년쯤 후……를 상상해볼 수 있을지도 모른다.

그녀가 얼른 끼어들어 좋다고 말하자 천 선생님도 당연히 동의했고, 친관챠오도 반대하지 않았다. 그렇게 해서 일행 네 명은 샤오렌의 차를 타고 중앙연구원으로 향했다.

# 18
# 피할 수 없는 일전(一戰)

식당을 나온 지 두 시간 후 그들 일행 네 명은 중앙연구원에 도착했다.

루추는 피라미드의 꼭대기에 있는 이 학술연구기관에는 한 번도 와본 적이 없었다. 그녀의 상상 속에서 중앙연구원은 최고의 학자들이 모여 있어 장엄한 분위기를 자아내는 곳이었다. 그런데 차가 쉴 새 없이 들어오고 오가는 사람들 대부분이 오타쿠스러울 뿐만 아니라 좀 괴상해보이는 것이 그녀가 상상했던 것과는 사뭇 달랐다.

샤오롄은 천 선생님의 안내에 따라 숲으로 둘러싸여 있는 고풍스럽고 반듯한 작은 건물 옆에 차를 세웠다. 루추가 차 문을 열고 나가자마자 정문 안에서 파랑색과 흰색이 섞인 슬리퍼를 끌고 머리에는 새집을 인 젊은 남자 하나가 흥분한 표정으로 그들에게 손을 흔들며 뛰어나왔다. 이 남자가 손에 들고 있는 것이 무엇인지 알아보았을 때, 루추는 완전히 할 말을 잃었다…….

그것은 뿔이 달린 회백색 두개골이었다. 뿔의 갈라진 모양이 수사슴과 흡사했고, 모양으로 볼 때 매우 오래된 것 같았다. 머리 윗부분에 기괴한 무늬가 새겨져 있어서 얼핏 보기에도 사이비 종교의 제사 물품과 같은 느낌을 주었다.

젊은 남자는 숨찬 듯 헐떡거리면서 차 옆으로 달려오더니 두개골을 천 선생님에게 보여주며 말했다.

"찾았습니다."

루추가 남자에게 두어 걸음 가까이 다가가서 고개를 숙여 관찰했다. 그의 손에 들린 두개골에는 여러 줄의 무늬가 새겨져 있었고, 그중 한 줄에 새겨진 몇 개의 토템은 장원의 본체에 새겨진 매미 문양 속 금사 매듭 방법과 상당히 유사했다.

전승 안에서 보았던 어떤 광경이 불현듯 뇌리를 스친 루추가 "아." 하고 외치고는 두개골에 새겨진 무늬를 가리키며 물었다.

"갑골문?"

"맞습니다. 은허[殷墟, 중국 허난성(河南省) 안양(安陽)시에 있는 은나라(殷代) 중기 이후 도읍의 유적 – 역주]에서 출토된 것입니다."

젊은 남자가 유쾌하게 대답했다.

이어서 천 선생님이 젊은 남자를 가리키며 자신의 보조연구원인 정루이언(鄭譽恩)이라고 모두에게 소개했다. 그가 들고 있는 것은 상왕(商王)이 이적 토벌을 위해 출정하기 전에 길흉을 점치는

데 쓰였던 사슴 두개골의 복제품으로, 그 위에 새겨진 갑골문의 일부분이 매듭 문자 기록에서 진화되어 나온 것이었다. 호익도 매미 문양 내부의 금사 무늬를 판독하는 데 아주 큰 도움이 되었다.

루추는 뿔 달린 두개골을 노려보며 생각했다. 장쉰의 기억을 되살리는 것을 돕기 위해 그녀는 갑골문까지 연구해야 하는 걸까?

"그 칼이 오래된 골동품이란 걸 당신도 모르지 않았잖아요."

샤오렌이 미소 지으며 그녀에게 말했다.

물론이다. 외부인이 듣기에는 그가 호익도 얘기를 하는 줄 알겠지만, 루추만큼은 그가 장쉰 얘기를 하고 있다는 것을 아주 잘 알고 있었다.

루추는 샤오렌을 다시 한번 흘겨보며 속으로만 소리 없이 한숨을 내쉬었다. 그녀가 장쉰의 부탁에 응했을 때는 이 복원 작업이 갑골문자까지 연결될 거라고는 생각지도 못했었다. 하지만 일이 이렇게 된 이상 무리가 되더라도 할 수밖에 없었다.

모두가 차에서 내려 앞으로 걸어갔다. 그런데 샤오렌이 몇 걸음 가다가 멈춰 서더니 루추에게 말했다

"난 밖에서 돌아다니고 있을게요. 당신은 일이 끝나면 나한테 끝났다고 알려줘요."

"들어오셔서 보셔도 됩니다. 상관없어요."

천 선생님이 그에게 말했다.

"저는 복원에 대해서는 잘 모릅니다. 더구나 여긴 아주 오랜만이라서 이 기회에 좀 둘러보려고요."

샤오렌이 웃으며 대답했다.

그 웃음기가 눈빛에까지 담기지는 않았지만 천 선생님은 깨닫지 못했다. 그녀는 궁금하다는 듯 샤오렌에게 전에는 어떻게 오게 됐던 것인지 더 캐물었다. 샤오렌이 집안 어른 중에 이공계 분야의 학자가 있어 어릴 적(?)에 한 번 온 적이 있다고 예의 바르게 설명했다.

루추는 무슨 영문인지 몰라 그들이 대화를 마칠 때를 기다려 샤오렌에게 나지막이 물었다.

"당신, 일이 있으면 먼저 가도 돼요. 우린 생각보다 좀 오래 걸릴 것 같⋯⋯."

"기다릴게요. 나올 때까지 안 갈 거예요."

샤오렌이 그녀의 말을 끊으며 이렇게 대답했다.

그의 말투는 너무도 단호했다. 하지만 사람이 너무 많아서 루추는 물어보기도 곤란했다. 그녀는 마음속의 의혹을 억누르며 샤오렌에게 힘껏 고개를 끄덕이고는 친관챠오와 천 선생님을 따라 작은 건물 쪽으로 걸어갔다. 샤오렌은 제자리에 서서 그들이 실내로 들어가는 것을 눈으로 배웅한 뒤 돌아섰다. 그러고는 멀리 떨어진 다른 주차장에 있는 중형 오토바이 한 대를 힐끗 보고 작은 건물을 떠나 앞쪽에 있는 언덕으로 걸어갔다.

중앙연구원의 이름을 들어본 사람은 많겠지만 이곳을 방문한 사람은 극히 드물다. 와본 사람이라고 하더라도 이곳의 학자들이 연구뿐만 아니라 생태계 보전에도 관심이 많아서 건물 동과 동 사이에 원생 동식물이 서식할 수 있도록 특별히 습지를 만들어 두었다는 것을 다 아는 것은 아니다.

오늘 이 생태 연못과 습지 사이에 볼썽사나운 발자국이 널려 있다. 샤오렌은 연못을 빙 돌며 눈으로 냇가의 진흙과 풀밭 사이를 두루 뒤졌다. 그는 평지를 걷듯 숲으로 난 돌바닥 길을 걸어 올라갔다. 위로 한참을 올라가 주위에 아무도 없는 것을 확인하자 발밑에 검의 그림자가 나타나더니 그를 지면에서 몇 센티미터 위로 띄워 거대한 관목숲 몇 개를 가볍게 돌아 산허리로 날아갔다. 검(劍)은 작은 분홍빛 꽃이 만개해서 멀리서 보면 마치 반짝이는 작은 구슬들로 짠 노을을 드리운 듯한 산벚나무 아래까지 곧장 날아가서야 멈춰 섰다.

샤오렌의 두 손은 시종일관 여유롭게 주머니에 꽂혀 있었고, 표정은 차가웠다. 삭풍이 매서웠다. 이따금씩 산벚나무의 자잘한 꽃잎이 그의 몸 위로 떨어졌다. 그는 꼼짝도 하지 않고 잠시 나무의 몸통을 응시하더니 손을 휙 내젓고는 다른 손에 든 장검으로 나무 꼭대기부터 비스듬하게 후려쳐 산벚나무를 쪼개버렸다. 그와 동시에 장쉰이 나무 꼭대기에서 멋지게 뛰어내려 허공에서 두 번 공중제비를 돌아 아름답게 착지했다.

"어쩐 일입니까?"

그가 점잖지 않게 껄렁대며 샤오렌에게 물었다.

"루추를 따라왔습니까?"

샤오렌이 되물었다.

"그녀가 직접 메시지를 보내 내 칼에 금사 상감이 조금 떨어져 나갔다고 알려주더군요."

장쉰이 핸드폰을 꺼내 샤오렌에게 보여주며 말했다.

"분명히 말하죠. 이건 나와 그녀의 일입니다. 당신과는 상관없어요."

검광이 다시 번쩍하더니 핸드폰을 반으로 갈랐다. 샤오렌이 무표정하게 말했다.

"그녀가 당신을 돕는 것에 내가 동의한 건, 당신의 기억이 나에게 유용하기 때문이지 당신이 죽자고 매달리는 것까지 동의한 것이 아닙니다."

장쉰이 샤오렌을 자세히 뜯어보고는 과장된 말투로 말했다.

"와, 금제를 제거하고 나니 자신이 천하무적이라도 된 것처럼 느껴지나 봅니다."

"시험해보면 알 수 있지 않겠습니까?"

샤오렌의 입꼬리가 살짝 올라갔다. 말속에 담긴 뉘앙스는 화가 나서 사람도 죽일 정도로 격앙되어 있었다.

장쉰이 눈을 가늘게 뜨고는 천천히 손을 뻗어 공중에 나타나 번쩍번쩍 빛을 발하는 호익도를 잡았다…….

산 아래 작은 건물 안에서는 루추가 핸드폰으로 천 선생님이 가져온 갑골문과 매듭 문자 기록 도표를 한 장 한 장 사진 찍어 기록하느라 바빴다. 그러던 중 그녀는 갑자기 외투 주머니가 밑에서 누군가 잡아당기기라도 하는 듯 약간 무거워진 것을 느꼈다. 그러고는 이내 다시 가벼워졌다. 그녀는 안색이 미묘하게 변하며 아무도 눈치채지 못하는 틈을 타 손을 뻗어 주머니 속을 만져보았다. 역시나 축소판 호익도가 없어졌다. 주머니에는 열쇠 여러 개만 남아 있었다.

장쉰이 적을 만난 것일까?

도(刀)와 검이 부딪치며 번갈아 우는 소리가 사방에서 울렸고, 바닥이 미세하게 흔들렸다. 천 선생님은 의자를 붙잡으며 걱정스러운 듯 말했다.

"지진이 났나?"

친관챠오가 창밖을 힐긋 내다보고는 루추 쪽으로 고개를 돌리며 말했다.

"자네가 나가보게."

"제가요?"

루추가 물었다.

다음 순간, 장검이 허공을 가르는 익숙한 웅웅 소리가 울렸다. 그녀는 놀라 "헉." 하고 숨을 들이키고는 황급히 문밖으로 뛰어나갔다. 그러다 모퉁이를 돌면서 하마터면 목에 진주 목걸이를 한 여인과 부딪칠 뻔했다.

"양쥐안쥐안…… 여사님?"

루추가 벽을 짚으며 중심을 잡고 서서 놀란 마음을 진정하지 못한 채 상대방을 바라보았다.

양쥐안쥐안은 그 어느 때보다도 혈색이 좋아 보여 미모가 더욱 환하게 빛났고, 피부도 팽팽해져 완전히 나이를 거꾸로 먹은 듯한 느낌을 주었다. 그녀가 예 교수와 공모했다는 그 어떤 증거도 없었지만, 납치 사건 이후 루추는 양쥐안쥐안에 대해서도 믿음이 사라졌다.

그녀는 한 발짝 물러서서 경계의 눈초리로 상대방을 노려보았다. 양쥐안쥐안은 곱게 미소를 지으며 전혀 아랑곳하지 않는 듯 혼자 중얼거렸다.

"'여사'라는 이 말 정말 싫어요. 여자가 마흔만 넘으면 죄다 쓰레기 분리수거함에 쓸려 들어가야 할 것 같잖아요. 당신은 그냥 날 '언니'라고 부르면 돼요. 난 상관없어요."

"전 상관있어요."

루추가 조용히 대답했다.

"그리고 저는 몇 살이 됐든 '여사'라는 호칭이 좋아요."

양쥐안쥐안은 루추 때문에 그 자리에서 사레가 들렸지만, 화도 내지 않고 활짝 웃으며 대답했다.

"그럼 당신이 마흔 살이 되고 그는 여전히 스물일곱 살인 그때, 우리 다시 한번 봐요."

양쥐안쥐안은 역시 샤오렌의 진짜 모습을 알고 있었다.

루추는 순간 긴장했다. 양쥐안쥐안이 고개를 갸웃하며 다시 말했다.

"아쉽지만 난 아마 못 볼 것 같네요."

"왜죠?"

루추의 물음은 양복 차림에 넥타이를 매고 황급히 달려온 중년 남자 때문에 중단됐다. 남자는 숨을 헐떡이며 손에 든 서류를 양쥐안쥐안에게 내밀었다.

"양쥐안쥐안 씨, 우리가 검토하던 중에 당신이 서명을 하나 빠뜨린 것을 발견했습니다. 사무실로 돌아가실까요?"

"아뇨, 제가 여기서 서명하면 돼요."

양쥐안쥐안은 그의 말을 자르며 펜을 받아 종이 위에 웅장한 필치로 서명한 뒤 종이를 남자에게 돌려주었다. 그러고는 농담하는 듯한 말투로 남자를 가리키며 루추에게 소개했다.

"제 변호사예요. 내가 방금 유언장에 서명했거든요. 죽은 후에 모든 소장품을 기부할 거예요. 못 믿겠으면 그에게 물어봐요."

변호사 선생은 무슨 영문인지 모르겠다는 듯 루추에게 고개를 끄덕이고는 "안녕하세요."라고 한마디 했다. 양쥐안쥐안이 끼어들며 다시 변호사에게 말했다.

"이 동생이 내가 나쁜 사람인 줄 아나 봐요. 자, 이 동생에게 내 유산 중 자기 몫도 있다고 얘기해 주세요."

변호사와 루추가 동시에 눈을 동그랗게 뜨자 양쥐안쥐안이 소리 내어 웃으며 루추에게로 고개를 돌려 말했다.

"《어린 왕자》 초판본을 당신에게 남겼어요. 낡은 책이지만 팔면 값이 꽤 나갈 거예요. 절대 함부로 버리지 마요."

"당신은 왜 유언장을 만든 거죠?"

루추가 참지 못하고 입을 열었다.

양쥐안쥐안은 이상한 눈빛으로 그녀를 쳐다보면서 말했다.

"살고 죽는 건 운명에 달렸잖아요. 일찌감치 유언장을 만들어두면 죽더라도 마음에 걸릴 것 없으니 얼마나 좋아요? 당신도 하나 만들어요. 여기요. 내 변호사 명함이에요. 문제 생기면 직접 물어

봐요. 난 먼저 가볼게요."

양쥐안쥐안은 변호사를 가리키며 루추에게 말을 마친 후 다짜고짜 명함 한 장을 루추의 손에 쥐여주더니 가방을 들고는 제멋대로 휘적휘적 가버렸다.

루추는 명함을 쥐고는 변호사에게 눈을 부릅떴다. 변호사는 입술을 약간 움찔했다. 그녀에게 뭔가 물어보고 싶은 듯했다. 그런데 창밖에서 다시 병기가 서로 부딪치는 소리가 어렴풋이 들려왔다. 루추는 그 자리에서 즉시 결단을 내리고는 변호사 선생에게 허리를 굽혀 인사한 뒤 말했다.

"안녕하십니까? 저는 잉루추라고 합니다. 죄송하지만 제가 급한 일이 있어서 먼저 실례하겠습니다."

그녀는 즉시 뒤돌아서 종종걸음으로 통로 출구를 향해 달려갔다.

오후 네 시 반쯤, 루추는 산기슭에 서서 고개를 들어 위를 올려다보았다. 하늘은 우중충했고, 산 중턱 근처에서 종종 시퍼런 빛이 번쩍번쩍하는 것이 비가 쏟아지기 전의 번개 같았다. 바람의 방향이 계속 바뀌니 나무가 동쪽으로 쓰러졌다 서쪽으로 쓰러지기를 반복했고, 그러면서 쉭쉭 하는 바람 소리도 멀어졌다 가까워지기를 반복했다. 둘의 싸움이 팽팽해서 우열을 가리기 쉽지 않은 게 분명했다.

누군들 금제에서 해제된 샤오렌과 싸워 비길 만한 실력을 갖췄

겠는가?

루추의 마음속에 뭔가 불길한 예감이 피어올랐다. 누가 이 이상한 광경을 발견하기 전에 빨리 대결을 말려야 한다!

고무줄을 꺼내 머리를 질끈 묶은 루추는 조심스럽게 주위를 둘러보고는 근처에 사람이 없는 것을 확인한 후 단숨에 석판길 끝까지 달려갔고 손과 발을 모두 사용해 위로 올라가기 시작했다. 잠시후, 그녀의 정수리에서 3~5미터 위로 검 한 자루가 쓱 하고 날아갔다. 그 모습이 또렷하게 보였고, 엄청난 힘에서 발산되는 웅웅 소리가 뒤따랐다.

두 사람이 여기서 싸우다니 미친 것인가?

루추는 잠시 걸음을 멈추고 나무줄기에다 이마를 꾹꾹 누르며 큰소리로 고함치고 싶은 마음을 억눌렀다. 그리고 힘껏 한숨을 내쉬고는 힘겹게 발을 떼어 계속 올라갔다.

경사가 갈수록 가팔라졌다. 그녀의 신발은 이미 흙투성이가 되었고, 머리카락도 작은 나뭇가지에 걸리고 쓸려 온통 헝클어졌다. 하지만 여전히 사람 그림자는 찾아볼 수 없었다.

핸드폰 알림음이 "딩동." 하고 울렸다. 친관챠오가 메시지를 한 줄 보내왔다.

"나는 천 선생님과 먼저 돌아갈 테니 자네는 천천히 오게. 그 둘은 깨끗이 처리하고."

문자 뒤에 분노한 표정의 이모티콘이 붙어 있었다. 문자 내용으로 보아 사부님은 이 일을 애초에 두 남자가 그녀 하나를 놓고 싸우는, 웃기는 일로 보는 것 같았다. 그녀는 어깨를 축 늘어뜨리고는 "네, 그 둘을 모두 화로에 던져 녹여버리겠습니다."라고 답장을 보냈다. 친관챠오에게서 미소 이모티콘을 받았으니 그녀도 얼른 웃는 얼굴의 이모티콘을 보냈다. 기분은 더욱 나빠졌다.

그들은 대체 왜 싸운 걸까?

30분쯤 더 걸어 루추는 마침내 멀리 우뚝 솟은 산벚나무와 그 아래에서 왔다 갔다 하며 뒤엉켜 떨어지지 않는 샤오롄과 장쉰을 보았다.

아니, 그들의 동작이 너무 빨라서 엄밀히 말하면 그녀가 본 것은 번쩍거리는 칼과 검의 그림자뿐이었다. 사람은 그림자조차 보지 못했다.

도는 그 기세가 무지개 같았다. 촘촘하고 쉴 새 없는 공세가 마치 거센 폭풍처럼 몰아쳤고, 휘두르는 모든 칼날이 이 천지를 갈라 산산조각 내기 전에는 멈추지 않을 기세였다.

검의는 서릿발처럼 무겁고도 스산한 기운을 사면팔방에 떨쳤다. 어떤 생물이든 검 날이 장악한 범위 안에 들어가기만 하면 뼈가 부서지고 육신이 가루가 되는 것을 피할 수 없을 것 같았다.

이 검과 도(刀)의 대결은 지극히 잔혹하고도 아름다웠다. 싸움의 기세가 너무도 치밀하고 빈틈이 없어서 한 치의 방심도 용납하지 않았다. 그녀가 그렇게 가까이 서 있는데도 그들은 전혀 아랑곳하지 않았다. 루추는 핸드폰을 꺼내 놓고 고민하느라 주저하며 어느 번호 하나 누르지 못했다.

누구에게 걸어도 방해가 될 텐데, 그녀가 어떻게 해야 샤오롄과 장쉰을 동시에 멈출 수 있을까?

곁눈으로 알람의 벨 소리가 울리는 것을 힐끗 본 그녀는 숨을 깊이 들이마신 뒤 음량을 최대치로 높여 틀었다.

띠리링, 띠리링, 벨 소리가 산 중턱 전체에 울려 퍼졌다. 하늘을 온통 채우던 두 도검의 번뜩이는 빛이 순식간에 사라졌다. 검은 옷을 입은 샤오롄이 검을 들고 나무 아래 섰다. 쪼개진 벚꽃잎이 그의 옷자락에 군데군데 묻어 있어 사람이 우아해보일 뿐만 아니라 낭만적인 귀공자 같은 느낌까지 더해졌다.

그가 그녀를 바라보았다. 뭔가 말하려다 멈춘 듯한 모습이었다. 입술은 산벚나무 꽃잎처럼 선명하고 아름다웠다. 루추는 고개를 숙여 온통 지저분해져 있는 자신의 모습을 본 뒤, 다시 그녀에게서 그리 멀지 않은 곳에 서 있는 야구점퍼와 카고 팬츠 차림의 장쉰을 바라보며 기운 없는 목소리로 그들에게 물었다.

"두 분 뭐 하시는 거예요?"

"싸웁니다."

장쉰이 고개를 쳐든 큰 칼을 번쩍 들어 기분 좋게 그녀에게 흔들며 인사를 건넸다.

"하하, 별일 없죠?"

"하, 이 불청객!"

루추는 너무 화가 나서 욕을 퍼붓고 싶었다.

"저랑 사부님이 고생스럽게 바닥에 쪼그리고 앉아 매듭 문자 기록을 연구했어요. 다 당신을 돕기 위해서였고요. 그런데 당신은 중앙연구원에 와서 싸움을 해요?"

샤오롄도 함께 싸웠지만, 그녀는 줄곧 장쉰이 싸움의 원흉이라고 고집했다. 절대로 그녀가 편파적이어서가 아니었다. 도와 검이 함께 얽혀 있는 것만으로도 도발한 쪽이 장쉰이라는 것을 누구나 알 수 있었다.

그녀한테 욕을 먹어 잠시 어리둥절해하던 장쉰이 참지 못하고 샤오롄을 가리키며 항의했다.

"나를 돕는 건 그를 돕는 것이기도 하니까 결국은 당신을 돕는 셈이잖아요. 안 그래요? 그런데 왜 이렇게 독하게 굴어요?"

"당신의 기억 복원을 돕는 게 그와 무슨 관계가 있다는 거죠?"

루추가 불만이라는 듯 반박했다.

"싸움을 좋아하면 좋아하는 거지, 부정하려고 하지는 마세요."

장쉰은 이 말이 듣기 싫어 아래턱을 치켜들며 대꾸했다.

"내가 기억을 되찾아야 그가 당신과 결계를 맺을 수 있으니까요. 그게 아니면 이 자식이 무슨 호의라도 가진 줄 알았어요?"

샤오롄의 안색이 싹 바뀌며 무언가를 말하려고 했다. 하지만 루추는 알아차리지 못하고 장쉰을 노려보며 물었다.

"무슨 결계요? 무슨 소릴 하는 거죠?"

"결계가 결계지요. 쌍방이 서로 생명을 공유하고, 화복도 함께하는……. 당신, 못 들었어요?"

장쉰이 물었다.

"들어봤어요. 하지만 그게 왜 나와 관련이 있다는 건지……."

그녀는 불현듯 뭔가를 알아차렸고 믿을 수 없다는 눈빛이었다.

샤오롄의 발아래에 검의 그림자가 갑자기 나타났다. 그러나 루추가 그의 검보다 더 빨랐다. 그녀가 그를 가리키며 말했다.

"움직이지 말아요."

샤오렌이 멈칫하자 루추가 장쉰 쪽으로 돌아서서 천천히 물었다.

"반드시 같은 종족이어야만 결계를 맺을 수 있는 거 아닌가요?"

"성공률의 문제일 뿐입니다."

장쉰이 어깨를 으쓱하며 대답했다.

"물론 위험성을 고려하면……."

"입 닥쳐!"

샤오렌이 격노했다.

그러나 다른 두 사람은 그런 그를 신경 쓰지 않았다. 루추가 숨을 깊이 들이마신 뒤 계속해서 장쉰에게 물었다.

"어떤 위험성요?"

"당신 정말 아무것도 모릅니까?"

장쉰의 안색이 굳어졌다. 그가 말을 이었다.

"누구도 성공했다는 얘기를 들어보지 못했습니다. 하지만 이런 말이 있는 건 확실합니다. 인간이 우리와 결계를 맺고 생명을 공유하면, 그 주인이 늙지도 죽지도 않을 수 있다고요."

그렇게 쉽게 늙지도 죽지도 않을 수 있다니, 세상에 이렇게 좋은 일이 어디 있겠는가? 루추는 장쉰의 말이 머릿속에서 맴돌았다. 그녀가 이상하다는 듯 다시 물었다.

"여기서 그 '주인'이 무슨 뜻이죠?"

"글자 그대로입니다."

장쉰은 아무렇지도 않다는 듯 어깨를 으쓱하며 계속 말했다.

"기물은 사람이 씁니다. 결계를 맺은 후 우리는 본체로 돌아가 주인의 병기로 변합니다."

그의 말투는 어딘가 분명치 않은 분위기를 풍겼다. 루추는 주먹을 부르쥐며 단도직입적으로 물었다.

"그러니까 당신 말은, 인간과 결계를 맺은 후에 당신들은 더 이상 인간으로 환형할 수 없다는 건가요?"

"아, 그건 그런 게 아니라……."

장쉰은 거짓말을 하기 싫었지만, 또 어떻게 루추에게 사실을 말해야 할지도 알 수 없었다. 그는 시선을 돌려 흩날려 떨어지는 꽃잎을 보며 가볍게 헛기침을 한 후 설명했다.

"제가 들은 얘기로는 혼백이 흩어져 사라지고 완전히 기물로 변한다는…… 환형을 할 수 있고 없고의 문제가 아닙니다."

그런…… 거였다.

루추는 온몸의 피가 싸늘해지는 것을 느꼈다. 그녀는 여전히 주먹을 부르쥔 채였고, 손톱이 손바닥을 파고드는데도 전혀 아프지 않았다.

그녀가 샤오렌 쪽으로 돌아서서 얼이 빠진 멍한 표정으로 그에게 물었다.

"이걸 당신은 다 알고 있었어요?"

"전설일 뿐이에요. 진지하게 받아들이지 말아요."

샤오렌이 아무런 표정 변화 없이 말했다. 하지만 검을 쥔 손이 그의 심경을 드러내고 있었다.

그는 대체 무슨 생각을 하고 있는 걸까? 어떻게 혼자서 이런 결정을 할 수 있지?

"당신, 언제부터 나와 결계를 맺을 계획을 세운 거예요?"

루추가 나지막이 물었다.

"깨어났을 때, 깨어난 후에……."

샤오렌은 대답하기 힘들었고, 그녀의 시선도 계속 피했다.

"먼저 나와 의논해볼 생각은 안 해봤어요?"

루추는 대충 넘어갈 생각이 없었다.

"뜬구름 잡는 일일 텐데……."

"잠깐만요."

루추가 샤오렌의 말을 끊고 언성을 높이며 물었다.

"이거였어요? 당신이 결국 내가 호익도를 복원하는 걸 반대하지 않은 진짜 이유가?"

"나, 나는……."

이 사람은 정말이지 거짓말을 할 줄 모르는구나. 루추는 샤오렌을 뚫어지게 쳐다보면서 속으로 이렇게 생각했다. 그러다 갑자기 하늘과 땅이 핑핑 돈다는 느낌이 들었다. 그녀는 비틀거리며 뒤로 주춤 물러나다 손을 뻗어 옆에 있는 나무줄기를 붙잡고는 중얼거렸다.

"난 많은 걸 바라지 않아요. 겨우 20년이라고요. 당신은 왜 겨우 20년을 나와 함께 있어 주는 것조차 안 하려는 거예요?"

"난 더 많은 걸 원해요. 그게 잘못인가요?"

마지막 말에서 샤오렌이 갑자기 목소리를 높였다.

그는 잘못이 없다. 그는 단지 그녀가 뭘 원하는지 보지 못할 뿐이다.

루추는 입을 열어 설명하고 싶었지만 소리가 나오지 않았다. 눈앞에 있는 샤오렌이 너무 낯설었다. 사실, 금제를 제거한 후부터 샤오렌은 그녀에게서 점점 멀어진 것 같았다.

어쩌면 이것이야말로 진실인가? 그들은 원래 다른 세계의 사람이니 억지로 함께 있으려고 하면 아무도 즐거울 수 없는 것일까?

루추의 몸이 휘청하자 샤오렌이 재빨리 고개를 들고 한 걸음 성큼 다가갔다. 하지만 그녀의 절망한 눈빛에 가로막혀 더 이상 앞으로 나아갈 수 없었다.

결계를 맺기 위해서는 두 마음이 같아야 한다. 하지만 지금 이 순간만큼은 그와 그녀의 두 마음은 지척인데도 천 리나 떨어져 있었다.

이 순간, 어둠이 이미 숲을 완전히 뒤덮었다. 루추는 갑자기 너무 피곤하고 힘들어서 아무 말도 듣기 싫고, 아무 말도 하고 싶지 않았다.

그녀는 말 없이 돌아서서 더듬더듬 천천히 산을 내려갔다. 몇 걸음 안 가서 등 뒤에서 무거운 발걸음 소리와 함께 장쉰의 나른한 목소리가 들려왔다. 그가 물었다.

"아직도 나한테 화났어요?"

루추가 고개를 가로저으며 앞으로 걸어갔다. 그러다 발이 미끄러지는 바람에 바닥에 엉덩방아를 찧었다. 입가가 찌릿하게 아프더니 입안에 비릿한 피 맛이 퍼졌다. 그녀는 순간 멍해졌다가 이내 정신을 차렸다. 방금 미끄러지면서 입술에 이가 부딪혔다는 것을 깨달았다.

뒤쪽에서 부스럭부스럭 길게 이어지는 소리가 들려왔다. 뜻밖에도 장쉰이 바닥에 앉아 쭉 미끄러져 그녀 옆까지 내려왔다. 루추는 멍한 채 찢어진 입가를 손으로 꾹 눌렀다. 장쉰이 옆에 있는 그녀를 힐긋 돌아보고는 재킷을 벗어 그녀에게 덮어주었다.

장쉰이 약간 우습다는 듯한 말투로 물었다.

"당신이 나한테 이런 식으로 화를 냈던 적이 있었나요?"

그녀가 화를 낸 대상은 사실 샤오렌이지 장쉰이 아니었다. 루추가 막 설명을 하려고 고개를 돌려 보니 장쉰이 하늘을 올려다보고 있었다. 그의 목소리는 조금도 개의치 않는 것처럼 들렸지만, 한없이 쓸쓸한 표정과 멀고 아득해보이는 자태는 그녀와 전혀 같은 시공간에 있는 것 같지가 않았다.

분명, 정말로 그런 여자가 있었을 것이다. 장쉰과 친했고, 종종 싸웠던……, 그리고 흐르는 시간이 그녀를 데려갔고, 그는 혼자 남아 외롭게 살아가고, 추억하고, 마침내 견딜 수 없어져서 기억을 지웠을 것이다. 하지만 마음 밑바닥에 박힌 깊이 사랑했던 그 느낌만은 지울 수가 없었을 것이다.

그녀도 그렇다.

입가에 맴돌던 말을 도로 삼키고 나서 루추는 그저 고개를 가로저으며 옷자락을 단단히 여밀 뿐이었다. 산바람이 뼛속까지 스몄다. 방금 재킷을 덮어줄 때만 해도 루추는 따뜻함을 느끼지 못했다. 하지만 점점 그녀 자신의 체온이 재킷에 싸여 자신을 따뜻하게 덥혀주고 있었다.

한참 후 그녀가 낮은 목소리로 말했다.

"고마워요."

장쉰이 멀리 하늘가를 바라보던 눈길을 거두어 루추를 바라보며 말했다.

"제가 아래까지 바래다줄게요. 장담하는데 아무도 보지 못할 겁니다."

"……고마워요."

# 19
## 약속

10여 분 뒤 커다란 가죽 재킷을 입은 루추가 배기관 소리가 낮게 쿠릉거리는 구식 할리 데이비드슨 오토바이를 타고 바람처럼 시내를 빠져나갔다.

처음에 그녀는 기분이 너무 나빠서 고개를 처박고 침울해하느라 어디로 가는지 전혀 신경 쓰지 않았다. 정신을 차리고 보니 주위 풍경은 낯선데 앞에 놓인 산맥의 윤곽은 점점 또렷해졌다.

밤바람이 귓가를 쉭쉭 스쳐 지나가며 뺨을 아프게 할퀴었다. 루추는 앞에 앉은 기사의 넓은 등 뒤로 얼굴을 숨기고는 중얼거렸다.

"우리 어디로 가는 거예요?"

"드라이브가 재미있으면 계속하고 흥이 다하면 돌아오죠."

장쉰이 낭랑한 목소리로 대답했다.

다시 말해 목적지 없는 작은 여행이었다.

듣기에는 매우 시적인 것 같지만 가다가 중간에 기름이 떨어지면 어쩔 것인가? 그는 날지도 못한다.

루추는 이런 이유를 들어 몰래 샤오롄을 그리워하는 자신이 밉다고 생각하면서 장쉰의 등을 톡톡 두드리고는 다시 물었다.

"여기가 어딘지는 아는 거예요?"

"내 재킷 오른쪽 주머니에 손 넣어봐요."

장쉰이 그녀를 지휘했다.

루추는 미심쩍어하며 손을 집어넣어 주머니 안을 더듬었고, 이어 안에서 두 동강으로 쪼개진 핸드폰을 꺼냈다.

"이거요?"

그녀는 그 중 한쪽을 앞으로 내밀어 그에게 보여주었다.

장쉰이 "오." 하고 탄식을 내뱉고는 말했다.

"깜박 잊었네요. 당신한테 지도 찾기 좀 도와달라고 부탁하려 했는데요."

"아, 제 핸드폰으로 찾아보면 돼요……."

전자 지도라는 옵션이 떠올라 순간 루추는 적잖이 안심했다. 어쨌든 그들은 지금 큰길에 있으니 길을 잃지는 않을 것이다. 그래서 그녀는 서둘러 찾지 않고 다시 장쉰의 등을 톡톡 두드리고는 물었다.

"여기까지 올 생각은 왜 한 거죠?"

"모르겠어요."

할리 데이비드슨 오토바이의 좌석은 기사(騎士)에게 매우 친절하게 설계되어 있었다. 장쉰은 앉은 느낌이 아주 편안해서 기분도 어느새 좋아졌다. 그가 코를 킁킁거리며 말했다.

"여기 참 좋네요. 바닷바람 짠내까지도 상쾌하게 느껴지잖아요."

루추도 코를 벌름거려 보았지만 바다 냄새를 전혀 맡을 수 없었다. 하지만 장쉰이 어쨌든 그렇게 말했고, 이 길이 바다를 끼고 있다고 하니 그들은 지금 북쪽 해안 방향으로 가고 있다는 뜻일 것이다. 그녀는 고개를 뒤로 돌려 서서히 멀어지는 도시를 한번 바라보았다. 그녀가 잠시 머뭇거리다 다시 낮은 목소리로 장쉰에게 물었다.

"그 사람, 있어요, 없어요?…… 그러니까 내 말은, 샤오롄이 우리 뒤에서 날아오고 있나요?"

그가 오토바이를 타고 중앙연구원을 빠져나올 때부터 검은색 승용차 한 대가 줄곧 100미터 거리를 유지하며 멀찍이 뒤따라오고 있었다. 따돌릴 수도, 떨쳐낼 수도 없었다. 장쉰이 백미러를 힐긋 보더니 미소를 지으며 대답했다.

"아뇨."

그는 거짓말을 하지 않았다. 그녀가 질문을 잘못한 것이었다. 샤오롄은 절대 검을 타고 날아서 따라오지 않았다.

장쉰의 대답은 루추를 더욱 낙담하게 했다. 그녀는 다시 그의 등에 머리를 기대고 중얼거렸다.

"그가 화가 많이 났을 거예요."

"화나서 죽어도 싸요."

루추가 소리 내어 웃었다. 그런 다음 뭔가 뜨겁고 찝찔한 액체가 눈에서 흘러나오는 것을 느끼고는 계속 고개를 숙인 채 나직하게 물었다.

"당신들은 인간이 우습지 않나요? 우리 목숨이란 게 이렇게 짧고 또 이렇게 약하니까요……."

"그리고 이렇게 위대한 업적을 이뤘죠……. 아니다, 환경오염이 지구 표면을 완전히 바꿔 버렸죠."

장쉰이 주위를 둘러보며 느긋하게 말했다.

이때 오토바이는 어느 공동묘지를 지나가고 있었다. 길 양쪽으로 묘가 늘어서 있었다. 창백한 백색 가로등 불빛 아래 구멍 뚫린 낡은 비닐봉지 하나가 길 한쪽에서 건너편으로 날아갔다. 루추는 자신만의 감상에 깊이 빠져 있어서 장쉰의 말을 듣고도 금방 정신이 들지 않았다. 그녀는 비닐봉지가 계속 아래로 날아다니는 것을 눈으로 좇으며 중얼거렸다.

"우리가 잘못된 일을 많이 했죠. 하지만, 하지만……."

"하지만 환경문제가 애인보다 훨씬 더 중요합니다. 축하해요. 마침내 깨달은 거예요?"

장쉰은 진지한 어투로 다분히 조롱 섞인 질문을 던졌다.

"아뇨."

머릿속은 계속 뒤죽박죽인데 눈물은 어느새 멈춰 있었다. 루추는 한숨을 내쉬고는 혼잣말처럼 중얼거렸다.

"그는 왜 나를 좋아할까요? 내 말은, 당신들은…… 어떤 이유로 한 인간을 좋아하게 되는 거죠?"

그녀가 정말 묻고 싶었던 사람은 샤오렌이었지만, 정작 그를 마주했을 때는 절대로 물어볼 수 없을 것이었다.

장쉰은 이 문제를 고민해볼 생각이 없어서 건성으로 대답했다.

"어, 샤오롄이 왜 당신을 좋아하는지, 그 문제는 내가 평하지 않겠습니다. 다만, 인간으로서 당신은 정말로 자신을 비하할 필요 없어요."

건성으로 한 그의 대답이 오히려 그녀의 성격을 건드렸고, 그녀가 집요하게 따져 물었다.

"왜죠?"

장쉰은 가속 페달을 힘껏 밟으며 아랑곳하지 않는다는 듯 말했다.

"우리의 본체는 인간의 손에서 나왔어요. 만일 누군가를, 또는 대다수 사람을 싫어한다면, 분명히 그런 자가 있긴 할 겁니다. 하지만 인류 전체를 싫어할 정도로 과격하다면, 그것은 분명 미친 거예요. 그렇지 않다면 다른 음모가 있는 거겠죠."

루추는 자기도 모르게 싱밍이 떠올라 고개를 내밀고 물었다.

"싱밍이 인류 전체를 싫어하나요?"

"80% 정도요."

"그럼 그녀는 미친 거예요, 아니면 다른 음모가 있는 거예요?"

"잘은 몰라도 둘 다일 겁니다. 미친 사람은 원대한 포부도 없고, 천하를 도모해볼 생각을 안 한다고 누가 장담하겠습니까?"

이 말을 할 때의 장쉰은 지극히 허세에 찬, 자부심이 넘쳐 방자하기까지 한 말투였다. 평소의 소탈하고 대범한 그와 비슷한 듯하면서도 매우 달랐다. 짧은 대화를 몇 마디 나누는 사이에 루추는 마치 장쉰의 잃어버린 기억 속에 묻혀 있는 또 다른 면을 엿본 듯

한 느낌이 들었다. 그녀는 조금 두려운 생각이 들어 자기도 모르게 몸을 뒤로 젖혀 장쉰과 거리를 두었다.

이 세상이 어떻게 된 거지? 왜 장쉰마저 이렇게 이상해졌을까?

그녀는 장쉰의 뒷모습을 응시하며 중얼거리듯 물었다.

"당신도 그런가요?"

"모르겠어요……. 내가 대체 뭘 원하는 건지, 나 자신도 잘 모르겠어요."

이 말에서 장쉰은 다시 세상 모든 것에 냉소적이지만 은근히 조급함이 담긴 말투로 돌아왔다.

루추는 잠시 말이 없었다. 그녀가 다시 몸을 앞으로 숙여 원래의 거리로 되돌아간 뒤 천천히 말했다.

"잘 알게 될 거예요. 우리가 당신의 기억을 꼭 되찾아 드릴게요."

그녀의 결의에 찬 말투를 장쉰은 당연히 알아들었다. 하지만 그 결연함은 젊은 치기가 너무 많이 실려 있어서 눈앞에 닥친 일에만 집중하고 그 전후의 인과에 대해서는 전혀 고려하지 않는다는 느낌만 들었다.

그는 피식 웃음을 터뜨렸다. 마음이 자기도 모르게 흔들렸다. 이런 식으로 건드려지는 마음은 루추와 함께 있을 때면 늘 끊임없이 불쑥불쑥 비어져 나왔다. 그는 그 연유를 따지고 싶지 않아서 그냥 손을 뒤쪽으로 뻗어 더듬거리며 아무렇게나 루추의 머리카락을 쓰다듬었다.

오토바이가 다시 모퉁이를 돌자, 앞쪽으로 멀지 않은 곳에 등불이 눈부시게 빛나는 산성이 눈앞에 나타났다. 뒷좌석에 앉은 루추가 가볍게 "아." 하고 감탄을 내뱉었다. 장쉰은 그녀가 경치를 보고 놀란 줄 알고 자기도 몹시 공감한다는 듯 말했다.

"멋지네요."

풍경도 물론 좋았지만, 루추가 놀란 것은 눈 앞에 펼쳐진 산세의 흐름이 너무도 눈에 익어서였다. 그녀가 잠시 바라보다가 고개를 내밀고 앞쪽을 가리키며 말했다.

"전에 펑랑이 주주의 이름으로 이 산속에 집을 한 채 샀어요."

주주는 펑랑의 행동이 전승과 관련이 있다고 인정했었다. 그런데 장쉰이 본능을 따라 아무렇게나 오토바이를 몰아서 온 곳이 같은 산 근처라니, 이건 어찌 된 일인가? 루추는 호기심 어린 눈으로 장쉰을 바라보았다. 하지만 장쉰은 그저 어깨를 으쓱하며 말했다.

"아주 좋네요. 나도 한 채 사고 싶은데 아쉽게도 주머니가 텅 비었네요."

그들이 이렇게 이야기를 나눌 때 거대한 안개가 바다 쪽에서 몰려오더니 1~2분 만에 산성 전체가 아득한 하얀 안개 바다에 묻혀버렸다. 가로등은 흐릿한 습기로 인해 하나하나가 반짝이는 금빛으로 물든 작은 배가 되어 안개 바다에서 떠올랐다 가라앉기를 반복했다. 그 사이로 사람들이 흐릿하게 가물거리며 오가는 모습이 소란스럽고도 쓸쓸했다.

장쉰의 눈에 담긴 이 풍경의 감상이 갈수록 짙어졌다. 그가 "꽉 잡아요."라고 말하고는 다시 가속페달을 힘껏 밟았다. 오토바이가 순간적으로 속도를 높이며 짙은 안개 속에 떠 있는 듯한 산성을 향해 질주했다.

입구에 서 있는 패방에는 금색으로 커다랗게 "황금산성(黃金山城), 구분구도(九份舊道)"라고 여덟 자가 새겨져 있었다. 오늘은 주말이 아닌데도 불구하고 주차장이 70% 넘게 꽉 차 있었다. 다행히 오토바이 세울 자리는 어렵지 않게 찾았다. 주차한 뒤 루추와 장쉰은 함께 인파를 헤치며 천천히 올라갔다.

희부연 안개가 빠르게 걷혔다. 걷기 시작한 지 얼마 되지 않아 어둠 속 산성의 모습이 점차 또렷해졌다. 오래된 거리는 사람들 소리로 떠들썩했다. 몇 계단 올라갔을 때 갑자기 루추의 심장이 통제할 수 없이 마구 뛰었다. 그녀가 걸음을 멈추고 뒤돌아보았다. 하지만 산과 바다의 등불이 동시에 흐릿하게 반짝거리는 것밖에 보이지 않았다. 등불이 꺼져가는 곳에 그녀가 보고 싶은 얼굴은 없었다.

"밥 먹지 않을래요?"

옆에 있던 장쉰이 이렇게 묻고는 아래턱을 쓰다듬으며 혼잣말처럼 다시 말했다.

"이상해요. 이 말을 전에도 아주 자주 했던 것 같아요."

"누구한테 했는데요?"

루추가 무턱대고 뭔가를 찾으면서 건성으로 물었다.

장쉰의 눈빛이 미묘하게 흔들렸다. 그가 사람을 끌어당기는 듯한 목소리로 대답했다.

"당신한테 했잖아요."

루추의 시선은 여전히 사람들 속에서 무언가 찾고 있었다. 맨 처음에는 아무런 반응이 없었는데 잠시 후 그녀가 갑자기 고개를 홱 돌리며 장쉰에게 진지하게 말했다.

"맞다, 당신 이러는 게 정말 이상해요."

도발해봤지만 넘어가기는커녕 오히려 혼쭐이 나자 장쉰은 목청을 가다듬어 한층 더 분발하려 했다. 그 순간 루추가 정색하고 그에게 설명했다.

"샤오렌이었어도 뭐든 먹자고 나를 데리고 나갔을 거예요. 그가 노력한다는 건 나도 알아요. 하지만 그는 당신처럼 사람이 하루에 세 끼를 먹어야 한다는 걸 아주 자연스럽게 기억하지는 못하더라고요……."

그의 이름을 얘기하면서 루추는 마음이 뻐근하게 아파왔다. 그녀는 입술을 깨물며 자신의 배회하는 눈길을 억지로 거두어 장쉰을 마주 보며 설명을 이어갔다.

"당신의 모든 습관을 보면 나는 당신이 어떤 인간과 한동안 함께 살았던 게 분명하다는 생각이 들어요……. 당신이 그녀를 보호하기 위해 기억을 지웠을 가능성은 없나요?"

마지막에 생각지도 못한 말이 튀어나와 루추 자신도 깜짝 놀라 어리둥절했다. 장쉰이 씁쓸하게 웃으며 시시덕거리며 장난이나 치려던 마음을 거두고 냉정하게 되물었다.

"그 사람이 살아있다면요, 온몸이 부서지도록 지켜도 내가 지킬 수 없는 사람이 있을까요?"

오늘 산벚나무 아래에서 있었던 그 놀라운 칼의 기운을 떠올리며 루추는 고개를 세차게 가로저었다. 장쉰이 천천히 말을 이어갔다.

"정말 그렇게 중요한 사람이 있었고, 그녀가 이미 인간 세상에 없다면, 난 그냥 계속 취한 채로 깨고 싶어 하지 않는 나를 상상할 수는 있어도 잊는 쪽을 선택한 나는 상상할 수 없어요."

"……당신은 무감각하게 즐겁기보다는 차라리 고통스럽게 깨어 있고 싶다는 건가요?"

"맞아요."

어찌 된 일인지 장쉰의 이토록 칼같이 단호한 대답이 루추에게 한 줄기 위안을 가져다주었다. 샤오롄도 그녀를 잊지 않을 것이다. 정말이다.

"들어보니 일리가 있네요."

그녀는 미소 띤 얼굴로 주위를 둘러보고는 말했다.

"아, 당신이 얘기를 꺼내서 그런지 정말 배가 고프네요…… 뭘 먹을까요?"

장쉰은 행동으로 대답을 대신했다. 그가 가죽 지갑을 열어 100위안짜리 지폐를 한 장 꺼내 들고 주위를 살피더니 말했다.

"정해진 예산 안에서 먹을 수 있는 것이 어디…… 어, 적지 않네요. 취두부도 있고, 떡도 있…….."

"내가 살게요."

루추가 그의 말을 끊고는 높은 곳에 홍등이 빼곡히 걸린 작은 건물을 가리키며 말했다.

"차 한 잔 살게요."

산비탈을 따라 지어진 찻집은 황금산성의 최대 명소다. 밤이 깊어지자 관광객이 하나둘 자리를 떴다. 루추와 장쉰은 함께 찻집에 들어선 뒤 거의 텅 빈 루프탑에 앉아 둥팡메이런(東方美人) 한 포트를 먼저 주문했다. 장쉰은 느긋하게 차를 마셨지만, 루추는 핸드폰을 꺼내 새 메시지가 왔는지 한참을 뒤져보았다. 새 메시지가 없는 것을 본 그녀는 하는 수 없이 잉징에게 자신이 친구와 함께 바람 쐬러 나왔고, 조금 늦을 거라는 내용으로 간단한 메시지를 보냈다.

메시지를 반쯤 썼을 때 장쉰이 입을 열었다. 그는 수묵화처럼 꼬리에 꼬리를 물고 이어져 중첩되는 산과 항구를 내려다보며 입꼬리를 씩 올리고는 느릿느릿 물었다.

"내가 처음 인간으로 화형했던 그해 얘기를 당신한테 했었나요?"

"아뇨."

루추가 이렇게 대답하고는 물었다.

"어땠는데요?"

"놀랍고 두려웠어요. 지독히 외롭기도 했고. 맞다, 이거……."

장쉰이 허공에서 호익도를 붙잡았다. 맞바람에 칼이 약하게 떨리더니 칼 몸체가 순식간에 스위스 군용 칼 크기로 줄어들었다. 칼자루에는 여전히 최 씨가 만든 금제 띠가 감겨 있었다.

그가 한 손으로 주전자를 들어 두 사람 앞에 놓인 새하얀 도자기 잔에 맑은 찻물을 붓고는 다른 한 손으로 칼을 루추에게 건네주면서 덧붙였다.

"우리가 지금 인간과 똑같은 모습으로 사는 것만 보지는 말아요. 처음 화형했을 때는 정말 참담했어요. 어리둥절한 채로 멍청하게 20~30년이 지났죠. 주위 사람들 모두 늙을 사람은 늙고, 죽을 사람은 죽는데, 우리는 변하지 않았어요. 칼로 베어도 상처 하나 생기지 않았죠."

그가 잔을 들어 술 대신 차로 멀리 있는 만(灣)을 향해 경배한 후 단숨에 입 속으로 털어 넣었다. 그러고는 의미심장한 눈으로 루추를 응시하며 침착하게 말했다.

"주위 사람들과 다르다는 것이 처음에는 몹시도 고통스러웠어요."

샤오렌도 비슷한 말을 한 적이 있었다. 하지만 장쉰의 말속에는 또 다른 뜻이 있는 것 같아 루추는 문득 겁이 났다. 그녀가 물끄러미 그를 쳐다보며 물었다.

"저한테 뭘 알려주고 싶은 거죠? 그냥 말해주면 안 되나요? 제가 지금 머리가 너무 둔해져서 안 돌아가네요."

"당신한테 말해주고 싶은 것은, 영생이 결코 아름답지 않다는 거예요."

장쉰은 잠시 멈췄다가 순식간에 창백해져버린 그녀의 안색을 차마 바라볼 수 없어 하며 다시 말했다.

"한 해 한 해 지나가면서 주변의 사물이 끊임없이 변하고 세대가 바뀌는데 오로지 나만 변하지 않고 그대로인 것이 나는 너무 무서웠어요. 당신한테 그 일이 일어난다면 당신도 무서울걸요.

……그런 두려움이 사람을 짓눌러 완전히 다른 모습으로 바꿔버리죠. 우리들 중 상당수가 원래는 살아남을 수 있었지만, 정작 중요한 순간에 스스로 목숨을 버리는 선택을 했어요. 내가 보기에는 대부분이 그 스트레스를 이기지 못해서인 것 같아요. 하지만 나나 샤오롄처럼 요행히 살아남은 자는 겉모습은 젊은 상태로 늙지 않지만 마음은 이미 만신창이예요."

"……그게 당신이 이렇게 나를 데리고 나와서 알려주고 싶은 거였어요?"

루추가 귓속말을 하듯 나직이 물었다.

"당신은 내가 샤오롄과 결계를 맺는 것도, 내가 그렇게 변하는 것도 원치 않는 건가요?"

"나는 당신이 즐거웠으면 좋겠어요."

장쉰이 커다란 두 손으로 그녀의 손등을 덮고는 침착하게 말했다.

"알아요, 알아요……."

루추가 무의식적으로 입가의 상처를 만지작거리며 중얼거렸다.

"나는 사실 그렇게까지는 생각하지 못했어요. 아까 산에서 샤오롄이 저와 결계를 맺고 싶다고 말했을 때, 저는 듣자마자 화가 나서 돌아버릴 지경이었어요…… 정말 이상하지 않아요? 그는 생명이 위험할 수 있는데도 나를 불로불사로 만들려고 했던 건데, 내가 그에게 화를 내다니요?"

"당신은 욕심이 없어요. 그거 쉬운 일 아니에요."

"아뇨. 저 욕심 많아요."

루추가 고개를 가로저으며 길게 한숨을 내쉬고는 말했다.

"나중에 오토바이 타고 오면서 차츰 알게 됐어요. 일단 그가 소멸할 수 있다는 것을 차치하더라도, 나는 이유를 막론하고 그가 시도해보는 것에 절대로 동의할 수 없어요. 하지만 결계가 위험하지 않고, 성공한 후에도 그가 여전히 멀쩡하다고 한다면, 저는 뭘 포기해야 하는 거죠?"

"아주 많이요."

장쉰이 담담하게 대답하고는 계단을 올라가고 있는 손님에게 눈길을 돌렸다.

루추는 그가 딴 데 신경 쓰고 있는 것을 전혀 알아차리지 못하고 계속 말했다.

"나도 당신들처럼 10년 20년 간격으로 지역을 옮겨 다니며 살아야 해요. 가족, 친척, 친구, 누구와도 서로 왕래하지 못하고, 제대로 된 복원사도 되지 못하죠. 내가 더 이상 사람이 아니라면, 전승은 나를 들어가게 해줄까요?"

눈두덩이 다시 붉어지려고 하자 루추는 크게 심호흡을 해서 흘러내리려는 눈물을 필사적으로 참으며 옷소매를 꽉 부여잡고 말했다.

"내 인생 전부를 포기하겠어요! 당신들한테는 고작 몇십 년에 불과한 인간 생명의 여정이 그다지 대수롭지 않은 것일지 모르지만, 그건 나의 전부예요! 그런데 샤오롄 그 사람, 그 사람은 정말 몰라요……."

"이젠 알아요."

장쉰이 덧붙였다.

방금 계단을 오르던 손님이 두 손을 바지 주머니에 꽂고 천천히 그들이 앉은 테이블로 다가왔다. 루추가 고개를 들어 바라보았다. 샤오렌의 눈가에서 눈물 한 방울이 흘러내렸다.

그가 눈물 흘리는 것을 본 것은 이번이 처음이었다.

"나는 당신이 내 곁에 있기만 하면 돼요. 난 알 필요 없어요."

그가 목이 메어 쉰 목소리로 그녀에게 말했다.

눈물이 테이블 위에 투두둑 떨어져 거의 보이지 않을 정도로 작은 물보라가 튀었다. 장쉰이 일어서서 어깨를 으쓱하고는 말했다.

"이 거리에 발을 들여놓을 때부터 나는 나 자신이 잉여 같다고 느꼈어요."

아무도 대답하지 않았다. 샤오렌과 루추는 여전히 멍한 표정으로 서로를 응시하고 있었다.

장쉰이 한마디 했다.

"저는 먼저 가보겠습니다. 바이."

그는 시원스레 자리를 박차고 나와 성큼성큼 아래층으로 내려갔다. 샤오렌이 그 자리에 가만히 선 채로 손을 내밀어 루추를 잡았다. 루추가 고개를 숙이고 소매로 눈물을 훔치다가 문득 그의 손을 보고는 물었다.

"어째서 장갑을 끼기 시작한 거예요?"

그는 온통 까만 털실 손모아장갑을 끼고 있었다. 만져보니 폭신폭신한 게 아주 편한 느낌이었지만, 멋진 구석이라고는 없어서 그의 스타일과는 별로 어울리지 않았다.

"이래야 겨울에 당신을 만났을 때 당신이 안 추울 테니까."

그가 나직하게 말했다.

"나, 계속 배우고 있어요. 그러니까 날 포기하지 말아요."

"난 못 해요. 어떻게 그래요……."

루추는 더는 말을 잇지 못하고 샤오렌의 품으로 파고들어 그의 허리를 꽉 껴안았다.

샤오렌은 그녀를 안고 그녀 옆자리에 앉아 한 손으로 그녀의 머리카락을 가볍게 쓰다듬으며 천천히 말했다.

"그거 알아요? 당신이 미래를 생각할 수 없다면, 나도 감히 생각할 수 없어요. 내 평생 누군가를 사랑한 게 처음이고, 유일해요. 결계가 위험하다는 건 알아요. 하지만 성공하지 못하더라도 만약, 만약 당신을 영원히 살 수 있게 할 수 있다면, 난 당신 손에 들린 검이 되는 것으로도 만족해요."

"그때가 되면 난 어떻게 해야 해요?"

루추가 그의 품에 얼굴을 묻고 이렇게 물었다.

그녀의 질문은 날카로웠지만 목소리는 부드러웠다. 샤오렌이 씁쓸하게 웃으며 말했다.

"나는 나 자신을 미워하겠죠."

"그것 봐요. 해답이 없잖아요."

그녀가 고개를 들었다. 얼굴이 온통 눈물범벅이었다.

샤오렌은 그녀의 눈가에 흐르는 눈물방울에 입을 맞추며 물었다.

"날 용서해줄 거예요?"

"원망했던 적 없어요. 하지만 당신도 나한테 약속해줘요. 더는 결계의 방법을 찾으려고 시간을 낭비하지 않겠다고요. 알았죠?"

"······알았어요."

"당신 날 속이는 거예요?"

"그래요."

이렇게 솔직하니 정말 맥이 빠졌다. 루추는 똑바로 앉아 잠시 생각한 후 샤오롄에게 물었다.

"잠깐만요. 내가 협조하지 않으면 당신이 방법을 찾았대도 소용없는 거죠, 그렇죠?"

샤오롄은 아무 말도 하지 않았다. 루추가 고개를 끄덕였다.

"그럼 이렇게 해요. 당신은 찾던 걸 찾으세요. 난 절대로 협조하지 않을 테니까요."

"하지만 그래도 기회가 있잖아요. 우리가 영원히, 영원히 함께할 수 있는······."

마지막 말을 샤오롄은 꺼내지 못했다. 루추가 손으로 그의 입을 막았기 때문이었다. 그녀가 그의 눈을 들여다보면서 말했다.

"잉루추라는 사람에 관해서 당신이 알아야 할 것이 세 가지 있어요. 첫째, 나는 당신을 사랑해요. 둘째, 내가 당신을 사랑하기 때문에 복원사이기를 포기하는 일은 없을 거예요. 셋째, 사랑만큼은 영원을 바라지 않고, 그저 소중히 여길 거예요."

샤오롄의 울대뼈가 위아래로 움직이는 것이 뭔가 말하고 싶어 하는 듯했다. 하지만 루추는 손을 떼려 하지 않았다. 그녀는 집게 손가락으로 그의 입술을 가볍게 문지르며 말을 이어갔다.

"그래서 나는 아주 발버둥 치고 있어요. 내가 죽은 뒤에도 당신이 나를 기억할 수 있길 바라면서도, 또 당신이 나를 완전히 잊기를 바라니까요."

"난 당신을 잊을 수 없어요."

그가 그녀의 손을 꽉 잡았다. 낮게 가라앉은 목소리가 굳건했다.

루추가 다른 손을 들어 샤오롄의 얼굴을 쓰다듬으며 말했다.

"그럼 이렇게 해요. 내가 죽은 뒤의 일은 시간에 맡기는 것으로
요."

그가 손을 뻗어 그녀의 다른 손을 잡고 세게 꽉 쥐었다. 루추는
샤오롄이 힘을 쓰는 대로 두면서 아프다고 소리치지 않았고, 그의
눈 속에 응집된 시선을 잠시도 피하지 않았다.

한참이 지나 그가 천천히 손을 놓더니 목이 메어 쉰 목소리로
말했다.

"그래요, 하지만 나도 바라는 것이 있어요."

"뭐예요?"

그녀가 조용히 물었다.

"20년은 부족해요."

이번에는 그가 그녀의 눈을 들여다보며 말했다.

"우리 서로를 소중하게 아껴요. 죽음이 우리를 갈라놓을 때까지."

루추는 작게 후 하고 숨을 내쉬었다. 순간 눈앞에 백발이 성성
한 그녀가 비할 데 없이 수려한 미모의 샤오롄과 나란히 서 있는
장면이 나타났다.

이건 너무 어려운 일이다. 그녀는 고개를 가로저으려다 다시 그
의 말을 들었다.

"나는 누군가와 함께 늙어간 경험이 없어요. 하지만 상상 속에

서 당신을 집중해서 보고, 시간이 당신에게 새기는 기록을 봐요.
그러다 정말 손을 놓아야 하는 그날이 되면 아마, 아마 나는 후회
를 남기지 않겠죠. 당신도 그럴 거고요…….”

샤오렌의 말이 맞다. 시간이 지나면 사랑은 흐릿해질 것이다. 그
러니 그를 위해 그녀가 열심히 버텨야 한다. 그가 그녀를 지켜워하
는 그날까지…….

어쩌면 정말로 그녀가 이 인간 세상을 떠날 때까지 버틸 기회가
있을지도 모른다.

루추는 힘껏 고개를 끄덕이며 대답했다.

“좋아요. 약속해요.”

죽음이 우리를 갈라놓을 때까지.

# 20
# 통제

그들은 그렇게 손을 잡고 말없이 함께 앉아 있었다. 시간의 흐름이 갑자기 아무 의미가 없어지고 바람 소리, 사람 소리, 해안을 때리는 파도 소리가 모두 귓가에서 멀어졌다.

루추를 현실로 다시 불러온 것은 젊은 여종업원이었다. 그녀는 뜨거운 물을 한 주전자 들고 와서 잔을 채워줄지 공손히 묻고는, 더욱 공손한 태도로 이 가게는 찾아오신 고객 모두에게 1인 1주문 이상의 규정을 적용하고 있다고 알려주었다.

"맞다, 당신 아직 아무것도 주문하지 않았잖아요."

루추가 코를 훌쩍이며 샤오렌에게 이렇게 말하고는 테이블 위에 놓인 대나무로 만든 메뉴판을 펼쳐주었다.

종업원이 물을 채워주고 갔는데, 시종일관 샤오렌에게는 눈길

한번 주지 않더니 가기 전에 루추에게는 잊지 않고 물티슈를 건네며 얼굴을 잘 닦으라는 제스처를 해보였다.

이 여성은 너무 귀여웠다. 다시 따뜻해진 찻잔을 들어 올린 루추는 마음이 다 치료되는 것 같았다. 그녀는 물티슈로 코를 푼 뒤 샤오렌에게 말했다.

"나 배고파요. 루웨이[滷味, 데쳐서 양념장에 졸인 고기 요리—역주] 한 접시, 티브레드 네 개, 뜨거운 차 한 포트요. 아래층 카운터에 가서 주문해요. 당신이 사세요."

루추가 콧소리를 조금 섞어가며 고개를 반쯤 쳐들고 자기도 모르게 애교 섞인 명령조로 말했다. 응석받이로 자란 공주님 같았다.

이런 모습의 루추는 흔히 볼 수 없었기에 샤오렌의 입가에 저절로 웃음이 걸렸다. 그는 주문서를 집어 들고 일어서서 가다가 다시 고개를 돌려 루추에게 말했다.

"우리 다음에는 취두부 먹으러 가요. 떡도요."

역시 그녀가 장쉰과 얘기할 때 샤오렌이 근처에 있었던 것이다. 그녀는 앞으로 자신의 육감을 더 믿어야겠다고 생각했다.

그런데 샤오렌의 태도가 매우 진지했다. 루추는 그에게 기회를 한 번 주기로 하고 물었다.

"당신 취두부 먹어본 적 있어요?"

"한 번."

샤오렌은 주문한 메뉴를 옮겨 적으면서 아무렇지도 않다는 얼굴로 대답했다.

"먹을 때 냄새가 나서 맡아 보니까 하수구 냄새가 나더라고요."

그는 일부러 저러는 거다.

루추가 계단을 가리키며 말했다.

"어서 가서 주문해요. 음식 없이는 당신도 오지 말아요. 당장요!"

∞

샤오렌이 큰소리로 하하 웃으며 주문서를 들고 아래층으로 내려갔을 때, 장쉰은 이미 오토바이를 타고 자신의 정처 없는 여행을 계속하며 해안도로를 달리고 있었다.

그가 기억하는 바로는 이 일대에 와본 적이 한 번도 없었다. 하지만 눈앞의 경치는 갈수록 눈에 익었다. 그는 C자로 굽은 커브 길을 달렸다. 오른손은 산 쪽에, 왼손은 바다 쪽에 면해 있었다. 앞쪽에 거대한 건물들이 산세를 따라 지어져 있고, 겹겹이 쌓은 벽돌담에는 아치형 문들을 하나하나 파놓았다. 마치 동방의 토치카[콘크리트로 건축된 전투용 엄폐 진지-역주]와 서방의 신전을 혼합해놓은 듯한 모습이었고, 덩굴이 무성하게 자란 것으로 보아 버려진 지 여러 해가 지난 것이 분명했다.

눈앞에 갑자기 번쩍하고 한 폭의 그림이 스쳐갔다. 건물 안은 등불이 환히 밝혀져 있고, 누렇게 뜬 얼굴에 바싹 여윈 노동자들이 수레를 밀며 들락날락한다. 그 가운데 몇은 여전히 청(淸)나라 때 변발을 하고 있다. 물결이 일어 빛과 그림자도 따라 흔들리고, 하늘의 은하수도 천천히 따라 돈다. 찰나가 마치 이 순간에 영원으로 붙박인 듯하다. 그러나 사물은 이미 다른 사물이고, 별은 벌써 멀어졌으니…….

그는 여기에 와본 걸까?

눈앞에 갈림길이 보이자 장쉰은 속도를 줄이며 잠시 머뭇거리다가 이내 오른쪽으로 오토바이를 몰아 해안선에서 빠져나와 산속으로 점점 더 깊이 올라갔다.

이 길은 한쪽으로는 산 중턱을 나선형으로 돌고, 다른 한쪽으로는 계곡을 끼고 돌면서 때때로 뱀처럼 구불구불한 길과 각종 급회전 구간이 연속으로 나타났다. 평소 같으면 그는 환호성을 지르며 호들갑을 떨었겠지만, 오늘 밤 장쉰은 그저 묵묵히 가속페달만 힘껏 밟았다. 그 질주하는 속도감에서 겨우 한 가닥 후련함을 느꼈는데, 급히 휘어지는 커브 지점에서 갑자기 깎아지른 절벽이 끝없이 이어지는 산 능선이 눈앞에 불쑥 나타났다.

그 순간, 한 남자의 목소리가 머릿속으로 뛰어들었다. 목소리가 말했다.

"황금 십릉(十稜)입니다. 좀 더 가면 구리 제련 공장입니다."

장쉰이 다급히 브레이크를 밟고는 귀신이라도 본 것처럼 그 능선을 응시했다.

길 따라 펼쳐진 경치는 일찍이 본 것 같았다. 하지만 그렇다고 특별할 것은 없었다. 그가 워낙 유랑을 좋아하니 분명 아주 많은 곳을 가보았을 것이고, 이곳은 그 많은 곳 중 하나일 뿐이다.

하지만 방금 머릿속에 뛰어든 그 목소리는 의미가 다르다. 그것은 왕웨의 목소리였다.

장쉰의 기억으로는 지난 20년 동안 그와 왕웨는 어느 술자리에서 잠깐 본 적이 있을 뿐, 얘기도 두세 마디 나눈 것이 전부였다. 그런데 왜 왕웨가 그에게 이 산을 언급했을까, 구리 제련 공장은 또 무엇인가?

머릿속에 어렴풋하게 일부 기억이 떠올랐다. 장쉰은 산모퉁이를 힐끗 쳐다보더니 안색이 갑자기 싸늘하게 변했다. 이 지역에 실제로 수년 전 구리 제련소가 있었고, 규모도 매우 컸다. 전성기 때는 그 안에서 만 명 가까운 사람들이 일하고 생활했지만, 폐기된지 이미 오래되었다. 이 도로에서 멀지 않았고, 바다에 면한 산허리에 자리하고 있었다.

"전승의 진정한 목적은 복원에 있는 것이 아니라 통제에 있습니다. 이 점은 나보다도 당신이 더 잘 알고 있겠지요."

머릿속에서 왕웨의 담담한 목소리가 다시 한번 울려 퍼졌다. 장쉰은 오토바이에서 내려 도로의 가드레일을 뛰어넘어 발길 닿는대로 산기슭까지 걸어갔다.

앞쪽에 바위가 숲처럼 빼곡했다. 장쉰은 고개를 들어 거리를 가늠해보고는 한 발 한 발 힘주어 걸음을 옮기며 편안하게 바위산을 올랐다. 호익도의 화형인 그는 날지는 못해도 이동하거나 도약하는 데는 샤오렌보다 강했다. 그것은 기본적인 인류 무술의 기초라서 머리로는 기억하지 못해도 몸이 기억하고 있었다. 그는 그것을 연마했고, 수천 수백 년 동안 쉰 적이 없었다. 그 이유는 하늘이 알 것이다…….

최초에 가르쳐준 사람은 누구였을까?

밤이 깊어지자 날이 개면서 구름이 모두 흩어지고, 산뜻한 초승

달이 모습을 드러냈다. 차가운 은백색 달빛이 산과 산 사이로 쏟아져 빠르게 내달리고 뛰어오르는 한 사람의 모습을 비추었다.

10여 분을 달린 장쉰은 마침내 그가 목적지라고 인정한 곳, 바다와 그리 멀리 떨어져 있지 않은 작은 산 정상에 도착했다.

그는 산꼭대기에 서서 아래를 내려다보았다. 아까 오토바이를 달릴 때 전방에 나타났던, 버려진 신전처럼 보이는 높은 건물이 지금 눈앞에 있었다. 이것이 바로 당시 왕웨가 말하던 구리 제련 공장으로, 지금의 13층 유적이다.

거대한 공장은 만(灣) 쪽을 향하고 있었다. 그의 시력 덕분에 공장 건물의 벽이 오랜 세월을 거치면서 폐광산의 구리 분진으로 뒤덮여 점점이 황갈색으로 녹슬어 있는 것을 또렷이 볼 수 있었다. 계단은 반쯤 무너져서 그 안에 틀어져 버린 철근이 드러나 있는데 하얀 대들보는 우뚝 서서 건물 전체를 지탱하고 있는 것이, 웅장함 속에 아득하고 쓸쓸함이 느껴지는 경관이라 마치 위대한 문명이 붕괴 직전에 다음 태평성대를 위해 남겨둔 비망록처럼 보였다.

머릿속 목소리가 다시 소리를 내 눈앞에 펼쳐진 경치와 하나가 됐다.

왕웨가 말했다.

"결정을 내렸으면 빨리 움직이는 게 좋습니다. 그녀에게도 해방되는 것일 테고요."

그녀가 누구지? 루추?

아니다, 그가 왕웨와 얘기를 나눴을 때는 아마 루추의 할아버지도 아직 태어나기 전이었을 것이다. 그들은 훨씬 이전의 사람을 애기하고 있는 것이다. 인류의 문명이 생겨나기 전, 그가 이 세상에 대한 방비를 하기 전까지 거슬러 올라가는 것이다.

　장쉰이 무표정하게 눈을 내리깔아 아래를 내려다보았다. 그의 등 뒤로 거대한 청동 나무의 환영이 서서히 모습을 드러냈다.

# 21
# 선택

산성의 옛 거리를 벗어난 후로 루추는 더 이상 장쉔과 연락이 닿지 않았다.

처음에 그는 그저 메시지를 읽고 답장을 하지 않거나 전화를 받지 않았을 뿐이었지만, 이틀도 지나지 않아서 핸드폰의 전원을 아예 꺼버리고 인간 세계에서 완전히 증발해버렸다.

장쉔이 인간이라면 루추도 분명 걱정했을 것이고, 자칫 잘못된 판단으로 경찰에 신고할 수도 있었을 것이다. 하지만 축소된 호익도는 여느 때처럼 그녀의 외투 주머니 안에 열쇠 꾸러미처럼 안전하게 누워 있었다. 타이베이에 있을 때는 루추가 하루에도 몇 번씩 꺼내서 새로 생긴 상처는 없는지, 광택은 여전한지 확인해보곤 했다. 다시 남부의 집으로 돌아온 후로 그녀는 매일 부왕자이에 들어

가서 맨 먼저 칼을 원래 크기로 확대한 후 연마했고, 그런 다음에야 노트북을 켜서 최근의 복원 계획과 진도에 대해 친관챠오와 화상으로 논의했다.

친 사부가 그녀에게 오래된 숫돌 두 개를 주었었다. 둘 다 바탕색은 회백색이었고, 그 중 하나는 검은 솜털구름 무늬가 섞여 있었다. 루추가 그것으로 소련검을 시험 삼아 연마하자 샤오렌이 그 흐뭇한 감상을 함축적으로 표시했다. 또 다른 숫돌은 은은하게 연한 보랏빛 광택이 감돌았는데, 루추가 이것으로 호익도를 시험 삼아 연마했을 때부터 마지막으로 연마를 마칠 때까지 칼의 몸체가 소리 없이 공명하듯 미세하게 떨렸다.

본체에 상황이 생기면 장쉰이 느낄 수밖에 없는데, 그는 아무 내색도 하지 않았다. 칼의 연마작업을 마친 그날 오후, 루추는 핸드폰 메시지 입력창에 몇 줄을 썼다가 지우기를 여러 번 반복하다가 결국은 한 글자도 보내지 않은 채 부왕자이 입구의 계단에 앉아 해가 서쪽 하늘로 지는 것을 바라보았다.

'장쉰은 그저 한동안 혼자 있을 만한 어느 구석진 곳을 찾아야 했던 것뿐이겠지?'

루추는 자기 자신에게 이렇게 말한 후, 어떻게든 마음속의 작은 불안은 무시하고 친관챠오와 함께 호익도의 복원계획을 수립하는 데 집중하려고 노력했다.

평온한 나날은 그리 오래가지 않았다. 3월 중순 외할머니의 심장병이 예고 없이 또 재발했다. 루추는 엄마와 함께 병문안을 위해 타이베이에 왔다. 병실에서는 큰이모와 외삼촌들이 여전히 냉전

중이었다. 루추는 병상 옆에 서서 외할머니가 이불 밖으로 내놓은 말라빠진 팔뚝이 오랜 시간 링거를 맞아서 여기저기 시퍼렇게 멍들어 있는 것을 묵묵히 바라보며 서서히 숨 쉬기가 힘들어지는 것을 느꼈다.

어느 날엔가는 자신도 그렇게 병상에 누워 있게 될 것이다.

그녀는 샤오롄이 약속한 대로 침대 곁을 지켜줄 것이라고 절대적으로 믿었다. 하지만 그때가 돼서도 그녀는 정말 그가 자신을 지켜주는 것을 원할까? 그녀도 혼자서 미련 없이 죽음을 맞이하고 싶어 하지는 않을까?

의사가 회진을 왔을 때 루추의 핸드폰 벨이 울려 그녀를 스스로는 벗어날 수 없는 가상의 슬픔으로부터 끄집어냈다.

그녀는 거의 구르다시피 복도로 뛰쳐나갔고, 낯선 번호였음에도 불구하고 재빨리 전화를 받았다. 귓가에 말할 수 없이 매혹적인 목소리가 울렸다. 그가 물었다.

"잉루추 씨?"

"당신은……."

루추가 잠시 멈칫했다가 물었다.

"장쉰의 형, 장뤄인가요?"

그의 음색은 너무도 특색이 있어서 쉽게 구별할 수 있었다.

"네."

상대방이 냉정한 말투로 얘기했다.

"두창펑이 보내준 자료를 받았습니다. 당신들, 벌써 호익도 상에 착금된 문양의 매듭 글자를 전부 해독해서 디테일과 구조를 돌려 볼 수 있는 입체적인 도형을 그려낸 건가요?"

"그렇습니다."

장퉈가 루추에게 초능력을 사용한 적은 없지만, 그가 목소리만으로도 사람의 마음을 조종할 수 있다는 것을 안 후로 그녀는 장퉈에게 경계심을 갖게 되었다. 그 때문에 루추는 가급적 말을 아끼고 자신을 드러내지 않으려고 했다.

장퉈 역시 그녀에게 쓸데없는 말을 하지 않고 직접적으로 물었다.

"그 말씀은 당신들이 지금 착금된 문양에 따라 복원할 때 이 그림을 참고로 삼을 수 있다는 겁니까?

"그렇습니다."

"재료만 있으면 당신들은 즉시 복원을 진행할 수 있습니까?"

이 말은 다소 모호했다. 루추는 다시 "네."라고 대답한 후 참지 못하고 물었다.

"호익도와 같은 시대에 생산된 황금을 벌써 구하신 건가요?"

착금된 무늬에 사용된 것이 보통의 황금이긴 하지만, 연대에 따라 금 제련 기술도 상당히 다르기 때문에 현대의 금박을 사용하는 것은 위험만 초래할 수 있다. 그녀는 친관챠오와 수많은 자료를 들춰본 끝에 결국 복원 계획서에 동 연대의 재료, 다시 말해 하(夏)나라 때 생산된 황금을 복원에 사용할 것을 건의하였다.

도대체 어디 가서 그 황금을 구해야 할지 루추는 아예 개념조차 없었고, 장퉈도 구구절절 설명할 생각이 없었다. 그는 "좋네요."라고 짧게 한마디 한 후 화제를 돌렸다.

"이왕 이렇게 된 이상 제가 정식으로 당신을 싱가포르로 초대해서 다음 단계에 대해 상의해도 되겠습니까?"

"네?"

루추는 순간 멍해졌다가 참지 못하고 물었다.

"싱가포르요?"

이번 복원 작업은 싱가포르에 가서 해야 한다는 얘기를 아무도 루추에게 해주지 않았다.

"물론입니다. 우리는 본체에 대한 복원은 반드시 자신의 근거지에서 합니다. 두창평이 얘기해주지 않던가요?"

장뤄가 되물었다.

그러고 보니 몇 달 전 있었던 소련검의 금제 제거 수술도 분명 본가에서 진행했었다. 루추는 내키지 않아 하며 알고 있다고 대답했다. 장뤄가 냉담한 어조로 다시 말했다.

"물론 모든 일정과 숙박은 우리 측에서 준비합니다. 사례금은 별도로 드리겠습니다. 특별히 원하시는 것이 있으면 말씀하십시오. 최대한 맞춰드리겠습니다. 있으십니까?"

마땅히 나 자신을 보호하기 위한 일련의 요구들을 적당한 기회에 해야겠지만, 대체 뭘 요구해야 할까? 루추는 머릿속이 온통 혼란스러웠다. 참다 못한 그녀는 눈을 들어 때마침 그녀 쪽으로 다가오던 샤오롄을 바라보았다. 다음 순간 장뤄가 다시 물었다.

"괜찮으시다면 샤오롄을 좀 바꿔주시겠습니까?"

샤오롄이 그녀의 바로 곁에 있다는 것을 그는 어떻게 알았을까? 루추는 다시 한 번 놀랐다. 그녀는 조용히 샤오롄에게 핸드폰을 건네주며 멍한 표정으로 말했다.

"용아도 선생이 당신을 찾아요."

샤오렌이 핸드폰을 건네받으며 물었다.

"장퉈는 다른 사람이 자신의 도호(刀號)를 입에 올리는 걸 싫어 해요. 당신은 그걸 어떻게 안 거예요?"

루추가 고개를 가로저으며 대답했다.

"나도 지금 알았어요."

샤오렌이 소리 내어 웃으며 전화를 받았다. 하지만 장퉈의 말소 리가 들리면서 샤오렌의 웃음도 천천히 사라졌다. 이 통화는 아주 빨리 끝났다. 겨우 몇 분 얘기한 뒤 샤오렌이 전화를 끊었다.

그의 눈빛에 한 가닥 짜증이 스쳤다. 그가 핸드폰을 루추에게 돌려주며 말했다.

"아추족이 당시의 황금을 소장하고 있어요. 쓰샤오칭(司少靑)이 오늘 밤 당신을 단독으로 만나기로 되어 있고요."

일이 연이어 발생하자 루추는 몹시 불안했다. 그녀가 잔뜩 경계 하며 물었다.

"쓰샤오칭은 또 누구예요?"

"우리 큰형수님요."

"아."

머리가 잘 돌아가지 않아서 루추는 눈을 깜빡거리며 천천히 말 했다.

"주위에 있는 생물의 정서를 느낄 수 있고 인간의 심리학에도 관심이 많다는 당신 큰형수님요? 그분이 왜 저를 만나요?"

"나한테는 큰형수가 한 명뿐이에요. 큰형이 결혼과 이혼을 여러 번 했지만 상대는 늘 쓰샤오칭이었어요."

샤오렌이 잠시 멈췄다가 다시 설명했다.

"장퉈도 쓰샤오칭이 왜 당신을 만나려고 하는지 잘 모르나 봐요. 하지만 이것은 아추족이 황금을 내어주는 조건 중의 하나예요."

"두 번째, 세 번째 조건도 있어요?"

루추가 예리하게 바로 캐물었다.

"두 번째 조건은 그들이 나와 한 차례 대련하는 거예요. 시간과 장소는 아직 결정하지 않았고요."

샤오렌이 잠시 멈췄다가 말을 이어갔다.

"장퉈 얘기로는 아추족 측에서 총 세 가지 조건을 제시하겠다고 했는데, 세 번째는 아직 합의되지 않았어요."

샤오렌의 무공에 대해 루추는 확고한 믿음이 있었다. 그녀는 대련의 세부 사항에 대해서 캐묻지 않고 그저 그의 옷자락을 잡아당기며 물었다.

"나와 함께 싱가포르에 가는 거 어때요?"

"물론이죠. 당신이 허락하지 않아도 난 갈 거예요."

샤오렌이 뒤에서 그녀를 포옹하며 이렇게 대답했다.

이 말이 루추의 불안한 마음을 단번에 가라앉혀 주었다. 그녀가 잠시 생각해보더니 다시 말했다.

"좋아요. 당신 형수님 만나볼게요. 하지만 그분께 예의 바르게 하리라고 장담은 못 하겠어요."

복원사의 기개가 넘치는 말이었다. 샤오렌이 미소 지으며 대답했다.

"당신 마음대로 해요. 정중하지 않을수록 좋아요."

"인 팀장님은 이견이 없으신가요?"

루추가 궁금해하며 물었다.

"형이 이의가 있대도 그건 형 사정이죠."

샤오롄이 잠시 멈추고 루추를 바라보며 신중하게 말했다.

"내 가족이라고 하더라도 당신한테 위협이 된다면 당신은 정중할 필요 없어요. 얼마든지 반격을 가해야죠."

그의 태도가 자못 엄숙했다. 루추가 다시 물어보려는 순간 갑자기 핸드폰이 진동했다. 그녀가 핸드폰을 꺼내 보니 또 다른 낯선 번호로부터 새 메시지가 와 있었다. 시간과 장소를 지정해주며 그녀에게 얘기하러 와주기를 부탁하는 내용이었다.

발신인은 쓰샤오칭이었다.

쓰샤오칭과 만나기로 한 장소는 밝고 널찍한 요가회관이었다. 바깥에서 보면 바닥까지 닿는 높고 긴 창문들이 일렬로 쭉 배치되어 있어서 낮에는 실내로 가득 쏟아져 들어오는 햇빛 덕에 사람들이 자연에 한결 가까운 느낌을 받겠구나 하고 상상할 수 있었다.

그러나 지금은 저녁 6시가 다 되었다. 해는 벌써 지고 가로등이 모두 켜져 있어서 실내가 어둡다는 사실이 더욱 도드라졌다. 샤오롄은 차를 근처의 길가에 세우고 허공에서 본체의 검을 불러내 루추에게 건네주며 말했다.

"가지고 가요."

루추가 어리둥절해 하며 물었다.

"그녀가 나와 단둘이 만나기로 한 거 아니었어요?"

샤오롄이 눈썹을 추켜세우며 대답했다.

"내 의식은 여전히 인간의 몸에 있으니 약속을 어기는 건 아니에요."

알고 보면 샤오롄도 교활하고 계산적인 면이 있었다! 루추가 고개를 힘껏 끄덕이자 샤오롄이 다시 말했다.

"쓰샤오칭의 초능력은 사람이 없는 곳일수록 더욱 정확하게 발휘할 수 있어요. 당신과 단둘이 만나자고 한 건 당신의 정서를 읽으려는 게 틀림없어요."

"그건 왜요?"

루추가 물었다.

"그녀의 속내가 뭔지는 나도 예측하기 힘들어요. 그녀와 함께 너무 오래 있지는 말아요."

루추는 알았다고 대답한 후 장검을 꽉 쥐고 차에서 내렸다. 그녀는 쭉 늘어선 패션 명품 숍의 쇼윈도를 따라 종종걸음으로 요가 회관 문 앞까지 달려갔다.

그녀가 문을 가볍게 두 번 두드렸다. 안에서 섹시하고 나른한 목소리가 흘러나왔다.

"들어오세요. 문 안 잠겼어요."

루추가 문을 밀어 보았더니 과연 문이 열렸다. 회관으로 들어서자 높다란 천장에 넓적하고 긴 비단 리본이 한 줄 한 줄 매달려 길게 늘어져 있었고, 바닥에는 각양각색의 드림캐처가 그려진 요가 매트가 깔려 있었다. 벽은 양면이 미백색으로, 한 면은 따뜻한 오렌지색으로 칠해져 있었고 그 위에 추상적인 붓 터치의 야수파 그림이 걸려 있었다. 아주 낭만적인 보헤미안 스타일로 꾸며져 있어서 이곳의 사장님이 견혈봉후의 비수라고는 누구도 예상할 수 없을 것이었다.

방 안에는 두 개의 작은 전등만 켜져 있을 뿐 사람 그림자는 보이지 않았다. 루추는 장검을 꽉 쥐고 목소리를 높여 물었다.

"계세요?"

다음 순간 굵은 웨이브 펌을 하고 레깅스를 입은 섹시한 여자가 한 발로 리본을 감아 공중에 매달린 채 거꾸로 뚝 떨어졌다.

그녀의 동작은 가볍고 빨랐으며 발레리나처럼 우아했다. 그녀는 루추의 눈앞에 거꾸로 매달린 채 기다란 두 다리를 일직선으로 쭉 뻗은 자세로 공중에 딱 멈췄다.

어려운 동작인데도 그녀는 전혀 힘들이지 않고 정확하게 위치를 잡더니 느긋하게 머리를 한 번 쓸어넘기고는 고개를 돌려 이루 말할 수 없이 다채로운 표정으로 루추에게 말을 건넸다.

"하이, 내가 쓰샤오칭이에요."

"아, 네. 안녕하세요."

두 사람 사이의 거리가 그리 멀지 않았는데, 루추의 시선이 마침 샤오칭의 자신만만한 가슴을 향하고 있었다. 그녀가 입은 옷은 노출이 그다지 과하지 않았지만 글래머러스한 몸매의 미녀에게 노출 따위는 애당초 필요 없다. 보일 듯 말 듯한 것이 오히려 사람의 마음을 산란하게 만들었다.

루추는 뭔가를 연상한 것도 아니었는데 자기도 모르게 두 볼이 약간 붉어졌다. 루추는 뒤로 한 걸음 물러나 어쩔 줄 몰라 하는 어색한 웃음을 지었다. 샤오칭이 천천히 두 다리를 모으고 다시 한 바퀴 돌아 바닥에 착지했다. 그녀는 루추가 들고 있던 검을 한 번 힐끗 보고는 눈웃음을 흘리며 씩 웃더니 말했다.

"셋째? 오랜만이에요."

소련검은 아무 반응이 없었다. 루추는 다른 사람이 샤오롄을 셋째라고 부르는 것을 처음 들었다. 그녀는 샤오칭이 샤오롄과 얼굴을 맞대고도 이렇게 부르는지, 그러면 샤오롄이 어떻게 반응할지 궁금했다.

그러나 지금은 생각한 대로 발산하면 안 되는 때임이 분명했다. 그래서 루추는 마음을 다잡고, 정색하며 샤오칭에게 물었다.

"그런데 저를 무슨 일로 찾으신 거죠?"

상대방이 그녀에게 나른하게 추파를 던지며 되물었다.

"아무 일 없이 당신을 찾으면 안 되나요?"

이는 잉루추로서는 여성이 자신에게 추파를 던진, 태어나서 처음 겪는 일이었다. 그녀는 그저 멍한 채로 어떻게 대꾸해야 할지 아무 생각도 나지 않았다. 샤오칭이 소리 내어 키득거리고는 다시 말했다.

"당신을 곤란하게 했군요. 장쉰의 착금 문양에 사용한 황금이 우리한테 있어요. 무엇과 바꾸시겠어요?"

본론으로 돌아오자 루추는 저도 모르게 안도하며 조심스럽게 대답했다.

"저는 복원을 담당할 뿐입니다. 재료비 부분에 대해서는……."

"우리는 돈이 궁하지는 않아요."

샤오칭이 중간에 그녀의 말을 끊고 재미있다는 표정으로 루추를 바라보며 말했다.

"왜요, 장뤄가 우리 쪽에서 퇴짜 맞았다는 얘기는 당신들한테 해주지 않던가요?"

"……아뇨."

"참 나쁜 사람이네요. 안 그래요?"

요염하게 이 말을 뱉은 후 샤오칭은 여전히 굳어 있는 루추를 바라보며 은방울 소리 같은 웃음을 터뜨렸다.

그녀가 다가와 루추의 뺨을 토닥이며 말했다.

"동생, 우린 돈은 필요 없어요. 당신은 금제를 하나 만들어서 넘겨주면 돼요. 우리는 당신한테 복원용 황금을 내어드리죠."

"금제요?"

루추는 순간 경계심이 들었다. 그녀가 샤오칭을 노려보았다.

"당신들이 금제는 왜 필요한 거죠?"

"재미있잖아요. 듣자 하니 아주 예쁘다면서요."

샤오칭은 아주 자연스럽게 대답했다. 정말 재미 때문에 금제를 가지고 싶을 뿐이라는 듯한 말투였다.

소련검의 금제 띠는 그녀가 떼어낸 후로 효력을 잃었다. 전승안의 기록으로 추측해볼 때, 금제는 전적으로 그것을 만든 사람에게만 속하고, 다른 전승자가 파괴할 수는 있지만 자신의 것으로 만들 수는 없다. 쓰샤오칭에게 하나 만들어줘도 괜찮겠지?

루추가 막 승낙하려고 할 때 손에 든 칼이 "우웅"하고 소리를 내더니 검신에서 검광이 이리저리 왔다 갔다 했다. 샤오칭이 검을 힐끗 보더니 다시 말했다.

"어머, 셋째가 당신을 걱정하는군요."

그녀는 입으로는 가벼운 말을 하고 있었지만 눈빛에서는 웃음기가 가셨다. 루추는 검을 보았다가 다시 샤오칭을 쳐다보고는 단호하게 대답했다.

"돌아가서 사람들과 의논해보고 나중에 대답해 드리겠습니다. 안녕히 계세요."

말을 마친 그녀는 샤오칭에게 허리를 약간 굽혀 인사한 뒤 뒤도 돌아보지 않고 요가회관을 빠져나왔다.

루추의 다급하고 빠른 발걸음 소리가 점점 멀어지자 쓰샤오칭이 눈을 가늘게 뜨며 고개도 돌리지 않고 부드러운 목소리로 말했다.

"아주 맑은 사람이에요. 마음이 책 같아. 펼쳐놓고 아무 데나 본다면…… 당신은 뭘 보고 싶어요?"

그녀의 말이 떨어지자 뒤쪽에 있는 휴게실의 문이 열리면서 인한광이 기다란 두루마리 원통을 들고 느릿느릿 걸어 나오며 말했다.

"짜증이나 악의…… 그런 것들 중 뭐 하나라도 그녀가 우리한테 가지고 있거나 어떤 부정적인 감정을 발산하는지 궁금해."

"없어요."

루추가 가고 나서 샤오칭은 곧바로 섹시함을 거두었다. 분위기는 순식간에 여왕의 도도함으로 바뀌었다. 그녀가 손을 뻗어 어깨숄을 끌어당겨 자신을 감싼 후 한광에게로 돌아서며 말했다.

"그녀는 의외로 나를 좋아해요. 재미있죠. 물론 경계심도 상당해요. 장퉈에 대해 얘기할 때 약간 화를 내긴 했지만 악의까지는 아니었어요. 떠나기 전에는 그녀가 조금 긴장하더군요. 당신의 그 착한 셋째 동생에 관해서라면, 그가 나에게 가진 악의는 정말 천년이 지나도 변함이 없더군요. 새롭거나 달라진 게 전혀 없어……. 좋아요. 얘기는 다 했어. 이제 나한테 보여줘도 되죠?"

말을 마친 샤오칭이 한광에게 손을 내밀었다. 한광은 잠시 묵묵히 있다가 원통을 열어 스케치 한 장을 꺼내 건넸다. 샤오칭이 종이를 펼쳐 쓱 훑어본 후 이상하다는 듯 고개를 갸웃하며 말했다.

"별거 없잖아요. 딩딩이 이 그림 때문에 두 형과 갈라설 정도로 싸웠다고요?"

"딩 누이의 예견 그림은 지금까지 반드시 일어났어. 더구나 아주 중요한 일과 관련된 거였고."

한광이 냉정한 얼굴로 이렇게 대답했다.

샤오칭은 시선을 다시 그림 위로 옮겼다. 이것은 간단하게 연필로 스케치한 것으로, 날고 있는 검을 딛고 선 샤오렌을 그린 것이었다. 그는 몸이 기운 채로 중심을 제대로 못 잡고 불안정하게 서 있어서 검에서 막 떨어질 것 같은 기색이 역력했지만, 표정은 매우 엄숙했고 눈매에서 다정함이 풍겼다.

쓰샤오칭은 다시 한번 살펴보고는 고개를 돌려 한광에게 물었다.

"언제 셋째가 자기 검에서 떨어지는 것을 본 적 있어요?"

"한 번도 없어."

한광이 잠시 멈췄다가 온기가 전혀 없는 어조로 말했다.

"그러니까 더 궁금하네. 왜 셋째가 본체에서 떨어지려고 하는지, 루추는 왜 이렇게 기쁘게 웃고 있는지 말이야."

루추의 그림은 샤딩딩이 싱밍에게 맡겼기 때문에 쓰샤오칭도 이미 싱밍의 별장에서 본 적이 있었다. 루추 본인을 만난 이후 쓰샤오칭은 그림 속 루추의 웃음이 어떠한 악의나 조롱을 담고 있지 않다고 생각했다. 그것은 그녀가 많은 인간들의 얼굴에서 익히 보았던, 참으로 단순하고도 행복한 웃음이었다.

물론 사람들에게 포위 공격을 당하면서도 이렇게 아무 걱정도 없는 것처럼 웃을 수 있다는 것이 확실히 이상하긴 했다. 하지만 그 점만 이상할 뿐이다. 잠깐⋯⋯.

쓰샤오칭이 눈빛이 달라지더니 고개를 쳐들고 물었다.

"당신이 보기에는 잉루추가 자기 집 복원실 컴퓨터 의자에 앉아 있는데 당신들한테 포위되어 공격당하고 있다는 건가요?"

한광이 내키지 않는 듯 입을 오므리며 고개를 끄덕였다. 쓰샤오칭이 캐물었다.

"그녀가 멀쩡하게 집에 앉아 있는데 당신들이 떼로 몰려가서 여럿이서 한 사람을 공격한다고요?"

"일이 터진 데는 반드시 원인이 있지."

"내가 보기에는 당신들 모두 머리가 어떻게 된 것 같아요. 어쩐지 셋째가 그림을 본 후로 완전히 루추 쪽으로 돌아서더니."

쓰샤오칭이 손을 내밀며 불손하게 물었다.

"당신 그림은요?"

인한광이 말없이 원통 안에서 또 다른 스케치를 꺼냈다. 쓰샤오칭이 한참을 자세히 들여다보더니 불쑥 말했다.

"당신은 최선을 다하지 않는군요."

한광이 놀라며 물었다.

"당신이 그걸 어떻게 알아?"

"우리가 결혼한 지 그렇게 오래됐는데 당신이 온 힘을 다해 승부를 걸 때 어떤 얼굴인지 내가 모를까?"

샤오칭이 종이를 한광에게 돌려주고는 코웃음을 치며 말했다.

"이 몇 장의 그림은 어느 모로 보나 다 문제가 있어요. 내가 진즉에 말했듯이, 예견은 절대로 화면에 드러난 겉모습만 보고 해석할 수 없어요."

한광이 미간을 찌푸리며 다시 한번 딩 누이의 그림을 상세히 살펴보았다. 쓰샤오칭의 눈빛이 번뜩이더니 기습적으로 물었다.

"우리 못 본 지 얼마나 됐죠?"

"3년."

한광은 잠시 멈췄다가 샤오칭이 이리저리 눈을 굴리자 별로 달갑지 않아 하며 덧붙였다.

"거기다 5개월 9일 더."

"음, 그래요. 참 자세히도 기억하는군요……."

샤오칭이 검지를 내밀어 한광의 가슴에 동그라미를 그리고는 입을 오므리며 다시 물었다.

"오늘 밤, 같이 잘까요?"

∞

한광이 샤오칭과 잠자리 얘기를 나눌 때, 루추는 이미 장검을 잡고 길가에 세워둔 승용차 옆으로 달려왔다.

그녀가 숨을 헐떡이며 손을 뻗어 차 문을 열었다. 예상대로 샤오 렌이 운전석에 앉아 유유히 셔츠의 단추를 채우고 있었다. 그 모습 이 너무도 섹시했다. 그래서 조금 전 그녀가 느낀 것이 틀림없다. 그가 본체 검 안으로 뛰어 들어간 것이었다…….

"왜요?"

그녀는 약간 멋쩍은 듯 그를 바라보고는 조수석에 들어가 앉았 다. 조수석에 앉아서도 그녀는 계속 고개를 갸웃거렸고 눈빛도 약 간 흔들렸다.

"그렇게 오래 끌 필요가 있었어요?"

그가 당황하지 않고 침착하게 되물었다.

"그렇게 오래 걸리지 않았어요……. 당신, 샤오칭의 조건이 뭔지 들었어요?"

본론에 생각이 미친 루추가 갑자기 고개를 쳐들었다. 눈빛이 순 간적으로 집중되었다.

샤오렌이 그렇다고 대답했다. 표정은 약간 냉랭했지만 부인하지는 않았다. 루추가 따져 물었다.

"난 그녀가 금제를 가지고 뭘 할 수 있을 거라는 생각을 못 했는데, 당신은 생각났어요?"

샤오롄이 고개를 가로저었다. 이 문제는 사실 도저히 실마리를 찾을 수 없었다. 최 씨와 루추 말고는 다른 복원사가 금제를 만들 수 있다는 얘기도 그는 들어본 적이 없었고, 더군다나 그것을 외부인이 가져다 쓸 수 있게 한다는 것은 말할 필요도 없었다. 그는 쓰샤오칭이 제시한 조건이 훨씬 더 교활할 거라고 생각했었다. 그런데 뜻밖에도 이렇게 대응하기 쉬울 줄 몰랐다. 장쉰의 기억 속에는 대체 무엇이 숨어 있는 걸까? 과연 전승에 진입할 수 있는 단서를 제공할 수는 있는 걸까? 사태를 완전히 통제하지 못하게 되어 버리지는 않을까?

샤오롄이 온갖 생각을 하는 동안, 루추는 그의 어깨에 머리를 기댄 채 중얼거렸다.

"난 주고 싶어요. 그런데 두렵기도 해요."

"뭐가 두려워요?"

그가 물었다.

"결과가 두려워요."

루추는 말을 마친 후 다시 덧붙였다.

"금제가 남의 손에 들어가 남용되는 결과를 낳든, 장쉰이 기억을 회복하는 결과를 낳든…… 정말 이상해요. 집에 돌아갈 때만 해도 난 20년 후에나 그를 복원해줘야겠다고 생각했는데, 왜 두 달도 안 돼서 복원 준비를 해야 하는 거죠?"

여러 갈래의 힘과 명(明)과 암(暗)이 집중되어 당신을 어쩔 수 없이 앞으로 나아가도록 등 떠민다.

그도 그런 힘 중의 하나다.

샤오롄의 마음 깊은 곳에서 어렴풋이 어떤 예감이 떠올랐다. 성패를 단정할 수는 없지만 슬픔이 자욱했다. 이토록 오래 살면서 그는 늘 자신의 직감을 믿어왔다. 하지만 이번에 직감으로 떠오른 것은 처음으로 선택의 문제가 아니라 정서였다.

아마도 이번에는 관건이 자신이 아닌 것 같았다.

마음이 순간 맑아져서 샤오롄은 옆을 돌아보며 루추에게 미소를 지어 보이며 나직이 말했다.

"당신이 결정해요."

말을 마친 그가 가속페달을 밟자 차가 부드럽게 거리로 나갔다.

## 22
## 잘못된 시작

3월 말, 싱밍이 별장에서 파티를 열면서 현악과 피아노 연주자를 초청했다. 로비부터 야외 수영장 물 위까지 붉은색과 흰색의 장미 꽃잎을 뿌리고, 연못 가에는 작은 격자의 마름모가 조각된 크리스털 잔에 하얀 초를 담아 한 잔 한 잔 정원을 환히 밝혔다. 손님이 그리 많지 않은데도 충분히 사치스럽고 호화로운 분위기였다.

짙은 붉은색 면 셔츠에 카키색 팬츠, 밝은 갈색의 가죽 롱부츠를 신은 주주가 핏빛 와인을 한 잔 들고 무대 위의 합주단 쪽으로 유유히 걸어가더니 그들에게 곡을 바꿔서 재즈 버전의 비발디 협주곡을 연주해 달라고 부탁했다.

그의 태도는 매우 정중하고 예의 바르면서도 거역하기 힘든 귀족적인 위엄을 풍겼다. 그 때문에 신분을 밝히지 않았는데도 연주

자들은 주저 없이 그의 말을 따랐다. 로비에는 순식간에 봄이 온 것 같은 음악 소리가 울려 퍼졌다. 주주가 만족스러워하며 돌아서서 구석진 곳으로 돌아가려는 순간, 갑자기 쑤저우 자수 장식의 진한 자주색 치파오를 입은 여자가 비틀비틀 이리저리 부딪히며 통로에서 뛰쳐나오더니 그를 들이받은 후 곧장 긴 테이블 앞으로 돌진했다.

여자는 양손으로 테이블을 짚고서 물을 이탈한 물고기처럼 입을 쩍 벌리고 숨을 힐떡거렸다. 그러다가 잠시 후 술을 한 잔 들어 고개를 뒤로 젖히고 벌컥벌컥 들이켜더니 기분이 좀 풀렸는지 좀 전의 금방이라도 무너져내릴 것 같은 모습을 더는 보이지 않았다. 주주는 힐끗 한 번 쳐다보고는 금세 시선을 돌려 불빛이 가장 어두운 구석쪽 소파에 앉았다. 뜻밖에도 여자는 또다시 술잔을 들고 장내를 한 바퀴 둘러보더니 한 치의 망설임도 없이 그에게로 다가왔다.

그녀는 뾰족한 하이힐을 신고 있었다. 걸음을 걷는 자태가 늘씬하고 아름다운 것으로 보아 훈련을 받은 게 분명했다. 이 여인은 자기 통제력이 지극히 강하다. 좀 전에 무슨 일을 당했는지 모르지만, 그래서 그렇게 자제력을 잃었던 것일까?

주주는 속으로 이리저리 추측해보며 한편으로는 여자의 치파오를 감상했다. 이 치파오는 실루엣이 매우 모던하다. 하지만 그 위에 놓인 자수의 정교하고 고풍스러운 느낌이나 견사의 퇴색 정도로 판단했을 때 백여 년 전의 옛것을 리폼한 게 분명했다. 더구나 아주 맞춤하게 잘 고쳐져서 한없는 아쉬움은 남기면서도 상실감이나 낙담은 전혀 느껴지지 않는 옷이었다.

이 치파오가 마음에 든다는 이유로 주주는 이 낯선 여자에게 좀더 관대해지기로 했다. 그가 잔을 들어 아주 점잖게 상대방에게 인사한 후 먼저 입을 열었다.

"안녕하세요."

양쥐안쥐안은 그에게서 1미터 정도 떨어진 앞까지 걸어가서 잠시 그를 멍하니 바라보더니 불쑥 말을 건넸다.

"당신은 그들과 별로 닮지 않았군요."

오늘 밤 손님이 여러 명 드나들었지만 모두 합해봐야 스무 명을 넘지 않았고, 그중 인간은 일고여덟 명뿐이었다. 그들은 훌륭하고 화려한 옷차림을 하고 있었지만 몸속에는 거의 대부분 금뱀 한 마리씩 숨기고 있었다. 주주를 향해 걸어온 이 여자만 예외였다. 그녀는 온몸 구석구석 통제되는 흔적이라고는 전혀 없이 깨끗했다.

주주는 짧은 순간에도 이미 머리를 수없이 굴리고 있었지만, 얼굴에는 아무런 감정도 드러내지 않고 그저 미소를 지으며 되물었다.

"그들이 누구죠? 누가 그들이에요?"

"사람처럼 생겼지만 사람은 아닌 것 말이에요."

양쥐안쥐안은 내뱉듯이 이 한마디를 하고는 고개를 쳐들고 술을 반잔 따라 그를 향해 들어 보이며 말했다.

"실례합니다."

그녀의 말투에는 겸양의 뜻이 조금도 없었다. 하지만 주주도 짜증 내지 않고 양쥐안쥐안의 치파오에 시선을 고정한 채 물었다.

"더러워졌군요. 속상하지 않으세요?"

그녀가 술을 두 번 연거푸 급하게 마시는 바람에 가슴에 술이 많이 튀었다.

"어차피 더러워질 것이었어요."

양쥐안쥐안이 말을 마치고는 주주를 노려보며 덧붙였다.

"당신들 대체 뭘 원하는 거죠? 불로장생, 영원한 청춘, 엄청난 부…… 당신들은 다 가지지 않았나요, 아직도 부족해요?"

한이 가득 담긴 말투였다. 주주의 시선이 사방을 훑었다. 오늘 저녁에 여기 온 사람들은 부자이거나 높은 사람이다. 평상시 외부에서는 부리는 사람이 백 명도 안 되면서 기고만장하기 짝이 없는 사람들. 그런데 이 로비 안에서 그들은 척추뼈 하나가 갑자기 사라지기라도 한 것처럼 비굴할 정도로 공손한 자세에 더없이 조심스러운 말투다. 눈빛만큼은 탐욕스러움이 그대로 드러났는데, 남자는 고질병의 완치를, 여자는 청춘을 되찾기를 기대하고 있었다. 하지만 그의 눈앞에 있는 이 여인은 허리를 꼿꼿이 세우고 광기에 가까울 정도로 맑은 눈빛을 하고 있다.

"부족합니다."

주주가 담담하게 대답하고는 계속해서 흥미롭다는 듯 양쥐안쥐안을 관찰했다.

싱밍은 초능력으로 사람을 조종하는 동시에 그 사람의 잠재력을 자극해 끌어내는 것이 분명했다. 그녀는 이제 몸에 작은 금뱀이 심긴 사람이 더 이상 정기를 뺏기지 않고 오히려 단기간에 용모가 훤해지게 할 수 있는 방법을 찾은 것이다. 아추족 족장의 작업 하에, 불과 수개월 만에 수많은 사람들로 하여금 기꺼이 노예를 자처하게 만들고, 세상에서 얻은 자신의 권력과 재산을 헌납하게 만들었다.

그렇다. 외부인의 눈에는 그들, 사람처럼 생겼으나 사람이 아닌 것들이 까마득히 높고 모든 것을 가진 것처럼 보이는 게 분명하다…….

"뭘 더 원하죠?"

양쥐안쥐안은 앞서의 격정적인 모습을 거두고 주주를 신중하게 바라보았다.

"진실."

주주가 천천히 이 두 글자를 내뱉었다.

이 대답이 양쥐안쥐안을 깜짝 놀라게 했다. 그녀가 참지 못하고 물었다.

"무엇의 진실 말인가요?"

"어디서 왔으며, 어디로 갈 것인가 하는 것."

주주가 조용히 그녀를 주시하며 설명했다.

"우리 몸에 채워진 족쇄가 대체 무엇일까요? 벗어날 수 없다면 최소한 진실만이라도 알아야겠습니다."

이 몇 마디 말에 담긴 의미가 엄청나게 컸다. 양쥐안쥐안이 속눈썹을 가볍게 떨며 중얼거리듯 물었다.

"족쇄요?"

"그렇습니다."

"약점이라는 뜻인가요?"

그녀는 가볍지만 다급하게 물었다. 갈망의 정서가 그 말에 그대로 드러났다. 주주가 "음." 하고는 모호하게 대답했다.

"족쇄가 꼭 약점인 것은 아닙니다. 하지만 약점은 반드시 족쇄를 만들어내죠."

"안에 있는 그 뱀 여자도 약점이 있나요?"

양쥐안쥐안이 다시 물었다.

뱀 여자?

주주는 곧바로 싱밍의 본체, 뱀이 득실거리는 굴 같은 대정(大鼎)을 떠올렸다. 그의 입가에 미소가 스쳤다. 그가 담담하게 말했다.

"우리의 생명은 본질적으로 모두 유사합니다."

"그녀가 당신의 친구인가요?"

"아닙니다."

"그럼 제가 당신을 도와드리면 당신도 저를 도와주실 수 있나요?"

"조건이 맞는다면 고려해볼 수 있겠죠. ……누가 당신을 찾아왔네요."

양쥐안쥐안은 고개를 돌려 로비 반대편에서 자신을 향해 다급하게 걸어오는 예원첸을 보았다.

그녀가 입꼬리를 약간 올려 희미한 웃음을 끄집어내고는 고개를 갸웃하더니 나직하게 물었다.

"그는 사람이라고 할 수 있을까요?"

"그가 같은 부류인지 아닌지는 당신이 판단해야 합니다."

주주가 예의 바르게 대답했다.

"……그를 난처하게 했군요."

양쥐안쥐안은 고개를 숙이고 이렇게 말하며 아름다운 머리칼을 쓸어 넘겼다.

양쥐안쥐안이 다시 고개를 들었을 때, 그녀의 얼굴에는 이미 사교모임에 적합한 전형적인 가식과 예의 바름의 가면이 씌워져 있었다. 그녀는 술잔을 주주 옆에 있는 낮은 탁자에 올려놓고, 주주에게 고개를 숙여 인사한 뒤 말했다.

"실례했습니다."

"쥐안쥐안."

예윈첸이 뛰어와 그녀의 팔을 붙잡으며 말했다.

"여기저기 한참 찾아다녔잖아요…… 그런데 이분은?"

"주주입니다."

주주가 열 손가락을 깍지 낀 채 소파에 편안하게 앉아 예윈첸에게 말했다.

"이 여자분이 좀 전에 하마터면 넘어질 뻔했어요."

"그런데 이 남자분은 나를 부축하거나 자리를 양보할 의사가 전혀 없으세요."

양쥐안쥐안이 주주 쪽은 쳐다보지도 않고 예윈첸에게 달라붙어 달콤하게 웃으며 말했다.

"처마 밑에서는 고개를 숙여야죠, 그쵸?"

예윈첸의 눈에 비친 의혹이 일순간 우려로 바뀌었다. 그는 양쥐안쥐안의 허리를 껴안고 주주에게 재빨리 "실례했습니다. 이 사람이 좀 많이 마셨네요."라고 말하고는 양쥐안쥐안을 부축해 자리를 뜨려고 했다. 양쥐안쥐안은 머리를 한 번 쓸어 올리고는 고개를 돌려 주주를 향해 소리 없이 입 모양으로만 '다시 연락할게요'라고 말한 뒤 순순히 예윈첸에게 기대어 따라 나갔다.

예윈첸과 양쥐안쥐안이 별장을 완전히 나간 뒤에야 주주가 손을 뻗어 양쥐안쥐안이 남긴 술잔을 들었다.

잔에는 술이 반 정도 차 있었는데, 그 안에 금 고리에 연결된 자그마한 검은색 수정막대기가 빠진 채 떠올랐다 가라앉았다 하고 있었다. 그것은 양쥐안쥐안의 귀걸이 한 짝으로, 그녀가 떠나기 전에 빼서 술잔에 떨어뜨린 것이었다.

수정 막대기 안에서 희미하게 금빛이 비쳐 나왔다. 주주가 초능력으로 안을 들여다보니 어떤 방법으로 그 속에 갇혔는지 모를 작은 금뱀 한 마리가 들어 있었다. 뱀은 몸이 뻣뻣하게 굳어 움직이지 않았지만 보석처럼 붉은 두 눈이 가물거리며 번쩍이는 것이 분명 생명의 기운이 남아 있었다.

물에 빠져 죽게 생긴 사람이 지푸라기라도 붙잡듯, 그녀는 들고 있던 가장 중요한 것을 그에게 준 것일까?

싱밍이 이 금뱀을 감지할 수 있을까?

주주는 이 귀걸이를 잠시 내려다보고는 잔을 들어 올려 술을 단숨에 마셔버렸다.

잔을 다시 테이블에 놓았을 때는 안이 이미 텅 비어 있었다.

별장을 나온 예윈첸은 먼저 양쥐안쥐안을 부축해 차에 태운 뒤 자신도 운전석에 올라타고 시동을 걸어 출발했다.

양쥐안쥐안은 유리창에 이마를 기댔다. 안색이 창백했고 호흡이 가빴지만 예윈첸은 차를 세울 생각이 없었다. 그는 단숨에 몇 킬로미터를 간 후에야 입을 열었다.

"당신 어때요. 차를 세우고 숨 좀 돌릴까요?"

"아뇨……. 창문을 열어서 환기를 좀 시킬게요."

양쥐안쥐안이 이렇게 말하며 창문을 열고는 숨을 크게 들이마셨다. 예윈첸이 창문을 조금 더 열어준 뒤 궁금한 듯 물었다.

"방금 당신과 얘기하던 사람 누구예요? 잘생겼던데요."

"도? 검인가? 아님 도끼? 하늘이 아시겠죠. 그들은 껍데기는 다 잘생겼어요. 왜요, 질투해요?"

그녀의 경멸하는 듯한 말투가 예윈첸의 마지막 남은 한 가닥의 불안을 말끔히 날려버렸다. 그가 그녀의 얼굴을 쓰다듬으며 말했다.

"당신을 해칠까 봐 걱정돼서요. 조금 더 참았다가는 우리 둘 다 뒤집어졌을 거예요."

"우리가 뒤집어질 수도 있어요?"

양쥐안쥐안이 그의 손을 가볍게 휘두르며 원망 섞인 목소리로 말했다.

"싱밍이 저우인 얘기 하는 거 들었잖아요. 실험에 실패했다고. 그러니까 우린 전부 실험실의 흰 쥐들이고, 그녀는 아무 놈이나 한 마리 잡아다 해부할 수 있는 거죠!"

"나도 들었어요……. 당신은 너무 충동적이에요."

양쥐안쥐안의 성난 눈빛에 예윈첸이 쓴웃음을 지으며 말하는 속도를 늦춰 천천히 설명했다.

"그들이 오늘 밤 내게 많은 얘기를 했어요. 그들이 결계의 의미를 완전히 오해하고 있다는 건 이제 나도 인정해요. 봐요, 인간이 만들어낸 창조물은 결국 인간을 뛰어넘을 수 없잖아요."

"그래서 뭐요?"

양쥐안쥐안이 짜증 난다는 듯 그의 말을 자르며 말했다.

"그들이 어디까지 멍청해지든 시간은 영원히 그들 편이라고요."

"꼭 그렇지만은 않아요."

"무슨 뜻이에요?"

눈앞에 마침 적색 신호등이 켜지자 예윈첸이 브레이크를 밟고 전방을 주시하며 단호하게 말했다.

"함께 전승에 들어간 후에는 그들이 꼭 우위에 서는 것은 아니에요."

"당신, 그것들과 함께 전승에 들어갈 생각인 거예요?"

양쥐안쥐안이 고개를 획 돌려 믿을 수 없다는 표정으로 그를 쳐다보았다.

"내가 아니라 우리예요."

예윈첸이 돌아보았다. 반드시 해내리라는 결연한 눈빛이었다.

"들어가서 나는 싱밍과 결계를 맺을 거예요. 당신은 그 왕웨라는 도끼 놈과 결계를 맺……."

"난 싫어요!"

양쥐안쥐안이 언성을 높이며 또 말을 잘랐다.

청색 신호등이 켜졌지만 예윈첸은 움직이지 않았다. 그가 손을 뻗어 양쥐안쥐안을 꼭 잡아주며 말했다.

"쥐안쥐안, 내 말 들어요. 이렇게 해야만 우리 둘 다 불로불사가 될 수 있어요."

"난 그런 것들과 한데 묶이기 싫어요. 죽어도 싫어."

그녀가 그를 사정없이 노려보았다.

"결계는 첫걸음일 뿐이에요. 인간 세상으로 돌아오면 금제로 싱밍을 왕웨에게 묶어둘 거예요. 그때 가서 그들을 목숨만 살려 놓고 당신이 보복하고 싶은 대로 보복해요. 적절하게 잘 운용한다면 우리가 인간으로 화형한 더 많은 고대 기물을 통제할 수 있……."

빵! 빵! 빵! 후방의 차들이 짜증스럽게 경적을 울려대서 대화가 중단되었다.

예원첸이 가속페달을 밟자 차들이 다시 움직이기 시작했다. 양쥐안쥐안은 잠시 묵묵히 있다가 입을 삐죽 내밀며 말했다.

"좀 싫지만, 그래도 알겠어요."

그녀의 목소리에 애교가 섞여 있었다. 예원첸의 입꼬리가 호선을 그리며 말려 올라갔다. 머리를 뾰족한 여자 손톱에 호되게 확 긁힌 듯한 느낌이었다. 양쥐안쥐안은 운전대 위에 올려놓은 그의 오른손을 잡아 세게 깨물고는 말했다.

"경고예요. 그 여자 뱀 좋아하면, 당신 내가 물어 죽일 거야."

그녀가 정말 난폭하게 힘껏 물어뜯어서 그의 손등에서 피가 흘렀다. 하지만 예원첸은 오히려 마음이 편했다. 그는 손을 움츠리지 않고 오히려 양쥐안쥐안을 꼭 붙잡으며 나직이 속삭였다.

"그럴 일 절대 없어요. 그녀가 아무리 아름답다고 해도 그냥 물건일 뿐이에요."

"당신은 내가 그 왕웨를 좋아하게 될까 봐 두렵지 않아요?"

양쥐안쥐안이 그의 손끝을 어루만지며 담담하게 말했다.

"그는 몸매도 정말 좋고 온몸이 근육질이죠."

"당신이 이렇게나 그들을 미워하는데요. 나는 당신이 스스로 통제하지 못하고 그를 삶아 먹어버릴까 봐 겁나요."

전방의 교통상황이 또다시 어지러워지자 예원첸이 양쥐안쥐안을 토닥이고는 손을 빼내 운전대 위에 올려놓으며 신시하게 말했다.

"그들은 그들 나름의 쓸모가 있어요. 아무리 싫어도 참을 수 있어야 해요."

"사소한 것을 못 참으면 큰일을 그르치죠. 알았어요."

양쥐안쥐안은 한숨을 푸 내쉬며 다시 물었다.

"당신들은 전승에 어떻게 들어갈 생각이에요?"

"이론상으로는 두세 가지 방법으로 전승에 들어갈 수 있어요. 그들이 계속 시도하고 있어요. 하지만 요즘의 결론은 그들이 영면에 가까울 정도로 쇠약해져야만 가능하고, 그렇지 않을 때는 전승에 들어갈 수 없다는 쪽으로 흘러가고 있어요."

예원첸이 이렇게 대답했다.

그의 대답은 분명 중요한 것을 피해 우회적으로 가볍게 말한 것이었다. 양쥐안쥐안이 중얼거리듯 "영면에 가까울 정도로 쇠약해져야 한다."라는 몇 마디를 되풀이했다. 그러고는 차창에 대고 "하"하고 숨을 내쉬자 유리창에 하얗게 김이 서렸다. 그녀는 집게손가락을 내밀어 하얗게 서린 김 위에 동그라미를 하나 그리고는 물었다.

"우리 저들이랑 같이 들어가야 하는 거 확실해요?"

"물론이에요."

"위험하진 않아요?"

"호랑이 굴에 들어가지 않고 어떻게 호랑이를 잡겠어요."

"그 말도 맞네요."

그녀의 대답에 약간의 망설임이 느껴졌다. 하지만 차창이 비춰 준 흐릿한 얼굴에 두 눈동자가 유난히 환하게 빛났다. 짙은 갈색 눈 동자 속의 불꽃에 불이 붙어 금방이라도 폭발할 것처럼 반짝였다.

아추족 족장과 잡담을 나눌 때 그가 무심코 언급했었다. 그들의 생명에는 죽음이라는 개념이 없으며, 대부분 훼손이 너무 심해 더 이상 인간으로의 화형이 거의 불가능한 경우를 가리켜 '영면'이라 고 한다는 것이었다.

거의 불가능한?

그것만으로는 부족하다. 그들은 처음부터 아예 영혼을 가져서 는 안 되었고, 인간으로 화형해서도 안 되었다. 심지어 본체조차도 이 세상에 나오지 말았어야 했다.

이런 것들에게 가장 어울리는 결말은 완전히 사라지는 것이다.

이 결말을, 그녀는 기꺼이 목숨과 맞바꾸려는 것이다.

# 23
## 죽음

청명절이 지난 후로 비가 연기처럼 내렸고, 인간 세상에 4월이 왔다.

계절이 바뀌어 4월이 되자 루추는 사표를 내던 그 순간부터 자신이 바랐던 안정과 평온한 일상이 마침내 실현될 수 있다는 느낌이 서서히 들었다.

쓰샤오칭과 얘기를 나눈 이후로 그녀는 승낙은 했지만 당장 금제를 만드는 일에 착수하지는 않았다. 그렇다고 일부러 미루는 것은 아니었다. 천천히 작업과 대화하고 그 속에서 차근차근 쌓아 나가면, 작은 것 안에서 거대한 우주를 볼 수 있다고 믿는 순수한 장인 정신의 발로였다.

전에 그녀가 두 차례 금제를 만들었을 때는 모두 사람을 구하기 위해서였기 때문에 엄청난 시간적 압박을 받았었지만, 이번엔 달랐다. 장둬가 그녀에게 여러 번 전화를 걸어왔지만 루추는 여전히 서두르지 않았다. 그녀는 쓰팡시에서 추가로 구입한 모든 책과 전승 책 두 권, 그리고 친관챠오가 그녀에게 보내준 메모까지 일일이 부왕자이의 서가에 꽂아 넣은 다음, 마음을 가라앉히고 매일 책을 읽고, 도와 검을 갈고, 인터넷에서 해외 연수 과정 자료를 찾으며 머릿속에 금제의 진정한 모습을 거듭해서 그리고 또 그려보았다.

아니다, 금제라고 불러서는 안 된다. 그녀가 정말 만들고 싶은 것은 소리도 형체도 없이 사람과 물건을 한데 속박하여 서로를 구원할 수도 있고, 동시에 상대방을 끌고 함께 암흑천지의 심연으로 떨어질 수도 있는…… 그러한 굴레다.

이런 생각은 온전히 정당하고 떳떳한 것은 아니라서 루추 역시 아무에게도 말하지 않았다. 오로지 부왕자이의 컴퓨터 의자에 혼자 앉아 친 사부님이 준 숫돌을 들고 있을 때, 아빠가 준 자체 제작 도구를 들고 있을 때만, 이 굴레에 대한 생각은 마치 아주 먼 별이 캄캄한 밤에 깜박깜박 빛나듯 마음에 이따금씩 떠올랐다.

외할머니의 병세가 좀처럼 나아지지 않자 엄마는 북부에 머무르는 날이 많아졌고, 아빠도 가끔 올라갔다. 집에는 뼈만 앙상하게 남은 늙은 고양이와 함께 루추 혼자 머무르는 날이 많아졌다. 설 연휴가 지나고 한광과 샤오렌이 차례로 쓰팡시로 돌아왔다. 루추가 대략 아는 바로는, 한광은 돌아와서 두창평의 직무를 이어받아 위링 회사 전체를 맡아 경영하게 되었다. 그런데 샤오렌은 뜻밖에도 돌아온 지 얼마 지나지 않아 사직서를 내고 또다시 위링을 떠났다.

"당신, 어디예요?"

루추는 샤오렌이 사직했다는 소식을 듣고는 정말이지 깜짝 놀랐다. 그녀는 즉시 그에게 전화를 걸어 연결되자마자 다짜고짜 물었다.

"고속철. 정확히 말하면 당신 집으로 가는 길이에요."

샤오렌이 잠시 멈췄다가 쾌활한 어조로 말했다.

"내가 방금 계산해보니까 이번 생에서 무직이었던 시간이 직업이 있었던 시간보다 훨씬 더 많네요. 그래도 나와 결혼하기를 원해요?"

"물론이죠."

루추는 생각할 필요도 없다는 듯 이렇게 대답한 뒤 자신이 또 주제에서 벗어나 엉뚱한 데로 끌려간 것을 발견하고는 다급하게 물었다.

"당신 왜 갑자기 사직한 거예요? 왜 여기 올 생각을 한 거죠?"

"갑자기가 아니에요. 금제를 해제하기 전에 이미 약속했잖아요. 앞으로 당신이 어디로 가든 내가 항상 함께하겠다고."

"아."

루추는 핸드폰을 쥔 채 갑작스럽게 닥친 행복감에 현기증을 느꼈다. 그녀는 계속해서 이어지는 샤오렌의 말을 들었다.

"그래도 일자리를 구하긴 했어요. 당신의 모교에서 고대 청동기 감정 과목 강사를 하기로…… 이제 내릴 준비 해야 해요. 이따봐요."

∞

    샤오롄의 방문이 어떤 측면에서는 루추의 마음속 '굴레'를 무형의 것에서 유형의 것으로 만들었다.

    그가 도착한 다음 날, 루추는 부왕자이에 앉아 더 이상 익숙해질 수 없을 정도로 익숙한, 공구로 가득한 벽을 바라보며 조용히 한숨을 내쉰 뒤 고개를 돌려 샤오롄에게 말했다.

    "나 준비됐어요."

    샤오롄은 잉정이 평소에 앉던 자리에 앉아 물었다.

    "나 여기 앉아서 당신이 일하는 동안 떠들어도 돼요?"

    "안 돼요."

    루추는 이렇게 말한 뒤 잠시 멈췄다가 덧붙였다.

    "할 수만 있다면 당신을 당장 쫓아낼 거예요."

    "좋아요."

    샤오롄도 웃으며 말했다.

    "난 언제라도 문밖으로 쫓겨날 준비가 돼 있어요."

    샤오롄이 자신을 숨기고자 한다면 소리도 없이 조용히 그렇게 할 수 있다는 것은 사실이었다. 루추는 몇 번이나 그가 함께 있다는 것을 완전히 잊어버린 채 일에 몰두했다가 고개를 들고서야 갑자기 화들짝 놀라며 그에게 언제 들어왔냐고 물었었고, 그때마다 대답은 늘 "난 나간 적이 없어요."였다.

    이렇게 그녀는 열흘 남짓 고개를 파묻고 일에 몰두해 금제를 짤 수 있는 가느다란 금사를 한 가닥 한 가닥 뽑아내는 데 성공했다.

이번으로 루추는 벌써 세 번째 금제를 제작했다. 원칙적으로 작업공정은 조금 조작해보는 것만으로 금세 쉽게 해낼 수 있는 간단한 일이 아니었지만, 그래도 아주 낯설지는 않았다. 하지만 박스하나를 가득 채운 금사를 마주하고는 여간해서는 주저하지 않는루추도 망설여졌다. 이후로 꼬박 사흘 동안 루추가 매일 부왕자이에서 이런 저런 시도를 해보았지만, 전혀 진척이 없었다.

샤오롄은 아무것도 묻지 않고 함께 있어 주기만 하는 역할을 열심히 수행했다. 나흘째는 일요일이었다. 루추는 아침 일찍 일어나샤오롄의 손을 잡아 끌고 시장 옆 전통식당으로 가서 아침을 먹었다. 길을 걸을 때부터 이미 마음이 딴 데 가 있던 루추는 샤오빙[燒餅, 동그란 반죽에 참깨를 뿌려 화덕에 구워낸 빵 – 역주]과 요우탸오[油條, 긴 반죽을 꼬아 기름에 튀겨낸 것 – 역주]가 나오자 갑자기 벌떡 일어나더니 돌아서서 문밖으로 뛰쳐나갔다.

그녀는 그 길로 부왕자이로 달려가 문을 벌컥 열고는 선서하듯샤오롄에게 외쳤다.

"실험해 봐야겠어요."

같은 속도였지만 오는 내내 차분하고 느긋하게 걸어온 샤오롄은 루추의 말을 듣고 불길하다는 듯 물었다.

"무슨 실험요?"

루추는 작업 테이블 앞에 앉더니 서랍을 열어 작은 가위를 꺼내테이블 위에 올려놓고는 고개를 쳐들고 그에게 말했다.

"당신의 본체 검을 좀 빌려줘요."

샤오롄의 안색이 변했다. 그가 다시 물었다.

"당신, 설마……."

"네, 결정했어요. 해볼래요."

루추가 그의 말을 끊고 서랍을 열어 전승 책 두 권을 꺼내며 말했다.

"간장(干將)과 막야(莫耶)[고대 춘추시대의 대장장이 부부, 또는 이들이 만든 한 쌍의 검의 이름-역주]의 전설은 두 가지 판본이 존재해왔어요. 하나는 머리카락으로 제사를 지내는 것이었고, 다른 하나는 화로에 몸을 던지는 것이었죠. 난 첫 번째의 강화 판본으로 할 거예요. 아, 잠깐만요……."

그녀는 갑자기 영감이 떠올라 눈을 반짝이며 샤오렌을 바라보았다.

"당신이 도와줄래요? 검을 뽑아요."

"뭐라고요?"

"어려울 거 없어요."

루추가 나지막이 외쳤다.

"그러지 말고 내 머리카락 좀 잘라줘요. 내가 금제를 다 짜면 내 손바닥을 그어 피를 내서 황금에 발라요."

"지금 나더러 당신한테 검을 쓰라는 거예요?"

샤오렌은 화가 나서 자기도 모르게 언성이 높아졌다.

루추는 힘껏 고개를 끄덕이며 그의 시선을 마주 보고 말했다.

"난 당신을 믿어요."

"이건 믿고 안 믿고의 문제가 아니에요."

샤오렌이 가슴 속에서 점점 더 불타오르는 분노를 내리누르면서 낮게 가라앉은 목소리로 물었다.

"추추, 장쉰의 기억 복원을 돕겠다고 당신이 이렇게까지 해야해요?"

루추는 여전히 방금 포착한 영감 속에 빠져서 샤오렌이 터지기 일보 직전의 상태에 다다랐다는 것을 전혀 감지하지 못했다. 그녀는 커다란 눈동자를 반짝이며 계속 그에게 설명했다.

"분명 방법을 찾을 수 있을 거라고 줄곧 생각해왔어요. 금제를 쌍방의 동의를 통해서만 효력이 발생하는 계약으로 바꾼다면…… 잘 설명할 수는 없지만, 이건 장쉰만을 위해서가 아니에요. 난 당신도 지켜주고 싶어요."

"당신이 나를 지켜줄 수 있다고요?"

샤오렌이 화가 나서 비웃듯이 말했다.

"결계도 맺지 않으면서, 나를 위했다면 당신은 처음부터 이 일을 맡지 말았어야 해요."

"그런 게 아니라……."

루추는 자신의 생각에서 아직 벗어나지 못했다. 그녀는 속눈썹을 가늘게 떨면서 그를 바라보고 다시 말했다.

"난 당신과 함께 있고 싶어요. 하지만 그건 내가 무슨 일을 하든 나와 당신만을 생각한다는 얘기는 아니에요."

그녀의 말투는 결연했지만, 표정은 전에 없던 애원하는 기색을 띠고 있었다. 샤오렌은 숨을 깊게 들이마시고는 싸늘한 표정으로 고개를 끄덕이며 말했다.

"알았어요."

검광이 미세하게 움직였고, 그녀가 눈을 깜빡이기도 전에 반치 남짓의 검은 머리카락이 하늘거리며 테이블에 떨어졌다. 순식간이었다.

"당신한테 상처를 주는 건, 난 못해요. 피를 꼭 봐야겠다면 당신이 직접 해요."

이 말을 마친 후 그는 장검을 내려놓고 뒤도 돌아보지 않고 돌아서 문을 열고 나가 버렸다.

샤오롄이 금제에서 벗어나고 깨어난 이후로 그녀에게 처음 화를 낸 것이었다. 그가 아주 훌륭하게 자제하긴 했지만 루추는 느낄수 있었다. 그는 정말 화가 많이 났다.

처음에는 루추도 벌떡 일어나 뒤쫓아 나가서 설명하려고 했다. 하지만 한 걸음 나서자마자 갑자기 얼음처럼 차가운 기류가 손끝에서 맴도는 것을 느꼈다.

검기?

본 것은 여러 번이었지만 검기가 몸속을 맴도는 걸 느낀 것은 처음이었다. 마치 검을 깔고 있는 것처럼 그녀가 소련검과 직접 연결된 것이다.

사람으로 화형한 샤오롄이 아니라 그의 본체, 검혼을 가진 소련검 말이다.

이 느낌이 너무 야릇해서 루추는 잠시 멍해 있다가 다시 의자에 앉았다. 머리로는 여전히 망설이고 있는데 몸은 뭘 해야 하는지 아는 것처럼 손이 저절로 내밀어졌다. 밀봉된 상자에서 금사를 한 가닥 꺼낸 후 방금 검에 의해 잘린 머리카락을 집어 들어 굵기는 비숫하지만 재질은 전혀 다른 이 두 가닥을 나란히 놓고 검지와 엄지를 이용해 꼬듯이 천천히 비벼 한 가닥으로 만들었다.

그녀의 동작에 따라 검기가 한 가닥 한 가닥씩 손가락 끝에서 빠져나와 검은 머리카락과 금실 사이를 번갈아 넘나들며 두 가닥의 선을 쉴 새 없이 엮었고, 그렇게 두 가닥의 나선으로 된 두 가지 색의 선으로 점점 형태를 잡아가고 있었다.

외부인의 눈에 이것은 금사와 검은 머리카락을 꼬아 만든 두 가지 색 끈에 불과해 보이겠지만, 루추의 눈에는 이 두 가닥은 회전하고 있는 선 사이를 검기로 연결해 구축한, 끊임없이 이어지는 하나의 구조로서 유전정보를 가진 DNA처럼 복잡하고 신비롭게 보였다.

그녀는 손을 뻗어 또 다른 금사를 한 가닥 꺼낸 다음 또 한 가닥, 또 한 가닥 꺼내 맨 처음의 그 두 가지 색 선을 겹겹이 감쌌다. 겉으로는 머리카락의 흔적이 조금도 보이지 않을 정도로 한층 한층 보호막을 입히는 것 같았다.

이러한 직조 방식은 최 씨의 금제와는 전혀 달랐다. 루추도 전승에는 아직 들어가지 못했기 때문에 오로지 직감으로 움직였다. 그녀는 잠시나마 멈추고 생각할 겨를도 없이 몸이 저절로 기억하는 것처럼 두 손을 번갈아 가며 쉬지 않고 짰다. 모든 꼬임 하나하나가 운명 속의 중대한 변화를 상징하는 것으로, 한번 선택을 하면 다시는 되돌릴 수 없었다.

루추가 금제를 짜느라 바쁠 때, 부왕자이 문 앞 마룻바닥에 놓여 있던 그녀의 배낭 속주머니 안에서 그녀가 금고에서 꺼냈던 청동 잎사귀가 갑자기 한 줄기 황금빛을 번쩍 발했다.

그녀의 동작은 언뜻 보기에 빠르지 않았지만, 기이한 운율이 있고 리듬이 분명해 1분 1초가 쌓이고 있었다. 두 시간 남짓 흐른 뒤, 이미 가슴속의 노여움을 가라앉힌 샤오롄이 걱정이 되어 문을 밀고 들어왔다. 부왕자이에 들어선 순간 그의 눈에 들어온 것은 루추가 오른손 엄지로 왼손 손바닥의 상처를 누른 채 책상 위에서 영롱한 푸른 광채를 발하고 있는, 금사로 짠 두 개의 띠를 바라보는 모습이었다.

이는 샤오롄이 의식이 있는 상태에서는 처음으로 가까이에서 금제를 관찰한 것이었다. 그러나 그는 냉담하게 힐끗 쳐다본 뒤 테이블을 돌아 루추 옆으로 걸어가서 그녀의 왼쪽 손을 잡았다.

루추는 말없이 왼손을 펼쳐 보였다. 손바닥의 상처는 이미 붙었고, 거의 보이지 않을 정도로 엷은 살색 흉터만 남아 있었다.

"병불혈인[兵不血刃, 스치면 베어지나 칼날에 피가 묻지 않는다 – 역주]"

그녀가 그에게 눈을 깜박거리고 애교를 부리며 덧붙였다.

"과연 명성대로네요."

"그 능력을 자기 약혼녀 상처 주는 데 써요?"

샤오롄이 가차 없이 반박했다.

"그러느니 차라리 난 검을 부러뜨리겠어요."

샤오롄은 여전히 화가 나 있었다. 루추가 목을 움츠리며 반박하지 않고 손을 뻗어 금사 띠를 집어 들더니 눈앞까지 가져가 허공에서 흔들었다.

은은한 푸른 빛이 눈부신 금빛을 따라 공중에 기다란 포물선을 그렸다. 샤오롄은 금사 띠를 잠시 응시하더니 불쾌함이 역력했던 안색이 점점 이해할 수 없어 하는 표정으로 바뀌었다. 그가 물었다.

"이게 금제예요? 아무런 위협이 느껴지지 않아요."

"이게 바로 금제예요. 하지만 이전에 내가 만들었던 것들과는 달라요……."

설명하기가 너무 어려웠다. 루추는 잠시 멈췄다가 금제를 바라보고는 다시 샤오롄을 바라보며 말했다.

"우리가 처음 레스토랑에서 만났을 때의 당신 눈동자 색깔과 좀 비슷하네요."

그녀의 말투에 뜻밖에도 한 가닥 향수가 배어 있어 샤오롄은 어쩔 수 없다는 듯 고개를 가로저으며 말했다.

"통제 불능의 색깔이에요."

"통제 불능의 당신도 여전히 당신이에요……."

루추가 이렇게 말하면서 물기 어린 촉촉한 두 눈을 커다랗게 뜨고 그를 간절하게 바라보았다. 그녀의 말소리가 공중에 흩어졌다 서서히 사라지자 샤오롄은 마침내 화가 가라앉았다.

그가 쓸쓸하게 웃으며 손을 뻗어 루추의 머리카락을 만지작거리며 물었다.

"왜 두 개를 짠 거예요."

"모르겠어요. 다 만들고 나서야 하나 더 만들었다는 걸 알았어요."

이 대답은 약간 이상했다. 샤오롄은 눈살을 찌푸리며 뭔가 말하려다가 테이블 위에 올려놓았던 루추의 핸드폰 화면이 갑자기 켜지는 것을 힐끗 보고는 얼른 집어 그녀에게 건네며 물었다.

"음 소거 해뒀어요?"

루추가 핸드폰을 건네받아 전화를 받으며 샤오롄에게 말해주었다.

"방해받기 싫어서 진동까지 꺼놨어요. ……여보세요. 엄마, 무슨 일이에요? ……아, 외할머니가 돌아가셨다고요?"

∞

그날 저녁, 루추와 샤오롄은 황급히 병원으로 달려갔다. 외할머니는 이미 응급실에서 나와 비어 있는 1인용 병실에 임시로 안치되어 있었다.

방 안은 사람들로 꽉 차 있었다. 큰이모, 작은이모, 큰삼촌, 작은삼촌, 그리고 엄마까지 외할머니의 친자식 다섯 명이 모두 한데 모였다. 다들 눈이 빨개져 있었지만 큰외숙모만 소리 내어 울었고, 다른 사람들은 침대를 둘러싸고 앉아 조용히 혼잣말을 중얼거리거나 멍한 표정이었다. 이런 충격에 준비된 사람은 아무도 없었다.

예견된 상황이었지만 막상 실제로 닥쳤을 때의 정서적인 충격은 역시 감당하기 힘들었다.

루추는 엄마 옆으로 다가가서 어쩔 줄 몰라 하며 "엄마." 하고 불렀다. 그녀가 루추에게 고개를 끄덕이며 말했다.

"자, 외할머니께 작별 인사 하렴."

엄마의 목소리는 매우 평온했지만 루추는 그 순간 멍해졌다. 샤오롄이 손으로 그녀의 어깨를 짚으며 침착하게 말했다.

"내가 함께 있어 줄게요."

죽음과 마주하는 데 함께할 사람이 필요할까?

루추가 천천히 고개를 돌려 침대에 누워 있는 외할머니를 보았다. 그 모습은 루추가 기억하는 외할머니와 크게 다르지 않았다. 심지어 안색도 어둡지 않았다. 굳이 비교하자면, 루추가 본 중에 가장 평온한 모습의 외할머니였다. 외할아버지가 돌아가셨을 때 작은삼촌이 아직 고등학생이었기 때문에 외할머니는 모든 걸 혼자 감당해야 했다. 아직 어른이 되지 않은 자식을 위해 가정을 꾸려나가야 했고, 이미 어른이 되었지만 날개를 제대로 펼치지 못하는 자식들의 뒷바라지도 해야 했다. 처음에는 당연히 손해 보는 일이 적지 않았다. 하지만 시간이 흐르면서 그녀는 매사에 자기주장이 있고, 지휘하기를 좋아하고 불평하는 것도 좋아하는 성격이 되었다.

이제는, 드디어 모든 것을 내려놓을 수 있게 되었다…….

눈물이 둑이 터지듯 쏟아졌다. 지금까지 그녀를 눈꼴 사납게 바라보던 셋째 사촌 오빠가 말없이 휴지 상자를 건넸다. 루추는 그것을 받아 휴지를 한 장 뽑고 다시 또 한 장 뽑았다. 샤오렌이 손을 놓자 엄마가 그녀를 안고는 울음을 터뜨렸다.

울음은 그리 오래가지 않았다. 작은외숙모가 사촌 여동생들과 함께 장례회사 사람들을 데리고 왔고, 어른들은 눈물을 거두고 뒷일을 논의하기 시작했다.

루추의 예상과 달리 두 외삼촌과 큰이모의 의견은 대체로 일치했다. 가끔 어긋나긴 했지만 차분하게 논의할 수 있었고, 전처럼 걸핏하면 다투는 일은 더 이상 없었다.

먼저 부고를 보낸 후, 장례를 치르는 시간은 따로 의논할 수 있었다. 간단하게 해야 하지만 너무 초라하게 할 수도 없었다. 일의 순서에 따라 질서 있게 하나하나 안배해 나갔다. 미술에 소질이 있는 엄마는 영상 제작을 맡아 작은이모와 함께 상례용 사진을 골랐고, 음악을 공부한 사촌 언니는 음악 작업을 도왔다.

루추는 눈물이 진즉에 멈추었고, 어느새 사촌 동생들과 함께 벽쪽으로 물러나 서로를 쳐다보았다. 큰외숙모가 그들을 보더니 어릴 적 설을 쇠던 습관대로 사촌 오빠에게 동생들을 데리고 나가 밖에서 기다리라고 했다. 이때 내내 입을 열지 않고 있던 아빠가 불쑥 소리 내어 말했다.

"아이들 먼저 돌아가 쉬게 합시다."

"전 피곤하지 않아요."

루추가 힘없이 대답했다.

"너 월요일에 일 안 해도 돼?"

잉정이 물었다.

'일'이라는 글자가 마치 통관의 암호 같았다. 모든 어른들이 고개를 돌려 자기 자녀들에게 먼저 들어가라고 얘기했다. 루추는 엄마의 손을 잡으며 뭔가 위로의 말을 하려고 했다. 하지만 엄마는 그녀의 손을 토닥이기만 할 뿐, 그녀는 쳐다보지도 않고 계속해서 외할머니에게 어느 옷을 골라줄지, 머리 모양은 어떻게 빗겨줄지 등을 작은이모와 상의했다.

루추가 큰이모네 사촌 오빠 두 명을 따라 병원 밖으로 나왔을 때는 이미 날이 어두워져 있었다.

모두 병원 입구에서 한참 서 있다가 이런저런 얘기를 나누고서야 서로 작별 인사를 했다. 서로가 나눈 말은 모두 상당히 현실적이었다. 대개 너는 집에 어떻게 갈 거냐, 나는 차를 몰고 갈 건데 너를 어디까지 데려다줄까 등의 얘기에서 맴돌 뿐, 누구도 서로에게 너무 슬퍼하지 말라는 등의 얘기는 하지 않았다. 작은이모네 큰딸이 한두 걸음 가다 말고 되돌아와 작은삼촌의 딸에게, 자기 엄마가 갈비를 한 솥 쪄놓았고 계란과 건두부와 다시마도 있는데 자기 집에 함께 가서 좀 가져가지 않겠냐고, 밥반찬으로 아주 맛있다고 말했다.

"좋아, 그럼 언니 차 타고 같이 가서 가져갈게. 갈 때는 고속철 타고 가면 되니까 데려다주지 않아도 돼요."

대학 다니는 사촌 여동생이 이렇게 대답했다.

지루할 정도로 일상적인 대화였다. 루추는 멍하니 듣고 있다가 불현듯 작은이모와 작은삼촌네 사람들이 서로 대화하는 것을 아주 오랫동안 들어보지 못했다는 생각이 들었다. 그녀에게 낯설고 어색하게 느껴질 정도로 오래되었다. 하지만 그녀가 아주아주 어렸을 때는 모든 사촌 언니, 동생 들과 함께 놀면서 외할머니가 아들만 좋아하고 딸들은 거들떠보지도 않으시는 데 대해 함께 불평할 수 있었다.

죽음, 그것은 모든 것을 다시 원점으로 되돌리는 것일까?

이런저런 생각들이 머릿속에서 떠올랐다 가라앉곤 했다. 루추는 샤오렌의 손을 잡고 거리를 따라 정신없이 앞으로만 걸어갔다.

얼마나 걸었는지 맞은편에서 달려오는 꼬마 친구를 피하려고 홱 몸을 돌리다가 중심을 잃고 휘청했다. 그때 커다란 두 손에 붙잡히고서야 문득 오후 내내 샤오렌이 거의 아무 말도 하지 않았다는 사실을 깨달았다.

그는 생로병사를 어떻게 생각할까? 사람들이 눈물을 흘리는 것은 기쁨 때문이기도 하고, 슬픔 때문이기도 하며, 두려움 때문이기도 하다. 더 많고 복잡한 이유 때문일 수도 있을까?

"샤오렌."

그녀가 어렵게 그의 이름을 부르고는 잠시 망설이다가 나지막이 말했다.

"난 너무 슬펐어요. 하지만 진짜 슬픔에는 이르지 못한 것 같아......."

"죄책감 가질 필요 없어요."

샤오렌은 그녀가 입 밖에 내놓지 않은 마음의 소리를 완전히 이해했다. 그가 잠시 멈췄다가 다시 말을 이었다.

"떠난 사람은 그저 당신의 삶 가운데 한 부분일 뿐, 당신 생명의 한 부분이 되지는 못했어요. 대체할 수 없는 어떤 것을 잃었을 때만 진정한 슬픔이 찾아오는 거예요."

그의 말투에 얼마간 그 자신이 경험했던 진솔한 감정이 묻어나 다른 때보다 훨씬 따뜻했다. 이때 마침 그들은 문학청년의 분위기가 물씬 나는 커피숍 앞에 서 있었다. 가게 입구는 커다란 화분에 심긴 식물들로 가득했다. 샤오렌은 몇 살쯤 젊어 보이려고 전체적으로 캐주얼하게 차려입었고, 효과를 연출해주는 불빛이 그의 몸

위로 쏟아져 훨씬 더 대학생처럼 풋풋해보이게 비춰주었다. 얼굴은 아름다운데도 인간미를 잃지 않았다.

한 손을 주머니에 찔러 넣은 그의 여유로운 모습은 병원에 있으면서 어떠한 영향도 받지 않은 것 같아 보이면서도 루추에게 냉혈한 같은 느낌은 주지 않았다.

루추의 입에서 말이 툭 튀어나왔다.

"당신, 어딘지 내 선배 같아요."

"뭐라고요?"

샤오렌이 모처럼 놀라서 눈을 커다랗게 떴다.

"전에 가입했던 동아리에 한 선배가 있거든요. 물리학을 전공하고, 부전공으로 철학을 공부하는 선배였어요. 그 선배가 말을 하면 보통은 아무도 못 알아들었어요. 하지만 가끔 알아들은 말들은 꽤 일리가 있다고 느껴졌었죠. 당신은 사실 그 선배와는 전혀 닮지 않았어요. 나도 내가 지금 무슨 말을 하고 있는 건지 모르겠······."

여기까지 얘기한 루추가 갑자기 말을 멈추더니 고개를 들어 샤오렌에게 말했다.

"난 당신이 좋아요!"

그녀가 재빨리 말을 멈추고는 깊게 숨을 몰아쉰 다음, 여러 날 바다를 표류하다 마침내 신대륙을 발견한 듯한 눈빛으로, 믿기 어려워 하면서도 동시에 기대에 가득 찬 눈빛으로 샤오렌을 바라보며 천천히 말했다.

"내가 당신을 좋아한다니······."

샤오렌이 가볍게 헛기침을 하고는 조금 새삼스럽다는 듯 물었다.

"전에는 안 좋아했어요?"

"전에는 당신을 사랑했죠."

루추가 손을 내밀어 그를 붙잡으며 말했다.

"이미 당신을 좋아하고 있다는 걸 오늘에야 알았어요."

좋아하는 것과 사랑하는 것은 어떻게 다르지? 샤오롄은 이제껏 한 번도 생각해본 적이 없었지만, 그는 이것이 루추에게 아주 중요하다는 것을 느낄 수 있었다. 오늘은 너무 급히 나오느라 장갑 가져오는 것을 깜빡 잊었지만 그래도 그는 그녀의 손을 마주 잡아 열 손가락을 깍지 끼고는 그녀에게 웃어 보였다.

"영광입니다."

그는 잠시 멈칫했다가 참지 못하고 물었다.

"근데 무슨 차이죠?"

"20년과 평생의 차이요. 갑자기…… 당신과 평생 함께하는 것을 상상할 수 있게 됐어요."

그녀가 한숨을 내쉬며 또 중얼거렸다.

"엄마는 외할머니를 좋아하지 않았어요. 하지만 아주아주 사랑하셨잖아요?"

두 개의 핸드폰에 신규 메시지가 들어오는 벨 소리가 동시에 울렸다. 두 사람이 잇따라 핸드폰을 꺼냈다. 루추가 메시지를 보면서 샤오롄에게 알려주었다.

"친 사부께서 벌써 싱가포르에 도착하셨네요. 장뤄가 우리에게 최대한 빨리, 언제쯤 그곳으로 올 수 있겠냐고 묻네요……. 금제띠를 이미 만들었다고 말해줘야 할까요?"

이제 와서 숨기는 건 아무 의미가 없다. 샤오롄이 "음." 하고 머뭇거리더니 고개를 들어 루추에게 말했다.

"내가 아추족에게 연락하겠다고 당신이 장퉈에게 말해줘요."

루추가 약간 싸늘해진 그의 표정을 보고 물었다.

"기쁘지 않아요?"

"두 형과 큰형도 싱가포르에 있어요."

그가 잠시 멈췄다가 정색하고 그녀에게 말했다.

"난 형들을 믿지 않아요."

## 24
## 대결

    할머니의 장례가 2주 후로 예약되어 루추는 우선 비행기를 타고 싱가포르로 가서 호익도의 복원 작업을 한 다음 다시 돌아와 장례에 참석하기로 했다.

    탑승 30분 전까지는 모든 것이 순조로웠다. 그 시각 샤오렌은 공항에서 아추족 족장 쓰지샹으로부터 메시지를 받았다. 그에게 약속대로 루추가 만든 금제의 띠를 가지고 오늘 밤까지 지정 장소로 나와달라는 내용이었다.

    그는 아추족이 보내는 적수와의 일전만 허락했을 뿐 아무 때고 오라는 시간에 가겠다는 약속은 하지 않았었다. 그래서 샤오렌은 루추가 보는 앞에서 쓰지샹에게 "안 갑니다."라고 네 글자로 답장했다.

쓰지샹은 샤오렌의 메시지를 읽고도 답장하지 않았다. 10여 분이 지나 두창핑이 샤오렌에게 전화를 걸어 대뜸 얘기했다.

"내 본체를 싱가포르로 옮겨서 루추 일행이 장쉰의 수술을 해줄 복원실 문 앞에다 갖다 놓았어."

샤오렌은 멍해졌다. 상황이 특수했기 때문에 두창핑은 다른 화형자와 달리 본체를 자유롭게 움직일 수 없고, 인간의 교통수단을 이용해 운반해야 했다. 이전에 그가 본체를 옮긴 것은 수십 년 전 일이었다. 본가의 리모델링이 모두 끝난 뒤 두창핑이 본체를 다시 옮겨와 로비에 배치한 뒤로는 한 번도 옮기지 않았다. 그런데 지금, 호익도의 복원을 위해 싱가포르로 운송했다니…….

장쉰의 기억 속에는 대체 무엇이 숨겨져 있을까?

샤오렌은 이런 생각들을 하면서 두창핑이 지친 듯한 말투로 얘기하는 것을 계속 들었다.

"장뒤는 우리가 싱밍을 상대해주길 원해. 셋째야, 나를 한번 믿어 줘. 넌 가서 쓰지샹과 대결하고, 루추는 혼자 비행기 타고 여기로 오게 해라. 내가 초능력을 쓰는 상황이 생기더라도 루추는 보호할 수 있을 거다."

"……알았어요."

샤오렌이 전화를 끊고 루추를 돌아보았다. 그녀가 주머니에서 금제 띠를 꺼내더니 건네주기 전에 뭔가 말을 하려다가 다시 잠시 멈추고는 더듬거리며 물었다.

"두 주임님까지도…… 믿을 수 없는 거예요?"

"두 형은 한 번 뱉은 말은 반드시 실행해요. 수천 년 동안 나는 두 형이 약속을 깨는 것을 본 적이 없어요. 하지만……."

샤오롄이 잠시 쉬었다가 루추를 빤히 바라보며 말했다.

"자신을 잘 지켜요. 필요하면 또 다른 금제를 사용해요."

밤이었다. 하늘에는 별도 없고 달도 없었다.

끝이 보이지 않는 돌계단 길이 산허리까지 쭉 이어진 것 같았다. 샤오롄은 두 발을 앞뒤로 하여 장검을 딛고 서서 아추족 족장 쓰지샹 뒤를 따라 천천히 날아 올라갔다.

그는 소련검이 거의 지면을 스치며 나아갈 정도로 아주 낮게 날았다. 그의 표정은 사뭇 차가웠고 짜증스러움이 묻어 있었다. 손목에 감은 금제 띠가 금빛으로 번쩍이며 발밑에서 기복하듯 발산되는 검광과 어우러져 묘한 공명을 이루었다.

그들이 멀리 신사 유적지에 우뚝 솟은 패방이 보이는 곳까지 갔을 때, 쓰지샹이 갑자기 계단 위에 앉아 고개를 들더니 샤오롄에게 웃으며 말했다.

"금제에 천년을 당하고도 감히 또다시 복원사를 아내로 삼을 생각을 하다니, 당신은 참 마음에 그늘이 없군요. 아니면 다른 속셈이 있는 거요?"

그가 이렇게 말하며 가슴팍에 달린 커다란 셔츠 단추를 만지작거렸다. 하지만 샤오롄은 그의 질문에는 답하지 않고 멀지 않은 곳에 있는 버려진 신사에 우뚝우뚝 솟은 돌기둥들을 힐끗 쳐다보고는 무표정하게 물었다.

"황금은요?"

"땅 밑에."

쓰지샹이 몹시 성의 없는 태도로 대답하더니 땅바닥을 툭 걷어
차고는 다시 말했다.

"이 산 아래는 사람들이 파놓은 광산 갱도로 가득 차 있어요. 적
어도 100킬로미터가 넘죠. 듣자 하니 당신이 지난번에 산 절벽을
부숴서 사람을 구했다던데 뚫고 들어가서 둘러보는 건 어때요, 관
심 있소?"

이 불량하게 건들거리는 태도의 대답은, 소련검이 즉각 180도
방향을 바꿔서 샤오렌을 태운 채 산 아래로 질주해 내려가 버리는
결과를 낳았다. 멀리 싱가포르의 호텔 안에 있던 루추와 친관챠
오는 노트북 모니터로 샤오렌의 모습을 보고는 둘 다 망연자실해
졌다.

"이렇게 되면 아추족 사람들이 마음을 바꿔 우리에게 황금을 안
주지 않을까요?"

루추가 약간 긴장한 듯 고개를 돌려 친관챠오에게 물었다.

"내가 어떻게 알겠나."

친관챠오는 벽에 비스듬히 기대고 있는 장뤄를 턱으로 가리키
며 다시 말했다.

"긴장해야 할 사람은 저쪽에 있지. 난 잘 모르겠어. 무예를 겨루
는 거면 무예만 겨루면 될 것을, 그걸 왜 우리가 실시간으로 보고
있어야 하지?"

"쓰지샹의 요구예요."

장튀가 똑바로 서더니 두 사람 뒤로 걸어와 모니터 상의 샤오롄을 보며 어두운 얼굴로 말했다.

"아추족은 가늠하기가 어려워요."

이전에 봤던 샤오칭이 생각나 루추는 무척이나 공감한다는 듯 고개를 끄덕였고, 모니터 상으로 보이는 강하고 기개 넘치는 펑크 스타일로 온몸을 치장한 쓰지샹을 가리키며 물었다.

"그의 본체는 뭐예요?"

"돌낫."

친관챠오가 하품을 하고는 루추에게 설명했다.

"외형은 소뿔 같아서 수술실 메스가 될 수 있고, 괄사[刮痧, 동전 따위로 긁어 국부의 피부를 충혈되게 함으로써 위장의 염증을 경감시킨다는 민간요법─역주]나 방혈[放血, 치료법의 일종인 피 뽑기─역주], 두드리기 등 다양한 용도로 쓰일 수 있지."

"병기라고 할 수 있나요?"

루추가 분류를 시도했다.

"의료 기자재지. 스승님께 들으니 당초 이것을 주조한 사람은 귀족이었다는군. 이것으로 인체를 해부하는 것을 오락으로 삼았다고 해."

친관챠오가 설명했다.

"그도 참 재수가 없었네요. 세상에 태어나기도 전에 그런 주인을 먼저 만나다니."

루추가 진심으로 말했다.

친관챠오가 이상하다는 듯 고개를 돌려 그녀에게 뭔가 얘기하려는 순간 갑자기 화면에 변화가 생겼다. 눈에 생기가 전혀 없는 사람들이 한 무리 한 무리 손에 날카로운 칼을 쥐고 시체처럼 비틀거리며 양쪽 억새 덤불 안에서 휘적휘적 걸어 나와 샤오롄에게 달려들었다.

루추는 모니터에서 잠시도 눈을 떼지 않고 뚫어지게 바라보다가 이 장면을 보고는 곧바로 장뭐를 돌아보며 물었다.

"샤오롄은 날 수 있잖아요. 이런 건 전혀 위협이 되지 않아요. 아추족 사람들, 대체 무슨 꿍꿍이죠?"

그녀의 질문에 대답이라도 하듯 쓰지샹이 더듬거리며 입을 열어 설명했다.

"이 사람들 모두 구할 수 있소. 피부를 베어 살무사를 뽑아내면 사람을 구할 수 있는데 제한 시간은 10분이고, 두 발이 땅에서 떨어지면 안 됩니다. 자, 힘내요."

"신경 쓰지 말아요! 그건 당신 책임이 아니에요."

모니터 앞에 있던 루추가 다급히 소리쳤다. 친관챠오는 차갑게 굳은 표정이었고, 장뭐는 눈살을 찌푸렸다.

쓰지샹이 또다시 가슴팍에 단추로 가장한 소형 야간 카메라를 만지작거리더니 미소 띤 얼굴로 허공에 우뚝 선 채 꼼짝도 하지 않는 샤오롄에게 말했다.

"당신 약혼녀가 이 생방송을 보고 있소. 어, 앞으로 어떤 일이 일어날지 모니터 앞에 계신 관객들이 더 잘 알 수 있도록 내가 먼저 사람을 골라 시범을 보여드리지. 자, 하나, 둘, 셋, 딱."

그가 손을 들어 공중에서 손가락을 탁 튕기자 샤오롄과 가장 가까운 곳에 있던 한 사람이 육안으로도 확인할 수 있는 속도로 빠르게 수척해졌다. 두 볼이 서서히 움푹 팼고, 원래도 생기가 전혀 없었던 두 눈에 핏발이 가득 섰다. 1분도 안 되어 이 사람은 두 무릎이 풀려 바닥에 풀썩 꿇어 엎드렸고, 곧이어 동공이 커지더니 그렇게 소리 없이 덤불 사이에서 죽어버렸다.

마지막 몇 초는 카메라 렌즈가 클로즈업해 죽은 사람의 회색빛 이목구비가 선명하게 드러났다. 루추는 자신이 놀라 비명을 지르지 못하도록 손으로 자기 입을 틀어막았다.

그렇다. 그녀는 여전히 이것은 샤오롄의 일이 아니라고 생각했지만, 더 이상 그에게 상관하지 말고 빨리 피하라고 말할 수 없었다.

이 사람들, 아직은 구할 수 있다.

모니터 안에서 샤오롄이 아무 표정 없이 장검에서 내려왔다. 그의 왼발이 땅에 닿자마자 칼집을 잡은 오른손을 한 번 휙 휘두르자 예리한 칼날이 허공을 가르는 소리가 하늘을 찢었다. 동시에 10여 자루의 장검이 검의 진을 펼쳐 그를 중심으로 에워싸고, 그의 왼손도 칠흑같이 검은 본체인 소롄검을 잡았다.

주변의 분위기가 일시에 바뀌면서 샤오롄을 중심으로 스산한 기운이 사방팔방으로 퍼져나갔다. 독사가 심겨 자기 의식을 잃은 사람들조차 걸음을 멈추고 무언가 공포에 질린 듯 제자리에서 비틀거리며 산짐승처럼 낮게 으르렁거렸다.

쓰지샹이 가볍게 웃더니 또 손가락을 튕기며 아무렇지도 않게 내뱉었다.

"사람을 놀라게만 하고 아무것도 안 할 셈인가. 당신이 직접 손을 써서 사람을 구해야지."

쓰지상의 손가락 튕기는 소리가 나자 또 다른 사람이 온몸에 경련을 일으키며 풀썩 쓰러졌다. 다음 순간, 샤오렌의 손이 다시 한 번 휙 내젓자 검의 진이 흩어지더니 십여 자루의 장검이 높게 또는 낮게 선회하며 열 명의 사람 뒤로 날아가 칼끝으로 뒤쪽 목덜미를 긋고, 목표물을 정확히 명중시켜 눈부신 금빛을 내뿜는 독사를 한 마리 한 마리 잡아냈다.

구조된 사람들은 눈빛이 순식간에 맑아졌고, 눈앞의 기괴한 광경을 보고는 비명을 지르거나 돌아서서 도망치기도 했다. 물론 더 많은 사람들은 그 자리에 멍하니 서 있다가 계속 쏟아져 나오는 사람들에 의해 넘어진 뒤 마구 짓밟혀 그 자리에서 다시 피투성이가 되어 죽었다.

쓰지상은 단추처럼 생긴 카메라를 떼어 주위를 한 바퀴 쭉 비춰 주며 담담하게 말했다.

"오늘 밤부터 우리의 존재는 더 이상 비밀이 아닙니다."

캐나다 동쪽 끝 노바스코샤 주는 전국에서 두 번째로 작은 주로, 수도 핼리팩스는 상주 주민이 40만 명에 불과하지만 400킬로미터에 달하는 톱니처럼 길게 뻗은 해안선을 갖고 있다. 시내 근교 개구리 연못 숲 바깥쪽에 100년의 역사를 가진 오래된 단독주택이 해안선에서 멀지 않은 곳에 자리 잡고 있다.

집은 낡았지만 관리가 아주 잘 되어 있고, 주위 수 킬로미터 바깥으로는 다른 주택이 없었다. 이른 봄, 창밖 나뭇가지 위에 앉았던 홍작새가 포르르 날아오르고 집 안 벽난로에는 아직 불이 타오르고 있었다. 집 안에는 40대 초반쯤 된 아시아계 남자가 인근 대학 생물학과 로고가 새겨진 티셔츠를 입고 느긋하게 식탁 옆에 앉아 노트북을 두드리고 있었다.

갑자기 노크 소리가 들리더니 거의 같은 시간, 생방송 화면 하나가 불쑥 튀어나왔다. 남자가 눈살을 찌푸리고 일어나 문을 열자 청잉이 카트 손잡이에 기대서 그에게 손을 들어 보이며 영어로 인사를 건넸다.

"안녕하세요, 쉬안위안(軒轅) 형님."

쉬안위안딩(軒轅定)은 잠시 말없이 있다가 카트 위에서 꼼짝도 하지 않는 청동 기린 상을 가리키며 물었다.

"린시?"

청동 기린이 발굽을 들고 으르렁대며 고개를 들어 득의양양한 표정을 짓자 쉬안위안딩은 잠시 말을 하지 않고 있다가 린시를 가리키며 다시 청잉에게 물었다.

"린시는 어떻게 비행기를 탔지?"

"현대 조각상으로 위장해 화물칸에 체크인했어요. 천년 가까이 본가에 갇혀 지냈는데 드디어 데리고 나와 바깥세상을 구경시켜 줄 수 있게 됐네요."

청잉이 흐뭇한 어조로 이렇게 설명했다.

"린시와 소통할 수 있는 네가 린시에게 오는 동안 조각상처럼 얌전히 있으라고 시킨 거냐?"

쉬안위안딩이 물었다.

청잉이 고개를 끄덕이자 쉬안위안딩이 카트 위의 고양이 케이지를 가리키며 계속 물었다.

"이분은 또 누구?"

"차오바. 그냥 평범한 살찐 고양이일 뿐이에요."

식탁 위의 노트북이 갑자기 소리를 내어 두 사람과 짐승 한 마리의 주의를 끌었다. 쉬안위안딩이 고개를 돌려 힐끗 쳐다보더니 안색이 확 바뀌며 물었다.

"저거 샤오롄이야? 샤오롄이 뭐 하는 거야?"

청잉이 거실로 성큼 들어와 모니터를 노려보며 물었다.

"누가 생방송을 하는 거죠? 몇 명이나 이걸 보는 거예요?"

"전 세계의 화형자."

쉬안위안딩이 침울한 표정을 지었다.

"누가 꾸민 짓인지, 샤오롄을 모든 화형자의 대척점에 서게 만들었어."

"어떻게 이럴 수가 있죠?"

루추는 커다란 소파에 웅크리고 앉아 겁이 나서 가끔씩 곁눈질로 모니터를 힐끔거릴 뿐, 당황스러워서 뭘 어떻게 해야 좋을지 몰랐다.

샤오롄은 사실 생명이 위험한 상황은 아니었지만, 비행하지 못하게 발이 묶인 데다 검의 진을 지휘해서 사람을 구하는 데까지 신경 써야 해서 자신을 지키는 데 자칫 허점이 생길 수도 있었다. 예리한 칼을 휘두르는 무리들이 틈만 나면 달려들었고, 샤오롄이 상처 입지는 않았지만 그의 옷은 너덜너덜한 누더기가 되었다. 게다가 좀비 같은 사람들이 갈수록 늘어나면서 몸을 피하는 것이 점점 더 힘들어졌다.

하지만 루추가 걱정하는 것은 그게 아니었다. 이 생방송이 샤오롄을 얼마나 많은 곤란에 빠뜨릴까?

이번 일 전체가 샤오롄과는 전혀 무관했다. 그의 성격대로라면 애초에 티끌만큼도 건드리지 않았을 것이다. 병기의 본성은 살육이지 구제가 아니다. 하지만 그는 남아서 본성을 거슬러 신분이 노출될 위험을 감수하면서까지 사람을 하나하나 죽음의 경계에서 구해내고 있었다.

그런데 그녀는, 그가 듣든 못 듣든 그에게 피하라고 소리 내어 말할 용기조차 없었다.

난생처음 루추는 자신의 무능이 원망스러웠다.

쓰지샹이 단추 카메라를 떼어낸 지 얼마 지나지 않아 두창평과 인한광이 차례로 복원실로 뛰어 들어왔다. 두창평은 장뤄를 한쪽으로 데리고 가서 상의했고, 한광은 핸드폰을 꺼내 몇 군데 전화를 걸고는 고개를 들어 새파랗게 질린 얼굴로 말했다.

"이건 계획된 음모예요."

"헛소리."

장튀가 돌아보며 짜증 난다는 듯 인한광에게 말했다.

"목적을 제대로 알아보세요. 그리고 아추족이 왜 당신들에게 이럴까요? 약속한 황금은 도대체 줄 건지 안 줄 건지……."

그의 목소리가 갑자기 뚝 그쳤다. 모니터에 커다란 칼 한 자루가 계단을 따라 회전하며 날아오르더니 도망치는 사람을 만나는 족족 뒤에서 칼자루로 가차 없이 내리쳐 그 자리에서 쓰러뜨려 기절시켰다.

루추는 바로 조금 전 이미 주머니가 가벼워진 것을 느꼈다. 하지만 호익도가 회전하면서 날아가고 봉두난발의 꾀죄죄한 장쉰이 큰 칼을 메고 계단을 따라 천천히 올라가는 것을 보았을 때, 그녀는 놀라고 기쁜 마음을 참지 못하고 펄쩍 뛰어 모니터 앞으로 달려가 흥분에 차 소리쳤다.

"장쉰!"

사건이 벌어진 현장인 황금신사의 돌계단 아래에서 샤오렌이 눈썹을 치켜올리며 장쉰에게 물었다.

"무슨 일입니까?"

"저를 위해서 이렇게 큰 전투를 벌이셨는데 제가 어떻게 잠자코 있겠습니까?"

장쉰이 대충 얼버무리듯 가볍게 답변을 하고 나서 다시 칼을 휘

둘러 십여 명을 가격해 기절시켰다. 나머지 통제받는 사람들의 몸이 순간 멈칫하더니 즉시 병력을 두 갈래로 나누었다. 대부분은 영향을 받지 않고 원래 정한 방향대로 계속 샤오롄에게 달려들었고, 나머지 한쪽은 손에 든 온갖 잡동사니 무기들을 흔들며 장쉰에게 달려들었다.

"보아하니 싱밍은 내가 당신보다 강하다고 생각하는 것 같군요."

장쉰의 합류로 샤오롄의 부담이 순식간에 줄었다. 몸을 피하는 그의 모습이 일순간에 아주 가볍고 자유로워졌고, 한가한 농담까지 할 만큼 여유로워졌다.

"싱밍이 얼마나 실상을 모르는지 보여줘야겠습니다."

장쉰은 이렇게 대답한 뒤 숨을 들이마시고는 펄쩍 뛰어올라 공중에서 몇 번의 발차기로 자기 주위를 에워싸고 있던 사람들을 재빨리 차낸 동시에 칼을 뽑아 그 사람들이 쓰러지기 전에 금빛 독사 십여 마리를 한 마리 한 마리 뽑아내 두 동강 냈다.

"아주 효율적이군요."

샤오롄은 동시에 세 가지를 하고 있었다. 오른손의 검결[劍訣, 검술을 구사하는 방법-역주]로 검진을 지휘하고, 왼손에 든 본체 검으로는 적을 제압하며, 입으로는 잊지 않고 장쉰과 전술을 논했다.

"각자 일은 각자가 처리하는 걸로 분담해서 진행하시겠습니까?"

"좀 떨어지세요. 자칫하다가는 칼에 베입니다. 재수 없다고 생각하셔도 죄송하지만 저는 책임 못 져요."

"아."

이 비웃음에 검의 진이 샤오롄을 중심으로 축소되는 듯하더니 빛이 폭발하듯 터지면서 동시에 공격이 날아갔고, 순간 검광이 뒤덮은 범위 내의 사람들 뒷덜미 안에 있는 독사를 샅샅이 파헤쳐 모두 쓰러뜨렸다.

샤오렌은 싸움에 전혀 미련을 두지 않고 벼락처럼 손을 쓴 뒤, 곧바로 돌계단을 펄쩍 뛰어내려 폐광산 쪽으로 달려갔다.

같은 시간, 장원은 먼저 쓰지상을 향해 손가락을 걸어 보이며 "나 잡아봐라." 하고 장난처럼 농담을 던진 후, 큰 보폭으로 펄쩍 뛰어 표면이 울퉁불퉁한 바위 위에 발끝으로 서더니 마치 소설 속에 나오는 경공(輕功)을 연마한 무림 고수처럼 잠자리가 수면 위를 걷듯 광산 옆의 폐(廢) 가스파이프 위를 빠르게 내달렸다.

생방송 화면에서 두 사람의 모습은 삭막하고 황량한 풍경 속으로 사라졌다. 쓰지상 역시 화를 내지 않았다. 그는 카메라 렌즈를 사람 키 높이의 석등 위에 올려놓고, 렌즈 쪽으로 몸을 기울여 "시청해 주셔서 감사합니다."라고 말했다. 곧이어 모니터가 완전히 까맣게 되면서 생방송이 끝났다.

싱가포르의 호텔 안에서 두창펑이 장퉈에게 담담하게 말했다.

"우리가 같은 배에 이렇게 함께 갇히는 날이 올 줄은 몰랐습니다."

장퉈는 냉담한 표정으로 한광을 돌아보며 물었다.

"아추족은 어떻게 된 일이죠? 이랬다저랬다 하다가 싱밍과 손을 잡은 겁니까?"

"샤오칭의 핸드폰이 꺼져 있어요. 내가 가서 그녀를 찾아보겠습니다."

한광이 이렇게 말하고는 곧장 방을 나섰다. 그런데 그가 문을 열자 문밖에 친관챠오가 개봉된 택배 상자를 들고 서 있었다.

"사부님…… 언제 나가셨던 거예요?"

루추가 제일 먼저 문 쪽으로 달려가 물었다.

"방금. 아래층에 내려가서 바람 좀 쐬고 오겠다고 자네한테 말했는데, 못 들었나?"

친관챠오가 이렇게 되물으며 상자를 루추에게 건넸다.

루추가 고개를 가로저으며 말없이 종이 상자를 받았다. 장쉰이 모습을 드러낸 후로 그녀의 시선은 모니터에 붙박인 듯 고정되어 떨어지지 않았다. 샤오렌과 장쉰이 각각 퇴장하고 나서 그녀는 비로소 안도의 한숨을 내쉬면서도 여전히 멍한 채였다. 긴장감은 겉으로만 사라진 듯 보일 뿐 속으로는 더 깊은 시름이 파고들었다.

예리한 사람은 화근이 싱밍에게서 비롯된 것을 알 수 있었다. 그러나 샤오렌은 그녀를 위해 기꺼이 온 세상과 적이 되는 것도 불사하겠다고 공언한 셈이었다.

당장의 달콤함을 느끼지 않을 수는 없다. 하지만 미래에 펼쳐진 길은, 장미꽃 향기 가득한 오솔길이리라는 기대와 달리 가시밭길이 되어 버릴 수 있는 것이다.

그녀는 자기 기분에 너무 깊이 빠져 있었던 탓에 친관챠오가 나간 것을 전혀 몰랐었다. 루추는 마음속에서 비어져 올라오는 불안을 애써 누르고 상자의 정체를 어림해보며 다시 물었다.

"이게 뭐예요?"

"황금. 호익도의 착금 문양을 복원하는 데 쓰일 거야. 밖에 나가 자마자 누군가가 내 손에 쥐여주던데……."

이렇게 말하며 시선을 테이블에서 노트북으로 옮기던 친관챠오가 깜짝 놀라며 물었다.

"생방송은?"

"끝났습니다."

두창평이 대답했다.

"결과는 어떻게 됐죠?"

친관챠오가 다시 물었다.

"잘 모르겠어요……."

루추가 잠시 멈췄다가 말했다.

"사부님, 다시 돌려 보셔야 할 것 같아요."

그녀의 표정이 사뭇 엄숙했고 약간의 흥분도 느껴져 친관챠오가 물었다.

"무슨 일인가?"

"장쉰이 나타나서 샤오렌을 도와 사람들을 구했어요."

루추는 참을 수 없다는 듯 주먹을 쥐고 친관챠오에게 물었다.

"사부님, 저는 여태껏 샤오렌과 장쉰, 심지어 펑랑까지, 그들이 진심으로 좋아서 살인을 한다고는 생각하지 않았거든요. 병기의 본성이 살육이라는 그런 말은 대체 어디서 온 거죠?"

# 25
# 지연

24시간 후, 샤오롄이 장쉰과 함께 싱가포르의 호화 호텔로 들어서자 루추는 감정이 복받쳐 두 팔을 벌리고 달려가 동시에 두 사람을 껴안았다.

그녀의 흥분이 다른 사람에게는 전염되지 않는 것 같았다. 두창펑이 루추 뒤에 서서 냉정하게 물었다.

"그들이 이렇게 쉽게 두 사람을 돌려보내 준 건가?"

샤오롄이 아무것도 차고 있지 않은 손목을 들어 보이자, 장쉰이 옆에서 굳은 얼굴로 말했다.

"왕웨가 나타나서 금제를 가져갔습니다."

"둘이 손을 잡았는데도 그를 당해낼 수 없었어?"

장퉈가 이어 물었다.

"손잡지 않았습니다. 그가 동작이 너무 빨랐거든요."

샤오렌이 이렇게 대답하고는 손을 내려 루추를 꼭 껴안으며 고개를 숙여 그녀에게 말했다.

"너무 늦었어요. 당신 먼저 들어가서 쉬어요."

"피곤하지 않아요. 나도 당신들 얘기 듣고 싶…….."

루추가 고개를 들고 말하다가 도중에 멈췄다. 이렇게 엄숙하고 결연한 샤오렌의 표정은 이전에 펑랑과 마주하기 전날 저녁 그가 본체 검을 그녀의 손에 넘겨줬을 때 보았던 그 모습이었다.

분명히 모든 것이 일단락되었고, 그들이 무사히 돌아왔으며 복원용 황금도 받았다. 그런데 왜 다들 오히려 큰 적을 맞닥뜨린 것처럼 이러는 걸까?

분명 이유가 있겠지만 루추는 묻지 않았다. 그녀가 손을 풀고 샤오렌에게 고개를 끄덕이며 말했다.

"나중에 다시 얘기해줘요."

그가 눈빛에 미소를 담아 대답했다.

"당신한테 꼭 얘기해줄게요."

"내일 아침 10시에 복원을 시작하겠습니다. 두 분 다 가능하십니까?"

장뒤가 곧바로 물었다.

"왜 그렇게 서두르세요?"

"좋습니다."

루추와 친관챠오가 동시에 입을 열었다. 한 명은 의문을 표했고, 한 명은 동의했다. 말을 내뱉은 후 루추가 의아하다는 듯 친관챠오를 돌아보자 친관챠오가 그녀에게 고개를 끄덕이며 대답했다.

"밤이 길면 꿈이 많은 법이야."

샤오렌 일행이 돌아오기 전, 친관챠오는 이미 생방송을 마지막까지 다 보았다. 그때 그의 표정에는 아무런 변화가 없었다. 다만 장튀에게 아추족과 싱밍의 배경에 관한 몇 가지 질문을 했을 뿐, 장쉰의 행위에 대해서는 어떤 견해도 밝히지 않았고 화형자의 본성에 대한 루추의 질문에도 대답하지 않았다.

그러나 방금 "좋습니다."라고 한 대답은 친관챠오가 처음으로 호익도의 착금 문양 복원 작업에 대해 자발적으로 관심을 보인 것이었다. 루추가 알고 있는 친관챠오 사부님은, 좋든 싫든 자신이 받은 일에 대해서는 전적으로 최선을 다하는 사람이었다. 그러니 지금 보여준 이 관심은 99%가 될 수도 있는 작업을 완전무결하게 만들어줄 것이다.

전화위복인 셈이니 정말 잘됐다. 루추는 아주 기쁜 마음으로 자기 방에 돌아왔고, 똑바로 누워서 양을 세며 천천히 꿈속으로 빠져들었다.

다음 날 아침, 사제 두 사람은 약속이나 한 듯 10분 일찍 복원실 문 앞에 나타났다. 장쉰이 문밖에 다리를 꼬고 앉아 있다가 그들을 보자마자 벌떡 일어나더니 허리를 깊이 숙여 절을 하며 말했다.

"두 분, 잘 부탁합니다."

친관챠오가 마주 절하며 대답했다.

"최선을 다하죠. 일이 사람 뜻대로 다 잘 될 거라고 장담할 순 없지만요."

"그럼요. 더구나 제가 사람도 아니고요."

장쉰이 이렇게 말하고는 자기가 먼저 웃더니 루추에게도 말했다.

"핸드폰을 새로 하나 샀어요. 전화번호는 전과 똑같아요. 성공을 하든 못하든 깨어나면 당신과 영화 보러 갈게요."

"샤오롄도요."

루추가 팔짝팔짝 뛰며 덧붙였다.

"그는 빼고, 당신과 나만요. 칠석에…… 당신이 약속해주지 않으면 내가 불안해서 본체로 돌아갈 수 없어요."

장쉰이 그녀에게 윙크를 하며 이렇게 대답했다.

자신의 복원을 걸고 협박하는 건가?

루추는 잠시 어안이 벙벙했다가 참지 못하고 그에게 고함을 질렀다.

"당신은 그런 말 할 자격 없어요. 당장 본체로 돌아가지 않으면 당신 형한테 당신을 기절시키라고 할 거예요!"

장쉰이 하하 웃으면서 순식간에 몸이 투명해지더니 두 사람 눈앞에서 사라졌다.

그가 입고 있던 헐렁한 티셔츠와 긴 바지가 땅에 툭 떨어졌다. 친관챠오가 발을 들어 떨어진 옷 더미를 빙 돌아 복원실 앞으로 가서 문을 밀어 열었다.

복원실 안에는 아무도 없었다. 사제 두 사람은 각자 작업복을 입었다. 루추는 어깨를 덮는 긴 머리를 노련하게 포니테일로 묶고는 손을 씻으며 친관챠오에게 물었다.

"이번 복원이 완료되면 장쉰은 금방 깨어나겠죠?"

"모르지. 그 문제는 왜 계속 묻는 건가? 그가 안 깨어나면 영화 보러 안 가려고?"

친관챠오가 이렇게 한마디 던지고는 손에 물기를 닦고 작업대 앞에 앉았다. 그가 테이블 위에 고정된 호익도를 자세히 들여다보며 말했다.

"계획한 대로 둘이 분담해서 따로따로 진행하세. 내가 매미 무늬 홈을 정리할 테니 자네는 천 선생님이 그려주신 매듭 기록에 따라 실을 꼬도록 해."

그가 손을 뻗어 밀봉된 좁고 기다란 상자를 가리켰다. 루추가 열어보니 전에 아추족이 보내준 황금이 들어 있었다. 황금은 놀랍게도 한 가닥 한 가닥이 머리카락 굵기의 가느다란 금사로 단조된 것이었다.

사부님이 밤새워서 하신 건가?

루추가 입술을 오므리고 살짝 웃었다. 돌아보니 친관챠오는 이미 고대 옥으로 특별 제작한 작은 에머리보드를 꺼내 고개를 파묻고 호익도의 매미 문양을 천천히 정리하고 있었다. 루추는 소리를 내면 방해가 될까 봐 소리 내어 묻지 못하고 얼른 고글을 끼고 토치를 집어 들었다. 그러고는 특별 제작한 도마 위에 금사를 올려놓고 재결정 임계온도까지 가열한 뒤, 불을 끄고 다시 매듭 기록의 도안대로 조심스럽게 꼬아 매듭 무늬가 있는 장식용 금사로 만들었다.

그녀는 한 가닥 한 가닥 만들어낼 때마다 무산지로 받쳐서 순서대로 친관챠오의 작업대에 올려놓았다. 초반에는 그녀의 진도가 빨라서 완성된 매듭 금사를 가지런히 펼쳐놓은 것이 테이블 반을 꽉 채울 정도로 많아 언뜻 보아도 꽤 장관이었다. 친관챠오가 고대 옥으로 된 에머리보드를 치우고 꼰 금사를 오목한 홈에 박아넣기 시작한 후로는 두 사람이 앞서거니 뒤서거니 했다. 때로는 친관챠오가 손을 멈추고 그녀를 기다릴 차례가 되어 잠시 쉬면서 물도 마시고 스트레칭도 했다.

마지막 금사 한 가닥이 정확하게 홈에 박혔을 때 바깥의 하늘은 이미 캄캄해져 있었다. 사제 두 사람이 칼 앞에 나란히 섰다. 금빛으로 반짝반짝 빛나는 매미 날개 무늬를 물끄러미 바라보던 루추가 한마디 내뱉었다.

"아름다워요."

이는 금은상감이라고 불리며, 상고시대에 바로 청동기에 사용된 공예이다. 잘 연마해 광을 낸 후의 황금과 청동이 서로 아름답게 비추며 말할 수 없이 잘 어울리는 것이, 어느 시인이 묘사한 것처럼 지나치게 아름다운 하나의 실수 같았다.

"성공이야."

친관챠오의 이 한마디가 멀리 내닫던 루추의 상상을 중단시켰다. 그가 눈을 가늘게 뜨며 말했다.

"적어도 내 생각에는 매우 성공적인 것 같네만, 지나치게 눈부셔. 자네 생각은 어떤가?"

"그런 것 같아요."

루추가 대답했다.

원래 금사가 반짝이기는 했지만 빛이 부드러운 편이었다. 그런데 어찌 된 일인지 매미 문양 안에 상감해 넣은 후로는 눈부신 밝은 빛으로 변했다.

그녀가 허리를 굽혀 고개를 갸웃거리며 살펴보았지만 이리저리 꼼꼼하게 들여다보아도 허점은 전혀 보이지 않았다. 그녀가 막 몸을 곧추세우려는데 갑자기 등 뒤에서 "쨍강" 하며 금속성 물건이 땅바닥에 떨어지는 소리가 들렸다. 루추가 급히 뒤를 돌아보자 친관챠오의 얼굴이 온통 하얗게 질려 있었다. 그는 금방이라도 쓰러질 것처럼 휘청거렸고, 입술이 쉴 새 없이 파르르 떨리고 있었다. 바닥에는 아직도 느리게 빙글빙글 돌아가고 있는 핸드폰이 보였다. 방금 그녀가 들은 소리는 핸드폰이 떨어지며 낸 소리였던 게 분명했다.

"사부님, 왜 그러세요?"

루추가 황급히 달려가 그를 부축했다.

친관챠오는 손을 내저으며 꺼져가는 목소리로 괜찮다고 말하고는 절룩거리며 칼 앞으로 걸어가더니 칼자루에 묶여 있던 금제 띠를 풀려고 손을 뻗었다. 다음 순간 호익도가 낮게 읊조리는 소리를 내더니 매미 무늬에서 갑자기 빛이 터져 나왔다. 친관챠오는 "끄응" 하고 고통스럽게 신음하며 재빨리 손을 움츠리고는 비틀거리며 두어 발짝 뒤로 물러섰다.

모든 일이 너무 순식간에 일어나 루추는 옆에서 멍하게 바라만 보았다. 모든 과정을 눈으로 지켜봤지만 머릿속은 온통 텅 비어 있었다. 친관챠오가 다시 앞으로 나아가 칼자루를 잡으려고 할 때 그제야 그녀는 정신이 들어 "사부님!" 하고 소리를 지르고는 더듬더듬 물었다.

"뭘 하시려고요?"

친관챠오는 그런 그녀를 아랑곳하지 않고 금제 띠만 붙잡고 있었다. 하지만 호익도가 또다시 그를 흔들어 떼어냈다. 하지만 이번에는 친관챠오도 이미 준비가 돼 있어서 몸은 흔들렸지만 여전히 제자리에 꼼짝 않고 굳건히 서 있었다.

그는 고개를 숙여 칼자루에 매인 금제 띠를 뚫어지게 쳐다보더니 고개를 들어 쉰 목소리로 루추에게 물었다.

"자네가 이것을 좀 풀 수 있겠나?"

"모르겠어요. 왜요?"

친관챠오는 한마디도 하지 않고 땅바닥에 떨어진 핸드폰을 주워 두어 번 누른 뒤 루추에게 건네주었다. 핸드폰 화면에 새로 들어온 메시지가 떠 있었다.

"10분 후, 호텔 입구에서 차를 타시오. 금제를 가지고 오시오. 딸과 교환합시다. 시간이 지나면 기다리지 않습니다. 누구에게든 알리면 즉시 죽이겠소."

메시지 뒤에 사진 한 장이 첨부되어 있었다. 친지진이 의자에 묶인 채로 머리에 총이 겨눠져 있었고 배경은 몹시 어두웠다.

루추가 "헉" 하고 놀라며 황급히 물었다.

"누가 보낸 거죠?"

"발신인 이름이 없네."

친관챠오는 루추를 바라보며 다시 물었다.

"자네가 나를 좀 도와주겠나?"

루추는 행동으로 대답을 대신했다. 그녀가 앞으로 나아가서 금제를 풀려고 손을 뻗었다. 호익도가 그녀를 흔들지는 않았지만 금제는 칼자루에 묶인 채 아무리 힘을 써도 풀리지 않았다.

이게 어떻게 된 거지? 최 씨가 만든 금제는 진즉에 효력을 잃었다. 전에는 잡아당기면 곧바로 풀렸는데 지금은 어째서 이렇게 단단하게 묶인 거지? 설마 장선을 해치는 건 아니겠지?

루추가 금제 띠를 힘껏 잡아당기면서 친관챠오에게 말했다.

"사부님, 제 핸드폰이 외투 주머니에 있어요. 샤오렌에게 전화해서 어떻게 해야 하는지 물어봐 주세요."

"안 돼. 말하는 즉시 그들이 죽일 거야."

친관챠오는 움직이려 하지 않았다.

루추는 숨을 거칠게 몰아쉬며 다그치는 목소리로 다시 말했다.

"다른 사람들은 우리가 금제를 가지고 가서 지진과 바꾸는 걸 막겠지만, 샤오렌은 그러지 않아요. 만일 상대방이 금제를 받고도 지진을 풀어주지 않으면 어쩌……죠?"

손이 별안간 탁 풀어지면서 반동으로 두어 걸음 뒷걸음친 루추가 휘둥그레진 눈으로 멍하니 자신의 손바닥을 바라보았다. 금제는 여전히 풀지 못했지만, 호익도가 갑자기 소형으로 축소되어 그녀가 고정해놓았던 틀에서 떨어져 나와 지금은 그녀의 손바닥 위에 얌전히 누워 있었다.

친관챠오가 이 상황을 지켜보다가 결심한 듯 루추가 옷걸이에 걸어둔 외투의 주머니에서 핸드폰을 꺼내 루추에게 건네며 말했다.

"칼은 나한테 주게. 나 먼저 갈 테니 자네는 샤오렌에게 전화해서 어떻게 하면 좋을지 상의해보게."

시간이 너무 촉박해서 루추도 길게 생각할 겨를이 없었고, 얼른 손을 뻗어 칼을 건네주었다. 그런데 호익도는 축소되었는데도 성정은 여전히 여느 때처럼 난폭했다. 친관챠오가 두 번 시도해봤지만 칼에 손을 댈 때마다 급격히 흔들렸다.

친관챠오가 새파랗게 질린 얼굴로 세 번째 시도를 하려고 했을 때, 루추가 칼을 꽉 쥐며 말했다.

"사부님, 늦었어요. 제가 사부님과 함께 지진을 구하러 갈게요."

친관챠오가 눈을 커다랗게 뜨더니 뭔가 반대 의사를 표시하려는 듯 입술이 움찔거렸다. 하지만 여전히 목소리가 나오지 않았다. 핸드폰에 두 번째 지령이 떴다. 호텔 문을 나선 뒤 우회전하여 골목으로 들어가면 검은색 세단이 그를 기다리고 있다는 것이었다.

"가세."

루추가 먼저 뛰쳐나갔고, 친관챠오는 잠깐 멍해 있다가 곧바로 그녀를 뒤따라 복원실을 나섰다.

엘리베이터에 들어선 후 루추는 곧장 샤오렌에게 전화를 걸었다. 그는 단 두 마디만 듣고 곧바로 대답했다.

"계속 가요. 내가 곧 합류할게요."

이때 엘리베이터가 이미 1층에 도착했고, 루추는 큰 걸음으로 성큼 엘리베이터를 나왔다. 그녀가 숨을 거칠게 몰아쉬며 물었다.

"알았어요. 그런데 어떻게 만나죠?"

그녀의 말이 채 끝나기도 전에 귀에서 "뚜우뚜우" 하는 소리가 들렸다. 샤오렌이 이미 전화를 끊은 것이었다. 루추는 잠시 멍하니 있다가 핸드폰을 집어넣고 정문 밖으로 나왔다. 막 인도를 밟았을 때 옷가지가 담긴 상자가 하늘에서 내려와 그녀의 발 앞에 툭 떨어졌다. 이어서 검은색 장검 한 자루가 "쉭" 하는 소리와 함께 고층 창문에서 포물선을 그리며 껑충 뛰어내려 상자 옆에 부드럽게 착지했다.

행인들이 저마다 의아해하는 눈초리를 던졌고, 지나가던 한 커플이 영어로 은밀히 쑥덕거렸다. 루추는 그들이 호화호텔에 투숙하고 있는 돈 많고 질 나쁜 투숙객들이 창문 밖으로 물건을 집어던진다고 말하는 것을 겨우 알아들을 수 있었다.

이게 샤오렌의 합류 방식인가?

루추는 최대한 빠른 속도로 소련검과 상자를 주워 뭇사람의 시선을 받으며 허둥지둥 도망쳤다.

골목 안에는 정말 지프 한 대가 정차해 있었다. 친관챠오가 먼저 차 문을 열었고 루추도 그를 따라 들어가 뒷좌석에 앉았다. 두 사람이 들어올 줄 몰랐던 운전기사가 어리둥절해하며 핸드폰을 꺼내더니 백미러로 뒤쪽에 앉은 그들을 살피며 루추가 전혀 알아들을 수 없는 언어로 상대방과 얘기했다.

그는 몇 마디 하지 않고 바로 전화를 끊고 차를 출발시켰다. 친관챠오가 더듬거리는 영어로 기사에게 질문했다. 하지만 운전기사가 버튼 하나를 누르자 승객석과 운전석 사이에 투명 칸막이 하나가 올라와 모든 의사소통을 막아버렸다.

　루추는 손을 주머니에 집어넣고는 마침 기사가 한눈을 파는 사이를 틈타 몰래 두창펑에게 메시지를 보내려고 했다. 하지만 손목이 잡히는 느낌을 받았다. 그녀가 고개를 들었다. 친관챠오가 그녀에게 미세하게 고개를 저었다. 그의 눈빛이 소리 없이 애원하고 있었고, 그의 손에 쥐어진 핸드폰 화면에는 여전히 지진의 사진이 떠 있었다.

　루추는 한숨을 내쉰 뒤 오른손을 주머니에서 빼내면서 왼손으로 장검을 더욱 꽉 움켜쥐었다.

# 26
# 긴 밤

지프는 신속하지만 눈에 띄지 않는 방식으로 시내를 빠져나갔다. 앞쪽으로 멀리 공항의 돔형 유리천장이 나타나자 루추는 뭔가 잘못됐다는 느낌이 들기 시작했다.

그녀가 친관챠오에게 낮게 속삭이듯 물었다.

"사부님, 지진도 함께 싱가포르에 온 거 아니었어요?"

"그 아이는 출근해야 하잖나."

반사적으로 이렇게 대답한 친관챠오가 순간 얼굴색이 바뀌더니 입술을 파르르 떨며 되물었다.

"그렇다면 지진이 지금 어디 있는 거지?"

친지진이 지금 어디에 있든 상황은 루추가 조금 전까지 상상한 것보다 훨씬 심각했다.

장뭐의 호텔 내에 납치범과 내통한 자가 있었던 것이 분명하다. 그녀와 친관챠오의 짐과 여권까지 몽땅 챙겨 공항으로 보내진 것이다. 혹시 장뭐까지도 이 일에 관여했을까……? 그렇다면 두 주임과 인한광은, 그들은 이 상황을 알고 있는 걸까?

루추도 더는 생각을 이어 나갈 수 없었다. 샤오렌을 제외하고는 그녀는 이제 아무도 믿을 수 없었다. 그녀와 친관챠오는 각자 여권을 받아 조용히 세관을 통과한 뒤 소형 자가용 비행기에 올랐다.

그들이 비행기에 탈 때 맞이한 사람은 처음부터 끝까지 아무 말도 하지 않고 그들에게 앉으라는 손짓만 했다. 친관챠오가 비행기 문 앞에 서서 들어가려 하지 않고 계속 책임자와 얘기하겠다고 고집을 피우는 등 반항을 시도했다. 그는 말을 채 마치기도 전에 뒤에 있던 누군가의 발길질에 거세게 걷어차여 나동그라졌다.

친관챠오가 땅바닥에 엎드려 고통스럽게 신음하는 것을 보고 루추가 달려가 부축하려 했지만, 제지당했다. 그들은 앞뒤로 멀리 떨어진 좌석에 배치되어 각자의 자리에 앉게 되었다. 루추가 앞에, 친관챠오가 뒤에 앉았고, 중간에 커튼이 쳐져 있어서 서로를 볼 수 없었을 뿐만 아니라 서로의 목소리도 들리지 않았다. 비행기는 곧 활주로 위를 미끄러지듯 달려 이륙하더니 하늘로 솟구쳐 올라가기 시작했다.

그러는 동안 루추는 계속 주위를 살펴보았다. 그러다 비행기에 탄 사람 대부분이 총기를 가지고 있으며 동작이 매우 민첩하고 눈빛이 날카로운 것이 훈련이 잘되어 있다는 것을 알게 되었다.

싱밍은 금뱀으로 사람을 통제하는 방법을 즐겨 썼지만, 이 사람들은 누군가에 의해 정신이 통제되고 있는 것 같지는 않아 보였다. 싱밍이 아니라면, 또 누가 금제를 빼앗기 위해 지진을 납치한단 말인가?

그녀의 손에는 이미 검이 없었다. 그녀가 차에서 내리자마자 소련검을 누군가에게 빼앗겼고, 어디로 가져갔는지도 알 수 없었다. 하지만 루추는 자신이 어디로 가든 샤오롄이 항상 곁에 있을 거라고 믿었다.

그가 그렇게 약속했었다.

비행기는 한밤중에 지상에 착륙했다. 루추는 비행기 밖으로 나오자마자 자신이 쑹산(松山) 공항으로 되돌아왔음을 알았다. 기내에서 지키던 사람 중 한 명만 밖으로 나와 그들과 함께 세관을 통과해 그녀와 친관챠오를 공항 부설 주차장까지 데리고 갔고, 눈에 띄지 않는 검은색 승용차 옆으로 가서 그들이 차에 오르는 것을 계속 지켜본 후 혼자 떠났다.

루추는 앞 좌석의 운전기사가 왠지 약간 낯이 익은 듯해 여러 번 쳐다보다가 불현듯 떠올랐다. 지난해 칭룽(青龍) 옛 마을에서 쓰팡시로 돌아오던 중 도적 떼를 만났는데 그중 한 사람의 이목구비가 어렴풋이 이 운전기사와 좀 비슷했다. 그녀는 그 사람 이름이 황성(黃昇)이었던 것까지 기억났다…… 설마 같은 사람은 아니겠지?

하지만 정말 닮았다고 하기에는 그렇게 많이 닮은 것도 아니었다. 적어도 기질이나 체형에서 차이가 아주 많이 났다. 루추가 기억하는 강도들은 표정이 독하고, 팔뚝도 아주 굵어서 거리에서 싸움질로 굴러먹은 모습을 하고 있었다. 하지만 눈앞의 이 운전기사는 퀭하니 초췌한 모습에 두 눈이 이상한 빛을 발하고 있었고, 표정에는 극도의 흥분과 광기가 섞여 있었다.

회상하느라 잠시 한눈을 팔게 된 루추는 시선이 어느새 아래로 향해 있었다. 루추는 무심코 기사의 뒷덜미를 바라보다가 불현듯 정신이 들어 "헉" 하고 놀랐다. 그의 거무스름한 피부밑으로 금빛으로 빛나는 작은 뱀이 유영하듯 움직이고 있었다.

싱밍, 또 그녀다!

이때 차는 이미 대로로 나와 있었다. 밤이 깊어지면서 행인도 점차 뜸해졌다. 루추는 갑자기 자기 옆의 차 문을 뭔가가 두어 번 두드리는 소리를 들은 것 같았다. 소리는 가볍고 경쾌했다. 누군가 차 문을 향해 작은 돌멩이 두 개를 던진 것 같았다. 운전기사와 친관챠오는 못 들은 것 같았다. 루추는 입술을 깨물고는 불쑥 손을 뻗어 전동 차창의 버튼을 힘껏 눌렀다. 다음 순간 기사의 갈라진 목소리가 들렸다. 그가 백미러로 루추를 바라보며 고함쳤다.

"야, 너 뭐 하는 거야……."

하지만 늦었다. 그의 고함이 채 끝나기도 전에 새카만 소련검이 창밖에서 날아들어 운전기사의 목을 비스듬히 겨누었다.

상황은 순식간에 역전되었다. 루추가 앞쪽으로 몸을 기울여 물었다.

"당신, 우리를 어디로 데려가는 거야?"

기사는 이마에 힘줄이 새파랗게 솟구쳐 올라왔는데도 이를 악물고 한마디도 하지 않았다. 검이 아래로 내리누르며 기사의 옷을 베자 선명한 붉은색에 점점이 금빛으로 빛나는 피가 배어 나왔다. 그 모습을 보던 루추가 자기도 모르게 몸을 부르르 떨었다.

친관챠오는 한숨을 내쉬며 천천히 기사에게 물었다.

"우리를 데려오라고 당신을 보낸 사람이 목적지를 말해줬을 것 아니오. 말해줄 수 있겠소?"

운전기사는 고개를 저었다. 그의 시선이 운전대 위에 있는 눈알만 한 크기의 감시카메라에 고정되어 있었다. 루추는 그제야 차 안에 감시카메라가 여러 개 설치되어 있고, 차 지붕에까지 빈틈없이 설치되어 있음을 눈치챘다. 이어 소련검의 광채가 터져 나오며 크고 작은 감시카메라들이 순식간에 두 동강 나면서 사방으로 굴러 떨어졌다.

"이제는 말할 수 있소?"

친관챠오가 다시 물었다.

운전기사는 여전히 고개를 가로저었지만, 시선은 계기판 옆에 걸쳐 놓은 핸드폰으로 옮겨갔다. 그의 시선을 따라 루추는 내비게이션 맵의 목적지란에 '슈이난둥(水湳洞) 제련소 유적지'라고 쓰여 있는 것을 또렷이 볼 수 있었다.

펑랑이 사들인 민박집도, 아추족이 전에 샤오롄에게 결투를 약속했던 황금신사도 모두 그 근처에 있었다.

∞

　차는 얼마 전 그녀가 장쉰과 함께 오토바이를 타고 지났던 해변 도로를 따라 내려가다가 갑자기 우측으로 방향을 틀어 어느 텅 빈 주차장에 멈춰 섰다.

　루추가 차 문을 열고 빈손으로 차에서 내렸다. 그녀가 주먹을 쥔 왼손 손바닥에는 새로 얕게 그은 상처가 있었고, 열쇠고리만 한 크기의 호익도가 약혼반지와 함께 엮여 가슴에 걸려 있었다.

　그녀의 앞쪽으로 100미터도 안 되는 곳에 13층 높이의 제련소 터가 마치 궁궐처럼 황량한 들판에 우뚝 서 있었다. 루추가 앞으로 몇 발짝 나아가자 유적지 안에서 갑자기 따뜻한 호박색 불빛이 환하게 켜지더니 100개가 넘는 창문이 동시에 환해졌다. 마치 천년의 깊은 잠에 빠져 있던 고대 문명이 별안간 눈을 떠 세상이 완전히 변해버렸음을, 다시 돌아보니 이미 100년이 지났음을 발견한 것만 같았다.

　불이 켜진 곳은 유적지에 한해서였고, 인근의 고갯길까지 퍼지지는 않았다. 유적지 아래쪽의 산허리가 여전히 칠흑같이 캄캄하다 보니 동서양의 양식이 잘 어우러진 이 거대한 건물은 언뜻 보기에 공중에 떠 있는 신전처럼 보였다. 그렇게 인간 세상을 내려다보고 있으면서도 세상과는 단절된, 존귀하고도 쓸쓸한 모습이었다.

　하지만 루추도 친관챠오도 아름다운 경치를 감상할 마음이 없었다. 친관챠오는 사방을 둘러본 후 루추에게 어딘가를 가리켰다. 손가락이 가리키는 쪽으로 돌아본 루추는 그제야 이렇게 큰 주차장에 차량이라고는 화물차 두세 대만 띄엄띄엄 세워져 있는 반면, 유적지로 가는 계단 입구에는 검은 옷을 입은 사람들 수십 명이 서 있는 것을 발견했다. 그들은 살기를 띤 얼굴을 하고 두 줄로 도열하고 서서 이곳을 에워싸고 있는 일종의 검은 힘의 분위기를 조성하고 있었다. 덩치는 크지만 무미건조한 얼굴의 검은 옷 한 명이 곧장 그들을 향해 다가오고 있었다. 근처에 다른 관광객도 없고 화형자의 흔적도 보이지 않았다.

검은 옷이 앞으로 나오더니 초대의 제스처를 해보이고는 곧바로 돌아서 가버렸다. 루추와 친관챠오는 서로 마주 본 후 묵묵히 검은 옷의 뒤를 따라 산 위로 발걸음을 옮겼다. 그들이 버려진 신전과 같은 제련소 터에서 멀지 않은 곳에 올라섰을 때 검은 옷이 돌연 발걸음을 멈추고는 주머니 속에서 호루라기를 꺼내 삑 한 번 불더니 곧이어 우회전하여 계속해서 도로를 따라 올라갔다.

이 돌발 상황으로 루추는 경계심을 한층 높였다. 그녀는 걸음을 멈추고 13층 유적지를 가리키며 큰소리로 물었다.

"우리 여기 안 들어가나요?"

검은 옷은 돌아보지도 않고 한마디로 대답했다.

"네."

루추와 친관챠오는 달리 손쓸 방도가 없어 그를 따라 위로 올라갈 수밖에 없었다.

달은 밝고 별은 희미해서 앞쪽의 산비탈을 아주 밝게 비추고 있었다. 모퉁이에 번호판 글자를 알아볼 수 없게 라카를 뿌린 작은 승합차 한 대가 세워져 있었다. 루추는 심장이 쿵 내려앉았다. 앞서가던 검은 옷이 차 문을 열더니 주머니 속에서 안대 두 개를 꺼내 두 사람에게 건넸다. 여전히 한마디도 하지 않았다.

달빛 아래에서 보니 이 검은 옷은 눈빛이 맑은 것이 통제되고 있는 기미가 전혀 없었고, 소통하고자 하는 마음도 전혀 없어 보였다. 이는 방금 그들이 차에서 한 모래판 위 모의훈련과는 방향이 전혀 달랐다. 하지만 지금에 와서는 기회를 봐서 움직이는 수밖에 없었다. 루추는 승합차에 올라 안대를 건네받아 쓴 다음, 한 손으로 가슴에 걸린 호익도를 쥐고, 다른 한 손으로는 친관챠오의 손을 더듬어 잡아주었다.

"자네를 괜히 끌어들였군."

친관챠오가 탄식하며 조용히 말했다.

"괜찮아요."

루추가 나직이 대답했다. 호익도가 손바닥 안에서 불안한 듯 떠는 것이 느껴졌다.

차는 그리 오래 달리지 않은 것 같았지만 심하게 구불구불한 산길을 돌아 차가 멈췄을 때 루추는 금방이라도 토할 것 같았다. 그녀가 안대를 풀고 비틀비틀 부딪히며 차에서 내리자 탐조등이 눈을 뜰 수 없을 정도로 무참하게 빛을 쏘아댔다. 루추는 반사적으로 두 눈을 감았다. 이어 어딘가 익숙한 목소리가 들려왔다.

"잉루추 씨, 별일 없으셨죠?"

"예 교수님?"

그다!

루추가 고개를 번쩍 들었다. 도로 끝에 사람 키 반 정도 되는 작은 언덕이 있었고, 끊어진 거대한 가스파이프가 언덕 위에 우뚝 서 있었다. 달빛 아래 이미 버려진 지 오래인 이 가스파이프가 산과 고개를 넘어 길게 이어져 있었다. 마치 잠들어 있는 거대한 용처럼 그 끝이 보이지 않았다. 적어도 스무 살쯤 젊어진 예원첸이 바로 이 가스파이프 아래쪽에 한 손에는 탐조등을 들고 한 손에는 무전기를 들고 서 있었다.

그가 어떻게 이렇게 변한 거지? 그는 아직 인간인 걸까?

루추는 순간 긴장되었다. 그녀는 차 안에 있을 때 조용히 목걸이를 뜯어 주머니에 넣었었는데, 이때 참지 못하고 한 손으로 주머니 속을 더듬어 축소판 호익도를 꽉 움켜쥐었다.

예원첸이 그녀 뒤에 있는 친관챠오에게 물었다.

"금제는요?"

이렇게 묻는 그의 얼굴은 미소를 띠고 있었지만, 말투는 조금 짜증이 나 있었다. 친관챠오는 루추 옆으로 걸어가 그녀 옆에 나란히 서며 되물었다.

"내 딸은요?"

예원첸이 무전기에 대고 손가락을 딱 팅기자 무전기에서 먼저 "아빠" 하고 부르는 소리가 들렸고, 뒤이어 젊은 여성이 몸부림치며 우는 소리가 들렸다. 친관챠오가 안색이 확 변하더니 앞으로 한 걸음 나아가 외쳤다.

"지진?"

"금제를 가져오면 풀어주겠소."

예원첸이 다시 입을 열었다. 매우 침착한 말투였다.

"먼저 지진을 좀 보게 해주시오."

친관챠오는 침착한 말투로 말을 걸었지만, 그의 옆에 있던 루추는 그가 떨고 있고 숨소리도 거친 것을 느낄 수 있었다.

예원첸이 "좋소"라고 흔쾌히 대답하고는 다시 손가락을 딱 튕겼다. 그러고는 반보 옆으로 비켜서서 루추를 가리키며 말했다.

"올라가면 친 사부의 딸이 소리를 지를 거요. 내가 밖에서 금제를 받고 나면 안에다 놓아주라고 얘기하겠소."

"내가 가지요."

친관챠오가 손을 뻗어 루추 앞을 가로막고 한 걸음 앞으로 나서며 이같이 말했다.

예원첸은 짐짓 놀란 척 눈을 동그랗게 뜨며 물었다.

"이게 타협이 가능한 상황으로 보이시나요?"

그는 외모만 젊어진 게 아니라 성격도 경박해진 것 같았다······ 아니면 사실 진짜 목적은 따로 있으면서 지금 연기하고 있는 건가?

어쨌든 현재 상황으로는 누구 한 사람은 반드시 올라가야 하고, 남은 사람은 혼자서 예원첸 교수를 상대해야 한다. 루추는 입술을 깨물며 낮은 목소리로 친관챠오에게 말했다.

"사부님, 제가 갈게요."

주주가 초능력을 이용해 가스파이프를 투시할 수 있으니, 그가 샤오롄과 함께 분명 인근에 몸을 숨기고 있다가 최적의 기회를 포착해 다시 손을 쓸 것이다. 그들은 모습을 드러내지 않은 채 암시만으로 폐 가스파이프에 들어가도 위험할 건 없으니 그녀가 해낼 수 있을 거라는 뜻을 비쳤다.

친관챠오도 분명히 이 점을 생각했을 것이다. 그래서 그가 굳은 표정으로 애써 분노를 억누르면서 그녀에게 "알겠네. 자네를 이 멍청이와 함께 여기 혼자 남겨두는 것도 안심할 수는 없지."라고 말한 것이었다.

예 교수는 친관챠오의 말 때문에 화를 내지는 않았다. 그는 우습고도 불쌍하다는 눈빛으로 그들을 바라보았다. 그야말로 기고만장한 표정이었다. 루추는 갑자기 불안해졌다. 그녀가 들어가고, 만일 샤오렌이 양쪽을 다 볼 수 없다면 친관챠오가 위험한 것은 아닐까?

주머니 안에서 빛 한 줄기가 번쩍 지나간 듯해 루추가 아래를 힐끔 쳐다보았다. 칼 위에 금으로 상감된 매미 문양이 반짝이고 있었다. 대담무쌍한 생각이 순간 루추의 뇌리를 스쳤다. 그녀는 축소판 호익도를 손바닥으로 감싸 재빨리 주머니에서 꺼낸 다음 잽싸게 친관챠오의 외투 주머니 안에 집어넣었다…….

괜찮다. 호익도가 아무런 움직임도 보이지 않았어. 친관챠오의 눈빛은 믿을 수 없어 하는 기색이 역력했지만, 안색은 별다른 변화가 없었다. 지금 상황에서는 어떤 말을 해도 적절하지 않다. 루추는 친관챠오에게 고개만 끄덕이고는 곧바로 폐 가스파이프 쪽으로 걸어가 두 손 두 발을 모두 사용해 기어들어 갔다.

폐 가스파이프 안은 빛 한 줄기 들지 않아 칠흑같이 어두웠다. 루추가 두 손을 뻗어 파이프의 거친 내벽을 더듬으며 천천히 앞으로 걸어갔다. 이 가스파이프들은 원래 수십 년 전에 구리 제련 공장의 폐가스를 배출하기 위해 만들어졌기 때문에, 안에는 유독가

스만이 남아 있을 뿐 어떠한 방호 조치도 없었다. 가스파이프는 산 능선을 따라 급하게 꺾여 아래로 가파르게 기울어 있었다. 높이가 사람 키의 절반 정도 되고, 양옆으로 다소 넓은 편이었지만, 최소 한 45도 정도 되는 경사도 때문에 까딱하다가는 미끄러질 수 있었 다. 그 때문에 루추는 아주 천천히 한 걸음 한 걸음 조심스럽게 내 디뎠다.

그녀는 걸으면서 걸음 수를 외웠다. 100보 넘게 걸었을 때 10여 미터 전방에서 갑자기 탐조등이 환하게 켜지며 빛이 그녀 머 리 위 가스파이프 내벽 꼭대기를 때렸다.

이 빛은 바깥에 있는 예원첸보다 훨씬 더 친절했지만 루추는 자 기도 모르게 손을 들어 빛을 가렸다. 밝은 빛에 눈이 적응된 후 그 녀가 앞을 자세히 들여다보았다. 순간 그녀의 얼굴이 굳어졌다.

"양쥐안쥐안?"

양쥐안쥐안은 머리에 적외선 야간투시경을 쓰고 손에는 바깥에 있는 예원첸이 갖고 있는 것과 똑같은 모양의 무전기를 들고서 어 쩔 수 없다는 표정으로 접이식 의자 옆에 서 있었다. 친지진은 접 이식 의자에 앉은 채로 온몸이 단단히 묶여 있었고 입도 틀어막혀 있었다. 두 사람의 뒤쪽은 온통 캄캄해서 다른 사람이 숨어 있는지 조차 전혀 알 수가 없었다.

지진은 보기에는 매우 힘들고 지친 것 같았지만 혼란스러워하 지는 않았다. 루추를 본 그녀가 "우우" 소리를 내면서 동시에 쉴 새 없이 뒤쪽을 돌아보았다. 루추에게 뒤쪽에 또 다른 상황이 있음을 알리려는 것이 분명했다.

양쥐안쥐안은 지진을 제지하지 않고 그저 씁쓸하게 웃으며 루추에게 말했다.

"최악의 상황이네요."

루추가 신중하게 고개를 끄덕이고는 앞으로 성큼 한 발짝 나오며 조용히 물었다.

"당신도 이렇게까지 되고 싶지는 않잖아요?"

"그래요, 싫어요. 하지만 어쩔 수 없어요."

양쥐안쥐안이 솔직하게 대답하고는 잠시 멈췄다가 지진을 가리키며 말했다.

"봤어요?"

루추는 그제야 양쥐안쥐안의 손에 소형 권총이 줄곧 쥐어져 있었고, 총구가 친지진을 겨누고 있음을 알아챘다. 루추는 "헉" 하고 놀라지 않을 수 없었다. 그녀가 웅얼거리듯 말했다.

"봤어요."

양쥐안쥐안이 쥐고 있던 무전기를 들면서 말했다.

"이리 와서 인사해요. 우리, 동시에 사람과 물건을 교환하죠."

주주가 투시할 수 있다고 해도 이 모든 것을 꿰뚫어 볼 수는 없다. 그녀가 다가가면 두 번째 인질이 될 수밖에 없을 것이다.

루추는 제자리에 꼼짝도 않고 서서 말했다.

"당신이 무전기를 놓고 이쪽으로 오세요."

양쥐안쥐안이 고개를 가로저으며 말했다.

"총구에 소음기를 설치했기 때문에 여기서 무슨 일이 일어나도 밖에서는 들리지 않아요."

그녀는 말을 마치고는 총을 들어 친지진의 발 옆에다 한 발을 쐈다. 총알이 지면을 때리고 튀어 올라 친지진의 다리에 맞았다. 지진은 고통으로 얼굴이 일그러졌지만, 죽을힘을 다해 이를 악물고 소리를 내지 않았다.

루추가 주먹을 부르쥐고 앞으로 나아가며 말했다.

"이러지 않아도 당신은 금제를 받을 수 있……."

그녀의 말에 대한 대답은 두 번째 발이었다. 바로 루추의 발 옆에 발사됐다. 루추는 입을 다물고 양쥐안쥐안 앞으로 걸어갔다. 다음 순간 눈앞의 가스파이프가 갑자기 가파르게 꺾이며 60도가 넘는 경사 아래로 곧장 뻗어 있는 것을 발견했다. 지진은 마치 깊은 연못의 끄트머리에 앉아 있는 것 같았고, 그녀의 몸을 묶고 있는 강력한 스프링 로프의 끝이 아래로 끝없이 뻗다가 이내 보이지도 않았다.

양쥐안쥐안이 무전기를 들고 담담하게 말했다.

"말해봐요. 뭐가 보이죠."

루추가 기운을 내어 크게 소리쳤다.

"사부님, 샤오렌, 여기 지진이 있어요. 총이 있어……."

세 번째 총소리가 스프링 로프를 때렸다. 친지진은 갑자기 수축한 로프에 의해 뒤로 홱 젖혀지며 곧장 아래로 뻗은 가스파이프로 미끄러져 내려갔다. 루추가 달려가 손을 뻗어 지진을 움켜잡았다. 다음 순간 누군가 자신의 등을 세게 미는 듯한 느낌이 들었고, 그 순간 그녀는 휘청하면서 앞쪽으로 고꾸라져 머리는 처박히고 발은 솟구친 자세로 친지진과 함께 끝이 보이지 않는 깊은 폐 가스파이프 속으로 굴러떨어졌다.

　머리 위의 빛이 갑자기 꺼져버려서 손을 뻗어 봐도 다섯 손가락이 보이지 않았다. 루추는 뺨이 여기저기 긁혀 온통 화끈거리고 쓰라린 것에 신경 쓸 겨를도 없이 정신없이 구르는 동안 땅을 디뎌보려고 발을 마구 움직였고, 두 손은 잡을 수 있는 것을 뭐라도 잡아 굴러떨어지는 속도를 늦춰보려고 애썼다.

　뒤쪽에서 장검이 허공을 가르는 소리가 나더니 이어 어둠 속에서 손 하나가 쑥 튀어나와 공중에서 그녀를 끌어안았다.

　"추추?"

　샤오렌이다!

　"지진, 지진, 우선 지진을 구해줘요."

　루추가 다급하게 소리쳤다.

　그녀는 떨어지면서 지진을 붙잡지 못했고, 앞쪽에서 쉴 새 없이 몸이 벽에 부딪히며 내는 쿠당탕 소리만 들려왔다.

　또 다른 손이 스윽 뻗어와 루추의 팔을 잡더니 주주의 음성이 옆에서 들려왔다. 그가 말했다.

　"내가 루추를 잡고 있을 테니 당신은 가서 다른 사람을 구해요."

　그녀의 허리를 감싸고 있던 손이 풀어지더니 장검이 "쉭" 하는 소리를 내며 다시 날아갔다. 잠시 후 루추는 아래쪽에서 샤오렌의 말소리를 들었다.

　"그녀가 기절했어요."

　"아직 살아 있어요?"

　루추가 헐떡거리며 물었다.

"아직 맥박이 있어요."

샤오렌이 대답했다.

"일단 나가서 얘기해요."

주주가 잠시 멈췄다가 느긋한 말투로 아래쪽을 향해 샤오렌에게 물었다.

"금제 해제 이후 하중 견디는 능력이 늘었나요? 한꺼번에 우리 셋 다 끌어올려 볼 수 있겠어요?"

"당신은 못 움직이나요?"

샤오렌이 되물었다.

"귀찮아서요."

"꺼져."

결국 샤오렌이 루추를 검에 태우고 날았고, 주주가 지진을 안고 뛰어 네 사람은 천천히 폐 가스파이프를 빠져나왔다.

되돌아가는 길에서는 주주의 느긋함이 루추에게도 전염되었는지 그녀는 자기도 모르게 편안해졌다. 지진은 여전히 의식을 잃고 깨어나지 못하고 있었지만, 맥박이 안정되어 생명에는 지장이 없을 것 같았다. 루추는 샤오렌의 품에 파고든 채 자신이 느리게 앞으로 날아가고 있다고 느꼈다. 밝은 점이 눈앞에서 조금씩 조금씩 커지더니 출구가 나타났다.

갑자기 공중에서 "챙" 하는 강력한 소리와 함께 거센 바람이 강

타해 얼굴에 난 모든 상처에 고통이 밀려왔다. 루추가 고개를 들었다. 샤오렌의 표정이 굳어 있었다. 주주가 속삭이듯 말했다.

"그가 칼을 썼어요."

누구?

이 질문을 루추는 입밖에 내어 묻지 않았다. 그들이 이미 출구까지 날아왔기 때문이다. 몇 초 후 눈이 빛에 어느 정도 적응되었을 때, 그녀는 장쉰이 호익도를 짚고 서 있고, 양쥐안쥐안이 피투성이지만 아직 숨을 몰아쉬고 있는 예윈쳰을 안고 멍하니 땅바닥에 앉아 있는 모습을 보았다. 친관챠오는 땅바닥에 누워 있었고 몸 아래로 피가 작은 호수를 이루고 있었다.

죽음, 그것은 손쓸 수 없이 가장 급작스러운 방식으로 벼락처럼 엄습했다.

# 27
# 시작과 끝

그날 밤, 그 뒤에 일어난 모든 일은 거의 불가사의에 가까웠다.

루추는 친관챠오 곁으로 달려가 아직 숨이 붙어 있는 것을 발견하고 구급차를 미친 듯이 불러댔던 것밖에 기억나지 않았다. 누가 이렇게 재빨리 연락했는지 모르지만 구급차 두 대가 몇 분 안에 현장에 도착했고, 여러 명의 의료진이 들것을 메고 달려와 친씨 부녀를 모두 들어 옮겼다.

그녀는 샤오렌의 손을 꼭 잡고 함께 차에 올랐다. 양쥐안쥐안이 예윈첸과 함께 다른 구급차에 실리는 것을 곁눈으로 언뜻 보았다. 한 무리의 의사와 간호사들이 분주히 왔다 갔다 했다. 장쉰만 똑같은 자세로 꼼짝 않고 서서 제자리를 지켰다.

그는 사방을 천천히 둘러보며 일어나는 모든 일들을 지켜보더니 마지막에 그녀를 보며 미간을 살짝 찌푸렸다. 그 눈빛이 더없이 낯설었다.

하지만 루추는 장쉰을 신경 쓸 겨를이 없었다. 친관챠오는 움직일 수 없었지만 계속 눈을 부릅뜨고 루추를 바라보았다. 루추는 처음에는 무슨 의미인지 몰랐다가 나중에 알아차리고는 혼수상태에 있던 친지진을 친관챠오가 볼 수 있는 쪽으로 황급히 옮겼다. 친관챠오에게 지진은 괜찮다고, 무사하다고 재차 확인해주었다.

20분 후 친관챠오의 심전도가 일직선을 그렸다. 심장 박동이 멈추기 몇 초 전, 그는 애틋하게 딸을 바라보고는 편안하게 눈을 감았다.

구급차 바로 위에서 청동 잎사귀 하나가 하늘에서 내려오더니 천천히 회전하며 차창 틈새를 통해 차 안으로 날아들어 친관챠오의 이마에 내려앉았다.

잎사귀는 금빛 찬란한 빛을 발하더니 곧이어 빠르게 사라졌다. 루추가 갑자기 고개를 쳐들고 핏발이 선 눈을 부릅뜨며 샤오롄에게 물었다.

"저게 뭐죠?"

"뭐요?"

샤오롄이 되물었다.

그는 못 봤나?

"잎사귀 하나가, 분명 전승에서 온 것……."

그래서 전승자만 볼 수 있는 건가?

하지만 지금 그런 것은 다 중요하지 않다. 루추는 샤오롄의 손을 꼭 잡으며 중얼거리듯 말했다.

"지진이 깨어나면 아빠는 없는 거잖아요."

"우리가 그녀를 돌봐주면 돼요."

샤오렌이 착 가라앉은 목소리로 약속하듯 이렇게 말했다.

"알아요. 하지만 그건 다른 얘기죠……."

친관챠오는 총상을 입었다. 사건이 발생한 지 이틀이 지나 두창평이 루추에게 얘기해주었다. 예윈첸이 샤오렌과 주주가 폐 가스 파이프로 사람들을 구하러 들어간 틈을 타 개조한 기구를 친관챠오의 머리에 씌우려다가 오히려 깨어난 장쉰의 칼에 참살당했다는 것이었다.

이 말에는 허점이 많았지만 루추는 캐물을 뜻이 없었다. 그녀는 샤오렌, 두창평과 함께 친지진의 병문안을 갔다. 병실을 나온 뒤 루추는 복도에 서서 핸드폰을 꺼내 장쉰에게 전화를 걸었다.

장쉰은 현장에 있었고, 그는 그녀를 속일 리 없었다.

하지만 벨이 울리기도 전에 기계음의 답변이 들려왔다.

"지금 거신 번호는 없는 번호이오니 확인하시고 다시 걸어 주십시오."

루추는 한참 동안 멍하니 있다가 다시 걸었다. 그리고 똑같은 답변을 들었다.

그녀는 굴하지 않고 그날 내내 시간이 날 때마다 전화를 걸었다. 나중에는 오기로 자동 재발신을 설정해 놓고 30분 간격으로 전화를 걸었다. 하지만 한밤중이 될 때까지 계속 결번이라는 답변 뿐이었다.

혹시, 어떤 사람들은 그저 생명 안에서 지나가는 나그네로 설정되어 있는 것이 아닐까. 갑자기 나타났다가 갑자기 사라지는……, 아무런 말도 없이?

이런 생각이 루추를 더없이 외롭게 했다. 자정 즈음, 그녀는 샤오렌과 함께 길을 걷다가 별안간 샤오렌을 와락 껴안았다. 그리고 물었다.

"오늘 밤 나와 함께 있어 줄래요?"

샤오렌이 잠시 어리둥절해 있다가 대답했다.

"물론이죠. 하지만 당신이 장쉰 때문에 힘든 거라면 나도 위로할 방법이 별로 없어요……."

"아니에요."

루추가 힘껏 고개를 가로저은 뒤 말했다.

"전혀 그렇지 않아요. 당신도 알다시피 사부님께서 바로 얼마 전그렇게 되셨잖아요. 장쉰이 왜 나에게 신경 쓰지 않는지와는 상관없이 그가 평안하기만 하다면 난, 난 정말 좋을 것 같아요. 이제 막기억을 찾았으니까, 그도 혼자 있을 곳이 필요하겠죠. 이해해요."

그녀의 말투는 진지했지만 표정은 매우 황망해 보였다. 샤오렌이 두 손을 뻗어 그녀를 감싸며 물었다.

"그럼 당신은 왜 오늘 밤 나와 함께 있고 싶은 거예요?"

"……내가 좀 무감각한 것 같아요?"

루추가 그의 가슴에 기댄 채 중얼거렸다.

"지진이 조금 전에 그렇게 우는데도 나는 울음이 안 나와요. 분명 몹시 슬펐는데, 눈물이 한 방울도 안 나왔어…… 너무 무서워요. 나한테 무슨 문제가 생긴 거 아닐까요?"

"죽음이 너무 많아서예요."

샤오렌이 탄식하듯 답하고는 그녀의 머리를 쓰다듬으며 말했다.

"당신은 무감각한 게 아니라 그저 잠시 현실에서 도피하는 것뿐이에요."

"아."

루추가 고개를 들고 멍하니 샤오렌을 바라보다가 돌연 한마디를 툭 내뱉었다.

"당신, 사람을 위로할 줄 아네요."

"발전했어요?"

그가 웃으며 물었다.

"네."

그녀는 다시 그의 품에 고개를 파묻고 중얼거렸다.

"나의 도피가 당신을 발전시키다니 정말 싫네요."

뜨겁고 찝찔한 액체가 그녀의 눈에서 흘러내려 그의 후드티를 적셨다. 어차피 샤오렌 앞에서 그녀는 이미 이미지고 뭐고 없었다. 루추는 아예 샤오렌의 후드티를 붙잡고 눈물을 닦으며 말했다.

"나는 죽음이 너무 애통해요."

그렇다면 그와 결계를 맺을 방법을 강구하면 되지 않을까?

샤오렌은 입가에 맴돌며 튀어나오려는 질문을 애써 삼킨 뒤 그저 품 안에 있는 사람을 더욱 세게 끌어안으며 속삭였다.

"당신을 알게 된 후로 나도 죽음이 애통해요."

그날 밤, 그들은 서로 끌어안고 잤다.

며칠 후, 루추는 양쥐안쥐안의 변호사로부터 병원으로 한번 와 달라는 전화를 받았다.

"안 갑니다."

루추는 일언지하에 거절했다.

"양 여사께서 샤오 선생이 당신과 함께 올 수 있다면 더할 나위 없겠다고 말씀하셨습니다."

변호사는 잠시 쉬었다가 덧붙였다.

"하지만 샤오 선생께는 드릴 게 아무것도 없습니다."

루추는 할 수 없이 알겠다고 대답했다. 양쥐안쥐안은 사람을 조 바심 나게 하는 방법을 아주 잘 알고 있었다. 이틀 후 그녀는 검은 상복 차림으로 적의를 가득 품은 채 양쥐안쥐안의 1인실 병실로 들어갔다. 양쥐안쥐안은 병상에 편안히 앉아 새하얀 솜이불 위에 프랑스어판《어린 왕자》를 펼쳐 놓고 있었다. 환자복을 입고 있었 지만 옅게 화장한 얼굴은 안색이 나쁘지 않았다. 그녀는 커다란 베 개에 기대 창밖의 햇살을 감상하고 있었다. 뭔가에 통달한 사람처 럼 편안한 자세로, 걱정도 원망도 없이 운명을 받아들인다는 표정 이었다.

루추가 샤오렌과 함께 병상 앞으로 다가가자 양쥐안쥐안이 몸을 일으켜 그들을 돌아보았다. 그녀가 손 옆에 놓인 책을 덮어 루추에게 건네더니 미소 지으며 말했다.

"당신한테 드릴게요."

예원첸의 사망 소식은 루추도 이미 들어 알고 있었지만 양쥐안쥐안을 위로하고 싶은 마음은 없었다. 루추는 책에는 눈길도 주지 않고 샤오렌의 손을 꼭 잡으며 몹시 퉁명스러운 말투로 양쥐안쥐안에게 물었다.

"왜죠?"

"보면 알 거예요. 안 받을 거예요?"

양쥐안쥐안이 되물었다.

루추는 목이 메어 아무 말도 하지 못하고 냉정한 얼굴로 책을 건네받았다. 그러고는 무심코 책 커버를 훑어보다가 순간 멍해졌다. 잠시 후 그녀가 입을 열었다.

"이 책 커버는……."

전승의 책 커버와 매우 비슷하면서도 또 비슷하기만 한 것은 아니었다.

"윈첸은 저를 위해 칼을 막다가 죽었어요."

루추의 문제를 알 리가 없는 양쥐안쥐안이 자기 생각만 하며 담담하게 말했다.

"그가 이렇게까지 하리라고는 전 정말 생각지도 못했어요."

양쥐안쥐안의 얼굴에 기이한 행복감이 퍼지자 루추가 참지 못하고 물었다.

"예 교수님은 이미 인간이 아니잖아요?"

"무슨 상관이죠?"

양쥐안쥐안이 거리낌 없이 되물었다.

"당신 남자 친구는 또 어떤 종류의 인간인데요?"

루추가 그녀를 노려보자 샤오렌이 얼굴색도 변하지 않고 차분한 목소리로 양쥐안쥐안에게 말했다.

"우리는 약혼했어요."

방 안에 갑자기 살의를 띤 검기가 나타났으나 양쥐안쥐안은 동요하지 않고 침착했다. 그녀가 샤오렌을 쓱 훑어보더니 말했다.

"그것참 잘됐네요."

"네?"

루추가 내뱉었다.

"아, 뭐, 저도 결혼해봤어요. 저도 짝이 있는 게 좋아요. 사람이든 아니든 상관없죠."

말을 마친 양쥐안쥐안은 다시 베개에 기대 계속 창밖을 내다보며 더는 누구도 거들떠보지 않았다.

병실을 나와 몇 걸음 걷다가 루추가 샤오렌을 잡아당기며 물었다.

"당신, 방금 정말로 그녀를 죽이고 싶었어요?"

그가 옆으로 고개를 돌리며 그녀에게 미소 지었다.

"나는 살육을 위해 태어났어요."

이 말은 전에도 샤오롄이 한 번 한 적이 있었다. 그녀에게 자신의 신분을 솔직하게 고백한 날이었다. 그런데 오늘 이 똑같은 말이 그의 입에서 다시 나왔을 때, 그 말투에는 침울함이 덜하고 진심이 많이 담겨 있었다.

그가 자신의 본성을 완전히 받아들인 건가?

루추가 눈을 깜빡거리더니 불현듯 뭔가 떠올랐는지 갑작스럽게 질문을 던졌다.

"당신도 양쥐안쥐안이 살기 싫어한다는 걸 눈치챘어요?"

조금 전의 그녀는 줄곧 그런 느낌이었다.

샤오롄이 함축적으로 대답했다.

"나는 이런저런 생각 하지 않고 그냥 한 가지 메시지만 전달했어요."

"무슨 메시지요?"

루추가 눈을 커다랗게 뜨고 샤오롄을 바라보며 덧붙여 말했다.

"죽으려거든 그녀 혼자 알아서 죽어야 해요. 그녀가 당신을 뭣 때문에 찾든, 당신은 절대로 그녀를 도우면 안 돼요."

"그렇게 독하게……."

그가 말꼬리를 길게 늘이더니 그녀에게 눈을 깜박이며 덧붙였다.

"당신은 그녀한테서 선물을 받았으면서, 나는 안 돼요?"

"네, 맞아요. 안 되는 건 안 되는 거예요."

루추가 걸음을 멈추고는 샤오롄을 향해 돌아서더니 정식으로 선포했다.

"여자가 주는 선물은 뭐가 됐든 사전에 나의 동의를 받아야 해요."

이 패기 넘치는 선언이 지나가는 사람들의 눈길을 끌었다. 그중 한 커플은 여자가 남자를 끌어당기며 좀 보라고, 이래야 된다고 표정으로 말하는 것 같았고, 남자는 샤오렌을 향해 동정의 눈길을 던졌다.

샤오렌이 웃음을 참으며 따져 물었다.

"남자는 돼요?"

루추가 샤오렌을 노려보며 말했다.

"다시 또 물으면 인간이 주는 모든 선물을 다 받을 수 없을 줄 알아요."

샤오렌이 깔깔 웃었다. 그런데 그가 웃다 말고 갑자기 멈춰 서서 앞쪽의 인도를 바라봤다. 루추도 그를 따라 쳐다보았다. 하지만 그녀는 지나가는 사람들만 보일 뿐, 별다른 특별한 장면은 보지 못했다. 하지만 샤오렌의 시력이 그녀보다 훨씬 좋기 때문에 루추는 옆에서 참을성 있게 기다렸다.

잠시 후 샤오렌이 시선을 거두고 그녀에게 말했다.

"주주예요."

"그도 병원에 왔어요?"

루추의 눈이 휘둥그레졌다.

"분명 그랬을 거예요. 게다가 그는 우리가 이 일을 알기를 바라고 있으니까."

샤오렌은 이렇게 말하면서 예쁜 눈썹을 비비 꼬았다. 루추가 손을 펴서 손바닥 전체로 그의 얼굴을 정면으로 누르며 말했다.

"생각 그만하고 그를 내버려 둬요."

샤오렌이 그녀의 손목을 잡고 말했다.

"그를 상관할 생각은 없어요. 다만 한 대 칠까 말까 고민 중이죠."

"폭력은 반대예요."

루추가 샤오렌의 손을 끌어안으며 말했다.

"가요. 같이 가서 외할머니 배웅해드려요. 엄마가 그러셨어요. 외할머니는 더 좋은 세상으로 가셨으니까 좀 이따 울어도 된다고, 지금은 할머니를 위해 기뻐하자고요."

샤오렌은, 죽음이 곧 완전한 끝이라는 것을 깊이 의심한다고, 먼지는 먼지로 흙은 흙으로 돌아간다고, 눈앞의 이 허점투성이의 세상을 제외하면 천당도 지옥도 따로 없다고 말하고 싶었다.

하지만 신앙심이 때로는 정말로 기적을 만들어낼 수 있다는 것을 그도 알고 있었다.

"가요."

그가 미간을 활짝 펴고 편안하게 미소 지으며 말했다.

"같이 가요."

병원 입구에서 100미터쯤 떨어진 길거리에, 주주가 연한 회색의 반팔 셔츠에 진한 갈색 카고 팬츠 차림으로 서 있었다. 옷자락을 밖으로 꺼내 자연스럽게 늘어뜨려 반은 캐주얼하고 반은 포멀

한 느낌을 주었다. 주변을 오가는 사람들과 조금도 달라 보이지 않았다.

며칠 전 루추의 피가 그에게 적잖은 활력을 불어넣어 주었다. 샤오렌이 그의 종적을 정확히 확인했으면서도 그냥 루추와 함께 가버리는 선택을 하는 것을 보며 주주의 얼굴에 미소가 깊어졌다. 그는 두 손을 주머니에 꽂고 느긋하게 길옆에 세워진 고급스럽고 절제된 외관의 호화 차량 옆으로 걸어갔다.

그는 차 문을 열고 뒷좌석으로 들어가더니 앞좌석의 양복 입은 훤칠한 운전기사를 향해 손가락을 딱 튕기며 말했다.

"갑시다."

"당신은 정말 나를 당신 운전기사 취급하는군요."

운전석에 앉은 인한광은 말은 이렇게 하면서도 가속페달을 밟았고, 주차되어 있던 차는 유연하게 움직이며 진과스를 향해 갔다.

"협력에서 중요한 것은 바로 당신과 나 양쪽 다 원한다는 점입니다. 난 운전면허도 없는데, 당신이 운전기사를 안 하면 누가 합니까…… 네?"

차가 길가에 멈췄고, 뒷좌석 문이 다시 열리자 몸에 딱 달라붙는 까만색의 목폴라 스웨터를 입은 쓰샤오칭이 고개를 들이밀며 안으로 들어왔다. 그녀가 생글생글 웃으며 주주에게 말했다.

"실례지만 좀 비켜주세요."

그녀의 웃음기는 눈빛에까지 담기지는 못했다. 주주가 코를 만지작거리며 순순히 안쪽으로 더 들어간 후 말했다.

"너무 빨리 손을 잡는군요. 부부는 한마음이고, 그만큼 끈끈하다는 겁니까?"

"누가 누구랑 부부라는 거죠? 민국 초년의 결혼 증서를 지금 꺼내면 그건 그냥 골동품일 뿐이에요."

샤오칭이 주저 없이 되받아치고는 자리에 앉아서 두 다리를 꼬고는 아주 여유롭게 주주를 돌아보며 다시 물었다.

"당신은 왜 긴장하죠? 이런저런 생각으로 머리가 팽이보다도 빨리 돌고 있군요."

쓰샤오칭의 초능력은 큰 쓸모가 없는 것처럼 보이지만 왕왕 가장 중요한 순간에 전세를 뒤집어버리곤 했다. 주주가 마음을 가다듬고 어깨를 으쓱하며 대답했다.

"아추족은 반역자가 나온 적이 없습니다. 족장이 당신한테 어떻게 복수할지 궁금하군요."

쓰샤오칭이 진한 보라색 매니큐어를 바른 가늘고 긴 손을 내밀어 한껏 교태스러운 자태로 앞 좌석에 앉은 한광의 어깨에 척 걸치며 물었다.

"난 그의 침대에도 올랐고 그의 차도 타죠. 어떤 점이 반역자라는 거죠?"

주주가 막 입을 열려다가 갑자기 창밖으로 눈길을 던졌다. 쓰샤오칭이 그의 시선을 좇아 고개를 돌려 밖을 내다보더니 눈썹을 추켜세우며 말했다.

"장쉰?"

장쉰이 상복을 입고 손에 하얀 옥스아이데이지 꽃 한 다발을 들고 병원 쪽으로 성큼성큼 걸어가고 있었다. 그의 손목에 채워진 최 씨가 만든 금제가 햇살 아래에서 있는 듯 없는 듯 빛을 발하고 있었다.

"누굴 보러 가는 거지?"

한광이 물었다.

"무슨 상관이에요."

쓰샤오칭이 다시 고개를 돌려 주주에게 말했다.

"듣자 하니 당신이 싱밍에게 독충으로 당한 놈을 하나 잡았다면서요?"

"비슷합니다."

주주가 애매하게 대답했다.

"무슨 쓸모가 있을까요?"

샤오칭이 이렇게 묻고는 이어 말했다.

"당신의 본성이 발동한 거라고, 사람이 고통받는 걸 볼 수가 없어서 중생을 구원할 방법을 찾고 싶었다고 말하지는 말아요. 난 안 믿으니까."

그녀는 이렇게 말하면서 녹송석(綠松石)을 박은 비수를 꺼내서 아무렇지도 않게 손장난을 치며 가지고 놀았다. 그것은 쓰샤오칭의 본체로, 한 치 짧은 만큼 한 치 더 위험했다. 차 안이라는 좁은 공간에서 비수는 장검보다 훨씬 더 용이하게 쓰일 수 있다.

주주는 쓰샤오칭의 이런 노골적인 위협을 대수롭지 않게 여기면서도 어쩔 수 없이 그녀를 향해 손가락을 흔들며 말했다.

"집어넣어요. 내가 잡은 놈은 인간쓰레기였어요. 본성을 발동해서 그에게 해줄 수 있는 것은 깔끔하게 끝내줌으로써 자신도 남도 해치지 못하게 하는 것뿐이에요."

쓰샤오칭이 손가락을 획 돌리자 비수가 공중에서 한 바퀴 빙 날더니 사라졌다. 그녀는 몸을 꼿꼿이 세우고는 정색하며 주주에게 물었다.

"그 인간쓰레기는 무슨 쓸모가 있죠?"

"왕웨의 초능력이 뭡니까?"

주주가 되물었다.

"속도."

한광이 앞에서 낮은 목소리로 말했다.

"그와 겨뤄본 자라면 누구도 속도로는 그를 도저히 이길 수 없다는 걸 인정하게 돼요. 셋째조차도 방법이 없죠."

주주가 "음" 하고는 검지를 세우며 무심한 듯 말했다.

"첫 번째 가능성입니다."

"당신은 왕웨의 초능력이 속도가 아니라고 생각하나요?"

샤오칭은 머리가 비상하게 잘 돌아갔다. 그녀가 떠보듯이 물었다.

"혹시 그가 적을 한 수 앞서 예견할 수 있나요?"

"두 번째 가능성입니다."

주주가 두 번째 손가락을 세웠다.

"그것도 아니에요?"

샤오칭이 생각에 잠긴 듯 주주의 손을 쳐다보며 중얼거렸다.

"그럼 뭘까요, 공간을 접는 건가?"

"그것은 쉬안위안딩의 초능력입니다. 우리 중에 두 명의 초능력이 완전히 같은 경우는 없었어요."

인한광이 앞쪽에서 냉정하게 이렇게 말한 뒤 잠시 쉬었다가 한 마디 덧붙였다.

"게다가 근대에 와서는 비슷한 것도 적어졌어요."

"적자생존이나 우승열패 같은 겁니까?"

주주가 이렇게 묻고는 인한광과 쓰샤오칭의 안색이 동시에 변하는 것을 만족스러운 듯 바라보며 말을 이었다.

"갑시다. 당신들께 민박집을 보여드리죠. 간 김에 인간쓰레기와도 인사하시고요."

인한광은 아무 소리도 내지 않았지만 차는 이미 시내를 벗어나 진과스로 향하고 있었다.

수많은 산으로 겹겹이 둘러싸인 칭옌 민박집에서는 무잉 집사가 마침 거실을 청소하고 있었고, 천쯔칭은 카운터에 엎드려 공부를 하면서 수시로 계단 옆 1층 스위트룸의 방문을 훔쳐보고 있었다.

잠시 후 쯔칭이 거실로 뛰어 들어오더니 무잉 집사 곁으로 다가가 속삭이듯 물었다.

"그 사람, 아무 소리도 안 나요. 벌써 죽은 게 아닐까요?"

"어린애가 함부로 말하는구나."

무잉 집사가 쯔칭의 머리를 한 대 쥐어박고는 계속해서 테이블을 닦았다.

쯔칭은 손으로 머리를 감싸며 투덜거렸다.

"중독으로 발작하는데 왜 마약중독치료소로 보내지 않는 거예요? 여기 놔두는 거 너무 싫어요."

"남의 집이야. 누굴 머물게 하든 네가 무슨 상관이야."

무잉 집사는 입으로는 딸을 꾸짖으면서도 하던 일을 멈추고 고개를 들어 걱정스러운 눈초리로 베이지색 방문을 쳐다보았다.

문 안쪽에서는 뺨이 쏙 들어갈 정도로 마른 황성이 동그랗게 몸을 웅크리고 마룻바닥에 쓰러진 채 이를 악물고 신음을 참고 있었다.

작은 탁자 위에는 빈 식판이 놓여 있었다. 점심때 무잉 집사가 넣어준 것이었다. 그는 그것을 남김없이 깨끗이 먹어 치웠다. 하지만 그런들 무슨 소용인가? 많이 먹을수록 그는 점점 더 빠르게 말라갔다. 그는 몸속에서 정력이 한 올 한 올 빠져 흩어지는 것을 느낄 수 있었다.

아니다. 그는 어떻게든 살아남을 방법을 찾아야 한다.

캐나다 노바스코샤 주 시내 근교의 구식 가옥에 두창평과 인청잉, 쉬안위안딩, 이 세 사람이 반원형으로 흩어져 린시를 에워싸고 서 있었다. 그리고 샤딩딩의 예견 그림 중 유일하게 인물이 등장하지 않는 한 장이 이미 불을 피우지 않는 벽난로 위에 세워진 채 멀리서 린시와 마주하고 있었다. 차오바는 소파 위에 웅크린 채 드르렁거리며 곯아떨어져 있어서 아무도 신경 쓰지 않았다.

세 사람 중 두창평은 안색이 굳어 있었고, 쉬안위안딩은 태연자약했으며, 청잉은 양손을 주머니에 찔러넣고 아무렇지도 않다는 듯한 모습으로 린시에게 말했다.

"시작하자."

린시가 고개를 끄덕이자 다음 순간 청동 기린의 방호막 초능력이 작동하더니 금색 거즈 같은 커튼이 반구형 방호덮개처럼 린시를 안에 두고 에워싸 린시를 나머지 세 사람과 차단했다.

쉬안위안딩이 손에 검 자루를 쥐어잡자 곧이어 예견 그림 속에서 하늘 높이 날아오르던 그 우아한 장검이 순식간에 그의 앞에 나타났다.

쉬안위안딩이 손목을 움직여 검 자루로 린시를 가리키며 "가!" 하고 가볍게 외치자 장검이 까딱거리고는 검 끝으로 정확히 청동 기린을 겨눈 후 홀연히 사라졌다가 곧이어 눈 깜짝할 사이에 린시의 방호 덮개 안에 사라지기 전의 자세 그대로 다시 나타났다. 검 끝은 이미 청동 기린의 코끝에 닿아 있었다.

당시의 헌원검이 백만 군대 속에서 장수의 목을 칠 수 있었던 것은 바로 공간을 접을 수 있는 초능력 덕분이었다.

쉬안위안딩이 손목을 다시 휙 움직이자 장검이 방호 덮개 밖으로 다시 돌아왔다. 두창평이 고개를 끄덕이며 말했다.

"예전과 마찬가지로 린시의 방호 덮개는 당신의 검을 막을 수 없군요."

"지금까지 어떤 수비형 초능력도 나를 막을 방법은 없었어요."

쉬안위안딩이 가볍게 흘리듯 이렇게 대답하고는 예견 그림 속 검

끝이 위로 올라간 모습을 힐끔 보더니 잠시 생각한 끝에 말했다.

"내가 직접 방호막에 뛰어드는 게 아니라면?"

"다시 해볼까요?"

청잉이 물었다.

쉬안위안딩이 고개를 끄덕이자 청잉도 예견 그림을 한 번 보더니 다시 제안했다.

"이번에는 린시에게 힘을 집중하게 하고, 형님이 한 곳을 집중 공격하면 어떨까요?"

"좋아."

청동 기린이 마치 그들 사이에 오간 대화를 알아들은 것처럼, 금사 같은 방호 덮개가 서서히 청동 기린 앞으로 모여들며 작게 응축되다가 마침내 손바닥만 한 두꺼운 금색 비단 같은 방호 덮개로 응집되어 린시의 코끝에서 몇 센티미터 떨어진 앞에서 바람에 떨고 있었다.

쉬안위안딩이 다시 검 자루를 잡았지만 더는 초능력을 사용하지 않고 공중의 장검을 직접 지휘해 강하게 공격했다. 검 끝이 방호 덮개를 반 인치 정도 찌르고 들어간 후 공세가 차츰 느려지더니 결국 린시의 코끝 몇 센티미터 앞에서 멈춰서 더 이상 전진하지 못했다.

린시가 몇 초 동안 기다리다가 머리를 흔들자 방호 덮개의 금빛이 터지며 장검을 튕겨냈다. 장검의 검 끝이 하늘을 똑바로 가리키자 어느 순간 예견 그림 속의 바로 그 모습과 꼭 같아졌다.

두창펑이 그림 쪽을 바라보며 중얼거리듯 말했다.

"그러니까 샤딩딩의 이 그림이 그리고 있는 것은, 당신이 현장에 없으면 공간을 접어 검으로 공격해도 막힌다는 건가요?"

"공간을 접는 나의 초능력을 막을 수 있는 것, 그게 뭘까요?"

쉬안위안딩은 검을 거둔 후 그림을 바라보며 곤혹스러운 표정으로 다시 물었다.

"당신들의 말에 따르면 그림 속에 다른 사람도 없어요. 그렇다면 대체 누가 초능력을 써서 내 검을 막았을까요?"

네 개의 시선(린시도 포함해서)이 동시에 그림 쪽으로 향했다. 잠시 후 청잉이 마치 신대륙이라도 발견한 것처럼 그림 하단의 한쪽 구석을 가리키며 외쳤다.

"차오바!"

통통하게 살찐 노란 고양이가 확실히 눈에 띄지 않는 곳에 숨어 배를 뒤집고 쿨쿨 자고 있었다. 쉬안위안딩이 그림 속 노란 고양이를 잠시 말없이 바라보더니 말했다.

"내가 검을 뽑았지만 살기가 없어요. 그러니 고양이가 계속 잘 수 있는 거예요."

"이게 무슨 상황이죠?"

두창펑이 물었다.

"잘 모르겠어요…… 이 복원사를 찾아가 만나봐야겠어요. 그 후에 다시 추론해보죠."

～

4월 말, 햇살이 맑고 아름다운 오후였다. 루추는 엄마 아빠 뒤에서서 외할머니의 유골함이 묘지 안으로 들어가는 것을 지켜보았다. 엄마는 아빠 어깨에 머리를 기대고 이따금씩 코를 훌쩍였다. 노 신부님이 한 손으로 안경을 받치고서 한 구절 한 구절 성경을 낭송하니 그 소리가 공기 속에 잔향을 남기며 울려 퍼져서 루추가 잘 알아들을 수 없는 어구를 만들어냈다.

"많은 사람을 의롭게 한 자는 별처럼 빛을 발하여 영원히 빛나리라."

죽음은 왜 별빛과 또 영원과 연관 지어지는 걸까?

바로 옆이 외할아버지의 묘였다. 루추가 참지 못하고 뒤를 힐끔 돌아보고는 다시 고개를 돌리자 마침 엄마도 뒤를 돌아보고 있었다. 엄마의 눈시울은 그리 붉지 않았지만, 표정에서 그리움이 묻어났다. 몇 번이나 뒤를 돌아본 엄마는 아빠를 돌아보며 몇 마디 건넸고, 아빠는 엄마의 어깨를 감싸 안으며 무언가를 약속하는 듯 신중하게 고개를 끄덕였다.

"울지 마라. 네 외할머니는 하늘에 가서서 외할아버지를 만나시잖니."

그녀의 대각선 앞쪽에 서 있던 큰이모가 갑자기 나지막이 입을 열었다. 그제야 루추는 옆에서 사촌 오빠의 어깨가 들썩거리고 있는 것을 알아차렸다. 사촌 오빠는 어릴 때 한동안 외할머니와 함께 지냈다. 손자와 외할머니 외할아버지 사이가 비교적 가까운 편이었기 때문에 슬픔을 주체하기 어려울 만도 했다.

그것도 아닌 것 같다. 눈물의 많고 적음은 슬픔의 크기와 분명한 상관관계가 없다. 그러니 외할머니의 친자식 다섯 명이 아무도 눈물을 흘리지 않는 것이다. 하지만 루추는 엄마가 슬퍼하고 있다는 것을 잘 알고 있었다. 다만 최근 며칠을 보내면서 엄마는 이미 그 아픔을 내면화해서 생명의 일부로 만든 것은 아닐까?

사촌 큰오빠는 티슈를 꺼내 얼굴을 아무렇게나 문질러 닦고는 낮은 목소리로 몇 마디 말했다. 고별식은 계속 진행되었다. 하지만 루추는 자신이 좀처럼 집중하지 못하고 있음을 발견했다. 바람 소리, 새 소리, 멀리에서 들려오는 차 소리가 때때로 생각의 끈을 잡아당겼다. 그런데 그녀는 도대체 무엇을 의심하고 있는 걸까?

앞쪽에서 엄마가 아빠 팔에 머리를 기대고 있는 모습을 루추가 그대로 따라 하며 샤오롄의 팔을 끌어안고 가까이 다가가 속삭였다.

"내가 죽으면 장례를 치르지 말고 유골을 바다에 뿌려주면 좋겠어요."

다른 사람은 들어도 무슨 말인지 모르겠지만, 그만은 그 말에 담긴 진짜 의미를 알고 있었다.

샤오롄이 잠시 말없이 있다가 단호하게 대답했다.

"난 당신이 죽는 것을 보고만 있지는 않을 거예요."

그는 결계를 맺을 방법을 찾아낼 것이다. 어떤 대가를 치러야 할지 따지지도 않고 말이다.

신부님이 성경책을 덮자 엄마가 고개를 들고 아빠와 소곤소곤 얘기를 나눴다. 루추는 부모님을 물끄러미 바라보며 30년 혹은 40년 후 얼굴에 주름이 가득한 자신의 모습을 상상했다.

잠시 후, 그녀는 숨을 깊이 들이마신 뒤 입을 열었다.

"당신은 평생 나를 지켜줄 용기와 그럴 마음이 있나요?"

건강하거나 병들었거나, 젊거나 늙어도 상관없이 말이다.

"물론이에요."

샤오렌은 조금도 주저하지 않고 대답했다.

루추는 샤오렌이 질문을 전혀 이해하지 못했거나, 그녀가 계속 인정하기를 거부하는 공포를 이해하지 못한 거라고 생각했다. 하지만 지금 이 순간 말하지 않으면 그녀는 평생 얘기를 꺼낼 용기가 나지 않을 것이다.

그녀가 침을 꿀꺽 삼키고 긴장된 자세로 전방을 주시하며 말했다.

"나는 당신이 나를 추하다고 싫어할까 봐 두려워요."

"그럴 리가요."

샤오렌은 계속 생각도 하지 않고 대답했다.

"왜요? 난 늙을 테고, 당연히 못생겨질 거예요."

"왜냐하면……."

신부님이 성경책을 덮으며 모두에게 함께 기도드리자고 말해서 샤오렌의 얘기가 중단되었다.

이후의 날들 속에서 루추는 더 이상 캐묻지 않았고, 샤오렌도 다시 언급하지 않았다. 5월 중순 친콴챠오의 장례가 끝난 그날 저녁, 두 사람은 예전에 갔던 카페에 앉아 있었다. 루추는 자기가 주문한 라떼 큰 잔을 감싸 쥐고 홀짝홀짝 마시다가 문득 그가 옆에서 하는 말을 들었다.

"내 눈에 가장 아름다운 것이 세 가지 있어요. 그중 하나는 나……."

"당신은 자신이 가장 아름답다고 생각해요?"

루추가 놀랍다는 듯 샤오롄의 말을 끊더니 한 마디 더 덧붙였다.

"틀린 말도 아니죠. 그런데 너무 나르시시즘인 거 아니에요?"

그들 옆에는 빈 테이블이 하나 있었고, 그 너머 테이블에는 남자 두 명이 마주 보고 앉아 있었다. 루추의 목소리가 조금 높았는지 그 두 사람이 약속이나 한 듯 동시에 호기심 어린 시선을 보냈다. 샤오롄이 가볍게 헛기침을 하고는 입 모양만으로 소리 없이 설명했다.

"본체."

"……검?"

그가 흔쾌히 고개를 끄덕이자 루추가 잠시 말이 없다가 입을 열었다.

"그래도 나르시시즘이에요……. 좋아요. 두 번째는요?"

"불빛."

샤오롄은 말을 분명하게 하지 않았지만 루추가 금세 이해하고 물었다.

"단조[鍛造, 쇠붙이를 두들기거나 눌러서 필요한 형체로 만드는 일 – 역주]할 때의 그 불빛요? 그거 정말 예쁘죠……. 세 번째는요?"

"당신."

이 답안은 너무 뜻밖이었다. 루추는 잔을 든 채로 입을 반쯤 벌리고 어리둥절해했다. 샤오롄이 미소 지으며 몸을 앞으로 기울여 덧붙였다.

"모든 나이, 모든 상태의 당신."

옆에 있던 남자가 시선을 거두자 루추가 잔을 내려놓고 고개를 떨구어 반쯤 마신 커피를 쳐다보며 낮은 목소리로 말했다.

"당신은 모든 나이와 모든 상태의 나를 본 적이 없잖아요."

"그럴 필요 없어요. 이 세 번째는 당신을 만난 후에야 출현한 거니까."

루추가 눈을 번쩍 치켜뜨자 샤오롄이 바짝 다가오더니 그녀에게 이마를 대고 말했다.

"당신을 만나기 전까지 나는 누구도 아름답다고 느낀 적이 없었어요. 당신을 만난 후로 오직 당신뿐이에요."

그는 잠시 멈추었다가 그녀가 이 말을 다 소화하길 기다려 천천히 물었다.

"나와 결혼하는 데 있어서 당신이 줄곧 마음에 걸려 하는 게 늙는 것 아니면 죽음이에요. 맞죠?"

입술을 깨물고 눈을 감은 채 루추가 가볍게 고개를 끄덕였다.

그를 마주 보며 이 두려움을 인정하는 것이 얼마나 어려운 일인지, 오직 그녀의 마음만이 알고 있었다.

"문제는, 나의 심미관으로는 인간이 매우 추하다는 거예요."

그가 어깨를 으쓱하며 말했다.

"인간의 모습으로 화형한 나를 포함해서."

"당신이 추하다고 생각해요?"

루추가 눈을 커다랗게 뜨고 물었다.

또다시 옆 테이블에 앉은 두 사람의 시선이 아까와 같이 보내져 왔다. 하지만 그녀는 신경 쓰고 싶은 마음이 전혀 없었다. 오로지 눈앞에 있는 그를 온 마음을 다해 응시했다. 그의 결점 없이 완벽한 이목구비는 어느 한 시대나 특정한 어느 민족의 기준을 사용하더라도 '추하다'는 이 말에는 근처에도 갈 수 없다⋯⋯.

샤오롄은 어쩔 수 없다는 웃음기를 머금고 가볍게 고개를 끄덕였다. 루추가 갑자기 뭔가를 깨달은 듯 물었다.

"당신, 내 걱정이 무의미하다는 걸 내게 알려주고 싶은 거예요?"

"난 우리 사이에 수많은 차이가 존재하고, 심미관은 단지 그중에서도 가장 신경 쓸 필요가 없는 부분일 뿐이라는 걸 당신한테 말해주고 싶어요. 그리고 당신은 아직 나를 충분히 잘 모르잖아요."

그의 말이 옳다. 루추는 이렇게 생각하고는 자신이 너무 쉽게 설득당한 것이 화가 났다. 그녀가 자신의 걱정은 그의 말처럼 그렇게 간단하지 않다는 의미의 말을 하려고 생각한 순간, 샤오롄이 갑자기 그녀의 손을 꼭 쥐며 일상적인 수다를 떨 듯 물었다.

"결혼식은 가을에 해요. 당신이 다닌 고등학교 옆 오래된 그 교회에서 할까요?"

"내가 당신과 결혼하기로 약속했었나요?"

루추는 생각도 하지 않고 우선 반박부터 하고 싶었다. 그러고는 이내 샤오롄의 여유 있는 미소에 지고 말았다. 그녀가 중얼거렸다.

"좋아요. 내가 약속했었어요…… 그럼 샤오롄, 당신도 나한테 하나 약속해줄래요?"

"좋아요."

샤오롄은 묻지도 않고 곧장 승낙했다.

루추는 그의 눈을 들여다보며 한 글자 한 글자 힘주어 말했다.

"내가, 이 세상을 떠난 후에, 잘살아야 해요."

그는 잠시 머뭇거리다가 똑같이 진지한 눈빛으로 바라보며 대답했다.

"그래요, 할 수 있어요."

이 순간 오래 이어져 온 긴장이 마침내 완전히 풀렸고, 곧이어 루추는 사실 자신이 줄곧 샤오롄을 걱정해왔음을 알게 되었다. 그는 이토록 강하면서도 또한 이토록 연약하다. 그리고 만남은 두 사람의 생명의 궤적을 철저히 바꿔버렸다.

루추는 잠시 생각하더니 다시 물었다.

"당신은 다시 누군가를 사랑할 수 있어요? 내 말은, 내가 이 세상을 떠난 후에 말이에요."

"못 해요."

이 말을 하는 그의 어조가 너무도 단호했다. 루추의 마음속에 뭔가 달콤함이 솟구쳐 퍼졌고, 그와 동시에 옅은 신산함이 뒤따랐다. 루추가 한숨을 내쉬고는 아무런 기대 없이 물었다.

"한번 해보는 것도 싫어요?"

"나와 결계를 맺는 걸 한번 시도해볼 생각 있어요?"

샤오롄이 되물었다.

루추가 생각할 필요 없다는 듯 고개를 가로저은 다음 말했다.

"지금은 못 할 것 같다고 해도 괜찮아요. 기억하기만 한다면, 나중에 당신이 후회하더라도 난 당신을 탓하지 않을 거예요."

샤오롄도 고개를 가로저으며 말했다.

"당신이 날 제대로 모르는 것이 한 가지 더 있어요."

"괜찮아요. 내 평생을 다 써서 당신을 알아가면 되니까요."

그녀는 미소를 지으며 자신의 손으로 그의 손을 덮었다. 한때는 언급하기조차 꺼렸던 미래에 대해 자신감이 넘쳤다.

"산장이 소련검을 주조했다는 것, 이 점은 의심할 여지가 없어요."

옆에 있던 그가 불쑥 입을 열어 천천히 말했다.

5월 하순의 북쪽 해안, 늦봄에서 초여름에는 밤에 찬 바람이 살랑살랑 불었다. 불을 밝힌 13층 유적이 멀리 바다와 마주 보고 선 모습은 마치 구름 끝에 있는 신전처럼 아름답고 쓸쓸했다.

물론 그것은 겉모습으로 보는 관점이다.

내부에 들어섰을 때, 가장 먼저 눈에 들어오는 것은 황갈색 벌집 모양의 벽면이었다. 그것은 시멘트가 오랜 세월을 거치면서 구리광산에 의해 침식된 결과다. 부서진 들보에는 철근이 드러나 있고, 버려진 대형 보일러 안에는 아직 단야(鍛冶)가 덜 된 금속 찌꺼기가 남아 있었다. 넓은 발코니는 거의 대부분 망가져 있고, 바닥은 울퉁불퉁했다. 고전적인 유럽식 회랑의 유리 창틀은 아직 온전하게 남아 있었지만 유리는 당시 2차 대전의 폭격으로 진즉에 산

산이 부서졌고, 창가에는 수많은 탄흔이 남아 있어 보는 사람으로
하여금 놀라움을 금치 못하게 했다.

밤 10시 정각, 주주가 한 걸음 한 걸음 안정감 있게 이 폐허 안
으로 들어갔다.

그는 그렇게 외롭지 않았다. 장쉰이 3층 원형 아치문 옆에 서서
먼바다를 바라보다가 발걸음 소리를 듣고 고개도 돌리지 않고 물
었다.

"왔어요?"

주주가 주머니에서 금빛으로 반짝이는 청동 잎 하나를 꺼내 손
바닥에 올려놓고 말했다.

"친관챠오의 딸이 아버지의 유품을 정리하던 중에 이걸 찾아냈
습니다."

장쉰이 돌아서서 손을 뻗어 허공에 순간적으로 나타난 호익도
를 잡고 느린 걸음으로 주주를 향해 다가갔다. 칼등에 장식된 매미
무늬가 금빛으로 반짝이고 칼날 부분은 예리함을 뽐내고 있었다.
그와 비교해서 칼자루에 맨 띠는 무색할 정도로 이렇다 할 빛이
전혀 안 났다.

그는 주주 앞에 다가가 청동 나뭇잎을 힐끗 보고는 혐오스럽다
는 듯 고개를 내저으며 말했다.

"보기만 해도 마음이 불편하군요."

"그건 이상하군요. 전승의 기운은 당신이나 나한테 모두 매력적
이어야 할 텐데요."

주주가 손을 내밀며 웃었다.

"칼을 빌려주면 한번 써볼게요."

장쉰이 호익도를 똑바로 들어 올려 천천히 밀자 칼이 몇 치 정도 날아가 주주의 가슴 앞에서 멈췄다. 주주는 칼을 건드리지 않고 한 손으로는 최 씨가 단조한 금제 띠를 받쳐 들고, 다른 한 손으로는 청동 나뭇잎을 가까이 당겨 두 손바닥으로 가까이 붙이고 자세히 살펴보았다.

잠시 후 그가 눈살을 찌푸리고 중얼거렸다.

"여전히 뭔가 모자란데……."

"이것들을 모아서 뭘 하려는 겁니까?"

장쉰이 물었다.

"내가 전승에 들어갈 뻔했던 일을 장뤄가 당신한테 알려줬겠죠?"

주주가 되물었다.

"들었어요."

장쉰이 무표정하게 대답했다.

"저는 전승의 문가에서 한참 기다리다가 두 가지 사실을 발견했습니다."

주주가 검지를 곧추세우고는 흥미진진한 눈초리로 장쉰을 바라보며 말했다.

"첫째는, 산장도 반드시 열쇠가 있어야 전승을 드나들 수 있다는 겁니다. 두 번째, 전승 안에서의 시간의 흐름은 바깥세상과 다릅니다……. 질문하고 싶은 게 있나요?"

장쉰은 몸을 돌린 그 순간부터 입으로는 불편하다고 말하면서도 시선은 수시로 그 청동 나뭇잎을 훑어보고 있었다. 눈빛에는 그리움과 아쉬움, 분노 같은 복잡하고 비상한 감정들이 뒤섞여 있었다.

주주의 질문을 들은 그가 고개를 돌려 멀리 고기잡이배들의 어화가 점멸하는 해수면을 다시 한번 바라보았다. 잠시 후 장쉰이 조용히 물었다.

"당신이 말한 산장……이 바로 '그녀'인가요?"

장쉰이 이 질문을 하는 동안 루추와 샤오롄은 쏟아질 듯 별이 가득한 하늘 아래 산기슭으로 난 북쪽 해안 길을 따라 천천히 걷고 있었다.

걷다가 갑자기 핸드폰이 울리자 루추가 새 메시지를 열어 쓱 훑어본 후 고개를 들어 샤오롄에게 물었다.

"당신은 정말 신앙이 없어요?"

"갑자기 왜 그 생각을 한 거예요?"

샤오롄이 되물었다.

처음으로 그녀 앞에서 신분을 밝힐 때 그는 그렇게 말해주었었다.

루추가 핸드폰을 들고 대답했다.

"작은이모가 나한테 결혼 전에 꼭 당신의 신앙을 물어보라고 메시지를 보냈네요."

그녀는 매우 못마땅해하는 표정이었다. 샤오롄이 큰소리로 웃으며 물었다.

"당신 작은이모의 의견이 그렇게 중요해요?"

"전혀 그렇지 않아요. 그래도 짜증 나잖아요. 더구나 계속 이렇게 저렇게 훈계하기 좋아하는 사람이 이모 한 명뿐이 아니라고요."

루추가 잠시 멈췄다가 로맨틱한 감정을 억누르지 못하고 물었다.

"내가 결혼은 싫고 사랑의 도피만 하고 싶다고 하면, 당신은 나와 함께 세상 끝까지 방랑할 거죠?"

"그래요. 그런데 얼마나 오랫동안 방랑할 거죠?"

샤오렌이 되물었다.

"어, 약 반년 정도……."

"그런 후에 집으로 돌아와서 가족과 친구들이 궁금해하는 얘기를 더 많이 들려주는 건가요?"

루추는 잠시 말문이 막혀 웅얼거리며 말했다.

"그럼 그냥 결혼해요. 한 번으로 다 해결되는 거잖아요."

두 사람은 동시에 웃음을 터뜨린 뒤 어깨를 나란히 하고 계속 앞으로 걸어갔다. 바다가 바로 옆에 있어서 비릿한 내음이 얼굴에 훅 덮쳐왔다. 집어등이 수면 위에 흔들리는 빛과 그림자를 펼쳐 놓았고, 그에 따라 오르락내리락 기복하는 파도가 해변에 밀려와서 부딪쳤다. 하염없이 걷던 루추는 자기도 모르게 일종의 환각이 생겼다. 하늘과 땅 사이에 오직 자신과 샤오렌만 남았고, 이 길로 끝없이 걸어가 세상 끝까지 곧장 갈 수 있을 것만 같았다.

"산장이 소련검을 주조했다는 것, 이 점은 의심할 여지가 없죠."

옆에 있던 그가 갑자기 입을 열더니 천천히 말했다.

루추가 샤오롄의 말을 금방 알아듣지 못해 그를 돌아보았다. 그리고 먼 하늘의 별을 바라보고 있는 샤오롄에게 말했다.

"그런데 샤오롄은 어디서 왔고, 어디로 갈까요? 전혀 모르겠어요."

어쩌다 얘기가 여기까지 왔을까?

루추가 눈을 깜빡이며 생각에 잠겼다가 떠보듯이 물었다.

"당신 혹시…… 무신론자라고 말하고 싶어요?"

샤오롄이 별을 바라보던 시선을 거두고 그녀를 바라보며 대답했다.

"이토록 오래 살아오면서 수많은 기적을 목도했지만 신을 만난 적은 없다고 말하는 게 맞겠죠."

"아, 그 표현이 마음에 들어요."

이 말은 마치 기억의 깊은 곳 어딘가를 정확히 때리는 것 같았다. 루추는 가방을 열고 안주머니를 더듬어 그녀가 줄곧 가지고 다녔지만 다시 꺼낸 적은 없었던 청동 나뭇잎을 꺼내서 샤오롄 앞에 흔들어 보이며 말했다.

"기적."

"이게 뭐예요?"

그의 눈에 당혹감이 떠올랐다.

"당신이 나한테 준 거예요. 금고 안에 있었어요."

"추추, 난 이런 물건을 본 적이 없어요."

∞

　호박색 불빛으로 뒤덮인 13층 유적 안에서 장쉰은 샤오롄과 마
찬가지로 당혹스러웠다.

　"잉루추?"

　그가 이 이름을 다시 한번 부르고는 눈을 들어 주주에게 물었다.

　"그게 누구죠?"

검혼여초 3: 유원성진
劍魂如初　　惟 願 星 辰

1판 1쇄 **인쇄**  2022년 9월  8일
1판 1쇄 **발행**  2022년 9월 15일

**지은이** 화이관
**옮긴이** 임주영

**발행인** 양원석  **책임편집** 이하린
**디자인** 정세화, 김미선  **영업마케팅** 양정길, 윤송, 김지현

**펴낸 곳** ㈜알에이치코리아
**주소** 서울시 금천구 가산디지털2로 53, 20층 (가산동, 한라시그마밸리)
**편집문의** 02-6443-8842　　**도서문의** 02-6443-8800
**홈페이지** http://rhk.co.kr
**등록** 2004년 1월 15일 제2-3726호

ISBN 978-89-255-7761-6 (03820)